KB272148

GB

한길그레이트북스

인 류 의 위 대 한 지 적 유 산

GB
한길그레이트북스

인류의위대한지적유산

노스럽 프라이

비평의 해부

임철규 옮김

한길사

인류의 위대한 지적 유산

NORTHROP FRYE

―

ANATOMY OF CRITICISM
four essays

―

Translated by
Yim, Chol-kyu

ANATOMY OF CRITICISM by NORTHROP FRYE
Copyright © 1957 by Northrop Frye
Korean Translation Copyright © 2000 by Hangilsa Publishing Co., Ltd.
Korean translation rights arranged with Princeton University Press, NJ, USA
through Eric Yang Agency, Seoul, Korea.

아리스토텔레스 이래 최대 비평가로 인정받고 있는 노스럽 프라이(1912~1991).

영국의 낭만주의 시인이자 화가인 윌리엄 블레이크.
프라이가 "내가 아는 모든 것은 블레이크로부터 배웠다"고 토로할 만큼 블레이크가 프라이에게 미친 영향은 지대하였다.

(위) 블레이크가 그린 단테 『신곡』의 삽화.
(아래) 블레이크가 셰익스피어의 『한여름밤의 꿈』을 묘사한 동판화(1793년작).

도메니코 디 미켈리노가 그린 「피렌체에서 '신곡'을 설명하는 단테」, 프레스코화, 1465, 피렌체 대성당.
단테는 1302년에 피렌체에서 멀리 떨어진 곳으로 추방당해 그곳에서 『신곡』을 썼는데,
스스로 『신곡』을 가리켜 "하늘과 땅이 동시에 만든 성스러운 시"라고 정의하였다.

보티첼리가 단테의 『신곡』을 주제로 그린 많은 그림들 중 「지옥」(제18편)의 부분도. 1480~1490년경.
은판 드라이포인트, 펜, 베를린, 카이저 프리드리히 미술관.

(위) 중세 영국 최대의 시인이며, 근대 영시의 창시자인 초서(초서의 모방자 또는 신봉자로 알려진
영국의 시인 토머스 호클리브의 그림).
(아래) 중세 설화 문학의 집대성인 초서의 『캔터베리 이야기』에 나오는 순례단 일행을 그린 삽화.
이 작품은 29편 중 24편으로 미완성인 채 끝났지만, 날카롭고 넓은 인간성의 통찰, 풍부한 해학, 온정적인
경묘한 필력으로 만화경 같은 사건을 전개하고 있어, 가히 중세 유럽 문학에서의 하나의 기념비를 창조하였다.

(위) 영어 풍자문학의 대가 조너선 스위프트(영국의 초상화가 찰스 저버스의 그림, 1718년경).
(아래) 소인국의 걸리버.
스위프트의 대표작 『걸리버 여행기』는 주인공 걸리버가 여러 가공의 나라에 표착하여
이상한 경험을 한다는 줄거리를 담고 있는데, 매우 기발하고 묘한 착상으로
오늘날에도 여전히 세계 각국에서 널리 애독되고 있는 영문학사상 명작으로 꼽힌다.

「세 딸에게 '실낙원'을 구술하는 밀턴」(헝가리의 화가 미하이 뭉카치의 그림, 뉴욕시립도서관).
밀턴은 43세에 실명을 한 탓에 『실낙원』을 딸들에게 구술하여 받아쓰게 하였는데,
그의 풍부한 학식이나 외국어 능력, 준엄한 기질 등이 받아쓰는 딸들을 곤혹스럽게 하였다.
이 『실낙원』은 인간의 원죄와 그 죄로 인한 낙원상실의 비극적 사건을 다룬 대서사시이다.

책을 읽고 광기에 빠져 있는 돈키호테.
그는 당시 유행하던 기사도 이야기의 주인공 아미디스를 동경하여 자기 자신 또한 편력기사가 되어
현실세계에서 기사도를 실천한다. 이 그림에서 돈키호테의 손에 쥐어져 있는 책 제목은 『아미디스 데 가울라』이다.

「햄릿의 연인인 미친 오필리아의 익사」(존 에버렛 밀레이의 그림, 부분도).
이것은 셰익스피어의 4대 비극 중 하나인 『햄릿』의 4막 7장에 나오는 장면이다.

청교도의 종교관을 매우 독특하게 표현한 존 버니언의 대표작 『천로역정』을 그림으로 나타낸 지도.
소용돌이 모양으로 그려진 이 그림의 왼쪽 아래에 있는 멸망의 도시와 오른쪽 아래에 있는 죽음의 그림자 계곡이,
가장 위에 서 있는 십자가와 첨예한 콘트라스트를 이루는 삼각형을 만든다.
마찬가지로 천상의 도시를 중심으로 하여 왼쪽의 허영의 도시와 오른쪽의 악마 아포리온이 대조적으로 배치되어 있다.

지은이 임철규는 경남 창녕에서 태어나 연세대학교 영문학과를

졸업한 후 미국 인디애나 대학에서 고전(그리스 · 로마)문학으로 석사학위를,

비교문학으로 박사학위를 받았다. 연세대학교 영문학과와 같은 대학

대학원의 비교문학과 교수를 거쳐, 지금은 연세대학교 명예교수로 있다.

대표적인 저서와 역서로 한길사에서 펴낸 『우리시대의 리얼리즘』

『왜 유토피아인가』『눈의 역사 눈의 미학』『그리스 비극』『귀환』『죽음』과

『비평의 해부』(노스럽 프라이)가 있다. 그밖의 역서로는 『역사심리학』

(제베데이 바르부), 『문학과 미술의 대화』(마리오 프라즈), 『인간의 본질에 관한

일곱 가지 이론』(레즐리 스티븐스), 『중국에서의 개인과 국가』(비탈리 루빈)

등이 있다. 편역서로 『카프카와 마르크스주의자들』이 있다.

GB
한길그레이트북스

인류의 위대한 지적유산

노스럽 프라이

비평의 해부

임철규 옮김

한길사

비평의 해부 · 차례

문학이 되어버린 비평

노스럽 프라이의 『비평의 해부』

임철규 연세대 교수 · 영문학

1

영어권에서 최고의 문학이론가 가운데 한 사람으로 손꼽히는 비평가 노스럽 프라이(Northrop Frye)는 1912년 캐나다 퀘벡 주 셔브룩의 기독교 집안에서 태어났다. 토론토 대학에서 철학과 영문학, 그리고 신학을 전공한 그는 1936년 목사 서임을 받기도 했지만, 그후 옥스퍼드 대학에서 다시 영문학으로 석사학위를 받았으며 1942년부터는 옥스퍼드에서 조교수로, 또 1948년부터 세상을 떠난 1991년까지는 토론토 대학의 교수를 지냈다.

비평과 이론에 관한 대표적 저서인 『무서운 균형 : 윌리엄 블레이크 연구』(*Fearful Symmetry : a Study of William Blake*, 1947)에서부터 성서와 문학의 관계에 천착하는 『권능의 말씀』(*Words with Power*, 1990)에 이르기까지 프라이는 수많은 저서와 글을 통해 문학이론을 포함한 문학비평의 문제뿐 아니라 문학과 사회, 신화와 이데올로기, 그리고 역사의 문제 등을 그만의 해박한 지식과 독특하고도 심오한 통찰을 통해 풀어나가고 있다.

특히 현대 비평의 결정적인 전환점이 된 『비평의 해부』(*Anatomy of Criticism*, 1957)에서 프라이는 체계적이고도 포괄적인 자신의 문학이론을 전개한다. 프라이 이론의 지나치리만큼 체계적인 속성은 때로 도식적이라는 비난을 사는 원인이 되기도 하지만, 동시에 이는 그의 이론이 지닌 부인할 수 없는 매력 중의 하나이기도 하다. 고대 그리스에서부터 현대에 이르는 서구의 고전들이 압도적인 문학 지식과 깊이 있는 독서 체험을 바탕으로 한 프라이의 비평지도 속에서 하나하나 자리잡아가는 것을 바라보는 일은 경이로운 경험임에 틀림없다. 다른 한편으로 그의 이론의 포괄적 속성이 때로는 절충적이라는 또 하나의 의심을 불러일으키기도 하지만, 그것은 어디까지나 피상적 독서가 낳은 오해일 뿐이다. '잠정적 결론'까지 프라이의 논리를 꾸준히 따라갈 수 있는 독자라면, 단순한 절충이 아닌 진정한 포괄을 가능하게 하는 그의 넓은 사고의 지평과 만나게 될 것이다.

무엇보다도 『비평의 해부』에서는 비평이라는 행위를 정의하고 그 가치를 규명하려는 비평가 프라이의 자의식적 성찰이 뚜렷하게 드러난다. 그는 비평이 과학, 즉 과학적 객관성을 바탕으로 하는 독립된 학문이 되어야 한다고 말한다. 문학비평은 자신이 다루고 있는 예술, 즉 문학 자체로부터 독립되어 독자적으로 존재하는 고유한 사고체계인 동시에 지식체계라는 것이다.

문학이 비평의 대상인 것은 자연이 물리학의 대상인 것과 마찬가지이다. 자연이 물리학의 연구대상이고 행위가 역사의 연구대상이며 진리가 철학의 연구대상인 것처럼 예술은 비평의 연구대상이다. 또한 우리가 자연에 대해 알기 위해 물리학을 배워야 하는 것처럼 문학에 대해 알기 위해서는 비평을 배우는 수밖에 없다. 문학 자체는 배우거나 가르칠 수 있는 것이 아니되, 배우거나 가르칠 수 있는 것은 비평뿐인 것이다. 비평의 원리란 물론 어느 정도는 문학을 접하면서 저절로 터득할 수도 있지만 그 상당 부분을 우리는 아직 알지 못한다. 물리학이 아직 자연의 원리를 다 해명하지 못하고 있는 것처럼 비평은 아직 문학의 원리를 다 규명하지 못하고 있는 것이다.

물론 문학 자체는 발전하지 않는다. 하지만 문학에 대한 우리의 지식은 발전하며, 비평이 문학의 원리를 완벽하게 규명해낼 수는 없다 하더라도 그 규명의 과정에서 비평은 과학적으로 발전할 수 있을 것이다. 프라이는 문학에 대한 과학적 접근의 표본을 아리스토텔레스의 『시학』(詩學)에서 찾는다. 아리스토텔레스는 문학 자체 혹은 문학적 체험과는 구별되는 문학의 원리로서 시학을 정초했다는 것이다. 이러한 시학에는 문학이라는 대상을 일관된 지식구조로 가정하는 일종의 귀납적 비약이 전제되어 있다. 이에 일부 비평가들은 문학에 자족적 지위를 부여한다는 이유로 프라이를 본질주의자로 비판하기도 한다. 그러나 모든 학문이 학문으로 성립되기 위해서는 반드시 그 연구대상을 분리해 내어야 함을 고려한다면 그러한 비난은 프라이에 맞서는 그리 강력한 반론이 되지는 못할 듯하다.

프라이는 자족적 지식구조로서의 문학이라는 다소 논쟁적인 개념의 이해를 돕기 위해 다른 학문영역과의 비교를 시도하는데, 그러한 비교는 일견 문학과는 아무런 공통점이 없다고 생각되는 학문영역에까지 확장된다. 이를테면 문학과 수학은 사실이 아니라 명제에서 시작된다. 즉 진위라는 외부세계와의 관계에서 시작하는 것이 아니라 가정적인 자신만의 자족적 세계에서 시작하는 것이다. 물론 문학과 수학이 외부적 현실에 적용될 수는 있지만, 그것이 각각의 자족적 세계를 변질시킬 수는 없다. 문학의 은유는 수학의 등식처럼 실재와 허구의 구별을 무너뜨리고 허구 속에서 실재적 관계를 맺어주는 것이다.

이렇듯 문학을 과학적 연구의 대상으로 파악하는 프라이는, 문학에 대해 한담을 나누는 비평에서 문학이란 무엇인가를 총체적으로 가시화할 수 있는 비평으로 나아가야 한다고 주장한다. 과학적 비평에서 기호(嗜好)와 가치평가가 배제되어야 함은 물론이다. 좋다 싫다 혹은 옳다 그르다가 문학비평의 전부라고 생각하는 비평가를 프라이는 개별적인 나무에만 이름을 붙이고 '나무'라는 이름은 알지 못하는 '원시인'으로 비난한다. 기호와 가치평가를 비평에 포함시킨다면, 비평가란 예술에 대한 취향은 있지만 창작할 능력은 없는 가난한 문학도라 이해해도 문제가 되지 않을 것이다. 비평가는 예술가를 착취하고 예술을 사회에 공급하면서 이익을 챙기는 문학 도매상에 다름 아닐 것이기 때문이다.

프라이가 비평을 독자적 학문영역으로 정의하고 창작과 구별되는 비평의 역할을 확인한 이후 비평은 사실상 그 존재 근거를 의심받는 일은 거의 없게 되었다. 프라이의 기대대로 비평은 재능 없는 문학도가 감탄과 질투를 배설하는 기생적인 문학 장르에서 벗어나 '과학'과 유사해지고 있는 것이다. 현대 비평의 문제는 오히려 비평의 과학성이 너무나 강조된 나머지 비평에서 문학이 사라지고 있다는 점이다.

비평이 문학으로부터 독립된 학문이라는 사실이 곧 비평과 문학이 무관하다는 의미는 아니다. 감상이 비평이 될 수는 없지만 감상과 분리된 비평도 있을 수 없다. 비평에서는 가치판단이 배제되어야 하지만, 비평가의 가치판단은 비평에 녹아들어 그 근거가 되어야 하는 것이다. 프라이에게 문학은 언어로 이루어진 완결된 우주이며, 프라이는 비평이 이러한 완결된 우주인 문학 자체에 집중해야 할 것을 역설한다. 인접한 학문의 사고틀을 차용하기를 지양하고 문학의 영역을 귀납적으로 개괄하여 개념적 틀을 추출하는 것이야말로 바로 프라이가 생각하는 비평의 이상이다.

문학의 원리가 문학 외부에 존재할 수 없다는 사실은 음악과의 유추(類推)를 통해서 좀더 분명해진다. 마치 소나타와 푸가라는 음악형식이 음악 외부에 존재할 수 없는 것처럼 문학원리는 문학 외부에 존재할 수 없는 것이다. 이렇듯 프라이가 주장하는 비평의 독자성은 일종의 역설에 기초하고 있다. 비평의 얼개는 문학 안의 것도 문학 밖의 것도 아니다. 안의 것이라면 문학 안에 기생하는 것이 되고, 밖의 것이라면 다른 영역의 이론을 빌려오는 것이 되기 때문이다. 프라이가 말하는 문학의 체계적 연구로서의 비평은 귀납적 경험과 연역적 원리 사이의 균형에 다름 아닌 것이다.

2

이러한 균형을 통해 추출된 문학의 원리가 바로 신화이며, 이것이 프라이를 신화비평가로 분류하게 하는 구실이 되기도 한다. 그러나 프라이의 신화비평은 문학 내부에 존재하는 자체의 형식에 관한 연구이지 문학을 신화에 종속시키는 속류 신화비평과는 무관하다. 신화비평이 모든 언어구조의 이면에서 인간의 근원적 신화를 밝힌다고 할 때의 신화란 세계에 의미를 부여하고 인간의 사고를 규정한다는 의미에서 논리에 선행하는 서사라고 말할 수 있을 것이다. 따라서 신화비평은 뮈토스를 로고스보다 우위에 둔다는 점에서 속류 신화비평을 포함한 여타의 문학이론들과 구분되며, 플라톤과 아리스토텔레스로부터 로고스가 우위에 서는 개념비평이 시작되었다고 파악하는 프라이는 문학을 개념화하는 뿌리 깊은 개념비평으로부터 탈피하여 문학 속에 숨겨진 신화의 유추를 규명하려는 것이다.

프라이의 신화비평에 의하면, 문학은 신화의 구현체일 뿐 아니라 문학이 아닌 신화는 존재하지 않는다는 의미에서 곧 신화 자체이다. 문학은 스스로 신화임을 알고 있는 신화이다. 이때 프라이의 신화, 즉 문학은 현실에 의미를 부여하는 제의(祭儀)인 동시에 현실의 한계를 초월하는 욕망이며 현실로부터 자유로운 상상력이다. 문학이 현실의 투사라는 것은 사실이지만, 현실이 인간의 상상력을 통해서 의미가 되는 것 또한 사실이며, 나아가 상상력이 욕망을 구체화함으로써 문학을 포함한 문화와 문명이 가능할 수 있는 것이다. 문학은 상상력과 현실의 만남이며, 문학의 가치는 상상력에 있다.

이러한 상상력에 대한 강조에서 낭만주의와의 친연성을 볼 수 있는데, 프라이는 실제로 "내가 아는 모든 것은 블레이크로부터 배웠다"고 토로하기도 했다. 그러나 프라이가 말하는 상상력이란 천재의 개인적 영감과는 구분되어야 한다. 오히려 프라이의 신화와 상상력 개념은 융의 집단 무의식을 연상시키는 관습적이고 전통적인 그 어떤 것이다. 하나의 예술작품을 놓고 아버지를 관습적 형식으로, 어머니를 내용인 자연으로, 그리고 작가를 산파로 비유하는 프라이는 작가를 작품의 어머니 혹은 아버지로 비유하는 작가의 역할에 대한 격상이 후기자본주의 저작권 제도의 과장이라고 못박는다. 셰익스피어의 위대성은 독창성이 아니라 전통성에 있다는 것이다.

문학의 신화적 속성은 문학을 자기충족적 우주로 보고 문학만의 역사를 구성하는 프라이의 작업을 합리화해준다. 문학을 신화의 전이물로 본다면, 각각의 작품은 그 장르의 다른 모든 작품의 맥락에서 그리고 같은 이미지를 사용하는 다른 모든 작품의 맥락에서 이해해야 하기 때문이다. 모든 문학작품은 어떤 하나의 문학작품을 이해하기 위한 역사적 문맥을 형성한다고도 할 수 있으며, 이것은 엘리엇의 전통 개념과도 일맥상통하는 바가 있다. 전체로서의 문학의 형상을 조망함으로써 개별 작품에 대한 분석 위주의 비평을 보완하는 신화비평은 『비평의 해부』 출판 당시 비평계를 풍미하던 '신비평'(New Criticism)에 제동을 걸기도 했다.

독자에 따라서는 비평이 의미 있는 행위가 되기 위해서는 우선 독자적인 학문영역이 되어야 한다는 프라이의 결론에서 다소 제도 존중적인 성향을 읽을 수도 있을 것이다. 한편, 역설적이게도 블룸(H. Bloom)과 하르트만(G. Hartman) 등의 비평가는 이러한 프라이의 비평관을 혁명적이라 규정하면서 프라이의 독창성을 강조하기도 했다. 그러나 사회학자가 문학을 문학적 가치를 배제하고 연구할 수 있는 것처럼 문학비평가는 신학자와는 다른 방식으로 종교시를 읽을 수 있다는 프라이의 비평관은 보수적이거나 혁명적인 성향을 드러내는 것이라기보다는 비평 행위 자체에 함축된 기본적인 전제일 터이다.

그러나 과학성을 확보하려는 문학비평은 대부분 인접한 영역에서 역사적, 전기적, 심리적, 종교적, 정치적, 윤리적, 이데올로기적인 비평의 원리를 차용하는 등 문학비평과 인접 학문 사이의 경계를 없애는 방향으로 발전해왔다. 결과적으로 문학비평은 그 자체의 영역 안에서 이

제 더 이상 단일한 언어로 대화를 나누는 것이 불가능한 상황에 이르렀다. 문학이란 무엇인가 그리고 비평이란 무엇인가라는 기본적 질문에서부터 합의를 거부하는 현대 비평이론의 수많은 경향과 이즘의 홍수 속에서 프라이가 말하는 독자적인 학문영역으로서의 비평은 비평 내부의 경계를 허물고 비평이론 상호간의 의사소통을 개진할 이론적 가능성으로 검토되기도 했다.

일례로 토도로프(T. Todorov)는 서로 다른 비평적 경향을 통합하는 프라이의 태도를 상대주의라는 비난으로부터 방어하는 동시에 프라이에게는 진리라는 선험적 규정이 서로 다른 담론의 공통된 지평으로 작용하여 서로간의 대화를 가능하게 하고 있다고 평가한 바 있으며, 부스(W. Booth)는 모든 비평적 입장을 포괄하면서 궁극적으로는 자신의 고유한 진리를 공고히 하는 프라이에게서 다원주의를 보는 것은 오류라고 주장하기도 했다.

프라이의 반대자들이 지적하듯이 그의 '고유한 진리'가 기독교적 유토피아에 근거하는 것은 사실이다. 그러나 여기서의 기독교는 종교적 도그마가 아니라 서구의 정신을 형성하는 근본적 신화이며, 그 폭과 깊이는 현대의 '발전'된 이론들과 대화를 나누기에 손색이 없다. 프라이를 정확히 이해했다면, 문학을 역사적 이데올로기적 구성체로 파악하는 이론가들에게 맞서 신화가 이데올로기에 선행한다는 프라이의 주장은 쉽게 극복되지 않는 도전일 것이다. 이글턴(T. Eagleton)은 프라이를 신비평가보다 한술 더 뜨는 형식주의자라고 비난하지만, 프라이는 이데올로기와 언어, 문학 생산과 정치학 등 현대의 당면 문제들을 회피하지 않았다. 마르크스주의 비평가인 제임슨(F. Jameson)도 진지하게 고려의 대상으로 삼았을 정도로 프라이의 기독교적 유토피아의 신화는 역사주의적 상대성을 견지하고 있는 것이다.

지금의 비평가는 비평의 비자도 모른다는 '도전적 서론'의 혹독한 자성(自省) 이후 문학이론은 그야말로 '발전'을 거듭해왔다. 프라이의 비평적 입장에 동의하지 않는 비평가라 하더라도 그 '발전'에서 프라이가 차지하는 중요성과 그가 끼친 영향력을 인정하지 않을 수는 없다. 이에, 그의 이론으로 비평이 '발전'했다면 비평은 자신의 빚을 잊어서는 안 될 것이다. 발전은 과거를 기억함으로써만 가능하기 때문이다.

3

과거를 기억하는 가장 정확한 방법은 구체적 텍스트로 돌아가는 것이다. 우리 앞에는 프라이의 중요성과 영향력의 근거인 네 개의 에세이가 있다. 네 개의 에세이에서 프라이는 호메로스로부터 조이스에 이르는 서구의 방대한 정전(正典)을 초점을 달리하여 조망하면서 작품 속에서 드러나는 여러 가지 의미의 차원을 점검하고 있다. 각각의 에세이는 하나가 다른 하나에 종속되지 않으면서도 그 상호 연관성이 은연중에 드러나는 구성방법을 취하고 있으며, 때로 프라이 자신이 에세이간의 상관관계를 부분적으로 밝히기도 한다.

첫번째 에세이 '양식의 이론'에서 프라이는 주인공의 행위능력에 따라 문학을 다섯 가지 양식으로 구분한다. 신화, 로맨스, 상위모방, 하위모방, 그리고 아이러니가 그 다섯 양식인데, 전능한 신적 존재, 반인반신, 영웅, 보통 사람, 그리고 인간 이하의 존재가 각각의 양식의 주인공이 되는 것이다.

주인공이 관객보다 우월한가 열등한가를 기준으로 비극과 희극을 구분했던 아리스토텔레스를 적용시켜 이 구분을 좀더 자세히 살펴보면, 신화양식의 주인공인 신적 존재는 인간과 환경보다 질적으로 우월하고, 로맨스 양식의 주인공은 환경의 제약을 어느 정도 유보시킬 능력을 가지고 있다는 점에서 보통 사람보다 우월하지만 그것은 정도의 차이이며, 이어지는 상위모방 양식의 주인공은 다른 사람들보다는 우월하지만 환경보다는 열등하고, 하위모방 양식의 주인공은 환경의 지배 아래 놓여 있는 보통 사람들 중의 하나인 우리와 똑같은 인간이며, 마지막으로 아이러니 양식에서는 보통 사람보다도 열등한 인물이 주인공의 역할을 맡는다.

프라이의 관점에서 보자면, 지난 5세기 동안 서구 문학은 신화양식에서 아이러니 양식으로 '전이'(轉移, displacement)되어왔다. 신화양식에서는 전이가 일어나기 전의 순수한 욕망을 그렸으나, 신화 이후의 양식들에서는 그러한 욕망이 현실 원칙과 부딪쳐 개연성을 확보해나가는 모습을 그렸다는 것이다. 따라서 욕망의 극단은 신화양식으로 표현되며, 현실의 극단은 아이러니 양식이 아니라 하위모방 양식으로 표현된다. 아이러니 양식은 하위모방 양식의 완벽한 개연성에서 벗어나 신화적 속성을 드러내기 시작하는 단계이기 때문이다.

프라이는 여기서 프로이트의 욕망 이론과 비코의 순환적 역사관을 명시적인 의미의 제한 없이 전제하고 있다. 특히 『비평의 해부』를 비롯한 프라이의 비평서에서 중요한 개념인 전이 역시 프로이트의 정신분석학에서 차용한 용어이다. 프로이트의 정신분석학에 따르면 본능적 충동이나 본능적 사고는 외부적 상황 혹은 내부적 검열에 의해서 변화 즉 왜곡을 거치는데, 원래의 충동이 왜곡된 모습이 바로 전이이다. 프라이는 프로이트의 전이 개념을 빌려 완벽한 욕망을 구현하는 본래적, 원형적 신화가 청중의 반응을 고려하여 이성적으로 믿을 만하도록 혹은 도덕적으로 받아들여질 만하도록 변형되는 과정을 말하고 있는 것이다.

프라이에 의하면 문학작품은 크게 플롯을 중시하는가 테마를 중시하는가에 따라 서술적 작품과 주제적 작품으로 구분될 수 있다. 서술적 작품은 주인공과 그의 사회가 만들어내는 내부적 허구에 초점을 맞추는 소설이나 드라마를 지칭하며, 주제적 작품은 작가와 그의 사회, 즉 독자의 관계라는 외부적 허구에 초점을 맞추는 시나 에세이를 지칭한다. 이때 프라이는 서술적 작품과 주제적 작품의 구분을 가로축으로 하고 주체와 환경의 관계를 세로축으로 하는 네 가지 범주를 이끌어낸다. 상술하자면, 서술적 작품은 주인공과 그의 사회가 맺는 관계의 유형을 기준으로 비극적 경향과 희극적 경향으로 구분될 수 있다. 주인공이 사회와 대립하는 것으로 끝나면 비극적, 화해하는 것으로 끝나면 희극적이라는 것이다.

한편 주제적 작품에서도 역시 서술적 작품에 대응하는 개인적, 사회적 경향을 구분할 수 있다. 프라이는 고립된 작가의 개인적 비전을 표현하는 작품을 삽화적, 작가와 독자를 포함하는 사회의 비전을 표현하는 작품을 백과전서적이라 각각 명명하고 있다. 이렇게 나누어진 희극적, 비극적, 백과전서적, 삽화적이라는 네 가지 범주는 모두가 다시 가로축이 되어 주인공의 행위 능력을 기준으로 구분되었던 다섯 가지 양식의 세로축을 구분하는 기준이 된다. 이렇게 첫번째 에세이의 도식에서는 다섯 가지 양식을 중심으로 스무 개의 범주가 생기는 셈이다.

물론 이러한 다섯 가지 양식의 전이가 문학사적 단절을 겪는 것은 아니며, 한 작품 안에서도 이른바 조성의 대위법이 존재할 수 있다. 셰익스피어의 『안토니우스와 클레오파트라』의 경우 안토니우스의 영웅성에 초점을 맞추면 상위모방 양식이지만 그의 어리석음에 초점을 맞추면 16세기 작품임에도 불구하고 아이러니 양식이 될 수 있는 것이다. 그러나 서구 문학의 전체적 변모를 주인공의 행위 능력이 상실되는 과정으로 파악하는 프라이의 설명은 상당한 설득력을 지니고 있으며, 그같은 설명의 타당성은 15세기 이후의 유럽 문학과 그 축소판인 고대 그리스 문학이 검증해주고 있다.

4

프라이는 두번째 에세이 '상징의 이론'에서 문학작품의 의미는 어떠한 상징에 주목하느냐에 따라 다섯 가지 양상으로 구분될 수 있다고 말한다. 모든 텍스트의 다의적 의미를 가정하는 것이다. 여기서 상징이란 프라이가 독특하게 사용하는 문학용어로서, 전체적인 구조로부터 분리하여 연구할 수 있는 의미의 단위를 일컫는다.

프라이는 우선 다섯 가지 상징 단위 중에서 모티프와 기호로 기능하는 두 가지 상반된 상징을 동시에 다룬다. 이렇게 두 가지 상징을 동시에 다루는 이유는 의미의 형성과정에서 모티프와 기호가 서로 대립적이면서도 보완적이기 때문이다. 작품을 읽는 독자는 작품이 생성하는 내부적 의미와 작품이 지칭하는 외부적 의미에 번갈아가며 주의를 기울이게 되는데, 이때 작품을 그 자체로 완결된 것으로 파악하고 작품 내에서 서로 연결되는 모티프의 구조에 주목하는 전자의 구심적 독서가 비평의 축자적 양상이라면, 외부적 의미를 지칭하는 기호의 연쇄로 파악하는 후자의 원심적 독서는 비평의 기술적 양상이라고 할 수 있다. 물론 진술의 진실성이라는 기호의 외재적 가치는 모티프의 내재적 연관에 종속되어야 하지만, 기술적 비평이 배제된 축자적 비평은 진정한 비평이라기보다는 비평의 조건에 가까운 듯하다. 애매성을 핵심으로 하는 자기충족적 언어의 다양한 결을 체험하는 것은 비평에 필수적인 것이지만, 그러한 체험 자체를 비평이라고 하기는 어려울 것이다.

이러한 축자적 양상과 기술적 양상이라는 두 가지 비평양상은 형식적 비평에 이르러 하나로 통합된다. 형식비평의 상징단위인 이미지 역시 프라이의 독특한 개념으로서 이는 작품의 외재적 측면과 내재적 측면의 균형을 암시한다. 예술을 자연의 모방으로 볼 때, 모방되는 자연과 모방하는 예술이 이루는 균형은 곧 이미지라는 것이다. 여기서 이미지로 추출되는 단위는 반복적인 영상뿐 아니라 반복적인 사유방식을 포함하며, 나아가 영상과 사유라는 공간적 반복의 시간적 전개라고 할 수 있는 조성(調性) 혹은 분위기를 포함한다.

이미지의 추출에서 출발하는 형식비평은 추출된 이미지를 작품의 중심적 형식으로 보아 그 형식이 암시하는 바를 명시적 진술로 바꾼다. 일종의 주석이라고 할 수 있을 형식비평은 무한히 다양하게 해석될 여지가 있는 텍스트에서 하나의 의미를 끌어내는 작업이며, 이러한 작업은 작품이 직접 말하지 않는 것을 작품이 실제로 말하고 있다고 가정한다는 의미에서 우의적(寓意的)이 되는 것이다.

다음으로 신화적 비평은 논의의 초점을 개별 작품의 고립적 의미로부터 문학 전반에 걸친 문제, 즉 문학적 관습과 장르의 문제로 옮겨온다. 이때 신화비평의 상징단위인 원형은 작품들을 연결시키는 역할을 하는 의사소통의 단위이다. 역사적, 사회적, 이데올로기적인 시공의 차이를 가로질러 문학이 문학으로서 의미를 전달할 수 있는 힘은 곧 문학작품 속에서 사용되는 전형적이고 관습적인 이미지인 원형의 힘 때문인 것이다.

마지막으로 프라이는 문학이 의사소통이라는 사회적 기능을 담당하는 문명의 영역에서 문학이 문학 그 자체로 존재하는 문화의 영역을 구분하면서, 신화적 비평의 영역인 전자에서 신비적 비평의 영역인 후자로 넘어간다. 신비비평에서는 문학을 현실의 한 국면으로 보는 것이 아니라 그 자체의 우주 속에 현실을 포함하는 것으로 본다. 현실을 모방한다거나 현실 속에서 특정한 역할을 한다거나 하는 차원을 넘어 문학은 무한한 가정의 우주로 확대되는 것이다. 신화비평의 상징단위인 단자(單子)는 그 하나하나가 이 총체적 우주를 표현한다.

여기서 상징의 이론의 다섯 가지 비평양상은 양식의 이론에서 보았던 다섯 가지 서술양식에 적절한 비평방법이 된다. 신비적 양상은 신화에, 신화적 양상은 로맨스에, 형식적 양상은 상위모방에, 기술적 양상은 하위모방에, 그리고 축자적 양상은 아이러니에 각각 대응하는 것이다.

5

세번째 에세이 '신화의 이론'은 특히 프라이 비평의 독창성이 부각되는 부분이다. 프라이는 문학의 요소를 구조적인 것과 재현적인 것으로 구분하는데, 이때 전자가 추상적 형식이라면 후자는 실제적 내용이 된다. 만약 1장에서 다루었던 신화에서 리얼리즘으로의 이행을 구조에 대한 강조에서 재현에 대한 강조로의 이행으로 본다면, 현재 우리가 이해하고 있는 문학은 재현적 요소에 편향되어 있다고도 말할 수 있을 것이다.

다른 비평체계들이 재현적 요소에 몰두한 나머지 작품의 외부에서 작품을 재단하는 기준을 끌어들인다고 생각하는 프라이는 작품 속에 내재되어 있는 문학 고유의 구조적 원리를 밝히는 것을 비평의 목표로 삼는다. 문학을 현실을 재현하는 기호(記號)로 볼 때 그 의미의 운용 원리를 문법이라고 한다면, 문학을 자기충족적 구조로 볼 때 그 기호의 문법에 해당하는 원리는 성서와 고전의 신화라는 것이 프라이의 견해이다.

모든 사회에는 신화가 있으며 서구 문명에는 성서와 고전이 있다. 프라이에게 신화란 단순히 초월적 존재에 관한 옛이야기나 현실을 마주하기 위해 극복해야 할 미망이 아니다. 현실에 의미를 부여하고 더 나아가 현실 자체를 구성하는 우리 사유의 저변에는 신화가 있으며, 신화를 계승하고 변화시키고 풍성하게 하는 것이 바로 문학이다.

재현적이지 않은 음악을 들을 때는 문제를 느끼지 않으면서도 재현적이지 않은 미술을 볼 때는 당황하게 되는 것은 감상자가 재현적으로 편향된 미술관을 가지고 있기 때문이다. 만약 그러한 감상자가 재현적 작품을 마주한다면 그는 틀림없이 구조적 원리를 간과하게 될 것이다. 그러나 문학과 미술은 현실의 재현이기 이전에 독자적 구조물이다. 미술과의 유추를 연장시키자면, 미술의 구조적 원리인 기하가 미술비평의 한 가지 전제이듯 문학비평의 전제는 문학의 구조적 원리인 원형인 것이다.

아리스토텔레스가 극의 구성원리로 꼽았던 뮈토스와 디아노이아를 원형의 두 축으로 설정하는 프라이는 뮈토스, 즉 플롯을 시간적 원리로 놓고 디아노이아, 곧 테마를 공간적 원리로 놓는다. 디아노이아의 공간에서 그 정점은 타락하기 이전의 순수한 자연 혹은 구원받은 이후의 묵시적 비전으로, 또한 저점은 지옥과도 같은 악마적 비전으로 형상화되며 그 사이에는 유추적 비전으로 형상화되는 타락한 현세가 있다. 한편 뮈토스의 시간에서는 봄, 여름, 가을, 겨울이라는 자연의 순환이 희극, 로맨스, 비극, 아이러니라는 서술 패턴과 대응되는데, 여름의 뮈토스인 로맨스와 겨울의 뮈토스인 아이러니를 기준으로 하여 가을의 뮈토스인 비극은 로맨스의 세계에서 아이러니의 세계로 하향하며 봄의 뮈토스인 희극은 아이러니의 세계에서 비극의 세계로 상향한다. 프라이는 뮈토스는 움직이는 디아노이아이며 디아노이아는 정지한 뮈토스라는 표현으로 그 긴밀한 연관관계를 강조하기도 한다.

뮈토스의 운동을 설명하는 프라이는 비극의 하향을 자유의지와 운명의 역설로 파악한다. 자의로 절벽에서 뛰어내린 사람은 추락하는 그 짧은 생애 동안 중력이라는 운명의 노예가 된다는 것이다. 맥베스가 찬탈의 논리를 선택할 때, 햄릿이 복수의 논리를 선택할 때, 리어 왕이 퇴위의 논리를 선택할 때 그들은 모두 인과의 법칙에 속박되기를 선택했다는 것이다. 반면 희극의 상향에서 주인공은 속박의 상태에서 질서와 화합의 상태로 이동한다. 작품의 결말에서 드러나듯 희극의 속박 상태는 누군가의 과오나 실수, 편집과 강박, 그리고 오만과 편견 따위로 야기된 일시적인 혼란과 부조화에 불과하다는 것이다.

주인공과 사회의 관계를 기준으로 희극과 비극을 구분한 바 있는 프라이는 이제 비극의 질서와 희극의 소외라는 예외적 현상에 주목한다. 소외된 주인공에 대응하여 사회를 대표하는 코러스나 코러스적 인물이 비극 속의 희극적 요소라면, 주인공을 중심으로 한 흥겨운 축제를 훼방하거나 거부하는 인물, 이를테면 『좋으실 대로』의 자크 같은 인물은 희극 속의 비극적 요소라는 것이다.

특히 프라이의 희극론은 문학적 서사의 기본적 패턴에 대한 심리적, 서사적 해명의 가능성을 시사해준다. 희극의 서사구조를 보자면 젊은 주인공은 역시 젊고 아름다운 연인을 원하고 그의 욕망은 아버지나 그 대리자의 반대에 부딪치며 결말에서 일어나는 플롯의 반전으로 주인공은 마침내 바라던 것을 성취하게 된다. 이것은 주인공이 아버지를 대체하는 일종의 희극적 오이디푸스 상황이라고 할 수 있는데, 『피가로의 결혼』이나 『톰 존스』 등의 유쾌한 희극작품 속에서까지도 어머니를 범한다는 극단적인 오이디푸스의 모티프가 사용되기도 한다.

또한, 주인공의 의지를 가로막는 아버지의 대리자는 연인의 아버지나 보호자 혹은 주인공보다 늙고 부유한 구혼자로 등장하여 기성 사회와의 긴밀한 유대관계를 과시한다. 따라서 프라이는 아버지나 그 대리자가 패배하는 희극의 결말을 통해 오이디푸스적 죄의식과 처벌에 대한 공포의 해소라는 심리적 해명에, 젊은 연인들에게 행사하는 아버지의 권위에 대한 비판이라는 사회적 해명을 덧붙인다. 프라이가 르네상스의 극작가 벤 존슨에게서 금전적 권력을 토대로 성립한 새로운 지배계급에 대한 날카로운 비판을 읽을 수 있었던 것 역시 삶의 중요한 부분이라는 의미에서의 심리적, 사회적 차원에 대한 그의 신화적 해석의 잠재력에 기인할 것이다.

6

세번째 에세이에서 구분한 희극, 로맨스, 비극, 아이러니는 실제 장르를 나타내는 것이 아니라 모든 장르에 선행한다고 가정되는 서술의 패턴이며, 이 역시 프라이의 독특한 용어이다. 프라이는 실제 장르를 구분하기 위해서 역시 그만의 독특한 용어를 사용하는데, 네번째 에세이 '장르의 이론'에서 사용되는 에포스, 픽션, 서정시, 드라마가 바로 그것이다. 작가와 독자가 맺는 관계를 장르 구분의 기준으로 하여, 말하는 에포스, 인쇄된 픽션, 노래하는 서정시, 연기하는 드라마라는 네 장르를 구분하는 것이다.

비교적 생소한 에포스라는 용어는 구전되는 이야기를 의미하는 그리스어 '타 에페'를 어원으로 하고 있다. 상술하자면, 작가가 직접 독자에게 말을 거는 작품은 에포스의 장르에 속하고, 처음부터 인쇄를 의도한 작품은 픽션의 장르에 속한다. 명칭에서만큼은 비교적 전통적인 장르의 구분을 따르는 서정시와 드라마의 경우도 작가와 독자의 관계라는 측면에서 재정의되고 있는데, 시인이 전면에 드러나고 독자가 숨어서 발화를 엿듣는 형식이 서정시라면 작가가 배우 뒤에 숨어서 배우와 관객의 관계를 가로막지 않는 형식은 드라마가 된다.

물론 모든 장르는 글로 씌어질 수 있으며 인쇄술의 발전과 함께 구전 문학 대신 서적 문학이 문학의 주요 자리를 차지하게 되었다는 의미에서 굳이 픽션이라는 장르를 구분할 필요가 있을까라는 의문을 제기할 수 있다. 하지만 프라이의 전체적인 장르 구분에 만족하지 않는 비평가들에게도 픽션의 구분을 해명하는 프라이의 악보의 비유는 설득력이 있다. 오페라나 교향곡의 선율을 피아노 악보로 옮겨 적을 수는 있지만 그것이 원래 피아노를 위해 작곡된 곡과 같을 수는 없는 것처럼, 모든 장르의 문학이 글로 씌어질 수는 있지만 그것은 글로 읽히기 위해 씌어진 문학과는 구분되어야 한다는 것이다.

7

이러한 요약은 각각의 에세이의 문맥을 정리하는 데에는 도움이 될 수 있겠지만, 프라이의 핵심을 제대로 드러내지는 못한다고 생각된다. 프라이의 이론이 도식적이라고는 하지만 그가 도식적인 이론을 전개하는 방법에는 그 논리의 결을 느끼는 사람만이 포착할 수 있는 정교한 힘이 있으며, 이것은 프라이 자신의 텍스트가 아니고는 전달할 수 없는 것이다. 『비평의 해부』를 '문학이 되어버린 비평'이라고 평가한 커모드 (F. Kermode) 또한 아마도 이러한 프라이의 정교한 사고의 결을 염두에 두고 있었을 것이다.

프라이 자신의 말을 빌린다면, 논리 전개의 질감이 곧 논리 자체라는 것은 모든 글에 적용될 수 있는 사실이기도 하다. "의미를 가지고 있는 모든 언어구조는 사고(思考)로서 알려져 있는, 그 포착하기 어려운 심리적, 생리적인 과정……의 언어에 의한 모방(이 책 182쪽)"인 것이다. 감당할 수 없는 정보가 쏟아지는 현대사회에서는 논리의 전개과정을 숙고하고 그 맥락을 이해하기보다는 도식화하여 정리해버리는 것이 훨씬 쉬운 일이다. 하지만 그것은 거의 모든 것을 잃어버리는 길일 뿐이다. 평행하고 교차하며 미끄러지고 또 만나는 프라이의 교묘하고도 혼란스러운 범주들 속에서 역자 역시 자주 길을 잃곤 했지만, 이러한 프라이의 미로를 헤쳐나온 독자는 아마도 문학이라는 우주의 변화를 느낄 수 있을 것이다.

비평의 가치가 실제로 작품을 변화시키는 데 있다면 문학이론의 가치는 문학을 변화시키는 데 있으며, 『비평의 해부』의 저자는 우리에게 어떤 비평가보다도 풍요로운 문학의 우주를 제공하고 있다.

*   *   *

프라이의 저서를 읽는 사람은 그가 도식적인 사상가라는 것을 안다. 그의 사고의 도식적인 형식은 칭찬과 비난의 대상이 되기도 한다. 역자는 프라이처럼 도식적이 되기 위해서라기보다는 독자의 이해를 돕기 위해서 그의 논의의 핵심을 부분적으로 요약하는 것이 도움이 되리라 믿었기에, 비평서들을 참조하여 역주의 형식으로 다수의 도식과 방대한 양의 해설을 실었다.

이 책은 1982년에 처음 출간된 이후 판을 거듭하면서 오자 및 잘못된 부분을 계속 고치거나 보안해왔다. 그러다 세계의 명저들만 가려 뽑는 한길사의 그레이트북스로 이번에 새롭게 내게 되었다. 이후라도 번역에 잘못이 발견된다면 겸허히 받아들여 고쳐 나갈 것이다.

아내 헬레나에게

머리말과 감사의 말

　이 책의 주제가 필자에게 떠맡겨진 것은 다른 주제에 대해서 집필하고 있을 때의 일이었다. 이 책의 대부분을 마지못해 썼으므로 미진한 흔적이 여전히 남아 있으리라 생각된다. 윌리엄 블레이크[1]에 대한 한 연구(『무서운 균형』, 1947)를 완성한 후, 필자는 블레이크로부터 배운 문학적 상징과 성서 예형론(豫型論, typology)[2]의 원리들을 또 한 사람의 다른 시인에게 적용시켜보려고 결심했다. 필자가 적용시켜보려 했던 다른 시인은 되도록이면 혼자서 그 원리들을 애써 짜내었던 블레이크와는 달리 당시의 비평이론에서 문학적 상징과 성서 예형론의 원

---

1)　William Blake(1757~1827) : 영국의 낭만주의 시인이자 화가. 블레이크가 프라이에게 준 영향은 지대하다(지금부터 1), 2), 3)…으로 시작하는 주는 모두 옮긴이 주이고 *, **…로 시작하는 주는 모두 원주이다).

2)　예형론 또는 예표론(豫表論)이란 신약성서의 사건이 구약성서 속에서 상징적으로 예시되어 있다는 사상이다. "구약성서의 인물과 사건은 신약성서의, 또 그 구원의 역사의 예형"(p.30)이라는 아우어바흐의 진술을 통해서 알 수 있듯이, 예형이라는 말은 그 기원에서 종교적이다. 이런 의미에서 예형의 고전적인 예들 가운데 하나는, 아들 이삭을 희생시키고자 하는 아브라함과 아들 그리스도를 십자가에 희생시키고자 하는 하느님과의 예언적인 관계이다. 성(聖) 아우구스티누스 이래 이 예형이라는 말은 점차 세속적인 성격을 띠게 되었다. '예형'에 관계되는 고전적인 논문으로는 위에서 인용한 Erich Auerbach, "Figure in the Phenomenal Prophecy of the Church Fathers," *Scenes from the Drama of European Literature*(New York, 1959)를 볼 것.

리들을 배운 인물이었으면 하고 생각했다. 그래서 필자는 스펜서[3]의 『요정의 여왕』을 연구하기 시작했으나, 시작 속에 끝이 있음[4]을 알게 되었다.

스펜서를 소개한다는 것은 알레고리(allegory) 이론을 소개하는 셈이 되었으며, 그 알레고리 이론은 보다 광범위한 이론적인 구조와 떼려야 뗄 수 없는 관계에 있었다. 논의의 근거는 점점 산만하게 되어갔고 점점 비역사적·비스펜서적이 되었다. 이렇게 해서 곧 필자는 '신화' '상징' '제의' '원형' 등의 용어에 관련되는 비평 분야에 발을 들여놓게 된 것을 깨달았다. 이 용어들의 의미를 분명히 하기 위해서 여러 논문들을 발표했다. 이 논문들이 사람들의 흥미를 충분히 끌었던 것에 힘을 얻어 필자는 필자의 입장을 계속 밀고 나갔다. 마침내 처음 손을 댄 문제의 이론적인 면과 실천적인 면을 전혀 별개의 것으로 분리시켜버렸다.

이 책이 보여주고 있는 것은 순수한 비평이론이다. 개별적인 비평은 전부 생략했으며 또 네 개의 에세이 중에 세 개에서는 인용구문조차 고의적으로 생략해버렸다. 현재 필자가 판단할 수 있는 한, 이 책을 보충하는 의미로 한 권의 실제 비평, 즉 일종의 문학적 상징의 형태학에 관계되는 책이 필요하다고 생각한다.

필자에게 연구비(1950~51)를 준 J.S. 구겐하임 기념재단에 감사를

---

3) Edmund Spenser(1552?~99) : 영국 르네상스기의 시인.
4) 엘리엇(T.S. Eliot)의 시 『4중주』 중의 「이스터 코커」(Easter Coker)에서 따온 말이다. 첫 연과 둘째 연의 첫머리에, "나의 시작에 나의 끝이 있다"라는 시행이 반복되고 있다. 이스터 코커는 엘리엇의 조상이 살았다는 부락 이름이다. 인간의 역사나 자연 만물의 생성·변화에는 끊임없는 리듬이 이루어져, 끝에 시작이 포함되고 시작에 끝이 포함되며, 생에는 죽음이, 죽음에는 재생이 포함되어 이 우주는 로고스를 중심으로 한 리듬 속에서 생의 춤이 전개된다고 보는 사상이 이 시의 구조를 이루고 있다. 프라이가 논의하고 있는 주제의 핵심을 이해하는 데 중요한 사상으로 등장한다.

표한다. 이 연구비 덕택에 필자는 각 방면에 걸친 이 주제를 다루기 위해서 필자가 가장 필요로 했던 바로 그런 시기에 여가와 자유를 갖게 되었던 것이다.

또 프린스턴 대학의 1932년 졸업생 여러분과 같은 대학의 인문과(人文科) 특별과정 위원회에 감사를 표한다. 그들은 한 학기 동안 나에게는 아주 고무적이었던 연구의 기회를 주었으며, 이 기간에 이 책의 많은 부분이 최종적인 형태를 갖추게 되었던 것이다. 이 책은 1954년 3월 프린스턴에서 행한 4회에 걸친 공개강연의 요지를 포함하고 있다.

「도전적 서론」은 『토론토 대학 잡지』 1945년 10월호에 발표된 『현대에서의 비평의 기능』을 고쳐 쓴 글이다. 이 논문은 또 말콤 로스가 편집한 『자기 정체에 대한 인식』(토론토, 1954)에도 수록되어 있다.

첫번째 에세이는 『토론토 대학 잡지』 1953년 7월호에 발표된 『문화사의 이론을 위해서』를 다시 고쳐 보완한 것이다.

두번째 에세이는 다음 논문들에서 재료를 채택하였다. 「문학에서의 의미 수준」, 『케니언 평론』 1950년 봄호 ; 「상징의 세 가지 의미」, 『예일 대학 프랑스 연구』 1952년 제9호 ; 「시의 언어」, 『탐구』 제4호(토론토, 1955) ; 「문학의 원형들」, 『케니언 평론』 1951년 봄호.

세번째 에세이는 다음 논문들의 재료를 포함하고 있다. 「희극의 논의」, 『영문학연구소논집 1948년』(컬럼비아 대학 출판부, 1949) ; 「셰익스피어 희극의 성격 묘사」, 『계간 셰익스피어』 1953년 7월호 ; 「셰익스피어에서의 희극적 신화」, 『캐나다 왕립학사원 회보』(제2부) 1952년 6월 ; 「풍자의 본질」, 『토론토 대학 잡지』 1944년 10월호.

네번째 에세이는 다음의 재료들을 포함하고 있다. 「시에서의 음악」, 『토론토 대학 잡지』 1942년 1월호 ; 「극 장르론 개요」, 『케니언 평론』 1951년 가을호 ; 「산문 픽션의 4형식」, 『허드슨 평론』 1950년 겨울호 ; 「정보로서의 신화」, 『허드슨 평론』 1954년 여름호.

위에서 언급한 정기간행물의 편집자 여러분, 컬럼비아 대학 출판부 및 캐나다 왕립학사원에 대해서 그 재료들의 전재를 허락해준 것에 감사를 표한다. 필자는 또 이 책의 문맥에 적합한 것으로 보였을 때, 필자의 다른 논문들과 서평들(이 모두가 위에서 언급한 정기간행물에 게재되었음)에서 몇 문장을 옮겨 실었다.

이밖에 필자가 받은 은혜에 대해서 이 자리를 빌려 말할 수 있다면, 이 책이 갖고 있는 가치의 대부분은 필자 이외의 사람들에게 돌려야 될 것이다. 이 말은 틀에 박힌 인사치레가 되기에는 적잖은 진실을 담고 있기 때문이다. 사실성(事實性), 취미, 논리, 균형의 결함은 어설플지 몰라도 그 결함은 필자의 것이다.

토론토 대학교의 빅토리아 대학

도전적 서론

이 책은 문예비평의 범위·이론·원리, 그리고 기법을 개관하는 것이 가능한가에 대한 '에세이들'(essay란 시험적 또는 불완전한 시도라는 것이 본래의 뜻이므로 이 말을 선택했다)로 짜여 있다. 이 책의 일차적인 목적은 그러한 개관이 가능하다고 믿는 필자 나름의 이유를 말하는 데 있으며, 이차적인 목적은 필자가 약술하고 있는 것과 같은 어떤 관점이 가능하다는 것을 독자들이 충분히 납득할 만큼 이치에 맞는 잠정적인 설명을 제공하는 데 있다.

여기서 다루고 있는 주제에는 많은 결함들이 있기 때문에 이 책이 필자 자신의 문학체계, 혹은 필자 자신의 문학이론을 제시해주는 것이라고 보기는 어렵다. 오히려 문예비평가들과 문학을 연구하는 사람들에게 어떤 실제적인 효용이 될 수 있으리라는 기대에서 씌어진 연관성 있는 일군(一群)의 시사적인 글로 여겨졌으면 한다.

어느 누구에게도 실제적인 효용이 되지 못하는 것은 어떤 것이든 간에 버려도 좋을 것이다. 필자의 접근 방법은 지금까지 많은 노력을 기울여왔지만 전체적인 조망을 시도해본 적이 없는 어떤 주제를 둘러싸고 정신을 자유로이 활동시켜야 한다는 매튜 아널드[1]의 가르침에 근거를 둔다.

---

1) Matthew Arnold(1822~88) : 영국의 시인·비평가. 위의 발언은 논문 「현대에서의 비평의 기능」(1864)에 나온다.

이 에세이들 모두가 비평을 다루고 있으나 비평이라고 할 때 필자가 뜻하는 바는 교양교육, 문화, 인문과학 연구 등 여러 가지 명칭으로 일컫고 있는 것의 한 부분인 문학과 관련되는 학문이나 취미의 활동 전체를 가리키는 말이다. 비평은 단순히 이 광범위한 활동의 일부분이 아니라 본질적인 부분이라는 원리에서 필자는 출발하고 있다.

문예비평의 주제가 되는 것은 예술이며, 비평 역시 예술적인 면을 분명히 갖고 있다. 이렇게 말하면 마치 비평이 문학에 기생하고 있는 표현방식, 기존의 예술에 얹혀 사는 예술, 창조적인 힘의 이차적인 모방이라는 말처럼 들릴지 모르겠다. 이런 이론에 따르면 비평가들이란 예술에 취미는 있지만 예술을 낳을 힘도 보호·장려할 돈도 없는 지식인들이다. 그들은 문화의 중개인이라는 계급을 형성해서 한편으로는 예술가를 착취하고 대중을 부채질하면서, 그들 편에 유리하도록 문화를 사회에 유통시키는 자들이다.

비평가를 기생충으로 혹은 **되다** 만 예술가로 보는 생각은 지금도 특히 예술가들 사이에 널리 퍼져 있다. 이러한 생각은 때로 창조기능과 생식기능 사이의 어설픈 유추(類推)를 통해서 강화되고 있으며, 그리하여 비평가는 '불능'이다, '석녀'(石女)와 같다, 비평가는 진정한 창조력을 가진 사람을 미워하고 있다는 이야기를 듣게 되는 것이다. 비평가를 비판하는 비평의 황금시대는 19세기 후반이었지만 그 당시의 편견 가운데 일부는 지금도 사라지지 않고 있다.

그렇지만 비평을 떨쳐버리고자 하는 예술의 운명은 교훈적이다. '통속' 예술을 통해서 직접 대중과 접촉하려는 시도는, 비평이란 인위적이지만 대중의 취향은 자연스럽다는 점을 가정하고 있다. 이 배후에는 자연스러운 취미에 대한 또 하나의 가정이 자리잡고 있는데, 그 가정은 톨스토이를 거쳐서 자연발생적인 창조력을 가진 '민중'이라는 낭만주의 이론에까지 거슬러 올라가고 있다. 이 이론들은 공정한 심판을 받아왔다. 즉 문학의 역사와 경험이 보여준 여러 사실들에 맞서 자기가 설 땅을 아주 굳게 다지지 못하였다. 이제 이론들을 뛰어넘어야 할 때라고 생각된다.

한때 '예술을 위한 예술'[2]이라는 구호를 연상케 하는 원시적인 예술관에 대한 극단적인 반동이 일어났는데, 이 반동은 정반대로 예술을 하나의 비법(秘法), 즉 밀교(密敎)문화를 가진 공동체에 들어가는 하나의 입문으로 생각하는 것이다. 이 경우 비평은 비밀결사의 의식적(儀式的) 몸짓이라든가, 치켜올린 눈썹이라든가, 은밀한 발언이라든가, 기타 하나의 문장구조로써 이해할 수 없을 만큼 지나치게 신비적인 표현 등을 해석하는 데 국한된다. 이 양자의 태도에 공통되는 오류는 예술의 가치와 예술에 대한 대중의 반응 사이의 관계를 조잡하게 연결시키는 데 있다. 가정되어 있는 그 관계가 전자의 경우는 직접적이고, 후자의 경우는 그 반대이지만.

이 양자의 견해를 지지하는 것처럼 보이는 여러 예를 찾을 수 있다. 그러나 예술의 가치와 대중의 예술에 대한 반응 사이에는 어느 쪽이든 간에 참다운 관계가 없다는 것이 명백한 사실이다. 셰익스피어는 존 웹스터[3]보다 인기가 있었지만, 그것은 셰익스피어가 그보다 더 위대한

---

2) 19세기 후반 프랑스에서는 보들레르, 영국에서는 세기말의 탐미파 오스카 와일드에 의해 제창되어 한때 유행한 예술 지상주의적인 문예사조이다. 예술은 미적인 것이 아닌, 종교적·도덕적·정치적, 기타 비예술적인 표준에 의해서 평가될 수 없으며, 예술은 예술 그 자체를 유일한 목적으로 해서 만들어진다는 것이 근본 입장이었다. 문학은 비도구적인 언어로서, 그 가치는 오직 그 자체 안에 존재한다는, 말하자면 독일의 시인 노발리스가 주장한 '표현 그 자체를 위한 표현'이 '예술을 위한 예술'의 공리였다. 미의 개념에 기초를 둔 이 사상은 독일 낭만주의자들에 의해서 세련되어지면서, 유럽의 상징주의, 상징주의 후기의 운동을 지배하였다. 더욱이 이것은 문예과학을 창조하고자 하는 최초의 현대적인 시도의 터전이 되었다고 말할 수 있다. 러시아의 형식주의, 미국의 신비평, 그 어느 것이든 간에 출발점은 이와 동일한 것이다.

3) John Webster(1580~1625) : 동시대인인 셰익스피어에 버금가는 비극적인 정신을 보여준 영국의 극작가.

극작가였다는 이유 때문은 아니다. 키츠는 몽고메리[4]만큼 인기가 없었지만, 그것은 키츠가 그보다 더 훌륭한 시인이었기 때문은 아니다. 따라서 좋든 나쁘든 간에 비평가가 문화교육의 개척자나 또 문화적 전통의 형성자가 되는 것을 막을 길은 전혀 없다. 셰익스피어나 키츠가 현재 누리는 인기가 어떠하든 간에, 그 인기는 비평이 그들을 세상에 널리 알려준 결과이다.

비평이 없는 세계에 있고자 하고, 또 어떤 글을 바라고 어떤 글을 좋아하는가를 알고 있다고 주장하는 대중은 예술을 얕잡아보며, 스스로의 문화적인 기억을 잃어버리는 자들이다. 예술을 위한 예술은 비평으로부터의 도피로서, 결국은 문명생활 자체의 빈곤을 초래한다. 비평이 하는 일을 가로채는 유일한 방법은 검열을 통해서지만, 검열과 비평의 관계는 사형(私刑)과 재판의 관계와 같은 것이라 하겠다.

비평이 왜 존재해야 하는가에는 또 한 가지 이유가 있다. 비평은 말을 할 수 있지만, 모든 예술은 벙어리인 것이다. 그림이나 조각이나 음악의 경우 그 예술들은 보여주고는 있지만 말은 할 수 없다는 것은 누구의 눈에도 분명하다. 그런데 그 시인은 말이 없다든가, 뜻이 분명치 않다고 하면 어떻게 들릴지 모르겠지만, 시가 조각상과 같이 말이 없다는 것은 대단히 중요한 의미가 있다. 시는 언어를 사용하되 사심 없는 언어를 사용한다. 즉 독자에게 직접 말을 걸지 않는다.

시가 직접 말을 걸 때면 우리는 보통 그 시를 쓴 시인이 독자나 비평가에게 어떤 불신을 품고, 자기 작품에 대해 어떤 실마리를 주지 않으면 자기가 말하고자 하는 의미를 그들이 해석할 수 없다고 생각하기 때문에 그렇게 말을 걸게 한다고 느낀다. 그리하여 그는 결국 그의 시를 누구나 배워서 작시할 수 있는 그런 삼류시의 수준('갈피가 없는 운문' 또는 '졸렬한 시')에나 걸맞는, 음률로 된 객담을 늘어놓는 시로 전락시킨다. 시인으로 하여금 뮤즈에 호소하도록 하고, 자신의 시

---

4) Robert Montgomery(1807~55) : 영국의 종교시인.

가 무의식 속에서 나온 것이라고 항변하도록 하는 것은 전통에 의한 것만은 아니다. 또 아치볼드 매클리시[5]가 그 유명한 『시의 기법』에서 '말이 없는' '벙어리의' '표현이 없는' 등의 형용사를 어떤 시 앞에 쓰고 있는 것은 억지로 짜낸 기지(機智)가 시켜서도 아니다.

존 스튜어트 밀*이 놀랄 만한 비평적 안목을 가지고 통찰한 바와 같이 예술가가 하는 말은 그저 들리는 것이 아니라 몰래 엿듣는 것이다. 시인은 자신이 무엇을 이야기하고 있는지를 알지 못한다는 것이 아니라, 알고 있는 것을 자연스럽게 이야기할 수 없다는 것—이것이 바로 비평의 공리가 되지 않으면 안 된다. 그러니까 비평이 존재할 권리를 전적으로 옹호한다는 것은, 비평은 사고와 지식의 한 구조로서 비평이 취급하는 예술과는 어느 정도 무관한 채 그 자체의 의의를 갖고 존재하는 것이라고 가정하는 것이 된다.

시인은 물론 그 나름대로 어느 정도의 비평 능력을 가지고 있을 것이고, 그러므로 자신의 작품에 대해서 말할 수 있을 것이다. 그러나 『천국편』의 제1권에 대한 주해(註解)를 쓴 단테는 많은 단테 비평가 중의 한 사람으로 존재하는 데 불과하다. 그가 말하고 있는 것은 특별한 관심을 끌 수는 있지만, 그렇다고 특별한 권위를 가지고 있는 것은 아니다. 비평가는 어떤 시의 가치를 그 시를 창작한 시인보다 더 훌륭하게 판단할 수 있다는 것이 일반적으로 인정되어오고 있다. 그러나 비평가를 시의 의미의 최종적인 판결자라고 여기는 것은—실제로 그렇게 되어야 한다는 것이 분명한데도 불구하고—어딘지 모르게 우스꽝스럽다는 견해가 여전히 떠돌고 있다. 그 이유는 문학을 기술적(記述的)인 글

---

5) Archibald MacLeish(1892~1982) : 제1차 세계대전 후에 활약한 미국의 시인이자 극작가.

* 「시와 그 다양성에 관한 고찰」, *Dissertations and Discussions*, 제1집〔밀(John Stuart Mill, 1806~73)은 영국의 철학자이자 경제학자로 주요 저서로는 『논리학 대계』(1843), 『경제학 원론』(1848) 등이 있으며, 에세이로는 『자유론』(1859) 등이 있다-옮긴이〕.

혹은 논술적인 글과 구별하지 못하는 데 있는 것이다. 기술적인 혹은 논술적인 글은 능동적인 의지와 의식적인 정신에서 나오는 것이며, 무엇보다도 어떤 것을 '말한다' 는 것에 관련되어 있다.

시인은 오로지 사후라야 정당하게 평가될 수 있다고 비평가가 막연하게 생각하고 있는 이유 중의 하나는 죽은 후에는 그가 시인으로서의 공적을 내세워 우쭐거리거나 창작의 내적인 경험을 암시함으로써 비평가를 초조하게 들볶지는 않을 것이기 때문이다. 입센이, 『황제와 갈릴리 사람』이 자신의 가장 우수한 희곡이며 『페르 귄트』[6]에 나오는 어느 삽화는 우화적인 것이 아니라고 주장한다면 입센은 변변치 않은 입센 비평가라고 말할 수밖에 없다. 워즈워스가 『서정민요시집』[7]에 붙인 서론은 주목할 만한 문장이기는 하지만, 워즈워스의 시를 비평한 글로서는 어떤 사람도 B$^+$ 이상의 점수는 주지 않을 것이다.

만일 셰익스피어가 사자의 나라에서 다시 살아 나온다면 그의 작품을 두고 비평가들이 해놓은 비평을 평가할 수도 없고, 심지어 이해조차 할 수 없을 것이라는 주장이 있기 때문에 셰익스피어 비평가들은 곧잘

---

6) 『페르 귄트』는 인간 존재의 신비와 의미를 파헤친 입센(Henrik Ibsen)의 희곡이며(1867), 『황제와 갈릴리 사람』은 '세계사극' 이라는 헤겔적인 부제가 붙어 있는, 이교적인 것과 기독교적인 것의 대립을 다룬 역사극(1873)이다.

7) 워즈워스(William Wordsworth)와 콜리지(Samuel Taylor Coleridge) 공저의 시집으로 1798년 초판이 간행되었다. 낭만주의적인 취향의 도래를 명시한, 영문학 사상사에서 획기적인 시집이다. 18세기 신고전주의의 귀족적이며, 도시풍의 기예주의적인 시법에 대항하여 워즈워스는 농촌생활과 같은 일상적인 것에 신기함의 매력을 부여하려 했고, 콜리지는 초자연적인 것을 현실적인 것으로 보이도록 시도한 일종의 실험적인 시집이었다. 제2판(1800년)에 붙인 워즈워스의 장문의 서론에, 영국 낭만주의의 시작을 알리는 '시란 강렬한 감정의 자연발생적인 넘쳐 흐름' 이라는 유명한 구절, 또 시란 '정적 속에서 상기되는 정서' 의 표현이라는 구절, 또 시의 용어는 18세기의 인공적인 시어(詩語)를 배제하고 일상적인 말에 가까운 것이 되어야 한다는 주장이 나온다. 그러나 이러한 주장들이 그의 시작에 반드시 반영된 것은 아니다.

웃음거리의 대상이 되기도 한다. 이런 주장은 그 자체에서 충분히 나올 만하다. 셰익스피어가 자기 자신에 대해서든 다른 사람에 대해서든 간에 비평에 흥미를 보이고 있는 증거는 거의 찾을 수 없기 때문이다. 만일 그런 증거가 있다 하더라도, 『햄릿』에서 그가 이야기하고자 했던 것을 스스로 설명해놓은 것이 있다고 해서 그것이 이 희곡의 모든 수수께끼를 깨끗이 해결한 결정적인 비평이 될 수 없는 것과 마찬가지로, 그가 연출한 『햄릿』 상연도 결정판이 될 수는 없는 것이다.

어떤 시인을 그 시인의 작품과 관련시켜 그렇게 말할 수 있듯이, 더더욱 그 시인이 다른 시인들에게 행하는 비평에 대해서도 마찬가지로 말할 수 있다. 비평 안목이 있는 시인이라면 자신의 창작 행위와 긴밀히 연관되는 그의 취미를 문학의 일반 법칙으로까지 넓혀나가는 것을 피하기는 거의 불가능하다. 그러나 비평은 문학 전체가 실제로 관계되는 것에 의거하지 않으면 안 된다. 높은 평가를 받고 있는 작가가 문학 일반은 이러한 것이 되어야 한다고 생각하더라도, 문학 전체상에 비추어보게 될 때만이 비평은 그 본연의 전망 속에서 자신의 위치를 드러내줄 것이다. 시인이 비평가로서 이야기할 때 그것은 비평이라 할 수 없고, 그의 이야기는 비평가에 의해서 검토되어야 할 귀중한 자료에 불과하다. 물론 귀중한 자료는 되겠지만, 그것이 비평의 유일한 지침으로 받아들여진다면 오도의 위험성이 있는 것이다.

시인은 자기 자신에 대해서 또는 문학이론에 대해서 결정적인 해석자가 되지 않으면 안 된다든가, 혹은 도대체 그것이 가능하다고 보는 견해는 비평가를 기생충 내지는 심부름꾼으로 보는 것이다. 비평가는 독자적인 활동 영역을 가지고 있으며 또 그 영역 내에서 자율성을 가지고 있다는 것을 우리가 인정한다면 비평은 어떤 특별한 개념적인 틀에 입각해서 문학을 다루고 있다는 것을 인정하지 않을 수 없다. 이 틀은 문학 자체의 틀은 아니다. 만일 문학 자체의 틀이라면 단지 비평가는 기생충이라는 이론이 나오기 때문이다. 또한 이 틀은 문학 밖에 있는 것도 아니다. 만일 문학 밖에 있는 것이라면 또다시 비평의 자율성은 사라지고 전(全)주제는 그밖의 다른 어떤 것에 흡수되어버리고 말 것이기 때문이다.

지금 말한 후자의 경우는 역사학에서 결정론이라고 일컬어지는 것의 오류를 비평에 끌어들이는 것이 된다. 지리학이나 경제학에 특히 관심을 갖고 있는 학자가 그 관심을 표현하는 한 방법으로 수사학적인 장치를 사용하여 자기가 아주 좋아하는 연구 분야를 그에게 관심이 덜한 어떤 분야와 인과관계가 있는 것처럼 해석하는 것이다. 비평을 다른 분야에 동화시키는 이런 방법은 연구자들에게, 그들이 주제를 연구하는 동안 그 주제를 설명하고 있으니까 시간을 낭비하고 있지 않다는 착각을 가지게 한다. 비평에서 이러한 결정론의 긴 일람표를 작성하기란 쉬운 일이리라.

마르크스주의, 토마스주의,[8) 리버럴 휴머니즘,[9) 신고전주의,[10) 프로이트학설, 융학설, 실존주의 등 비평에 나타난 모든 결정론들은 각기 어떤 입장을 취하든 간에 모두 비판적인 태도를 취하기 때문에 비판적

------

8) 중세의 사상가 성 토마스 아퀴나스(St. Thomas Acquinas)의 신학·철학체계를 일컫는 말이다. 그는 아리스토텔레스를 기독교 철학과 신학에 연결시키면서 모든 지식을 한데 묶는 완전한 철학체계를 시도했다. 그 전제로서 그는 자연과 초자연세계는 근본적으로 갈등이 없는, 즉 둘 다 같은 진리(곧 하느님)로부터 나온다는 사실을 주장했다. 이렇게 해서 그는 자연적인 것과 초자연적인 것, 신앙과 이성을 하나의 체계 속에 종합하고 있다.

9) 마르크스주의나 실존주의 같은 특정한 정치·철학의 도그마나 이데올로기에 빠지는 것을 싫어하는 현대 휴머니즘 일반을 가리킨다.

10) 넓게는 그리스·로마의 문학을 새로운 열의를 갖고 읽기 시작한 르네상스에서부터 낭만주의가 일어나기 이전의 유럽 문학 전반을 가리키나, 좀더 집약적으로 말해서 17세기 중엽에서 18세기 말까지의 문학사조를 가리킨다. 신고전주의는 고전 문학에서 발견한 자연의 보편성, 조화, 균형, 합리성을 더욱 철저히 방법적으로 따르기를 주장하였다. 그러나 여기서는 제1차 세계대전 이후의 흄(T.E. Hume)이나 엘리엇(T.S. Eliot) 등의 반(反)낭만주의적 문학관을 가리키고 있다.

태도를 비평으로 대신하고 있다. 그리하여 문학 내에서 비평을 위한 개념적인 틀을 찾지 못하고 비평을 문학 밖의 잡다한 틀 가운데 하나에 소속시키려 하는 것이다. 그렇지만 비평의 공리와 전제(前提)는 비평이 다루는 예술에서 싹터 나와야 한다. 문예비평가가 첫째로 해야 할 일은 문학을 읽고서, 그 자신의 영역을 귀납적으로 개관하고 오직 그 영역에 대한 자신의 지식으로부터 그가 사용할 비평원리가 짜이도록 하는 일이다. 비평원리는 신학, 철학, 정치학, 과학, 혹은 이런 학문들의 결합에서 이미 만들어져 있는 그대로 물려받을 수는 없다.

비평을 외부로부터 받아들인 비평적 입장에 종속시키는 것은 그것이 무엇이든 간에 문학 외적인 요인과 결부될 수 있는 가치들을 문학 속에서 과장하는 것에 불과하다. 문학에 문학 밖의 도식, 즉 일종의 종교적·정치적 컬러 필터를 붙이는 것은 아주 쉬운 일이다. 이 때문에 어떤 시인들은 돋보이게 되고 다른 시인들은 미미하고 결점이 많은 듯이 보이게 된다. 이러한 컬러 필터를 손에 들고서 사심 없는 비평가가 할 수 있는 일이 있다면, 이 컬러 필터가 새로운 사실들을 밝혀주어 문학에 매우 유익한 공헌을 하고 있다고 정중하게 속삭이는 정도이다.

물론 이러한 종교적·정치적 컬러 필터를 조종하는 비평가들은 보통 다음과 같은 사실들을 넌지시 암시해주기도 하고, 어떤 때는 실제로 그들 스스로 그렇다고 믿기도 한다. 즉 그들은 자신들이 얻은 문학적 경험을 경험 그 자체가 이야기하도록 내버려두며 그밖의 다른 태도들은 표면에 드러내놓지 않은 채 유보시키고 있다는 등, 또는 그들이 내린 문학의 가치평가와 그들이 가지고 있는 종교적 혹은 정치적 신념이 서로 일치하는 것이 그들에게는 말없이 만족감을 주고 있지만, 독자들에게 노골적으로 강요하는 것은 아니라는 사실 등을 암시해주기도 하고 스스로 믿기도 하는 것이다.

그렇지만 편견으로부터 비평이 독립하기란 심지어 비평이라는 것을 가장 잘 이해하고 있는 사람들에게조차 늘 가능한 것은 아니다. 이류

비평가에 대해서는 말하지 않는 편이 낫겠다.

문학 외의 다른 무엇에 중심을 두고 있는 어떤 일관된 인생철학을 얻지 못하는 한 문예비평은 가능할 수 없다는 주장이 나온다면 독립된 주제로서의 비평의 존재는 역시 부정된다. 그러나 이와 다른 견해가 가능하다. 만일 비평이라는 것이 존재한다고 하면, 그 비평은 문학 영역을 귀납적으로 개관한 결과에서 얻은 어떤 개념적인 틀에 입각해서 문학을 검토해야 한다는 견해이다. '귀납적'이라는 말은 어떤 과학적인 절차를 의미한다. 비평이 하나의 예술이면서 동시에 하나의 과학이라는 말은 대체 무슨 뜻인가? 물론 '순수' 과학이나 '정밀' 과학이라는 것은 아니다. 이러한 말은 이미 우리에게서 사라진 19세기식의 우주관에 기인하는 것이다. 역사에 관한 저술은 하나의 예술이지만 역사가가 증거자료를 다룰 때에 과학적 원리가 작용하고 있으며, 또 이와 같은 과학적 요소가 있기 때문에 역사는 전설과 구별될 수 있다는 것을 의심할 사람은 아무도 없다.

비평에서도 한편으로는 비평을 문학의 기생적인 위치와 다른 한편으로는 이쪽저쪽을 왔다갔다하는 기회주의적인 비평과 구별해주는 것도 역시 과학적 요소일지 모른다. 어떤 주제에 과학적 요소가 존재할 때 그 주제의 성격은 우연적인 것에서부터 인과적(因果的)인 것으로, 일관성 없는 직관적인 것에서부터 체계적인 것으로 변하며, 동시에 그 주제의 일체성은 외부의 침해로부터 보존된다. 그러나 '과학적'이라는 말이 상상력과 무관한 저속한 것을 함축하고 있다고 생각하는 독자가 있다면 '체계적'이라든가 '전진적'이라는 말로 대치시켜도 상관없다.

비평에도 과학적 요소가 있을 가능성이 있다고 말하는 것은 얼빠진 소리같이 들리는 듯하다. 왜냐하면 과학적 요소가 존재한다고 가정하는 많은 학술지가 있고, 문예비평과 결부된 과학적인 절차를 밟는 작업에 종사하고 있는 수많은 학자가 실제로 있기 때문이다. 증거는 과학적으로 검토되고, 선행 전거들은 과학적으로 이용되고, 연구 분야는 과학적으로 조사되고, 텍스트는 과학적으로 편찬된다. 또 운율학은 과학적인 구조를 갖고 있다. 음성학도 그렇고 언어학도 그러하다. 문예비평이 과학적이든가, 그렇지 않으면 고도의 경험과 두뇌를 가진 이 모든 학자들이 골상학 따위의 어떤 의사과학(擬似科學)에 시간을 낭비하고 있든가, 둘 중 하나이다.

그러나 학자들이 자기들이 하고 있는 일이 과학적이라는 사실이 내포하고 있는 함축성을 과연 인식하고 있는지를 생각하지 않을 수 없다. 이차적인 자료들이 점차 폭주할 만큼 쌓여가는 동안 사람은 통합·정리해나가는 과학의 속성인 전진감각을 잃어버리게 된다. 조사 연구는 이른바 '배경'으로 시작해서, 그 연구가 앞으로 나아가는 데 따라서 전경(前景)도 또한 조직해주리라는 기대를 준다.

그러나 문학에 대해서 무엇을 알아야 한다고 말할 때, 이 말이 뜻하는 바는 문학이란 무엇인가에 대해서 알지 못하고는 해결될 수 없다는 것이 된다. 연구가, 문학이란 무엇인가라는 점에까지 오게 되면 바로 이 순간 어떤 장벽에 막혀서 허사가 되는 것같이 느껴지고, 또 원점으로 되돌아가서 다른 연구계획을 세우게 되는 꼴이 된다.

그래서 문학을 '감상'하기 위해서, 또 보다 직접적으로 접촉하기 위해서 우리는 가장 노련하고 현명한 독서 대중을 대표하는 찰스 램[11]이나 윌리엄 해즐릿,[12] 매튜 아널드, 생트-뵈브[13] 같은 문예평론가(public critic)들에게 향한다. 문학을 좋아하는 일반 독자가 어떻게 문학을 다루고 평가하는가를 예증하고, 그리하여 어떻게 문학이 사회에 흡수되는가를 보여주는 것이 문예비평가의 일이다. 그러나 여기서 우리는 이미 지식이 비개인적인 하나의 일반적인 체계로 통합되어가고 있다는 느낌을 갖게 되는 것은 아니다. 문예평론가들은 강연이나 가벼

---

11) Charles Lamb(1775~1834) : 영국의 수필가.
12) William Hazlitt(1778~1830) : 영국의 문예평론가.
13) Charles Augustin Sainte-Beuve(1804~69) : 프랑스의 문예비평가.

운 수필 같은 단편적인 형식에 치중하는 경향이 있으므로 그들의 비평은 과학이 아니라 문학예술의 또 다른 한 형식이라고 말할 수 있다. 그들은 문학을 실용적으로 연구하는 것에서 착상을 얻지만, 이론적인 구조를 만들어낸다든가 그 구조를 깊이 파고들어가려고는 하지 않는다. 셰익스피어에 대한 비평을 대할 때 우리는 새뮤얼 존슨[14]의 아우구스티누스적[15]인 취미, 콜리지의 낭만주의적인 취미, 브래들리[16]의 빅토리아조(朝)적인 취미 등 훌륭한 연구업적을 접하게 된다.

셰익스피어의 이상적인 비평가가 있다면 그는 아우구스티누스 시대, 낭만주의 시대, 빅토리아 시대가 가진 취미의 한계와, 존슨, 콜리지, 브래들리가 저마다 갖고 있는 편견을 피할 것이다. 그러나 우리는 셰익스피어 비평에서 진보한다는 개념이 어떤 것인지를 짐작하기가 어려우며, 혹은 셰익스피어에 관한 선행된 연구들을 모두 읽고 검토한 어떤 비평가가 그 결과로서 그 시대의 한계와 편견이 있음에도 불구하고 어떻게 일시적인 취미 이상의 훌륭한 업적을 이룰 수 있는지에 대해서도 짐작하기가 어렵다.

달리 말하면 문학 전체를 지적으로 파악하는 것을 향해 나아가는 진짜 비평과 오직 취미의 역사에 만족하고 그렇기 때문에 유행에 따라 변화하는 편견을 구별하는 방법이란 아직 없는 것이다. 정면충돌을 하고 있는 이 양자 사이의 차이를 보여주는 한 예를 보자. 『한 알의 모래』에

---

14) Samuel Johnson(1709~84) : 영국의 신고전주의 비평가이자 시인.

15) 원래 고대 로마의 아우구스티누스 황제 치하에서 베르길리우스, 호라티우스, 오비디우스 등이 활동한 눈부신 문학적 시기를 가리키는 말이다. 그러나 영문학사상, 좁은 의미로는 18세기의 첫번째 4반세기, 넓은 의미로는 18세기 전체를 가리킨다. 그 이유로는 포프(Pope)를 비롯한 여러 문학가들이 로마의 아우구스티누스 시대의 문학적 관습, 사회적 관심, 그리고 중용, 적격, 도시적인 색채 등을 그들의 문학적인 이상으로 삼고, 모방하려고 애썼기 때문이다.

16) A.C. Bradley(1851~1935) : 영국의 셰익스피어 학자.

붙인, 색다르고 재기에 넘치면서도 산만한 각주 중에서 존 러스킨[17]은 다음과 같이 말하고 있다.

셰익스피어 극에 나오는 인물들의 이름에 대해서는 뒤에 더 상세히 말할 작정이다. 그 이름들은 이상야릇하게도—때로는 조잡스럽게도—여러 나라의 각양각색의 전통이나 언어들로 합성되어 있다. 의미가 극명한 세 가지 이름에 대해서는 이미 살펴보았다. 데스데모나—그리스어인 '디스다이모니아'(비참한 운명)에서 나온 이름—의 경우도 명백하다. 오셀로는 '조심성 있는 사람'이라는 뜻으로 생각된다. 이 비극에서 일어나는 모든 참화는 그의 태연자약하고 굳센 기상 속에 있는 단 하나의 성격적 결함과 잘못 때문에 일어났던 것이다. 햄릿의 충실한 아내로 스스로 목숨을 끊었던 오필리아— '남 돕기를 좋아하는 사람'—의 이름이 그리스 이름이라는 것도 그녀의 오빠인 레어티즈의 이름에서 알게 된다. 그리고 그 의미는 오빠가 그녀에 대해서 마지막으로 하는 말 가운데 한 번 교묘하게 암시되어 있다. 그 말에서는 오필리아의 우아한 기품이 야비한 승려의 무익한 행동과 대비되어 있다—"네놈이 지옥에서 울부짖고 있을 때, 나의 누이동생은 천국에서 섬기는 천사가 되어 있으리라."

이 구절에 대해서 매튜 아널드*는 다음과 같이 비평하고 있다.

정말 이건 얼마나 터무니없는 말인가! 나는 셰익스피어 극에 나오는 인물들의 이름이 뜻하는 것이 아무런 효과도 없다든가(러스킨 씨의 어원 지식의 정확성에 대해서는 문제삼지 않겠다), 전혀 무시해도 상관없다고 말할 생각은 없다. 그러나 그의 견해를 이만큼 두드러지

---

17) John Ruskin(1819~1900) : 영국의 문예비평가.
 * 매튜 아널드, 「학술원이 미친 문학적 영향」, *Essays in Criticism*, 제1집.

게 하는 것은 그가 일시적인 생각에 휘말려 있다든가, 절도와 조화를 잊고 있다든가, 정신의 균형을 완전히 잃어버리고 있다든가 하기 때문이다. 이것은 비평에서 지방성의 색채를 아주 극단적으로 보여주는 것이다.

그러나 러스킨의 견해가 옳든 그르든 간에 그는 진짜 비평을 시도하고 있다. 러스킨은 비평가에게만 속해 있는, 또 한편으로는 희곡 그 자체에만 관계되는 어떤 개념적인 틀에 입각해서 셰익스피어를 해석하려고 한다. 아널드가 이것은 문예평론가가 직접적으로 이용할 수 있는 그런 종류의 자료가 아니라고 느낀 점은 전적으로 옳다. 그러나 아널드는 취미의 역사와 구별되는 체계적 비평이 존재한다는 것을 생각조차 하지 않고 있는 것 같다. 이 점에서 보면 지방적인 것은 오히려 아널드 쪽이다.

러스킨은 도상학(圖像學)의 위대한 전통을 배우는 것으로부터 비평가로 입신하는 길을 체득하였다. 그가 배운 전통은 고전학과 성서학에서부터 그가 주의 깊게 연구했던 단테와 스펜서에까지 이르고, 또한 온 열성을 바쳐 아주 자세하게 연구했던 중세 사원의 건축양식에도 반영되어 있다. 아널드는 문예비평의 보편적인 자연법칙으로서 '명쾌한 양식'(plain sense)이라는 비평 공리를 가정하고 있는데, 이것은 드라이든[18] 시대 이전에는 거의 들어본 적이 없고, 또 프로이트·융·프레이저,[19] 그리고 카시러[20]의 시대 후까지도 계속 남아 있으리라고는 보증할 수 없는 공리인 것이다.

---

18) John Dryden(1631~1700) : 영국의 시인·극작가·비평가.

19) Sir James George Frazer(1854~1941) : 영국의 인류학자·민속학자. 『황금의 가지』(1890~1915)의 저자.

20) Ernst Cassirer(1874~1945) : 독일의 철학자로서 『상징형식의 철학』(1923~29), 『인간론』(1944) 등의 저자.

지금까지 보면, 한편에는 '문학연구'를 가능케 하려고 노력하는 학자의 작업이 있고, 다른 한편에는 '문학연구'라는 것이 존재한다는 것을 전제로 하는 문예평론가의 작업이 있다. 그 중간에 '문학' 그 자체가 있으며, 그것은 타고난 재능을 유일한 길잡이로 삼고 문학도가 그 주변을 맴도는 일종의 금렵구역과 같은 것이다. 학자와 문예평론가는 오로지 문학에 대한 공통적인 관심에 의해 서로 결합된다는 전제가 있는 것 같다. 학자는 문학의 입구 바깥쪽에 비평 재료를 내려놓고 간다. 눈에 보이지 않는 소비자에게 바쳐지는 다른 공물과 같이 이러한 연구의 대부분은 무언가 비장한 신념의 산물이며, 때로는 누군가 종합력을 가진 비평의 구세주가 미래에 나타나서 그것이 쓸모있는 것이라고 알아주리라는 희망의 산물인 것처럼 보인다.

문예평론가, 말하자면 밖에서 강요된 것 같은 그런 비평의 입장을 대표하는 문예비평가는 단지 이 재료를 두서없이 함부로 이용하려는 경향이 많다. 아니 오히려 문예비평가는 햄릿이 무덤 파는 일꾼을 다루듯이, 말하자면 손에 이상한 해골을 들고 그것에 설교를 지껄이는 것 외에는 일꾼이 파올린 모든 것을 무시해버렸던 것처럼, 학자를 다루는 경향이 사실 많다.

예술에 관계하는 사람들은 이따금 자기들이 하고 있는 일의 효용과 가치에 대해서 질문을 받는 일이 있지만, 그 질문은 반드시 동정적인 것만은 아니다. 그러한 질문에 직접 답한다는 건, 어쨌든 그러한 질문을 한 사람들에게 답한다는 건 아마도 불가능할 것이다. 가령 그런 질문에 뉴먼[21]처럼 '교양 자체가 바로 목적'이라고 하는 대부분의 답은 교양적인 경험을 겪어온 사람들의 경험에만 호소하는 데 지나지 않는다.

이와 흡사하게 대부분의 '시의 옹호'도 옹호를 받을 필요가 있는 사람들에게만 이해될 수 있는 것이다. 따라서 비평옹호론도 예술을 실제로 경험하는 것에 그 토대가 있지 않으면 안 되며, 문학에 관계하는 사

---

21) John Henry Newman(1801~90) : 영국의 가톨릭 신학자.

람들이 대답할 일차적인 물음은 '문학연구는 어떤 효용이 있는가' 가 아니라, '문학연구가 가능하다는 사실에서 무엇이 나오는가' 이다.

　문학을 본격적으로 연구해본 사람은 누구나 그에 필요한 정신 작용은 과학의 연구와 같이 일관성이 있고 전진적이라는 것을 알고 있다. 과학의 연구와 아주 유사한 정신적인 단련이 문학연구에서 행해지고, 주제에 대한 똑같은 통합감각이 과학연구에서처럼 길러진다. 이 통합이 문학 그 자체에서 나오는 것이라면 문학 그 자체도 과학과 똑같이 형성되는 것임에 틀림없다(그러나 이것은 우리들이 문학에서 얻는 경험과는 모순된다).

　이것이 아니라면 문학은 존재의 중심에 자리잡고 있는, 말로 표현할 수 없는 어떤 신비로부터 교육적인 유용한 힘을 끌어내는 것임에 틀림없다(그러나 이것은 막연한 것처럼 보인다). 이것도 저것도 아니라면 문학에서 얻어진다고 주장되는 정신의 양식은 실재하지 않는 가상적인 것으로서, 그 정신적 양식은 실은 문학과 관련해 부수적으로 연구되는 다른 주제들로부터 나오는 것임에 틀림없다.

　학자와 문예애호가가 오로지 문학에 대한 공통적인 관심에 의해서 서로 결합되고 있다는 가정으로부터 우리가 얻을 수 있는 결론은 이상과 같은 것이다. 만일 이 가정이 사실이라면 모든 비평을 통틀어 볼 때 부질없는 비평행위가 높은 비율을 차지하고 있으므로 이 사실을 정직하게 대면할 필요가 있는 것이다. 왜냐하면 비평의 분량이 많아지면 많아질수록 그 부질없는 비평행위의 비율도 높아져 마침내 비평이라는 것이 특히 대학교수들에게서 기도문통(prayer-wheel)을 돌리는 것처럼 자동적인 방법으로 업적을 취득하는 행위에 불과하게 되기 때문이다.

　그러나 이와 같은 가정은 무의식적인 것에 지나지 않으므로—적어도 필자는 이 가정이 하나의 신조로서 말해지고 있는 것을 본 적이 없다—이것이 결국은 난센스에 지나지 않는다는 것으로 판단된다면 확실히 편리하리라. 이 가정을 대신할 수 있는 가정이 있다면 다음과 같은 것이다. 즉 그 가정은 학자와 문예평론가는 중간 형식의 비평, 말하자면 논리적으로 또한 과학적으로 구성된 어떤 일관성 있는 포괄적 문학이론——문학도는 공부하는 가운데 그 이론의 일부를 무의식적으로 알게 되지만, 그 주요한 원리들은 아직까지 우리들에게는 알려져 있지 않다——에 의해서 직접 문학에 관계하고 있다는 것이다. 이러한 비평이 발전되어가면 다른 모든 과학과 똑같이 비평작업도 통합된 지식의 구조 속으로 동화됨으로써, 조사연구를 하는 가운데 체계적이고 전진적인 요소를 획득할 수 있을 것이다. 동시에 비평의 내부에 문예평론가와 문예애호가가 따라야 할 어떤 권위가 확립될 것이다.

　이러한 중간형식의 비평이 가능하다는 것이 무엇을 뜻하는가를 주의 깊게 인식하지 않으면 안 된다. 그것은 어떤 식으로도 문학 자체를 직접 배운다는 것은 불가능함을 암시하는 것이다. 물리학은 자연에 관한 지식의 조직체이지만, 물리학도는 물리학을 배울 뿐 자연을 배우고 있다고는 말하지 않는다. 자연과 똑같이 예술도 그 체계적 연구, 즉 비평과는 구별되어야 한다. 그러므로 ‘문학을 배운다’는 것은 불가능하다. 말하자면 우리는 어떤 방식으로 문학에 관해서 배우지만, 우리가 ‘배우다’라는 타동사와 목적어로서 배우는 것은 문학비평인 것이다.

　이와 흡사하게 ‘문학을 가르친다’고 할 때 그 말에서 때때로 느껴지는 어려움은 문학은 가르쳐질 수 없다는 사실에서 비롯된다. 말하자면 문학비평만이 직접 가르쳐질 수 있는 전부이다. 문학은 연구의 주체가 아니라 연구의 대상이다.

　이미 살펴본 바와 같이, 문학이 언어로 이루어져 있다는 사실 때문에 우리들은 문학을 언어에 의해서 그 무엇을 이야기하는 학문과 같은 것으로 착각하게 된다. 도서관에서 비평을 문학의 하위구분의 하나로 분류하는 것은 우리들의 착각을 반영해주는 것이다. 오히려 비평의 예술에 대한 관계는 역사의 행위에 대한 관계, 또는 철학의 지혜에 대한 관계와 같은 것이다. 즉 비평은 그 자체로는 말을 하지 않는 인간의 생산적인 힘을 언어로써 모방한 것이다. 그리고 철학자에게는 철학적으로, 역사가에게는 역사적으로 생각되지 않을 수 없는 것이 아무것도 없는 것처럼 비평가는 그 자신의 개념적인 우주를 구축하고 그 속에 살 수 있어야만 하는 것이다. 이 비평적 우주는 아널드가 말하고 있는 교양의 개념 속에 함축되어 있는 것 중의 하나처럼 보인다.

따라서 필자는 문예비평이 현재 올바른 일을 하지 않고 있으며, 그러니까 그밖의 다른 일을 해야 한다고 말하는 것은 아니다. 현재 행하고 있는 문예비평을 우리가 포괄적으로 조망할 수 있어야만 한다는 점을 말하고 있는 것이다. 학자와 문예비평가는 마땅히 비평에 계속 공헌할 필요가 있다. 그들이 공헌하고 있는 것이, 산호섬이 폴립에게는 보이지 않는 것과 같이 우리들의 눈에 보이지 않더라도 상관없다. 문학을 학문적으로 연구하고 있는 동안, 문학도는 자신을 문학에서부터 갈라놓는 역류가 있음을 깨닫게 된다. 문학도는 문학이 인문과학의 중심과목으로서 한편은 역사학에 접하고, 다른 한편은 철학에 접해 있음을 안다.

문학은 그 자체로서 하나의 통합적인 지식구조는 아니므로 비평가는 역사가가 역사적 현상에 대해서 이야기할 때 이용하는 개념적인 틀이나, 철학자가 관념에 대해 이야기할 때 이용하는 개념적인 틀에 의존하지 않을 수 없게 된다. 지금 당신은 무엇을 하고 있는가라는 질문을 받게 되면 비평가는 한결같이 던[22]을, 셸리 사상을, 또는 1640~60년까지의 시대를 연구하고 있다는 말을 할 것이고, 그렇지 않으면 이와는 다르게 역사, 철학 또는 문학 자체가 그의 비평의 개념적인 기초가 되고 있다는 것을 암시하는 대답을 할 것이다. 만일 비평이론에 관심을 갖고 있었다면—이것은 그리 있을 법한 일은 아니지만—그는 '일반적'인 문제를 연구하던 중이라고 대답할 것이다.

---

22) John Donne(1572~1631) : 영국의 형이상학파 시인.

분명히 체계적인 비평의 부재가 힘의 진공상태를 만들어내었고, 이 때문에 모든 인접 학문이 그 속에 밀어닥쳐온 것이다. 이미 언급한 바와 같은 아르키메데스의 오류가 눈에 띄는 것도 이 때문이다. 그 오류란 한번 기독교적, 민주주의적 혹은 마르크스주의적 가치에 굳게 발을 들여놓게 되면 우리들은 변증법의 지렛대를 이용해서 즉시 비평 전체를 마음대로 들어올릴 수 있게 된다는 것을 의미한다. 그러나 비평가가 가진 각양각색의 관심을 체계적 이해라는 어떤 확대적인 중심 패턴에 결부시킬 수 있다면 이 역류는 사라지고 그 관심들은 비평으로부터 빠져나오는 대신에 비평을 향해서 수렴되어가는 것으로 보일 수도 있으리라.

어떤 주제에 대한 체계적 이해가 실제로 존재하는가를 알아볼 수 있는 한 가지 증명방법이 있다면, 그것은 그 주제의 기본적 원리들을 설명해주는 기초적 교과서를 쓸 수 있는가이다. 비평에 관한 그런 책이 어떤 내용을 담게 될 것인가를 알아보는 일은 흥미로울 것이다. 그 책은 모든 문제 가운데 가장 우선되는 '문학이란 무엇인가'에 대해 명쾌한 해답을 내리는 것으로 시작될 수는 없을 것이다. 문학적인 언어구조와 비문학적인 언어구조를 구별하는 실제적인 기준이 우리에게는 없으며, '문체'가 있기 때문에, 혹은 '배경'으로서 쓸모가 있기 때문에, 아니면 단순히 대학의 '양서' 강의과목에 들어 있기 때문에 문학이 된다고 주장될 수 있는 대부분의 서적들을 어떻게 취급하면 좋을지 뾰족한 수도 우리에게는 없다.

그리고 우리는 문예작품으로 기술할 수 있을 만큼 '시 한 편'이나 '희곡 한 편'에 대응되는 어떤 말도 그러한 책들에는 부여할 수 없다는 것을 발견한다. '일반화하는 것은 어리석은 일'[23]이라고 블레이크가 말하는 것은 일리가 있다. 그러나 만일 우리가 물푸레나무나 버드나무를

---

23) 18세기 영국 미술계의 대가 레이놀즈(Sir Joshua Reynolds)의 『회화론』의 여백에 씌어 있는 말이다.

나타내는 말은 있으나, 나무를 나타내는 말이 없는 야만인의 문학 상황에 우리 자신이 놓여 있음을 알게 된다면 우리는 일반화할 수 있다는 사실에 지나친 결함 같은 것이 있지 않나 하고 생각하게 된다.

안내서의 첫 페이지는 이 정도로 족하다. 두번째 페이지는 문학적 사실 중에서 그 영향이 널리 미치고 있다고 생각되는 것, 즉 운문과 산문 사이 리듬의 차이를 설명하는 자리가 되어야겠다. 그러나 실제로는 누구라도 할 수 있는 구별이 이론적으로는 아직 어떠한 비평가에 의해서도 구별되지 못하고 있는 것 같다. 이 부분은 더 이상 거론하지 않고 백지상태로 남겨둔 채로 책장을 계속 훌훌 넘기겠다.

다음에 할 일은 극, 서사시, 산문 픽션 등 문학의 기본적 범주를 개설하는 일이다. 어쨌든 아리스토텔레스가 비평에서 분명히 첫 단계라고 가정한 것도 이것이다. 장르의 비평이론에 손을 댈 때 우리는 아리스토텔레스가 남기고 간 그 이론에서 한 발자국도 더 나아가지 못하고 머물러 있음을 발견한다. '장르'라는 말 자체가 영어 문장에서 발음하기 어려운 이질적인 요소로서 불쑥 눈에 띈다. '서사시'나 '소설' 같은 장르를 다루는 대부분의 비평가의 노력은 주로 소문 심리학의 실례로서 아주 흥미롭다.

그리스인 덕분에 우리들은 극에서 비극과 희극을 구별할 수 있고, 그 결과 아직까지도 비극과 희극은 각각 어느 한쪽의 절반을 차지하고 있는 것이 아니라 극 자체의 절반을 차지하는 것으로 가정하는 경향이 많다. 가면극, 오페라, 영화, 발레, 인형극, 기적극,[24] 교훈극,[25] 코메디

---

24) 성경 이야기, 특히 인간의 창조와 타락과 구원의 이야기, 또 성자의 생애나 순교를 다룬 중세연극. 이 연극들은 9세기경 교회 내의 라틴식 제의에서 유래되었다.

25) 기적극 다음에 나온 영국의 중세연극. 인간의 생애—유혹당하고 죄를 범하고 구원을 추구하면서 죽음에 이르는—를 알레고리 형식으로 극화한 것이다. 주인공은 흔히 인간 전체를 대신하며, 등장인물들은 미덕·악덕·죽음·선행 등을 의인화한 형태로 나타난다.

아 델라르테,[26] 그리고 마법극(Zauberspiel)[27] 같은 형식들을 취급할 단계에 이르면, 우리는 갈레노스[28]가 아무 말도 하지 않았기 때문이라는 이유로 매독의 치료를 거절하였던 르네상스 시대의 의사의 입장에 놓이게 된다는 것을 깨닫는다.

그리스인은 산문형식의 분류를 발전시킬 필요가 거의 없었다. 우리에게는 그럴 필요가 있는데도 아직 실행에 옮겨본 적이 없다. 우리는 산문 픽션의 작품이라고 일컬을 어떤 장르 용어도 갖고 있지 않기 때문에 '소설'이라는 말이 이 모든 것을 대신해서 두루 쓰이고 있다. 이 때문에 장르의 명칭으로서 이 '소설'이라는 말만이 가지고 있는 진짜 의미를 잃어버리고 있다. 대출 도서관에서 흔히 하는 대로 픽션과 논픽션, 즉 진짜라고 인정되지 않는 사건에 대해서 씌어진 책과 그밖의 모든 사건, 즉 진짜라고 인정되는 일에 대해서 씌어진 책 사이의 구별은 비평가들에게 일견 나무랄 데가 없는 것으로 생각된다.

『걸리버 여행기』는 어떤 형식의 산문 픽션에 속하는가 하는 질문을 받았을 때 비평가들이 가령 메니포스적 풍자[29]에 속한다고 대답한다 하더라도, 이 대답이 이 작품을 취급하는 데 본질적인 지식이 된다고 생각하는 비평가들은 거의 없다. 소설이 무엇인가에 대한 개념이 본격적인 소설을 취급하는 데 분명 전제조건이기는 하지만 말이다.

---

26) 16~17세기 이탈리아 직업배우들의 길드에 의해 유행한 즉흥희극. 젊은 한 쌍의 연인이 기지에 찬 하인의 도움을 받아, 늙고 돈 많은 아버지의 방해를 재치있게 물리치는 줄거리가 보통이다. 줄거리와 등장인물들은 유형화되어 있으나, 배우의 즉흥적인 대사가 특징이다.

27) 19세기 비엔나의 배우 겸 극장 경영자 페르디난트 라이문트(Ferdinand Raimund)가 발전시킨 대중극. 마법과 요정의 세계에서 소재를 취한다. 모차르트의 가극 『마적』(魔笛, 1791)이 이 계열에 속한다.

28) Galenos(129~199) : 그리스의 의학자. 뛰어난 의사는 동시에 철학자여야 한다는 신념을 가지고 각 방면에 걸친 150여 편의 저작을 남겼다.

29) 뒤에 나오는 네번째 에세이를 참조할 것.

다른 산문형식의 경우는 더욱 그 신세가 처량하다. 서양문학은 다른 어떤 책보다도 한층 더 성서(聖書)의 영향을 받고 있다. 그러나 '출전' (出典)에 대한 경의를 표하면서도 비평가는 영향력이 있다는 사실 외에는 성서가 어떤 영향을 주고 있는가에 대해서 아무것도 알지 못하고 있다. 성서 예형론(豫型論)은 지금은 사어가 되다시피 했기 때문에 학자들을 포함해서 대부분의 독자들은 그것을 사용하는 시의 피상적인 의미조차 해결할 수가 없다.

이와 같은 사실 외에도 필자가 할 이야기는 많다. 비평이 어떤 하나의 일관성 있고 체계적인 연구——그 기본적인 원리는 총명한 아이라면 19세의 어떤 소년에게도 설명될 수 있다——로서 간주될 수 있다면, 이런 관점에서 볼 때 현재의 비평가는 그 누구도 비평의 기본적인 가나다도 모르는 실정이다. 비평가가 현재 가지고 있는 것이라고는 복음이 없는 신비종교이며, 그래서 그들은 다만 그들끼리 교통한다든지 싸움을 한다든지 하는 올챙이 신자에 불과하다.

하나의 비평이론으로 그 원리를 문학 전체에 적용할 수 있고, 비평 절차상에서 일어나는 타당한 형태를 낱낱이 설명해주는 것이 바로 아리스토텔레스가 의미했던 시학(詩學)이라고 필자는 생각한다. 아리스토텔레스는 생물학자가 어떤 유기체에 접근하는 방식과 비슷하게 시에 접근하면서, 시의 속(屬)과 종(種)을 고르고 문학 경험의 광범위한 법칙을 체계화하는 것처럼 보인다. 간단히 말하면 그는 시를 총체적으로 파악할 수 있는 하나의 지식의 구조(시 자체도 아니고 시의 경험도 아닌 바로 시학)가 구축될 수 있다고 믿는 것처럼 말하는 듯하다. 이렇게 말하면 아리스토텔레스의 문학 활동 이후 2천 년이 경과한 지금, 그의 시학론은 그의 동물생식론과 마찬가지로 새로운 증거에 입각해서 다시 검토될 수 있다고 생각할 수 있으리라.

어쨌든 바이워트[30]가 번역한 『시학』의 첫머리는 여전히 이 주제에 대

---

30) Ingram Bywater(1840~1914) : 영국의 고전학자.

한 훌륭한 서론의 역할을 하고 있으며, 필자 자신이 마음에 두고 잊어 버리지 않으려고 했던 그런 접근방법을 기술하고 있다.

우리의 주제는 시이므로 나는 시 일반에 대해서 뿐만 아니라 시의 갖가지 종류와 상대적인 기능에 대해서, 훌륭한 시에 요구되는 플롯 의 구조에 대해서, 시를 구성하는 요소의 수와 그 본질에 대해서, 그 리고 마찬가지로 이와 똑같은 연구 분야에 속하는 기타 모든 문제에 대해서도 이야기하려고 한다. 우선 본래의 순서에 따라서 가장 기본 적인 사실로부터 시작해보자.

문학은 물론 여러 가지 많은 예술 가운데 하나이지만, 이 책은 시학 밖의 미학적인 문제를 다루는 것을 회피할 수밖에 없다. 그렇지만 모든 예술은 그 자체의 체계화된 비평을 필요로 하고 있으며, 그런 까닭에 현재와는 달리* 미학이 모든 예술의 통합적인 비평이 될 때 그때는 곧 바로 시학은 미학의 일부가 될 것이다.

과학은 보통 소박한 귀납법의 상태**에서 시작된다. 즉 과학은 해석

---

* 필자가 사용한 이 말은 미학에 대한 경멸을 표현하는 것이 아니라, 심리학이 이미 그러했던 것처럼 미학도 이제는 철학의 영향에서 벗어날 때라는 신념을 표현하는 것이다. 대부분의 철학지들은 미학상의 문제를 자신들의 논리학 적·형이상학적인 견해에 대한 일련의 아날로지로서밖에는 다루지 않는다. 이리하여 가령 칸트적인 혹은 헤겔적인 '입장'에 빠지는 일이 없이 예술에 관 해서 칸트나 헤겔을 이용하기란 어렵게 되어버린다. 광범한 미학상의 문제를 인식하면서 개별적으로 시학에 대해서 얘기할 수 있을 뿐만 아니라, 이러한 시학이 독립된 주제의 오르가논(organon)이라는 가정을 세우고 있는 철학자 는, 필자가 아는 한 아리스토텔레스 한 사람뿐이다. 비평가가 아리스토텔레스 의 주장에 휘말려드는 일 없이 『시학』을 이용할 수 있는 것은 이런 사실 때문 이다(아리스토텔레스주의 비평가 가운데 일부는 그렇게 생각지 않는다는 것 을 필자는 알고 있지만).

하기로 되어 있는 현상을 우선 무엇보다도 자료(data)로 간주하는 경향이 있다. 그러니까 물리학은 뜨겁다든가 차갑다든가, 습하다든가 건조하다든가 등으로 분류되는 직접적인 감각경험을 기본적인 원리로서 생각하는 것으로부터 시작했다. 마침내 물리학은 이것을 뒤집고 물리학의 참다운 기능은 오히려 열이나 습기가 무엇인가를 설명하는 데 있다는 것을 깨달았다. 역사학은 연대기로 시작하였다. 그러나 옛날의 연대기 작가와 현대의 역사가 사이의 차이점은 연대기 작가에게는 그가 기록한 사건들은 동시에 그의 역사적 구조였지만, 역사가는 이 사건들을 역사적 현상으로 보고, 이 사건들이 보다 광범위하고 또한 그 모양에서도 이 사건들과는 다른 어떤 개념적인 틀 속에 연결되어 있는 것으로 보고 있다는 점이다.

이와 흡사하게 근대과학도 각기 베이컨의 이른바 귀납적 비약(그는 다른 맥락에서 이 말을 사용하고 있지만)을 채용하지 않을 수 없게 되었고, 그리하여 새로운 유리한 고지를 점령한 후에는 그곳에 서서 이제까지의 자료를 새롭게 고쳐 설명해야만 했다. 천문학자가 천체의 운동을 천문학의 구조로서 간주하고 있던 동안 당연히 그들은 그들의 관점을 확고부동한 것으로 생각하였다. 그들이 운동도 그 자체로서 설명될 수 있다고 일단 생각하게 되자 수리적(數理的) 운동이론이 그 개념적인 틀이 되었고, 그리하여 태양을 중심으로 하는 태양계 이론과 중력법칙 이론에 이르는 길을 열어주었던 것이다.

생물학에서는 동·식물의 생태가 그들이 다루어야 할 주제를 이루고 있다고 생각했을 동안에는 생물학의 여러 분야는 주로 그 목록을 작성하는 데 노력을 기울였다. 생태라는 존재 자체를 설명하지 않을 수 없게 되었을 때, 진화론과 원형질 및 세포의 개념이 쏟아져 나오면서 생물학을 활성화시켰던 것이다.

** 이것에 대해서는 랑거(Susanne K. Langer), 『철학적인 실천』(1930)의 일절에 힘입은 바 있다.

필자에게는 문예비평이 지금 꼭 원시과학에서 볼 수 있는 것과 같은 소박한 귀납법의 상태에 있다는 느낌이 든다. 비평의 재료, 즉 문학에서 걸작이라고 손꼽히는 작품들은 아직까지는 비평만이 갖는 개념적인 틀에 입각해서 설명될 현상으로 간주되고 있지 않다. 비평의 재료 또한 비평의 틀이나 구조를 웬만큼 이루고 있다고 여전히 간주된다. 이제야말로 비평이 새 지점으로 비약해서, 그 지점에 서서 어떤 것이 비평의 개념적 틀의 체계적·포괄적인 형식인가를 찾아야 할 때라고 시사하고 싶다. 비평은 통합원리, 즉 생물학에서의 진화론과 같이 비평이 취급하는 현상들을 전체의 부분들로서 바라볼 중심적인 가설을 크게 필요로 하고 있는 것처럼 보인다.

이 귀납적 비약의 첫째 전제는 어떠한 과학의 전제와도 동일한 것으로서 완전한 일관성이라는 가정이다. 이러한 가정은 얼핏 단순한 것같이 보이지만, 과학이 사실 지성에 의해서 전체적으로 파악될 수 있는 지식체로 발견되기까지는 상당히 긴 시간이 소요된다. 과학이 이러한 발견을 하기까지는 하나의 개별과학으로서 태어나지 못하고 어떤 다른 주제를 모체로 하고서 그 내부에 발생기 상태의 태아로서 계속 남아 있는 것이다. 물리학이 ‘자연철학’으로부터, 사회학이 ‘도덕철학’으로부터 탄생한 것은 이 과정을 예증한 것이다.

현대 여러 과학이 수학에 가까운 쪽에서부터 순서를 지어 발전하였던 것도 대체로 사실이다. 이리하여 물리학과 천문학은 르네상스 시대에, 화학은 18세기에, 생물학은 19세기에, 사회과학은 20세기에 들어 각각 현대적인 형식을 취하기 시작했다. 만일 비평도 과학의 하나라 할 수 있다면 그것은 분명히 사회과학이며, 그리고 비평이 오직 우리 시대에 와서 발전하고 있다고 본다면 이 사실은 적어도 시대착오적인 것은 아니다. 어쨌든 근시안적인 전문화는 소박한 귀납법의 떼려야 뗄 수 없는 한 부분으로 남아 있는 것이다.

이러한 전망에서부터 ‘일반적’인 문제들을 취급한다는 것은 아주 광범위한 영역을 ‘커버’하는 것이 되기 때문에 인간으로서는 불가능한 일이다. 이를테면 마치 수학자가 다루어야 할 숫자가 엄청나기 때문에 그가 정수(整數)와 같은 보통 숫자를 사용하더라도 족히 다음 빙하기가 닥쳐올 때까지는 계속 갈겨 써야 하는 것과 같은 입장에 비평가도 놓여 있다고 하겠다. 비평가도 수학자도 다 같이 조금이라도 덜 번거로운 표기법을 생각해내지 않으면 안 될 것이다. 소박한 귀납법은, 문학이란 오로지 나열해놓은 작품의 목록이라는 식으로 생각하고 있다. 즉 문학을 개별 '작품'들의 거대한 집합 또는 잡다한 누적이라고 보는 것이다. 만약 문학이 이러한 것에 지나지 않는다면 그것을 기반으로 해서 어떤 체계적인 정신훈련을 쌓는 것도 불가능하다.

지금까지 문학에서 발견된 조직적 원리는 단지 하나뿐이다. 연대기의 원리가 그것이다. 이 원리는 '전통'[31]이라는 신비적 힘을 가진 말을 제공하고 있는데, 이 말의 의미는 누적된 잡다한 작품이 연대순에 따라 나열될 때, 단지 연속되어 있다는 그 사실에 의해서 어떤 종류의 통일성이 주어진다는 것이다. 그러나 전통조차도 우리의 모든 문제에 해답을 주는 것은 아니다. 문학사(文學史) 전체를 바라볼 때 우리는 문학을 원시문화에서 연구될 수 있는 비교적 제한되고 단순한 공식군(群)이 복잡하게 얽혀 있는 것으로 바라볼 가능성을 얼핏 갖게 된다.

그러나 곧 우리는 이러한 원시적 공식과 훗날의 문학과의 관계가 단순히 복잡화의 관계만은 아니라는 것을 알게 된다. 왜냐하면 가장 훌륭하다는 고전 가운데서도 원시적인 공식들이 재현되고 있는 것을 발견하게 되기 때문이다. 훌륭한 고전들은 원시적인 공식으로 되돌아가려는 일반적인 경향을 보이는 것도 사실이다.

이와 같은 경향은 우리 모두가 갖고 있는 감정과 부합된다. 말하자면

---

31) 전통이라는 좌표축을 비평의 중심에 놓고 있는 현대 비평가로는 엘리엇(T.S. Eliot)과 리비스(F.R. Leavis)가 있다. 여기서는 그 제목 때문에 논쟁을 불러일으켰던 리비스의 영국 소설론인 『위대한 전통』(1948)을 특히 염두에 두고 있는 것 같다.

이류에나 속하는 예술작품을 연구하는 것은 그때뿐인 수박 겉핥기식의 비평 경험을 남겨줄 뿐이지만 심원한 걸작들은 우리를 한곳으로 끌어당기며, 거기서 우리는 무수한 의미들의 집약적인 패턴을 보게 되는 것이다. 우리는 문학이란, 시간 내에서는 그 자체를 복잡화해나갈 뿐만 아니라, 개념적인 공간에서는 비평이 놓일 수 있는 어떤 중심에서부터 퍼져나가는 것으로 볼 수 있지 않을까 하는 생각을 가져보게 된다.

비평이 체계적인 연구가 되기 위해서는 그러한 연구를 가능케 하는 어떤 성질이 문학 속에 있어야만 한다는 것은 분명한 사실이다. 따라서 우리는 자연과학의 배후에 반드시 자연의 질서가 있듯이, 문학은 '작품'의 누적된 집합이 아니라 말의 질서라는 가설을 채용하지 않으면 안 된다. 그렇지만 자연에 질서가 있다는 신념은 자연과학이 지적으로 파악될 수 있다는 데서 추론되어 나온 것이다. 그리고 만일 자연과학이 자연의 질서를 완전히 증명해낸다면 아마도 자연과학은 그것이 관계하고 있는 주제를 완전히 다 연구해버리는 것이 되리라. 이와 마찬가지로 만약 비평이 과학일 것 같으면 그것은 전적으로 지적인 것이 되지 않으면 안 된다. 그러나 비평이라는 과학을 가능케 하는 말의 질서로서의 문학은 우리가 아는 한, 새로운 비평적 발견의 무진장한 원천이며, 따라서 만일 더 이상 새로운 문학작품이 나오지 않는다 하더라도, 계속 같은 원천의 구실을 할 것이라 본다.

문학이 이와 같은 것이라면, 비평의 발전을 저지시키기 위해 문학에서 한정적인 원리를 찾는 것은 잘못이다. 우스꽝스러운 양적 비평공식(quantum formula of criticism), 즉 비평가는 시인이 의식적으로 시 속에 '부어넣은 것'이라고 막연히 생각되는 것만을 그 시인의 시에서 '퍼내는 일'에 오로지 전념해야 한다는 주장은, 체계적인 비평이 결여되어 있기 때문에 생겨난 터무니없고 무지한 주장 가운데 하나이다.

이 양자론(量子論)은 이른바 설익은 목적론이 가지고 있는 오류가 빚어낸 문학적 형식이다. 그것은 자연과학에서, 어떤 현상이 이러이러한 것은 하느님께서 인간의 지식으로는 헤아릴 수 없는 지혜를 가지고 섭리하시기 때문이라고 주장하는 것과 마찬가지이다. 말하자면 비평가는 개념적인 틀을 가질 필요가 없다고 생각되는 것이다. 여러 가지 아름다움과 효과를 가득 수놓은 어떤 시를 택해서, 잭 호너[32]와 같이 자기 만족에 젖은 채 그 아름다움이나 효과를 하나하나 뽑아내는 일이 단순히 비평가의 작업이라는 것이다.

진정한 시학을 발전시키는 데 취할 첫 단계는 무의미한 비평, 즉 체계적 지식구조를 확립하는 데 아무런 도움도 주지 못하는 문학론을 알아내어서 그것을 제거해버리는 일이다. 개론적인 비평, 수상적인 논평, 이데올로기적인 열변 속에서, 그리고 짜임새 없는 주제를 개관하려는 데서 오는 터무니없는 견해들 속에서 우리가 자주 발견하는 그럴 듯한 헛소리, 이 모두가 여기에 포함된다. 그 특정적인 가치가 엄선적인 것이든 포괄적인 것이든 간에 '가장 훌륭한' 소설이나 시, 모든 작가를 열거하는 것도 이에 포함된다.

아무 대중 없고 감상적이고, 그리고 편견에 찬 가치판단이나 가공적(假空的)인 증권거래소에서 시인의 주가를 멋대로 올렸다 내렸다 하는 문학에 관한 쓸데없는 재잘거림도 전부 여기에 포함된다. 저 부유한 투자가 엘리엇이 밀턴의 주를 헐값으로 시장에 판 뒤에 지금은 다시 그의 주를 사모으고 있다든가, 존 던의 주는 현재 최고의 값에 도달해 있지만 차차 떨어지게 될 것이라든가, 테니슨[33]의 주가는 올랐다 내렸다 할지 모르지만 셸리의 주는 여전히 약세를 계속하고 있다든가 등등.

이런 유의 이야기는 체계적인 연구의 일부가 될 수 없다. 체계적인 연구는 오직 전진할 뿐이기 때문이다. 주가 흔들린다든지, 불규칙적이라든지, 뒷걸음친다든지 하는 말은 단지 유한계급의 한담에 불과하다. 헉슬리와 윌버포스의 논쟁[34]이 생물학의 구조의 일부가 아닌 것과 마찬

---

32) 영국 · 미국의 유명한 동요 『엄마 거위』의 주인공.
33) Alfred Lord Tennyson(1809~92) : 영국 빅토리아조의 계관시인.

가지로 취미의 역사도 비평의 구조의 일부가 아닌 것이다.

이와 같은 구별을 마음에 두고, 이를 과거 비평가들에게 적용해보면 그들이 진정한 비평이 무엇인가에 대해서 이야기한 것 가운데는 필자와 일치하는 점이 놀라울 정도로 많다는 것을 확신하며, 그 일치점 속에서 문학에 대한 일관성 있고 체계적인 연구의 윤곽이 차츰 드러나리라고 믿는다. 취미의 역사—여기에는 사실은 존재하지 않고, 모든 진리는 그 날 끝을 뾰족하게 하기 위해서 헤겔식으로 반쪽 진리로 쪼개져 있다—에서는 문학의 연구가 너무나 상대적이고 또한 주관적이기 때문에 어떤 일관된 의미를 내놓을 수 없다는 것을 우리는 십중팔구 느끼고 있다. 그러나 취미의 역사는 비평과는 아무런 유기적 관계를 맺고 있지 않기 때문에 그것을 쉽사리 떼어놓을 수 있다.

엘리엇은 그의 『비평의 기능』이라는 논문에서 현존하는 기념비적인 문학작품들은 그 작품들 자체 속에서 이상적 질서를 형성하고 있으며, 그들은 개개인의 저작을 집대성해놓기만 한 것이 아니라는 원리를 주장하는 것으로부터 이야기를 시작하고 있다. 이것이야말로 비평, 그것도 아주 근본적인 비평이다. 필자의 이 책의 대부분은 근본적인 비평에 주석을 다는 시도에 불과하다. 또 이 책이 확고한 근거에 서 있게 되는 것은 이 책의 내용이 모든 시대의 훌륭한 비평가들*이 했던 진술과 조금도 모순되지 않고 있다는 사실에서 나타난다. 계속해서 엘리엇의 논문은 전통과 그에 대립되는 것을 다 같이 의인화해서 서로 힘을 겨루게 하는 수사적(修辭的)인 논쟁으로 들어간다. 전자는 보편적이라든가 고전적이라는 지위에 의해 권위가 주어지고, 후자는 '진보적'이라는 형용

---

34) 1860년에 다윈의 『종의 기원』을 둘러싸고, 영국의 생물학자인 헉슬리 (Thomas Henry Huxley)와 성직자인 윌버포스(Samuel Wilberforce) 사이에 주고받았던 논쟁이다. 여기에서 다윈의 지지자인 헉슬리가 이겼다.

 * 예를 들면, 셸리는 『시의 변호』에서 "하나의 위대한 정신이 만들어내는 협동 사상처럼, 이 세상이 시작된 이래 모든 시인이 힘을 합쳐서 완성해온 저 위대한 시"라고 말하고 있다.

사가 붙여진 채 조소당하고 있다. 이와 같은 태도는 비평의 무질서를 조장하는 것으로서, 우리는 곧 이와 같은 태도를 부담없이 쉽사리 무시할 수 있다는 것을 인식하게 된다. 엘리엇의 논문의 이 논쟁은 미들턴 머리[35]에게 반론의 화살을 돌린 것으로 여겨지고 있는데, "머리 씨는 어떤 입장을 밝히는 데서나, 실제로 어떤 것을 거부하고 어떤 것을 선택하는 데 뚜렷한 태도를 밝힐 필요성을 잘 알고" 있기 때문에 칭찬을 받고 있다.

화학이나 언어학에서는 뚜렷한 입장을 밝힐 일은 없으며, 그리고 만약 비평에서 그렇게 하지 않으면 안 된다고 하면 비평은 진정한 학문의 영역이 아니다. 왜냐하면 진정한 학문 분야에서 '입장을 밝히라'는 도전에 맞서는 유일한 지각 있는 반응은 폴스태프의 "어쩔 수 없이 그렇게 한다"[36]는 것이기 때문이다. '뚜렷한 입장'을 밝힌다는 것은 그 사람의 약점이며, 과오나 편견에 빠지는 근원이 되는 것이다. 따라서 어떤 뚜렷한 입장 아래 지지자를 불러모으는 것은 스스로의 약점을 전염병처럼 퍼뜨리는 것에 불과하다.

진정한 시학을 발전시키는 데서 취할 두번째 단계는 비평에는 각양각색의 인접영역이 있다는 것과 비평가는 자신의 독자성을 유지하면서 그 인접영역과 관계를 맺어야 한다는 것을 인식하는 일이다. 비평가가 자연과학에 대해서 무엇인가를 알고 싶어할지 모르겠지만 그 자연과학의 방법론과 겨루는 것에 시간을 낭비할 필요는 없다. 작품의 분위기의 어두운 서열에 따라서 토머스 하디의 소설목록을 작성한 박사논문이 어딘가 있다고 들었으나, 이런 종류의 작업은 바람직하다고 생각하지 않는다.

비평가는 사회과학에 대해서도 무엇인가를 알고 싶어할지도 모르겠

---

35) John Middleton Murry(1889~1957) : 작가의 정신사 및 정신적 변화의 동기를 비평의 최대의 관심사로 삼았던 영국의 비평가.
36) 셰익스피어, 『헨리 4세』, 제1부, 2막 2장 25행.

지만, 가령 문학의 사회학적 '접근' 같은 것은 있을 수 없다. 사회학자가 문학적인 자료를 연구해서는 안 된다는 배타적인 이유는 없으나, 가령 연구한다면 그는 문학적 가치를 고려해서는 안 된다는 것이다. 사회학의 분야에서는 호레이셔 앨저[37]나 연작소설 『엘시』의 저자가 호손이나 멜빌보다 중요하며 『레이디스 홈 저널』의 일회분이 헨리 제임스의 전 작품에 필적할 만한 가치가 있다.

이와 흡사하게 비평가도 사회학적인 가치를 이야기해야 할 의무가 있는 것은 아니다. 왜냐하면 예술의 창조에 알맞은 사회적 조건은 반드시 사회과학이 의도하고 있는 조건과 같지 않기 때문이다. 비평가는 종교에 대해서도 무엇인가를 알고 싶어할지 모르겠지만 신학적인 기준에서는 정통적인 종교시가 이단적인 시보다도 그 내용에서 더 만족스러운 것이 될 것이다. 이런 식으로 예술작품을 보게 되면 비평으로는 아무 가치 없는 헛소리가 조장되고, 결국 두 주제의 기준을 혼동시킴으로써 얻어지는 것은 아무것도 없다.

문학은 시장가치가 있는 생산품이라고 늘 인식되어왔다. 왜냐하면 창조적 작가는 생산자라 할 수 있고, 교양 있는 독자는 소비자이며, 비평가는 그들의 선두에 서 있는 자이기 때문이다. 이런 관점에서 볼 때, 비평가는 이 책 서론의 첫머리에서 사용한 비유로 말하면 중간상인이다. 비평가는 서평용 증정책을 그냥 보내기도 하는 도매상인의 특권을 가지나, 그의 기능은 서적 도매상인의 경우와는 달리 본질적으로 일종의 소비적 조직이다. 필자는 문학에 지적 행위의 다른 형식들처럼 이론과 실천을 다 가지고 있는 또 하나의 분업형태가 있다는 것을 인정한다.

문학의 실천가와 문학의 생산자는 이 양자가 서로 많이 중복된다 해도 전혀 별개의 인물이다. 문학의 이론가와 문학의 소비자는 이 양자가

---

37) Horatio Alger(1834~99) : 가난한 소년들의 성공담으로 유명한 미국의 아동문학가.

같은 사람 안에 공존하고 있다 하더라 전혀 별개의 인물이다. 문학의 이론은 그 실천과 마찬가지로 일차적으로 인문 교양적인 탐구라는 것을 가정하고 있다. 따라서 이 책에서는 어떤 문학적 가치들을 당연한 것으로 간주하기도 하나, 그것은 비평적 경험에 의해서 완전하게 확립되어 있는 것에만 한하고 가치판단에 직접적으로 관계하는 일은 없다. 이 사실에는 설명이 필요하다. 왜냐하면 가치판단은 자주 인문 교양적 탐구의 뚜렷한 특징으로 여겨지고 있고, 또 필자가 아는 한 가치판단은 정당한 것으로 여겨지고 있기 때문이다.

가치판단은 간접적으로는 전달될 수 있지만 직접적으로는 전달될 수 없다는 의미에서 주관적이다. 가치판단은 널리 알려지거나 일반적으로 받아들여지게 되면 객관적인 것처럼 보이지만 그 이상은 아니다. 논증 가능한 가치판단이란 문예비평에서는 당나귀의 코 앞에 매달아놓은 당근과 같은 것이다. 정교한 수사적 분석이 현재 유행되고 있는 것처럼 새로운 비평이 유행할 때마다 비평은 최종적으로 우수한 작품과 그렇지 못한 작품을 구별하는 결정적인 기법을 고안해왔다는 믿음이 늘 따라다녔다. 그러나 이것은 언제나 취미의 역사가 낳은 환상에 불과한 것으로 판명되고 있다. 가치판단은 문학연구를 기본으로 삼지만, 문학연구는 결코 가치판단을 기본으로 삼을 수 없다.

세익스피어는 1600년경에 활약하였던 영국 극작가들 가운데 한 사람이며, 또한 세계적으로 위대한 시인 가운데 한 사람이라고 우리는 말한다. 여기에서 극작가라고 한 것은 사실의 진술이며, 위대한 시인이라고 한 것은 사실의 진술이라고 여겨질 만큼 일반적으로 인정되고 있는 가치판단이다. 그러나 위대한 시인이라고 한 것은 사실의 진술은 아니다. 그것은 가치판단에 머무를 뿐이고 거기에는 체계적 비평이라고는 눈곱만큼도 찾아볼 수 없다.

가치판단에는 비교적인 것과 적극적인 것의 두 유형이 있다. 비교적 가치를 근거로 하는 비평은 예술작품을 생산물로 보느냐 또는 소유물로 보느냐에 따라 크게 두 가지로 나누어진다. 전자는 전기비평(傳記批評)을 발전시키고 있는데, 이것은 예술작품을 주로 그 작품을 쓴 사람과 연관시키고 있다. 후자는 우리가 문채비평(文彩批評)이라고 부르는 것으로서, 이것은 주로 동시대의 독자를 상대로 하고 있는 것이다.

전기비평은 어느 누가 위대하다든가, 개인적으로 권위가 있다든가 하는 비교적인 문제에 주로 관계된다. 이 비평은 시를 그 창조자가 행한 웅변으로 여기고 있으며, 그 시의 배후에 숨어 있는 어떤 명확한, 더 좋은 말을 쓴다면 어떤 영웅적인 개성에 대해서 알게 될 때 매우 안정감을 얻게 된다. 이러한 개성을 찾아내지 못할 때 칼라일이 셰익스피어를 '영웅적' 시인으로 논하고 있는 그의 논문 가운데서 드러내고 있는 바와 같이, 이 비평은 수사의 신비스러운 분위기(rhetorical ecto-plasm)에서 이러한 개성을 도출시키려고 한다.

문채비평은 문체나 기교, 의미의 복잡성이나 비유적인 동화(同化)를 비교적인 각도에서 다룬다. 이 비평은 웅변시인들을 혐오하고 얕보는 경향이 있으며, 영웅적인 개성을 거의 취급하지 않는다고 말할 수 있다. 전기비평은 설득력 있는 언어의 수사를 다루고, 문채비평은 언어장식의 수사를 다루므로 양쪽이 다 본질적으로 수사적 비평 형태이지만, 서로 상대방의 것을 불신하고 있다.

수사적 가치판단은 사회적 가치와 밀접하게 관련되어 있고, 성실·간결·섬세·단순 등과 같은 도덕적인 비유의 세관(稅關)을 통과하는 사이에 보통 없어지게 된다. 그러나 시학이 발전하지 못한 상태에 있기 때문에 수사를 문학이론에까지 무리하게 확장시키는 데서 오류가 발생하게 된다. 어떤 전통이 절대적인 것으로 선택되는 일, 이것이 늘 이 오류의 특징적인 표시이다. 이것은 아널드의 '시금석'(試金石)* 이론에 의해서 극명하게 예증되고 있다. 이 이론에 의하면 우리들은 시금석에 의해서 매겨지는 가치를 직관하는 것에서 출발하여 마침내 시인들을

---

* 「시의 연구」, *Essays in Criticism*, 제2집.

등급으로 나누어 서열을 매기는 방법을 얻는 데까지 도달한다는 것이
다. 여러 시인들의 시행(詩行)을 수사학적으로 따져봄으로써 서로를
비교해보는 식의 방법(아리스토파네스가 그의 희극 『개구리』[38]에서 비
웃었듯이, 이것은 색다른 방법은 아니다)은 주로 반대파가 좋아하는 시
인들이 일급 시인으로 평가되는 것을 막기 위해서 전기비평가나 문채
비평가가 모두 이용하고 있다.

　그렇지만 우리가 아널드의 시금석 기법을 검토해볼 때 그의 동기에
대해 어떤 의문이 생긴다. 셰익스피어의 희곡 『폭풍우』에 나오는 "컴컴
한 지난날의 심연 속에서"(In the dark backward and abysm of time)
라는 시행은 시금석으로 쓰일 만한 것으로 아주 적절하리라. 그러나
"근질근질하면 언제나 재봉사가 긁어줄 가시내"(Yet a tailor might
scratch her where'er she did itch)[39]라는 시행은 앞의 것과 똑같이
셰익스피어적이고, 또한 똑같이 이 희곡에서 빠져서는 안 될 시행이지
만 시금석으로는 아무래도 적절하지 않다는 느낌이다(물론 이런 유형
의 비평을 하는 자 가운데 과격파는 이 시행이 셰익스피어적이라는 것
을 부정하고 저급한 무명시인에 의해서 제멋대로 써넣어진 것이라고
주장하리라). 여기에는 아무래도 희곡이 제공하는 순수한 비평적인 경
험 이상의 극히 고도의 선택을 좌우하는 어떤 원리가 작용하고 있음이
분명하다.

　아널드의 '고도의 진지성'[40]은 분명히 서사시와 비극은 지배계급의

---

38)　그리스의 희극 작가 아리스토파네스(Aristophanes, 기원전 448?~380?)의
　　　작품인 『개구리』(기원전 405)에 대해 그리스의 비극 작가인 에우리피데스
　　　(Euripides)는 비극의 도덕적인 주조를 격하시켰다고 비난하였다.
39)　앞의 시행은 셰익스피어의 『폭풍우』, 1막 2장 150행에서 프로스페로가 말하
　　　는 대사이고, 뒤의 시행은 2막 2장 50행에서 스테파노가 말하는 대사이다.
40)　훌륭한 시가 가져야 할 속성에 대해서는 『비평논총』(1880)에 실린 「시의 연
　　　구」라는 논문에서 주장하였다. 좋은 시의 주제는 고도의 진실성과 진지성을
　　　가져야 하며, 이러한 진실성과 진지성은 시의 언어와 문체에 밀접한 관련이

인물들을 취급하고 있고, 따라서 격조 높은 문체를 요구하고 있기 때문에 귀족적 문학형식이라는 견해와 밀접하게 연결되어 있다. 그의 일급 시금석은 모두 서사시와 비극에서 나오고 있으며, 그렇지 않으면 서사시나 비극을 기준으로 하여 판단하게 된다. 따라서 초서[41]나 번스[42]를 이급으로 격하시키고 있는 것은, 희극이나 풍자는 그것이 상징하는 도덕규범이나 사회계급과 똑같이 자기 분수를 지켜야 한다는 생각에서 영향을 받은 것 같다. 문학적 가치판단에는 사회적 가치판단이 투영된 것이 아닐까 하는 의심을 차츰 갖게 된다.

아널드는 왜 시인들에게 서열을 매기고 싶어할까? 어떤 시인에 대해서 판단의 기준을 아주 높이더라도 일급에 그대로 머무르게 되면 우리는 그에게 더욱 찬양을 아끼지 않는다고 그는 이야기한다. 이 말은 확실히 난센스만은 아닌 것 같으므로 우리는 좀더 그의 말을 들어볼 필요가 있다. "시에서 뛰어난 시와 그렇지 못한 시의 구별은……시가 갖고 있는 고귀한 숙명이기 때문에……무엇보다도 중요하다"라는 부분에 이르러 우리들은 어떤 실마리를 잡기 시작한다. 우리는 아널드가 교양이 종교로부터 물려받았으면 하는, 사회적 규범원리들의 지침이 될 만한 성전(聖典)을 시에서부터 창조하고자 애쓰고 있음을 알고 있다.

비평을 사회적 태도의 적용으로 취급하는 것은 이미 우리가 일컬은 바 있는 이른바 비평에서 힘의 진공상태로부터 나온 아주 당연한 결과이다. 체계적 연구는 귀납적 경험과 연역적 원리 사이를 오간다. 비평에서 수사적 분석은 얼마간의 귀납적인 추리를 제공하고 있으며, 시학 즉 비평이론은 그에 대한 연역적 대응물이어야 할 것이다. 그러나 시학이 존재하지 않으므로 비평가는 사회적 존재로서 그가 생활을 통해 얻

있다고 주장한다. '고도의 진지성'이라는 용어는 본래 아리스토텔레스의 『시학』에 나오는 용어이다.

41) Geoffrey Chaucer(1340~1400) : 중세 영국의 최대 시인.
42) Robert Burns(1759~96) : 영국 스코틀랜드의 시인.

어 가지게 된 편견에 또다시 사로잡히게 되는 것이다. 왜냐하면 마음속에 감추어진 편견은 빙산과 같이 그 태반은 물 속에 잠겨 있는 대전제에 불과할 수밖에 없으므로, 편견이라는 것은 연역임에는 틀림없으나 불충분한 연역이기 때문이다.

아널드의 비평은 이미 케케묵은 것이 되어버렸으므로 그에게서 편견을 찾아내기란 그리 어렵지 않다. '고도의 진지성'이 '성숙'[43]이라는 용어나 기타 비교적 최근의 비평의 수사학에서 쓰이는 설득력 강한 어떤 용어와 같은 뜻이 되어버린다면, 그 편견을 인식하는 일은 약간 어렵게 된다. 뭍에서 멀리 떨어진 외딴 섬에 가게 된다면 어떤 책을 가지고 가겠느냐는, 누구나 익히 아는 질문이 실내 유희장에서 불쑥 나오게 되면(이런 질문은 본래 이런 자리에서 나온다) 사람들이 보통 무슨 책을 갖고 가려는지를 쉽게 알 수 있지만, 이른바 민주주의 가치의 성전(聖典)을 구성하고 있다는 값진 책들이 많은 도서관에서 그런 질문을 받게 되면 그렇게 알기 쉽지 않은 경우와 비슷하다.

수사적 가치판단은 보통 데코럼(decorum)[44]의 문제를 어떻게 취급하는가에 따라 결정된다. 데코럼의 중심 개념은 문체(文體)가 최상인가, 중간인가, 최하위인가 하는 차이에 관련되고 있다. 이 세 문체는 각각 그 배후에 사회계급의 조직이 암시되어 있으므로, 비평은 만일 그것이 문학 경험의 일부분의 사실을 배척하지 않으려고 한다면 분명히 계급 없는 이상적인 사회의 입장에서 예술을 바라보아야 한다. 아널드 자신이 "교양은 계급의 폐지를 목표로 한다"고 말할 때 그는 바로 이 사실을 지적하고 있는 것이다. 용의주도하게 구축된 문학의 가치체계는 필

---

43) '성숙'이라는 용어는 시인을 평가하는 말로서 엘리엇이나 리비스가 곧잘 사용했다.

44) 데코럼은 문학작품에서 성격·주제·배경 또는 말씨가 불합리하거나 위화감을 주지 않고 적절히 맞아들어가는 것을 말한다. 우리 말로는 '어울림' 또는 '조화'에 해당한다.

자가 아는 한, 그 전부가 밖으로 드러나 있지 않은 사회적·도덕적 또는 지적 아날로지에 의거하고 있다. 아널드의 경우와 같이 그 아날로지가 보수적이든 낭만주의적이든, 버나드 쇼의 경우와 같이 혁신적이어서 희극이나 풍자 그리고 산문이나 이성에 최상의 가치를 부여하든지를 불문하고 이와 같은 사실이 다 적용된다.

어느 작가의 전달력을 분명하지 않다든가 상스럽다든가 허무주의적이라든가 또는 반동적이라든가 하는 등으로 과소평가하는 각양각색의 핑계는 결국 지적 또는 사회적 지배계급이 주장하는 데코럼의 관점이 옹호되어야만 한다든가, 그 반대로 도전을 받아야 한다든가 하는 막연한 생각을 위장하고 있는 것에 지나지 않는다. 사회와의 이러한 고착관계는 등불 앞에서 돌고 있는 선풍기와 같이 끊임없이 변하고, 이 변화는 후세가 마침내 예술에 대한 전체적 진리를 발견해주리라는 신념을 고취시킨다.

따라서 하나의 전통을 선택하는 비평방법은 늘 트럼프의 조커 같은 어떤 초비평적인 무엇을 그 속에 갖추고 있다. 문학 전체를 연구의 기초로 받아들이는 데까지는 별문제가 없다. 그러나 하나의 전통(물론 '단 하나의 절대적인' 전통)이 문학 전체에서 추출되어 동시대의 사회적 가치에 소속되고, 그리고 그 사회적 가치의 증거문헌으로서 사용될 때 문제가 발생하는 것이다. 필자의 이야기에 의문을 품는 독자는 다음 연습문제를 해보도록 권한다. 우선 아무렇게나 머리에 떠오르는 대로 유명한 문학가 세 사람을 택해서 그들의 장점과 단점을 들어 만들 수 있는 여덟 개의 조합을 작성하고(우열방식으로 단순화한다), 차례대로 돌아가면서 하나하나에 대해 변호해보도록 하자. 이렇게 해서 골라낸 세 사람의 이름이 셰익스피어, 밀턴, 셸리라면 항목은 다음과 같이 되리라.

1. 다른 두 사람에 비해 기법과 사상의 깊이에서 미숙하다는 이유로 셸리를 격하시킨다.

2. 그의 종교적 반(反)계몽성과 숨막히는 듯한 교리내용으로 말이

자연스럽게 밖으로 흘러나오지 않는다는 이유로 밀턴을 격하시킨다.

3. 사상에 무관심하기 때문에 그의 극은 삶을 개선시키려는 창조적인 시도라기보다 오히려 삶을 반영하는 데서 끝나버리고 있다는 이유로 셰익스피어를 격하시킨다.

4. 다른 두 사람에게는 교훈주의 때문에 흐려져 있는 시적 비전이 그에게는 완전히 유지되어 있다는 이유로 셰익스피어를 격상시킨다.

5. 가장 심원한 신앙의 신비를 통찰하고 있으므로 셰익스피어의 한결같은 세속성이나 셸리의 미숙함보다 뛰어나다는 이유로 밀턴을 격상시킨다.

6. 자유에 대한 그의 사랑은 낡아빠진 사회적 혹은 종교적 가치를 인정했던 두 시인들보다도 현대인의 마음에 더욱 직접적으로 호소해 온다는 이유로 셸리를 격상시킨다.

7. 세 사람 모두를 격상시킨다(열광적 문체라고 할 수 있을 만한 특별한 문체를 사용하고 있다는 이유로 그들을 격상시킨다).

8. 프랑스적, 그리스·로마적, 또는 중국적 기준에서 검토할 때 영국적인 정신의 경향인 산만함이 눈에 띈다는 점에서 세 사람 모두를 격하시킨다.

독자들은 이상의 '입장들' 가운데서 일부 입장에 특히 공감을 느꼈을 것이고, 그 중에서도 옳은 것 하나가 꼭 있을 것이므로 그 하나가 어느 것인가를 결정하는 것이 좋다는 생각에 이끌릴지 모르겠다. 그러나 이 연습문제를 끝낸 후 곧 이 작업은 도덕적 억압에 의해서 조장된 일종의 불안신경증의 소행으로, 속내용은 완전히 텅 비어 있다는 것을 깨닫게 될 것이다. 물론 도덕가들 이외에도 자기와 비슷하다는 느낌이 드는 시인들만을 진짜 시인으로 인정하는 시인들도 있다. 시를 연구하는 데 골몰하기보다는 '밀턴'이다 '셸리'다 하는 딱지를 장난감 병정들에게 붙이고, 종교적·반종교적 또는 정치적 유세를 벌이는 데 열을 올리고 있는 비평가들도 있다. 또 눈앞에 닥친 급박한 이유 때문에 유익한 것이라고 여겨지는 책들을 닥치는 대로 불필요하게 많이 읽는 문학도들도 있다. 지금 열거한 이들 모두가 공동모의를 꾸민다 하더라도 비평다운 비평이 나오는 것은 아니다.

따라서 외부로부터 비평에 적용되는 사회적 변증법은 비평 내부에서는 모조변증법, 말하자면 허위수사법인 것이다. 그러니까 비평의 진정한 변증법을 규정하는 일이 남아 있다. 비평의 변증법의 수준에서는 전기(傳記)비평가는 역사비평가가 된다. 전기비평가는 처음에는 영웅숭배로 시작해서, 그 다음에는 그의 관심을 끄는 대상은 이것저것 가리지 않고 모두 수용하는 방향으로 나아간다. 즉 '자기 분야에 속해 있는 것'이라면 그것이 무엇이건 관심을 갖고 읽을 준비가 충분히 되어 있는 것이다.

그러나 순수한 역사적 관점에서 보았을 때 문화현상은 그것이 동시대에 어떻게 적용될 것인가를 무시하고 그 본래의 맥락에서 해석되어야만 하는 것이다. 마치 별들을 연구할 때처럼 문화현상을 연구할 때 우리는 문화현상 자체를 직접 접근해서 연구하는 것이 아니라 그 문화현상간의 상호관계를 연구하는 것이다. 따라서 역사비평은 문채비평에서 하는 것 같은 활동에 의해 보충될 필요가 있다.

우리들은 문채비평에서 행해지는 이 활동을 윤리비평이라고 일컬을 수 있을지 모르겠다. 이때 윤리라는 것은 사회적 사실과 기성 가치 사이의 수사적 비교로 해석되어서는 안 되고, 지금의 사회는 과거 사회의 연속이라는 것을 깨닫고 있다는 뜻으로 해석되어야 한다. 비평의 한 카테고리로서의 윤리비평은 공동사회에 과거의 문화가 지금도 실재로 존재하고 있음을 깨닫고 있다는 뜻으로 해석되어야 하리라. 따라서 윤리비평은 예술을 과거로부터 현재까지 이르는 하나의 전달물로 취급하고 있으며, 이 윤리비평의 근저에는 과거의 문화를 전체적으로 또한 동시적으로 소유하고 있다는 관념이 깔려 있는 것이다. 역사비평을 무시하고 배타적으로 이런 비평에만 전념한다고 하면 모든 문화현상을 그 본래의 성격은 무시한 채 우리 자신의 입장에서 해석하는 꼴로 떨어지고 말리라.

역사비평에 대한 하나의 평행력으로서의 윤리비평은 어떤 전통을 택함이 없이, 모든 예술이 동시대에 어떠한 충격을 주고 있는가를 표현하고자 하는 것이다. 25년 전쯤 형이상학 시인들에 대한 관심이 높아져감에 따라 낭만주의 시인들을 과소평가하는 경향이 있었던 것처럼, 새로운 비평이 나올 때마다 일부 시인들을 높게 평가하고 다른 시인들을 얕보는 유행이 있어왔다. 윤리적인 차원에서 볼 때 우리는 일부 시인들이 점차 높이 평가되어온 것은 좋은 방향으로 볼 수 있겠지만, 다른 일부 시인들이 점차 낮게 평가되어온 것은 옳지 못한 방향이라는 것을 알 수 있다. 말하자면 비평은 어떤 사실에 반발하려는 것이 주된 관심사가 아니라, 차별을 두지 않고 모든 것을 포용할 수 있는 방향으로 착실히 나아가야 한다.

오스카 와일드는 경매인만이 모든 종류의 예술을 평등하게 평가할 수 있다고 말하였다.[45] 그는 물론 문예평론가를 염두에 두었겠지만, 대중의 손에 그 대중이 바라는 문화재를 건네주는 문예평론가의 일도 주로 경매인이 하는 일과 비슷한 것이다. 문예평론가가 하는 일이 경매인이 하는 일과 비슷한 것이 사실이라면 학술적인 비평가는 더욱 그러하다.

따라서 비평에서의 변증법은 문학의 자료를 모두 수용하는 것을 한 끝으로 하고, 그 자료들이 지니는 잠재적 가치들을 모두 인정하는 것을 다른 한끝으로 하여 축(軸)을 이루는 것이다. 이 양쪽을 다 수용하는 단계가 문화와 교양교육이 도달할 진정한 수준이다. 말하자면 이 양쪽을 수용하는 단계에 이를 때 인생은 학문에 의해 풍성해지고, 이러한 가운데 학문의 체계적인 전진은 취미와 이해의 체계적 전진과 직결된다. 이와 같은 수준에서는 엄청난 평가를 내리고 싶어서 근질근질하는 욕심도, 또한 약삭빠른 입을 호들갑스럽게 놀려대는 나머지 비평가라

---

45) 『예술가로서의 비평가』, 제2부, 「의향론집」(Intentions, 1891)에 나오는 말이다.

는 말이 교육깨나 받은 시끄러운 친구와 같은 뜻으로 통용되는 나쁜 결과도 생기지 않는다.

사실 비교에 의한 가치평가는 실천비평에서 추론되어 나온 것으로서, 그 배후에 실천의 지침이 될 만한 명확한 원리가 있을 리 없다. 따라서 비교에 의한 가치평가는 아무 말을 하지 않을 때가 가장 효과가 있다. 비평가는 밀턴이 블랙모어[46]보다 더 연구할 만한 가치가 있고, 시사하는 바가 더 많은 시인이라는 것을 곧 알 수 있을 것이고, 또한 어느 때나 알 수 있을 것이다. 그러나 이러한 점이 분명해지면 분명해질수록 비평가는 점차 그 점을 강조하는 데 자신의 시간을 허비할 필요가 없음을 느끼게 될 것이다. 왜냐하면 이러한 점을 강조하는 것만이 비평가가 할 수 있는 일의 전부이기 때문이다.

이러한 점을 확립하고 싶어한다든가 또는 입증하고 싶어하는 욕구에서 나온 비평은 단지 취미의 역사문헌을 하나 더 보태는 꼴이 될 뿐이다. 과거의 문화 중에는 늘 현재에 대해서 비교적 그 가치가 보잘것없는 것이 확실히 많이 있다. 그러나 평가의 대상으로서 되찾을 수 있는 예술과 되찾을 수 없는 예술 간의 차이라는 것은 비평의 전체적인 경험에 의해서 결정되기 때문에 이론적으로 결코 체계화시킬 수 없다. 시인들 가운데는 신데렐라와 같은 존재가 너무 많이 있고, 바로 옆 건물에서는 머릿돌로 있으나 최신 유행의 건물에서는 쓰이지도 못한 채 버려진 돌이 되는 존재가 너무 많이 있는 것이다.

따라서 비평 절차상의 원칙이라든가, 관찰된 현상의 모형으로서의 문학의 실천법칙 같은 것들이 있을지 모른다. 그러나 비평가는 진정한 예술가가 되기 위해서 어떻게 해야 하는가, 또는 어떻게 했어야 하는가를 예술가에게 지시하는 도덕규범과 같은 것으로서의 원칙이라든가 법칙을 발견하려고 노력해왔으나, 그 노력은 전부 실패로 끝나버렸다. 셸리는 "시는 그 자체의 힘을 규제하거나 제한하려고 하는 예술과 공존할

---

46) Sir Richard Blackmore (1655?~1729) : 영국의 의사이자 시인.

수 없다"[47]고 말하고 있다. 그런 예술은 존재하지 않으며, 이제까지 결코 없었다. 공존과 기술(記述)을 종속과 가치판단으로 대치시켜버리는 짓, '일부 시인들은 이러저러하다'는 것을 '모든 시인은 이러저러하지 않으면 안 된다'는 식으로 대치시켜버리는 짓은 결국 여러 가지 적절한 사실들이 아직까지 충분히 고려된 적이 없었다는 표시에 불과하다.

술어 중에 '하지 않으면 안 된다'든가, '해야 마땅하다'든가 하는 말을 담고 있는 비평문은 현학이거나 동어반복이거나 둘 중의 하나로서, 그것이 진지하게 받아들여지느냐 아니냐에 따라 현학이 되든지 아니면 동어반복이 되는 것이다. 가령 '모든 희곡에는 반드시 주제의 통일성이 있어야 한다'고 주장하고 싶어하는 연극비평가가 있다고 하자. 만일 그 비평가가 현학적인 사람이라면, 그는 특수한 용어로써 주제의 통일성이 무엇을 뜻하는가를 정의하려고 할 것이다. 그러나 극작가의 창작력이란 한쪽 방향으로만 통일성 있게 치우치는 것이 아니다.

그러니까 이 비평가는 분명히 조만간 다음과 같은 주장을 하게 될 입장에 있는 것이다. 즉 상연시의 효과도 재삼 증명된 아주 이름 높은 어떤 극작가의 작품이 그가 정의한 주제의 통일성을 나타내주지 않기 때문에 이 극작가는 그가 희곡으로 생각하는 작품을 쓰지 않고 있다는 주장 말이다. 이런 원칙을 더한층 포괄적으로 또는 더한층 조심성 있게 적용시키려고 하는 비평가는 조만간 비평의 개념을 넓혀서, '주제의 통일성이 있는 모든 희곡은 행동의 통일성을 갖고 있어야 한다'든가, 또한층 단순하게 또한 예사롭게 '모든 훌륭한 희곡은 훌륭한 희곡임에 틀림없다'든가 하는 주장까지 나아가겠지만 차마 그렇다고 말할 수는 없으니까, 그렇다는 사실을 내면적으로는 인정하면서 겉으로만 감추려 할 것이다.

요컨대 비평은, 그리고 일반적으로 미학은 윤리학이 이미 이루어놓

---

47) 영국의 시인인 셸리(Percy Bysshe Shelley)의 『시의 변호』(1821)에 나오는 말이다.

은 것을 배우지 않으면 안 된다. 인간의 실제적인 행위와, 선으로 알려진 당위적인 행위를 단순히 비교하는 그런 형식을 취할 수 있었던 때가 윤리학에도 있었다. 윤리학의 저자에게 익숙해져 있고, 그리고 공동사회에 의해서 인정되고 있는 것은 그것이 무엇이든 간에 결국 '선'으로 늘 인식되었다. 오늘날 윤리학자는 가치개념을 가지고 있다는 점은 다를 바 없으나, 과거의 윤리학자와는 달리 아주 다른 눈으로 문제들을 보는 경향이 있다.

그러나 어찌할 도리가 없을 정도로 아주 고루한 어떤 절차가 윤리학에서 행해지고 있는데, 이 절차가 미학의 문제에 관여하고 있는 저자들간에 여전히 유행하고 있다. 때때로 자기의 취미에 맞는 것은 무엇이든지 참된 예술로 정의하고, 취미에 맞지 않는 것은 자신의 정의에 비추어서 참된 예술이 아니라고 주장하는 일이 비평가들에게 여전히 가능하다. 이런 논법은 모든 순환논법이 그렇듯이 논박될 수 없다는 커다란 이점을 가지고 있으나, 실은 실체가 없는 그림자에 불과한 것이다.

이렇기 때문에 위대성을 비교한다는 그 밉살스러운 작업에 대해서는 상관치 말고 제멋대로 내버려두는 게 좋겠다. 왜냐하면 우리가 그 비교에 동의할 수밖에 없다고 생각할 때에도 그 비교는 역시 비생산적인 진부한 이야기에 지나지 않기 때문이다. 가치를 논하는 비평가가 진짜 관심을 갖고 있는 것은 적극적 가치, 말하자면 시를 쓴 작가의 위내성보나 그 시 자체가 샃고 있는 좋은 점, 어쩌면 그 시 자체의 진가이다.

이러한 비평은 학식에서 생긴 고상한 취미로부터 나오게 되는 직접적인 가치 판단을 낳는다. 이러한 비평에서는 심장의 맥박수에 따라 시의 가치를 증명하고,[48] 고도로 조직화된 신경계가 시의 충격에 대해

---

48) 키츠(John Keats)가 그의 친구 레이놀즈(John Hamilton Reynolds)에게 1818년 5월 3일에 쓴 편지에 나오는 유명한 말이다.

어떻게 훈련된 반응을 나타내는가에 따라 시의 가치를 증명하는 것이다. 제대로 된 비평가라면 이러한 것의 중요성을 가볍게 보아넘기지는 않을 것이다. 그러나 여기에서도 몇 가지 경고가 따르지 않을 수 없다.

첫째로 고상한 취미에서 나오는 직관이 아무리 신속하고 확실하더라도 그것이 틀리는 법이 없다는 믿음은 미신이다. 고상한 취미는 문학연구로부터 생기고, 또 문학연구에 의해서 향상된다. 취미의 정확도는 지식으로부터 생기지만 그 정확도가 지식을 낳는 것은 아니다. 따라서 어떤 비평가가 갖고 있는 고상한 취미가 정확한 것이라 해도 그것이 문학 경험에서 그 취미의 귀납적인 기초가 충분하다는 것을 보증해주지는 않는다. 비평가가 그의 판단의 기초를 사회적·도덕적·종교적 또는 개인적인 이해(利害)에 두지 않고 자신의 문학 경험에 두는 것이라고 배운 후까지도 이 사실은 여전히 적용된다. 성실한 비평가는 자기의 취미 가운데서 끊임없이 맹점을 찾아낸다. 즉 시적 경험의 올바른 형식을 스스로 실현할 능력은 없어도 그 형식을 인식할 수 있는 가능성을 발견하는 것이다.

둘째, 적극적인 가치평가는 비평의 중심에 위치하고는 있지만 언제나 비평에서 배척당하는 직접적인 경험을 근거로 삼고 있다. 비평은 오직 비평적인 전문용어에 의해서 가치판단을 설명할 수 있지만 그렇다고 해서 그 비평용어가 원초적인 경험을 다시 포착할 수 있게 해준다거나, 경험 내용을 다 담을 수 있다는 것은 결코 아니다. 그 원초적인 경험은 색채에 대한 직관력이나 차고 뜨거운 것에 대한 직접적인 느낌과 비슷한 것이며, 물리학은 이 경험을, 경험 자체의 입장에서 보면 아주 빗나간 방법으로 '설명하고 있다.' 취미나 기량에 의해서 아무리 도야되었다 하더라도 문학 경험은 문학 그 자체와 같이 말할 수 있는 것은 아니다. 에밀리 디킨슨은 "머리끝이 잘려나간 듯이 내가 육체적으로 느낄 때, 나는 이것이 시라는 것을 안다"[49]고 말하고 있다. 이 말은 전적으로 흠은 없지만 오직 경험으로서의 비평에만 관련되는 말이다.

문학을 읽을 때 우리는 복음서에서의 기도처럼, 비평이라는 설명의 세계에서 빠져나와 문학 그 자체의 은밀한 세계 속으로 발을 들여놓아야 한다. 그렇지 않으면 독서라는 것은 진정한 문학의 경험이 되지 못하고 비평에서의 관습이나 기억이나 편견의 단순한 반영에 불과한 것이 되어버린다. 비평의 중심에는 어떤 전달 불가능한 경험이 있다. 이 전달 불가능한 경험은, 비평이라는 것이 이 경험에서 출발하지만 비평이 이에 의거해서 구축될 수 없다는 것을 비평가가 인식하고 있는 한 비평을 하나의 예술로서 계속 남아 있게 할 것이다.

이리하여 비평가의 취미는 보통보다 큰 포용력과 보편성을 향해 발전하고 있지만, 지식으로서의 비평과 취미에 의해서 주어지는 가치판단은 여전히 별개의 것이다. 문학의 직접적인 경험을 비평의 구조에 끼워넣으려고 할 때 우리가 이미 취급한 바 있는, 취미의 역사의 여러 가지 변체(變體)가 나오게 된다. 순서를 바꾸어서, 비평을 문학의 직접적인 경험에 개입시키려고 한다면 이 양자가 각각 가지고 있는 자체의 일체성은 파괴되고 만다. 직접적인 경험은 가령 그것이 이미 수백 번이나 읽힌 시와 관련되어 있다 하더라도 그때마다 계속 새롭고 신선한 경험이 되게끔 노력하겠지만, 만약 그 시 자체를 경험하는 것이 아니라 그 시에 관한 비평을 경험하는 경우 분명히 늘 새로운 경험은 가능할 수가 없을 것이다.

지식으로서의 비평은 늘 발전해야 하며, 어떠한 작품도 배제해서는 안 된다는 필자의 견해를 문학의 직접적인 경험에 개입시키는 것은, 문

---

49) 이 말은 미국의 여류 시인 에밀리 디킨슨(Emily Dickinson, 1830~86)이 시작상의 친구인 히긴슨(T.W. Higginson)과 1870년 8월 16일에 가졌던 회견기에서 나온 것이다. 전문(全文)을 소개하면 다음과 같다. "어떤 불도 나를 따뜻하게 할 수 없을 정도로 내 온몸을 차갑게 만드는 한 권의 책이 있다면, 나는 이것이 시라는 것을 안다. 머리끝이 잘려나간 듯이 내가 육체적으로 느낄 때, 나는 이것이 시라는 것을 안다. 이러한 것들만이 내가 시를 아는 유일한 방법이다. 이외에 다른 방법이 있겠는가?"

학의 직접적인 경험은 어떠한 차별도 두지 않고 씌어진 모든 작품에 대해서 만족감을 느끼는 그런 일반적인 황홀상태를 향해서 발전해가야만 한다는 뜻을 내포하고 있겠지만, 필자가 생각하고 있는 것은 반드시 이런 것은 아니다.

마지막으로 문학의 직접적인 경험을 끊임없이 실천하는 동안에 발전되는 기량은 피아노의 연주와 같은 기량으로서, 샤워를 하면서 노래를 부르는 것과 같이 인생에 대한 일반적인 태도의 표현과는 다른 것이다. 비평가는 그 자신의 기질에 의해, 그리고 신문·광고·대화·영화, 아홉 살 때 읽었던 모든 것 등을 포함해서 그가 접촉해온 모든 언어경험에 의해 이루어진 주관적인 경험의 배경을 가지고 있다. 비평가는 문학에 반응하는 특수한 기량을 가지고 있지만, 그 기량은 온도계의 눈금을 읽는다고 해서 그것이 추위에 떨고 있다는 사실과 동일시될 수 없듯이, 모든 개인적인 기억이나 연상이나 임의적 편견 등을 수반하고 있는 주관적인 배경과도 다른 것이다. 또 비평 능력을 가진 사람으로서 어떤 작품을 읽을 때 개인적으로는 강렬하고 깊은 기쁨을 맛보면서도, 동시에 그 기쁨을 창조한 작품을 비평적으로는 낮게 평가하는 경험을 가져보지 않은 사람은 없을 것이다.

많은 비평이론과 미학이론들이 주관적인 기쁨과 예술에 대한 특수한 반응은 처음부터 똑같은 것이라든지, 같은 데서 발전해 나왔다든지, 이것도 저것도 아니라면 궁극에 가서는 똑같은 것이 된다는 전제에 기초를 두고 있는 것도 사실이다. 그러나 모든 교양인은, 그들이 편집증에 걸린 중환자가 아니라면, 주관적인 기쁨과 예술에 대한 특수한 반응은 항상 별개의 것이라는 사실을 알고 있다. 또 한편 이상적인 가치와 현실적인 가치는 아주 다를 수 있는 것이다. 자신의 고심에 걸맞을 만큼 충분히 중요성이 있다고 생각되는 다른 어떤 작품과 관련이 있다는 단순한 이유 때문에, 솔직히 그 자신이 삼류라고 인정하고 있는 작품에 대해서 논문이나 책, 경우에 따라서는 일생이 걸리는 연구서적을 집필하는 데 시간을 소비할 그런 비평가가 있을지 모른다. 필자가 알고 있는 어떤 비평이론도 비평의 가장 보편적인 실천형식의 하나가 암시하는 평가 자체의 다양성을 실제로 고려하지 않고 있다.

우리는 지금까지 율법의 정신으로 비평가의 응접실을 청소했는데, 이 때문에 도리어 사람의 숨을 막히게 하는 먼지를 일으켰다. 그것이 어떤 것이든지 복음이라는 진정제를 써서 그 응접실을 다시 청소하려고 한다.[50] 필자의 도전이 일인칭 복수로 씌어왔다는 것과 이 도전은 하나의 도전일 뿐만 아니라 하나의 고백이라는 것을 꼭 지적할 필요는 없으리라. 또 말할 것도 없이 이런 종류의 책이 적절하지 못하고 단지 잘못된 것이라는 인상을 주는 점이 있어도, 이 책은 이 점들을 크게 눈감아주고(무시한다는 뜻이 아니라 못본 체한다는 뜻으로) 이 책이 의도하는 목적에 공감을 표시해주는 독자에게 선을 보이는 것이 된다. 충분한 자격을 갖춘 비평가가 나타나서 이 에세이들의 주제를 취급해줄 것을 기다리자면 우리는 오랜 시간을 참고 기다려야 하리라고 필자는 확신한다.

탈고된 후 출판이 가능할 정도의 크기로 만들기 위해 필자는 연역적으로 이야기를 진행하면서 실례나 예증을 고를 때에는 엄선을 원칙으로 했다. 이 책의 연역성은 전술적 방법 이상의 것은 아니며, 예외나 부정적인 예가 없는 완벽한 대전제라고 주장되는 어떠한 원리도 필자가 아는 한 이 책엔 없다. '정상적으로' '보통' '일반적으로' '대체로'

---

50) 구원으로 향하는 편력을 그린 버니언(John Bunyan, 1628~88)의 『천로역정』 제1부(1678)에서 주인공 크리스천은 화자(話者)에게 여로의 조언을 구한다. 화자는 그를 객실로 데리고 간 후, 하인에게 청소를 시켜 먼지를 일으키게 하여 그의 숨을 막히게 한다. 그 다음으로 젊은 아가씨에게 물을 뿌리게 해서 먼지를 가라앉힌다. 화자에 의하면, 객실은 '복음'의 은혜를 모르는 사람의 믿음이며, 먼지는 그 원죄와 믿음의 타락, 하인과 아가씨는 각각 '율법'(이것은 죄를 가라앉히지 않고 오히려 부채질함)과 '복음'을 의미한다. 프라이는 이런 맥락에서 이야기한 것이다.

라는 표현이 이 책의 도처에 산재해 있다. '이러이러한 것에 대해서는 어떠한가' 라는 식의 반론이 독자로부터 늘 제기될지도 모르겠으나, 그런 질문은 총체적인 관찰에 입각한 필자의 진술들을 반드시 깨뜨려버리는 식의 질문은 아닐 것이라 본다. 또 '이러이러한 것은 어떻게 설명할 셈인가' 라는 식의, 필자가 답할 수 없는 문제도 많으리라 본다.

하지만 이 책이 갖고 있는 도식적인 성격은 처음부터 의도적인 것으로서, 이 점이 이 책의 두드러진 특징이다. 오랜 생각 끝에 필자는 이 점에 대해서는 변명하지 않기로 작정했다. 귀족적인 특권계급이 가지고 있는 우아한 취미에도 분류가 필요하듯이, 그리고 이보다 더 중요한 다른 학문 영역에서도 분류가 필요하듯이 이 비평에도 분류가 필요하다. 여하한 형식이든 간에 시학의 도식화에 강한 감정적인 반발을 보이는 비평가는 많으나, 이 역시 지식체(知識體)로서의 비평과 문학의 직접적인 경험을 구별하지 못했기 때문에 일어나는 것이다. 문학의 직접적인 경험에서는 그 경험적인 행위가 각각 독자적인 것이기 때문에 분류가 있을 여지가 없다.

앞으로 전개될 필자의 글 중에는 도식화된 부분이 나타날 터인데, 그럴 때마다 도식적 형식 자체에는 아무런 중요성이 없다는 점과 도식적 형식이 드러나는 것은 오로지 필자 자신의 재치의 부족에서 오는 것이라는 점을 유의했으면 한다. 이 책의 대부분은 디딤돌에 불과하므로 필자가 세우고 있는 건물이 현재보다 더 나은 형태를 갖추게 될 때 이 책의 많은 부분이 난도질을 당한다 해도 상관없다고 생각하고 있으며, 또 실제로 그렇게 되었으면 하고 바라고 있다. 이 책의 나머지 부분은 예술의 형상인(形相因)에 대한 체계적인 연구에 속하는 것이다.

역사비평

양식의 이론

첫번째 에세이

서사양식 : 서론

『시학』의 제2절에서 아리스토텔레스는 등장인물의 탁월성의 정도에 따라 문학작품에 차이가 생긴다고 말하고 있다. 즉 어떤 작품에서는 등장인물이 우리보다 더 훌륭하기도 하고, 또 어떤 작품에서는 우리보다 더 악하기도 하며, 또 다른 작품에서는 우리와 비슷하다고 말한다. 이 『시학』의 제2절은 현대 비평가들 사이에 큰 관심의 대상이 되지는 않았는데, 그 이유는 아리스토텔레스가 이와 같이 선·악을 중시하고 있다는 사실이 어느 정도 편협한 도덕적 문학관을 가졌다는 것으로 받아들여지기 때문이다. 그러나 선과 악을 나타내는 말로서 아리스토텔레스가 사용하고 있는 단어는 그리스어인 스푸다이오스(spoudaios)와 파울로스(phaulos)로서, 그 어휘들은 각각 비유적으로 무겁다, 가볍다는 의미를 갖고 있다.

문학작품에서 플롯이란 누가 무엇을 행하는가로 이루어진다. 이 누구라는 것이 한 사람의 개인이라면, 그 사람이 바로 주인공이다. 주인공은 작가가 그에게 요구하는 조건과 이 조건을 당연한 것으로 받아들이는 독자나 청중의 기대하에 자신이 할 수 있는 일을 행할 수도 있고, 또 할 수 있었을지도 모를 일을 행하지 못할 수도 있다. 따라서 도덕적으로가 아니라 주인공의 행동능력, 다시 말하면 우리보다 그 주인공의 행동능력이 더 큰가, 더 작은가, 또 같은가 하는 기준에 따라 문학작품을 분류할 수도 있는 것이다.

1. 질적으로 주인공이 다른 사람들보다 뛰어나고, 또한 그가 그들의 환경보다 뛰어난 환경에 처해 있다면 이 주인공은 신적인 존재로서 그에 대한 이야기는 보통 신에 대한 이야기인 **신화**가 될 것이다. 이 이야기들은 문학에서 중요한 위치를 차지하고 있기는 하지만 대체로 정상적인 문학적 범주 밖에서 발견되고 있다.

2. 주인공이 다른 사람들보다 뛰어나고, 또 자신이 처해 있는 환경보다 뛰어나다고 하더라도, 이 뛰어남이 정도의 차이에 지나지 않는다면 그 주인공은 전형적인 **로맨스**(romance)의 영웅이다. 그의 행동은 불가사의하지만 그 자신은 인간으로서 인식된다. 로맨스의 영웅이 행동하는 세계에서는 일상의 자연법칙이 일부 정지해 있다. 즉 우리들에게는 부자연스러운 용기나 인내의 기적이 그에게는 자연스러운 것이 되며, 일단 로맨스의 세계가 전제되면 요술 부리는 무기라든가, 사람의 말을 하는 동물이라든가, 무서운 도깨비나 마녀라든가, 기적을 일으키는 힘을 갖고 있는 부적 등도 개연성의 법칙에 위배되는 것은 아니다. 여기서 우리는 그 본래의 의미를 갖고 있는 신화의 세계로부터 나와 전설·민담·옛날 이야기(märchen), 기타 이러한 것들과 관련되어 있고, 또 이러한 것들에서 유래되는 문학작품의 세계 속으로 들어가게 되는 것이다.

3. 정도에서 다른 사람들보다 뛰어나지만 자신의 타고난 환경보다 뛰어나지 못할 경우 그 주인공은 사람들을 통솔하는 지도자가 된다. 그는 우리보다 훨씬 뛰어난 권위·열정·표현력을 갖추고 있으나, 그의 행위는 사회적 비판뿐만 아니라 자연적 질서에도 영향을 받는다. 이 주인공이 상위모방(high mimetic) 양식의 주인공, 즉 대부분의 서사시나 비극의 주인공으로서, 아리스토텔레스가 주로 염두에 두었던 주인공이다.

4. 다른 사람들보다도, 또한 자신의 환경보다도 뛰어나지 못할 경우 주인공은 우리와 같은 존재이다. 우리는 그의 평범한 인간성에 반응을 나타내며, 따라서 우리는 시인에게 그 주인공이 우리 자신의 경험에서 우리가 발견하는 것과 똑같은 개연성의 기준을 지키도록 요구하게 되는데, 바로 이 주인공이 하위모방(low mimetic) 양식의 주인공, 즉 대부분의 희극이나 리얼리즘 소설 속에 등장하는 주인공이다. 필자가 쓰는 '높다' 와 '낮다' 라는 말에는 가치의 비교라는 의미는 전혀 내포되어 있지 않고 순전히 도식화하기에 편리하다는 이유로 사용된 것으로, 간혹 성서비평을 고등비평과 하등비평[1]으로 분류하기도 하고, 영국 국교회를 고등교회파와 하등교회파[2]로 분류하기도 하는 것과 똑같은 경우이다. 이 단계에서는 '히어로'(hero, 주인공＝영웅)라는 말의 의미는 앞서의 여러 양식에서 사용된 뜻보다 한층 한정되어 쓰이기 때문에 작가는 이 말을 그대로 사용하는 것이 때로는 곤란하다는 생각을 할 때가 있다. 이런 까닭에 새커리[3]는 자신의 소설 『허영의 시장』을 주인공이 없는 소설이라고 부를 수밖에 없다고 생각했다.

5. 힘에서도 지성에서도 우리들보다 뛰어나지 못한 까닭에 우리가 굴욕, 좌절, 부조리의 정경을 경멸에 찬 눈초리로 내려다보고 있는 듯

---

1) 성서의 원전(原典)에 대한 비평을 '하등비평', 그리고 원형(原型)의 성립이나 그 의도 등을 명백히 하고 그 성격을 규정하는 연구를 '고등비평' 이라고 부른다.

2) '고등교회' 는 앤 여왕 치하 영국 교회의 강력한 지지자들에게 붙여진 이름으로, 후에는 영국 교회를 일컫는 말로 사용된다. 대체로 교회의 권위, 감독제도, 전통적인 전례(典禮)양식을 중히 여기고, 가톨릭 교회에 연관되는 요소를 강조하는 일파를 '고등교회' 라고 일컬었다. 종교개혁의 정신인 '성서로의 복귀' 를 받아들여 감독제도, 성직, 전례주의를 배척하고, 복음전파와 개인 구원을 중시하는 프로테스탄트 일파를 '하등교회' 라고 일컬었다.

3) William Makepeace Thackeray(1811~63) : 영국의 소설가.

한 느낌을 그의 행위를 통해 받게 될 경우, 이 주인공은 아이러니 양식에 속한다. 이것은 독자가 자기도 그 주인공과 똑같은 상태에 처해 있다든가, 혹은 똑같은 상태에 처하게 될지도 모른다고 느끼게 되는 경우에도 적용된다. 왜냐하면 이와 같은 상태는 보다 폭넓은 자유의 기준에 의해서 판단되기 때문이다.

　앞의 목록을 대충 훑어보면, 우리는 지난 15세기 동안 서구문학이 한결같이 이 목록의 아래쪽으로 점차 그 중심을 옮겨왔다는 사실을 알 수 있다. 중세 이전의 시대에서는 문학이 기독교 신화, 그리스·로마의 고전주의 시대의 신화, 켈트 신화 또는 튜턴 신화 등과 밀접한 연관관계를 가지고 있었다. 기독교가 수입된 하나의 신화가 아니고, 또 그와 경합되는 신화들을 송두리째 삼켜버리지 아니하였더라면, 이 단계의 서구문학을 따로 분리시키는 작업은 한층 용이하리라. 지금까지 남아 있는 형식으로서 신화의 대부분은 로맨스의 범주 속으로 이미 옮겨졌다.

　로맨스는 두 개의 주된 형식으로 나눌 수 있는데, 그 하나는 기사도 정신과 의협 행위를 다루는 세속적 형식이고, 다른 하나는 성도의 전설이 중심이 되는 종교적 형식이다. 이 둘 중 어느 쪽의 형식을 취하든 이야기의 흥미는 주로 자연법칙이 기적적으로 깨어져버린다는 사실에 집중되고 있다. 로맨스 이야기는, 르네상스의 왕후 숭배, 조신(朝臣) 숭배로 인해 상위모방 양식이 지배적인 양식으로 정착될 때까지 문학 전반을 지배하게 되는데, 이 양식의 특징은 장르에서 극, 특히 비극이나 국민적 서사시에 아주 두드러지게 나타나 있다.

　그리고 그 이후에 새로운 계층인 중산계급의 문화의 출현과 더불어 하위모방 양식이 등장하게 되며, 이 양식은 디포의 시대로부터 19세기 말까지의 영국 문단을 지배하는 보편적 양식이 된다. 프랑스 문학에서는 이 양식이 약 50년이나 빨리 시작되고 끝난다. 최근 백 년 사이에 순수한 서사문학의 대부분은 차차로 아이러니 양식을 취하는 경향을 보여왔다.

이와 비슷한 전개는 아주 간략하나마 그리스·로마 고전주의 시대의 문학에서도 그 흔적을 찾을 수가 있다. 종교가 신화적이고 다신교적인 경우, 신을 조상으로 하고 있는 영웅과 왕이 신격화되는 등 여러 잡다한 신격화가 있는 경우, '신과 같은'이라는 형용사가 제우스 신에게나 아킬레우스에게 똑같이 적용될 수 있는 경우, 이런 경우에는 신화, 로맨스 그리고 상위모방이 각각 갖고 있는 경향을 서로 완전히 분리시키기란 거의 불가능한 일이다.

종교가 신학적이고 신성과 인성을 뚜렷이 구별하지 않을 수 없는 경우, 이런 경우에 로맨스는 가령 기독교에서의 기사나 성자의 전설, 이슬람교의 아라비안 나이트, 이스라엘의 사사[4]기(士師記)나 예언자의 기적 이야기에서처럼 아주 뚜렷한 형식으로 독립된다. 이와 마찬가지로 그리스·로마 고전 시대가 그 후기에 와서도 신적 지도자를 떨어버리지 못한 것은 로마 풍자문학에서부터 가까스로 시작된 하위모방 양식과 아이러니 양식의 불완전한 발전과 깊은 연관을 맺고 있다.

한편 상위모방 양식의 확립, 즉 자연질서에 대한 일관성 있는 의식을 갖고 있는 문학 전통의 발전, 이것이 그리스 문명의 위대한 업적의 하나이다. 필자가 알고 있는 한, 동양의 서사문학은 신화나 로맨스가 갖는 공식적인 특징을 많이 공유하고 있다.

우리는 여기서 주로 앞에서 말한 서양문학의 다섯 시기를 그리스·로마 고전시대외는 단지 부수적으로 대비시기면서 다룰 작징이다. 각각의 양식에서 소박한 문학과 세련된 문학을 구별하는 것이 유익할 수 있으리라. 필자는 이 소박이라는 어휘를 실러의 소박문학과 감상문학에 대한 에세이[5]에서 취한 것인데, 실러는 이 어휘를 고전적이라

---

4) 사사란 여호수아 이후 이스라엘 백성을 이끌었던 지도자들을 뜻한다.

5) 실러(Friedrich von Schiller)의 미학 논문 「소박문학과 감상문학에 대해서」
(1794~96)에 나온다. 실러에게서 '소박'과 '감상'이라는 개념은 일차적으

는 것에 더 가까운 의미로 사용하고 있지만, 필자는 이 말을 원시적 또는 민중적이라는 의미로 사용하고자 한다. 감상적이라는 어휘도 영어로는 별도의 의미가 있겠지만 우리들은 이 어휘를 대신해서 쓸 수 있는 착실한 비평용어를 갖고 있지 않다. 따라서 인용부호가 있는 '감상적'이라는 말은 초기 양식이 후에 와서 다시 재생된다는 뜻을 내포하고 있다.

이렇게 볼 때 낭만주의는 로맨스의 '감상적' 형태이고, 대부분의 옛날 이야기는 민담의 '감상적' 형태이다. 또한 일반적인 구별로서는 주인공이 자기가 속해 있는 사회로부터 고립되는 이야기와 그 사회 속에 통합되는 이야기의 두 종류가 있다. 이러한 구별은 각기 '비극적' '희극적'이라는 말로 나타내지만, 이 경우 비극적, 희극적이라는 표현은 단순히 극의 형식을 가리키는 것이 아니라 플롯 일반의 양상을 가리킨다.

비극적 서사양식

비극적인 이야기는 그것이 신적인 존재에 적용될 때 디오니소스적이라고 일컬어질 수도 있다. 이 이야기들은 신의 죽음에 대한 이야기로서, 독이 든 속옷을 입고 타고 있는 장작더미 위로 올라가는 헤라클레

로는 본질상 서로 다른 시문학의 두 형태를 지칭한다. 그의 정의에 따르면, 문명 발달 이전의 상태에서 자연과의 일체감을 상실하지 않는 시인은 의식과 시작법이 모두 자연 그대로이며, 따라서 그의 작품은 자연적인, 즉 '소박' 문학의 형태에 속하게 된다. 그러나 발달된 문명의 영향하에 있는 시인들은 문명 발달과 이성적인 사고 능력의 향상으로 인해 필연적으로 위기의식과 불안을 경험하게 되며, 이 결과 자연과의 일체감을 상실하게 된다. 따라서 문명하의 시인들은 당연히 이런 위기의식과 불안이 없었던, 즉 인간이 자연과 일체감을 지닐 수 있었던 소박한 상태를 동경하게 되며, 이런 원천적인 동경이 이들의 작품을 '감상적'으로 만든다. 즉 감상문학이란 이성의 발달로 인해 자연을 상실한 시인들의 자연에 대한 근원적인 깊은 동경을 칭하는 것이다.

스, 바쿠스 신을 경배하는 여신도들에 의해 갈가리 찢긴 오르페우스, 로키의 배신으로 죽음을 당하는 발데르,[6] 신적 존재이면서도 삼위일체의 교제로부터 소외된 의식을 갖고 "아버지 하느님 어찌하여 저를 버리시나이까?" 하고 울부짖으면서 십자가에 못박혀 죽어가는 그리스도의 이야기 등이다.

문학에서 신의 죽음은 가을이나 일몰(日沒)과 연관되지만, 그렇다고 해서 반드시 신이 식물신이나 태양신이라는 의미는 아니다. 다만 그 소속이 어떠하든 간에 신도 능히 죽을 수 있다는 것을 뜻한다. 그러나 신이란 다른 인간들보다는 물론 자연보다도 뛰어난 존재이기 때문에 신의 죽음에는 당연히 『비너스와 아도니스』[7]에서 셰익스피어가 자연의 '엄숙한 공감'이라고 일컬었던 그런 감정이 뒤따르게 마련이다. '엄숙한'이라는 말은 어원적으로 어느 정도 제의(祭儀)와 연관되는 말이다.

『십자가의 꿈』[8]에서 시인이 그리스도의 죽음에 모든 만물이 슬피 울었다고 읊고 있는 것에서 볼 수 있듯이, 행동의 주체가 신일 경우에는 러스킨이 이야기하는 '감정의 오류'(pathetic fallacy)[9]도 별로 오류가 될 수 없다. 물론 순전히 상상의 힘만으로 인간과 자연 사이를 연결시키는 것에는 어떠한 실제적인 오류도 결코 있을 수 없겠지만, 보다 더 리얼리스틱한 작품 속에서 작가가 그 '엄숙한 공감'이라는 것을 이용하고 있다면 그것은 작가가 주인공에게 신화 양식의 분위기를 어느 정도

---

6) 북유럽 신화의 신들이다. 발데르는 용모가 아름답고 정의를 사랑해 모든 신들의 사랑을 받았으나, 로키의 배신과 간교로 죽게 된다. 그 벌로 로키는 프로메테우스처럼 바위에 포박되어 있어야 했다.

7) 셰익스피어의 장시(1593)로, 비너스의 아도니스에 대한 사랑과 비극의 전설을 다루고 있다.

8) 8세기 초의 영어 시로 작자 미상이다.

9) 『근대화가론』, 제3편(1856)에서 러스킨이 사용한 말로, 자연물이나 무생물에 인간적인 감정이 있는 것처럼 취급하는 것을 뜻한다.

부여하려는 표시로서 받아들일 수 있다.

'감정의 오류'의 한 예로서 러스킨이 들고 있는 것은 "넘실거리는 잔인한 물거품"[10]이라는 시 구절인데, 이는 조수에 휩쓸려 익사한 소녀의 이야기를 읊은 킹즐리의 발라드에서 나온다. 그러나 물거품이 그렇게 묘사되어 있다는 사실은 킹즐리의 여주인공 메리가 고대 그리스의 안드로메다[11] 신화의 색채를 어설프게나마 부여받고 있음을 보여주는 것이다.

영웅이 여전히 반 정도의 신에 지나지 않는 로맨스에서도 영웅의 죽음은 일몰이나 낙엽과 연관되어 있다. 로맨스에서는 자연법칙이 일시 정지되고 또 주인공의 공적은 보다 더 개인적인 것이 되므로 자연계는 주로 동물계와 식물계로 한정되어버린다. 주인공은 그의 생활의 대부분을 많은 동물들과 함께 보낸다. 즉 말이나 개, 매 등 구제할 길이 없는 낭만주의자들인 동물들과 함께 보내며, 숲은 로맨스의 전형적인 배경이 되고 있다. 이리하여 로맨스 주인공의 죽음이나 고립은 어떤 정령이 자연으로부터 사라져간다는 인상을 줌으로써, 애가적(哀歌的)이라고 불러야만 가장 어울릴 수 있는 그런 분위기를 불러일으켜준다.

애가는 아이러니에 의해서 훼손되지 않는 영웅주의(heroism)를 보여준다. 애가에서는 베어울프[12]의 죽음의 불가피성, 롤랑[13]의 죽음을 초

---

10) 킹즐리(Charles Kingsley)의 『올턴 록』에서 인용한 것이다.

11) 그리스 신화에 나오는 에티오피아의 왕녀이다. 딸 안드로메다가 바다의 신 네레우스의 딸들보다 더 아름답다는 어머니 카시오페의 교만 때문에 바다의 신 포세이돈의 노여움을 사서 안드로메다는 신의 제물로 바쳐지는데, 때마침 그곳을 지나던 페르세우스에 의해 구출된다. 킹즐리는 이 신화에 의거해서 『안드로메다』(1859)라는 시를 썼다.

12) 고대 영문학의 최고(最古) 서사시인 『베어울프』(Beowulf, 725년경)의 주인공으로, 스칸디나비아의 전설적인 영웅인 그는 50여 년간 왕위에 있었다. 불을 뿜는 용이 나라를 괴롭히자 싸워 그 괴물을 죽이지만, 자신은 그때 입은 상처로 전사한다.

래하는 모반(謀反), 순교적인 성도의 죽음을 꾀하는 앙심, 이러한 것들이 감정적으로 보다 더 중요한 것이며, 오만과 과오라는 아이러니의 묘미는 이들에 비하면 덜 중요하다. 따라서 애가적 로맨스에는 가끔 시간이 덧없이 흘러가고 있다든가, 옛 질서는 새 질서에 길을 양보할 수밖에 없다든가 하는, 그런 피할 수 없는 사실에 대해 망연자실하는 우울한 체념이 뒤따르고 있다. 사라져간 지난 역사를 기념하는 거석(巨石)의 비(碑)를 바라보면서 죽어가는 베어울프*가 떠오른다. 훨씬 후기의 '감상적' 형식으로는 테니슨의 『아서 왕의 죽음』[14]이 이런 분위기를 잘 포착하고 있다.

상위모방 양식에서 비극은 지도자의 몰락에 관한 이야기를 하게 된다(왜냐하면 지도자의 피할 수 없는 몰락은 그가 자신의 사회로부터 고립될 수 있는 유일한 방법이기 때문이다). 이것이 비극의 중심을 이루고 있으며, 여기에는 영웅적인 것과 아이러니적인 것이 뒤섞여 있다. 애가적 로맨스에서 주인공의 죽음은 주로 하나의 자연적인 사실로서, 주인공이 한낱 인간에 지나지 않는다는 사실을 가리키는 반면, 상위모방의 비극에서 주인공의 죽음은 사회적 · 윤리적인 사실이기도 하다.

비극적 주인공은 주인공다운 위대한 영웅적 기질을 가져야 하겠지만, 그의 몰락에는 비극적인 주인공은 그가 속한 사회와 관계를 맺고 있다는 인식과 자연법칙은 지고하다는 인식, 이 양쪽 모두가 관련되어 있다. 이 양쪽은 다 같이 아이러니의 방향을 가리키고 있다.

---

13) 중세 프랑스 최고의 서사시 『롤랑의 노래』(1100년경)의 주인공인 기사(騎士)이다. 샤를마뉴 대제 휘하의 용사로 무모할 정도로 용감하고 개인적인 공명심이 높아 사라센과의 전쟁에서 대제의 도움을 받기를 거절하다가 마침내 전사한다.

 * 『베어울프』, p.2717의 'enta geweorc'의 정확한 뜻이 무엇인가는 이곳에서의 실례와는 관계없다.

14) 『국왕의 목가』에 나오는 시(1869). 아서 왕의 마지막 생존 기사인 베디니어 경의 구술로 아서 왕 최후의 장면이 그려졌다.

비극적 드라마가 그 토착적인 발전을 이룬 것은 기원전 5세기의 아테네와 셰익스피어에서부터 라신에 이르는 17세기의 유럽에서였는데, 비극은 주로 이 두 시대에 속해 있다. 이 두 시대는 사회사적으로 보면 귀족정치가 급속히 그 실권을 잃어가고 있었음에도 불구하고 여전히 대단한 이데올로기적 권위를 유지했던 시대에 속한다.

상위모방 양식의 비극은 신적인 헤로이즘과 너무나 인간적인 아이러니, 이 중간에서 균형을 유지하고 있기 때문에 다섯 개의 비극양식 가운데 중심적인 위치*를 차지하고 있으며, 이런 사실은 전통적인 카타르시스(catharsis)의 개념 가운데에서도 나타나고 있다. 공포와 연민이라는 말은 감정이 움직이는 두 중심적 방향(그 방향이 대상을 향해 끌려가든, 대상으로부터 빠져나오든 간에)을 가리킨다고 할 수도 있다. 소박한 로맨스는 소망 성취의 꿈에 가까운 것으로서 감정을 동화하고, 그 감정을 내면화한 상태에서 독자에게 전달하려는 경향을 갖고 있다. 따라서 로맨스의 특징은 일상생활에서는 고통과 일치되는 공포와 연민을 쾌락의 형식으로 받아들인다는 데 있다.

로맨스에서는 먼 곳으로부터의 공포—두려움—는 모험의 요소로, 맞닿은 곳으로부터의 공포—무서움—는 경이의 요소로, 대상이 없는 공포—불안(Angst)—는 우울한 명상으로 각각 변한다. 먼 곳으로부터의 연민—관심—은 용감한 기사(騎士)에 의한 구원이라는 주제로, 맞닿은 곳으로부터의 연민—부드러운 마음씨—은 허물을 탓하지 않는 우아한 매혹으로 변한다. 그리고 대상이 없는 연민(이것을 일컬을 만한 이름은 없으나, 일종의 물활론, 즉 모든 자연물이 인간의 감정을 갖고 있는 것처럼 취급하는 감정이라 해도 좋다)은 창조적인 공상으로 변한다.

---

* 브룩스(Cleanth Brooks)가 엮은 『서구문학에서의 비극적 주제』(1955) 가운데 마르츠(Louis L. Martz)의 논문, 「비극적 영웅으로서의 성자」, p.176을 참조할 것.

이와 같은 로맨스 형식의 특유한 성격은 세련된 로맨스의 경우에는 비교적 잘 드러나 있지 않게 마련이며, 특히 죽음의 불가피성이라는 주제가 경이의 요소를 압도하고, 때로는 그 요소를 배경으로 밀쳐버리는 비극적 로맨스의 경우에는 더욱 그러하다. 가령 셰익스피어의 『로미오와 줄리엣』에서, 경이의 요소는 마브 여왕에 대한 머큐쇼의 장광설에 그 여운이 남아 있을 정도이다. 그러나 이 극에는 분위기를 부드럽게 하는 요인들이 있어, 이 요인들이 카타르시스와는 정반대 방향으로 작용하기 때문에, 말하자면 주요한 등장인물로부터 아이러니를 제거시키기 때문에 이 극은 후기의 여러 비극들보다 한결 더 로맨스에 가까운 특징을 보여주게 된다.

상위모방 양식의 비극에서 연민과 공포는 각각 호의적인 윤리판단과 적대적인 윤리판단의 역할을 하고 있는데, 이 판단들이 각기 비극과 관계는 있지만 비극의 중심이 되는 것은 아니다. 우리는 데스데모나에게 연민을 느끼고 이아고를 무서워하지만, 비극적 중심인물인 오셀로에 대해서는 연민과 공포, 이 양쪽 모두를 느끼게 되는 것이다. 비극, 말하자면 비극적 주인공에게 일어나는 특수한 사건은 이 주인공이 도덕적으로 옳으냐 옳지 못하냐 하는 것과는 별개의 문제이다. 비극은 일반적으로 그렇듯이 주인공의 행위와 인과관계를 맺고 있기는 하지만, 그 비극성은 주인공의 행위의 귀결이 지니는 불가피성에 있는 것이지, 주인공의 행위가 지니는 도덕적인 정당성에 달려 있는 것은 아니다.

그러므로 비극에서는 연민과 공포의 감정이 환기되었다가 다시 그 감정이 정화된다는 역설이 성립되는 것이다. 따라서 아리스토텔레스가 이야기하는 하마르티아(hamartia), 즉 '과오'는 반드시 악행이라는 것도 아니고, 더더구나 도덕적인 약점도 아니다. 셰익스피어의 『리어왕』의 코델리아처럼 남의 눈에 띌 정도로 뚜렷한 입장을 견지하는 강한 성격의 소유자가 된다는 것, 이것이 간단히 말해서 비극에서의 주인공의 과오일 수도 있다. 이와 같이 밖으로 드러나는 뚜렷한 입장을 취하는 것이 일반적으로 지도자로서의 비극적 주인공의 역할이며, 이러한 입장에 있는 비극적 주인공은 예외적이면서도 동시에 고립된 인물로, 비극에 특유한 그 불가피성과 부조리성이 함께 섞여 있는 기묘한 상황을 창조한다. 지도자의 하마르티아라는 원리는 소박한 상위모방 양식의 비극, 가령 『제후의 거울』[15]이나 기타 운명의 수레바퀴라는 주제에 기초를 두고 있는 이와 비슷한 이야기들 속에서 더욱 뚜렷이 드러나 있다.

하위모방 양식의 비극에서는 연민과 공포의 감정은 정화되지도, 또한 쾌락으로 동화되지도 않으며, 이러한 감정들은 작품 외부의 선정적(煽情的)인 감정으로 전달된다. '선정적'이라는 말은, 만일 이 말이 가치판단에서 부정적인 것으로 들리지 않는다면 비평용어로서 더욱 유용한 의미를 지닐 수 있으련만. 하위모방 양식의 비극은 가정비극(domestic tragedy)인데, 아마도 비애(pathos)라는 말이 이 비극을 특징짓게 하는 것 같다. 그리고 비애는 선정적인 눈물의 반응과 밀접한 관계가 있다. 비애는 주인공이 어떤 약점으로 인해 고립된 존재임을 나타내주고 있으며, 이 약점은 우리 자신도 주인공과 똑같은 약점을 갖고 있음을 경험하기 때문에 우리의 동정심을 불러일으킬 만큼 호소력이 있는 것이다.

여기서 필자는 주인공이라는 어휘를 사용했지만, 실제로 비애를 자아내는 중심인물은 종종 여성이나 어린아이이다(또는 리틀 에바와 넬의 경우처럼 그 양쪽 모두이다).[16] 클래리사 할로에서부터 하디의 테

---

15) 1559년에 처음 출판된 운문형식의 영국 역사 비화집(悲話集)이다. 여기 나오는 인물들은 거의 모두 영국 역사상의 실제 유명 인물이며, 보카치오의 『제왕들의 몰락』 스타일을 따라 그들의 몰락이 그려져 있다. 페레르(George Ferrers)와 볼드윈(William Baldwin)에 의해 계획되었던 작품이기도 하다.

16) 리틀 에바는 스토(H.B. Stowe)의 『톰 아저씨의 오두막집』(1852)에 등장하는 소녀이고, 리틀 넬은 디킨스(Charles Dickens)의 『골동품 상점』(1840~41)에 등장하는 여주인공이다.

스, 헨리 제임스의 데이지 밀러[17]에 이르기까지 영국의 하위모방 소설에는 일련의 가련한 여성 희생자들이 줄지어 서 있다. 비극에서는 등장인물 전체가 죽음을 당할 수 있으나, 하위모방적인 사회에서는 개인화의 경향이 한층 강하기 때문에 비애는 보통 한 사람의 인물에게 집중된다.

또 상위모방 양식의 비극과는 반대로 비애는 희생자의 표현력 부족으로 인해서 더 커진다. 동물의 죽음이 보통 비애를 자아내듯이 지성이 부족한 사람들의 파국도 비애를 자아낸다. 이것은 현대 미국문학이 자주 다루는 주제이다. 워즈워스는 하위모방 양식의 예술가로서 비애를 자아내는 거장 가운데 한 사람이지만, 아들의 옷가지와 '기타 소지품'을 찾으려고 고심하는 한 뱃사공의 어머니 모습을 묘사하는 데서 따분하고 단조롭고 또 우스꽝스럽게도 내용에 걸맞지 않는 문체를 쓰고 있다[18](더더구나 신통찮은 비평 때문에 후에 가서 다시 그 작품을 고쳐 썼지만, 오히려 시 전체를 엉망으로 만드는 결과를 낳았다).

비애는 이상야릇한 참혹한 감정으로서, 무언가의 표현의 실패(그 표현이 진실한 것이든, 가식적인 것이든 간에)가 특징이 되는 것처럼 보인다. 비애는 언제나 낭랑하고 유창한 추도사는 마다하고 스위프트의 『스텔라의 추억』[19]과 같은 종류의 추도문에서 그 풍성함을 나타내줄 것이다. 웅변적인 비애는 위장된 자기 연민에 젖어 있게 하는, 말하자면 눈물을 자아내게 하는 경향이 있다.

---

17) 클래리사 할로는 리처드슨(Samuel Richardson)의 동명소설(1747~48)에 등장하는 여주인공이고, 데이지 밀러는 제임스(Henry James)의 동명소설(1879)에 등장하는 여주인공이다.

18) 워즈워스(William Wordsworth)의 『수부의 어머니』의 초고 제4편을 두고 하는 말이다.

19) 스위프트(Jonathan Swift)는 1728년에 연애관계에 있었던 14년 연하의 존슨(Esther Johnson, 스텔라는 애칭)이 죽은 밤에 단숨에 이 간결한 추도시를 썼다.

하위모방 양식에서는 공포감도 비애와 마찬가지로 선정적으로 이용되고 있으며, 이 공포감은 비애를 거꾸로 뒤집어놓은 것과 같은 것이다. 이 계통에 속하는 무서운 인물들로는 히스클리프,[20] 사이먼 리그리,[21] 디킨스의 악한들 등이 있으나, 이들은 보통 무력한 희생자들을 닥치는 대로 학대하는 무자비한 인물들이며, 후자의 고운 미덕과는 강한 대조관계를 이루고 있다.

우리와 동등한 수준에 있는 개인을, 그 개인이 속하고 싶어하는 사회집단으로부터 배제시키는 것이 비애의 근본 개념이므로, 이런 고립된 정신에 대한 연구가 세련된 비애문학의 전통의 중심을 이루고 있는 것이다. 말하자면 얼핏 보아도 알 수 있듯이, 우리 자신과 비슷한 인간이 내적인 세계와 외적인 세계의 대립, 상상적인 현실과 사회의 공동의지에 의해서 구축된 현실과의 대립 등으로 인하여 어떻게 몰락해가는가를 보여주는 이야기가 그 중심을 이루고 있는 것이다. 발자크에서 자주 보여지는 바와 같이, 이런 종류의 비극은 출세에 대한 병적인 집착이나 편집증(偏執症)적인 심리를 다루고 있고, 하위모방 양식에서는 이것은 주로 지도자의 몰락 이야기에 대응하는 것이다.

또 이런 비극은 『보바리 부인』, 콘래드의 『로드 짐』에서처럼 내적인 삶과 외적인 삶의 대립을, 멜빌의 『피에르』, 입센의 『브란』에서처럼 엄격한 윤리가 삶의 경험에 미치는 충격 등을 다루고 있다. 이와 같은 유형의 인물을 그리스어로 알라존(alazon)이라고 부르는데, 알라존은 기만적인 인물, 즉 자기를 실제 이상의 존재인 것처럼 가장한다든가, 그렇게 되고자 애쓰는 자를 말한다. 허풍선이 병사(miles gloriosus)나 괴짜 현학자, 즉 편집증세에 빠져 있는 철학자 등이 알라존 가운데서도 잘 알려진 유형이다.

우리는 이러한 유형의 인물들을 희극에서부터 늘 대해왔으나, 희극

---

20) 브론테(Emily Brontë)의 소설 『폭풍의 언덕』(1847)에 등장하는 남자 주인공.

의 경우 외적인 측면에서 관찰되기 때문에 사회적인 가면만이 눈에 비칠 수 있다. 그러나 비극의 주인공도 알라존으로서의 일면을 갖는다. 파우스투스[22]나 햄릿에게 편집증세에 빠져 있는 철학자의 일면이 나타나듯이, 탬벌레인[23]이나 오셀로에게서조차도 허풍선이 병사의 일면이 나타나 있다. 극이라는 수단을 통해서 편벽에 차 있는 심리를 내적인 측면에서 묘사한다는 것은 어려운 일이다. 위선의 경우조차도 어렵다. 말하자면 타르튀프[24]마저 그의 극적 기능이 관계되는 한, 위선자로서보다는 오히려 무위도식자로서 심리연구의 대상이 된다.

편벽에 차 있는 심리의 해부는 산문소설이나 브라우닝의 독백과 같은 반쯤 극적인 시에 적용하는 편이 훨씬 더 자연스럽다. 기법이나 태도에서는 차이가 있다 할지라도, 콘래드의 로드 짐은 허풍선이 병사의 직계 자손이며, 극적이나 희극적 배경에서 그와 같은 유형에 속하는 쇼의 시저스[25]나 싱의 플레이보이[26]와 똑같은 일족인 것이다. 물론 알라존의 자기 평가를 액면 그대로 받아들일 수도 있다. 가령 고딕 공포소설의 음침한 주인공을 묘사하는 작가들은 그렇게 받아들이고 있다. 이 주인공들은 사람의 마음을 꿰뚫어보는 듯한 야성적인 눈빛을 가지고 있으며, 그들의 눈빛 속에는 그들이 감추고 있는 듯한 죄가 어렴풋이 암시되고 있다.

이런 경우에는 대체로 비극이라기보다는 유머가 없는 희극이라고 규정될 수도 있을 일종의 멜로드라마가 나오게 된다. 이런 멜로드라마는 편집의 심리를 연민 대신에 공포의 면에서 묘사하는 문학이다. 편벽된

---

22) 말로(Christopher Marlowe)의 극 『파우스투스 박사의 비극』(1589?)에 등장하는 주인공.
23) 말로의 동명의 비극(1587~88)에 등장하는 주인공.
24) 몰리에르(Molière)의 동명의 희극(1664)에 등장하는 위선자.
25) 쇼(G.B. Shaw)의 『무기와 인간』(1894)에 등장하는 군인.
26) 싱(J.M. Synge)의 극 『서쪽 나라의 멋쟁이』(1907)의 주인공인 크리스티를 가리킨다.

고집은 절대적인 의지라는 형식을 취한 후, 정상적인 인간성의 한계 그 너머로 자신의 희생자를 몰아가는데, 이 경우의 가장 극명한 예는 히스클리프이지만, 그는 죽음마저도 이겨내면서 흡혈귀 같은 존재로 변해 버린다. 그러나 그외에 콘래드의 커츠[27]에서부터 대중소설의 주인공들—정신이상자의 증세를 가진 과학자들—에 이르기까지 그 예는 수없이 많다.

아이러니의 개념은 아리스토텔레스의 『윤리학』에 나타나 있다. 거기서 에이론(eiron)은 알라존과는 반대로 자기를 비하시키는 인간이다. 이러한 인물은 자신을 다치게 하지 않으려 하며, 아리스토텔레스는 이 인물을 비난하고는 있지만, 알라존이 태어나면서부터 이 인물의 희생물의 하나로 운명지어진 것처럼 이 인물은 태어나면서부터 예술가로 운명지어졌음에 틀림없다. 따라서 아이러니라는 말은 자기를 실제 이하로 낮춰 보이게 하는 재주를 가리키고 있으며, 문학에서는 보통 가능한 한 적게 말하면서 가능한 한 많은 것을 의미하는 기법을 가리키고 있다. 좀더 일반적으로 말하면, 직접적인 진술이나 그 진술의 표면상의 의미를 피하게끔 말을 배열하는 것을 가리킨다(필자는 함축되어 있는 몇 가지 의미를 탐색하고는 있지만, 아이러닉이라는 말 자체를 보통의 의미와 다르게 사용하는 것은 아니다).

그러므로 아이러니의 작가는 자기를 비하하기도 하고, 소크라테스처럼 무지를 가장하기도 하는가 하면, 자기가 아이러니를 사용하고 있는 것조차 모르는 척하기도 한다. 완전한 객관성, 모든 자명한 도덕 판단의 억제, 이것이 그의 방법에서 중요한 것이다. 따라서 아이러니의 작품에서는 공포와 연민은 환기되지 않는다. 말하자면 공포와 연민은 작품으로부터 독자에게 반사되는 것이다.

우리가 아이러니 자체를 따로 분리시키려고 하면 우리는 아이러니 그 자체가 시인으로서의 태도인 것처럼, 말하자면 독단적인 요소(함축

---

27) 콘래드(Joseph Conrad)의 소설 『어둠 속』(1902)의 주인공.

적인 것이든 명시적인 것이든 간에)를 모두 배제하고, 냉철하게 하나의 문학형식을 창조하려는 시인의 태도인 것처럼 느끼게 된다. 하나의 양식으로서의 아이러니는 하위모방 양식에서 생기게 되며, 아이러니는 인생을 있는 그대로 정확히 포착한다. 그러나 아이러니의 작가는 도덕을 입에 담지 않고 이야기를 꾸며대며, 자기가 설정한 주제를 말하는 것 이외의 어떤 목적도 갖고 있지 않다. 아이러니는 원래가 세련된 양식이다.

그리고 소박한 아이러니와 세련된 아이러니의 주된 차이는, 소박한 아이러니 작가는 자신의 아이러니에 독자의 주의를 끌어모으려고 하는 반면, 세련된 아이러니 작가는 자신은 단순히 서술만 할 뿐 독자로 하여금 스스로 아이러니를 첨가시킬 수 있도록 유도한다는 데 있다. 디포의 아이러닉한 설명에 주목하여 콜리지*가 지적하고 있는 바와 같이, 디포는 똑같은 문장에다 이탤릭체, 대시, 감탄 부호, 기타 다른 부호를 첨가하여 그 문장을 지나치게 강조함으로써 작가 자신이 자신의 아이러니를 의식하고 있다는 것을 느끼게 하여 결과적으로 자신이 의도한 미묘한 효과가 속까지 들여다보이는 서투른 기법을 낳았던 것이다.

그러므로 비극적 형식의 아이러니는 단지 비극적 고립 그 자체의 묘사에 지나지 않는다. 비극적 형식의 아이러니는 비극적 고립을 묘사함으로써 다른 모든 양식에 다소나마 존재하고 있는 특별한 요소들을 배제시킨다. 물론 주인공은 특수한 요소인 비극적 과오나 비애를 낳게 하는 편벽된 고집을 반드시 갖는 것은 아니고, 말하자면 단순히 사회로부터 소외된 자에 불과하다. 따라서 주인공에게 닥치는 예외적인 사건은 그의 성격과는 무관하게 어떠한 인과관계가 없어야 한다는 것이 비극

---

* 레이저(T.M. Raysor)가 엮은 『콜리지 문예평론집』(1936), p.294를 보라. 필자는 콜리지의 말을 확대 해석하였으나, 이는 여기에 포함되어 있는 비평적인 원리를 분명히 하기 위해서이다.

적 형식의 아이러니의 중심원리가 된다. 비극에 꼭 들어맞는 어떤 교훈이 있는 것이 아니라 아리스토텔레스가 생각했던 발견이나 인지(認知)가 비극의 플롯의 본질을 이룬다는 것이 비극 이해의 핵심이 된다. 주인공의 파국이 비극적 상황과 마땅히 관련되고 있다는 데 비극 이해의 핵심이 있는 것이다.

아이러니는 비극적 상황으로부터 임의성에 대한 생각—말하자면 우연이나 운명에 의해 주인공은 불행의 희생물이 되고 있고, 그렇기 때문에 주인공은 다른 사람이 아닌 그에게 닥친 사건에 전혀 책임을 지지 않아도 된다는 생각—을 분리시킨다. 만일 다른 사람이 아닌 그 주인공만이 파국으로 치닫도록 선택된 이유가 있다 하더라도, 그것은 이유로서 충분하지 못한 까닭에 해답보다는 오히려 반론을 더욱더 조장하게 되는 결과를 초래한다.

이리하여 전형적인 희생물, 즉 우연의 희생물이 되는 인물은 가정비극에서 아이러니의 정도가 깊어짐에 따라서 비극 내에서 구체적인 모습을 갖기 시작한다. 우리는 이 전형적인 희생물을 파르마코스(pharmakos), 즉 산제물이라고 일컬을 수 있다. 호손의 헤스터 프린,[28] 멜빌의 빌리 버드,[29] 하디의 테스, 『댈러웨이 부인』의 셉티머스,[30] 유대인이나 흑인의 박해 이야기, 재능 때문에 부르주아 사회에서 버림받은 예술가들의 이야기 등에서 우리는 파르마코스의 인물을 만난다.

파르마코스는 죄가 있는 것도 없는 것도 아니다. 고함 소리로 산사태를 가져온 등산가처럼 자기가 저지른 행위에 비해서 그에게 닥친 불행이 결과로서는 훨씬 심각하다는 의미에서 그는 죄가 없다. 그러나 그가 죄에 물들어 있는 사회의 한 구성원이라는 의미에서 또는 죄를 짓는 행위가 피할 수 없는 존재의 일부가 된다는 의미에서 그도 죄가 있는 것

---

28) 호손(Nathaniel Hawthorne)의 소설 『주홍글씨』(1850)의 여주인공.
29) 멜빌(Herman Melville)의 동명 소설(1891)의 주인공.
30) 울프(Virginia Woolf)의 『댈러웨이 부인』(1925)에 등장하는 인물.

이다. 아이러니의 양식에 알맞게 이 두 사실은 부합하지 않고 서로 분리된 채 있다. 요컨대 파르마코스는 욥이 처한 것과 똑같은 상황하에 있는 것이다. 그의 파국을 도덕적인 어떤 잘못으로 돌리는 비난에 대해서 욥은 스스로 변호할 수 있다. 그러나 욥의 자기 변호가 성공하게 되면 그 파국은 도덕적으로는 이해하기가 불가능한 것이 된다.

그러므로 비극에 결합되어 있는 불가피성과 부조리성의 두 요소는 아이러니에서 양극으로 나누어진다. 한쪽 극에는 인간 삶의 불가피한 아이러니가 있다. 가령 카프카의 『심판』의 주인공에게 일어나는 사건은 그의 행위의 결과가 아니라 ‘너무나 인간적인 존재’인 그의 존재 자체의 귀결인 것이다. 불가피성의 아이러니의 원형(原型)은 아담, 즉 죽어야 할 운명으로 결정지어진 인간성이다. 다른 한쪽 극에는 인간 삶의 부조리한 아이러니가 있는데, 이 경우 희생자에게 죄를 전가시키려는 어떠한 시도도 결국은 그가 죄가 없다는 위엄을 부여하는 것으로 종결지어진다. 부조리한 아이러니의 원형은 그리스도로서, 그는 완전히 죄가 없는 몸으로 인간사회로부터 추방된 희생자이다.

비극의 주인공은 이 양자의 중간에 위치하고 있으며, 그러므로 그는 인간인 동시에 그의 영웅적 자세에는 신성(神性)의 그림자가 깃들여 있다. 비극의 주인공의 원형은 프로메테우스, 즉 인간을 도와주었다는 이유로 신들로부터 배척당한 그 불멸의 티탄이다. 「욥기」는 프로메테우스형(型)의 비극이 아니라 신성과 인성의 변증법을 전개하는 비극적 형식의 아이러니인 것이다. 욥은 자신을 희생자로 정당화시킴으로써 프로메테우스 같은 비극적인 인간이 되려고 시도하지만, 그 시도는 성공하지 못한다.

이러한 실례들이 현대문학에서 수수께끼가 되었을지도 모를 어떤 사실을 다소 설명해줄 수 있을 것 같다. 아이러니는 하위모방 양식에서 하강해간다. 말하자면 리얼리즘과 냉혹한 관찰에서부터 출발한다. 그러나 그러는 가운데도 아이러니는 꾸준히 신화 쪽으로 그 방향을 향하고, 결국은 희생제의나 죽어가는 신의 모습이 어렴풋이나마 그 아이러니 속에서 재현되기 시작한다. 앞에서 이야기한 다섯 가지 양식이 순환하고 있음이 명백하다.

특히 카프카나 조이스에게서는 아이러니 속에서 신화가 재현되는 것을 똑똑히 볼 수 있다. 어떤 관점에서 보면, 카프카의 작품은 「욥기」에 대한 일련의 주석(註釋)이라고도 말할 수 있다. 그의 작품에는 현대의 공통적인 비극적 형식의 아이러니의 유형들——유대인, 예술가, 서민(Everyman), 그리고 일종의 침울한 채플린식의 어릿광대 등——이 모두 등장하고 있으며, 이러한 요소의 대부분이 조이스의 셈[31]에서 결합되어서 희극적 모습을 취하고 있다.

그러나 이밖에도 아이러니 양식의 신화는 도처에 수없이 있으며, 이러한 아이러니 문학 양상의 대부분은 아이러니 양식을 신화와 연관짓지 않고서는 이해될 수 없는 것이다. 헨리 제임스는 주로 19세기의 리얼리즘과 자연주의 작가들로부터 소설의 기법을 배웠다. 그러나 우리가 만약 그의 단편 「죽은 사람들의 제단」을 순전히 하위모방 양식의 기준에 의해서 판단하려고 한다면 우리는 이 작품을 개연성이 없는 우연의 일치, 행동의 불충분한 동기, 모호한 결말 등을 가진 모순투성이의 작품이라고 부를 수밖에 없다. 그러나 우리가 이 작품을 아이러니의 신화로서, 즉 어떻게 한 사람에게 신(神)인 것이 다른 사람에게는 파르마코스가 되는가를 이야기해주는 작품으로 바라본다면 이 작품의 구성은 단순하고도 논리적인 것이 된다.

희극적 서사양식

희극의 주제는 사회의 융화이며, 대개 중심인물을 사회 속에 통합시키는 형식을 취한다. 디오니소스적인 신의 죽음에 대응하는 신화 양식의 희극은 아폴로적인 것, 즉 주인공이 어떻게 신들의 사회에 의해

---

31) 조이스(James Joyce)의 『피네건의 경야(經夜)』(1939)에 등장하는 인물.

수용되는가에 대한 이야기이다. 이 수용의 주제는 그리스·로마 고전 시대의 문학에서는 헤라클레스나 메르쿠리우스, 기타 시련을 겪는 신들의 이야기의 일부를 이루고 있으며, 또 기독교 문학에서는 이 수용의 주제는 구원, 즉 더한층 밀도 높은 형식인 승천(昇天)의 주제—바로 단테의 『신곡』의 끝에 나타나는 희곡—가 된다. 애가에 대응하는 로맨스 희극의 분위기는 전원시적(田園詩的)이라고 불러야 가장 적절하다. 그 주된 형식은 목가(牧歌)이다.

전원시는 희극처럼 사회에 관심을 갖고 있기 때문에 애가가 지닌 내면적인 특질을 따라갈 수가 없다. 그러나 전원시도 사회로부터의 도피라는 주제를 지니고 있기에 전원이나 변경의 단순한 생활을 이상화하기에 이른다(현대 대중소설에서 목가는 서부극이다). 애가는 동물이나 식물의 세계와 밀접하게 연관되어 있으나, 이러한 연관성은 양떼나 상쾌한 기분을 불러일으키는 초원(또는 서부극의 소떼나 목장)이 등장하는 전원시에도 나타나 있다. 그리고 애가와 전원시가 신화와도 쉽사리 밀접하게 연관되는 것은 성서에서처럼 이런 이미지가 구원의 주제를 표현하기 위해 흔히 사용되고 있다는 사실에도 자주 나타난다.

상위모방 양식의 희극의 극명한 예는 아리스토파네스의 구희극이다. 메난드로스[32]의 신희극은 하위모방 양식에 더 가까운 것으로, 그 형식이 플라우투스[33]와 테렌티우스[34]를 통해 르네상스 시대로 전해진 결과, 오늘날에 이르기까지 사회 희극에는 강한 하위모방 양식의 경향이 지속되어왔다. 보통 아리스토파네스의 중심인물은 강한 반대를 무릅쓰고 자신의 사회를 건설한다. 이 인물은 자신 앞에 나타나는 방해자나 착취

---

32) Menandros(기원전 342~292) : 그리스 신희극의 대표적 작가.

33) Plautus(기원전 245?~184) : 그리스 신희극의 영향을 받은 로마의 희극 작가.

34) Terentius(기원전 190?~159) : 그리스 신희극의 영향을 받은 로마의 노예 출신 희극 작가.

자를 차례차례 물리치고, 최종적으로 자신이 사랑하는 여인을 얻음으로써 마지막 영웅적인 승리를 쟁취하게 된다. 그에게는 종종 이 승리에서 다시 태어난 신의 영예가 부여된다. 비극에 공포와 연민의 카타르시스가 있듯이, 구희극에도 그에 대응되는 희극적 감정, 즉 공감과 조소의 카타르시스가 있다.

희극의 주인공은 그의 행위가 현명한 행위이든 어리석은 행위이든 간에, 혹은 정직한 행위이든 악한 행위이든 간에, 언제나 승리를 쟁취하게 된다. 이리하여 구희극도 동시대의 비극과 마찬가지로 영웅적인 것과 아이러니적인 것의 혼합체가 되는 것이다. 아리스토파네스의 극 중에는 이러한 사실이 눈에 띄지 않는 작품들도 더러 있으나, 이것은 그에게 주인공의 행동에 대해서 자신의 견해를 표명하고자 하는 강한 성벽이 있었기 때문이다. 그러나 그의 최고의 걸작 『새들』에서는 희극적 헤로이즘과 희극적 형식의 아이러니 사이의 절묘한 균형이 유지되고 있다.

신희극은 보통 젊은 남녀의 사랑의 우여곡절을 묘사한다. 두 사람의 사랑은 대개 남자편 아버지의 반대에 의해서 벽에 부딪치나 최후에는 플롯의 역전에 의해서 경사스럽게 맺어진다. 이 역전은 아리스토텔레스가 말한 '발견'의 희극적 형태이지만, 비극의 경우보다는 더 인공적인 것이다. 극의 처음에는 주인공을 방해하는 세력이 극 중의 사회를 지배하고 있으나, 발견이 있은 후에는 주인공은 유복해지고, 여주인공은 체통 있는 가문의 딸로 밝혀짐으로써 무대 위의 주인공과 그의 신부 주위에는 새로운 사회가 무르익어간다.

이리하여 희극은 주인공을 사회로 통합시키는 방향으로 움직여가는데, 이 사회는 본래 태어나면서부터 이 주인공이 살아가기에 적합한 사회형태를 이루고 있다. 주인공 자체는 그렇게 흥미로운 사람은 아니다. 이 주인공은 하위모방 양식에 맞추어진 그 흔한 미덕밖에는 갖추지 못했으나 사회적으로는 매력적인 인간이다.

셰익스피어의 로맨스 희극과 이와 아주 유사한 로맨스 희극들에는 이와 같은 형식들이 보다 더 뚜렷하게 상위모방 양식의 방향으로 발전하고 있다. 프로스페로[35]는 희극의 모든 행동을 한 사람의 중심인물로부터 투사(投射)하는 아리스토파네스의 기법에 가깝게 그려진 극소수의 인물 가운데 하나이다. 보통 셰익스피어는 상위모방 양식의 형을 성취하기 위해서 억압적인 사회와 바람직한 사회 사이의 싸움을 위·아래 두 세계 사이의 싸움으로 대치하고 있다. 한쪽은 우리가 사는 세계와 같든가 이보다 더 나쁜 세계이고, 또 한쪽은 마법과 전원시의 세계이다. 이 점은 뒤에 상세하게 다루도록 하겠다.

앞서 말한 몇 가지 이유로 인해 르네상스 시대에 사용되었던 가정희극의 관습들이 후대의 가정희극의 문학에도 그대로 계승되고 있는데, 가정희극은 신데렐라의 원형에 의거하는 것이 보통이다. 여기에는 가령 파멜라[36]의 정조가 보상된다든가, 독자와 비슷한 주인공이 사회에 통합되어간다든가(이 경우 사회는 독자뿐만 아니라 주인공에게도 동경의 목표가 된다), 행복에 젖은 신부가 옷을 스치는 소리, 돈다발을 바스락거리는 소리 등, 행복을 이야기해주는 듯한 사회가 도래되는 것이다. 이 경우도 셰익스피어 희극에서는 대체로 비슷한 극적 중요성을 갖고 있는 여덟이나 열 사람의 등장인물이 한꺼번에 혼례를 치르게 되는 일이 있지만(상위모방 양식의 비극에서 똑같은 수의 등장인물들이 살해당하는 것과 비슷하다), 가정희극에서는 성적 에너지가 그렇게까지 넘쳐나지는 않는다.

그러나 상위모방 양식의 희극과 하위모방 양식의 희극의 주요한 차이점은 전자보다 후자의 경우에서 더욱 자주 사회적 지위의 상승이라는 결말이 포함된다는 점이다. 하위모방 양식의 희극 작가 중에서도 세련된 작가들은 이와 똑같은 성공담의 정형(定型)을, 우리가 아리스

---

35) 셰익스피어의 『폭풍우』(1611)의 중심인물.

36) 영국 소설가 리처드슨(Samuel Richardson)의 서간 소설 『파멜라 또는 보상받은 정조』(1740)의 여주인공.

토파네스에서 볼 수 있는 그런 윤리적인 애매성을 가진 채 표현하는 일이 많다. 발자크나 스탕달에서는 간계에 뛰어나고 무자비한 악당이 새뮤얼 스마일스[37]나 호레이셔 앨저[38]의 기특한 주인공들과 똑같은 종류의 성공을 거두고 있다. 이와 같이 희극 중 알라존에 대응되는 인물은 피카레스크 소설[39]의 주인공, 그 교활하고 방종한 귀염둥이 피카로(picaro)인 것처럼 여겨진다.

아이러니 양식의 희극을 연구할 때 우리는 파르마코스의 추방이라는 주제를 사회적 견지에서 먼저 연구하지 않으면 안 된다. 이 추방의 주제는 우리가 볼포네[40]가 판결받고 감옥으로 가게 되고, 샤일록이 재산을 박탈당하고, 타르튀프가 감옥에 강제로 연행되는 것을 볼 때 느끼게 되는 그런 안도감을 야기시킨다. 아이러니 양식의 비극을 이야기할 때 시사했던 것과 비슷한 이유 때문에 이 주제는 아주 가볍게 취급되지 않는 한 보는 사람을 납득시키기는 어렵다. 아무리 그가 몹쓸 악인이라 할지라도 작가가 한 개인에 대한 사회의 복수라는 주제를 지나치게 고집하다 보면, 그것은 우리로 하여금 나쁜 것은 그보다는 오히려 사회쪽이라는 느낌을 갖게 한다.

무대 위의 인물들이나 객석의 사람들 중 그 어느 한쪽을 즐겁게 하려고 하는 등장인물들, 또 예술가로서의 비극적인 주인공에 대응하는 희극적인 등장인물들의 경우에는 특히 그러하다. 익살꾼——풀(fool),

---

37) Samuel Smiles(1812~1904) : 영국의 사회개혁가·작가. 공리주의적인 도덕을 고취했다.

38) Horatio Alger(1834~99) : 미국의 아동문학가.

39) 악한소설(惡漢小說)이라고도 일컬어진다. 16세기 에스파냐에서 시작된 초기 소설의 한 형태로서, 하층계급에 속하는 무뢰한 방랑자(picaro)의 일생을 기록한 일종의 자서전 형식으로 꾸며져 있다. 대개 '나'가 주인공이 되는 일인칭 서술체를 사용하며, 에피소드적인 구조이다.

40) 존슨(Ben Jonson)의 동명의 풍자희극(1606)의 주인공. 탐욕과 호색의 전형적인 노인이다.

클라운(clown), 버푼(buffoon), 혹은 심플턴(simpleton), 그가 어떤 타입의 광대이든 간에——을 추방하는 것은 예술에 나타나는 아이러니 중에서도 가장 호된 추방의 하나일 수 있다. 폴스태프를 배격하는 장면, 또는 채플린이 등장하는 희극의 몇 장면들이 그 실례를 보여주고 있다.

우리는 일부 종교시, 가령 단테의 『천국편』의 결말에서와 같이 문학에는 어떤 상위의 한계지점, 다시 말하면 영원한 세계에 대한 상징적인 비전이 바로 그 영원한 세계의 경험 자체가 되는 어떤 지점이 있음을 볼 수 있다. 또한 우리는 아이러니 양식의 희극에서는 예술이 현실적인 삶에 어떠한 하위 한계 지점을 갖고 있는 것을 보게 된다.

야만 상태가 바로 그것이다. 이와 같은 세계에서는 무력한 희생자에게 고통을 가하는 것이 희극이며, 그 고통을 참는 것이 비극인 것이다. 아이러니 양식의 희극은 희생제의의 대리물이 되며, 악몽에 나타나는 마녀 같은 인물을 등장시키는데, 이 인물은 우리 자신의 공포나 증오를 응집시키게 하는 인간을 상징하고 있다. 린치를 당하는 흑인, 조직적인 학살에 희생되는 유대인, 마녀사냥의 대상이 되는 늙은 부인, 또는 셰익스피어의 『줄리어스 시저』에 나오는 시인 신나같이 마구잡이 폭도에 의해서 희생되는 사람이 연출되는 장면에서처럼, 이러한 상징이 현실적인 것으로 될 때 우리는 이미 예술의 영역을 넘어서는 것이다.

아리스토파네스의 아이러니는 극 속에 개인에게 물리적인 공격을 가하는 장면들이 들어 있기 때문에 이따금 폭도의 폭력도 나올 법한 아슬아슬한 경지까지 가고 있다. 클레이스테네스의 남색(男色)이나 클레오니무스의 비겁함을 공격의 대상으로 삼아서 연극이 진행되는 동안 그가 간단히 관객을 웃길 수 있어도 말이다. 아리스토파네스의 경우, 파르마코스는 이러쿵저러쿵 다른 뜻을 붙일 필요 없이 단순히 악당을 의미한다. 『구름』의 결말에서 시인은 거의 린치 패거리를 규합해서 소크라테스의 집을 마치 불태워버리려고 하는 듯이 보이지만,

이 작품은 문학에서 비극적 형식의 아이러니의 최고 걸작 가운데 하나인 플라톤의 『변명』에 대응하는 희극적 아이러니의 최고 걸작 가운데 하나이다.

그러나 예술과 만행을 가름하는 것은 놀이의 요소이며, 아이러니 양식의 희극의 중요 주제는 인간을 희생제물로 바치는 놀이인 것 같다. 웃음 그 자체에서도 불유쾌한 것에서의 해방,* 심지어 무서운 것에서의 어떤 종류의 해방이 대단히 중요한 것같이 보인다. 우리는 이 사실을 다수의 관객들을 동시에 상대하는 예술형식, 가령 드라마나 더욱 명백한 예로서 스포츠의 경우에서 특히 잘 알게 된다. 주의할 점은 인간을 제물로 바치는 놀이는 구희극**을 두고 시사했던 바와 같은, 역사상의 희생제의(犧牲祭儀) 기원설과 아무런 관계가 없다는 점이다. 이 제의의 모든 특징—왕의 아들, 죽음의 흉내, 사형집행인, 대리 희생자 등—은 아리스토파네스에서보다 오히려 길버트와 설리번[41]이 공동집필한 『미카도』[42]에서 더 뚜렷이 나타나 있다.

야구가 인간을 희생제물로 바치는 제의에서 나왔다는 증거는 확실히 없지만, 야구의 심판관은 마치 실제 야구가 그 제의에서 나온 것처럼 파르마코스와 아주 흡사하다. 심판관은 방자한 악한, 즉 바라바[43]가 무색할 정도의 큰 도둑으로서 흉안을 가지고 있다. 지고 있는 팀의 팬들은 저놈을 죽이라고 고함을 지른다. 야구는 놀이이기 때문에 폭도적인

---

* 이스트먼(Max Eastman), 『웃음의 향유』(1936)를 참조할 것. 이 책은 또 에 이론과 알라존의 역할에 대해서 몇 가지 흥미로운 해명을 주고 있다.

** 콘퍼드(Francis M. Cornford), 『아티카 비극의 기원』(1934)을 볼 것.

41) 길버트(William S. Gilbert, 1836~1911)와 설리번(Arthur Sullivan, 1842~ 1900)은 19세기 말에서 20세기 초에 활약한 희가극 작가이다.

42) Mikado : 일본에서 소재를 취한 코믹 오페라(1885)로 영국 길버트의 대본과 설리번의 작곡으로 이루어졌다.

43) 예수의 재판 때, 군중들의 요청에 의해 예수 대신 방면된 살인 강도범(「마태 복음」, 27장 16~26절 참조).

감정은 이를테면 뚜껑 없는 큰 냄비 속에서 부글부글 끓고 있는 셈이지만, 실제 린치를 행하는 폭도의 경우 이 감정은 블레이크라면 도덕감이라고 일컬을 수 있을 용광로 속에 밀폐되어 있는 것이다. 관중이 자기들을 즐겁게 해주는 바로 그 사람들의 생사를 지배하던 로마 시대의 격투경기는 아마도 극 형식의 모든 야만적 또는 악마적인 패러디 중에서 가장 철저한 패러디일 것이다.

오늘날에 와서 왜 탐정소설이 유행하고 있는가는, 말하자면 왜 **파르마코스**를 찾아내서 응징하는 문학형식이 유행하고 있는가 하는 문제는 현대가 아이러니 문학의 단계에 와 있다는 사실에서 주로 그 해답을 찾을 수 있다. 셜록 홈스 시대의 탐정소설은 하위모방 양식을 더욱 철저화하는 것에서 시작한다. 말하자면 세부적인 것들을 날카롭게 관찰하여, 매일의 일상생활 가운데서 가장 무미건조하고 누구나 등한시하는 가장 사소한 일에 일약 신비스럽고도 불길한 의미를 부여하는 데서 시작하고 있다.

그러나 탐정소설은 점차 이 형식을 떠나서 일종의 제의적인 드라마에 가까워지고 있다. 이런 드라마는 시체의 둘레에서 거행되고, 일단의 '용의자'의 선상에 오른 자들을 향해 죄를 묻는 손가락이 왔다갔다하다가, 마침내 한 사람 위에 머문다. 죄의 증명은 단지 그럴 듯하게 조작되기 때문에 자의적으로 선택되는 희생물이라는 인상이 매우 짙다.

만약 이런 과정이 사실상 피치 못할 것이라면 『죄와 벌』에서처럼 비극적 형식의 아이러니가 생길 것이다. 『죄와 벌』에서는 라스콜리니코프의 범행이 그의 성격과 불가분의 관계에 있기 때문에 '범인이 누구냐' 하는 미스테리가 있을 여지는 없다. 범죄소설이 차츰 잔혹한 것이 되어가며, 탐정소설은 결국 스릴러와 합체하여 멜로드라마의 한 형식이 된다(단 이 경우의 잔혹함은 용의자 중의 한 사람이 반드시 범인이라는 탐정의 신념은 결코 틀릴 수 없다라는 관습이 있기 때문에 형식상의 관습에 의해서 보호되고 있다).

멜로드라마에는 두 가지 주요 테마가 있다. 즉 악에 대한 도덕적인 미덕의 최종적 승리와 그 결과 관객이 품고 있다고 가정되는 도덕적 관점의 이상화가 바로 그것이다. 잔혹한 스릴러의 멜로드라마는 보통 린치 집단의 바로 그 독선적인 성격에 예술로서 가능한 한 가까워지는 것이다.

그러니까 우리는 모든 형식의 멜로드라마, 특히 탐정소설이 폭도의 폭력을 정상적인 것으로 표현하고 있는 한, 경찰국가의 앞잡이였다고 말하지 않을 수 없다. 그러나 멜로드라마를 진지하게 받아들인다면 몰라도 실제에서는 그렇게 되지는 않으리라. 놀이라는 보호벽은 여전히 건전하다. 진지한 멜로드라마는 곧장 그 자체가 만들어내는 연민과 공포에 발목이 잡히게 된다. 말하자면 진지하면 진지할수록 독자는 점점 아이러니를 갖고 바라보는 경향을 지니게 되며, 공포와 연민은 각각 지나치게 딱딱하고 의례적인 설교, 감상적인 허튼 소리처럼 보여지게 된다. 아이러니 양식의 희극의 한쪽 극(極)에는 소박한 멜로드라마의 불합리성 또는 적어도 사회 밖에 있는 자를 사회의 적으로 규정하는 그런 불합리성의 인식이 있고, 또 다른 한쪽 극에는 진정한 희극적 형식의 아이러니, 즉 풍자가 있다. 이 극에서는 사회의 적은 사회 내부의 정신이 되고 있으며, 이 두 개의 극을 사이에 두고 아이러니 양식의 희극이 전개된다. 이런 관점에서 아이러니 희극의 여러 형식을 정리해보기로 하자.

교양깨나 있는 사람들이 멜로드라마를 보러 가면 짐짓 겸손하게 굴면서 악한역을 조용히 꾸짖는다. 그들은 무대 위에서 일어나는 악행을 진정으로 받아들일 수 없다고 주장한다. 여기에 우리는 아이러니 시대의 다른 두 가지 주요 예술, 즉 광고와 프로파간다의 아이러니에 정확히 대응하는 아이러니의 한 유형을 보게 된다. 이 광고와 프로파간다라는 예술은 청중에게 진지하게 호소하는 척하지만, 그 청중이란 것도 무의식 속에서 깨어나지 못한 듯한 백치 같은 청중인 것이다. 실제로는 그

들이 존재하는 것까지도 의심스러운 이 청중은 비누라든가 정부의 진의
에 대해서 의문을 품을 때, '깨끗하다'라고 말하면 액면 그대로 믿어버
리는 실로 단순한 존재들이다. 이렇게 될 수 없는 우리로서는 아이러니
는 안에 품고 있는 것을 결코 밖으로 그대로 표현하지 않는다는 것을
알고 있는 까닭에 광고와 프로파간다를 아이러니적으로 해석하게 되고
또는 적어도 일종의 아이러니의 게임으로 간주하게 된다.

이와 흡사하게 우리는 그렇게 극악한 행위는 실제로 일어나지 않는
사건이라는 강한 감정을 가진 채 살인 이야기를 읽게 된다. 살인이라는
것이 물론 중대한 죄이기는 하지만, 만일 개인적인 살인이 사실상 문명
에 대한 중대한 위협이 된다고 하면 피로를 풀기 위해서 그 이야기를
읽지는 않을 것이다. 이와 흡사하게 매음행위는 논란의 여지가 없이 부
도덕하다는 명백한 논리에 의거하였던 로마 희극에서 뚜쟁이에게 퍼부
어지는 욕설과 비교해보아도 좋을 것이다.

아이러니 양식 희극의 다음 단계는, 살인적인 폭력이란 잔악한 개
인이 정의로운 사회에 가하는 공격이 아니라 오히려 그 폭력 자체는
사회가 바로 악이라는 것을 보여주는 하나의 징후라고 인식할 수 있
는 사람들에게 어울리는 희극이다. 이런 종류의 희극에 속하는 것은,
가령 그레이엄 그린[44]의 소설들이 그 전형이 되고 있듯이 멜로드라마
의 공식들을 패러디한 사상문학일 것이다. 다음에는 멜로드라마의 정
신 그 자체를 표적으로 하는 아이러니 양식의 극이 오게 되는데 이
정신 자체는 아이러니의 혼합 정도가 높은 모든 희극에 놀랄 정도로
뿌리 깊은 전통을 이루고 있다. 아이러니 양식의 희극을 통해서 끊임
없이 되살아 나타나는 경향은, 관객이 언제나 감상적인 분위기, 엄숙
성, 그리고 정절과 공중 도덕의 최종적인 승리 등을 갈구하고 있다고
가정하고서, 관객을 조소하기도 하고 욕설을 퍼붓기도 하는 경향인
것이다.

---

44) Graham Greene(1904~91) : 영국의 가톨릭 소설가.

벤 존슨,[45] 윌리엄 콩그리브[46]에서의 오만, 올리버 골드스미스[47]에서의 부르주아적 감상에 대한 조소, 오스카 와일드, 버나드 쇼에서의 멜로드라마적 상황에 대한 패러디 등은 일관된 전통에 속하는 것이다. 몰리에르는 국왕의 비위를 맞출 필요가 있었지만, 기질상으로 이러한 전통에서 예외가 아니었다. 희극적 드라마 외에도 헨리 필딩[48]으로부터 조이스에 이르는 소설가들에게서도 멜로드라마적인 로맨스에 대한 조소를 찾아볼 수 있다.

아이러니 양식 희극의 마지막 단계에는 풍습희극(comedy of manners), 즉 속물근성과 중상모략에 빠져 있는 천박하고 경솔한 사회를 묘사하는 희극이 온다. 이와 같은 아이러니에서는 무대 위의 사회와 대립하기도 하고, 그 사회로부터 배제되기도 하는 인물이 관중의 동정을 얻는다. 이블린 워[49]의 『한줌의 먼지』에 등장하는 비교적 결백한 주인공에게 닥친 무서운 운명에서 볼 수 있듯이, 이 경우는 비극적 형식의 아이러니의 패러디에 가까워진다. 또 다른 인물은 가령 올더스 헉슬리[50]의 『불모의 서적』의 결말에서 볼 수 있듯이 작가나 관중의 공감을 얻고 있지만, 그 무대 위의 사회를 거부하고 그곳으로부터 탈출함으로써 일종의 전도된 파르마코스가 된다. 이 상태에서는 주인공이 무대 위의 사회에 의해서 바보 취급 또는 그 이하의 취급을 당하지만, 실제로 관객에게는 무대 위의 사회보다도 훨씬 귀중한 것을 가진 인간이라는 인상을 주는 것이다.

---

45) Ben Jonson(1572~1637) : 영국의 극작가 · 시인 · 비평가. 특히 희극 작가로 유명하다.

46) William Congreve(1670~1729) : 왕정복고기(期)를 대표하는 영국의 희극 작가.

47) Oliver Goldsmith(1728~74) : 영국의 시인 · 소설가 · 극작가.

48) Henry Fielding(1707~54) : 영국의 소설가 · 극작가.

49) Evelyn Waugh(1902~66) : 영국의 소설가.

50) Aldous Huxley(1894~1963) : 영국의 소설가 · 비평가.

그러나 아이러니의 막다른 상태를 예술가들은 아주 예사로 묘사하고 있는데, 이런 상황을 나타내는 분명하고도 가장 확실한 예 가운데 하나가 도스토예프스키의 『백치』이고 이밖에도 많은 실례가 있다. 『선량한 병사 슈베이크』,[51] 『나의 갈 길은 천국』,[52] 『마구』(馬口)[53] 등의 실례를 보면 이런 주제가 광범위하게 퍼져 있음을 대충 알 수 있다.

비극적 형식의 양식들을 논했을 때 아이러니는 신화로 복귀해간다고 말하였으나, 이 사실은 희극적 형식의 양식들에 대해서도 똑같이 적용된다. 대중문학마저도 그 중심을 서서히 탐정소설에서부터 과학소설로 옮겨가고 있는 것처럼 보인다. 어쨌든 과학소설의 재빠른 성장은 확실히 현대 대중문학이 어떠한 것인가를 말해주는 것이다. 과학소설은 흔히 우리가 처한 현실보다도 더 고차원적인 삶을 상상하려고 한다. 이와 같은 높은 수준에서의 삶은 우리의 현재의 삶과 야만 상태의 삶의 차이가 그러하듯이 현실적인 삶의 차원과는 동떨어진 것이리라. 과학소설의 배경에는 우리에게는 과학기술이 만들어내는 기적처럼 보이는 것이 많이 있다. 이와 같이 과학소설은 로맨스의 한 양식이며, 신화 쪽으로 향하는 고유한 경향을 강하게 가지고 있다.

서사 양식의 서열을 생각해보면 문학용어의 일부가 한층 유연한 의미를 갖게 되는 것이 아닌가 하고 기대해보게 된다. 가령 '로맨틱'과 '리얼리스틱'이라는 말은 일반적으로 상대적 또는 비교적인 용어로 쓰이고 있다. 이 말은 서사문학에서의 몇 가지 경향을 가리키고 있는데, 단순히 서사적인 형용사로서 사용된다면 이 말들은 도저히 정확한 의미를 가질 수 없는 것이다. 『프로세르피나의 약탈』,[54] 『법률가의 이야

---

51) 체코의 작가 하셰크(Jaroslav Hašek)의 제1차 세계대전을 배경으로 한 전쟁 풍자소설(1920~23).
52) 미국의 와일더(Thornton Wilder)가 외판원을 주제로 쓴 사회 풍자소설(1935).
53) 영국의 케어리(Joyce Carry)가 예술에 관한 문제를 주로 다룬 소설(1944).
54) 5세기의 로마 시인 클라우디아누스(Claudianus)의 미완성 서사시.

기』,[55] 『헛소동』,[56] 『오만과 편견』,[57] 『아메리카의 비극』[58] 등을 서열대로 배열해보았을 때 어느 작품이나 모두 그 다음 작품과 비교하면 '로맨틱'하고, 그 앞의 작품과 비교하면 '리얼리스틱'함이 분명하다.

한편 '자연주의'라는 용어는 그 자체의 고유한 전망 속에서 서사문학의 한 국면으로 나타난다. 자연주의는 비록 방법에서는 큰 차이가 있다 해도 탐정소설과 마찬가지로 하위모방 양식의 철저화, 즉 삶을 있는 그대로 정확히 묘사하려는 시도에서 출발하지만, 바로 그 시도의 논리적인 필연에 의해서 순수한 아이러니로 끝나고 있다. 이리하여 졸라가 인생의 냉철한 관찰자라는 세평을 얻었던 것은 그가 아이러니의 공식에 매달려 있었기 때문이다.

하위모방 양식이나, 이 모방에 앞서는 여러 양식 중에서 우리가 발견할 수 있는 아이러니 어조(語調)와 아이러니 양식 자체가 갖고 있는 아이러니 구조 사이의 차이를 구별하는 것은 실제로 별로 어렵지 않다. 가령 디킨스가 사용하는 아이러니를 보게 되면, 독자는 이 작가가 사용하는 아이러니를 함께 나누게끔 요구당한다. 왜냐하면 거기에는 작가와 독자에게 다 같이 공통되는 어떤 정상적인 기준들이 전제되고 있기 때문이다. 이 전제들이 비교적 대중적인 양식의 표적이 되는데, 디킨스의 예가 보여주는 바와 같이 대중문학과 순수문학 사이의 간격은 아이러니 양식의 문학에서보다는 하위모방 양식의 문학에서 더 좁다.

---

55) 초서(Geoffrey Chaucer)의 『캔터베리 이야기』(1387~1400) 중의 하나로, 기독교 황제의 딸인 콘스탄스가 종교가 다른 터키 황제와 결혼하면서 겪는 불행을 줄거리로 하고 있다.

56) 셰익스피어의 로맨틱 희극.

57) 오스틴(Jane Austen)의 작품(1831)으로, 당시의 영국 귀족사회에 대한 시사적인 풍자소설이다.

58) 미국의 드라이저(Theodore Dreiser)가 20세기 초반 미국의 사회적인 불평등과 모순을 비판한 소설(1925)이다.

　　하위모방 양식의 문학은 아이러니 양식의 문학과 비교해보면 그 표현에서 보다 더 **자중함**이 드러나는데, 이것은 문학이라는 것이 상대적으로 안정된 사회규범을 받아들이고 있다는 사실과 밀접한 관계가 있다. 하위모방 양식에서는 등장인물들은 정장(正裝)을 한 채, 그리고 그들의 육체적인 생활뿐만 아니라 내면의 독백 등은 대부분 조심스럽게 생략된 채 보통 타인의 눈에 비쳐지는 모습 그대로 나타나게 된다. 이와 같은 방법은 이 양식의 다른 대부분의 관습과 전적으로 일치하고 있다.

　　이런 구별에 의해서 두 양식에 가치판단—물론 이 가치 판단은 문학적인 가치판단을 가장하는 도덕적인 가치판단일 수 있겠지만—을 내리려고 한다면 우리는 고상한 척한다, 위선적이다, 그리고 인생의 많은 면을 은폐하고 있다는 등의 이유로 하위모방 양식의 관습을 비난하든지, 또는 디킨스의 경우와는 달리 불건전하다, 불건강하다, 반대중적이다, 염세적이다, 그리고 확실성이 없다는 등의 이유로 아이러니 양식의 관습을 공격하든지, 이 중에 어느 한쪽을 취하지 않을 수 없게 된다.

　　그러나 우리에게 단지 여러 양식을 구별하는 것만이 문제가 된다면 우리는 다만 하위모방 양식이 아이러니 양식보다 한 단계 더 영웅적이며 더 신중한 묘사로 인해 하위모방 양식의 작중인물은 아이러니 문학의 작중인물보다도 평균적으로 더 영웅적, 아니 적어도 보다 더 위엄 있는 존재가 되고 있다고 말할 필요가 있다.

　　우리의 도식을 작가가 따르고 있는 각양각색의 선택 원칙에 적용해볼 수도 있다. 어떤 실례를 취해도 무방하나 여기서는 소설에서 유령이 어떻게 이용되고 있는지를 한번 살펴보자.

　　진정한 신화에서는 확실히 산 사람과 유령 사이에 일관된 구별이 있을 수 없다. 일단 로맨스에 현실의 인간들이 등장하게 되면 유령들은 그들과 구별되는 범주에 속한다. 그러나 어떤 로맨스에서는 대체로 유령은 등장인물의 한 사람에 불과하지 그 이상은 아니다. 이 경우 유령이 나타났다고 해서 별로 놀라움이 일어나지 않는다. 왜냐하면 그의 출현은 많은 다른 사건들에 비해 별로 불가사의한 편에 속하지 않기 때문이다.

자연 질서 내에 우리가 존재하고 있는 상위모방 양식에서는, 이 양식이 취급하는 경험이 우리 자신의 경험보다 더 높은 수준에 있기 때문에 비교적 용이하게 유령이 등장할 수 있다. 그러나 유령이 나타나는 경우에 그 유령은 다른 세계에서 온 두렵고 신비스러운 존재로 느껴지게 된다. 디포 이래 하위모방 양식에서의 유령은 괴담(怪談)이라는 독립된 범주 속에 거의 전적으로 소속되어버렸기 때문에 보통 하위모방 양식에서는 필딩이 말하고 있는 '독자의 의아심을 고려해서'인지 유령은 용납될 수가 없다.

그런데 독자 쪽에서는 하위모방 양식의 관습을 염두에 둘 때만이 의구심을 품게 된다. 『폭풍의 언덕』[59]과 같은 소수의 이례적인 작품들은 이 규칙을 확인하는 데 커다란 도움이 되고 있다. 이 경우 우리는 『폭풍의 언덕』 속에서 로맨스의 강한 영향을 인식하게 되지만, 헨리 제임스의 후기 작품과 같은 일부 아이러니 양식의 문학형식에서는 유령이 분열된 인격의 한 단편으로서 다시 등장하기 시작한다.

그러나 양식을 구별하는 것을 배운 후, 곧 우리들은 그 양식들을 다시 결합하는 것을 배우지 않으면 안 된다. 왜냐하면 어떤 문학작품의 주조(主調)를 이루는 양식은 하나이지만, 또 다른 네 개의 양식 가운데 어떤 하나나 또는 그 전부가 동시에 존재할 수도 있기 때문이다. 위대한 문학작품의 정묘한 표현에서부터 우리가 얻게 되는 대부분의 느낌은 이와 같은 양식의 대위법에서 나온다.

초서는 종교적이든 세속적이든 간에 주로 로맨스를 전문적으로 했던

---

59) 브론테(Emily Brontë)의 소설(1847)로, 주인공 히스클리프와 그의 양부인 어인쇼의 딸 캐서린과의 운명적이고 비극적인 사랑과 이에 얽힌 복수를 다루고 있다.

중세 시인이다. 초서가 묘사하는 순례자들 중에서 기사와 성직자는 그가 한 사람의 시인으로서 생활하고 있는 사회의 규범을 뚜렷하게 보여주고 있다. 현존하는 『캔터베리 이야기』를 이야기하기 시작하는 것은 기사이며, 그 이야기를 잇는 것은 성직자로, 이 이야기들의 틀은 이 두 인물에 의해서 규정되고 있다. 그러나 하위모방과 아이러니 양식의 기법에서도 초서는 일급이었다. 이 점을 간과하는 것은 잘못된 것으로, 그를 중세에 태어난 근대 소설가로 간주하는 것과 똑같은 잘못을 범하는 셈이 되리라.

또 위대한 지도자가 몰락하는 이야기인 셰익스피어의 『안토니우스와 클레오파트라』의 주조를 이루고 있는 것은 상위모방 양식이다. 그러나 안토니우스를 아이러니의 눈을 갖고서 바라본다는 것은, 말하자면 정욕의 노예가 된 한 남자로서 바라본다는 것은 쉬운 일이다. 그에게서 우리와 공통되는 인간성을 인식하는 것은 쉬운 일이다.

또 마녀에게 배신을 당한 그가 초인적인 용기와 인내를 가진 로맨스적 영웅이라는 것을 인식하는 것도 쉬운 일이다. 왜냐하면 실제로 이 극에는 주인공이 초인적이라는 것을 암시하는 곳조차도 있기 때문이다. 그가 두 다리로 대양을 성큼성큼 건너가고 있다든가, 그의 몰락이 운명의 획책이라는 것을 예언자만이 해득할 수 있다는 사실이 그러하다. 만일 이 요소 가운데 어느 하나라도 제거하면 드라마를 너무 단순화하고 과소평가하는 것이 되리라.

이런 분석을 통해서 우리는 예술작품의 본질에 관한 두 가지 사실, 즉 예술작품은 그것이 산출된 시대에 속할 뿐만 아니라 우리의 시대에도 속해 있다는 사실은 서로 모순되지 않고 오히려 서로 보완관계를 이루고 있다는 것을 깨닫게 될 수도 있다.

서사양식의 개관에 의해서 분명해지는 또 하나의 사실은 모방적인 경향 그 자체는, 즉 박진성 있게 그리고 정확하게 묘사하려는 경향은 문학의 두 극 중 한쪽 극에 불과하다는 점이다. 한쪽 극에는 아리스토텔레스의 **뮈토스**라는 말뿐만 아니라 보통 의미로 쓰이는 신화와도 연관련된 것처럼 보이는 것이 있다.[60] 말하자면 그것은 어떤 이야기를 전하려는 경향이라고 할 수 있겠는데, 이 경향은 본래 무한한 힘을 행사하는 인물들에 대한 이야기를 전하려는 경향으로 출발했지만, 단지 점진적으로 개연성 있는 또는 믿을 수 있는 이야기를 말하려는 경향으로 이끌리게 된 것이다. 신화는 영웅 전설에, 영웅 전설은 비극과 희극의 플롯에, 비극과 희극의 플롯은 다소 리얼리스틱한 소설의 플롯에 끼였던 것이다.

그러나 이 변화는 문학형식의 변화라기보다는 사회상황의 변화이며, 이야기를 구성하는 원칙들은 물론 그 변화에 적응하면서도 변하지 않고 일관된 상태로 남아 있다. 톰 존스[61]와 올리버 트위스트[62]는 하위모방 양식의 전형적인 인물들이지만 그들이 얽혀 있는 출생의 수수께끼의 플롯은 서사문학의 공식을 현실에 있을 수 있는 사건처럼 각색해서 내놓은 것으로서, 이 공식은 메난드로스로 거슬러 올라가고, 거기에서 다시 에우리피데스의 『이온』으로, 마지막에는 페르세우스와 모세의 전설에까지 거슬러 올라간다.

말하는 김에 여기서 주목할 점은 문학에서 자연의 모방이라는 것은 진실이나 현실을 만들어내는 것이 아니라 개연성을 만들어낸다는 사실이다.

그러나 개연성이라는 것은 그 정도가 다양하기 때문에 신화나 민담의 경우에는 형식적으로나마 인정되고 있으나, 자연주의 소설에서는 일종의 검열원리의 역할을 하고 있다. 그러므로 역사의 방향을 따라서 바라보면 우리는 로맨스, 상위모방, 하위모방 양식들을 일련의 전위된 신화들, 즉 **뮈토스**—플롯 공식들—로 간주할 수 있는데, 이들은 박진

---

60) 프라이는 신화를 의미할 때는 영어의 'myth', 기본적인 이야기의 줄거리를 의미할 때는 'mythos'를 사용하고 있다.

61) 필딩(Henry Fielding)의 동명소설(1749)의 주인공.

62) 디킨스(Charles Dickens)의 동명소설(1837~39)의 주인공.

성이라는 반대의 극을 향해 점차 움직여가다가, 아이러니 양식에 달하
면 다시 되돌아오기 시작하는 것이다.[63]

---

63) 프라이가 논의한 서사적 양식을 다음의 도식으로 요약할 수 있다.

	비극적 형식	희극적 형식
신화	· 디오니소스적 이야기 : 죽어가는 또는 고립된 신들에 관한 것. · 효과 : 자연의 '엄숙한 공감'. · 주제 : 상상력에 의한 인간과 자연의 연결. · 소박한 예 : 헤라클레스, 오르페우스, 발데르, 그리스도에 관한 이야기. · 감상적인 예 : 『십자가의 꿈』, 킹즐리의 『올턴 록』에 있는 발라드.	· 아폴로적인 이야기 : 신들의 사회에 의해서 수용되는 주인공들에 관한 것. · 효과 : 외적인 세계의 상상적인 비전의 경험. · 주제 : 사회의 통합, 구원, 수용. · 소박한 예 : 메르쿠리우스, 헤라클레스에 관한 이야기. · 감상적인 예 : 『천국편』.
로맨스	· 주로 동물계와 식물계로 한정되고 있는 자연. · 효과 : 애가적인 분위기. 연민과 공포를 쾌락의 형식으로 흡수함. · 소박한 예 : 『베어울프』, 『롤랑의 노래』, 성도의 순교적인 이야기. · 감상적인 예 : 테니슨의 『아서 왕의 죽음』.	· 목가적인 세계로서의 자연. · 효과 : 전원시적인 분위기. · 소박한 예 : 현대 대중적인 서부극. · 감상적인 예 : 목가적인 시.
상위모방	· 영웅적인 것과 아이러니한 것의, 부조리한 것과 불가피한 것의 결합. · 효과 : 연민과 공포의 카타르시스. · 소박한 예 : 그리스 비극, 『제후의 거울』. · 감상적인 예 : 셰익스피어, 라신의 비극.	· 영웅적인 것과 아이러니적인 것의 결합(구회극에서). · 효과 : 공감과 조소의 카타르시스. · 소박한 예 : 아리스토파네스의 구회극 『새들』. · 감상적인 예 : 『폭풍우』.
하위모방	· 효과 : 연민과 공포는 작품 외부의 선정적인 감정으로서 전달됨. 파토스. · 전형적인 인물 : 알라존. · 소박한 예 : 고딕 공포 소설, 정신이상자의 증세를 가진 과학자들을 주인공으로 하는 대중소설. · 감상적인 예 : 『로드 짐』, 『보바리 부인』, 『피에르』, 발자크, 디킨스.	· 효과 : 사회적 지위의 상승이라는 결말이 포함됨. · 전형적인 인물 : 피카로. · 소박한 예 : 메난드로스의 신희극, 신데렐라, 호레이셔 앨저 이야기. · 감상적인 예 : 쇼의 서저스, 싱의 플레이보이, 발자크, 스탕달.
아이러니	· 산 제물로서의 주인공. · 효과 : 냉정(연민과 공포의 감정이 환기되지 않음). · 두 극(極) : 아담과 그리스도의 원형. · 소박한 예 : 플라톤의 『변명』, 「욥기」. · 감상적인 예 : 『심판』, 『죄와 벌』.	· 산 제물의 추방. · 효과 : 안도감, '놀이' 요소의 경험. · 두 극 : 사회 내부에 있는 적이거나 사회 밖의 적. · 소박한 예 : 『구름』, 탐정소설, 그레이엄 그린, 풍습 희극. 감상적인 예 : 『볼포네』, 『타르튀프』, 『베니스의 상인』.

주제적 양식

아리스토텔레스는 시의 여섯 가지 측면을 기록하고 있는데, 그 중의 셋, 즉 선율, 어법, 스펙터클은 그 자체로서 일군을 이루고 있기에 이 것들에 대해서는 적당한 때에 고찰하겠다. 다른 세 가지는 **뮈토스**(my-thos) 즉 플롯, **에토스**(ethos) 즉 등장인물과 그 환경, 그리고 **디아노이아**(dianoia) 즉 '사상'이다. 우리가 지금까지 고찰해온 문학작품은 아리스토텔레스가 일컬었듯이, 플롯이 '영혼', 즉 구성원리로 되어 있고, 작중 인물은 주로 플롯의 함수로서 존재하고 있는 서사적인 문학작품이다.

그러나 주인공과 그를 둘러싸고 있는 사회라는 내부적인 구성 외에도 작자와 그를 둘러싸고 있는 사회와의 관계를 나타내는 외부적 구성도 있다. 셰익스피어와 호메로스의 경우에서처럼 작중 인물 속에 시가 완전히 흡수되어버리는 경우도 있다. 『오디세이아』에서 시인이 자신을 등장시키는 것은 두번째 단어 '나에게'라는 말뿐이며, 단지 자신이 이야기의 시작을 알리고는 사라져버린다. 그러나 시인의 개성이 그 모습을 드러내면 시인과 독자 사이의 관계가 확립되는데, 이 관계는 이야기의 줄거리를 횡단하면서 점점 중요시되어가다가, 마침내 시인이 그의 독자에게 전달하려고 하는 사건을 떠나서는 어떠한 이야기도 전혀 존재하지 않게 된다.

소설이나 극과 같은 장르에서는 일반적으로 작품 내부의 이야기가 무엇보다도 중요하다. 에세이와 서정시에서 무엇보다도 중요한 것은 독자가 작자로부터 얻게 되는 디아노이아, 관념 또는 시적 사상이다(물론 다른 종류의 사상과는 다른 무엇이다). 디아노이아의 번역어로서 가장 적합한 말은 아마도 '주제'라는 말일 것이며, 이와 같은 관념적 또는 개념적인 관심을 가진 문학을 '주제적'이라고 일컬어도 무방할 것이다.

소설의 독자가 '이 이야기의 결말은 어떻게 될까요?'라고 물을 때 그 물음은 플롯에 대한, 특히 아리스토텔레스가 발견한, 즉 아나그노리시스(anagnorisis)라고 부른 플롯의 중추적인 부문에 대한 것이다. 그러나 독자는 이와 똑같이 '이 이야기의 요점은 무엇인가' 라고 물을 수도 있다. 이 물음은 디아노이아와 연관된 의문으로서, 주제에도 플롯과 똑같이 발견의 요소가 있다는 것을 암시하고 있다.

어떤 문학작품에서는 이야기에 중점이 있고, 다른 문학작품에서는 주제에 중점이 있다고 쉽사리 말할 수 있다. 그러나 서사(敍事)문학작품이라든가, 주제문학작품이라든가 하는 것은 분명히 존재하지 않는다. 왜냐하면 주인공, 주인공을 둘러싸고 있는 사회, 시인, 그리고 시인의 독자들이라는 네 개의 윤리적(성격적) 요소, 즉 성격(ethos)에 관계되는 이 네 요소의 전부가 적어도 잠재적으로는 늘 작품 속에 나타나고 있기 때문이다. 묵시적이건 함축적이건 간에 작가와 독자 사이에 어떠한 종류의 관계라도 없다면 문학작품은 거의 존재할 수가 없다. 시인이 본래 생각하고 있던 독자(청중)의 자리에 후대의 독자가 들어서게 되면 그에 따라서 관계도 변하지만, 그와 같은 관계가 성립되고 있는 것은 변함이 없다.

다른 한편, 서정시나 에세이에서조차도 어느 정도까지 작자는 허구의 독자에게 허구의 주인공으로서 이야기하는 것이다. 왜냐하면 만일 허구의 이야기를 투사한다는 그런 요소가 전혀 없으면, 그 작품은 담론, 즉 순전히 논술적인 이야기가 되어 문학으로서는 끝장나기 때문이다. 시인이 어느 귀부인에게 그녀의 무정함을 원망하는 연애시를 보낼 때, 그 시인은 그의 네 개의 성격적 요소를 합쳐서 두 개로 정리하고 있지만, 네 요소는 여전히 존재한다.

그러므로 모든 문학작품에는 서사적인 면과 주제적인 면, 이 모두가 있으며, 어느 쪽이 중요한가의 물음은 이따금 해석에서의 관점이나 강조의 차이에 불과한 것이다. 객관적인 서사작가의 전형으로서 우리는 호메로스의 이름을 인용했지만, 적어도 1750년경까지의 호메로스 비평은 두 위대한 서사시에 포함되어 있는 디아노이아──영웅의 이상──

에 관심을 두게 되어서 압도적으로 주제면에 그 중요성이 놓여 있다. 『기아(棄兒) 톰 존스의 경력』[64]은 플롯에 따라서,* 『분별과 다감(多感)』[65]은 주제에 따라서 이름이 붙여진 소설들이다. 그러나 제인 오스틴이 이야기의 흥미를 크게 중시하고 있는 것과 같이 필딩도 주제에 커다란 관심을 갖고 있는 것이다(이 관심은 주로 각 권의 서장에 나타나 있다).

『톰 아저씨의 오두막집』이나 『분노의 포도』[66]에서는 본래 플롯이 각각 노예제도와 계절노동의 주제를 반영할 목적으로 존재하나, 이와 비교하면 위의 두 소설은 다 같이 이야기 자체에 강한 역점을 두고 있다. 『톰 아저씨의 오두막집』과 『분노의 포도』를 또 『천로역정』과 비교해보면 이 소설들은 이야기 자체에 강한 역점을 두고 있으며, 몽테뉴의 에세이와 비교해보면 『천로역정』도 이야기 자체에 강한 역점을 두고 있다. 이리하여 우리는 서사로부터 주제로 그 역점이 옮겨감에 따라 뮈토스라는 용어로 대신되는 요소가 점차 '플롯'보다도 오히려 '서술'(narrative)을 의미하는 경향을 띠어가고 있음을 주목하게 된다.

서사문학이 주제 중심으로 씌어져 있다든가 해석된다든가 할 때, 서

---

64) 영국의 작가 필딩(Henry Fielding)의 소설(1749)이다. 고아인 톰 존스가 우연히 한 부잣집에서 양육되다가 그 부자의 미움을 받고 쫓겨나서 온갖 모험을 겪게 되지만, 결국 그의 조카라는 사실이 밝혀지고 사랑하는 여자에게도 용서받게 된다는 해피 엔딩의 이야기이다.

 * 크레인(R. S. Crane)이 엮은 『비평가와 비평』(1952) 가운데 엮은이의 논문 「플롯 개념과 '톰 존스'의 플롯」, p.616 이하를 볼 것.

65) 영국의 작가 오스틴(Jane Austen)의 소설(1811)이다. 양아들에게 유산을 빼앗긴 어느 부인과 세 딸들이 살아가는 모습과 특히 두 딸이 사랑에 빠지고 거기서 생겨나는 어려움들을 극복해나가는 과정을 그들의 대조적인 성격(언니는 분별, 동생은 다감을 대표함)과 함께 그린 작품이다.

66) 미국의 작가 스타인벡(John Steinbeck)의 소설(1939)로 1930년대 노동자의 비참한 생활을 구약성서의 「출애굽기」의 구성을 따서 그린 서사시적 작품이다.

사문학은 비화(譬話), 즉 설명적 우화(寓話)가 된다. 모든 공식적인 우유(寓喩)는 그 성질상 주제 쪽에 커다란 관심을 갖고 있으나(자주 말해지고 있는 것처럼), 서사문학을 그 주제면에서 비평한다고 해서 그 문학이 결과적으로 우유로 변하는 것은 아니다(뒤에 가서 살펴보겠지만, 주제면에서의 비평은 우유적인 해석으로도 가능할 수 있고, 또 현재도 그러하다). 진정한 우유는 문학의 한 구성요소이다. 말하자면 진정한 우유는 비평 이전에 문학 속에 존재해 있어야 하며, 비평적인 해석에 의해서만 첨가될 수 있는 것은 아니다.

또 거의 모든 문명은 그 축적된 전통적인 신화 중에서도 특히 중요하고 권위 있고 교화력이 있고 사실과 진실에 가까운 일군의 신화를 가지고 있다. 문예비평이 관련되는 한, 성서와 그리스·로마 고전시대의 문학은 다 같이 신화적인 것이지만, 이 두 문학을 함께 사용한 기독교 시대의 대부분의 시인에게는 고전시대의 문학이 성서와 똑같은 수준의 권위를 갖지 못했던 것이다. 원시사회에서조차도 발견될 수 있는 정전신화(正典神話)와 외전신화(外典神話) 사이의 이와 같은 차이 때문에 정전신화가 주제면에서 특히 중요한 위치를 차지하게 된다.

이제부터 우리는 앞서 고찰한 여러 양식의 서열이 문학의 주제면에서 어떻게 전개되는지를 검토하지 않으면 안 된다. 고전시대의 서사문학에서 우리가 주목했던 그 단축과정이 주제면에서 한층 두드러지게 나타나 있기 때문에 우리는 여기서 우리의 시야를 서구문학에 보다 엄격히 한정시킬 필요가 있다.

서사문학에는 두 가지 주된 경향, 즉 주인공을 그가 살고 있는 사회에 통합시키려는 '희극적' 경향과 주인공을 사회로부터 고립시키는 '비극적' 경향이 있음을 보았다. 주제 중심의 문학에서 시인은 한 개인으로서 창작하고, 스스로의 개성의 독립과 스스로의 비전의 독자성을 강조한다. 이와 같은 태도에서부터 대부분의 서정시와 에세이, 대부분의 풍자와 경구(警句), 그리고 '목가시' 또는 일반적으로 특별한 때에 지어지는 시가 창조된다. 이와 같은 작품들 속에 빈번히 떠도는 항변, 불만, 조롱, 고독(쓰디쓴 것이건 적막한 것이건 간에) 등의 분위기는 아마도 서사문학의 비극적 양식과 대충 비슷한 것임을 나타내 주고 있다.

다른 한편으로 시인은 자기가 살고 있는 사회의 대변자가 되는 데 열중할 수도 있다. 시인은 별도의 사회를 상대로 얘기하는 것이 아니므로 사회에 잠재하는 또는 사회에 필요한 시적 지식과 표현력이 시인을 통해서 명확하게 되기 때문에 사회의 대변자라고 말할 수 있는 것이다.

이러한 태도가 가장 넓은 의미에서 교육적인 시를 만들어낸다. 보다 인위적 또는 주제적인 종류의 서사시, 교훈적인 시나 산문, 오비디우스[67]나 스노리[68]가 편집한 것과 같은 신화, 민담, 그리고 전설의 집대성(개개의 설화 자체는 허구적 이야기이지만 그들의 배열과 집대성의 동기는 주제 중심적이다) 등이 교훈적인 시에 속한다. 이와 같은 의미에서의 교육적인 시에서는 시인의 사회적인 역할이 하나의 주제로서 중요한 위치를 차지한다. 만일 우리가 고립된 개인의 시를 '서정시적' 경향, 사회 대변자의 시를(작중 인물들이 만들어내는 보다 '극적'인 서사문학과 대조해서) '서사시적' 경향이라고 일컫는다면 우리는 아마도 이 두 가지에 대한 어떤 초보적인 개념을 얻을 수 있게 될 것이다.

그러나 이 두 가지 용어는 여기서는 분명히 그렇게 사용되고 있지 않지만, 본래 개개의 장르에 관계되어서 사용되며, 또 확실히 장르에 관계되어서 사용되어야 하므로 우리는 '서정시적' '서사시적'이라는 용어를 버리고 즉시 '삽화적'과 '백과전서적'이라는 용어로 대신하기로 하

---

67) Ovidius(기원전 43~기원후 17) : 로마의 대표적인 시인의 한 사람으로, 『변신담』이 유명하다.

68) Snorri(1178~1214) : 아이슬란드 최대의 시인이자 역사가로, 『노르웨이 제왕의 사가(saga)』를 엮었다.

겠다. 말하자면 시인이 한 개인으로서 전달하는 경우, 그는 비연속적인 형식을 취하는 경향이 있고, 또 시인이 사회적 역할을 담당하고 있는 직업인으로서 전달하는 경우, 그는 보다 더 확대된 패턴을 추구하는 경향이 있다.

신화적인 차원에서는 증거보다 전설이 더 많은 편이지만, 신들에 관해 노래하는 시인은 종종 하나의 신으로서, 신의 사자(使者)로서 노래하고 있다고 여겨지고 있음이 분명하다. 시인의 사회적 기능은 신의 영감을 받는 무당의 경우와 같다. 그는 때때로 망아(忘我)의 상태에 빠져 있으며, 우리는 그의 능력이 어떠하다는 것을 알 수 있는 불가사의한 이야기를 듣는다. 오르페우스는 수목으로 하여금 그의 뒤를 따르게 할 수 있었고, 켈트족의 음영시인(吟詠詩人)이나 현자(賢者)들은 독설의 힘에 의해서 적의 목숨을 빼앗을 수 있었는가 하면, 또 이스라엘의 예언자들은 미래의 일을 예언하였던 것이다.

이와 같은 단계에서 시인으로서의 그의 고유한 직분, 즉 그의 비전에 의한 기능은 신을 대변해서 그의 뜻을 현시하는 데 있다. 이것은 보통 '접신'(接神, enthusiasm)[69] 상태 즉 신령이 내린 상태에서 사람들의 물음에 답하고 신의 뜻을 계시할 때, 특정한 경우와 관련시켜서 신의 뜻을 현시한다는 것을 뜻한다. 그러나 시간이 경과함에 따라서 시인 속에 있는 신은 자신의 뜻만이 아니라 자신의 본성과 역사도 계시하게 하고, 그리하여 광범위한 신화와 제의의 패턴이 일련의 탁선(託宣)에서 부터 짜여 만들어지는 것이다.

우리는 이러한 경우를 히브리 예언자들의 탁선에서 형성되어 나온 구세주의 신화에서 아주 분명히 볼 수 있다. 『코란』도 서구문명이 시작될 때의 신화양식의 활동을 보여주는 뚜렷한 하나의 역사적 실례이다. 탁선 시에는 문학 이전의 그리고 문학 이외의 요소가 너무 많기 때문에

---

69) 이 말은 지금에 와서는 열광이라는 의미로 쓰이지만, 본래 그리스어의 en (가운데)＋theos(신)로 이루어진 말임을 주목할 것.

순수한 실례를 골라낸다는 것은 어렵다. 평원(平原) 인디언 문화의 중요한 일면을 이루고 있다고 하는, 접신상태에서 얻는 탁선과 같은, 보다 더 새로운 실례들에 대해서는 문화인류학자의 연구에 기대할 수밖에 없다.

지금까지 논의가 진행되는 가운데 꽤나 중요한 두 가지 원칙이 이미 암시된 셈이다. 그 하나는 모든 시인들이 함께 보존하고 있는 총체적 비전이라는 개념이다. 이 총체적 비전은 단일한 백과전서적인 형식 속에서 구현되는 경향이 강한 것인데, 이 백과전서적인 형식은 만일 한 사람의 시인이 충분할 만큼 박식하고 뛰어난 영감을 가지고 있다면 그에 의해서 시도될 수 있고, 또 이 백과전서적인 형식은 만일 문화가 충분히 동질적이라면 시의 유파나 전통에 의해서도 시도될 수 있는 것이다. 우리는 전통적인 설화, 신화 그리고 역사 등이 보통 그렇듯이, 특히 관습에 의해서 정해져 있는 운율에 따를 경우, 그들은 서로 모여서 백과전서적인 집합체를 형성하는 경향이 강하다는 것을 주목해야 할 것이다.

대체로 이와 비슷한 과정이 호메로스 서사시에도 가정되어오고 있으며, 또 『산문 에다』도 『옛에다』[70]의 단편적인 노래의 주제들이 연속적인 산문으로 차례로 엮어진 것이다. 성서의 역사서술도 분명히 똑같은 방식으로 발전해왔으며, 전승(傳承)의 과정이 보다 더 완만했던 인도에서의 두 서사시 『마하바라타』[71]와 『라마야나』[72]도 몇 세기 동안, 마

---

70) 『산문 에다』(Prose Edda 혹은 Younger Edda)와 『시 에다』(Poetic Edda 혹은 Elder Edda)의 두 책으로 된 고대 아이슬란드 문학의 집대성이다. 게르만 민족의 사회에 대한 현대의 가장 상세하고 완전한 자료이다.

71) 고대 인도의 영웅적인 대서사시로서 작자 미상이다. 주제는 인도의 두 귀족 집안의 내란을 다루고 있으나, 그 내용은 고대 인도의 역사와 종교·사회·정치·윤리·관습 등을 알려주는 일종의 백과전서적인 서사시이다. 이 서사시의 대부분의 삽화 속에는 그리스도의 산상수훈이 기독교의 본질을 말해주듯이 힌두교의 본질을 밝혀주는 유명한 「바가바드 기타」가 포함되어 있다.

치 양(羊)을 집어삼키는 큰 뱀처럼 계속 그 규모가 커져갔다. 중세의 한 예를 들면 『장미 이야기』[73]는 두번째 작가에 의해서 백과전서적 풍자시의 형태로 확대되었다.

핀란드의 『칼레발라』[74]의 경우, 이 서사시의 통일성과 연속성은 전부 19세기의 재구성에 의한 것이지만, 그렇다고 해서 『칼레발라』의 서사시적 통일성이 애초부터 허위라는 것은 아니다. 결론은 그 반대로 『칼레발라』의 소재는 이와 같은 재구성을 쉽사리 받아들일 수 있는 종류의 소재라는 것이다. 백과전서적 형식은 신화양식에서는 성전(聖典)이라는 형식을 취하지만 그 외에 다른 여러 양식에서도 백과전서적 형식——이 경우 신화나 성전에 들어 있는 계시를 점차 인간의 영역으로 옮겨서 만들어내는 일련의 유사형식——이 발견될 수도 있다.

또 하나의 원칙은 다음과 같다. 어느 양식에도 여러 가지 다양한 삽화형식이 있을 수 있지만, 각 양식에서 백과전서적 형식은 특정한 삽화형식을 그 싹으로 해서 발전하는 듯하므로 이 특정한 삽화형식에 특별한 의의를 인정할 수도 있다는 것이다. 신화양식에서 이 중심적 또는 전형적인 삽화형식은 탁선이다. 탁선은 다수의 이차적인 형식, 주로 계명, 비화(譬話), 격언 그리고 예언들을 발전시키게 되는데 이것

---

72) 『마하바라타』와 함께 기원전 4세기의 시인 발미키(Valmiki)의 작품이라고 이야기되는 인도의 대표적인 민족적·종교적 서사시로, 왕자 라마(Rama)의 모험을 다루고 있다.

73) 중세 프랑스의 운문 로맨스로, 우의(寓意)·교화문학의 대표작이다. 전편은 1235년경 기욤 드 로리(Guillanme de Lorris)가, 후편은 1265~70년경 장 드 묑(Jean de Meung)이 썼다.

74) 『칼레발라』는 핀란드 민중의 서사시로, 구전으로 옛날부터 전해오던 핀란드 발라드이다. 서정시, 주문 등이 19세기에 와서 채집·편집되었다. 이 서사시는 민중의 다섯 영웅의 행적을 기록하고 있는데, 칼레발라란 '영웅의 딸'이라는 뜻으로 시 속에서 핀란드를 가리킨다.

들—이 중에는 『코란』과 같이 느슨한 결말을 이루는 것도, 또 성서와 같이 주의 깊게 편집·배열되어 있는 것도 있으나—로부터 성전이 형성된다.

가령 「이사야서」를 개개 신탁의 집합체로서 분석하는 가운데 그것을 세 개의 주요한 초점—말하자면 바빌론에 이스라엘인들이 잡혀가기 이전, 잡혀가 있을 동안의 기간과 그 이후—에 맞추어 분석할 수 있다. 성서의 '고등비평가들'은 문예비평가가 아니기 때문에 우리 자신이 다음과 같은 사실을 시사할 필요가 있다. 즉 「이사야서」는 사실상 하나의 통일체—전통적으로 늘 하나의 통일체로 여겨왔다—를 이루고 있다는 것(이 경우 한 사람의 저자에 의해서 씌어졌다는 의미에서의 통일체가 아니라 주제의 통일성을 뜻한다)과 이스라엘의 멸망, 포로생활 그리고 구원이라는 이 비화가 성서 전체 주제의 축도가 되고 있다는 사실을 시사할 필요가 있는 것이다.

로맨스의 시대로 들어가면 시인은 그에 대응하는 주인공처럼 인간 존재가 되고, 신은 천공으로 물러서고 만다. 이때의 시인의 기능은 주로 기억하는 일이다. 역사시대가 시작되었을 때, 그리스 신화는 기억을 뮤즈들의 어머니라고 하였다. 이 뮤즈들은 시인에게 영감을 주지만, 이 경우 영감은 시인에게 탁선을 일어나게 하는 신의 영감과는 이미 거리가 먼 것이다(시인들 쪽에서는 될 수 있는 한 계속 신과의 관계를 유지하려고 필사적이었지만). 호메로스에서, 아마도 더 원시적인 헤시오도스[75]에서, 북유럽 영웅시대의 시인들에서 우리는 시인이 어떤 종류의 것을 기억하지 않으면 안 되었는가를 알 수 있다.

왕이나 이(異)민족의 목록, 신화와 신의 계보, 역사 전승, 민중의 지혜를 담은 격언, 터부, 일진의 길흉, 주문, 부족 영웅의 공적 등은 시

---

75) Hesiodos : 기원전 735년경에 살았으며, 호메로스와 더불어 그리스의 대표적 서사시인이다. 대표작으로 『일과 나날』 등이 있으며 뮤즈의 영감에 따라 시를 지었다고 한다.

인이 말의 보고(寶庫)를 열면 튀어나왔던 것들이었다. 암송되는 이야기들을 레퍼터리로 하고 있던 중세의 음유시인과 존 가워[76]나 『세상변천기』[77]의 저자처럼 알고 있는 것은 전부 한 편의 거대한 시나 시적 목록에 수록하려는 승려시인도 이 부류에 속한다. 이와 같은 시에 집대성된 백과전서적인 지식은 신성한 것으로, 즉 신의 지혜의 인간적인 아날로지로 여겨졌다.

로맨스 영웅시대는 대체로 유목생활의 시대이며, 이때의 시인들은 주로 여기저기를 떠도는 방랑자들이었다. 유랑하는 눈먼 음유시인들의 모습은 그리스 문학뿐만 아니라 켈트 문학에서도 전통의 일부가 되었다. 고대 영시 중에는 영어의 역사를 통해서 가장 황량한 고독을 표현한 시가 몇 편 남아 있다. 중세의 음유기사나 풍자시인이었던 방랑학승(Goliardic satirists)들은 유럽 일대를 두루 돌아다녔으며, 단테도 유랑의 몸이었다. 시인이 한곳에 정주하고 있을 때는 시가 여행을 한다. 말하자면 민담은 무역경로를 따라서 흘러들어가며, 발라드와 로맨스는 커다란 장터에서 시골로 퍼져간다. 영국에서 집필했던 말로리[78]도 그가 입수한 '프랑스 책'의 내용을 독자들에게 전하고 있다.

모든 이야기 중에서 불가사의한 여행이야말로 결코 고갈되지 않는 하나의 이야기 공식이 되고 있고, 이 양식에서 백과전서적인 시의 결정판, 즉 단테의 『신곡』도 이 이야기를 하나의 비화(譬話)로서 사용하고 있다. 어떤 시대에는 그리스적 정통성을, 다른 시대에는 로마·기독교적 정통성을 가지고 있었지만, 이 양식에 속하는 시는 보편적인 정봉성을 대변하고 있다.

이 양식에서 삽화형식이 갖는 전형적인 주제는 아마도 의식경계(意

---

76) John Gower(1330년경~1480년경) : 영국의 시인.

77) 14세기 중세 영어의 북쪽 방언으로 쐬어진 작자 미상의 장시이다. 천지창조로부터 최후의 심판에 이르는 성서의 역사를 기록하고 있다.

78) Sir Thomas Malory(1410년경~71) : 영국의 작가·기사(騎士). 그의 『아서 왕의 죽음』(1448)은 아서 왕 전설의 집대성이다.

識境界)의 주제라고 일컫는 것이 가장 타당한 표현이 되겠다. 즉 시적 정신이 하나의 세계로부터 다른 하나의 세계로 옮겨가는 것을 의식하고 있다든가, 또는 두 세계를 동시에 의식하고 있다든가 하는 것을 두고 일컫는 말이다. 유랑의 시, 『위드시스』[79]나 나그네의 노래(이 경우 나그네는 떠돌아다니는 음유시인, 버림받은 여인, 유랑생활을 하는 풍자시인이라고 말할 수 있겠다)는 보통 기억의 세계와 경험의 세계를 대립시키고 있다. 오월 어느 아침에 일어나는 것이 관례로 되어 있는 환시(vision)의 시는 경험의 세계와 꿈의 세계를 대립시키고 있다. 여성의 또는 신의 은총에서 나오는 계시의 시는 과거의 운명과 새로운 삶을 대립시킨다. 단테의 『지옥편』 서두의 몇 절을 읽어보면 이 위대한 백과전서적인 시가 유랑의 시뿐만 아니라 환시의 시와도 유사한 관계를 갖고 있음이 명백하게 드러난다.

상위모방 양식의 시대에는 궁정과 수도(首都)를 중심으로 한 보다 더 강력하게 확립된 사회가 들어오게 된다. 그리하여 로맨스의 원심적인 전망은 구심적인 전망으로 대치된다. 성배(聖杯)나 신의 도시와 같은 요원한 편력의 목표물은 수렴의 상징, 즉 왕후, 국민, 국가적 신앙을 나타내는 우의적 상징[80]으로 바뀐다. 『요정의 여왕』, 『루시아다스』,[81] 『구원을 받은 예루살렘』,[82] 『실낙원』 등, 이 시대의 백과전

---

79) 고대 영어 최고(最古)의 시. 방랑 음유시인 위드시스가 각국의 궁전을 방랑하면서 들었던 왕들의 이야기, 여행담 등을 노래하고 있다.

80) 'emblem'을 '우의적 상징'(寓意的 象徵)이라고 풀이했지만, 일부 비평가들은 우의(allegory)의 타락한 형식으로 보고 있다. 대충 이야기하자면, emblem은 우의적 또는 상징적인 표현의 한 형식이지만, 그것과 우의, 상징, 비유, 기상(conceit)과의 관계를 확립하기는 어렵다. Peter M. Daly, *Literature in the Light of the Emblem*(Univ. of Toronto, 1979)의 "Introduction" 부분을 참조할 것.

81) 포르투갈의 시인 카몽스(Luís Vaz de Camões)의 국민적 서사시(1572). 포르투갈의 전설적인 영웅 Lusus의 자손과 특히 포르투갈의 위대한 항해사 바스코 다 가마의 탐험에 관한 것을 노래한 서사시이다.

서적 시들은 국민 서사시이며, 애국사상이나 종교적 사상으로 통합되어 있다.

『실낙원』의 경우에는 잘 알려진 이유 때문에 정치적 요소가 다른 시들에서보다 유별나지만, 그렇다고 하더라도 이것을 국민 서사시로 간주하는 것은 어렵지 않다. 또 이 서사시는 어떤 본질적인 측면에서 만인의 이야기이므로 『천로역정』과 함께 영국의 하위모방 양식의 일종의 선구자가 되고 있다.

주제 중심의 이러한 서사시들은 이야기를 전달하는 데 그 주된 관심을 두고 있는 서사문학과 뚜렷한 차이가 있음을 대체로 보여주고 있다. 영웅시대의 서사시, 아이슬란드의 사가(saga)나 켈트의 로맨스는 대부분 이야기 중심적이며, 또 르네상스 시대의 『광란의 오를란도』[83]의 대부분도 그렇다(르네상스 시대의 비평가들이 이 작품의 저자인 아리오스토를 주제 중심적으로 해석하는 것이 충분히 가능하다는 것을 보여주었지만).

상위모방 양식에서 주된 삽화적 주제는 주목의 초점(cynosure), 즉 구심적인 시선이라는 주제이다. 그것이 애인에게 향하거나 친구 또는 신에게 향하거나 간에 이 주제에는 군주를 주시하는 궁정, 변론가를 주시하는 법정, 배우를 주시하는 관객 등 이런 분위기가 늘 따라다니는 것 같다. 왜냐하면 상위모방 양식의 시인은 조신(朝臣), 추밀 고문관, 설교가, 웅변가 또는 궁정 의전관 등으로 있는 일이 많고, 더욱이 상위모방 양식의 시대에는 서사문학의 주 매체로서 상설극장이 확고한 위

---

82) 이탈리아의 시인 타소(Torquato Tasso)가 쓴 르네상스의 낭만적 서사시(1575). 제1차 십자군전쟁 때 예루살렘 정복의 마지막 몇 달간의 기독교 군인들의 행적을 읊은 시이다.

83) 이탈리아의 시인 아리오스토(Ludovico Ariosto)의 낭만적 서사시(1532). 제목은 『광란의 오를란도』이지만, 안젤리카에 대한 오를란도의 연정, 기독교인과 이교인의 싸움, 루지에로와 브라다만테의 사랑, 이 세 가지가 다 일관성을 가진 이야기로 구성되어 있다.

치를 차지하였기 때문이다. 셰익스피어의 경우에는 데코럼의 통제가 뛰어나기 때문에, 작자의 개성은 완전히 그 배후로 사라지지만, 가령 벤 존슨처럼 주제에 강한 관심을 가진 극작가에게는 이와 같은 일은 일어날 가능성이 없는 것이다.

대체로 상위모방 양식의 시인들에게서 서사문학의 중심을 이루는 것은 리더십의 주제이므로, 그들은 사회적 권위나 신의 권위와의 관계 하에서 자신들의 직분을 생각하고 있다. 조신으로서의 시인은 궁정을 위해서 그의 학문을, 궁정예절을 위해서 그의 인생을 바친다. 그는 군주에게 봉사할 목적으로 교육을 받지만 이 교육의 정점은 궁정풍의 연애이다. 이 궁정풍의 연애는 아름다움에 시선을 던질 때 그 아름다움과 바로 일체가 되어버리는 사랑을 말한다. 종교시인은 영국의 형이상학파 시인들이 종종 그렇게 했듯이 이와 같은 이미지를 영적인 생활로 옮겨 사용할 수도 있고, 또 예배식에서 시에 적합한 구심적인 이미지를 발견할 수도 있다. 17세기의 예수회파의 시와 영국에서 이 시에 대응하는 크래쇼[84]의 시는 성상(聖像)이 갖는 그 독특한 강렬성을 보여주기도 하며, 허버트[85]도 독자를 한 발자국 한 발자국 실제로 눈에 보이는 듯이 '성전' 속으로 유도하고 있다.

이 시대의 문학적 플라톤주의는 상위모방 양식에 적절한 것이다. 르네상스 인문주의자들의 대부분은 심포지움과 대화의 중요성, 즉 각각 엘리트 문화의 사회적 측면과 교육적 측면을 깊이 의식하고 있다. 또 시의 디아노이아는 자연의 형상, 패턴, 이념 또는 모델을 나타낸다는 사상이 널리 퍼져 있다. "자연계는 청동(靑銅)이다", 즉 "시인만이 황금의 세계를 낳는다"[86]고 시드니는 말한다. 그는 이 황금계가 자연과

---

84) Richard Crashaw(1613년경~49) : 영국의 형이상학파 시인 · 가톨릭 신부.

85) George Herbert(1593~1633) : 영국의 형이상학파 시인. 『성전』(聖殿)은 그의 작품집(1633)이다.

86) 영국 르네상스 시대의 궁정시인인 필립 시드니경(Sir Philip Sidney, 1554~86)의 「시의 변호」(1598)에서 인용했다.

별개의 것이 아니라 "사실상 제2의 자연이라는 것", 즉 사실이나 규범은 모델이나 교시와 하나로 되어 있다는 것을 분명히 하고 있다. 일반적으로 미술과 비평에서 '신고전주의적'이라고 일컬어지는 것은, 우리의 용어를 사용한다면, 주로 시의 디아노이아란 자연의 진정한 형상의 표현이며, 진정한 형상이란 이념적인 것으로 가정된다고 생각하는 태도이다.

하위모방 양식의 서사문학은 고도로 개인화된 사회를 취급하고 있으나, 거기에는 신화에 유비(類比)될 수 있는 것이 단지 하나밖에 없다. 즉 개인의 창조행위가 그것이다. 이것의 전형적인 결과가 주제면에서의 하나의 발전인 '낭만주의'이다. 낭만주의는 동시대의 서사문학으로부터 상당히 동떨어져 있고, 그 문학과는 대조적인 독자적 형식을 발전시킨다. 같은 시대라 할지라도 『하이페리온』[87]을 창작하는 데 필요한 자질과 『오만과 편견』을 창작하는 데 필요한 자질은 마치 서사문학과 주제문학 사이의 차이가 다른 양식에서보다 하위모방 양식에서 더욱 첨예한 것과 같이, 이상하게도 서로 대립되는 것처럼 보인다. 어느 정도까지 이것은 진실이다. 왜냐하면 주관과 객관의 대립, 내적인 정신 상태와 외적인 정황(情況)의 대립, 개인적인 사실과 사회적 또는 물리적 사실의 대립은 하위모방 양식의 특징을 이루기 때문이다.

이 시대에서 주제문학의 시인은 로맨스 시대의 서사문학의 영웅과 똑같은 존재, 즉 자연계를 넘어서는 고차원적인 상상의 세계에 사는 뛰어난 인물이 된다. 또 그가 창조하는 개인적인 세계에는 앞에서 언급했던 서사적 로맨스의 특징이 많이 재현되고 있다. 낭만주의 시인의 정신은 보통 자연과 범신론적인 관계를 맺고 있으며, 이상하게도 진짜 악의 공격에는 이겨낼 수 없는 것처럼 보인다. 고통과 공포를 쾌락의 형식으

---

87) 밀턴의 『실낙원』을 모델로 한 영국 시인 키츠의 미완성 서사시(1818~19). 악의 근원과 원인을 주제로 다루고 있다.

로 전환시키려는 경향도 초기의 서사적 로맨스와 공통되며, 이 경향은 이른바 '낭만적 고뇌'[88]의 사디즘과 악마적 이미지에 반영되고 있다.

이 시기의 백과전서적 시는 심리적 또는 주관적 정신상태를 나타내기 위해서 신화를 사용하는 신화적인 서사시를 완성하려는 경향을 띠고 있다. 『파우스트』 가운데서도 특히 제2부는 아마도 이런 서사시의 가장 결정판적인 예라고 할 수 있을 것이며, 또 영국에서 블레이크의 예언시, 셸리와 키츠의 신화적 시 등이 가장 대표적인 예이다.

이 시대의 주제문학의 시인은 자기 자신에 대해서 관심을 갖고 있다. 이 관심은 자기중심주의에서 불가피하게 나온 것이 아니라, 그의 시적 기교의 기초가 개인적이고, 또 개인적이니까 발생론적 내지 심리적인 것이기 때문에 생겨난 것이다. 그는 생물학으로부터 비유를 빌려 사용하고 있다. 유기적인 것을 죽어 있는 것 또는 기계적인 것과 대립시키고, 사회적으로는 생물학적인 관점에서 천재와 평범한 사람 사이의 차이를 생각한다. 그에게서 천재는 발육이 부진한 시원찮은 씨앗들 속에 섞여 있는 번식력 강한 씨앗과 같은 것이다. 그는 한 개인으로서 직접 자연과 대면하며, 이전의 대부분의 시인들과는 반대로, 그에게는 문학적 전통을 개인적 경험을 대신하는 낡아빠진 대용품으로 생각하는 경향도 있다.

낭만주의 시인은 하위모방 양식의 희극의 주인공처럼 사회에 대해 종종 공격적 자세를 취한다. 창조적 재능을 가짐으로써 권위가 주어지며, 그것이 사회에 주는 충격은 혁명적인 것이다. 낭만주의의 비평가들은 흔히 시는 개인적인 위대성의 표현이라는 시론을 전개한다. 삽화적 주제의 중심은 주관적 정신상태를 분석하기도 하고 묘사하기도 하는데, 일반적으로 이 주제는 루소와 바이런에서 시작되는 문학운동의 전형적인 특징으로 생각되고 있다. 낭만주의 시인은 이전의 시인들보다

---

88) 20세기 이탈리아의 문예비평가 마리오 프라즈(Mario Praz)의 낭만주의 연구서의 영역 제목 『낭만적 고뇌』(*Romantic Agony*, 1933)에서 따온 말이다.

도 내용과 태도에서 훨씬 용이하게 개인적인 것을 취할 뿐만 아니라, 동시에 형식에서도 지속적인 것을 취할 수 있다. 원시시대의 노래들이 함께 모여 서사시를 형성했듯이, 이와 똑같이 워즈워스의 짧은 시편의 대부분이 그의 『서곡』[89]에 흡수될 수 있었다는 사실은 기법의 혁신으로서 상당한 중요성을 가지고 있는 것이다.

낭만주의 시인들 다음에 나타난 시인들, 가령 프랑스의 상징주의 시인들은 우선 먼저, 모호한 소리와 부정확한 의미만이 난무하는 시장의 세계에 등을 돌리는 아이러니의 자세를 취한다. 그들은 수사(修辭), 도덕적 판단, 기타 모든 '종족의 우상'[90]을 버리고, 그들의 전(全) 에너지를 시인의 축자적(逐字的) 기능, 즉 시를 창조하는 일에만 열중한다. 앞에서도 말한 것과 같이, 아이러니 양식의 서사 작가는 기법 외에는 어떠한 소리도 하지 않는다. 그리고 오늘날 아이러니 시대의 주제문학의 시인도 자신을 창조자 또는 '공인되지 않은 입법자'[91]로 간주하기보다 장인으로 생각한다. 바꾸어 말하면, 그는 자신의 개성을 최소한으로 주장하고, 자신의 예술을 최대한으로 주장한다. 이것이 예이츠의 시적 가면의 이론의 기초가 되는 대립이다.

이와 같은 시인에게 가장 본질적이고 근본적인 면은 예(藝)에 정진하는 정신, 시의 성자나 은자의 자세인 것이다. 플로베르, 릴케, 말라르

---

89) 밀턴의 『실낙원』을 모델로 삼아, 상상을 통해 자연과 자아의 완전한 일치를 종국적으로 이루는 시인의 정신의 성장을 주제로 다룬 워즈워스의 14권으로 된 자서전적인 장시(1798~1805)이다.

90) 베이컨(Francis Bacon)이 그의 『신기관론』(1620)에서 인간의 판단을 그르치는 근원으로 지적한 네 개의 우상 중 하나이다. 인간의 본성과 종족 또는 부족에 내재해 있는 편견 또는 오류를 가리킨다.

91) 영국의 시인 셸리의 「시의 변호」(1820)에 나온 말이다. 셸리는 시인이야말로 상상, 특히 공감적인 상상을 통해서 사물의 배후에서 영원한 진리를 발견해내고, 시를 통해 그것을 전달하여 독자에게 고양된 공감을 줄 수 있기 때문에 이러한 역할을 하는 시인을 '공인되지 않은 입법자' 라고 부르고 있다.

메, 프루스트는 표현하는 방식에서 서로가 아주 다르다 할지라도 모두 다 '순수' 예술가였다. 따라서 삽화형식의 중심이 되는 주제는 순수하지만 순간적인 비전, 영원에 대한 순간적인 미적 비전이다. 이 중에는 가령 랭보의 일루미네이션,[92] 조이스의 현현(顯現),[93] 현대 독일 사상에서 일순간의 비전(Augenblick)*의 개념, 그리고 상징주의와 이미지즘[94]이라는 용어가 암시하고 있는 일종의 비교훈적인 계시 등이 포함되어 있다.

백과전서적인 경향의 주된 주제는 이와 같은 순간적인 비전과 역사에 의해서 펼쳐지는 거대한 파노라마('잃어버린 시간')와의 비교이다. 프루스트의 경우에는 어떤 경험들이 아주 산발적으로 반복되는 가운데, 시간의 내부에서부터 이 무시간적인 순간들을 창조해내고 있으며

---

92) 프랑스의 상징주의 시인 랭보(Jean Arthur Rimbaud)의 시집 *Illumination*(1886)의 제목으로, '조명' '계시' '깨달음'의 뜻이 있다.

93) 본래의 뜻은 신들이 인간의 눈에 자신의 신성을 드러내 보이는 것이지만, 제임스 조이스는 『스티븐 히어로』(*Stephen Hero*, 사후 1944년 간) 이후 그의 예술이념을 부르는 데 이 용어를 사용했다. 어떤 사람, 상황, 대상의 본질이 선명하게 지각되는 일순간을 가리킨다.

 * 릴케의 『오르페우스에게 바치는 소네트』(2부, xii)에 나오는 '식별'(Erkennung)은 보다 더 명료한 예가 된다. 또 이 '식별'은 주제문학에서의 발견 또는 인지의 개념의 실례가 된다(이 책의 132쪽, 572쪽을 참고할 것).

94) 미국의 시인 에즈라 파운드(Ezra Pound)의 주창하에 1914년경 시작한 시운동이다. 처음에는 파운드가 주도했으나 그후 미국의 여류시인 아미 로웰(Amy Lowell)이 주도했다. 시의 본질은 이미지의 명확한 집중적인 표현이라는 원칙 아래 시인의 개인적인 감정이나 사상이 시에 나타나는 것을 배격하였다. 로웰의 주장(『현대 미국시의 경향』, 1917)을 요약하면 다음과 같다. ①일상의 언어를 사용할 것. 그러나 반드시 정확한 말을 쓸 것. 상당히 정확한 말은 피할 것. ②모든 습관화된 표현을 피할 것. ③새로운 기분을 표현하는 새로운 리듬을 창조할 것. ④주제의 선택에서 완전히 자유로울 것. ⑤하나의 이미지──구체적·견고한·투명한──를 제시할 것. ⑥집약·집중을 위해 노력할 것. 그것이 시의 정수임을 알 것. ⑦완전한 진술이나 설명보다는 간략히 암시할 것.

『피네건의 경야(經夜)』[95]에서는 역사 전체 그 자체가 하나의 거대한 반(反)현현으로서 묘사되고 있다.

이보다는 소규모이지만, 엘리엇의 『황무지』나 버지니아 울프의 마지막 작품이자 가장 깊이 있는 작품인 『막간』도 결국 백과전서적인 것이다. 이 두 작품에서 공통되는 점이 있다면(이밖에 어떤 공통점도 없기 때문에 특히 두드러지지만), 문명 전체의 역사와 이 역사의 의미를 계시하고 있는 중요한 순간들을 순식간에 비춰보는 것과의 대조이다. 그리고 낭만주의적 시인이 한 개인으로서 연속적인 형식에 의해서 창작하는 것이 가능하다는 사실을 알았듯이, 시란 본질적으로 비연속적이라는 비평이론이 나타남으로써 아이러니 양식도 이론적으로 합리화되고 있다. 『황무지』나 에즈라 파운드의 『칸토스』의 기법은 백과전서적인 동시에 비연속적이라는 역설을 내포하고 있기 때문에, 워즈워스의 기법과는 정반대이지만, 새로운 양식의 도래를 예고하는 기법상의 혁신이었다.

이 기법은 세부적인 면에 이르기까지 아이러닉한 주제의 일반적 패턴에 어울린다. 어떤 한 가지 사실을 말하면서 이것과는 다소 다른 사실을 뜻하게 하는 아이러니의 방법은 직접적인 단정을 피하라는 말라르메의 가르침 속에 구체화되고 있다. 술어를 생략하고, 이미지의 상호관계에 대해서는 어떠한 말도 하지 않고, 이미지를 단순히 병치하는 방식은 수사적 웅변을 피하려는 노력과 일치하고 있다. 이와 똑같이 아포스트로피의 생략이나, 기타 직접 이야기를 거는 식의 기법을 다소나마 모방하려는 여러 가지 방법이 행해지고 있다. 심지어 어떤 사람의 연구*가 논증한 바에 의하면, 아이러니 양식에서 정관사의 사용이 상당히 증가하

---

95) 조이스의 실험적 어법을 사용한 장편소설(1939). 더블린의 여관 주인 이어워커가 하룻밤 사이에 겪는 꿈의 연속을 그리고 있으며, 이 꿈은 그의 무의식적인 정신의 흐름을 나타내고 있다. 이 꿈의 주제는 전락과 재생의 순환이 중심이 되고 있다.

* 해밀턴(George Rostrevor Hamilton), 『쓸모 있는 관사(冠詞)』(1949).

고 있는데, 이 용법은 아이러니의 색채를 띠고 있어서 포착하기 어렵지만, 그 어려운 표현 뒤에 숨어 있는 진정한 의미를 깨닫는 주도적인 사람들이 은연중에 의식하였던 용법인 것이다.

우리는 서사문학에서 아이러니가 신화로 회귀하는 것을 주목했는데, 이것과 병행해서 아이러니 양식의 예술가가 다시 탁선으로 되돌아가는 경향도 있다. 이 경향에는 역사의 순환이론이 수반되는 일이 종종 있는데, 이 순환이론은 회귀사상을 합리화하는 데 도움을 주고 있을 뿐만 아니라, 이 이론의 출현 자체가 아이러니 양식의 전형적 현상인 것이다. 랭보가 '모든 감각의 착란'[96]을 제창했던 까닭은 랭보 자신이 인간에게 신성한 불을 훔쳐준 프로메테우스의 화신이 되어서, 고대 신화에 나타나는 광기와 예언의 결합을 다시 회복시키려고 하는 데 있었다.

릴케는 전생애를 통해서 자신의 내면적인 신탁의 목소리에 귀를 기울이는 데 긴장해 있었다. 니체는 신의 힘과 똑같은 새로운 힘이 인간 속에 출현했다고 선언하였다(그의 주장에는 동일회귀의 사상이 포함되어 있기 때문에 이 선언의 요지가 다소 혼란을 야기시킨다). 예이츠는 유럽의 세계 주기는 종말에 가까워졌고, 비둘기와 처녀 대신에 레다와 백조[97]를 받드는 새로운 고전적 세계 주기가 시작하려 한다고 말한다. 조이스와 조이스가 신봉하였던 비코[98]의 역사이론에 의하면, 우리 시대는 묵시(默示)가 올 시대이지만 오지 않는 좌절의 시대이며, 이 좌

---

96) 랭보가 1871년 3월의 편지에서 했던 말이다.

97) 그리스 신화에 의하면 제우스는 백조의 형상으로 레다를 찾아가 그녀와 동침하여 헬레네와 클리타임네스트라를 낳았는데, 예이츠는 제우스의 레다 방문을 그리스 문명의 도래를 고하는 영적인 고지(告知)로 보았다. 또한 그는 자신의 세대를 '황폐한 토양'으로 보고, "위로부터의 강력한 영적인 고지에 의하지 않고는 어떤 새로운 움직임도 불가능하다"라고 했다.

98) Giambattista Vico(1668~1744) : 이탈리아의 철학자·역사가. 『신(新)과학』(1725~44)의 저자이다. 프라이는 슈펭글러뿐만 아니라 비코의 역사회귀론에도 역시 많은 영향을 받았다. 비코의 영향에 대해서는 프라이의 *The Critical Path*(Indiana Univ., 1971), p.34를 볼 것.

절의 시대에 이어 곧 트리스탄[99] 이전 시대로의 회귀가 일어난다는 것이다.

이상의 개관에서 나올 수 있는 결론의 하나로서 우리가 분명히 말할 수 있는 것은 현재의 많은 비평적 전제가 한정된 역사적 맥락 속에서만 성립된다는 것이다. 모든 문학에서 완전한 객관성, 도덕적 판단의 정지, 순전히 언어적 기교에 대한 집중, 기타 이와 비슷한 가치를 추구하고 있는 편협한 아이러니 중심주의가 우리 시대에 부상하고 있다. 모든 작품에서 천부의 재능과 위대한 개성의 형적을 추구하고 있는 낭만주의적 편협성은 이보다 더 시대에 뒤떨어진 것이라고는 하지만, 오늘날 여전히 도처에 산재해 있다. 상위모방 양식의 시대에도 이와 같은 태도를 가진 현학자적인 문학가들도 있었기에, 그 일부는 여전히 18세기나 19세기에 들어와서까지도 이상적인 형식의 기준을 적용하고자 노력했던 것이다. 필자는 여기서 어떠한 비평기준이라도 그것이 어느 하나의 역사적 양식에서만 끌어내어진 것이라면 시에 대한 전체적인 진실을 영원히 파악할 수 없을 것이라고 시사하고 싶다.

우리의 눈에 띄는 일반적인 경향은 바로 그 앞에 생긴 양식에 아주 강한 반발을 보이고 나서, 1세기 전 양식의 기준의 일부로 약간 되돌아가려는 것이다. 이리하여 상위모방 시대의 인문주의자들은 대체로 중세 로맨스의 작자들, 말하자면 스펜서의 E. K.[100]가 일컬었던 '이야기쟁이와 새빨간 거짓말쟁이'들을 경멸하였다. 그러나 우리가 시드니의 경우에서 볼 수 있듯이, 그들은 원초적인 신화시대에서의 시의 사회적 중요성을 지적함으로써 시를 변호하는 데 결코 지치지 아니하였다. 그들은 자신들을 자연의 질서를 지키는 세속적 신의 사자로 간주

---

99) 아서 왕의 전설에 등장하는 기사로, 콘월의 왕비 이졸데와의 비련으로 유명한 인물이다.

100) 스펜서(Edmund Spenser)의 『양치기의 달력』(1579)의 서문과 주(註)에는 E. K.라는 서명이 있다. 이는 친구 이름의 머리글자로 알려져 있다.

하고, 탁선적인 시인처럼 자연 및 사회의 법을 지키도록 역설함으로써 공공의 여러 관심사에 반응을 보이는 경향이 있었다. 하위모방시대의 주제문학의 시인인 낭만주의자들은 전(前) 시대 시인들의 자연을 추종하는 방법에 대하여 단호히 반항하고 로맨스의 양식으로 되돌아갔던 것이다.

영국문학에서 낭만주의적 규범은 주로 빅토리아조 시대의 문학가들에 의해 계승되어 양식상의 연속성을 보여주고 있다. 1900년경에 시작된 오랜 반낭만주의운동(프랑스 문학에서는 몇십 년 앞섰지만)은 아이러니 양식으로의 추이를 나타내는 표시였다. 이 새로운 양식 속에서 보이는, 긴밀하게 짜여진 소집단에 대한 애착, 비교적(秘敎的)인 것에 대한 인식, 그리고 엘리엇의 왕당주의(王黨主義), 파운드의 파시즘, 예이츠의 기사도 숭배 등과 같은 다양한 현상을 만들어낸 귀족주의적인 것에 대한 노스탤지어, 이 모두가 어떤 의미에서는 상위모방 양식의 규범으로 되돌아가려는 움직임의 일부분인 것이다.

시인은 조신이고, 시는 왕후에 대한 봉사이며, 심포지움 즉 엘리트의 모임은 극히 중요하다는 생각은 상위모방 시대의 이념이며, 이것이 20세기 문학에 반영되고 있다. 특히 말라르메로부터 게오르게[101]와 릴케에 이르는 상징주의 전통에 속하는 시에 이와 같은 사상이 잘 반영되어 있다. 이 경향에 대해서 예외적인 것들일지라도 자세히 보면 그다지 예외적이 아닌 것도 종종 있다. 버나드 쇼가 처음 참가했을 때의 페이비언 협회[102]는 예이츠를 만족시킬 만큼 충분히 고답적인 모임이었다. 페이비언 사회주의가 대중운동으로 변모한 뒤, 쇼는 전환해서 마침내 돌이킬 수 없을 정도로 좌절에 빠진 왕당파가 되었다.

---

101) Stefan George(1868~1932) : 독일의 상징주의 시인.
102) 1884년 런던에서 설립된 영국의 사회주의 단체이다. 국민을 설득함으로써 정치 기구를 완전히 민주화하고 산업을 사회화하며, 사회를 점진적으로 개량하여 사회주의화를 목적으로 한 계몽·선전을 중시한 단체로서, 고대 로마의 파비우스에서 유래한 이름이다.

또 유럽 문화의 각 시대마다 각각 그리스·로마문학 중에서 양식상 자기 시대와 가장 가까운 것을 이용한 경향이 두드러졌음이 주목된다. 중세에서는 로맨스화된 호메로스의 서사시, 상위모방 양식에서는 베르길리우스풍의 서사시, 플라톤적인 심포지움, 그리고 오비디우스풍의 궁정 연애시, 하위모방 양식에서는 로마식의 풍자시가 각각 이용되었다. 위스망스[103]의 『역로』(逆路)가 나온 단계의 아이러니 문학에는 로마문화의 최후의 시기에 나타난 여러 작품들이 영향을 주고 있다.

서사문학의 여러 양식을 두루 훑어보면서 우리는 시인이 '인생'을 모방한다고 해도 그것은 기껏해야 인생이 그의 작품의 내용을 이룬다는 의미와 다름이 없음을 보았다. 어떤 양식에서건 간에 시인은 그의 작품에 똑같은 종류의 신화적 형식을 부과하지만, 그 형식은 각각 달리 적용한다. 주제문학의 여러 양식에서도 이와 마찬가지로, 시인이 사상을 모방한다는 것은 그의 사상에 문학적 형식을 부과한다는 뜻 외에 아무것도 아니다. 이것을 이해할 수 없을 때 오류가 생기며, 우리는 이 오류에 '실재투사'(existential project)라는 이름을 줄 수도 있다.

가령 어떤 시인이 자기는 비극작품들에서 가장 성공하고 있음을 자각했다고 가정하자. 그의 작품들은 당연히 음침한 파멸의 장면으로 가득 차 있을 터이고, 마지막 장면들에 이르면 등장인물들이 여기저기 멈추어 서서는 냉혹한 필연, 변화무쌍한 성쇠, 그리고 피치 못할 운명에 대해서 제각기 이야기를 던질 것이다. 이와 같은 감정이 비극의 디아노이아의 일부를 이루지만, 비극을 전문으로 하는 작가는 당연히 이와 같은 감정이야말로 가장 심원한 철학을 대변한다고 느낄 것이므로, 자신의 인생철학에 대해서 질문을 받게 되면 등장인물들이 내뱉은 대사를 똑같이 읊기 시작할 수도 있다.

---

103) Joris Karl Huysmans(1848~1907) : 프랑스의 소설가.

다른 한편, 희극과 해피 엔드를 전문으로 하는 작가라면 극의 최후 장면에서 그의 등장인물들을 쭉 세워놓고는 신의 섭리가 가져다주는 은총이라든가, 예기치 않았을 때 하늘이 내리는 기적이라든가, 인생의 은혜에 대해서 우리 모두가 다 같이 느껴야 할 기쁨과 감사의 마음에 관해서 이야기하도록 할 것이다.

따라서 비극과 희극이, 말하자면 그들의 그림자를 투사해서 거기에서 각각 운명의 철학과 섭리의 철학을 형성하는 것은 자연스러운 일이다. 토머스 하디와 버나드 쇼는 다 같이 1900년경에 활약했고, 다 같이 진화에 관심을 가졌다. 비극에 능한 재주가 있었던 하디는 진화를 스토아학파의 개선론,[104] 쇼펜하우어적인 내재 의지, 그리고 어떠한 개체 생명의 희생까지도 도외시하면서 작용하는 '우연' 또는 '운명'이라는 관점에서 바라보았다. 희극작가 쇼는 진화를 창조적인 것으로 보고, 창조적이므로 진화는 혁명적인 정치, 초인의 출현, 그리고 초생물학(metabiology)적인 것은 무엇이든 간에 가져온다고 생각하였다. 그러나 하디와 쇼는 분명히 철학자로서는 그렇게 대단한 존재는 아니었다. 그러니까 그들은 그들이 썼던 시, 소설, 그리고 극에 의해서 평가되지 않으면 안 된다.

이와 마찬가지로 각각의 문학양식은 각 양식에 걸맞는 실재투사를 발전시킨다. 신화는 투사되어서 신학이 된다. 말하자면 신화를 형성하는 시인은 보통 특정한 신화를 '진실한 것'으로 받아들여서, 그에 따라서 스스로의 시적 구조를 형성하는 것이다. 로맨스의 세계에는 보통 눈에 보이지 않는 기상천외의 인물들이나 영적인 존재들, 즉 천사, 악마,

---

104) 이 세상은 완전히 악한 것도 아니고 완전히 선한 것도 아니며, 선과 악은 상대적으로 변화할 수 있다는 사상이다. 비관주의와 낙관주의의 중간 입장으로, 이 세계는 현재는 악이라 하여도 인간의 노력에 따라 개선이 가능하다고 믿는다. 이 용어는 영국의 여류작가 조지 엘리엇이 처음으로 쓰기 시작했다.

요정, 유령, 마법의 동물들, 『폭풍우』와 『코머스』[105]에 등장하는 자연의 정령 등이 우글거린다.

단테는 이 양식에 따라서 썼지만, 별달리 공상에 빠졌기 때문은 아니다. 그는 기독교 교리가 인정하는 영적 존재만을 받아들였고, 이밖에 다른 것에는 관심을 두지 아니하였다. 그러나 로맨스 양식의 기법에 관심을 가졌던 후대의 시인, 가령 예이츠에게는 이 신비적인 존재들이 '과연 실재하는가' 또는 그 중의 어느 것이 '실재하는가' 하는 물음 그 자체가 투사되는 경향이 있다.

상위모방 양식은 주로 스펜서의 송시에 나오는 사랑과 아름다움처럼 또는 『요정의 여왕』에 나오는 여러 가지 미덕처럼, 플라톤적인 이상적 형상의 철학과 비슷한 것을 투사하고 있으며, 하위모방 양식은 주로 괴테의 철학과 같이 모든 것에서 통일과 발전을 발견하는 발생과 유기체의 철학을 투사한다. 아이러니 양식의 실재투사는 아마도 실존주의 그 자체이리라. 아이러니가 신화로 회귀함에 따라서 앞에서 언급했던 역사의 순환론이 뒤따를 뿐만 아니라, 더 나중 단계에서는 신비철학과 교조(敎條)신학에 대한 넓은 관심도 뒤따르게 된다.

엘리엇은 자기 자신을 위해 철학을 창조하는 시인과 바로 손쉽게 접할 수 있는 철학을 받아들이는 시인을 구별하고서, 대부분의 시인에게는 후자의 방법을 좇는 것이 더 좋다든가, 적어도 더 안전하다는 견해를 표명한다. 이 구별은 근본적으로 하위모방 양식에서 주제 시인이 사용하는 방법과 아이러니 양식에서 주제 시인이 사용하는 방법 사이의 구별인 것이다. 블레이크, 셸리, 괴테 그리고 빅토르 위고와 같은 시인들은 그들의 양식의 관습에 의해서 그들이 사용한 이미지의 개념적인 측면을 독창적인 것으로서 보여주지 않을 수 없었다. 지난 세기의 시인

---

105) 밀턴의 가면극(1634)이다. 주신 바쿠스와 마녀 키르케 사이에서 낳은 아들 코머스가 순결을 상징하는 '귀녀'를 유혹하려 하지만, 결국 그녀를 지키는 수호의 정령 때문에 고배를 마신다는 내용이다.

들에게는 그들과는 다른 관습과 제약이 있다. 그러나 시의 내용과 형식 사이의 관계에 대해서 지금껏 이야기해온 견해가 건전하다면, 시인들이 어떠한 길을 취해도 그들은 역시 똑같은 기법상의 문제에 부딪치게 될 것이다.

아리스토텔레스 이후, 문예비평은 문학을 **본질적으로** 모방적이라고 생각하는 경향을 갖고 있다. 그리하여 문학은 지배계급의 인물들을 취급하는 '상위' 형식의 서사시 및 비극과 우리와 비슷한 인물들에 더 관심을 갖고 있는 '하위' 형식의 희극 및 풍자의 두 종류로 나누어진다고 생각하는 것이다. 이 장(章)에서 이야기한 것은 이보다 더 넓은 범위의 도식이지만, 이 도식을 배경으로 해서 시에 관한 플라톤의 여러 가지 발언—장소에 따라 구구하고, 일견 모순처럼 보이는 여러 가지 발언—을 검토하면 유익할지도 모르겠다. 『파이드로스』는 주로 신화를 취급하는데, 플라톤이 어떻게 신화를 취급하는가에 대한 해설도 겸하고 있다. 음유시인 즉 라프소도스(rhapsodos)에 중점을 두고 있는 『이온』은 로맨스 양식의 전형이 되고 있는 백과전서적 시관(詩觀)과 기억적 시관, 두 가지 모두를 설명하고 있다.

아리스토파네스가 등장하는 『심포지움』은 다분히 플라톤 자신의 견해에 가장 가까운 상위모방 양식을 채택하고 있다. 이렇게 보면 『국가』의 결말에 나오는 그 유명한 논의는 시에서의 하위모방 양식적인 요소를 거부하는 하나의 반대론으로서 위치를 차지하는 것이 된다. 그리고 『크라틸로스』에서는 애매성, 언어연상, 동음이의(同音異意) 등 여러 아이러니의 기법들이 소개되어 있는데, 이러한 개념장치는 아이러니 양식의 시를 취급하기 위해 오늘날의 문예비평에 의해서 부활되고 있다. 이런 식의 비평이 이른바 '신비평'[106]이라고 일컬어지고 있는 것은 한층 세련된 아이러니라고나 할까.

---

106) 1930년대 후반에서 1950년대 후반에 이르기까지 영국·미국에서 유행했던

또 우리가 기술한 서사적인 면과 주제적인 면의, 그 역점에서의 차이도 비평사 전체를 관통하고 있는 두 개의 문학관의 차이와 대응하고 있다. 이 두 문학관은 아리스토텔레스적·심미적 문학관과 롱기노스[107]적·창조적 문학관으로서, 전자는 문학을 작품으로 보고, 후자는 과정으로 보는 것이다.

아리스토텔레스에게 시는 테크네(techne), 즉 미적 인공물이다. 비평가로서 그는 보다 더 객관적인 서사형식에 주로 관심을 가지며, 그의 중심개념은 카타르시스이다.

카타르시스는 관객이 예술작품 그 자체뿐만 아니라 그 작자로부터도 초연한 입장을 취한다는 것을 함축하고 있다. '미적 거리'라는 말이 오늘날 비평에서 대개 인정되고 있으나, 거의 동어반복이나 다름없다. 미적 파악이 있을 경우에는 지적·감정적인 초연이 있는 것이다. 비극 이외의 서사양식, 가령 희극이나 풍자에서의 카타르시스의 원칙은 아리스토텔레스에 의해서 해명되지 않았으며, 그리하여 그때 이래 지금까지 누구에 의해서도 결코 해명되지 않은 형편이다.

문학의 주제면에서는 작자와 독자 사이의 작품 외적인 관계가 보다 더 부각된다. 이런 경우에 연민과 공포의 감정이 정화되기보다 오히려 얽혀 있다든가, 내부에 억압된 상태에 있다든가 한다. 카타르시스에서 이 감정들은 대상에 집착함으로써 정화된다. 이 감정들이 우리의 바응에 관련되는 경우 집착할 대상이 없기 때문에 예비적인 상태로서 정신 속에 머물러 있게 된다. 우리가 앞서 주목한 것처럼 대상이 없는 공포, 즉 무엇인가를 두려워하기 이전에 앞서는 정신의 상태

비평의 한 유파. '뉴크리티시즘'이라는 명칭은 1941년에 미국의 시인이자 비평가인 랜섬(John Crowe Ransome)이 바로 그 이름의 책을 내면서 공식화되었다. 문학작품 자체를 목적으로 하면서 작품의 모든 외적인 요소를 배제하고, 언어의 구성물로서의 작품의 분석에 집중하려는 경향이 있다.

107) Longinos : 3세기 그리스의 신플라톤파 철학자로 『숭고에 대하여』를 썼다.

는 오늘날에는 불안(Angst)이라는 말로 표현되고 있다(이 말은 『침울한 사람』[108]의 쾌감에서 『악의 꽃』의 고민에까지 미치는 광범위한 감정을 뜻하는 이름으로서는 약간 한정된 감이 있기는 하다). 쾌감의 일반적인 영역 속에 숭고(sublime)라는 개념이 오게 되는데, 이곳에서는 근엄, 음울, 장엄, 우울, 심지어 위협마저도 낭만적 감정의 근원이 된다.

이와 똑같이 우리는 대상이 없는 연민을 정의하기를, 자연의 도처에서 인간적인 성질을 인식하는 상상적 물활론이라고 하였으며, 이 물활론 속에는 전통적으로 숭고에 대응해서 쓰이는 말인 '아름다운'이라는 것이 포함되어 있다. 숭고가 거대한 것과 관계되는 것처럼, 아름다움은 섬세한 것에 관계되고, 또 복잡하고 정묘한 것에 밀접하게 관계된다.

영국 민담에 나오는 요정들은 셰익스피어에서는 겨자씨,[109] 드레이턴에서는 피그위겐[110]으로 나타난다. 그리고 예이츠의 물활론 사상은 '대부분의 정묘하고 아름다운 것들'[111]에 대한 그의 감각과 『비잔티움으로의 항해』라는 시에 나오는 장난감 새에 대한 그의 이미지와 연결되고 있다.

아리스토텔레스적 문학관의 중심을 이루는 개념이 카타르시스인 것과 같이, 롱기노스적 문학관의 중심개념은 망아(ecstasis) 또는 몰입이다. 이 상태는 독자와 시, 그리고 때로는 적어도 이상적으로는 시인, 이 모

---

108) 밀턴의 시(1632)이다. 그의 『쾌활한 사람』(1632)과 짝을 이루는 작품으로, 이 두 작품은 인간의 대조적인 마음의 상태, 즉 전자는 우울하고 명상적인 마음의 상태를, 후자는 유쾌하고 사교성이 많은 마음의 상태를 그리고 있다.

109) 셰익스피어의 희극 『한여름밤의 꿈』에 나오는 요정.

110) 영국 시인 드레이턴(Michael Drayton, 1563~1631)의 시 『요정의 궁전』(1627)에 나오는 요정.

111) 예이츠의 시 『1919년』(1919)의 첫 행이다.

두가 일체가 되는 상태이다.

여기에서 우리가 독자를 거론하는 이유는 롱기노스의 문학관은 우선 첫째로 주제 중심적 반응 또는 주제에 대한 개인적인 반응에 기초하고 있기 때문이다. 따라서 아리스토텔레스적 문학관이 극에 더 유효하듯이, 이와 마찬가지로 롱기노스적 문학관은 서정시에 더 유효한 것이다.

그러나 때로는 접근방법의 정상적인 카테고리가 정확하지 않을 때도 있다. 엘리엇이 보여준 바와 같이 『햄릿』의 주인공은 대상에 걸맞지 않은 거대한 감정을 불러일으키지만, 엘리엇의 훌륭한 통찰에서 올바른 결론을 끌어낸다면, 『햄릿』은 순전히 아리스토텔레스적인 행동의 모방이 아니라 오히려 불안 또는 우울의 상태 그 자체를 파악한 비극으로 본다는 것이 가장 훌륭한 접근방법이다.

다른 한편, 『리시다스』[112]에서는 공감을 불러일으켜줄 요소가 부족하다고 해서 새뮤얼 존슨을 비롯한 일부 사람들은 이 점을 이 시의 결점이라고 생각해왔다. 그러나 확실히 올바른 결론은 『리시다스』는 『투사 삼손』[113]과 똑같이, 모든 열정이 낭비된 **카타르시스**의 견지에서 읽혀야만 한다는 것뿐이다.[114]

---

112) 밀턴의 목가적인 애가(1637). 항해 중 바다에서 익사한 케임브리지 시절의 친구이며 학자인 에드워드 킹(Edward King)의 죽음을 목가적인 풍으로 애도한 시이다.

113) 밀턴의 극시(1671). 그리스 비극을 모델로 삼아서, 구약의 「사사기」(師士記)에 나오는 삼손의 생애의 마지막 부분을 다룬 비극이다.

114) 프라이가 논의한 주제적 양식은 다음의 도식으로 요약할 수 있다.

	백과전서적	삽화적
신화	· 시인 : 신의 목소리를 대변하는 자의 역할을 함. · 예 : 탁선에서 형성되어 나온 성전(聖典).	· 예 : 탁선, 계명, 비화(譬話), 격언, 예언.
로맨스	· 시인 : 그 기능이 주로 기억하는 일. · 중심 주제 : 불가사의한 여행. · 원심적인 전망 : 요원한 편력. · 신화의 인간적인 아날로지 : 신의 지혜. · 예 : 『신곡』, 가워, 『세상변천기』.	· 시인 : 그의 시적 정신이 하나의 세계에서 다른 하나의 세계로 옮겨감. · 중심 주제 : 의식경계. · 예 : 『위드시스』, 나그네의 시(기억의 세계와 경험의 세계가 대립되어 있음), 환시(幻視)의 시(경험의 세계와 꿈의 세계가 대립되어 있음), 계시의 시(과거의 운명과 새로운 삶이 대립되어 있음).
상위 모방	· 시인 : 조신, 추밀 고문관, 설교가, 웅변가, 궁정 의전관 등으로 있는 일이 많음. 리더십의 주제에 관련된 채 역할을 행함. · 중심 주제 : 구심적인 전망. · 신화의 인간적인 아날로지 : 이상적인 세계(문자 그대로의 플라톤주의). · 예 : 『요정의 여왕』, 『루시아다스』, 『구원을 받은 예루살렘』, 『실락원』.	· 중심 주제 : 주목의 초점, 즉 구심적인 시선. · 예 : 형이상학파 시인들의 시.
하위 모방	· 시인 : 자기 자신에 관심을 갖는 전기 중심적이 됨. 로맨스 시대의 서사문학의 영웅과 똑같은 존재. 고차원적인 상상의 세계에 사는 뛰어난 인물이 됨. · 중심 주제 : 심리적·주관적 정신상태. · 신화의 인간적인 아날로지 : 개인적인 창조. · 예 : 『파우스트』, 블레이크의 예언시, 셸리·키츠의 신화적 시.	· 중심 주제 : 주관적인 정신상태의 분석. · 예 : 루소, 낭만주의 시인들의 서정시.
아이러니	· 시인 : 시를 창조하는 행위에만 열중. 하나의 장인. · 중심 주제 : 역사의 거대한 파노라마(잃어버린 시간). · 신화의 인간적인 아날로지 : 현현. · 예 : 프루스트, 『황무지』, 울프의 『막간』.	· 중심 주제 : 순수하지만 순간적인 비전. 영원에 대한 순간적인 미적 비전. · 예 : 랭보 『일루미네이션』, 현대 독일 사상에서 일순간의 비전, 이미지즘, 상징주의.

두 번째 에세이

윤리비평

상징의 이론

서론

시학의 전문어휘의 부족*에서 생기는 문제들 가운데 다음 두 가지가 특히 주의를 요한다. 이미 언급하였듯이 필자에게 좌절감을 주는 것은 문예작품을 가리키는 단일한 언어가 없다는 사실이다. 아리스토텔레스의 권위에 힘입어 '시'를 이러한 의미로 사용해도 무방하겠지만, 관용(慣用)에 따르면 시는 운율로 작시된 작품이므로 『톰 존스』를 시라고 부르면 일상언어의 남용이 될 것이다. 훌륭한 산문작품을 어느 정도 확장된 의미에서 시라고 부를 만한가 아닌가를 논의하여도 좋지만 정의에 관한 취미의 문제라는 해답이 나올 수밖에 없을 것이다.

시의 정의에 가치판단을 끼워넣으려는 시도(가령 결국 '시란 무엇

---

* 수사학의 전문용어의 부활은 우리에게 유용한 용어를 제공해줄 뿐만 아니라, 많은 경우 그 용어 명칭과 함께 잊혀져왔던 개념 자체도 부활시킨다. 새뮤얼 버틀러가 말했듯이, "……수사학자의 모든 규칙은 도구의 명명 이외는 아무것도 가르쳐주지 않는다"라는 것이 진실일지 모른다. 그러나 만일 비평가가 수사학자의 도구에 이름을 붙여주지 못한다면 세상은 그의 기량에 커다란 권위를 부여하지 않을 것이다. 우리는 오로지 부속품의 세계에 틀어박혀 사는 수리공의 손에 우리의 차를 맡겨서는 안 될 것이다.

을 뜻하는가? 즉 시의 명칭에 값어치가 되는 것은 무엇인가?' 라는 물음)는 더 큰 혼란만을 조장한다. 또한 '산문체'라는 말에 따분하다는 의미를, 그리고 '산문적'이라는 말에 무게가 없다는 의미를 부여함으로써 운율의 우위성을 자랑하는 케케묵은 속물근성도 혼란을 가중시킨다. 필자는 가능한 한 대유(代喩)에 의해서 '시'라는 말과 그 관련어를 자주 사용하려 하는데, 그 이유는 이 말들이 짧은 낱말이기 때문이다. 그러나 대유가 혼란을 초래할 경우 독자는 '가설적 언어구조' 등과 같은 귀에 거슬리는 특수용어를 써도 참아주는 도리밖에는 없겠다.

또 하나의 문제는 '상징'(symbol)이라는 말의 사용에 관련된다. 이 에세이에서는 상징이란 따로 분리시켜서 비평적 고찰을 할 수 있는 모든 종류의 문학구조의 단위를 의미한다. 낱말, 구(句), 또는 특정한 연유로 사용된 이미지(이것은 보통 상징이라는 의미로 해석되지만)가 비평적 분석에서 구별될 수 있는 요소들인 경우에는 모두가 상징이다. 이런 의미에서 작가가 낱말을 맞춤법에 따라 엮을 때의 문자들까지도 그 작가의 상징체계의 일부를 이룬다. 문자들은 두운(頭韻)이나 방언 철자와 같은 특별한 경우에만 상징의 일부로서 골라내어질 수 있겠지만, 그들도 음(音)을 상징하고 있다는 것을 우리가 의식하고 있음에는 변함이 없다. 이와 같은 정의에 의하면 비평 전체는 문학상징법의 체계화에서 시작해서 주로 체계화에 머물고 있는 것이라고 말할 수 있으리라. 따라서 상징을 분류할 때는 그 타입의 차이에 따라서 각각 다른 개별적인 단어를 사용하지 않으면 안 된다.

갖가지 다른 타입의 상징이 있음에는 틀림없다. 문예비평은 단순한 또는 단일한 활동이 될 수가 없기 때문이다. 우리가 위대한 문학작품에 친숙해지면 친숙해질수록 작품에 대한 우리의 이해는 그만큼 깊이를 더하게 된다. 더욱이 우리는 그 작품에 대해서 특별히 내세워 말할 수 있는 것들이 수적으로 더 커졌다는 느낌이 아니라, 작품 자체에 대한 이해가 더 커졌다는 느낌을 가지게 된다. 문학작품이 여러 가지의, 또는 일련의 의미를 포함하고 있다는 결론은 회피할 수 없을 것 같다. 그렇지만 축자적(逐字的)·우유적·도덕적·신비적 의미의 바로 그 도식(圖式)이 신학으로부터 이어져 내려와 문학에 적용되었던 중세 이래, 이 문제가 직시되었던 적은 거의 없었던 것이다. 오늘날에는 문학적 의미의 문제가 기호논리학과 의미론의 문제에 종속되는 것으로 여기려는 경향이 지배적이다. 그러나 앞으로 계속되는 글에서 필자는 문학적 의미의 이론을 추구하기 위해서는 당연히 문학에서 출발하지 않으면 안 된다는 입장에 서 있기 때문에 가능한 한 기호논리학이나 의미론과는 관계없이 이 문제를 고찰하려고 한다.

여러 층의, 또는 단테가 말하는 '다의적' 의미의 원리는 더 이상 공론(空論)이 아닌, 더욱이 근거 없는 미신이 아닌 하나의 확립된 사실이다. 이 원리가 확립된 것은 현대 비평의 일부 다른 유파들이 각기 뚜렷하게 구별되는 상징들을 선택하여 그 원리를 분석하면서, 동시에 서로 발전을 꾀해왔기 때문이다. 현대 비평이론을 연구하는 사람은 언어의 결(texture) 및 정면공격을 주장하는 수사가들, 전통과 출처를 취급하는 역사가들, 심리학과 인류학에서 자료를 이용하는 비평가들, 아리스토텔레스파, 콜리지파, 토마스파, 프로이트파, 융파, 마르크스주의자들, 신화, 제의, 원형, 비유, 애매성, 그리고 의미형식의 연구가들과 마주치게 된다.

비평이론을 연구하는 사람은 다의적 의미의 원리를 인정하든가, 아니면 이 비평집단들 중의 어느 한쪽을 선택하여 그가 선택한 집단이 다른 집단들보다 더 정통적이라는 것을 입증한다든가 하는, 어느 한 입장을 취하지 않으면 안 된다. 전자는 학문의 길이며, 학문의 진보에 공헌을 한다. 후자는 현학(衒學)의 길이며, 우리에게 목적지를 택할 수 있도록 넓은 선택의 폭을 제공해주고 있다. 오늘날 가장 두드러지는 비평으로는 환상적인 학문 즉 신화비평과 논쟁적인 학문 즉 역사주의 비평, 그리고 델리킷한 학문 즉 '신'비평 등이 있다.

일단 우리가 다의적 의미의 원리를 받아들이기로 한 이상, 우리는 상대적 또는 다원론적인 입장을 고수해도 좋겠고, 또 더 나아가서는 유효한 비평방법도 그 수가 한정되어 있으므로 그들 전부가 단일이론에 포섭될 수 있는 가능성을 고려해보아도 좋겠다. 그렇다고 해서 중세의 네 단계의 도식[1]이 암시하는 것처럼 모든 의미가 위계적 서열로 배열되어서, 첫 단계는 비교적 초보적이지만 우리가 앞으로 나아감에 따라서 이해가 거듭 깊어지고 정묘해진다는 식으로 될 수 있다는 것은 아니다. 여기서의 '단계'라는 말은 어디까지나 편의상 사용되고 있으므로, 비평의 초보를 가리킬 때 일련의 단계가 있는 것처럼 필자가 믿고 있다는 뜻으로 해석해서는 안 된다.

다의적 의미의 개념에 대해서는 일반적인 유보조항을 달아주지 않으면 안 되는데, 그 조항이란 다름 아닌 문학작품의 의미는 보다 더 커다란 전체의 일부분을 구성하고 있다는 것이다. 첫 에세이에서 우리는 의미, 즉 디아노이아는 세 요소 중의 하나이며, 다른 두 요소는 뮈토스 즉 서술과, 에토스 즉 성격묘사라는 것을 보았다. 그러므로 단지 일련의 의미만을 생각하는 것이 아니라 전체 문예작품이 자리잡을 수 있는 일련의 맥락, 또는 관계를 생각하는 것이 더 좋다. 이 경우에 개개의 맥락은 그 자체의 디아노이아, 즉 의미뿐만이 아니라 그 자체의 특징적인 뮈토스와 에토스를 가지게 된다. 필자는 이러한 맥락 또는 관계를 '양상'(樣相)이라고 부른다.

축자적 양상과 기술적 양상 : 모티프로서의 상징과 기호로서의 상징

무엇을 읽을 적마다 우리의 주의는 동시에 두 가지 방향으로 향하게 된다. 그 하나는 밖을 향한, 즉 원심적인 방향으로, 이 방향에서 우리의 독서는 개별적인 낱말 하나하나에서부터 그 낱말 하나하나가 의미

---

1) 중세의 성서해석학에서는 하나의 문장이 축자적 · 도덕적 · 우유적 · 신비적인 네 의미의 레벨에서 해석되었음을 가리킨다.

하고 있는 것에 이르기까지, 즉 실제로는 개별적인 낱말들과 이 개별적인 낱말들이 의미하는 것들 사이의 관습적인 연관관계(이 연관관계는 우리의 기억 속에 있다)에 이르기까지 계속 바깥쪽으로 향한다. 또 하나의 방향은 안쪽을 향한, 즉 구심적인 방향으로, 이 방향에서 우리는 개별적인 낱말들에서 이 낱말들이 만들어내는 보다 더 커다란 언어 패턴에 대한 감각을 발전시키려고 한다. 이 두 경우에서 우리는 상징을 취급하는 것이지만, 우리가 하나의 낱말에 외적인 의미를 부여할 때 우리는 언어 상징 외에 그 낱말에 의해서 표시된 또는 상징된 것을 갖게 된다. 사실 우리는 그러한 일련의 표시를 갖고 있는데, 가령 '고양이'라는 언어상징은 어떤 페이지에 기록된 일군의 검은 기호로서 일련의 음을 표시하며, 이 음은 하나의 이미지 또는 기억을 표시하고, 이 이미지 또는 기억은 하나의 감각경험을 표시하고, 이 감각경험은 '야옹' 하고 우는 동물을 표시하고 있다.

이와 같이 이해된 상징을 여기서는 기호라고 칭할 수 있다. 이 기호는 낱말들이 기록되어 있는 곳의 외부에 있는 것을 관습적으로 또는 임의적으로 나타내주고 또 가리키는 언어 단위이다. 그렇지만 우리가 언어의 맥락을 파악하려고 할 때 '고양이'라는 낱말은 보다 더 큰 의미의 집합 중의 한 요소이다. 고양이라는 낱말은 일차적으로 그 무엇을 표시하는 상징은 아니다. 왜냐하면 이런 상태에서 그것은 표시하는 것이 아니라 연결시켜주는 것이기 때문이다.

작자가 고양이라는 낱말을 그곳에 썼을 때 그 낱말은 작자의 의도의 일부를 나타내주는 것이라고 말할 수는 없다. 왜냐하면 작자의 의도는 그가 고쳐쓰자마자 하나의 개별적인 요소로서 존재하지 못하기 때문이다. 언어구조의 일부로서 내향적으로 즉 구심적으로 이해된 언어요소는 상징으로서 단지 글자 그대로 언어요소, 즉 언어구조의 단위인 것이다('글자 그대로'라는 낱말을 염두에 두기 바란다). 우리는 음악용어를 빌려서 이와 같은 요소를 모티프(motif)라고 부를 수 있다.

이 두 가지 이해방식은 모든 것을 읽을 때 동시에 일어나는 것이다.

어떤 문맥 중의 '고양이'라는 낱말을, 그러한 이름의 동물을 한순간 마음에 떠올리는 일이 없이 읽는다는 것은 불가능하다. '고양이'라는 단순한 기호를 그것이 어떤 맥락에 속하는가를 생각하지 않고서 쳐다본다는 것은 불가능하다. 그러나 언어구조는 의미의 **최종적인 방향**이 외향적인가, 또는 내향적인가에 따라 분류될 수 있다. 기술적 또는 논술적인 문장에서는 최종적 방향은 외향적이다. 이 경우 언어구조는 이 언어구조에 외적인 것들을 표현하려고 사용되며, 그들을 표현할 때 얼마만큼 정확을 기할 수 있는지의 여부에 따라서 평가된다. 현상과 언어기호 사이의 일치가 진실이며, 그 일치의 결여가 허위이며, 그리고 이 현상과 언어기호의 연결의 실패가 동어반복, 말하자면 그 자체로부터 벗어나올 수 없는 순수 언어구조인 것이다.

모든 문학적 언어구조에서 의미의 최종적인 방향은 내향적이다. 문학에서 외향적인 의미의 기준은 이차적이다. 왜냐하면 문학작품은 기술하려는 듯 또는 주장하려는 듯하지 않으며, 그러므로 진실인 것도 허위인 것도 아니고, 그렇다 해서 동어반복도 아니기 때문이다(적어도 '선은 악보다 더 좋다'라는 진술이 동어반복이라는 의미에서 문학작품은 동어반복이 아니기 때문이다). 문학적 의미는 가설적인 것이라고 말하면 가장 적절한 표현이 될 수 있겠는데, 외부세계와의 가설적, 즉 가정된 관계는 보통 '상상적'이라는 낱말이 뜻하고 있는 것의 일부이다. 이 상상적(imaginative)이라는 낱말은 '가공적'(imaginary)이라는 낱말과 구별될 필요가 있다. 가공적이라는 낱말은 보통 단정은 하지만, 단정한 내용을 뒷받침하지 못하는 그런 논술적인 언어구조를 가리킨다.

문학에서 사실 또는 진실의 문제는 언어구조를 그 구조 자체를 위해서 만들어낸다는 제1차적인 문학적 목적에 종속되고 있으며, 상징의 기호가치는 상호 연관된 **모티프**의 구조로서의 중요성에 종속되어 있다. 우리가 이런 종류의 자율적인 언어구조를 가질 경우 우리는 문학을 갖는 것이 된다. 이 자율적 구조가 결여되어 있을 경우 우리는 인간의 의식이 어떤 일을 행하는 것을 돕고, 또 그밖의 일을 이해하는 것을 돕는 수단으로 사용되는 언어를 가지게 된다. 언어가 전달의 특수한 형식인 것처럼 문학은 언어의 특수한 형식이다.

문학적인 구조를 만드는 까닭은 내향적 의미, 즉 자족적인 언어 패턴이 기쁨, 아름다움 그리고 흥미와 연결되는 반응영역이라는 것이 분명하기 때문이다. 낱말로 이루어져 있든 그렇지 않든 간에 독립된 언어 패턴을 관조하는 것은 분명히 아름다움을, 그리고 그 아름다움에 뒤따르는 기쁨을 느끼게 하는 주요한 원천이 된다. 이와 같은 패턴에 의해서 쉽사리 흥미가 불러일으켜진다는 사실은 시인에서부터 어떤 일을 주장하기 위해서 열변을 토하다가는 말의 방향을 돌려서 서투른 재담이라고 불리는 언어관계의 자족적 구조를 말하는 만찬회의 연설가에 이르기까지 낱말을 다루는 자는 누구나 알고 있다. 풀러[2]나 기번[3]의 역사책들처럼 원래 기술적이었던 저서들이 사실의 진술로서의 가치가 퇴색된 후에도, 그 본래의 '문체', 즉 흥미 있는 언어구조 때문에 살아남는 일이 곧잘 있다.

시의 목적은 즐거움을 주고, 또한 교훈을 준다는 데 있다는 이 오래된 격언은 어색한 중언법(重言法)[4]처럼 들릴 수가 있는데, 그 이유는 보통 시가 이런 두 가지 별개의 목적을 가졌다는 사실을 우리가 느끼고 있지 않기 때문이다. 그러나 앞서 말한 상징의 두 가지 측면에 관련시켜보면 그 의미는 이해가 될 수 있다. 문학에서는 즐거움을 주는 것이 교훈을 주는 것에 우선한다. 또는 현실원리는 쾌락원리에 종속된다고

---

2) Thomas Fuller(1608~61) : 영국의 성직자. 유머와 기지가 넘치는 작품을 여러 편 썼다.

3) Edward Gibbon(1737~94) : 영국의 역사가.

4) 본래의 뜻은 '쌍둥이의 형상'을 의미한다. 하나의 정리된 뜻을 접속사로 연결된 두 개의 명사로 나타내는 수사학상의 용어이다. 가령 로마 시인 베르길리우스의 시구 "We drink from cups and gold"에서, cups and gold가 golden cups를 나타내는 경우와 같다.

말해도 좋을지 모르겠다. 논술적인 언어구조에서는 이 관계가 역전된다. 물론 이 두 요소 중의 어느 한쪽도, 어떤 종류의 글에서도 배제될 수 없는 것이다.

가장 잘 알려지고 또 가장 중요한 문학 특징 중의 하나는 기술적(記述的)인 정확성이 지배적인 목적이 아니라는 점이다. 역사극의 작자는 그가 주제로 하는 역사적 사실들이 어떤 것인가를 알고 있기 때문에 정당한 이유 없이는 그 사실들을 임의적으로 변경하지 않을 것이라고 우리는 대개 생각하고 싶어한다. 그러나 문학에는 그렇게 할 수 있는 정당한 이유가 존재할 수 있다는 것을 아무도 부정하지 않는다. 그런 이유는 문학에만 존재하는 것처럼 보인다. 가령 역사가는 사실들을 선택하지만, 그가 균형이 잡힌 구조를 만들어내기 위해서 사실들을 조작했다고 어느 누가 넌지시 말한다면 그 사람은 역사가에 대한 명예훼손이라는 죄를 걸머지게 되리라.

신학이나 형이상학과 같이 이와는 별도 형식의 언어구조는 종국적인 의미에서는 구심적이며, 따라서 동어반복적('순수하게 언어적')이라고 주장하는 사람도 있다. 신학과 형이상학은 문학 밖에 존재하는 것이기 때문에 문예비평에서는 신학과 형이상학이 논술적 언어구조로서 취급되지 않으면 안 된다는 사실 외에, 이것에 관해서 필자는 어떠한 의견도 갖고 있지 않다.

그리고 외부로부터 문학에 영향을 주는 것은 그것이 절대자의 본질에 관한 것이든, 홉의 재배에 관한 조언이든 간에 모두가 문학 쪽에 원심운동을 만들어낸다. 즐겁게 기분을 돋우어주었다든가, 교훈을 주었다든가, 또 현실에 눈을 뜨게 했다든가 하는 느낌의 정도는 문학의 형식을 다르게 하면 변할 수도 있는 것이라는 사실 또한 명백하다. 가령 현실 감각은 희극의 경우보다 비극의 경우가 훨씬 높은데, 이것은 희극에서는 보통 사건의 논리가 해피 엔드를 바라는 관객의 소망에 굴복하기 때문이다.

사실을 무시한다는 이 명백히 독특한 특권 때문에 시인은 세상이 인정하는 거짓말쟁이라는 전통적인 명성을 갖게 되었고, 또한 이 특권 때문에 '우화' '허구' '신화' 등의 문학적 구조를 나타내는 수많은 낱말들이, 시인이면서도 동시에 거짓말쟁이를 의미한다고 이야기되는 노르웨이어(語) 딕테르(digter)처럼 왜 허위라는 이차적인 의미를 가지게 되었는가 하는 점이 설명될 수 있는 것이다. 그러나 필립 시드니경이 말한 것처럼 "시인은 결코 단언하지 않으며,"5) 그러므로 그는 진실을 이야기하지 않는 것과 마찬가지로 거짓도 이야기하지 않는 것이다. 시인은 순수 수학자처럼 기술적인 진실에 의거하는 것이 아니라 가설적인 전제에 대한 충실에 의거하는 것이다.

『햄릿』에서 유령의 출현은 '『햄릿』에 유령이 등장하는 것으로 하겠다' 라는 가정을 나타내주는 것이다. 이것은 유령이라는 것이 존재하는가 하지 않는가, 또는 셰익스피어나 관객이 유령이 존재한다고 생각하고 있었는가 아닌가 하는 문제와는 전혀 무관하다. 가정에 이의를 제기하는 독자, 유령의 존재를 믿지 않기 때문에, 그리고 약강오보격(弱强五步格)으로 극중인물들이 수다를 떨며 말하는 것을 믿지 않기 때문에 『햄릿』을 싫어한다는 독자는 분명히 문학과 인연이 없는 사람이다.

이러한 독자는 허구와 사실을 구별할 수 없기 때문에 텔레비전의 멜로드라마를 보고 고통에 차 있는 여주인공을 돕겠다고 방송국에 자기 앞수표를 보내는 사람들과 똑같은 범주에 속한다. 이 점은 뒤에 가서도 중요한 논의의 대상이 될 것이므로 여기서 우리는 용인된 가정, 독자가 그것에 동의하지 않고는 읽기 시작할 수 없는 약속, 이것은 관습과 똑같은 것이라는 사실을 주목할 필요가 있다.

우리는 문학적인 관습을 모르는 사람을 '자구(字句)에 구애되는 사람' 이라고 자주 일컫는다. 그러나 '자구에 구애된다' 라는 말투는 글자와 어떤 연관을 맺고 있음이 분명하므로 '자구에 구애되는 사람' 이라

---

5) 영국의 시인 시드니(Sir Philip Sidney, 1554~86)의 「시의 변호」(1598)에 나오는 말이다.

는 말을 상상력이 결핍된 사람들을 지칭하기 위해서 사용한다는 것은 이상스러운 것 같다. 왜 이러한 어법상의 변칙이 일어나는가 하는 것은 흥미 있는 일이며, 또 우리의 논의에서 중요한 논제이기도 하다. 전통적으로 '글자 그대로의 의미'라는 구는 애매한 것이 없는 기술적인 의미를 가리킨다. 고양이라는 낱말은 그것이 고양이를 나타내는 적절한 기호일 때, 즉 그것이 '야옹' 하고 우는 동물과 단일한 표상관계에 설 때 그 고양이를 '글자 그대로 의미한다'라고 보통 우리는 말한다. '글자 그대로'라는 용어의 이와 같은 의미는 중세 때부터 전해져 내려오고 있는데, 비평적인 범주의 신학적인 기원에서 기인한 것인지도 모르겠다.

신학에서 성서의 축자적 의미는 보통 역사적 의미, 즉 사실 또는 진실의 기록으로서의 정확성을 뜻한다. 「시편」 가운데 한 시행, "이스라엘 백성이 이집트로부터 나갔을 때"를 평하면서 단테*는 "이 글자만 생각하면 그것은 모세 시대에 이스라엘 백성이 팔레스타인으로 출국했다는 것을 우리들에게 뜻하고 있다(significatur nobis)"고 말한다. '뜻하다'라는 낱말은 축자적 의미가, 아직까지 성서해석학의 직해주의자(直解主義者)에게 그러하듯이 여기서는 가장 단순한 종류의 기술적 또는 묘사적 의미라는 것을 나타내주고 있다.

그러나 축자적 의미를 단순한 기술적 의미로 보는 이와 같은 생각은 문예비평에는 전혀 쓸모가 없을 것이다. 역사적 사건은 글자 그대로 역사적 사건 외에는 어떤 것도 될 수 없을 것이다. 역사적 사건을 기술하는 산문 이야기는 글자 그대로 산문 이야기 외에는 어떤 것도 될 수 없을 것이다. 단테의 『신곡』의 축자적 의미는 역사적인 것이라는 뜻이 아니다. 하여튼 그것은 단테에게 '실제로 일어났던' 사건의 단순한 기술

---

* 『서간집』 X, 칸 그란데에게(무어[Moore]와 토인비[Toynbee]가 엮은 *Opere*, 4판, p.416). 또 『향연』(*Il Convivio*) 2부, i(같은 사람이 엮은 책, pp.251~252)를 볼 것.

이라는 것이 아니다. 그리고 만일 어떤 시가 글자 그대로 시 외에 어떤 것도 될 수 없다면, 이러한 경우에 시의 의미의 축자적 기준은 그 시의 글자, 그 시의 상호 연관된 **모티프**의 내부 구조 외에는 어떠한 것도 될 수 없을 것이다.

우리는 "이 시의 의미는 글자 그대로 이렇다"고 말하고는 시를 산문으로 의역(意譯)해보는 경우가 있는데, 이것은 비평의 맥락에서 항상 옳지 못한 짓이다. 의역은 모두 다 이차적 또는 외부적인 의미를 추출하는 것이다. 시를 글자 그대로 이해한다는 것은 시로서 있는 그대로 전체를 이해한다는 것을 뜻한다. 이러한 이해는 처음에는 작품 전체를 파악하기 위해서 우리의 정신과 감각을 그 작품 자체에 완전히 **빠지게** 한 후, 그러한 노력을 통해서 상징을 통일하고, 그리하여 구조의 통일을 동시적으로 지각하는 방향으로 나아가는 것을 뜻한다(이것이 비평의 여러 요소, 조이스의 『젊은 예술가의 초상』 가운데서 주인공 스티븐이 논하는 **통합**, **조화**, **명석**의 논리적 순서이다. 심리적 순서는 어떤 것인지, 또 순서가 있는지 필자는 알지 못한다. **게슈탈트** 이론에서는 이와 같은 것은 없을 것으로 생각한다).

축자적인 이해는 관찰——즉 자연에 정신을 직접 노출시키는 행위——이 과학적 방법에서 차지하고 있는 것과 똑같은 위치를 비평에서 차지하고 있다. "모든 시는 반드시 하나의 완전한 통일체가 되지 않으면 안 된다"[6]고 블레이크는 말하고 있다. 이 말투가 암시하는 것에서 알 수 있듯이, 이것은 현존하는 모든 시에 대한 사실을 진술하는 것이 아니고, 모든 독자가 지금까지 보여진 시들 중에서 통일성이 가장 없는 시까지도 처음으로 이해하려고 노력할 경우에 취하지 않으면 안 될 가설을 진술하고 있는 것이다.

반복의 원리는 모든 예술작품의 기본적인 원리같이 보인다. 이 반복

---

6) 블레이크(William Blake)의 판각(版刻) 에세이, 「호메로스와 베르길리우스에 대하여」(1820) 첫 행에서 인용.

은 보통 이것이 시간적으로 움직일 때는 리듬이라고 일컬어지고, 공간
적으로 퍼질 때는 패턴이라고 일컬어진다. 이러한 이유로 우리는 음악
의 리듬, 그림의 패턴에 대해서 이야기하게 된다. 그러나 이해가 점차
로 세련되어져가면 우리는 곧 음악의 패턴이나 그림의 리듬에 대해서
이야기하기 시작한다. 추론하건대, 모든 예술은 그것이 현실에 나타나
게 될 때 공간적인 측면과 시간적인 측면 가운데 어느 것이 주도적이든
간에, 이 양쪽의 측면을 모두 갖고 있는 것이다. 교향곡의 악보는 하나
의 펼쳐진 패턴으로서 공시적으로 연구될 수 있을 것이며, 그림은 복잡
한 눈의 움직임의 자국으로서 연구될 수 있을 것이다.

　문학작품 역시 음악과 같이 시간적으로 움직이며, 그림과 같이 이미
지가 되어서 펼쳐진다. 서술 즉 **뮈토스**라는 낱말은 귀에 의해서 포착된
움직임의 감각을 뜻하고, 의미 즉 **디아노이아**라는 낱말은 눈에 의해서
포착된 공시성(共時性)의 감각을 뜻하든가 혹은 적어도 그 감각을 간
직하고 있다. 우리는 시가 처음부터 끝까지 움직여가는 동안 시에 귀를
기울이지만, 시 전체가 우리의 마음 속에 흡수되자마자 곧 그 시의 의
미를 보게 된다. 보다 더 정확히 말하면 이 반응은 단순히 시의 **전체**
(the whole)에 대해서 행해지는 것만이 아니라, 시에 **포착되어** 있는 각
양각색의 전체의 어떤 하나(a whole)에도 행해지는 것이다. 공시적 이해
가 가능할 때는 언제든지 우리는 의미, 즉 디아노이아에 대한 비전을
가지게 된다.

　한 편의 시는 글자 그대로 한 편의 시이기 때문에 축자적인 맥락에서
보면 그것은 시들이라고 불리는 사물의 부류에 속하고, 또 이 부류는
예술작품으로 알려져 있는 보다 더 큰 부류의 일부를 형성하고 있다.
이와 같은 관점에서 보면 시는 한편으로는 음악과 유사한 음의 흐름을
나타내고, 다른 한편으로는 그림과 유사한 통합된 이미지의 패턴을 나
타낸다. 따라서 글자 그대로 시의 서술이란 그 리듬, 즉 낱말의 움직임
이다. 만일 극작가가 어떤 대사를 산문으로 써서 다음에 그것을 무운시
(無韻詩)로 바꾸어 쓰면 그 작가는 전략적으로 리듬을 바꾼 것이므로

축자적인 서술로 바꾼 셈이 된다. 그가 'came a day'를 'a day came'으로 바꾸었다손 치더라도 그는 역시 순서를 조금 바꾼 것이므로 축자적으로 리듬과 서술을 바꾼 셈이 된다.

이와 같이 한 편의 시의 의미는 글자 그대로 그 시의 패턴 또는 하나의 언어구조로서의 통합성이다. 시의 낱말들은 분리될 수도 없고 기호가치에 소속될 수도 없는 것이다. 하나의 낱말이 가질 수 있는 모든 기호가치는 복잡한 언어관계 속에 흡수된다.

따라서 낱말의 의미는 구심적 또는 내향적인 의미라는 관점에서 볼 때 가변적인 것, 또는 현재 잘 알려진 용어를 빌린다면 애매한 것[7]이 된다(이 용어는 현대비평에서 중요한 용어로 인식되고 있지만, 논설적인 글에 적용되면 경멸적인 뜻으로 받아들여진다). '위트'라는 낱말은 포프의 『비평론』[8]에서 아홉 가지의 다른 의미로 사용되고 있다고 한다.[9] 논술적인 저술에서는 의미변화를 가지고 있는 이러한 의미론적 주제는 절망적인 혼란만을 낳을 뿐이다. 그러나 시에서 그 주제는 하나의 낱말이 가질 수 있는 의미와 맥락의 범위를 표시한다. 시인은 "하나의 낱말이 곧 하나의 의미이다"라는 등식을 세우지 않는다. 그는 낱말의 기능이나 힘을 확립시키는 것이다.

그러나 우리가 시의 상징을 언어기호로 볼 때, 시는 전혀 다른 맥락 속에서 모습을 나타낸다. 시의 서술과 의미에 대해서도 똑같이 말할 수 있다. 기술적으로 말하면 시는 일차적으로는 예술작품이 아니라 언어구

---

7) 영국의 문학이론가 엠프슨(William Empson)이 『애매성의 일곱 가지 형태』(초판, 1930)에서 작품의 복잡한 매력을 만드는 요인으로서 이 ambiguity라는 말을 사용함으로써, 현대 비평에서 중요한 용어로 등장하였다.

8) 영국의 시인 포프(Alexander Pope)의 『비평론』(1711)은 신고전주의 시대의 시인들이 따라야 할 작시법(作詩法)을 규범화한 장시이다. 여기에 "고전문학의 법칙을 존중하라. 그 법칙을 모방하는 것이 자연을 모방하는 것이다"라는 유명한 구절이 들어 있다.

9) 엠프슨의 『복잡한 언어의 구조』(1951) 제3장을 참조할 것.

조, 즉 한 세트의 표상어(表象語)로서 원예에 관한 책들 같은 다른 언어구조와 똑같이 분류될 수 있는 것이다. 이런 맥락에서 볼 때 이야기(narrative)는 외부의 '실제생활'에서 일어나는 것과 비슷한 사건과 어순(語順)과의 대응 관계를 뜻하며, 의미는 낱말의 패턴과 일군의 논설적인 진술과의 관계를 뜻한다. 그리고 여기에 포함되는 상징개념이란 문학이 다른 예술과 공유하고 있는 상징개념이 아니라 다른 언어구조와 공유하고 있는 상징개념이다.

이 단계에서는 상당한 추상이 생겨난다. 우리가 어떤 시의 서술을 사건의 기술로서 생각할 경우, 우리는 이미 이 서술이 글자 그대로 모든 낱말과 모든 글자를 포괄한다고 생각하지 않게 된다. 우리는 오히려 이 서술이 일련의 커다란 사건을, 어순대로 나열되어 있는 뚜렷한 요소들을, 또한 겉으로 두드러지게 보이는 요소들을 포괄하고 있다고 생각하게 된다. 이와 흡사하게 우리는 의미를, 시의 산문 의역이 재생할 수 있는 것과 똑같은 종류의 논술적인 의미로서 생각하게 된다. 이리하여 이와 유사한 추상이 상징개념에도 도입되는 것이다.

상징이 **모티프**가 되는 축자적인 레벨에서는 문자에 이르기까지 어떠한 단위도 우리의 이해에 관련될 수가 있으나, 크고 또한 두드러진 상징만이 비평적으로 취급될 가능성이 있다. 명사, 동사, 중요한 낱말로 구성된 구(句) 등이 그것인데, 전치사와 접속사는 순수한 연결사라고 말해도 좋다. 주로 관습적인 기호가치의 일람표인 사전(辭典)은 우리가 이미 이와 같은 낱말들을 이해하고 있지 않는 한, 이 낱말들에 대해서 아무것도 말해줄 수 없다.

그러므로 기술적 맥락에서의 문학은 일군의 가설적 언어구조이다. 기술적 맥락에서의 문학은 실제 사건, 즉 역사를 기술 또는 배열하는 언어구조와 철학 및 과학의 언어구조처럼 현실적인 관념을 기술 또는 배열하기도 하고, 물리적인 대상들을 묘사하기도 하는 언어구조 사이에 위치하고 있다. 여기서 공간적 세계와 관념적 세계의 관계를 검토하는 것은 분명히 불가능하다.

그러나 문예비평의 관점에서 보면 기술적인 글과 교훈적인 글, 자연적인 대상의 묘사와 관념의 묘사는 다만 원심적인 의미의 두 개의 다른 가지에 불과하다. 큰 사건의 연속을 나타내는 말로서 우리는 '플롯' 또는 '이야기'(story)라는 말을 사용할 수 있는데, 이야기의 역사와의 관련성은 그 어원에도 나타나 있다. 그러나 패턴의 묘사적 측면, 즉 굵직한 의미를 표시하는 말로서 '사상'이라는 말을, 또는 심지어 '사상 내용'이라는 말을 사용하기란 한층 더 어려운 일이다. 왜냐하면 여기서 우리가 사상으로부터 구별하려고 하는 것마저도 사상이라는 이름으로 불리고 있기 때문이다. 시학의 어휘문제는 이렇게 성가신 것이다.

물론 상징의 축자적 양상과 기술적 양상은 모든 문학작품에서 볼 수 있다. 그러나 우리는 각각의 양상이 어떤 종류의 문학과 역시 어떤 유형의 비평과 특히 밀접한 연관관계를 맺고 있음을 알고 있다(이것은 뒤에 다룰 다른 양상에도 똑같이 적용될 수 있다). 상징의 기술적 측면에 의해서 깊은 영향을 받고 있는 문학은 서술에서는 사실적으로, 의미에서는 교훈적 또는 기술적으로 기울어질 가능성이 있다. 그 지배적인 리듬은 직접화법의 산문이 될 것이고, 그 주된 노력은 가설적 구조를 가지고 가능한 한 외적인 현실을 분명하게 그리고 충실하게 부각시키려는 데 기울어질 것이다.

일반적으로 졸라와 드라이저 같은 사람들과 연관되는 다큐멘터리적인 자연주의에서 뮤학은 언어구조로서의 통일성보다도 오히려 기술의 정확성에 의해서 판단되는 인생의 묘사로 그칠 수 있는 한도에 다다랐다. 이 한도를 넘어서면 문학의 가설적 혹은 허구적 요소는 분해되기 시작하리라. 이런 유형의 문학적 표현은 물론 매우 광범위하게 퍼져 있으며 사실적(寫實的)인 시, 즉 산문문학 등의 거의 전 영역이 이 범위 안에 들어가 있다. 그러나 다큐멘터리적인 자연주의의 위대한 시대, 즉 19세기는 역시 낭만주의 시의 시대였다. 이때는 상상적인 창작과정에 주의를 집중하였으므로 문학의 가설적 요소와 논술적 요소 사이에 긴장감이 있었던 것을 볼 수 있다.

이 긴장은 일반적으로 상징주의라고 일컬어지는 운동에서 마침내 툭 끊어지고 말지만, 여기서는 상징주의라는 말의 범위를 넓혀서 프랑스의 말라르메와 랭보를 거쳐서 발레리, 독일의 릴케, 그리고 영국의 파운드와 엘리엇에 이르기까지 대략 일관성을 갖고 발전한 그 전통 전체를 다 포함시키기로 한다. 상징주의 이론은 극단적인 자연주의와 표리일체가 되고, 의미의 축자적인 측면을 강조하며, 문학을 구심적인 언어 패턴으로 취급하고 있다(이 경우 직접적인 진술, 즉 검증 가능한 진술의 요소는 그 구심적인 언어 패턴의 통일성에 종속된다). '순수' 시, 즉 논술적 의미에 의해서 상처를 입게 되는 정서환기적인 언어구조는 상징주의 운동의 이차적인 부산물이다.

상징주의의 커다란 힘은 문학의 가설적인 씨앗을 분리시키는 데 성공했다는 점에 있는데, 바로 그 초기단계에서는 이 분리를 완전한 창조과정과 동일시하려고 하는 경향이 있었기 때문에 그 힘에 한계가 있었을지도 모르지만, 이 점만은 흔들리지 않는다. 상징주의의 전체적 특성은, 시란 의미의 구심적 측면에 관련되어 있다고 믿는 시관에 확고히 뿌리박고 있다. 이리하여 축자적 의미에 대한 만족할 만한 비평이론이 완성된 것은 비교적 최근의 문학적 성과에 의한다.

가령 말라르메에서 볼 수 있는 것과 같은 상징주의는 시적 상징이란 무엇보다도 우선 시에 관련된 상징 자체를 의미하기 때문에 시를 읽을 때 이것은 무엇을 뜻하는가 하는 질문에 기술적인 내용의 해답을 구해서는 안 된다고 주장한다. 따라서 시의 통일은 분위기의 통일로서 이해되는 것이 가장 좋으며, 여기서 분위기는 정서의 하나의 양상이며, 정서는 쾌락의 경험 또는 미의 관조로 향하는 마음의 상태를 나타내는 일상적인 말이다. 그리고 분위기는 길게 지속되지 않기 때문에 상징주의에서 문학은 본질적으로 비연속적인 것이지만, 시는 기술적인 글에 한층 더 적절한 문법구조를 사용함으로써만 연속적인 것이 된다.

시적 이미지들은 무엇을 진술하지도 않고 지시하지도 않으며, 이미지 상호간을 지시함으로써 시의 분위기를 암시하거나 환기시킨다. 말하자면 시적 이미지들은 분위기를 나타낸다든가 또는 명확하게 한다. 정서는 무질서하거나 불명확하지 않다. 그것이 시로 바뀌기 전에는 그런 상태였을지 모르지만 정서가 시로 바뀌게 되면 그것은 시이며, 시 이면에 있는 그밖의 무엇이 아니다. 그럼에도 불구하고 암시한다, 환기한다라는 말은 적절하다. 왜냐하면 상징주의에서는 말이 반향(反響)을 하는 것은 사물이 아니라 갖가지 다른 말이기 때문이다. 따라서 상징주의가 독자에게 주는 직접적인 충격은 주문(呪文)의 충격인데, 이 충격은 음이 조화를 이루고, 의미가 지시적인 언어에 의해서 한정됨이 없이 점차 풍부해져가고 있다는 느낌을 주는 것을 뜻한다.

모든 의미는 기술적인 것이라고 주장하는 일부 철학자들은, 시란 사물을 합리적으로 묘사하지 못하기 때문에 정서를 기술할 수밖에 없다는 주장을 펴기도 한다.[10] 이에 의하면 시의 축자적 핵심은, 운치 있는 표현법을 빌리자면, 이른바 **심중의 외침**이라고 할 수 있다. 말하자면 이 심중의 외침이란 달을 보고 울부짖는 개의 경우와 같이 신경을 가진 유기체가 정서적인 반응을 요구하는 것처럼 보이는 어떤 사물에 직면했을 때 나오는 직접적인 진술인 것이다. 이 이론에 의하면 밀턴의 『쾌활한 사람』, 『침울한 사람』은 각각 '나는 행복하다'와 '나는 울적하다'라는 진술을 복잡하게 한 작품일 것이다.

그러나 우리는 시의 진짜 핵심은 미묘하고 포착하기 어려운 언어 패턴이라는 것을, 또 패턴은 이러한 노출된 진술을 피하고, 또 그것에 이르지 않는다는 것을 이미 알고 있다. 우리는 역시 문학사에서 수수께끼나 신탁, 주문이나 그리고 케닝(kenning)[11]은 개인의 주관적인 감정의

---

10) 가령 영국의 비평가 리처즈(I.A. Richards)는 과학의 언어는 '지시적'인 데 반해서 시의 언어는 '정서 유발적'이며(『의미의 의미』, 1923 ; 『문예비평의 원리』, 1924), 그 진술은 '의사(擬似) 진술'(『과학과 시』, 1925)이라고 말하고 있다.

11) 고대 영시, 북유럽의 『에다』(Edda) 등에서 볼 수 있는 완곡한 표현 또는 비유의 한 형태로, 하나의 명사를 복합어로써 표현하는 수사법상의 기법이다.

토로보다도 더 시원적이라는 것을 인식하고 있다. 시적 표현의 기초는 아이러니, 즉 명백한 (기술적) 의미를 회피하는 언어 패턴이라고 우리에게 말하는 비평가들은 적어도 축자적인 레벨에서, 문학적 경험의 사실에 보다 더 밀착해 있는 것이다. 문학적 구조가 아이러니적인 까닭은 '말하고 있는 것'이 '의미하고 있는 것'과는 종류와 정도에서 항상 다르기 때문이다. 논술적 문장에서는 말하고 있는 것이 의미하고 있는 것과 가깝게 되려는, 이상적으로 동일시되려는 경향이 있다.

창작뿐만 아니라 문예비평도 상징의 축자적인 측면과 기술적인 측면 사이의 차이를 반영하고 있다. 조사연구와 학술지에 관련되는 타입의 비평은 시를 언어자료로 취급하여 그 시 속에 반영되어 있는 역사 및 관념과의 관계를 가능한 한 깊게 맺게 하려고 한다. 시가 이런 종류의 비평에서 가장 가치가 있는 것으로 인정받게 될 때는 그 시가 아주 명시적이고 기술적일 때이며 또 시의 상상적인 가설의 핵심이 아주 쉽사리 분리될 수 있을 때이다(필자는 특정한 종류의 비평에 대해서 언급하고 있을 뿐 어떤 특정한 종류의 비평가를 지목하고 있지 않다는 것을 주목해주기 바란다).

한편 오늘날의 이른바 '뉴 크리티시즘'*은 주로 시를 글자 그대로 시로서 보는 생각에 기초를 두고 있는 비평이다. 이 비평은 시의 상징을 서로 얽혀 있는 **모티프**의 애매한 구조로서 연구한다. 이 비평은 의미의 시적 패턴을 자기충족적인 언어의 결(texture)[12)로서 간주하며, 또 시

---

whale-road=sea, storm of swords=battle, ocean-horse=ship 등이 그 예이다.

* 여기서 이야기한 축자적 의미는 특히 리처즈(I.A. Richards), 블래크머(Richard Blackmur), 엠프슨(William Empson, 애매성), 브룩스(Cleanth Brooks, 축자적 아이러니), 랜섬(John Crowe Ransom, 언어의 결) 등의 설명에 의한다.

12) 미국의 비평가 랜섬이 쓴 용어로서, 시의 논리적인 사상 내용인 '구조' (structure)와 대조를 이루는 요소이다. 상황 · 비유 · 운율 · 이미지 · 어조 ·

는 다른 예술과 외적인 관계를 맺고 있다고 생각하지만, 그 관계를 역사적 또는 교훈적 의도를 갖고서가 아니라 단지 호라티우스의 '침묵하라'는 경고를 갖고 접근할 것을 주장한다. 복잡하게 얽힌 표면이라는 뜻을 함축하고 있는 이 결이라는 말은 이러한 접근 방법이 어떤 것인가를 가장 잘 나타내주는 낱말이다.

비평의 이 두 가지 측면은 이에 대응되는 바로 전 세기의 두 집단의 작가들이 대립적인 것으로 생각되었듯이, 이따금 대립적인 것으로 생각되고 있다. 그들은 물론 대립적이 아니고 상호보완적이지만, 우리가 앞으로 상징의 세번째 양상에서 이 대립을 해소하려고 하기 전에 이 양자의 강조점의 차이가 어디에 있는가를 파악하는 것이 중요하다.

형식적 양상 : 이미지로서의 상징

우리는 이제 문예비평을 위해서 '축자적 의미'라는 용어의 새로운 의미를 확립했고, 또 문학에서의 의미의 종속적인 측면의 하나로서 문학작품이 다른 모든 언어구조와 공유하고 있는 보통의 기술적인 의미를 규정했다. 그러나 쾌락과 교훈, 아이러닉한 현실기피와 직접적인 현실참여라는 이 기묘한 대조에 그치는 것만으로는 만족스럽지 못한 것 같은 생각이 든다. 확실히 말할 수 있는 것은 형식이라는 가장 보편적인 비평용어에 의해서 표현되는 문학작품의 본질적인 통일을 우리가 간과해왔다는 것이다. 왜냐하면 보통 '형식'*이라는 낱말은 명백히 모순되는 것처럼 보이는 이 두 개의 측면을 결합시켜주는 것같이 연상되기 때문이다.

각운 등이 이에 포함된다.
* 형식적인 양상의 이론에 대해서 필자는 크레인(R. S. Crane)이 엮은 『비평가와 비평』(1952)뿐만 아니라 같은 사람의 저서 『비평의 언어와 시의 구조』(1953)에 힘입은 바가 크다.

한편으로 형식은 이른바 축자적 의미, 즉 구조의 통일을 시사하고, 다른 한편으로 그것이 외부의 자연과 공유하고 있는 바를 나타내주는, 내용과 소재 같은 보완적인 요인들을 시사해준다. 시는 형식상 자연적인 것은 아니지만 자연과 자연스럽게 스스로 관계를 맺으며, 따라서 다시 한 번 시드니의 말을 인용하면 시는 "결국은 제2의 자연이 되는 것이다."[13]

여기서 우리는 서술과 의미에 대한 한층 통일적인 개념에 도달한다. 아리스토텔레스는 미메시스 프락세오스(mimesis praxeos), 즉 행위의 모방에 대해서 이야기하고 있는데, 이 철학자는 미메시스 프락세오스를 뮈토스와 동일시하는 것처럼 보인다. 아리스토텔레스의 설명은 대단히 간략한 것이기에 여기서 조금 재구성할 필요가 있다. 인간의 행위(praxis)는 일차적으로 역사, 즉 개별적·특정적인 행위를 묘사하는 언어구조에 의해서 모방된다. 뮈토스는 행위의 이차적인 모방이다. 이것이 무엇을 뜻하는가 하면 뮈토스는 현실로부터 두 단계 떨어져 있다는 것이 아니라 역사보다 더 철학적이어서 전형적인 행위를 묘사한다는 것이다. 인간의 사상(theoria)은 일차적으로 개별적이고 특징적인 기술을 하는 논술적인 글에 의해서 모방된다. 디아노이아는 사상의 이차적 모방, 즉 로고스의 모방으로서 전형적인 사상, 이미지, 비유, 도식에 관계가 있고 또 특정한 사상이 전개되어 나오는 애매한 말에 관계가 있다.

이리하여 시는 철학보다 더 역사적이며, 한층 이미지와 실례(實例)에 관련되어 있다. 왜냐하면 의미를 가지고 있는 모든 언어구조는 사고로 알려져 있는, 그 포착하기 어려운 심리적·생리적인 과정——즉 복잡하게 얽혀 있는 정서, 돌연한 비합리적인 확신, 무의식적인 희미한 통찰, 합리화된 편견, 그리고 공포와 타성이라는 장애에 좌절당해서 마침내 완전히 전달 불가능한 직관에 도달하는 과정——의 언어에 의한

---

13) 영국의 시인 시드니(Sir Philip Sidney)의 「시의 변호」(1598)에 나오는 말.

모방임이 분명하기 때문이다. 철학은 이러한 과정의 언어에 의한 모방이 아니라 과정 그 자체라고 생각하는 사람이 있다면, 그런 사람은 분명히 깊이 생각하지 않았던 사람일 것이다.

시의 형식, 시의 모든 세부적인 것이 관계되는 형식은 그것이 전 작품을 통해서 정적인 것으로 보여지든 혹은 처음부터 끝까지 동적인 것으로 보여지든 간에, 마치 음악작품이 우리가 연구할 때나 연주를 들을 때나 똑같은 형식의 악보를 갖고 있는 것과 같이 똑같은 것이다. 뮈토스는 움직이는 디아노이아이며, 디아노이아는 정지된 뮈토스이다. 우리가 문학적 상징을 오직 의미라는 관점에서 생각하려는 경향을 갖게 되는 이유 중의 하나는 문학작품 속에서 움직이고 있는 이미지군(群)을 나타내는 일상적인 말을 갖고 있지 못하기 때문이다.

형식이라는 낱말은 보통 소재와 내용이라는 두 가지 보완적인 요인을 갖고 있기 때문에 우리가 형식을 형성원리로 생각하는가 또는 내포원리로 생각하는가에 따라 어느 정도 구별이 가능할 것이다. 형성원리로서의 형식은 서술이라고 생각할 수 있는데, 이것은 전문용어가 더 엄격히 지켜지던 시대에 밀턴이 그의 노래의 '소재'라고 칭한 것을 시간적으로 구성하며, 내포원리로서의 형식은 의미라고 생각할 수 있는데, 이것은 공시적인 구조 속에 시를 통일하는 것이다.

'고전주의적' 또는 '신고전주의적'이라고 일반적으로 일컬어진 채, 16세기부터 18세기에 이르기까지 서구를 지배했던 문학 기준은 이 형식적인 양상과 가장 밀접한 관계를 가지고 있다. 질서와 명석함이 특히 강조되고 있는데, 중심적 형식을 파악하는 것이 중요하다는 생각에서 질서가, 또 이 형식이 해체되어서도 안 되고, 또는 애매한 것으로 변해서도 안 되며, 그 자체의 내용인 자연과 연속적 관계를 유지하지 않으면 아니 된다는 감정에서 명석함이 강조되는 것이다. 이와 같은 태도는 '인문주의'의 특징적인 태도, 즉 한편에서는 수사(修辭)와 언어기능에 대한 헌신에 의해서, 다른 한편에서는 역사적·윤리적 내용에 대한 강한 집착에 의해서 특징지어지는 태도인 것이다.

형식적 양상의 전형적인 작가들—가령 벤 존슨—은 그들이 현실과 접촉하고 자연을 따르고 있다고 확신하고 있으나, 그들이 만들어내는 효과는 19세기의 기술적(記述的) 자연주의와는 전혀 다른 것으로서 그 차이는 주로 모방개념에 있다. 형식적 모방, 즉 아리스토텔레스적 모방에서 예술작품은 외적인 사건과 관념을 반영하는 것이 아니라 전례(典例)와 교훈의 중간에 존재한다. 외적인 사건이나 관념은 이제 예술작품의 내용적인 측면이며, 외부적 관찰대상은 아니다.

역사소설은 역사상의 어떤 시대를 통찰하기 위해서 구상된 것이 아니라 본보기를 보여주기 위해서 구상된 것이다. 역사소설은 행위를 예시하며, 인간 행위의 보편적 형식을 나타내어 보여준다는 의미에서 이념적이다(잠시 말장난을 해보면 '본보기'라는 낱말은 전례와 교훈 양쪽을 다 가리킨다). 셰익스피어와 벤 존슨은 역사에 첨예한 관심을 가졌으나, 그들의 극은 시대를 초월하고 있는 듯하다. 한편 제인 오스틴은 역사소설을 쓰지는 않았으나, 좀더 후기의 한층 외면화된 자연모방 방식을 대표하는 위치에 있기 때문에 그녀가 쓴 섭정기(攝政期)[14] 사회에 대한 묘사는 특수한 역사적 가치를 갖고 있다.

시는 그 거울을 자연을 향해서 내건다라고 햄릿은 말한다(햄릿은 배우의 연기를 논하면서도, 진부한 르네상스 시학을 그대로 따르고 있다).[15] 우리는 이 말에 어떠한 의미가 내포되어 있는 것에 주목하지 않으면 안 된다. 시는 그 자체가 거울이라는 것은 아니다. 시는 자연의 그림자를 재생할 뿐만 아니라 자연을 그 내포형식 속에 반영시키는 것이다. 그러므로 형식 비평가가 상징을 취급할 때 그가 분리시키는 비평단위는 시와 시가 모방하는 자연 사이의 비례적인 조화의 아날로지를 나타내는 단위인 것이다. 이와 같은 측면에서의 상징은 이미지라

---

14) 영국에서 황태자 조지(George)가 섭정했던 1811년에서 1820년까지의 시기를 가리킨다.

15) 셰익스피어의 『햄릿』, 3막 2장 26행.

고 부르는 것이 가장 적절하다.

우리는 '자연'이라는 말을 우선 외부의 물질세계와 연관시키는 데 익숙해 있으며, 이 때문에 이미지를 무엇보다도 먼저 자연물의 복사라고 생각하는 경향을 갖게 된다. 그러나 이 두 가지 말은 물론 그것보다 훨씬 포괄적이다. 자연에는 공간적 질서뿐만 아니라 개념적 또는 사유적(思惟的)인 질서도 포함되어 있으며, 그러므로 보통 '관념'이라고 일컬어지고 있는 것도 시적 이미지가 될 수 있다.

문학작품 속에 나타나 있는 사건은 현실적인 것이 아니라 가정적인 것이다라는 사실만큼 기본적인 비평원리는 거의 없을 것이다. 문학에 나타나 있는 관념은 현실적인 진술이 아니라 현실적인 진술을 모방하는 언어형식이라는 사실은 웬일인지 지금까지 결코 일관성 있게 이해되어오지 못하고 있다. 포프의 『인간론』은 '존재의 고리'[16]에 의거한 형이상학적인 낙관론의 체계를 설명하고 있는 것은 아니다. 이 『인간론』은 이러한 체계를 모델로 사용하여, 이 모델에 의거해서 명제(命題)로서는 다소 쓸모없지만 적절한 맥락 속에서 경구로 읽혀질 경우 무진장 풍부한 암시적인 일련의 가정적인 진술들을 구축하고 있는 것이다. 경구로서, 즉 견고하고 또 반응이 좋은 구심적인 언어구조로서 그 진술들은 형이상학적 낙관론과 전혀 무관한 수많은 인간 상황에 예리하게 적용될 수 있을 것이다. 워즈워스의 범신론, 단테의 토마스 신학, 루크레티우스[17]의 쾌락설, 이 모두는 기본이나 매콜리[18]나 흄[19]이 주제 내용 때문이 아니라 문체 때문에 읽혀지는 경우와 똑같이 읽혀져야만 한다.

형식비평은 시의 특징적인 패턴을 추출한다는 목적에서 시의 이미지

---

16) 우주를 신으로부터 천사 · 인간 · 동물 · 식물을 거쳐 무생물에 이르는 견고한 계층적인 질서로 간주하는 중세에서 18세기까지의 서양적인 세계관이다.

17) Lucretius(기원전 99~55년경) : 로마의 철학시인.

18) Thomas B. Macaulay(1800~59) : 영국의 역사가.

19) David Hume(1711~76) : 영국의 철학자. 『인성론』(1739~40)이 대표작이다.

를 검토하는 일부터 시작한다. 반복적인 이미지 또는 가장 빈번하게 되풀이되는 이미지는 이른바 조성(調性)을 형성하고, 전조(轉調)적·삽화적·고립적인 이미지 등은 계층구조를 이루면서 이 조성과 관계를 맺는데, 이 계층구조가 시 자체의 조화에 어울리는 비평적인 아날로지가 되는 것이다. 시마다 그 시에 특유한 이미지의 스펙트럼을 갖고 있으며, 이 스펙트럼은 시라는 장르의 요구, 작자의 기호, 기타의 무수한 요인들에 의해서 생겨난다.

가령 『맥베스』에서 피와 불면의 이미지는 살인과 후회의 비극에서는 당연한 것이겠지만 주제와 관계되는 중요성을 갖는다. 그러므로 "푸른 바다가 핏빛으로 변하게 되리라"[20]라는 행에서 이 두 색깔은 주제로서의 강도를 달리한다. 초록은 부수적으로 그리고 대조를 위해서 사용되고 있으나, 빨강은 극 전체의 주조에 보다 더 밀착되어 있어서 음악에서의 주화음(主和音)의 반복과 비슷하다. 그 역은 마벌의 『정원』[21]에 나오는 빨강과 초록의 대조에 적용될 수 있다.

시의 형식은 시를 서술로서 연구하거나 의미로서 연구하거나 똑같은 것이다. 그러므로 『맥베스』에 있는 이미지 구조는 본문에서 파생되는 패턴으로 연구해도 좋고, 관객의 귀에 들려오는 반복의 리듬으로 연구해도 좋다. 후자의 방법이 보다 더 간단한 결과를 가져오므로 이 방법은 본문 연구의 세세한 부분까지 하찮은 신경을 쓰지 않게끔 상식적 교정책(矯正策)의 역할을 한다고 막연히 생각되고 있는 것 같다. 음악과의 아날로지가 다시 도움이 될지 모른다. 교향곡을 듣는 평균 수준의 청중은 소나타 형식에 대해서는 전혀 알지 못하므로 악보

---

20) 셰익스피어의 『맥베스』, 2막 2장 64행.

21) 영국의 형이상학파 시인 마벌(Andrew Marvell, 1621~78)의 서정시. 이 시인에게 '정원'은 세속적인 쾌락에서 벗어난 자연의 순수한 즐거움이 있는 곳으로 부각되어 있다. 그는 이 시에서 빨강색에 의해 상징되는 에피쿠로스적인 쾌락의 정원이 아니라 녹색으로 상징되는 명상과 창조적인 사고가 가능한 정원을 찬미하고 있다.

를 분석함으로써 발견되는 미묘한 세부적인 부분들은 실제적으로 놓쳐버리게 된다.

그러나 이와 같은 미묘한 세부적인 부분들은 사실상 곡 속에 있고, 청중은 연주되는 것을 모두 들을 수 있으므로 그들은 그 모든 부분들을 직선적 경험의 일부로서 받아들이는 것이다. 그렇게 받아들인다는 것은 덜 의식적이라는 의미이지 덜 현실적이라는 의미는 아니다. 이와 똑같은 사실이 고도로 농축된 시극(詩劇)의 이미지에 대한 반응에도 적용된다.

반복되는 이미지의 분석은 물론 수사비평(修辭批評), 즉 '신'비평의 주요한 기법 가운데 하나이기도 하다. 수사비평과 형식비평의 차이는 형식비평이 이미지를 시의 중심적 형식에 소속시킨 뒤, 형식의 한 측면을 논술적인 문장의 명제로 바꾼다는 점이다. 달리 말하면 형식비평은 주석이며, 주석은 시에서 암시적인 것을 명시적 또는 논술적 언어로 번역하는 과정이다. 훌륭한 주석은 당연히 자기대로의 여러 가지 관념을 시에 불어넣지 않고 시 속에 있는 것만을 읽고 번역한다. 주석의 출발점인 이미지 구조의 연구에 의해서 시 속에 있는 것이 증명된다. 적절한 것에 대한 인식, 즉 해석을 '너무 지나치게' 하지 않는 것이 바람직하다는 인식은 보통 비평에서의 강조점이 시에서의 강조점과 대개 유사한 균형을 가져야 한다는 사실에서부터 나온다.

문학에서의 모든 구별 가운데 가장 기본적인 것, 즉 허구와 사실, 가정과 논술, 상상적인 문장과 논술적인 문장의 구별이 실제로 이루어져 있지 않을 때 비평에서 '의도적 오류'*——시인의 일차적인 의도는 독자에게 의미를 전달하는 것이고, 비평가의 일차적인 의무는 그 의도를 도로 찾는다는 생각——가 생긴다. 의도라는 낱말은 유추적인

---

* 윔샛(W.K. Wimsatt) 및 비어즐리(Monroe Beardsley), 『언어에 의한 상(像)』(1954), 1장을 볼 것. 필자는 '전체주의'(holism)라는 말을 같은 책, p.238에서 채택했다.

것으로, 그것은 둘 사이의 보통 관념과 행위 사이의 어떤 관계를 시사한다. 이에 관련되는 다음과 같은 표현은 이 이원성을 더한층 분명하게 보여준다.

어떤 것을 '겨눈다'는 말은 화살과 과녁이 다 같이 일직선에 위치해 있다는 것을 의미한다. 따라서 이 말은 오직 논술적인 문장에만 알맞는 것이며, 이 논술적인 문장에서는 일차적으로 언어 패턴이 이 언어 패턴이 기술하고 있는 것과 일치되는 것이 중요하다. 그러나 시인의 일차적 관심은 예술작품을 만들어내는 데 있으며, 따라서 시인의 의도는 어떤 종류의 동어반복에 의해서 표현될 수밖에 없다.

달리 말하면 시인의 의도는 구심적인 방향을 향해 있다. 시인의 의도는 낱말을 나열하는 것을 향해 있지, 낱말을 의미와 일직선으로 연결하는 것을 향해 있지 않다. 만일 우리가 글라브다브도리브 섬[22]에 있는 걸리버와 같은 특권을 갖고 있어, 가령 셰익스피어의 영혼을 불러내어서 이런이런 구절은 어떤 의미로 썼는가를 물을 수 있다면, 우리가 얻을 수 있는 단 하나의 답변은 그가 퉁명스럽게 되풀이하는 "극의 일부를 구성하기 위해서였다"는 동일한 답변뿐일 것이다. 시인은 단순히 하나의 시가 아니라 어떤 특정한 종류의 시를 창조하려고 의도하고 있기 때문에 우리가 구심적 의도를 장르 문제로까지 확장시켜 추구해보는 것도 좋은 방법이 될 것이다. 가령 소설 『줄라이카 돕슨』[23]을 옥스퍼드 생활의 묘사로 읽는 경우 풍자적 의도를 고려하는 것이

---

22) 스위프트(Jonathan Swift)의 『걸리버 여행기』(1726)에서 마법사가 사는 섬이다. 여기에서 걸리버는 마술의 도움으로 과거의 위대한 인물들, 알렉산드로스, 카이사르, 한니발, 토머스 모어경 등의 영혼들을 만나 역사적 사실의 부정확성을 배운다.

23) 영국의 문인·화가인 비어봄(Max Beerbohm, 1872~1956)의 소설(1911)이다. 미모의 여성 모험가인 줄라이카의 사랑을 얻기 위하여 옥스퍼드 학부 학생들이 목숨까지 각오한다는 내용으로, 작가의 옥스퍼드 학창생활을 풍자한 작품이다.

현명한 일이다.

작가가 창조해낸 작품은 그 작가가 지닌 의도의 최종적인 기록이라는 것이 하나의 기본적인 발견공리(發見公理, heuristic axiom)로서 전제되지 않으면 안 된다. 미숙한 비평가가 어떤 작품 속에서 많은 결함을 발견했다고 스스로 생각한다 하더라도, 그 결함을 지적하는 비평가에 대한 반응으로는 "작자가 그렇게 의도한걸요"라는 대답으로 충분하다.

그밖에 모든 의도에 대한 주장은 그것이 아무리 증거가 충분한 것이라 할지라도 의심스럽다. 시인은 자신의 마음이나 기분을 바꿀 수도 있고, 의도했던 것과는 정반대의 것을 할 수도 있었을 것이고, 그가 했던 것을 합리화할 수도 있었을 것이다(몇 년 전에 『뉴요커』라는 잡지에 실렸던 한 만화가 지금 말한 문제의 정곡을 찌르고 있다. 그 만화는 어떤 조각가가 자기가 방금 완성한 조상을 바라보면서 옆에 있는 친구에게 다음과 같이 말하는 것을 묘사하였다. "그래, 머리가 굉장히 크군. 전람회에 내놓을 때는 「큰 머리를 가진 여자」라는 제목을 붙여 주어야겠는걸"). 의도가 여전히 시 자체 속에 명백히 드러나 있다고 생각된다면 교수가 글을 쓴 학생의 의도를 계속 추측하지 않으면 안 되는 대학 일년생의 리포트처럼 그 시는 불완전한 것으로 간주된다. 만일 작가가 몇 세기 전에 죽었을 경우 그러한 추측이 참기 어려울 정도로 떠오른다 하더라도 별로 큰 도움은 되지 못할 것이다.

따라서 시인이 말하려고 하는 것은 글자 그대로 시 자체이다. 어떤 일정한 시구에서 시인이 말하려고 하는 것은 축자적 의미에서 시의 일부인 것이다. 그러나 우리가 이미 본 것과 같이 축자적 의미는 가변적이고 애매하다. 독자는 셰익스피어의 유령의 대답에 불만을 가질 수도 있다. 셰익스피어는 예컨대 말라르메와 달리 신뢰할 만한 시인이므로 그 역시 유령의 대답이 나오는 글의 일절을 사용한 것은 그 일절이 자체 내에서 분명한 이해가 가능하기 때문에(말하자면 기술적인 의미, 즉 다시 고쳐 말할 수 있는 의미를 가지고 있기 때문에) 의도적으로 그렇게 했다고 생각할 수도 있다.

셰익스피어는 물론 그렇게 의도하였지만, 그 일절은 극의 다른 부분과 관계를 맺고 있기 때문에 이로 인해 무수한 새로운 의미가 그 속에 생겨나게 된다. 훌륭한 도안가가 그린 한 마리 고양이의 생생한 스케치 한 장이 몇 가닥의 산뜻한 선(線) 속에 고양이를 보는 사람의 고양이에 대한 전(全)경험을 포함하고 있는 것과 같이 『햄릿』의 그 강도 있게 구성된 말의 패턴은 그 극에 관한 방대한, 게다가 끊임없이 증대되어가는 비평문헌을 갖고서도 여전히 포착할 수 없을 만큼 대단한 양(量)의 의미를 포함하고 있는지 모른다.

숨은 의미를 뚜렷한 의미로 번역하는 주석은, 어떤 독자가 어떤 경우를 맞이하여 파악하기에 적절하거나 관심을 끄는 것 같은 일면적인 의미(이 의미가 큰 것이든 작은 것이든 간에)를 끄집어낼 수 있을 뿐이다. 이러한 번역은 시인과 전혀 관계없는 행위이다. 성서나 베다 찬가 같은 종교서와 그 주석의 양적인 관계는 한층 더 극명한데, 이 관계는 시적 구조가 어느 정도의 관심 또는 사회적 인정을 받을 경우 이 구조가 갖게 되는 주석의 양은 무한하다는 것을 보여준다. 이 사실 자체는 과학자가 실제로 관찰할 수도 없고 셀 수도 없는 현상들에 의해서 설명되는 법칙을 세울 수 있다는 사실과 같이 별로 이상스러운 것이 아니므로, 한 시인이 그의 작은 머리 속에 어떻게 셰익스피어와 단테가 이 세상에 남긴 그 많은 기지, 지혜, 교훈 그리고 의미를 집어넣을 수 있을까 하고 의아스러워하는 골드스미스[24]의 작품 속에 나오는 시골뜨기처럼 놀랄 필요는 없다.

그러나 예술에는 역시 진짜 신비적인 요소와 진짜 경탄할 만한 부분이 있다. 『의상철학』(衣裳哲學)에서 칼라일은 십자가나 국기처럼 그 자체로서는 가치를 갖지 않으나 어떤 실재(實在)의 기호나 표시가 되

---

24) Oliver Goldsmith(1730?~74) : 영국의 시인 · 소설가 · 극작가. 소설 『웨이크필드의 목사』(1766), 장시 『버려진 마을』 등이 있다.

는 외재적인 상징과 예술작품을 포함하는 내재적인 상징을 구별하고
있다.

이러한 근거에서 우리는 두 가지 종류의 신비를 구별할 수 있다(수
수께끼, 즉 해결되어서 없어져야 할 문제인 세번째 종류의 신비는 논
술적인 사고에 속하며, 이것은 기교의 문제를 제외하면 예술과 전혀
관계가 없다). 미지의 또는 알 수 없는 실체를 갖고 있는 신비는 외재
적인 신비이며, 주로 종교예술이 예배에 관심을 갖고 있는 사람과 관
계를 맺는 것과 같이 이 신비는 예술 역시 별도의 그 무엇을 설명하기
로 되어 있는 경우에만 예술과 관계를 맺는다.

그러나 내재적인 신비는 그것이 아무리 충분히 알려진 것이라 하더
라도 그 자체로서 신비한 것으로 남아 있으므로, 알려져 있는 대상과
별개로 있는 신비는 아니다. 『리어 왕』이나 『맥베스』가 가지고 있는
위대성의 신비는 은폐로부터가 아니라 노출로부터, 작품 속 미지의 또
는 알 수 없는 어떤 것에서가 아니라 그 작품 속에 한정되어 있지 않
은 어떤 것으로부터 나오는 것이다.

시는 논술적인 문장처럼 고의적인 또는 계획적인 의식행위의 소산일
뿐만 아니라, 잠재의식적인 또는 전의식적인, 반의식적인 또는 무의식
적인(이 중의 어느 심리학적 비유를 좋아하든 간에) 과정의 소산이라고
말해도 무리가 없을 것이다. 시를 쓰는 데는 대단한 의지력이 필요하지
만, 그 의지력의 일부는 의지를 누그러뜨려 글 쓰는 일의 대부분을 무
의식적으로 하게끔 사용되지 않으면 안 된다. 이 점은 의심할 바 없는
진실이며 시의 기교도 모든 기교와 똑같이 습관적인, 그러니까 점차 무
의식적인 것으로 되어가는 기술이라는 것도 진실이다. 그러나 필자로
서는 문학의 자료는 궁극적으로 비평 안에서만 설명될 수 있는 것이라
고 생각하며, 문학의 사실을 심리학적인 상투어를 사용해서 설명하는
것을 못마땅하게 생각한다.

그러나 예술에 대하여 논할 때 '창조적'이라는 말을―그 말이 암시
하는 모든 생물학적 아날로지도 포함해서―피하고 이야기한다는 것은

현상태에서는 거의 불가능한 것 같다. 그리고 신, 인간, 또는 자연 어느 것의 창조이건 간에, 창조라는 것은 하나의 행위로서, 그 행위의 유일한 의도는 의도를 소멸하는, 뭔가 다른 어떤 것에 기대는 최종적인 의존이나 관계를 배제하는, 말하자면 행위 자체와 행위 개념 사이에 드리워지는 그림자를 때려부수는 행위인 것처럼 보인다.[25]

문예비평에도 새뮤얼 버틀러[26]와 같은 사람이 있어, 예술작품과 유기체 사이의 이런 대응관계 속에 포함되어 있는 역설의 일부를 정리해 주었으면 한다. 봄에 튤립이 만발하고, 가을에 국화가 활짝 필 때 어떤 현상이 일어나는가를 우리는 객관적으로 기술할 수 있다. 그러나 우리는 인간의 의식으로부터 연유되어 신이라든가, 자연이라든가, 환경이라든가, 생의 약동[27]이라든가 하는 어떤 작인(作因)으로, 또는 꽃 자체로 귀착되는 비유적 관념에 의하지 않고는 꽃의 내부로부터 그 현상을 기술할 수 없다. 활짝 피는 시기를 꽃이 '알고 있다'라고 말하는 것은 감정이 이입된 비유이며, '자연이 알고 있다'라고 말하는 것도 물론 퇴색한 모성여신(mother-goddess) 숭배를 생물학에 단지 끌어들이는 꼴이다. 생물학자들이 이러한 목적론적인 비유를 그들의 학문 영역에서는 불필요할 뿐만 아니라 혼란을 가져온다고 생각하는 것, 말하자면 실체를 잘못 파악한 오류라고 생각하는 것은 필자로서는 충분히 이해가 된다.

---

25) 엘리엇의 시 『텅 빈 사람들』(1925)의 일절, "관념과 행동 사이로, 동기와 행동 사이로 그림자가 진다"를 빗댄 것이다.

26) Samuel Butler(1835~1902) : 영국의 작가로 『에레혼』(*Erewhon*, 1872), 『만인의 길』(1903) 등을 썼다. 다윈의 진화론을 공격하고 자신의 진화론을 받아들였다.

27) '창조적인 진화'를 의미하는 베르그송(Henri Bergson)의 용어이다. 인간의 생명은 수동적인 기계장치가 아닌 부단히 유동하는 창조적인 것이기에 성장할 수 있고, 자기 회복을 할 수 있고, 환경을 어느 정도 변화시킬 수 있다. 이는 인간 속에 있는 생명이 내부로부터 비약적으로 발전하는 것을 의미하는데, 이를 베르그송은 '생의 약동'이라고 일컬었다.

이와 똑같은 사실이, 비평이 의식 또는 논리에 의해 지배되는 의지 외에 어떤 다른 헤아릴 수 없는 것들을 취급하지 않으면 안 되는 한 비평에서도 적용될 수 있다. 만일 어느 비평가가 자기 아닌 다른 비평가는 어떤 시인의 시 속에서 매력적인 미묘한 요소를 많이 발견했다고 말하면(그 시인 자신은 그 점을 아마도 전혀 의식하지 않겠지만), 그의 말은 생물학적 아날로지를 지적하는 것이 된다. 눈송이는 결정을 이루는 것을 아마도 스스로 전혀 의식하지 못하겠지만, 눈송이가 결정을 이루는 일은 비록 우리가 그 눈송이의 내적 정신 과정을 상관치 않고 그대로 두고 싶다 하더라도 연구해볼 만한 가치가 있으리라.

우리는 주석이란 모두 우유적(寓喩的)인 해석이라는 것을, 즉 시의 이미지 구조에 관념을 부여하는 것이라는 사실을 인식하지 못할 때가 종종 있다. 비평가가 시에 대해서 본격적인 주석(가령, 『햄릿』에서 세익스피어는 우유부단한 성격이 초래하는 비극을 묘사한 것 같다 등)을 행하는 순간 그는 우유를 만들기 시작한 것이다. 이리하여 주석은 문학을 그 형식적인 양상에서 사건과 관념의 잠재적 우유로 간주한다. 이러한 주석과 시 자체와의 관계는 낭만주의 시대의 비평가들에 의해서 전개된 '상징'과 '우유'의 대조의 기원을 이루고 있지만, 상징이라는 말은 여기서는 주제상 중요한 이미지라는 의미로 사용되고 있다.

이 대조는 구체적인 사물의 이미지에서 출발하여 관념이나 명제에 미치는 상징에 대한 '구체적'인 접근방법과, 관념에서 시작하여 다음에 그 관념을 나타내는 구체적인 이미지를 발견하려는 '추상적'인 접근 방법과의 대조이다. 이 구별은 그 자체로 유효한 것이지만, 우유라는 말이 주로 각양각색의 문학현상에 아주 막연하게 사용되기 때문에 그것은 현대 비평 속에 혼란이라는 커다란 퇴석(堆石)을 놓았던 것이다.

시인이 그가 사용하는 이미지들이 전례나 교훈과 어떤 관계가 있는가를 분명하게 지시하고, 그리하여 자신의 시에 대한 주석을 어떻게 하여야 되는가를 지시하려고 할 경우 이것이 사실상의 우유이다. 어떤 작가가 "내가 이렇게 말했을 때, 그것은 또 동시에 저것을 의미한다"라고 분명히 말하고 있을 때 그는 언제든지 우유적인 작가가 된다. 이와 같은 일이 지속적으로 행해지고 있는 것처럼 보일 경우 그 작가가 쓰고 있는 글은 우유적이라고 조심스럽게 말할 수 있다. 가령 『요정의 여왕』에서는 시 속의 개개의 작용과는 별도로 이야기는 일관성을 유지하면서 역사적인 전례를 가리키고, 의미는 도덕적 교훈을 가리키고 있다.

따라서 우유는 음악에서의 카논(canon)적인 모방처럼 대위법적인 기교이다. 단테, 스펜서, 타소,[28] 그리고 버니언은 일관해서 이 기교를 사용한다. 그들의 작품은 문학의 미사곡이며 오라토리오이다. 아리오스토,[29] 괴테, 입센, 그리고 호손은 때에 따라 우유를 채용하기도 하고 버리기도 할 수 있는 자유성부(自由聲部)[30] 양식으로 글을 쓴다. 그러나 지속적인 우유마저도 위장된 관념구조가 아니라 여전히 이미지 구조이다. 그러므로 주석은 다른 모든 문학의 경우와 마찬가지로 우유를 다루면서, 어떤 교훈과 전례가 이미지 전체에 의해서 암시되고 있는가를 확인하여야 할 것이다.

주석 비평가는 그 진정한 이유를 충분히 인식하지 못한 채 우유를 까닭없이 싫어하는 경우가 종종 있는데, 그가 인식하지 못하는 이유란, 지속적인 우유는 그가 행할 주석의 방향을 애당초 정해버려 그 방향의 자유를 제한한다는 것이다. 이리하여 주석 비평가는 가령 스펜서와 버

---

28) Torquato Tasso(1544~95) : 이탈리아 시인. 대표작은 서사시인 『구원을 받은 예루살렘』(1575)이다.

29) Lodovico Ariosto(1474~1533) : 이탈리아 시인. 대표작은 『광란의 오를란도』(1516)이다.

30) 건반악기나 류트의 독주곡으로 씌어진 대위법적인 기법 중에서 곡의 도중에 새로운 성부가 별안간 가해지기도 하고, 곧 없어지기도 하는 현상을 가리킨다.

니언의 작품을 우유와는 관계없이 단지 줄거리나 파악할 수 있는 정도로 읽도록 우리에게 권고하는 일이 흔히 있는데, 그렇게 하는 이유는 그 우유 자체보다도 자신의 주석이 더 흥미로운 것으로 생각하고 있음을 나타내고 싶기 때문이다. 그렇지 않을 경우 주석 비평가는 자기가 좋아하는 시는 포함시키지 않은 채 우유의 정의를 내릴 것이다. 이러한 비평가는 모든 우유를 마치 소박한 우유인 것처럼, 즉 관념이 이미지로 옮겨 바뀐 것처럼 쉽사리 취급하려는 경우가 종종 있다.

소박한 우유는 논술적인 문장의 위장된 형식이며, 교실의 학생들을 위한 교훈적인 이야기, 헌신의 귀감, 시골의 축제극 등과 같은 초등 정도의 교육적인 문학에 주로 속한다. 이와 같은 우유의 터전은 교육이나 종교적인 의식에 의하여 보호 육성된 개인의 습관적인 혹은 사회의 관습적인 관념들이며, 또 이와 같은 우유의 보통의 형식은 일시적으로 행해지는 구경거리이다. 통속적인 관념들은 특별한 기회가 자아내는 흥분 속에서 돌연히 각각 체험으로 되고, 그 가치가 사라짐에 따라 관념도 함께 사라진다. 건전한 통치와 교육의 장려에 의한 폭동과 불화의 패배는 방문차 들른 군주를 반 시간 동안 환대하기 위해서 기획된 축제 행사극에 걸맞는 주제가 되리라.

'매스 미디어'와 '시청각 교재'는 오늘날 교육에서 이와 유사한 우유적인 역할을 담당하고 있다. 이와 같이 그 터전이 구경거리이기 때문에 소박한 우유는 회화(繪畵) 예술에 그 중심이 있으며, 정만화의 경우처럼 특별한 기회를 포착하는 기지(機知)의 한 형식으로 인정될 경우에는 예술로서 가장 성공하는 것이다. 공적인 벽화와 조상의 보다 엄숙하고 영속적인 소박한 우유에는 '시대색을 띠는' 경향이 현저하게 나타나 있다.

따라서 주석의 한쪽 극에는 우유적인 목적을 주장하는 데 지나치게 열중한 나머지 진정한 문학적, 즉 가설적인 중심을 갖지 못한 소박한 우유가 있다. 필자가 소박한 우유는 '시대색을 띤다'라고 말할 때 그것은 이미지의 초보적인 분석을 거역하는 우유—즉 그 속에 예증(例證)

으로서 한두 가지의 이미지를 끼워넣고 있는 논술적인 문장에 불과한 우유——는 문학으로서보다는 오히려 사상사의 기록자료로 취급되어야 마땅하다는 의미로 이야기한 것이다.

가령 『에스드라 2서(二書)』[31]의 저자가 독수리의 우유적인 환상을 도입해서 "보라, 오른손에 한 깃털을 올려서 대지를 다스리게 하였도다"라고 표현할 때, 이 저자는 그가 말하고 있는 독수리가 시적 이미지로서 문학적인 표현의 일반적인 영역에 속하고 있는지 아닌지에 대해서 충분한 관심을 나타내고 있지 않음이 분명하다. 시적 표현의 터전은 비유이며, 소박한 우유의 터전은 혼합된 비유이다.

문학의 영역 내에서 우리는 일종의 슬라이딩 스케일을 발견하게 되는데, 그 범위는 한쪽 극의 지극히 자명한 우유적인 것으로부터(비록 이러한 것도 시종일관 문학으로 남아 있기는 하지만) 다른 반대쪽 극의 극히 포착하기 힘들고 지극히 반(反)명시적이며, 반(反)우유적인 것으로까지 이르고 있다. 우리는 먼저 『천로역정』과 『요정의 여왕』 같은 지속적인 우유를, 그 다음에 앞서 말한 자유양식의 우유를 접하게 되며, 그 다음 단계에서는 밀턴의 서사시처럼 내적인 허구가 교훈의 실례인 것 같은, 폭넓고 집요한 교리에 대한 관심을 가진 시적 구조가 온다.

그러고 나서 꼭 한가운데, 아무리 시사적(示唆的)이라 할지라도 이미지 구조가 사건과 관념에 대해 함축적인 관계만을 가지게 되는 작품들(셰익스피어의 대부분의 작품은 여기에 포함된다)을 접하게 되는데, 이후부터 아래에는, 시적 이미지가 전례와 교훈에서부터 후퇴하기 시작해서 점차 아이러니적·역설적인 것으로 되어간다. 여기서부터 현대 비평가는 자신의 영역에 온 것 같은 편안한 감정을 가지게 되는데, 그 이유는 이 양식이 현대의 축자적 예술관, 즉 시는 명시적인 진술로부터의 후퇴라는 시관과 일치하기 때문이다.

---

31) 구약성서의 외경(外經) 중의 하나이다. 그 내용이 신약성서와 부분적으로 비슷하기 때문에 특히 중요시되고 있다.

이 아이러니적인, 그리고 반우유적인 이미지 중의 몇몇 유형은 잘 알려져 있다. 하나는 바로크 시기의 형이상학파 시인의 전형적인 상징, 즉 '기상'(奇想)으로, 이것은 본질적으로 전혀 다른 별개의 요소들을 고의적으로 무리하게 결합시키는 것을 가리킨다. 형이상학파 시인의 역설적인 기법은 예술과 자연의 내적인 관계가 무너져 외적인 관계로 변해버렸다는 인식에 근거하고 있다. 다른 하나는 상징주의의 대용 이미지인데, 이것은 사물을 암시하거나 환기함으로써 그 사물을 뚜렷하게 지시하는 것을 피하는 기법의 일부를 일컫는다.

또 다른 하나는 엘리엇에 의해서 객관적 상관물(objective correlative)[32]로 설명되는 그런 종류의 이미지, 즉 시에 정서의 내향적인 초점을 확립하고, 동시에 그 자체가 어떤 관념의 대용이 되는 이미지이다. 또 다른 하나는 객관적인 상관물과 동일하지는 않지만 그것과 긴밀한 관계를 맺고 있는 문장적(紋章的, heraldic) 상징인데, 이것은 우리가 현대문학에서 '상징'이라는 낱말을 생각할 때 가장 쉽게 머리에 떠오르는 중심적인 우의상징의 이미지이다. 가령 호손의 『주홍글씨』, 멜빌의 『백경』, 헨리 제임스의 『황금의 잔』, 버지니아 울프의 『등대』 등이 문장적 우의상징의 예로서 떠오른다.

이러한 이미지는 예술과 자연 사이에 연속적 관계가 없다는 점에서 형식적인 우유의 이미지와는 다르다. 가령 스펜서의 우유적 상징과는 대조적으로 문장적 우의상징의 이미지는 서술뿐만 아니라 의미와도 역

---

32) 엘리엇이 논문 「햄릿」(1919)에서 "어떤 특별한 정서를 나타낼 공식이 되는 일군의 사물, 정황, 일련의 사건으로서…… 바로 그 정서를 곧바로 환기시키도록 제시된 외부적인 사실들"을 '객관적 상관물'이라고 일컬었다. 이 이후 일상생활의 개인의 감정이 문학작품에 액면 그대로 반영되는 것이 아니라 그 감정과는 상식적으로 직접적인 관계가 없는 어떤 이미지·상징·사건에 의하여 구현된다는 사상, 즉 개인 감정의 예술적인 객관화의 사상이 강조되었다. 그러한 객관화를 위해 이용된 이미지·상징·사건들이 바로 객관적인 상관물이다.

설적이면서도 아이러니의 관계를 가진다. 의미의 단위로서 그것은 서술의 진행을 방해하고, 서술의 단위로서 그것은 의미를 혼란케 한다. 그것은 칼라일이 말하는, 그것 자체로서 의미를 가지는 내재적 상징과 어림할 수 없을 정도로 그밖의 다른 무엇을 지시하는 외재적인 상징의 여러 성질을 서로 결합시킨다. 그것은 상징의 축자적인 측면과 기술적인 측면 사이에 숨어 있는 대립관계, 19세기 문학에서 말라르메와 졸라를 아주 극단적인 대조적 인물로 만들었던 것과 똑같은 그런 대립관계에 대한 강한 의식에 기초를 두고 있는 상징기법이다.

여기에서부터 내려오면 우리는 거듭 한층 간접적인 기법들, 가령 개인적인 연상이나, 완전히 이해되지 않도록 의도된 상징구조나, 다다이즘의 의도적인 속임수나, 또 이와 비슷하게 문학 표현을 새로운 기법으로 접근하려는 여러 가지 징조들과 부딪치게 된다. 우리는 최상급에 속하는 모든 시는 될 수 있는 한 지속적인 우유로서 취급되어야 한다고 생각했던 중세 및 르네상스 시대의 비평가들과 시란 본질적으로 반우유적이며 역설적이라고 주장하는 현대의 비평가들, 이 양쪽의 관점을 교정시키기 위해서 모든 영역에 가능한 한 폭넓게 적용될 수 있는 주석의 범위를 분명히 마음 속에 간직할 수 있게끔 노력하지 않으면 안 된다.

우리가 현재 가지고 있는 문학 개념은, 문학이란 반드시 진실과 사실의 세계에 연루되어 있는 것도 아니고, 그렇다고 해서 진실과 사실의 세계로부터 유리되어 있는 것도 아니며, 진실과 사실과의 관계와 뚜렷한 정도가 최대의 것에서부터 최소의 것에까지 미치면서, 이 두 세계와 어떠한 관계도 가질 수 있을 것 같은 일군의 가설적 창조물로 간주하는 것이다. 여기에서 수학과 자연과학의 관계가 강하게 연상된다. 수학은 문학과 마찬가지로 가설적으로 또 내적인 일관성을 가지고 진행되는 것이지, 기술적으로 또 자연에 대한 외향적인 진실을 가지고 진행되는 것이 아니다. 수학이 외부적인 사실에 적용될 때 검증되는 것은 그 진실성이 아닌 적용 가능성인 것이다.

　필자는 이 에세이에서 의미론적 우의상징(semantic emblem)을 언급하는 데서 너무 실재의 고양이에만 집착해 있는 것처럼 보이는 것 같아 러스킨의 고양이—그 장소에 실제로 존재하지 않았음에도 불구하고 집어들어 창 밖으로 내동댕이쳐진 고양이—에 관한 논문을 놓고 예이츠와 스터지 무어*가 벌인 논쟁에서, 이 점이 첨예하게 드러나는 것에 주목하고자 한다.

　외적인 현실을 거역하면서 자신의 마음을 재보는 사람은 누구나 할 것 없이 모두 신앙의 공리에 의거하지 않으면 안 된다. 경험적 사실과 환상의 구별은 순리적으로 구별되는 것이 아니므로 논리적으로 입증될 수 없다. 그것은 실제적으로 또 정서적으로 그러한 구별을 가정할 필요성에 의해서만 ‘입증되는 것이다’. 시인에게 이러한 필요성은 존재하지 않으며, 시인이 고양이의 존재(실재의 고양이든 러스킨적인 고양이든 간에)를 주장한다든가 혹은 부정한다든가 하지 않으면 안 될 시적 이유는 전혀 없다.

　예술과 현실의 관계가 직접적인 것도 또 부정적인 것도 아닌 잠재적이라는 예술관은 즐거움과 교훈, 문체(文體)와 사상의 이원성을 최종적으로 해소한다. ‘즐거움’(delight)은 쾌락(pleasure)과 구별되기가 쉽지 않으므로 그것은 우리가 서론에서 얼핏 보았던 그 미적 쾌락주의에, 평가의 개인적인 측면과 비개인적인 측면을 구별할 수 없게 되는 상태에 이르게 하는 길을 열어준다. 전통적인 **카타르시스** 이론은 예술에 대한 정서적인 반응이 현실적인 정서를 환기시키는 것이 아니라 어떤 다른 것을 등에 업고 현실적인 정서를 환기하고, 밖으로 내버리는 것을 암시하고 있다. 우리는 이 어떤 다른 것을 아마도 앙양 또는 충일이라고 일컬을 수 있는데, 이 앙양 또는 충일은 경험으로부터 해방된

　＊『예이츠(W.B. Yeats)와 무어(T. Sturge Moore)의 왕래 서간집, 1901~37』(1953)〔무어는 영국의 시인·화가로 많은 시집을 내놓은 것 외에 예이츠 시집의 장정자라고도 알려졌다—옮긴이〕.

어떤 것에 대한 비전, 경험이 모방으로, 삶이 예술로, 나날의 일이 놀이로 변형됨으로 해서 독자의 마음 속에 불타오르게 되는 반응이라고 할 수 있다. 교양교육의 중심에서는 그 무엇인가가 꼭 해방되지 않으면 안 된다.

창조의 비유는 그 대응되는 탄생—새로 태어난 유기체가 독립된 생명체로 태어나는 것—의 이미지를 암시한다. 창조의 도취감과 그 반응은 창조적인 노력의 어떤 수준에서는 암탉의 울음소리와 같은 것을, 다른 수준에서는 이탈리아의 비평가들이 분방(sprezzatura)이라고 일컬었고, 카스틸리오네[33]의 저서를 번역할 때 호비[34]가 자유분방이라고 일컬었던 특질—이미 춤과 춤추는 사람이 구별될 수 없는, 완벽한 훈련에 뒤따르게 되는 부유감(浮遊感) 또는 해방감—을 만들어낸다.

침울이나 슬픔의 진정한 감정을 만들어내는 것으로서 밀턴이 칭한 이른바 '장대한 비극'[35]의 효과를 이해하는 일은 불가능하다. 아이스킬로스의 『페르시아 사람들』과 셰익스피어의 『맥베스』는 확실히 비극이지만, 그들은 각각 살라미스 해전의 승리와 제임스 1세의 즉위라는 국민적인 축전과 연관되고 있다. 일부 비평가들은 현실적인 정서이론을 확대시켜 셰익스피어 본인에게 적용하면서, 그가 1600년에서 1608년까지 우울한 기분에 젖어 있었다고 여겨지는 '비극적인 시기'에 대해서 이야기한다. 대부분의 사람들은 만일 그들이 『리어 왕』과 같은 훌륭한 극작품의 집필을 막 끝마쳤다면 앙양된 기분에 잠겨 있을 것이다.

셰익스피어도 『리어 왕』의 집필을 끝마친 후 이러한 기분에 젖어 있었을 것이라고 주장할 자격은 우리에게는 없다 하더라도, 이와 같은 주

---

33) Baldassare Castiglione(1478~1529) : 이탈리아의 시인 · 외교관 · 번역가. 그는 『정신론』(1528)에서 이상적인 궁전 인상을 묘사했다.

34) Sir Thomas Hoby(1530~66) : 영국의 외교관 · 번역가. 카스틸리오네의 『정신론』을 영역(1561)했는데, 이는 동시대의 시인에게 지대한 영향을 끼쳤다.

35) 밀턴의 『침울한 사람』의 97행에 나오는 말이다.

장은 그 극에 대한 우리의 반응을 설명하는 적절한 방법임에는 틀림없다. 한편으로는 눈이 찔려 앞을 못 보게 된 글로스터의 처지를 우선 구경거리로서 인식한다는 것은 충격적인 사실인데, 그 행위에서 우리가 얻는 쾌락은 분명히 사디즘과는 전혀 무관한 것이기에 더욱 충격적이다. 만일 어떤 문학작품이 정서적으로 '침울하다'면 글의 기교에 잘못이 있다든가 혹은 독자의 반응에 잘못이 있다든가, 이 중의 어느 한쪽에 원인이 있는 것이다.

예술은, 가령 워즈워스의 경우가 그렇듯이 이따금 쾌락이라고 일컬어지기도 하지만, 쾌락보다 더 포괄적인 일종의 부유감을 만들어내는 듯하다. 블레이크는 "충일은 아름다움이다"[36]라고 말했는데, 필자에게는 이 말이 아름다움이란 무엇인가라는 작은 문제뿐만이 아니라, 카타르시스와 엑스터시스(ecstasis)가 실제로 무엇을 의미하는가라는 한층 더 중요한 문제에 대한 실제적이며 최종적인 해답인 것처럼 여겨진다.

이러한 충일은 물론 정서적인 것에 못지않을 만큼 지적이다. 블레이크 자신도 시를 "지성의 힘에 이야기하는 우유"[37]라고 정의하고 싶어하였다. 우리는 세 겹으로 싸여 있는 외부적인 강제의 세계에 살고 있다. 행위에 대한 강제(즉 법률), 사고에 대한 강제(즉 사실), 그리고 모든 쾌락(이 쾌락이 단테의 『천국편』에 의해서 만들어지든, 아이스크림 소다에 의해서 만들어지든 간에)의 특징이 되는 감정에 대한 강제의 세계에 살고 있다. 그러나 상상의 세계에서는 진·선·미를 포함하고 있지만, 이들에게 결코 종속되지 않는 네번째의 힘이 그 모든 강제에서 해방된 채 비상한다. 상상의 작용은 우리에게 시인의 개인적인 위대성의 비전이 아니라 초개인적이면서도 훨씬 더 위대한 것의 비전, 즉 정신적

---

36) 블레이크(William Blake)의 시 『천국과 지옥의 결혼』(1790)에 나오는 시구이다.

37) 1803년 7월 6일 버츠(Thomas Butts)에게 보낸 편지에 나오는 말이다.

자유가 행하는 결정적인 행위의 비전, 인간의 놀이가 만들어내는 비전을 보여준다.

신화적 양상 : 원형으로서의 상징

형식적인 양상에서 시는 '예술'의 부류에도 또 '언어'의 부류에도 속하지 않는다. 그것은 그 자체의 부류를 대표한다. 이리하여 시의 형식에는 두 가지 측면이 있다. 첫째로 시는 독특한 것이며, 그 자체의 특수한 이미지 구조를 가지고 있는 테크네(techne), 즉 인공물이며, 따라서 그와 비슷한 다른 것들과의 직접적인 관계를 고려하지 않고 단독으로 고찰되어야 할 것이다. 이때 비평가는 미리 설정한 시관이나 정의에서부터 시작하는 것이 아니라 개개의 시에서부터 시작한다.

둘째로 한 편의 시는 한 부류를 이루는 비슷한 형식집단의 하나이다. 아리스토텔레스는 『오이디푸스 왕』이 어떤 의미에서는 다른 어떤 비극과도 다르다는 것을 인식하고 있지만, 역시 그것이 비극이라고 불리는 부류에 속하는 것이라는 점을 알고 있다. 셰익스피어와 라신을 알고 있는 우리는, 비극이란 그리스 극에서 나타난 양상보다도 더 큰 개념이라는 결론을 첨가할 수 있으며, 또한 우리는 극이 아닌 문학작품들 속에서도 비극을 발견할 수 있다. 따라서 비극이 무엇인가를 이해하기 위해서 우리는 단순한 문학사적인 문제를 넘어서 하나의 전체로서의 문학적 양상이 어떠한가라는 문제를 고려하지 않으면 안 된다. 하나의 시가 다른 시들과 가지게 되는 관계를 고려해볼 때, 우선 비평에서 두 가지 고찰이 중요한 것으로 부각되는데, 관습과 장르*가 바로 그것이다.

---

* 예술에서 형식의 자율성이라는 개념은 앙드레 말로(Andr Malraux), 『침묵의 소리』(길버트[Stuart Gilbert] 옮김, 1953)의 논의의 본질을 이루고 있다.

장르 연구는 형식의 유사성에 기초를 두고 있다. 이러한 유사성을 취급할 수 없다는 것이 자료비평 내지 역사비평의 특징이다. 이 비평은 영향의 존재 여부에 개의치 않고 아주 그럴 듯하게 영향관계를 추적할 수 있다. 그러나 셰익스피어와 소포클레스의 비극을 접한 후, 이 두 극작가의 작품이 다 같이 비극이기 때문에 양자를 비교할 수밖에 없게 될 때, 역사주의 비평가의 입장으로서는 삶의 심각성에 대한 일반적인 감상을 언급하는 데 그칠 수밖에 없다. 이와 흡사하게 수사비평에서 가장 두드러지는 점은 장르 고찰이 전적으로 결여되어 있다는 것이다. 즉 수사비평가는 자기가 대면하고 있는 작품을 그것이 희곡인가 서정시인가 소설인가를 전혀 고려하지 않고 분석한다.

사실 수사비평가는 문학에는 장르라는 것이 없다라고까지 주장할 수 있다. 이것은 수사비평가가 그 작품을 어떤 가능한 기능을 가진 인공물로서가 아니라 문예작품으로 대하며 그가 대상으로 하고 있는 구조에 관심을 갖고 있기 때문이다. 그러나 문학에는 출처와 영향관계와는 전혀 다른 유사성이 많이 있기 때문에(물론 출처와 영향의 대부분은 유사성과 아무런 관계가 없다), 이러한 유사성에 주목하는 작업이야말로 지금까지 비평에서 그 역할이 어떻든 간에, 우리가 지금까지 느껴온 실제의 문학 경험에서 커다란 부분을 차지하고 있다.

형식적인 양상의 중심적 원리, 말하자면 시는 자연의 모방이라는 원리는 완전무결한 정당성을 지니지만, 동시에 시를 개별적으로 분리시키기도 한다. 분명히 그 어떤 시도 자연의 모방으로서 뿐만 아니라 다른 시의 모방으로서도 연구될 수 있다. 포프에 의하면, 베르길리우

현대 영어권의 비평에서는 원형적인 접근방법이 이론적으로도 실천적으로도 커다란 진전을 보이고 있다. 이론적인 면에서는, 보드킨(Maud Bodkin), 버크(Kenneth Burke), 바슐라르(Gaston Bachelard), 퍼거슨(Francis Fergusson), 휠라이트(Philip Wheelwright) 등의 저서가 명료하면서도 특히 유용하다. 웰렉(René Wellek) 및 워런(Austin Warren), 『문학의 이론』(1942), 15장에 있는 훌륭한 참고문헌을 볼 것.

스는 자연을 따르는 것이 궁극적으로 호메로스를 따르는 것[38]과 똑같다는 점을 발견했다. 일단 우리가 전체 시의 한 단위로서 한 편의 시를 다른 시와 관련시켜서 생각하면, 장르 연구는 관습의 연구에 의거하지 않으면 안 된다는 것을 깨달을 수 있다. 이러한 문제를 취급할 수 있는 비평은 시를 상호 관련시켜주는 상징체계의 그러한 측면에 의거해야 할 것이며, 그 주된 작전지역으로는 시를 서로 연결시켜주는 상징을 선택하게 될 것이다. 이러한 비평의 궁극적인 목적은 한 편의 시를 단순히 자연의 한 모방으로서 보는 것이 아니라, 자연의 질서 전체가 그에 대응하는 언어질서에 의해서 모방되는 것으로 보는 것이다.

모든 예술은 한결같이 관습을 지니고 있지만, 관습에 익숙해 있는 경우 우리들은 보통 이 사실을 깨닫지 못한다. 오늘날에 와서는 문학에서의 관습의 요소는 모든 문예작품을 전매특허를 받을 만큼 특수한 발명품인 것처럼 내세우는 저작권법 때문에 교묘하게 그 실체가 은폐되고 있다. 그러므로 현대문학이 가지는 관습화의 힘——가령 편집자의 방침과 독자의 기대가 합쳐져서 잡지에 실리게 되는 것이 관습화되는 경우——이 인식되지 못하고 있다.

A가 B로부터 받은 영향을 논증하는 것은, 만일 A가 죽은 사람이라면 단순히 학문적인 연구에 불과하지만, A가 생존해 있는 사람이라면 도의적 과실의 증거가 된다. 이러한 사정이 문학의 평가를 곤란하게 한다. 초서의 시의 대부분은 다른 사람들의 것을 번역 또는 의역한 것이며, 셰익스피어의 희곡은 그 출처본에 있는 말을 그대로 따르고 있으며, 밀턴은 성서에서 가능한 한 많은 것을 도용하는 것 외에는 다른 것에서는 아무것도 구하지 않았다.

이러한 작품들 속에서 잔여의 독창성을 찾아보는 것은 경험이 얕은 독자만은 아니다. 우리의 대부분은 시인의 진정한 성과는 그가 표절

---

38) 포프(Alexander Pope)의 『비평론』에 나온다.

한 것에서 찾아볼 수 있는 성과와는 구별되는, 심지어 대조적이 되는 것이라고 생각하는 경향이 있다. 이리하여 우리에게는 중심적인 비평 사실이 아니라 주변적인 비평 사실에 전념하는 경향이 생기게 된다. 가령, 시로서의 『복낙원』[39]의 중심적인 위대성은 밀턴이 본래의 소재에 덧붙인 수사적인 장식의 위대성에 있는 것이 아니라, 밀턴이 본래의 소재로부터 독자에게 전하고 있는 주제 자체의 위대성에 있는 것이다. 훌륭한 시인에게는 훌륭한 주제가 떠맡겨져 있다는, 이와 같은 생각은 밀턴에게는 아주 기본적인 것이었지만, 창작에 관한 하위모방의 대부분의 편견(이는 우리 대부분이 익히 알고 있다)에 위배되는 것이 된다.

관습을 과소평가하는 사고방식은 이념적으로 개인이 사회보다도 선행하는 것이라고 생각하는 낭만주의 시대부터 뚜렷해진 경향의 결과인 것처럼, 아니면 심지어 그 경향의 일부인 것처럼 보인다. 이와 대립되는 견해, 즉 새로 태어난 아이는 기존 사회와의 유전적·환경적 유연(類緣) 관계에 의해서 영향을 받는다는 견해는(이 견해에서 어떠한 사상이 추론되어 나온다 하더라도) 그 취급 대상이 되는 사실에 보다 더 밀착되어 있다는 첫째가는 이점을 가지고 있다. 후자의 견해의 문학적인 귀결이란, 새로운 시는 새로 태어난 아이와 똑같이 이미 존재하는 언어질서 속에 태어나는 것이며, 그것이 소속되어 있는 시적 구조를 표상한다는 것이다. 새로 태어난 아이는 하나의 개체단위로서 다시 나타난 사회 그 자체이며, 새로운 시도 시적 사회에 대해 이와 똑같은 관계를 가진다.

독창성을 원초성과 혼동하고, '창조적' 시인은 연필과 종이를 가지고 책상에 앉아 있다가 마침내 특수한 창조행위를 하는 가운데 무에서 새

---

39) 밀턴의 서사시(1671). 그의 『실낙원』의 속편으로, 제2의 아담인 예수 그리스도가 사탄의 유혹을 이겨내고, 인류에게 상실한 낙원을 회복시켜준다는 내용이다.

로운 시를 만들어낸다고 생각하는 비평적 견해를 받아들이기는 거의 불가능하다. 인간은 이런 식으로 새로운 것을 창조하지는 않는다. 새로운 과학적인 발견이 자연의 질서 속에 이미 잠재해 있었던 어떤 것을 현시하고, 동시에 기존 과학의 전(全)구조와 논리적인 관련을 맺고 있는 것처럼, 새로운 시는 말의 질서 속에 이미 잠재해 있었던 어떤 것을 현시하는 것이다.

문학은 그 내용으로서 삶, 현실, 경험, 자연, 상상적 진리, 사회상태, 기타 그밖의 것을 가지고 있지만, 문학 그 자체는 이러한 것으로 만들어지지 않는다. 시는 오직 다른 시에서, 소설은 오직 다른 소설에서 만들어지는 것이다. 문학은 그 자체를 형성하므로 외부적으로 형성되는 것이 아니다. 문학의 형식은 소나타와 푸가, 그리고 론도 등의 음악현상이 음악 밖에서 존재할 수 없는 것과 마찬가지로 문학 밖에서 존재할 수 없는 것이다.

문학이 사기업화(私企業化)되어 비평의 대상이 되는 아주 많은 사실들이 은폐되기 전까지는 이 모두가 더욱 확연했던 일이었다. 밀턴이 의자에 앉아서 에드워드 킹[40]에 관한 시를 쓰려 하였을 때, 그는 '킹에 대해서 대체 무엇을 얘기해야 좋을까'가 아니라, '이러한 주제를 시로 다루는데 어떻게 해야 좋은가'를 자문했던 것이다. 관습은 감수성의 결핍을 나타내고, 시인은 그 관습을 무시함으로써만 '성실성'(보통 작품 속에 명확하게 표현된 정서라는 의미로 쓰인다)을 얻는다는 생각은 문학 경험과 문학사의 모든 사실에 위배되는 사고방식인 것이다. 이런 생각은 시란 정서의 기술이며, 시의 '축자적' 의미는 개개의 시인이 품고 있는 정서에 대한 주장이라는 견해에서 기원한다.

그러나 문학을 본격적으로 연구하면 독창적인 시인과 모방적인 시인

---

40) 밀턴이 목가적인 애가 『리시다스』에서 애도하는 케임브리지 시절의 친구이다. 킹은 시인이었으며, 교구의 일을 맡아보고 있었는데, 1937년에 새로운 교구를 설립하기 위하여 아일랜드로 항해하던 중에 익사하였다.

의 진정한 차이는 단순히 전자가 후자보다 더 철저히 모방적이라는 사실을 곧 알게 된다. 급진주의가 그 근본으로 돌아가는 것처럼 독창성은 문학의 근원으로 돌아가는 것이다. 훌륭한 시인은 모방하는 것보다 오히려 표절하는 것 같다는 엘리엇 씨*의 말은 시가 전통이나 문체와 같은 추상적인 관념과 막연히 관련되어 있는 것이 아니라, 다른 여러 시들과 특별한 연관을 맺고 있다는 것을 나타내고 있으므로, 그의 말은 관습에 대해 한층 균형 잡힌 견해를 피력해주고 있는 셈이다.

저작권법과 또 이에 부수되는 관습 때문에 현대소설가가 표제 외에 그밖의 무엇을 다른 문학에서 표절한다는 것은 극히 곤란한 일이다. 이리하여 우리는 종종 '누구를 위하여 종은 울리나', '분노의 포도' 또는 '소리와 분노'[41) 같은 표제에서만 관습이라는 공산주의에 의해서 작가가 얼마만큼 비개성적인 위엄과 풍부한 연상을 얻을 수 있는가를 똑똑히 볼 수 있게 된다. 성스러운 활동의 다른 소산물의 경우와 같이 시에서도 어머니보다 아버지의 정체를 규명하는 것이 훨씬 더 어렵다. 어머니는 늘 자연—전달의 장으로 간주되는 객관세계—이라는 것을 어떤 본격적인 비평도 부정할 수 없다. 그러나 시의 아버지를 시인 그 자신이라고 생각하는 한 우리는 또다시 문학을 논술적인 언어구조와 구별하지 못하게 된다.

논술적인 작가는 의식적인 의지의 행위로 글을 쓰며, 이 의식적인 의지는 그 때문에 사용되는 상징체계와 더불어 그 작가가 기술하고 있는 일군의 내용과 대치하고 있다. 그러나 의식적으로서가 아니라 창조적으로 글을 쓰는 시인은 시의 아버지가 아니다. 시인은 기껏해

---

* 매신저(Philip Massinger)에 관한 논문에서.

41) 헤밍웨이(Ernest Hemingway)의 소설 표제 '누구를 위하여 종은 울리나' (1940)는 영국의 형이상학파 시인 던(John Donne)의 한 설교에서, 스타인벡(John Steinbeck)의 소설 표제 '분노의 포도' (1939)는 남북전쟁시 북군의 「공화국 찬가」에서, 포크너(William Faulkner)의 소설 표제 '소리와 분노' (1929)는 셰익스피어의 『맥베스』에서 각각 따온 것이다.

야 산파에 불과하며, 좀더 정확하게 말하면 어머니인 자연(Mother Nature)의 자궁이며, 다시 말해 '그녀의 감추어진 곳'[42]이다.

시의 손질이 가능하다는 사실, 즉 시인이 시를 다시 손질할 수 있는 것은 그가 그 손질을 좋아해서가 아니라, 손질하게 되면 더 좋기 때문이라는 사실은 시가 그의 마음에 떠오를 때 시인은 시를 짓지 않으면 안 된다는 사실을 분명히 보여주는 것이다. 시인은 가능한 한 손상되지 않은 상태로 시를 지어내야 하는 책임이 있으며, 만일 시가 살아 있는 존재라면 시도 똑같이 시인에게서 피하려고 하며, 시인의 자아(ego)의 모든 탯줄과 젖줄을 끊어버리고 싶어 소리지르는 것이다.

시의 진정한 아버지, 즉 시를 형성하는 내적 정신은 시의 형식에 지나지 않으며, 이 형식이야말로 시의 보편적 정신의 발현이며, 셰익스피어의 소네트를 '낳아주신 유일한 어버이'이다. 셰익스피어의 이 '낳아주신 유일한 어버이'에 대해서 말하면 그것은 셰익스피어 자신도 아니며, 더욱이 저 심술궂은 망령 W.H. 씨[43]도 아니며, 오로지 셰익스피어의 주제, 그의 열정을 사로잡은 남자로서의 여성인 그대(master-mistress)[44]인 것이다. 시인이 시를 형성하는 내적인 정신에 대해서 이야기할 때, 그는 여성신인 뮤즈에게 기원을 드리는 전통적인 입장을 떠나서 아폴로 신이든, 디오니소스 신이든, 에로스 신이든, 그리스도이든, (또는 밀턴의 경우처럼) 성령이든 간에 어떤 특정한 신이나 주님에 대해서 스스로가 여성의 입장에 처한 것처럼, 또는 적어도 수용적인 관계에 있는 것처럼 생각하는 경향이 있다. '우리 마음 속에 신은 있다'라고 오비디

---

42) 셰익스피어의 『햄릿』, 2막 2장 242행에서 햄릿의 친구 중 하나인 길던스턴이 농으로 하는 말에서 나왔다. '그녀'는 이 작품에서 운명의 여신을 가리킨다.

43) 소프(Thomas Thorpe)에 의한 셰익스피어 『소네트』의 헌사에 나오는 인물로서, 소프는 그를 이 연속 소네트들을 낳아주신 유일한 어버이라고 말한다. 이 W.H. 씨는 여러 가지 예측이 난무하는 수수께끼의 인물이다.

44) 남자이면서 마치 연인처럼 시인의 사랑을 자극하는 친구로, 셰익스피어의 『소네트집』, 20번 2행에 나온다.

우스는 말하고 있다.[45] 『이 사람을 보라』에서 니체가 영감에 대해서 하는 말이 오늘날 오비디우스의 말과 견줄 만하다.

관습의 문제는 예술이 어떻게 전달될 수 있는가의 문제이다. 왜냐하면 문학은 논술적인 언어구조와 마찬가지로 전달의 기술(技術)이라는 것이 분명하기 때문이다. 전체적으로 볼 때 시는 이미 단순히 자연을 모방하는 인공물의 집합체가 아니라, 전체적으로 본 인공활동의 하나이다. 우리가 이것을 대신해서 문명이라는 말을 사용할 수 있다면 우리의 네번째 양상은 시를 문명 기술의 하나로 보고 있다고 말할 수 있다. 따라서 네번째 양상은 시의 사회적 측면에, 공동체의 초점으로서의 시에 관심을 가지는 것이다.

이 양상에서의 상징은 전달이 가능한 단위이며, 필자는 이것을 원형(原型)이라고 이름짓겠다. 말하자면 원형이란 전형적 또는 반복적인 이미지이다. 필자가 뜻하는 원형은 하나의 시를 다른 시와 연결하고, 그렇게 함으로써 우리의 문학 경험을 통일하고 통합하는 상징이다. 그리고 원형은 전달이 가능한 상징이기 때문에 원형비평은 주로 사회적 사실로서의 그리고 전달의 양식으로서의 문학에 관심을 가진다. 원형비평은 관습과 장르 연구에 의해서 개개의 시를 전체의 집단에다 맞추어넣으려고 한다.

바다나 숲과 같은 물리적 자연의 평범한 이미지들이 숱한 시에 반복되어 나타나고 있는 것은 그 자체로서는 '우연의 일치'(이 말은 왜 이런 구상이 이용되는가를 모를 때 우리가 어떤 시의 구상에 부여하는 명칭이다)라고까지는 말할 수 없다. 오히려 그 이미지의 반복은 시가 모방하는 자연의, 그리고 시가 그 일부를 이루고 있는 전달활동의 어떤 통일을 은연중에 나타내주는 것이다.

교육이라는 보다 넓은 전달의 맥이 있기 때문에 바다에 관한 어떤 이야기가 원형이 되어, 서스캐처원[46]에서 결코 바깥으로 나와본 적이

---

45) 로마의 시인 오비디우스(Ovidius)의 시 『사랑의 기교』 3·549에 나온다.
46) 캐나다 내륙의 주.

없는 독자에게도 깊은 상상적인 충격을 주는 일이 가능하다. 그리고 가령 목가적인 이미지가, 그것이 단지 관습적이라는 이유 때문에『리시다스』에서 의도적으로 사용되었을 때 우리는 이러한 이미지가 목가의 관습으로 인해 문학 경험의 다른 부분에도 동화되어가는 것을 볼 수가 있다.

목가적인 관습을 생각하면 우리는 먼저 테오크리토스[47]로부터의 목가의 전승(傳承)을 생각하게 되는데, 그에게 목가적인 애가는 아도니스[48]를 애도하는 제의를 문학적으로 각색한 것으로* 우선 나타나고 있다. 그 다음 우리는 테오크리토스에서 베르길리우스를 거쳐서『양치기의 달력』[49]에 이르는 목가의 전(全)전통을, 그리고 이 이후의 바로 밀턴의『리시다스』를 생각하게 된다. 그 다음에 우리는 성서와 기독교회, 아벨과「시편」제23장과 선한 목자이신 예수, '목자'와 '양떼'라는 교회에서 통용되는 함축적인 연상관계, 베르길리우스의 메시아적인 목가[50]의 그리스 고전주의적 전통과 기독교적 전통의 연결 등 복잡하

---

47) Theocritus : 기원전 3세기경의 그리스 시인. 그리스의 목가 전통의 창시자이다.

48) 아도니스는 그리스 신화에서 여신 아프로디테의 사랑을 받았던 미모의 소년이다. 사냥 중 산돼지에게 살해당하나, 그 여신의 슬픔이 너무나 컸기 때문에 명부의 여왕 페르세포네는 그를 소생시켜 해마다 지상에서 아프로디테와 더불어 겨울과 봄 각각 3개월을 보내도록 허용한다. 아도니스의 애도 제의는 페니키아에서 유래되었으며, 겨울에 자연의 죽음과 봄에 그 소생과 관련되어 있는 것으로 나타난다. 아도니스의 죽음과 소생은 생물의 해마다의 죽음과 소생의 상징과 연관되면서 여러 나라에서 기리어졌다.

 * '제의'는 기원이 아니라 오히려 내용을 가리킨다는 이 책의 일반 원칙에 비추어서 이 말을 이해해주기 바란다.

49) 영국의 시인 스펜서의 목가시(1579)이다. 그리스의 테오크리토스와 로마의 베르길리우스 등의 목가시를 모방한 것으로 목양자끼리 1월부터 12월까지 다달의 감회를 노래한 시로 주로 대화형식으로 되어 있다.

50)『목가』중 가장 유명한 제4번을 두고 하는 말이다. 이 제4번은 평화와 순진무구의 황금시대를 가져올 아이의 탄생을 예언하고 있다. 베르길리우스가

게 얽혀 있는 목가적인 상징체계를 생각하게 된다.

그 다음에 우리는 목가적 상징이 시드니의 『아케이디아』,[51] 스펜서의 『요정의 여왕』, 셰익스피어의 숲속의 희극 등에서 확대되고 있음을 알게 되고, 셸리, 아널드, 휘트먼 및 딜런 토머스[52]에 나타나 있는 밀턴 이후의 목가적인 발전, 그리고 경우에 따라서는 그림과 음악에 나타나 있는 목가적인 관습도 생각하게 된다.

요컨대 우리는 단지 하나의 관습적인 시를 채택하여 그 시의 원형이 다른 문학에 어떤 영향을 미치고 있는가를 추구함으로써 하나의 완전한 교양교육을 얻을 수 있는 것이다. 『리시다스』처럼 명백히 관습적인 시는 그것을 문학연구 전체의 대상으로 흡수할 그런 비평을 시급히 요구하며, 이와 같은 비평활동은 최고의 교양을 갖춘 독자로부터 시작되는 것이 바람직하다.[53] 이런 경우에 우리는 오히려 수학이나 과학의 상황과 비슷한 문학의 상황에 처하게 되는데, 그 상황이란 한 사람의 천재의 업적이 전체 주제에 너무도 빨리 흡수되기 때문에 창조활동과 비평활동의 차이를 거의 인식할 수 없는 것이다.

하나의 시를 다른 시에 연결시켜주는 원형적 또는 관습적인 요소를 인정하지 않는다면 우리는 문학을 읽는 것만으로는 체계적인 지적 훈련을 쌓을 수 없다. 그러나 만일 우리가 문학을 알고 싶어하는 욕구에 문학을 어떻게 아는가를 알고 싶어하는 욕구를 첨가하면 우리는 이미

이 아이를 누구로 의미했는지 모르지만 중세에 이르러서는 구세주 아기 예수 탄생의 예언으로 간주되었다.

51) 영국의 시드니(Philip Sidney)의 산문 로맨스(1580)로, 각 책의 마지막에는 목가시가 수록되어 있다.

52) Dylan Thomas(1914~53) : 영국의 시인.

53) 이 책 『비평의 해부』 출판 후 프라이 스스로 이러한 관점에서 「리시다스론」을 썼다. "Literature as Context : Milton's Lycidas," *Fables of Identity : Studies in Poetic Mythology*(New York, 1963)를 참조할 것(pp.119~129). 이 논문은 하나의 시에 자신의 이론적인 원리들을 적용시킨 훌륭한 예를 제공하고 있다.

지를 문학의 관습적인 원형으로 확장시키는 것이, 우리가 모든 책을 읽을 때 무의식적으로 일어나는 과정임을 알게 될 것이다. 바다나 히스(heath)와 같은 상징은 콘래드나 하디 작품에만 국한되는 것은 아니다. 그것은 대부분의 작품에 확장되어 문학 전체의 원형적인 상징이 될 수밖에 없다.

흰 고래는 멜빌의 작품에만 머무를 수 없는 것이며, 그것은 구약성서 이래 바닷속 깊이 살고 있는 리바이어던이나 용에 대한 우리의 상징적인 경험 속에 흡수되어 있는 것이다. 그리하여 독자에게 진실한 것은 시인에게는 더욱더 진실하기에, 시인은 영혼의 장엄함을 지향하는 기념비의 연구 외에는 그의 영혼을 기리는 노래학교는 없다는 것[54]을 곧바로 배우게 되는 것이다.

상징체계의 각 양상마다 비평가는 시인이 보여주는 지식의 범위에서 벗어나서 그 시인을 이야기하지 않으면 안 되는 어떤 단계에 놓이게 된다. 이리하여 역사비평가나 자료비평가가 단테를 '중세' 시인이라고 일컬을 수밖에 없는 단계가 조만간 오게 된다(이 '중세'라는 말은 물론 단테에게 알려져 있지 않았고, 알려졌었다 하더라도 그에게는 이해될 수 없는 개념이다). 원형비평에서 시인이 보여주는 지식은 오직 다른 시인들('출처본')을 언급하거나 모방하거나 또는 관습을 의도적으로 이용하는 경우에만 고려의 대상이 된다. 이 단계를 넘으면 시인이 자신의 시에 대해 가지게 되는 지배력은 그 시와 함께 끝나는 것이다.

원형비평가만이 그 시의 다른 문학과의 관계에 관심을 가질 수 있다. 그러나 이 경우에도 우리는 시인 자신이 테오크리토스, 베르길리우스, 르네상스 목가시인들, 그리고 성서를 언급함으로써 우리의 연구를 인도해주는 『리시다스』와 같은 명백히 관습화된 문학과, 관습적인 연줄을 감추기도 하고 무시하기도 하는 문학을 구별하지 않으면 안 된다. 저작

---

54) 영국의 시인 예이츠(W.B. Yeats)의 시 『비잔티움으로의 항해』(1928) 제2연에 나오는 말이다.

권의 관념과 하위모방의 창작관이 가지고 있는 혁명적인 성격 때문에 저작권 시대의 작가들은 일반적으로 그들이 사용한 이미지가 관습의 관점에서 연구되는 것을 싫어하게 되는 사태까지 나타나고 있다. 따라서 이 시대를 취급할 경우 대부분의 원형은 단지 비평적인 고찰에 의해서만 확립되지 않으면 안 된다.

얼핏 생각나는 대로 한 예를 들면, 19세기 소설의 극히 평범한 관습 가운데 하나는 한 사람은 흑발의 여인, 또 한 사람은 금발의 여인인 두 여주인공을 등장시키는 일이다. 흑발의 여인은 대체로 정열적이고 거만하고 볼품이 없고, 외국인이든가 유대인이며, 그리고 왠지 모르게 탐탁잖은 것 또는 근친상간과 같은 일종의 금단의 과실이 연상되고 있다. 두 여인이 똑같은 남자 주인공과 관련을 맺고 있으면 이야기의 줄거리는 보통 흑발의 여인을 제거한다든가, 또 이야기를 해피 엔드로 끝마치지 않으면 안 될 경우 그 여인을 여동생으로 만들어버린다.

이 예들에는 『아이반호』,[55] 『모히칸족의 최후』,[56] 『백의의 여인』,[57] 『리지아』,[58] 『피에르』(이것은 주인공이 여동생이 되는 흑발의 여인을 택하기 때문에 비극),[59] 『대리석의 목신(牧神)』,[60] 기타 부수적으로 취급된 무수한 이야기가 포함되어 있다. 이 남성편이 브론테의 『폭풍의 언덕』의 상징체계의 기초가 되고 있다. 이런 취향은 밀턴이 베르길리우스의 『목가』에서 취한 이름(리시다스)으로 에드워드 킹을 부르는 것과 같은 정도로 관습적이지만, 그것은 관습을 난잡하게 취급하고 혹은 '무의식적으로' 취급하고 있다는 것을 드러내준다.

---

55) 영국의 스콧(Walter Scott)의 역사소설(1819).

56) 미국의 소설가 쿠퍼(J.F. Cooper, 1789~1851)의 5부로 구성된 변경소설의 하나(1826).

57) 영국의 콜린스(Wilkie Collins)의 영국 소설사상 최초의 탐정소설(1860).

58) 포(Edgar Allan Poe)의 단편소설(1838).

59) 멜빌(Herman Melville)의 소설(1852).

60) 호손의 소설(1860).

다시 또 우리가 『실낙원』의 제9권려 나타나 있는 남자, 여자 그리고 뱀의 이미지들을 접할 때 그 이미지들은 「창세기」에 나타나 있는 비슷한 이미지와 관습과 관련되어 있음에 틀림없다. 허드슨의 『녹색의 장원』[61]에서는 주인공과 여주인공이 뱀을 머리 위쪽에 두고 낙원과 비슷하게 보이는 배경 속에서 처음 만난다. 그러나 이 경우, 이미지의 관습성은 인식되나 그것은 어떤 실마리도 제공해주지 않는다. 비평가가 백색 바탕에 붉은 십자가를 매단 스펜서의 적십자 기사형(騎士型) 조지를 만나게 될 때, 이 인물을 어떻게 다루어야 좋을지 조금은 안다.

그러나 헨리 제임스의 『저쪽 집』[62]에서 흰옷을 입고 빨간 파라솔을 쓴 로즈 아미저라는 여성을 만날 때, 비평가는 현재 유행하는 속어를 빌려 표현한다면 실마리를 찾을 수 없을 만큼 '안개 속에 빠져 있는'* 신세가 된다. 이따금 불평의 대상이 되고 있는 현대 교육의 결함, 즉 공통적인 교양의 기반이 사라짐으로 해서 성서나 고전 신화에 대한 현대 시인의 언급이 점점 본의 아니게 감소되어가는 현상은 원형의 명시적인 사용의 쇠퇴와 분명히 커다란 관계가 있는 것이다.

잘 알려져 있는 바와 같이 휘트먼은 반(反)원형적 문학관의 대변자이며, 뮤즈 여신에게 트로이의 문제일랑 잊어버리고 새로운 주제를 발전시켜주도록 요구했다. 이러한 태도는 하위모방의 편견이며, 따라서 휘트먼에게 어울리기는 하지만 옳은 편견일 수도 있고 잘못된 편견일 수도 있다. 트로이의 문제는 우리가 예견할 수 있는 한 미래에도

---

61) 영국의 소설가 허드슨(W.H. Hudson)의 영국 청년과 요정 같은 숲의 처녀와의 목가적인 사랑을 그린 연애소설(1904).

62) 제임스(Henry James)의 2부로 된 멜로드라마식 장편소설(1896). 여기에 나오는 로즈는 악녀 타입의 여주인공이다.

* 필자가 단지 지적하고 싶은 것은, 여기에서는 아마 비평상의 문제로 되는 점은 아무것도 없다는 사실이다. 그러나 로즈 아미저(Rose Armiger)는 편력의 기사의 여동생이라기보다 오히려 용의 여동생이므로, 뒤에 논하는 패러디의 상징체로 간주할 가능성이 조금은 있는 것이다.

늘 서양 문화유산의 불가결한 부분을 이루게 될 것이며, 따라서 예이츠의 시 『레다와 백조』나 엘리엇의 시 『나이팅게일에 둘러싸인 스위니』에 나오는 아가멤논에 대한 언급은 마땅히 교양을 갖춘 독자에게 늘 누적력을 갖게 되므로 그의 편견은 옳지 않은 것이다. 그러나 시의 내용은 보통 직접적이고 동시대적인 상황이어야 한다고 느끼고 있다는 점에서 물론 그는 전적으로 옳다.

그와 같은 입장을 견지한 시인이므로 그가 자신의 시 『지난해 라일락꽃이 앞마당에 피었을 때』의 내용을 관습적인 아도니스 비탄이 아닌 링컨을 애도하는 애가로 만들었던 것은 정당하다. 그러나 그의 애가는 그 형식에서는 『리시다스』와 똑같이 관습적인 것으로, 관에 던져지는 보라색 꽃, 서편으로 기울어가는 큰 별, '영원히 돌고 돌아오는 봄'의 이미지, 기타 여러 이미지들이 갖추어져 있다. 시는 시인의 눈 앞에서 변천해가는 세계의 내용을 조직하지만, 내용이 조직되는 형식은 시의 구조 자체로부터 나오는 것이다.

원형은 연상집단이며, 또 그것이 복합변수라는 점에서 기호와는 다르다. 복합관념은 일정한 문화권에 속해 있는 대부분의 사람들이 그것에 친숙해 있기 때문에 이따금 전달 가능한 다수의 습득된 특수한 연상을 포함하고 있다. 우리가 일상생활에서 '상징'에 대해서 이야기할 때 보통 우리는 십자가나 왕관 같은 습득된 문화원형이나, 흰것을 순결로, 초록을 질투로 연결시키는 관습적인 연상관념을 생각하게 된다. 원형으로서 초록이 흔히 질투를 상징하는 것과 똑같이, 희망이나 초목의 자연이나 '가시오'의 교통신호나 아일랜드의 애국심을 상징할 수도 있겠지만, 어쨌든 언어기호로서의 초록이라는 말은 늘 어떤 색을 가리킨다. 일부 원형은 관습적인 연상에 깊이 뿌리박고 있으므로 십자가의 기하학적인 도형(圖形)이 반드시 예수의 죽음을 암시하는 것처럼 이러한 관습적인 연상이 암시하고 있는 것을 피할 길이 거의 없다.

완전히 관습화된 예술이 있다고 가정하면, 그것은 원형 즉 전달 가능한 단위가 본질적으로 한 묶음의 신비스러운 뜻으로 채워져 있는 예술

일 것이다. 가령 인도의 일부 종교무용에서처럼 이것은 예술에서 일어
날 수 있는 일이지만 서양문학에서는 아직 찾아볼 수 없다. 현대 작가
들이 자신들의 원형이 말하자면 '한곳에 집착되는 것'을 반대하는 자세
는 그 원형들이 완전히 단 하나의 해석에 매이는 일 없이 가능한 한 다
면성을 가지도록 하고 싶어하는 자연스러운 바람에 기인한다. 예이츠
가 그의 초기 몇 편의 시에 붙인 각주에서 그렇게 하듯이, 시인은 특히
하나의 연상을 지시할 때 자신의 시를 신비스러운 뜻으로 채우고자 하
는 경향을 나타내고 있는지 모른다.

필연적인 연상이란 없다. 어두움이 공포 또는 신비를 연상시키는 것
처럼 몇몇의 극명한 연상들이 있기는 하지만, 필연적인 연상에 대응되
는 고유한 내재적인 것이 반드시 있는 것은 아니다. 뒤에서 살펴보겠
지만, '보편적인 상징'이라는 말로 이치가 통하게 되는 어떤 맥락이
있다 하더라도, 그것도 이 경우의 맥락은 아니다. 그러나 문학의 흐름
도 다른 모든 흐름과 같이 우선 가장 용이한 수로(水路)를 찾는다. 따
라서 예상되는 연상을 사용하는 시인이 보다 더 빠른 전달을 하게 될
것이다.

문학의 한쪽 극(極)에는 순수한 관습이 있어 이전에도 똑같이 곧잘
사용되었다는 이유만으로 시인은 그 관습을 다시 사용한다. 이것은 소
박한 시에서, 중세 로맨스와 발라드의 판에 박은 형용사와 상투적인 반
복에서, 소박한 극의 언제나 똑같은 줄거리와 똑같은 유형의 등장인물
에서, 또한 그 정도는 아니지만 다른 문학사상과 마찬가지로 명제로서
진술되면 극히 무미건조하지만, 문학의 구조원리로 사용되면 매우 풍
부하고 변화가 넘치는 **토포스**(topos),* 즉 수사에서 요구되는 공식 등

---

* 이것에 대해서는 쿠르티우스(E.R. Curtius), 『유럽 문학과 라틴 중세』, 트래
스크(Willard Trask) 옮김(1953), p.79 이하를 볼 것. 밀턴이 학생 시절에
최초로 라틴어로 연술(演述)한 『낮은 밤보다 더 훌륭한지』와 『쾌활한 사람』
및 『침울한 사람』과의 관계는 본문에서 말한 필자의 주장의 실례가 된다.

에서 가장 빈번히 나타나고 있다. 또 다른 한 극에는 순수변수(純粹變數)가 있어, 여기에서는 신기한 것이나 색다른 것이 의도적으로 시도되기 때문에 자연히 원형은 위장되거나 복잡화된다. 이러한 기교는 거의 문학의 기능으로서의 전달 그 자체에 대한 불신을 의미한다.

그렇지만 콜리지도 말하고 있듯이 이 두 극은 서로 만나는 것이며, 반관습적인 시도 곧 순조롭게 관습화되어 문학의 거친 땅의 황량함에 익숙해져 있는 백전불굴의 학자들에 의해서 탐구되게 마련이다. 이 양극 사이에서 관습은 이미 우리가 취급한 우유와 역설의 그것과 비슷한 슬라이딩 스케일에 따라서 가장 명백한 것에서부터 가장 간접적인 것에 이르기까지 변화를 이룬다. 두 슬라이딩 스케일은 자주 혼동되기도 하고 동일시될지도 모르지만, 이미지를 전례나 교훈으로 번역하는 것은 그 이미지를 추구하여 그 이미지가 나온 다른 시들을 밝히는 과정과는 전적으로 다르다.

순수한 관습의 극 가까이에는 번역, 의역(意譯), 그리고 초서의 『트로일루스와 크리세이데』[63]와 『기사 이야기』[64]에서 보카치오를 이용하고 있는 경우와 같은 취급방법이 자리잡고 있다. 이 다음에 우리가 밀턴의 『리시다스』에서 주목한 바와 같이 의도적인 뚜렷한 관습이 오게 되며, 그 다음에 패러디를 포함해서 역설적 또는 아이러니적인 관습이 오는데, 이것은 흔히 있는 것으로 관습을 이용하는 어떤 유행이 퇴색해가고 있다는 징후이다. 그 다음으로는 우리가 휘트먼에서 본 바와 같이 관습에 등을 돌림으로써 독창성을 얻으려는 시도, 그러나 결과적으로는 은연중에 관습적인 것이 되어버리게 되는 그런 시도가 온다. 뒤이어 독창성을 '실험적'인 글과 동일시하는 경향이 오지만 이것은 오늘날에는 과

---

63) 트로이 전쟁에서 소재를 취한 초서의 장편 서사시(1372~86)로, 초서는 이 이야기를 보카치오에게서 빌려왔다.

64) 『캔터베리 이야기』 가운데 테세우스의 포로이며 귀족 출신의 기사인 팔라몬과 알시테의 에밀리아에 대한 사랑을 그린 이야기.

학적인 발견과의 어떤 유사성에 근거를 두고 있고, '관습을 깨고 있다'라는 말로 곧잘 불려지는 것이다.

그러나 물론 이 마지막 단계를 포함해서 문학의 각 단계에는 많은 표면적이며 기계적인 관습이 있어 대부분의 문학 연구가는 슬라이딩 스케일의 중간에 놓고 싶어하는 작품, 가령 엘리자베스 시대의 진부한 소네트나 연애 서정시, 플라우투스풍의 희극 공식, 18세기의 목가, 18세기의 해피 엔드 소설, 일반적으로 추종자나 제자, 그리고 유파나 경향 등에서 생산되는 작품들을 만들어낸다.

이런 모든 점을 고려해보면 원형은 분명히 고도로 관습화된 문학, 즉 주로 원시적이고 통속적인 소박한 문학에서 가장 쉽게 연구된다. 따라서 필자는 원형비평의 가능성에 대해 언급할 때 현재 민담이나 발라드에 대해서 행해지고 있는 비교형태적 연구를 문학의 다른 부분에까지 확장시키려는 가능성을 시사하고 있는 것이다. 통속문학이나 원시문학을 이전에 그렇게 해왔듯이 보통 문학과 구별하는 것이 이미 현재로서는 유행하지 않고 있는 이상, 그 가능성을 고려하는 것은 훨씬 용이하다. 방금 말한 것과 같이 우리는 깊이가 없는 표면적인 문학은 단순히 그것이 관습적이라는 이유만으로도 원형비평의 대상으로는 가치가 있다는 것을 알게 될 것이다.

이 책을 통해서 필자가 가장 훌륭한 소설이나 서사시에 대해서와 똑같은 정도로 자주 통속문학에 대해서 언급하고 있다면, 이것은 대위법에 대한 초보적인 사실을 설명하려고 시도하는 음악가가 복잡한 바흐의 푸가에서보다도 적어도 처음에는 『세 마리의 눈먼 쥐』[65]에서 설명하는 것이 더 적절한 것과 똑같은 이유 때문이다.

상징의 각 양상에는 각각 독자적으로 서술과 의미에 접근하는 방법이 있다. 축자적인 양상에서 서술은 의미 있는 소리의 흐름이며, 의미

---

65) 미국의 유명한 동요이다.

는 복잡하고 애매한 언어 패턴이다. 기술적인 양상에서 서술은 실제로 일어난 사건의 모방이며, 의미는 실제로 있는 사물이나 주장의 모방이다. 형식적인 양상에서는 시는 전례와 교훈의 중간에 있다. 전례가 되는 사건에는 반복의 요소가 있고, 교훈 즉 당위성을 이야기하는 진술에는 욕망 또는 이른바 '소망 사고'의 요소가 강하다. 이 반복과 욕망의 요소는 개개의 시를 시 전체의 단위로서, 그리고 상징 전달의 단위로서 연구하는 원형비평의 전면(前面)에 등장하고 있다.

원형적인 양상의 관점에서 보면 문학의 서술적인 면은 상징 전달의 반복적인 행위, 말하자면 제의(祭儀)이다. 서술은 원형비평가에 의해서 단순히 미메시스 프락세오스, 즉 하나의 행위의 모방으로서가 아니라 제의, 즉 인간 행위 전체의 모방으로서 연구된다. 마찬가지로 원형비평에서는 의미 내용은 욕망과 현실의 충돌이며, 그 밑바탕에는 꿈이 작용하고 있다.* 따라서 원형적인 양상에서 제의와 꿈은 각각 문학의 서술 내용과 의미 내용이다. 소설이나 희곡의 플롯의 원형분석은 제의와 유사성을 보이는 유형적인, 반복적인 또는 관습적인 행위—결혼식, 장례식, 지적·사회적인 성인식, 처형 또는 처형 흉내식, 속죄양으로서의 악인의 추방 등등—에 비추어서 작품을 취급하리라고 본다. 소설이나 희곡 속에 담긴 의미 또는 의의의 원형분석은 작품이 비극적·희극적·아이러니적, 기타 어떤 것이든 간에 그 작품의 분위기와 해결이 보여주고 있는 유형적·반복적 또는 관습적인 형태에 비추어서 그 작품을 취급하리라고 보는데, 이 경우에는 작품의 분위기와 해결 속에 욕망과 경험의 관계가 나타나 있다.

반복과 욕망은 상호 침투하며, 제의뿐만 아니라 꿈에서도 똑같이 중요하다. 원형적인 양상에서 시는 자연을 모방하지만, 이 경우 모방되는

---

* 이 책 전체를 통해서, '꿈'은 단지 잠자고 있는 마음에 떠오르는 환상을 의미할 뿐만 아니라, 더 확장시켜서 사고(思考)를 형성할 때의 욕망과 혐오의 상호 영향적인 활동도 의미하기 위해서 사용되고 있다.

자연은 형식적인 양상에서처럼 구조 또는 체계로서의 자연이 아니라 주기적 과정으로서의 자연이다. 예술의 리듬에서 반복의 원리는 우리에게 시간을 가르쳐주는 자연의 반복에서 나오게 된 것 같다. 제의는 해, 달, 계절 그리고 인간의 삶 등의 주기적 운동에 밀착되어 있다. 경험의 중요한 주기성——새벽, 일몰, 달의 위상, 파종기와 수확기, 춘분, 추분과 하지, 동지, 탄생, 성인식, 결혼식 그리고 죽음——마다 제의가 곁들여 있다. 제의는 자동적인 그리고 무의식적인 반복일지도 모를 순수한 주기적인 서술(이와 같은 서술이 있다고 한다면)로 향하는 경향이 있다. 그렇지만 이러한 모든 반복의 중심에는 깨어 있는 생활과 잠자는 생활의 중심적인 반복 주기, 즉 자아(ego)의 나날의 좌절과 거인적인 자기(self)의 밤마다의 각성이 있는 것이다.

원형비평가는 하나의 시를 시 전체의 일부로서 연구하며, 시 전체를 우리가 문명이라고 일컫는 인간에 의한 전체적인 자연의 한 모방 형식으로서 연구한다. 문명은 자연의 모방일 뿐만 아니라 자연에서 전적으로 인간적인 형식을 만드는 과정이며, 이 문명은 우리가 방금 욕망이라고 일컬었던 힘에 의해서 추진된다. 음식물과 은신처에 대한 욕망은 초목의 뿌리를 먹고 동굴에서 산다고 해서 만족되지 않는다.

이 욕망은 농경과 건축이라는 자연의 인간적인 형식을 만들어낸다. 따라서 욕망은 요구에 부응하는 단순한 반응이 아니며(어떤 동물이든 음식물을 얻기 위해서 경작하지 않고도 음식물을 요구할 수 있기 때문에), 또 결핍에 대한 단순한 반응, 즉 어떤 특정한 것을 찾는 욕구도 아니다. 욕망은 구체적인 대상에 한정되지 않고 또 만족하지 않는다. 그것은 인간사회로 하여금 그 인간사회 자체의 형식을 발전시키도록 이끌어주는 에너지이다.

이런 의미에서 욕망은 우리가 축자적인 양상에서 대면했던 정서의 사회적인 측면, 즉 만일 시가 그 욕망에 표현의 형식을 주어서 해방시키지 않았다면 형식을 갖추지 못한 채 그대로 남아 있을지도 모를 그런 표현에 대한 충동이다. 이처럼 욕망의 형식은 문명에 의해서 해방되어 뚜렷한 표현을 얻게 된다. 문명의 동인은 작업이며, 사회적인 면에서 보면 시는 하나의 언어적인 가설로서 작업의 목표에 대한 비전과 욕망의 여러 형식을 표현하는 기능을 가지고 있다.

그러나 욕망에는 도덕적인 변증법이라는 것이 있다. 정원의 개념은 '잡초'라는 개념을 발전시키고, 양의 우리를 짓는 것은 늑대를 더 큰 적으로 만든다. 그러므로 그 사회적인 면과 원형적인 면에서 시는 욕망의 충족을 예증하려고 할 뿐만 아니라, 그 충족에 장애가 되는 것을 규정하려고도 한다. 제의는 반복적인 행위일 뿐만 아니라 욕망과 형식, 즉 풍요나 승리에 대한 욕망과 가뭄이나 적에 대한 혐오의 변증법을 표현하는 행위이기도 하다. 한편에는 사회적인 통합의 제의가 있고 또 한편에는 추방, 처형 및 징벌의 제의가 있다. 꿈에서도 유사한 변증법이 있어 욕망 충족의 꿈이 있을 뿐만 아니라, 불안이나 악몽이라는 혐오의 꿈이 있다. 따라서 원형비평은 하나는 주기적이고, 다른 하나는 변증법적인 두 개의 구성적인 리듬 또는 패턴에 기초를 두고 있다.

언어라는 전달형식을 통해서 제의와 꿈을 통일하는 것이 신화이다. 이러한 뜻으로서의 신화는 첫번째 에세이에서 사용되었던 신화의 의미와는 약간 다르다. 그러나 이러한 뜻도 전자의 의미 못지않게 잘 알려져 있으며, 이 말이 애매한 것은 필자의 책임이 아니라 사전의 책임이라는 점을 우선적으로 말하고 싶다.

두번째로 말하고 싶은 것은 우리가 앞으로 살펴보면 알게 되겠지만 두 의미 사이에는 실제로 연관이 있다는 것이다. 신화는 제의와 꿈을 설명하고, 그 전달을 가능케 한다. 제의는 그 자체만으로는 자신을 설명할 수 없다. 제의는 논리 이전의 것, 언어 이전의 것, 그리고 어떤 의미에서 인간 이전의 것이다. 제의가 달력과 결부되어 있기 때문에 인간생활은 자연의 주기에 생물적인 의존관계를 맺고 있는 것처럼 보인다(식물과 어느 정도까지는 동물도 여전히 이와 같은 관계를 맺고 있다).

꽃이라든가 새의 노래처럼, 우리가 예술작품과 어떤 종류의 유사성을 갖고 있다고 생각하는 자연의 모든 사물은 유기체와 자연환경의 리듬, 특히 태양년의 리듬 사이의 공시적인 동조(synchronization)에서 생성된다. 구애를 표시하는 새의 춤처럼, 동물에서도 어떤 종류의 공시성의 표현은 제의라고 일컬어져도 무방할 것이다. 가장 영리한 메추라기도 그가 어째서 교미기가 되면 날개를 파닥파닥 치는가에 대해서 아주 뚱딴지 같은 이야기마저도 설명해줄 수 없다는 점을 고려해본다면 신화는 더욱 뚜렷이 인간적인 것이다.

이와 비슷하게, 꿈은 그 자체에서는 꿈꾸는 사람 자신의 생활을 은밀히 암시하는 체계인데, 그것은 당사자에 의해서는 충분히 이해되고 있지 않으며, 또 우리가 아는 한 그것은 실제로 당사자에게는 별로 쓸모가 없는 것이다. 그러나 흔히 이야기되고 있는 오이디푸스 왕의 예에 의해서 뿐만 아니라 어떠한 민담집에 의해서도 분명히 나타나듯이 모든 꿈에는 독립적인 전달력을 가지고 있는 신화적인 요소가 있다. 따라서 신화는, 제의에는 의미를 꿈에는 서술성을 부여할 뿐만 아니라, 제의와 꿈을 동일화하는 것이다. 이 동일화의 경우 제의는 움직이고 있는 꿈으로 여겨지는 것이다. 이것은 이 제의와 꿈에, 제의를 꿈의 사회적인 표현으로 만드는 어떤 공통적인 요소가 없다면 가능할 수 없을 것이다. 이 공통적인 요소의 검토는 뒤에 가서 다루어질 필요가 있다. 다만 여기서 우리가 말해두지 않으면 안 될 것은 제의는 **뮈토스**의 원형적인 면이며, 꿈은 **디아노이아**의 원형적인 면이라는 것이다.

우리는 첫번째 에세이에서 서사 중심의 문학과 주제 중심의 문학이 각각 어디에 역점을 두고 있는가를 고찰함으로써 이 두 문학 사이에 내재한 차이를 살펴보았는데, 여기에서도 그와 똑같은 차이가 일어난다. 가령, 극과 같은 일부 문학형식은 특히 제의와의 유사성을 선명하게 상기시킨다. 왜냐하면 문학에서의 극은 종교에서의 제의처럼 원래는 사회적인 또는 집단적인 연기이기 때문이다. 로맨스와 같은 다른 형식들은 꿈과의 유사성을 시사한다. 제의와의 유사성은 교양 있는 관객들이 보는 연극이나 상설극장에서 공연되는 극에서가 아니라 소박한 극 또는 스펙터클 극, 말하자면 민속극, 인형극, 무언극, 소극, 축제행사극, 그리고 이러한 것들에서 전래된 가면극, 희가극, 상업영화, 그리고 시사희극 등에서 가장 쉽사리 볼 수 있다. 꿈과의 유사성은 소박한 로맨스에서 가장 잘 연구되는데, 소박한 로맨스에는 불가사의한 소망이 실현되는 꿈과 밀접한 관계가 있고, 또 사람 잡아먹는 귀신과 마녀가 나오는 악몽과 밀접한 관계가 있는 민담과 옛날이야기 등이 포함되어 있다.

물론 소박한 극과 소박한 로맨스는 서로 침투한다. 소박한 극이 극화하는 것이 보통 어떤 특정한 종류의 로맨스이며, 로맨스와 제의와의 밀접한 관계는 달력에 있는 어떤 연례행사날이나 동지, 오월제, 성도를 기리는 축일 전야, 또는 기사의 창시합과 같은 계급제의와 연관되어 있는 대부분의 중세 로맨스에서 찾아볼 수 있다. 우선 원형이 **전달 가능**한 상징이라는 사실을 염두에 두면 발라드, 민담 그리고 무언극이 그들의 숱한 주인공들과 똑같이 왜 언어와 문화의 장벽을 뛰어넘어서 세계 도처로 퍼져가는가 하는 이유를 대체로 이해할 수 있다. 우리는 여기서 상징의 원형적인 양상에 의해서 가장 깊은 영향을 받는 문학은 원시적이며 민중적이라는 인상을 우리에게 심어준다는 사실을 재인식하게 되는 것이다.

원시적이며 민중적이라는 이 두 어휘를 필자는 각각 그 어휘들이 시간적으로나 공간적으로 전달 가능한 능력을 소유하고 있다는 뜻으로 사용하고 있으며, 이외의 경우에는 두 어휘는 거의 같은 의미로 간주되고 있다. 통속예술은 보통 동시대의 교양계급에 의해서 속된 것으로 간주되며, 따라서 이 문학이 연관된 당초의 관중에게만 관심의 대상으로 남을 뿐, 새로운 세대의 성장과 더불어 돌보아지지 않게 된다.

그런 다음에 그것이 '고풍스럽다' 라는 보다 더 온건한 평가를 받기 시작하면 교양계급이 관심을 갖게 되어 마침내 원시성이 갖는 고풍스러운 위엄을 띠기 시작한다. 셰익스피어의 말기 작품에서 그렇듯이,

또는 성서가 고뇌에 젖어 있는 소녀, 용을 무찌르는 영웅, 사악한 마귀, 그리고 보석으로 반짝이는 경이스러운 도시 등에 대한 옛날이야기[66]로 마무리짓는 경우에서 그렇듯이 훌륭한 예술에 통속적인 형식이 사용되어 있을 경우 고풍스러운 것에 대한 이러한 느낌이 되살아나는 것이다. 고풍스러운 것은 원형을 사회적으로 이용하는 모든 것에서 으레 나타나는 특징이다. 소련은 트랙터의 생산을 크게 자랑하고 있지만, 당분간은 트랙터가 소련 국기에 그려진 낫 대신 대치되는 일은 없을 것이다.

우리가 신화적인 계약론의 오류에 주의하고, 그 오류를 피하지 않으면 안 된다는 것은 이런 점에서이다. 말하자면 만일 우리가 관찰될 수 있는 사실들에 한정시켜서 현재의 사회구조에 대해 논의한다면 사회적인 계약설 같은 것이 정치이론상 있을 수 있는 일이다. 그러나 어떤 증거가 있다 하더라도 너무나 먼 옛날에 일어났기 때문에 작자의 기술(記述)을 방해할 수 없는 그런 이야기에 관찰될 수 있는 사실들이 부여되고, 그리하여 그 옛날에 사람들은 그들의 권력을 내버렸다든가 물려주었다든가 또는 속임을 당해 빼앗겼다든가 하는 말을 우리가 듣게 될 때 정치이론은 플라톤이 말하는 교화의 허위의 하나가 된다. 이 먼 옛날의 사건의 유일한 증거는 현재의 사실과의 유사성이므로 현재의 사실이 그 스스로의 그림자와 비교되는 셈이다. 바로 이와 똑같이 이야기를 꾸미는 과정이 신화에 관계되는 문예비평에도 일어나는데, 그것도 역시 역사적인 계약설의 단계로부터 거의 벗어나지 못하고 있다.

원형비평가는 제의와 꿈에 관심을 갖고 있으므로 제의에 관한 현대 문화인류학자의 업적이나 꿈에 관한 현대 심리학자의 업적에 커다란 관심을 기울일 것이라고 생각된다. 특히 프레이저가 『황금의 가지』에서 보여준 소박한 극의 제의적인 바탕에 관한 업적과, 융 그리고 융파

---

66) 「요한계시록」, 13장과 21장 10~27절.

학자들에 의해서 이루어진 소박한 로맨스의 몽상적인 바탕에 관한 업적은 원형비평가에게 가장 직접적인 가치가 있다. 그러나 문화인류학, 심리학, 그리고 문예비평의 세 가지 전문분야는 아직 뚜렷하게 구별되어 있지 않으므로 결정론에 빠져들지 않도록 조심스럽게 경계하지 않으면 안 된다. 문예비평가에게 제의는 극적인 연기의 내용이지 그 기원은 아니다. 『황금의 가지』는 문예비평의 관점에서 볼 때 소박한 극의 제의 내용에 관한 논문이다. 말하자면 그것은 극의 구조적인 원리와 유형적인 원리가 연대적으로가 아니라 논리적으로 유도되고 있는 원형적인 제의를 재구성하고 있는 것이다.

이러한 제의가 역사적으로 실제 존재했는가 안 했는가 하는 점은 문예비평가에게는 전혀 문제시되지 않는다. 프레이저의 가설적인 제의는 충분히 실제의 제의와 뚜렷하고도 많은 유사성을 가질 수 있을 것 같고, 이런 유사성을 수집하는 일이 그의 논의의 일부가 되고 있다. 그러나 유사성은 반드시 기원이나 영향이나 원인 또는 미발달형식과 바로 직결되는 것이 아니며, 또한 동일성과 직결되는 것은 더더욱 아니다. 제의가 극에 대해 갖게 되는 문학적인 관계는 인간행위가 극에 대해 갖게 되는 관계와 같이 단지 내용의 형식에 대한 관계이지 기원의 파생에 대한 관계가 아니다.

그러므로 비평가는 꿈이나 제의 패턴이 어떻게 해서 전해 내려왔는가를 문제시하지 않고, 현재 연구하고 있는 것 가운데 실제로 존재하는 제의나 꿈의 패턴에만 관심을 갖게 된다. 프레이저의 뒤를 따르던 고전학자들의 업적[67]에 의해서 스펙터클한 성격을 띠고 있는 또는 제의의 성격을 띠고 있는 그리스 극의 내용에 대한 일반 이론이 만들어져 나왔

---

67) 머리(Gilbert Murray)의 『그리스 서사시의 대두』(Oxford, 1907), 『시의 고전적 전통』(Havard, 1927), 해리슨(Jane Harrison)의 『그리스 종교 연구 입문』(Cambridge, 1903), 『테미스』(Cambridge, 1912), 콘퍼드(F.M. Cornford)의 『아티카 비극의 기원』(London, 1934) 등을 가리킨다.

다. 『황금의 가지』는 문화인류학의 업적이라고 주장되고 있지만, 저자가 기대했었던 분야보다 문예비평에 보다 더 많은 영향을 주었기 때문에 실제로는 문예비평의 업적에 속한다는 것이 입증될 날이 올지도 모르겠다.

제의 패턴이 희곡 속에 있다면——가령 에우리피데스의 『타우리스의 이피게네이아』의 주요 주제의 하나가 제물로서의 인간의 희생이라는 것이 억측이 아니고 사실이라면——비평가는 그리스 극의 제의적인 기원에 관해 전혀 관계없는 역사적인 논쟁에 가담할 필요는 없다. 따라서 행위의 내용으로서의, 특히 극적인 행위의 내용으로서의 제의는 말의 질서 가운데 끊임없이 잠재되어 있는 그 무엇이며, 직접적인 영향 관계와는 전혀 무관하다.

19세기에조차도 우리가 이미 예를 들었던 『미카도』에서처럼 극이 원시적이며 대중적인 것이 되면 곧 프레이저식의 만반의 채비(왕자, 모의, 희생, 사카에아 축일[68]과의 아날로지, 기타 길버트 머리가 알고 있으면서도 전혀 문제시하지 않았던 많은 부분)가 다시 살아난다. 관객의 주의를 끄는 가장 좋은 방법이기 때문에 그러한 것이 다시 살아나며, 경험이 많은 극작가는 이 사실을 알고 있는 것이다.

자료와 역사적인 전승만을 취급하는 자료비평의 권위에 오도된 일부 원형비평가는 모든 이러한 제의 요소는 왕가의 대대의 계통을 표시한 도표처럼, 의도적인 불신의 정지[69]가 허락하는 한 먼 옛날까지 일직선

---

68) 옛날 바빌로니아에서 행해졌던 축제이다. 이 축제기간의 5일 동안은 주·종의 위치가 전도되어 종이 주인에게 명령을 내릴 수 있다. 또 사형수는 왕의 옷을 입고는 왕좌에 앉아 마음 내키는 대로 명령을 내리고, 왕의 첩과 동침하는 것도 허용이 된다. 그러나 마지막 날에는 교살되든가 참살을 당한다. 프레이저(Sir James Frazer)의 『황금의 가지』(New York, 1922 축소판), 24장, p.328 참조.

69) 문학작품에 나타난 인물이나 행동의 사실성, 정확성 또는 개연성에 대해 의문을 품지 않는 것을 말한다. 이처럼 의문을 기꺼이 정지함으로써 독자는

으로 거슬러 올라가서 파악되어야만 한다고 생각하게 되었다. 이 결과 생기는 넓고 큰 연대기적인 간격은 보통 종족기억이론이나 어떤 모략적인 역사관——이 역사관은 신비로운 것에 대한 숭배와 그 전설에 의해 몇 세기 동안 방심하지 않고 철저히 지켜져왔던 여러 가지 비밀과 관련되어 있다——에 의해서 메워진다.

원형비평가들이 역사적인 틀을 붙잡고 늘어질 때 그들은 으레 인간은 태고에 잃어버렸던 황금시대에서부터 끊임없이 타락하고 있다는 가설을 만들어낸다. 이리하여 토마스 만의 요제프 4부작[70]의 서편은 몇몇의 중심적인 신화를 아틀란티스[71]까지 거슬러 올라가서 생각하는데, 그 이유는 분명히 아틀란티스가 역사적인 관념으로서보다도 원형적인 관념으로서 더 쓸모가 있기 때문이다. 19세기에 원형비평이 태양신화의 유행과 함께 부활하였을 때 나폴레옹의 일생이 바로 태양신화라는 것을 똑같이 그럴 듯하게 논증함으로써 원형비평을 조소하려는 시도가 행하여졌다. 그런 조소는 원형비평이 저지르는 역사적인 왜곡에 대해서만 효과가 있다. 원형비평의 관점에서 보면 우리가 나폴레옹의 신분 상승, 명성의 절정, 또는 운명의 하강에 대해서 운운할 때마다 우리는 그의 일생을 태양신화로 만들고 있는 것이 된다.

작가의 상상적 세계에 잠정적으로 참가할 수 있다. '불신의 정지'라는 구절은 콜리지의 『문학평전』(1817)에 나오며, 그는 거기서 "잠정적인 불신의 의도적 정지는 시적인 믿음을 구성한다"고 말하고 있다.

70) 원제는 '요제프와 형제들'로서 만(Thomas Mann)이 1933년부터 1944년에 걸쳐 구약의 야곱과 요셉의 이야기에서 소재를 빌려 쓴 4부작의 장편소설이다. 제1부 「야곱의 이야기」, 제2부 「젊은 요제프」, 제3부 「이집트의 요제프」, 제4부 「부양자로서의 요제프」 등으로 되어 있다.

71) 그리스의 전설상의 큰 섬으로, 아름다운 초목이 무성하고 금·은·주옥이 풍부하며 인구도 많았다고 하는 일종의 지상낙원이다. 아틀란티스 왕은 아프리카와 유럽을 침범했지만, 아테네와 그 연합군에게 패하고 만다. 그후 이 섬의 주민들은 사악하고 불경건해져 섬은 하루 만에 바다로 침몰해 버렸다고 한다.

넓은 의미에서의 문화인류학인 사회문화사는 늘 비평의 맥락의 일부가 될 것이며, 제의에 대한 문화인류학적인 취급방법과 비평적인 취급방법이 분명하게 구별되면 될수록 이 양자가 서로서로에게 미치는 영향은 유익한 것이 될 것이다. 똑같은 사실이 심리학의 비평에 대한 관계에도 적용될 수 있다. 한 편 한 편의 시보다도 더 커다란 시 전체의 제일차적이면서도 또한 가장 뚜렷한 단위가 그 한 편 한 편의 시를 쓴 사람의 전체 업적인 것이다. 전기는 항상 비평의 일부가 될 것이며, 응당 전기작가는 시인의 감추어져 있는 꿈이나 연상이나 야심, 밖으로 표현된 또는 억압된 욕망 등을 기록하고 있는 개인적인 자료로서 그 시인의 시에 흥미를 갖게 될 것이다. 이러한 내용의 연구는 비평의 본질의 일부를 이루는 것이다.

필자는 물론 마치 임상적(臨床的)인 실험이나 하는 듯이 가장을 합리화하고, 저자 자신의 색안경을 통해서 본 편견(author's own erotica)을 희생의 대상에게 투영할 만큼 어리석은 연구에 대해서 말하고 있는 것이 아니다. 심리학과 비평 양자에 전문적인 능력을 갖추고 있으며, 얼마만큼은 추측이 포함되어 있고, 그리고 어느 정도 모든 결론이 잠정적이라는 것을 알고 있는 본격적인 연구에 대해서 말하고 있는 것이다.

이러한 연구방법은 우리가 하위모방의 주제 중심적인 작가라고 부른 사람들, 즉 주로 시인 자신의 심리과정이 흔히 주제의 일부가 되는 낭만주의 시인의 경우에 가장 쉽사리 적용되며, 또 가장 응용할 만한 가치가 있다. 다른 작가, 가령 "사람을 기쁘게 하기 위해서 사는 자는 살기 위해서도 사람을 기쁘게 하지 않으면 안 된다"[72]라는 말의 첫마디부터 의식하고 있는 극작가의 경우에는 그러한 연구방법이 그 작가를 문학사회에서 추상적인 가공(架空)의 존재로 만들어버릴 위험성이 있다.

---

72) 새뮤얼 존슨(Samuel Johnson)의 『드루어리 레인 극장의 개장에 붙인 서사』에 나오는 말이다.

어떤 비평가가 셰익스피어의 희곡에서 어떤 특정한 패턴이 여러 번 반복되고 있음을 발견했다고 가정하자. 만일 셰익스피어가 이 패턴을 사용한 방법이 독특하다든가, 이상하다든가, 또는 심지어 예외적이라든가 하면 적어도 셰익스피어가 그 패턴을 사용한 이유의 일부는 심리적인 것이 될 수 있다. 그 패턴이 관객에게 기쁨을 주지 못했음에도 불구하고 셰익스피어가 집요하게 그 패턴을 사용했다는 증거가 있다고 하면, 셰익스피어 개인의 심리적인 요소가 개재되었을 확률은 매우 높을 것이다. 그러나 만일 우리가 똑같은 패턴을 그와 동시대의 소수의 극작가에게서 찾아낼 수 있다면 분명히 우리는 관습이라는 것을 고려하지 않으면 안 된다. 그리고 만일 우리가 앞의 극작가들의 수의 배가 되는, 시대와 문화를 달리하는 극작가들에게서 그 패턴을 찾아낼 수 있다면 우리는 장르를, 즉 극 자체의 구조적인 요건을 고려하지 않으면 안 된다.

말할 것도 없는 일이지만 우리는 셰익스피어 희극 속에서 똑같은 기법이 반복적으로 사용되고 있다는 사실을 발견할 수 있으며, 이 기법을 다른 극작가의 기법과 비교하는 것이 희극 형식의 형태학적인 연구에서 문예비평가가 할 임무이다. 그렇지 않으면 우리는 셰익스피어의 학문적인 특질을 완전히 정통적으로 이해하지 못하게 될 것이며, 반복적으로 사용되는 그의 희극의 기법에서 희극 푸가 기법을 해독하지 못하게 될 것이다.

시를 연구하는 심리학자에게는 그가 꿈에서 찾고 있는 것, 즉 잠재적인 내용과 밖으로 명확히 드러나 있는 내용의 혼합물을 시에서 찾아내려는 경향이 있을 것이다. 문예비평가에게는 밖으로 드러나 있는 시의 내용이 형식이므로 잠재적인 내용은 단지 그 시의 실제의 내용, 즉 디아노이아* 또는 주제이다. 그리고 원형적인 수준에서의 이 디아노이아는

---

* 디아노이아는 형식을 가리키므로 여기에서 이렇게 말하는 것은 부주의한 일이다.

꿈, 즉 욕망과 현실의 충돌의 제시이다.

우리는 원환을 이루면서 돌고 있는 것처럼 보이지만 아직 완전하지 못하다. 순수한 심리학적인 분석에는 존재하지 않는 문제, 전달 가능한 잠재적인 내용이라는 문제, 즉 이해될 수 있는 꿈이라는 문제(예술을 깨어 있는 정신으로 향하는 꿈이라고 말한 플라톤적인 예술관)가 비평가에게 생겨난다. 심리학자에게는 모든 꿈의 상징은 개인적인 것이며, 그것은 꿈꾸는 사람의 개인 생활에 비춰서 해석된다. 비평가에게는 개인적인 상징이라는 것은 없으며, 만일 있다고 하더라도 그것이 개인적인상징에 머물러 있지 않다는 것을 확인하는 것이 비평가의 일이다.

이와 같은 문제는 프로이트가 『오이디푸스 왕』이 하나의 극으로서 갖는 가장 큰 매력은 오이디푸스 콤플렉스를 극화한 것에 있다고 주장한 사실에서 이미 나타나고 있다. 극적인 요소와 심리적인 요소는 소포클레스의 개인생활(우리는 그의 개인생활에 대해서 전혀 알지 못하지만)과는 관계없이 연관될 수 있다. 이 비개인적 내용에 대한 강조는 융과 그 일파에 의해서 전개되어왔는데, 그들은 원형의 전달 가능성을 집단무의식 이론—필자가 판단할 수 있는 한 문학에서는 불필요한 가설이다—에 의해서 설명하고 있다.

우리가 알고 있듯이 작가의 의도에 적용되는 것은 역시 관객의 의도에도 적용된다. 작가의 의도와 관객의 의도는 구심적인 방향을 갖고 있으며, 그리하여 예술의 반응에는 그 창조의 경우와 똑같이 함축적인 요소—관객이 분명하게 의식하고 있지 않은 함축적인 요소—가 존재한다. 깨어 있는 개별적인 각각의 의식은 복잡한 반응의 극히 소수의 세부적인 요소만을 이해할 수 있다. 이러한 사정으로 인하여 가령 테니슨은 그의 언어의 순수성으로 인해 칭찬을 받고, 그의 강한 관능성으로 인해 읽혔다. 또 이러한 사정으로 인하여 현대 비평가는 예술작품을 해부할 때 시대착오적인 사고방식에 떨어지는 것을 실제로 두려워하지 않고 현대 학문의 전 성과에 의존할 수 있는 것이다.

가령 『기분환자』[73]는 17세기식으로 설명하면(물론 몰리에르식의 설명도 들어 있지만) 진짜 아픈 것이 아니라 단지 아프다고 스스로 깊이 믿고 있는 한 남자 주인공에 대한 연극이다. 현대 비평가는 이 극을 두고 인생은 그렇게 단순한 것이 아니라는 반론을 제기할 수 있다. 즉 기분으로 느끼는 병이 완전히 진짜 병이 될 수 있으며, 주인공 아르강에게 이상한 점이 있다면 그가 자식들이 어른이 되는 것을 바라지 않는 이상심리, 말하자면 아내(여기서 덧붙여 말하자면 이 아내도 후처이다)가 그를 깔보고 있고, 또 그를 두고 '불쌍한 어린애'라고 중얼거리는 것으로 미루어보아 아내도 완전히 믿고 있는 듯한 유아퇴행이라는 병을 갖고 있다고 말함으로써 비평가는 반론을 제기할 수 있다.

이러한 입장을 취하는 비평가는 막내딸 루이종과의 장면(비평가는 이 연애감정적인 성질도 주목하겠지만) 후에 아르강이 '이미 이 집에는 아이들은 없다'고 무심코 지껄이는 말에서 그의 모든 행동을 이해할 수 있는 열쇠를 찾을 것이다. 이와 같이 작품을 바라보는 관점은 옳든지 틀리든지 간에 몰리에르의 원문에서 벗어나 있지 않지만, 그것은 몰리에르 자신에 대해서는 아무것도 말해주지 않는다.

이 연극은 장르로서는 희극이다. 그러니까 해피 엔드로 끝나지 않으면 안 된다. 따라서 아르강이 어느 정도 사리를 분별할 줄 아는 사람이 되어야 하기 때문에 아내(남편을 강박관념 속에 사로잡혀 있게 하는 것이 그녀의 극적 기능이다)도 그에게 적대적인 감정을 갖고 있다는 것으로 '폭로'되지 않으면 안 된다. 플롯은 산 제물의 추방과 그 추방에 이어지는 결혼으로 향하는 제의이며, 주제는 현실과 충돌하는 불합리한 욕망의 꿈의 패턴인 것이다.

뒤에 나오는 이 책의 또 다른 에세이를 통해서 필자는 원형비평의

---

73) 몰리에르(Molière)의 의학과 의사를 풍자한 소극(1673 초연).

세부적인 면과 실제적인 면에 관심을 갖게 될 것이다. 여기서 우리는 원형비평의 전체적인 맥락이라는 관점에서 그 위치가 어떤 것인가에만 관심을 갖도록 하자. 원형적인 양상에서 예술은 문명의 일부이며, 우리는 문명을 자연에서 인간적인 형식을 만들어내는 과정이라고 정의하였다. 이 인간적인 모습은 문명이 발달해감에 따라 문명 그 자체에 의해서 분명하게 드러난다. 그 주요한 구성요소는 인간사회뿐 아니라 도시, 정원, 농장, 양의 우리 등이다. 원형적인 상징은 보통 인간적인 의미를 갖고 있는 자연적인 대상이며, 이 상징은 문명의 산물로서 인간 작업의 목표에 대한 비전으로서 비판적인 예술관의 일부를 이루는 것이다.

이러한 비전은 으레 문명의 어떤 면을 이상화하고, 또 어떤 면을 우롱하거나 무시하기도 한다. 말을 바꾸자면, 예술의 사회적 맥락은 역시 도덕적인 맥락이기도 한 것이다. 모든 예술가는 그들의 공동사회와 타협을 하지 않으면 안 된다. 많은 예술가가(많은 훌륭한 예술가를 포함해서) 그 사회의 대변자로 만족한다. 도덕적인 관점에서 예술가를 바라보면 예술가는 공동사회가 그 자체의 작업을 통해서 현실적으로 성취하고 있는 것을 반영하며, 또 거리를 두고 그것을 받들고 있다. 따라서 도덕적으로 본 예술가 상은 반드시 예술가는 인간행위와 사고를 모방해서, 이 인간행위와 사고의 실현 가능한 양식을 시사해주고 실현 가능한 가설을 세움으로써 사회의 작업을 도와야만 하는 존재인 것이다. 만일 예술가가 그렇게 하지 않으면 분명히 그의 가설은 적어도 불성실하다든가 근거가 없다든가 하는 딱지를 얻을 것임에 틀림이 없다.

마르크스주의는 다소 이러한 예술관을 취하고 있으며, 이러한 예술관에 의거해서 플라톤의 『국가』의 마지막에 있는 결론을 되풀이하고 있다. 우리가 단순히 그 논의를 있는 그대로 따라가보면 그 결론에서 다음과 같은 이야기를 듣게 된다. 정의(dike), 즉 자기가 맡은 바의 직분을 다하는 사회적 행위라는 관념에 의하면 화가가 그린 침대는 장인(匠人)이 만든 침대의 외적인 모방이다. 그런 까닭에 예술가는 진정한 노동자가 실현하고자 하는 세계를 반영한다든가, 또는 그 세계로부터 도피한다든가, 또는 이 가운데 어느 한쪽에 속하게 되는 것이다.

우리는 이 에세이에서 시 속에 나타나 있는 사건과 관념은 각각 역사 및 논술적인 글의 가설적인 모방이며, 이 역사 및 논술적인 글은 행위 및 사고의 언어적 모방이라는 원리를 채용했다. 이 원리는 시는 현실의 이차적인 모방이라는 시관에 우리를 친숙하게 한다. 그렇지만 우리는 미메시스를 플라톤적인 '상기'(想起)[74]로서가 아니라 외적인 세계를 해방시켜 이미지로, 자연을 해방시켜 예술로 변하게 하는 것으로서 해석하고 있다. 이런 관점에서 보면 예술작품은 그 자체의 목적*이 되지 않으면 안 된다. 예술작품은 궁극적으로 어떤 것을 설명하는 입장에 설 수 없는 것이며, 또한 궁극적으로 어느 다른 체계의 현상, 기준, 가치 또는 최종 원인과 결코 연관될 수 없다. 이러한 외적인 관계는 모두 '의도적 오류'의 일부를 이루는 것이다.

시는 도덕과 진리, 그리고 미의 전달수단이지만 시인은 이러한 것들에 목적을 두는 것이 아니라 오직 내적인 언어의 힘에 그 목적을 두고 있다. 시인은 시인으로서 다만 시를 쓰는 것만을 의도하고 있으며, 자신의 본래의 일에서 떠나 늪지대를 밝혀주는 이와 같은 다른 매혹적인 등불을 추구하는 것은 대체로 예술가가 아니라 예술가의 자아(ego)인 것이다.

도덕적으로는 사자도 어린 양도 다 같이 누워 잔다는 것이 비평에서

---

74) 플라톤에 의하면 진정한 인식은 현상계의 경험적인 인식이 아닌 선험적인 인식에 의존하는 것으로서, 이 인식은 영혼이 육체와 결합하기 이전에 바라본 이데아를 '상기'함으로써 가능하다는 것이다. '상기'(anamnesis)는 이렇게 진정한 인식을 얻는 과정을 일컫는다.

* '그 자체의 목적'이라는 이 말을 필자는 마리탱(M. Jacques Maritain) 씨의 강연에서 채택했다.

초보적인 공리이다. 버니언, 로체스터,[75] 사드,[76] 그리고 제인 오스틴, 『물방앗간 주인의 이야기』와 『두번째 수녀의 이야기』,[77] 이 모두가 똑같이 교양교육의 소재이며, 그들에게 적용되는 유일한 도덕적 평가 기준은 데코럼이다. 이와 같이 시인이 그의 작품에서 취하는 도덕적인 자세는 주로 그 작품의 구조에서 나오게 된다. 이리하여 『기분환자』가 희극이라는 사실이 아르강의 아내를 위선자로 만드는 유일한 이유이다. 즉 이 극을 해피 엔드로 만들기 위해서는 그녀가 제거되지 않으면 안된다.

미의 추구는 그것이 자아에게 보다 더 강한 유혹을 주기 때문에 진 또는 선의 추구 이상으로 위험하고 어리석은 행위이다. 어떤 의미에서는 미는 진과 선처럼 모든 위대한 예술의 속성으로 간주될 수 있지만, 아름답게 하려는 의도적인 시도 자체는 창조적인 에너지를 약하게 할 뿐이다. 예술에서의 미는 도덕에서의 행복과 같다. 우리가 '행복 자체를 추구할 수 없고', 단지 행복을 가져다줄지도 모를 그밖의 어떤 것을 추구할 수가 있듯이 예술에서의 미는 행위를 수반할지는 모르지만 행위의 목적은 될 수 없는 것이다. 미를 목표로 삼아도 그것은 고작 매력적인 것—사랑스럽다는 말로 표현되는 미적 성질, 신중하게 한정하여 선택한 주제뿐만 아니라 기법에 매달리는 성질을 만들어낼 뿐이다. 가령, 종교화가는 교회가 계속 그에게 마돈나 상을 그리도록 부탁하는 동안에만

---

75) Lord Rochester(1648~80) : 영국의 시인. 찰스 2세 때 궁정 제일의 난봉꾼이었다.

76) Donatien Alphonse Sade : 프랑스의 작가. 외설적인 글들로 해서 그의 이름을 딴 '사디즘'이라는 말이 생겼다.

77) 초서(Geoffrey Chaucer)의 『캔터베리 이야기』 가운데 각각 두번째, 열세번째 이야기이다. 전자는 늙은 목수가 젊고 아름다운 아내와, 그녀에게 구애하던 옥스퍼드 대학생에 의해 속임을 당하고, 두 사람은 다시 그녀에게 접근하던 또 한 남자를 속이고 놀려주다가 오히려 당하는 점잖지 못한 이야기이다. 후자는 한 로마 귀족 처녀와 그 남편의 기적과 순교를 다룬 청순, 정결한 이야기이다.

이와 같은 성질을 만들어낼 수 있다. 만일 어떤 교회가 십자가 상을 요구해오면 그 화가는 대신 잔혹과 공포를 그리지 않으면 안 된다.

우리가 사람의 몸을 '아름답다'라고 말할 때 보통 18살과 30살 사이에 있는 어떤 신체 건강한 사람의 몸을 뜻하므로, 가령 드가가 뒷물을 하기 위해서 웅크리고 앉아 있는 엉덩이가 큰 부인네들의 그림을 그려서 보여줄 때 우리는 우리의 상식적 예의에 가해지는 그 충격을 하나의 미적 판단으로 해석한다. 미라는 말이 사랑스럽다는 것 또는 매력적이라는 것을 의미할 때(미가 예술의 의도가 될 때는 반드시 그렇게 된다) 미는 늘 반동적인 것이 된다. 미라는 말은 예술가의 주제 내용의 선택을 한정한다든가, 그렇지 않으면 그 주제를 다루는 방법의 선택을 한정한다든가 하며, 또 그것은 고상한 말씨의 전군(全軍)을 소집해서 예술가가 무미건조하고 생동감 없는 의고전주의 저쪽 너머로 비전을 펼치려고 할 때 방해공작을 하는 것이다. 러스킨은 이 오류 때문에 많은 훌륭한 비평적인 통찰력을 손상시켰으며, 테니슨은 이따금 이때문에 시의 박력을 무디게 만들었다.

그리고 이들과 같은 시대의 이류시인에 속하는 탐미파의 일부 시인들에게서 우리는 모든 것을 미화시키려는 신경증적인 강박관념이 결국은 어느 곳에 다다르고 있는가를 분명히 볼 수 있다. 그 다다르는 곳은 문체에 대한 병적일 만큼의 과대한 숭배, 예술작품(심지어 희곡까지도)에 있는 모든 것을 전부 똑같은 느낌의 것으로 만들어버리고, 그 모든 것을 삭자, 그것도 가상 인상적인 작자의 경우와 비슷한 것으로 만들어버리는 기법인 것이다. 여기서도 또 자아의 허영이 장인의 성실한 긍지를 대신하고 있다.

서술과 의미의 형식적인 양상, 즉 세번째 양상에는 문학에서의 사건과 관념에 대한 외적인 관계가 포함되고 있지만, 이 양상은 그럼에도 불구하고 궁극적으로는 관조의 대상으로서의 미적인 문학작품관, 효용보다는 오히려 장식과 쾌락을 위해 의도된 테크네로서의 작품관으로 우리를 다시 인도한다. 이 관점은 우리로 하여금 미적 대상을 다른 종류의 인공물과 구별하게 하고, 그 종류에서 다른 경험과 다른 미적 경험을 가정하도록 조장한다. 지금까지 씌어진 모든 책, 희곡, 시의 집합체 또는 누적체로서의 서지적 문학관에 대응하는 것으로서 일련의 개별적인 특수한(때로는 막연하게 신성한) 인식으로서의 심미적 비평관이 있다. 이와 같은 문학 경험관에 그 자체의 유효성을 인정해서 아니 될 이유는 없다. 이 문학 경험관이 다른 연구방법을 배척할 때에만 우리는 그것을 반대하는 것이다.

원형적인 문학관은 총체적인 형식으로서의 문학과 생명의 연속체의 일부로서의 문학 경험을 우리에게 보여주고 있는데, 시인의 기능의 하나는 거기서 인간의 작업의 목표를 심상화(心象化)함으로써 그것을 눈앞에 보이게끔 하는 데 있다. 우리가 이 연구방법을 다른 세 가지 방법에 추가시키면 문학은 곧장 윤리적인 도구가 되며, 그리하여 우리는 중도에서 예술을 팽개쳐버리고 싶어하는 유혹에 빠지지 않고도 미적인 우상숭배와 윤리적인 자유 사이에서 고민하던 키에르케고르의 '이것이냐 저것이냐' 식의 딜레마를 헤쳐나갈 수 있다.

이 문학관의 유효성을 받아들인 뒤 진·선·미의 외적인 목표를 배제하는 일이 중요하다. 진·선·미가 외적인 것이라는 사실이 궁극적으로 그것들을 우상숭배의 대상이 되게 하고, 따라서 악마적인 것으로 되게 하기 때문이다. 그러나 사회적·도덕적·미적 기준이 결국에 가서는 예술의 가치를 외적으로 결정해주는 것이 아니라면, 예술이 문명의 일부가 되고 있는 원형적인 양상은 궁극적인 것이 될 수 없다는 결론이 나온다. 시가 여전히 효용적이고 기능적이 되고 있는 문명을 우리가 지나서, 비효용적이고 리버럴(liberal)하고 또 독자적으로 존재하는 문화로 옮아가는 또 하나의 양상이 우리에게 필요하다.

신비적 양상 : 단자로서의 상징

문학적인 상징의 여러 가지 양상을 더듬는 가운데 우리는 중세의 비

평서열과 대응하는 한 서열로 거슬러 올라갔었다. 우리가 '축자적'이
라는 말에 다른 의미를 확립했던 것은 사실이다. 그러나 중세의 의미
배열 혹은 적어도 단테적인 의미배열의 역사적 또는 축자적인 수준에
대응하는 것은 우리의 두번째, 즉 기술적(記述的)인 양상이다. 우리의
세번째 양상, 주석과 해석의 수준은 중세의 두번째 수준, 즉 우유적인
수준이다.

우리의 네번째 양상, 사회적인 전달의 한 기법으로서의 신화와 시의
연구는 중세의 세번째 수준인 도덕적·비유적인(tropological) 의미로
서, 의미의 사회적인 면과 동시에 비유적인 면에 관계하고 있다.

'믿어야 할 것'으로서의 우유적인 것과 '해야 할 것'으로서의 도덕적
인 것 사이의 중세적 구별은 역시 미적 또는 사변적인 것으로서의 형식
적인 양상과, 사회적인 것으로서의 또한 작업의 연속체의 일부를 이루
는 것으로서의 원형적인 양상을 이야기한 우리의 개념 속에 반영되어
있다. 우리는 여기서 신비적인 양상, 즉 보편적인 의미의 중세적인 개
념에 대한 현대적인 대응물을 확립할 수 있는지 어떤지를 생각하지 않
으면 안 된다.

또다시 첫번째 에세이의 다섯 가지 양식과 본 에세이의 상징의 여러
양상 사이에 점차로 하나의 대응이 성립되고 있음을 이미 독자는 알아
차렸는지도 모른다. 축자적인 의미는 이미 설명한 바와 같이 상징주의
에 의해 도입된 주제 중심적인 아이러니의 기법과, 시는 원래(즉 축자
적으로) 아이러니의 구조라는 많은 '신'비평가들의 견해와 연관이 있
다. 기술적인 상징은 19세기의 다큐멘터리적인 자연주의에 가장 비타협
적 요소이며, 하위모방 양식과 밀접한 관계를 맺고 있는 것처럼 보이는
반면, 르네상스 및 신고전주의 작가에서 가장 용이하게 연구되는 형식
적 상징은 상위모방 양식과 밀접한 관계를 가지고 있는 것처럼 보인다.

원형비평은 발라드, 민담, 그리고 민중의 이야기의 상호 교류가 가장
쉬웠던 로맨스 양식에서 그 중심이 발견되는 것 같다. 따라서 만일 앞
에서 말한 그 대응이 유효하다면, 상징의 마지막 양상은 바로 이 앞의

원형적인 양상과 똑같이 여전히 문학의 신화적인 측면—여기서 말하는 신화는 신 또는 신과 비슷한 존재에 관한 이야기와 주제라는 비교적 좁은 특수한 의미로 쓰임—에 관계될 것이다.

우리는 원형과 신화를 특히 원시적·민중적인 문학과 연관시켰다. 사실 어느 정도 순환논법적임을 인정하지만, 민중문학을 원형에 대한 조심스러운 관점을 제공해주는 문학이라고 정의해도 별 무리는 없을 것이다. 우리는 이와 같은 성질을 문학의 모든 수준에서 찾아볼 수가 있다. 즉 옛날이야기와 민담에서, 셰익스피어(대부분의 희극에서)에서, 성서(만일 종교서가 아니라면 응당 대중서가 될 만한 책)에서, 버니언, 리처드슨,[78] 디킨스, 포에서, 그리고 물론 수명이 길지 못한 엄청난 수의 서푼짜리 저속한 소설에서도 이같은 특성을 찾아볼 수 있다.

우리는 대중성과 가치는 양립될 수 없다는 관점을 가지고 이 책을 시작했다. 그러나 여전히 환원의 위험성, 즉 문학은 **본질적으로** 원시적이고 민중적이라고 가정하는 위험성이 뒤따른다. 이 견해는 19세기에 크게 유행했으며 지금도 사라지지 않고 있다. 그러나 만약 우리가 이 견해를 채용한다고 하면 원형비평에 대한 세번째의, 게다가 극히 중요한 보급원을 잘라버리는 것이 된다.

그들의 작품을 연구할 때 참을성을 요구하는 그런 작품을 쓴 많은 박식하고도 난해한 작가는 분명히 신화적인 작가라는 것을 우리는 깨닫는다. 이 예들에는 단테와 스펜서가 포함되고, 20세기에서는 시와 산문 양쪽에 걸쳐서 '난해한' 작가들 거의 모두가 포함된다. 이와 같은 작품이 서사 중심적인 경우, 종종 그 밑바탕은 소박한 극(『파우스트』, 『페르 귄트』)이나 소박한 로맨스(호손, 멜빌, 현대에서는 찰스 윌리엄스[79]나 루이스[80]의 세련된 우화를 참조할 것. 이 우화는 소년

---

78) Samuel Richardson(1689~1761) : 근대 소설의 아버지라고 할 수 있는 영국의 소설가. 작품으로 『파멜라』(1740) 등이 있다.

잡지의 방식에 주로 의거한다)에 근거하고 있다. 가령 헨리 제임스나 제임스 조이스의 말기 작품에서 볼 수 있는 것과 같이 학문적인 냄새를 풍기는 신화 구성은 미묘 복잡성을 띠고 있지만, 이 경우 복잡성은 신화를 감추기 위해서가 아니라 신화를 들추어내기 위해서 의도된 것이다.

우리는 원시적이고 민중적인 신화가 미라와 같이 복잡한 요설의 천에 폭 싸여 있는 것이라고 가정할 수는 없다. 이러한 가정은 환원의 오류의 원인이 될 수 있는 것이다. 학문적인 냄새를 풍기고, 미묘하기 그지없는 난해한 신화는 원시적인 또한 민중적인 신화와 똑같이 상상적인 경험의 중심으로 향하는 경향을 가지고 있다는 결론이 나올 성싶다.

『베로나의 두 신사』가 초기의 셰익스피어 희극이며, 『겨울 이야기』가 후기의 희극이라는 것을 알 때 학생들은 후기의 희극이 한층 미묘하고 복잡한 것이라고 생각하게 될 것이다. 사실은 후기의 작품이 고풍스럽고 원시적이며, 고대 신화와 제의를 보다 더 깊이 암시하고 있지만, 그렇다고는 생각하지 않을지 모른다. 또 후기의 작품이 한층 더 민중적이기도 한 것이다(물론 하층 중산계급 관객의 요구조건을 충족시켜준다는 의미에서 민중적이라는 뜻은 아니지만). 극의 내적인 형식을 더욱 힘있고 강렬하게 표현한 결과, 셰익스피어는 말기에 이르러서 극의 근원적인 바탕——비극이나 사회희극 같은 보다 특수한 형식의 극이 거기에서부터 나오고 또 거기로 되돌아가는 로맨스적인 스펙터클 극——에 도달하였던 것이다.

가령 『폭풍우』나 『연옥편』의 클라이맥스에서 셰익스피어나 단테가 보여주는 가장 위대한 그 순간을 맛보게 되면, 우리는 바로 그 순간에 어느 한 점에 수렴되어가는 깊은 의미가 있음을 실감하게 된다. 즉 인류

---

79) Charles Williams(1886~1945) : 영국의 소설가 · 시인 · 신학자.
80) C.S. Lewis(1898~1963) : 영국의 문학가 · 비평가 · 신학자.

의 전체 문학 경험이 관련되어 있음을 여기에서 지금 맛보고 있다는 느낌, 우리가 말의 질서의 조용한 중심에 들어와 있다는 느낌을 가지게 된다. 지식으로서의 비평, 문학이라는 주제에 대해서 일관성 있게 계속 이야기하게끔 강요당하는 비평은 말의 질서에 중심이 있다는 사실을 인식하고 있다.

이러한 중심이 없으면 관습과 장르에 의해서 제공되는 유사성이 일련의 끝없는 자유연상(이 경우 자유연상은 아마도 시사적이고 심지어 매혹적인 것이기도 하지만 결코 진짜 구조를 창조하지 못하는 자유연상을 가리킨다)으로 끝날 수밖에 없게 된다. 원형의 연구는 전체를 구성하는 부분으로서의 문학적인 상징의 연구이다. 따라서 만일 원형이라고 생각되는 것이 있다고 하면 우리는 거듭 한 걸음 나아가서 자기충족적인 문학세계의 가능성을 생각해보아야 한다. 원형비평이란 도깨비불이며, 출구가 없는 끝없는 미로라고 가정하든가, 또한 그렇지 않으면 문학은 총체적인 형식이며, 그러므로 단지 기존의 작품의 집합체에 주어진 명칭이라고 가정해서는 아니 된다든가, 이 가운데 하나를 가정할 수밖에 없다. 앞서 우리는 신화적인 문학관을 이야기하면서, 이 문학관에 의하면 전체로서의 자연질서는 이 질서에 대응되는 언어질서에 의해서 모방되는 것이라고 말했다.

원형이 전달 가능한 상징이며, 원형에 중심이 있다고 하면 우리는 그 중심에서 일군의 보편적인 상징을 발견하지 않으면 안 된다. 필자는 전 인류사회가 예외없이 기억하고 있는 어떤 원형의 암호 해독표 같은 것이 있다는 뜻으로 이렇게 말하는 것은 아니다. 필자가 뜻하고 있는 것은 어떤 상징은 모든 인간에게 공통적인 사물의 이미지이며, 그러므로 잠재적으로는 무한한 전달력을 가지고 있다는 것이다. 이러한 상징에는 음식물, 편력 또는 여행, 빛과 어둠, 보통 결혼이라는 형식을 취하게 되는 성적 충족 등 각각의 상징이 포함된다.

아도니스 신화나 오이디푸스 신화가 보편적이라든가, 뱀과 남자 성기의 경우와 같은 어떤 특정한 연상이 보편적이라는 등의 가정은 그만

두는 것이 좋겠다. 왜냐하면 우리가 이러한 것에 대해서 전혀 알지 못하는 사람들이 있음을 알았을 때 우리는 그들이 옛날에는 알고 있었지만 지금은 잊어버렸다든가, 또는 알고 있지만 이야기하고 싶지 않다든가, 또는 인류의 구성원들이 아니라든가 하는 식으로 가정하지 않으면 아니 되기 때문이다. 한편 만일 그들이 음식물의 개념을 이해할 수 없다면 우리는 자신을 가지고 그들을 인류로부터 제외할 수 있으며, 이리하여 음식물에 근거하고 있는 상징은 그 무엇이든 간에 무한정 넓어진다는 의미에서 보편적인 것이 된다. 말하자면 이 상징은 무제한으로 이해되는 것이다.

원형적인 양상에서 문예작품은 신화이며, 제의와 꿈을 결합시킨다. 그렇게 함으로써 문예작품은 꿈을 제한한다. 즉 꿈을 그럴 듯하게 보이게 하여 깨어 있는 사회적인 의식으로 받아들여지게 하는 것이다. 이리하여 문학은 문명에서의 도덕적인 사실로서, 꿈 그 자체에서 검열이라고 부르는 정신의 대부분을 구체화한다. 그러나 검열은 꿈의 발현력(發現力)을 방해한다. 꿈을 하나의 전체로서 생각해볼 때 우리는 다음 세 가지 사실을 주목하게 된다. 첫째로 꿈의 한계는 현실적인 것이 아니라 관념적인 것이다. 둘째로 그 관념적인 것의 한계 영역은 모든 염원, 모든 좌절에서 해방되어 있는 충족된 욕망의 세계이다. 셋째로 꿈의 세계는 전적으로 꿈꾸는 사람의 마음 속에 있는 것이다.

신비적인 양상에서는 문학은 인간의 꿈 모두를 모방하며, 따라서 현실의 중심이 아니라 그 주변에 있는 인간정신의 사상을 모방한다. 우리는 여기에서 상징을 기술적인 양상에서 형식적인 양상으로 옮겨 고찰했을 때 시작된 상상적인 혁명의 완성을 보게 된다. 형식적인 양상에서 자연의 모방은 외적 자연의 반영에서부터, 자연이 그 내용이었던 형식적인 구성으로 옮겨갔다. 그러나 형식적인 양상에서의 시는 여전히 자연에 포함되어 있고, 원형적인 양상에서도 시의 전체는 여전히 자연스러운 것, 또는 그럴 듯한 것의 영역 속에 포함되어 있는 것이다. 우리가 신비적인 양상으로 옮길 때 자연은 포함하는 능동적 입장에 있는 것이 아니라 오히려 포함되는 수동적 입장에 서게 되는 것이다. 그리하여 도시, 정원, 탐구, 결혼 등의 보편적인 원형 상징은 이미 인간이 자연 안에 구축하는 바람직한 형식이 아니라 그 자체가 자연의 형식인 것이다. 자연은 이제 은하수로부터 도시를 건설하는 무한한 인간의 마음 속에 있는 것이다. 이 자연은 현실이 아니라 욕망의 관념적 또는 상상적인 영역이며, 이 영역은 무한하고 영원하며 그리하여 묵시적인 것이다.

필자가 주로 사용하고 있는 묵시적이라는 의미는 자연 전체를, 인간적인 것은 아니라 하더라도 무생물보다 더 가까운 무한하고 영원한 생명체의 내용으로 보는 상상적인 개념이다. "인간의 욕망은 무한하므로 소유는 무한하며, 인간 자체도 무한하다"[81]고 블레이크는 말한다. 이 점에 관해서 블레이크가 편견을 가진 증언을 하고 있다고 생각되면 우리는 후커의 말을 인용해도 좋다. "이 양쪽(감각적인 완성과 지적인 완성)의 어느 쪽보다도 더 숭고한 어떤 것이 존재하고 있다는 것에 대해서는 인간의 욕망 바로 그 작용 외에 다른 어떠한 증거도 필요하지 않다. 인간의 욕망은 자연스러운 것으로서, 감각적인 완성과 지적인 완성으로 그칠 수는 없다. 종국에는 부족한 것 모두가 가득 채워져 편안한 상태에 머무를 수 있을 것이다."[82]

제의에 눈을 돌리면, 우리는 이른바 강력한 마술의 요소를 가지고 있는 자연의 모방을 제의에서 관찰할 수 있다. 마술은 자연의 주기와의 잃어버린 관계를 되찾으려는 자발적인 노력의 일환으로서 시작되는 듯하다. 이미 소유하고 있지 않은 어떤 것을 의도적으로 되찾으려는 이런 감각이 인간 제의의 뚜렷한 특징이다. 제의는 달력을 만들고, 천체의

---

81) 소책자 『자연종교는 없다』(1788년경), 제2집, VII에 나오는 말이다.

82) 영국의 성직자 후커(Richard Hooker, 1554?~1600)의 영국 산문의 고전으로 일컬어지고 있는 『교회행정법』(1594~97)에 나오는 말이다.

움직임과 그 움직임에 대한 식물의 반응의 치밀하고 민감한 정확도를 모방하려고 노력한다. 농부는 일 년의 어느 정해진 시기에 농작물을 수확하지 않으면 안 되지만, 농부는 이런 것을 어차피 하지 않으면 안 되기 때문에, 엄밀히 말하면 수확 전체가 바로 제의가 되는 것이 아니다. 인간의 에너지와 자연의 에너지를 공시적으로 일치시키려는 의지의 표현이 수확 때 부르는 노래나, 수확 때 제물로 바치는 희생제나, 수확 때 제의와 연관되는 민속관습 등을 만들어내는 것이다.

그러나 제의에 포함되어 있는 마술적인 요소는 확실히 어떤 우주를 지향하고 있으며, 이 우주 속에서는 이미 어리석고 냉담한 자연이 인간사회를 포함하는 것이 아니라 오히려 인간사회에 포함되어 인간의 뜻대로 움직일 수밖에 없다. 또 우리가 이미 주목했던 것처럼 제의는 주기적일 뿐만 아니라 백과전서적이 되는 경향이 있음을 인식하게 된다. 따라서 신비적인 양상에서 시는 제의 전체로서의 인간행위를 모방하고, 따라서 그 자체 속에 자연의 모든 힘을 포함하고 있는 전능적인 인간사회의 행위를 모방한다.

따라서 신비적인 양상에서 보면 시는 제의 전체 즉 무한한 사회적 행위와, 꿈 전체 즉 무한한 개인의 사고를 결합시킨다. 시의 세계는 무한하며 끝없는 가설이다. 그것은 이미지 구조가 하나의 우유적인 해석에 한정될 수 없다는 것과 똑같은 이유에서 현실의 문명이나 현실의 일련의 도덕적 가치 속에 내포될 수가 없는 것이다. 여기서 예술의 디아노이아는 이미 언어적인 모방(mimesis logou)이 아니라 로고스(Logos), 즉 이성(理性)이면서 동시에 괴테의 파우스트가 명상한 것처럼 프락시스(praxis), 즉 창조행위이기도 한 형성적(形成的)인 것을 가리키는 말이다. 예술의 에토스는 이미 자연적인 배경 가운데 있는 일군의 등장인물이 아니라 역시 신적인 존재인 또는 신인동형동성론적(神人同形同性論的)으로 본 신적인 존재인, 보편적 인간이다.

신비적인 양상에 의해서 가장 깊은 영향을 받고 있는 문학형식은 성전(聖典), 즉 묵시록이다. 신은——전통적인 신이든, 신과 같이 영광스러운 존재가 된 영웅이든, 또는 신격화된 시인이든 간에——시가 무한한 힘의 느낌을 인간화된 형식으로 전하기 위해서 사용하는 중심적인 이미지이다. 이러한 성전의 대부분은 또 종교적인 기록문서이기도 하며, 따라서 상징적인 것과 실재적인 것의 혼합물인 것이다. 대부분의 성전이 실재적인 내용을 잃게 될 때 기독교가 대두한 뒤에 고전 신화가 그러했듯이 완전히 상상적인 것이 된다.

물론 일반적으로 말하면 그 성전들은 신화 또는 신통기 양식(神統紀樣式)에 속해 있다. 그 자체로 한 세계를 이루는 것같이 보이고, 그 자체의 문화에서 상상적인 암시의 끝없는 보고(寶庫)가 되어 물리적인 우주에서의 인력 이론 또는 상대성 이론처럼 문학적인 우주의 모든 부분에 적용될 수가 있고, 또 그 모든 부분과 유추관계를 맺고 있는 것처럼 보이는 광대한 백과전서적 구조도 신비적인 양상의 의미와 서로 관련을 맺고 있다. 이러한 작품들이 최종적인 신화, 즉 완전하게 조직된 원형인 것이다. 이 작품들 속에는 첫번째 에세이에서 우리가 계시의 아날로지라고 칭한 것, 즉 단테와 밀턴의 서사시, 그리고 다른 양식의 비슷한 작품들이 포함된다.

그러나 신비적인 양상이 모든 것을 수용하는 것처럼 보이는 작품들에만 한정되어 있는 것은 아니다. 왜냐하면 신비적인 양상의 의미 원리는 모든 것이 시의 주제라는 것이 아니라 무엇이든지 시의 주제가 될 수 있을지도 모른다는 것이기 때문이다. 분명히 무한히 변화하는 시적 통일의 인식은 계시적인 서사시로부터 나올 뿐만 아니라 밖으로 드러나 있지는 않지만 은연중에 어떠한 시에서도 나오게 마련이다. 하나의 관습적인 시, 가령 『리시다스』를 택하여 그 원형을 문학을 통해서 추구함으로써 완전한 교양교육을 얻을 수 있다고 이미 말한 바 있다.

이와 같이 어떠한 시든 우리가 우연히 읽게 되는 시가 문학세계의 중심인 것이다. 다시 한 걸음 나아가면 그 시는 전 문학의 소우주로서, 즉 언어 전체의 질서의 개별적인 현시로서 나타나는 것이다. 따라서 신비적인 양상에서 보면 상징은 단자(單子)이며, 모든 상징은 디아노이아로서는 로고스, **뮈토스**로서는 창조적인 행위 전체인, 하나의 무한한 그리고 영원한 언어상징으로서 통일된다.[83] 조이스가 주제 내용의 관점에서 '현현'이라고 말하고, 홉킨스가 형식의 관점에서 '내경'(內景, in-scape)[84]이라고 표현하고 있는 것이 이 관념이다.

가령 신비적인 양상에 입각해서 『리시다스』를 보면, 우리는 이 애가의 주인공은 밤에 서쪽 바다에 지는 태양뿐만 아니라, 가을에 죽는 식물적인 생물을 의인화한 신과 동일시되고 있음을 알게 된다. 후자의 측면에서 보면 리시다스는 아도니스나 탐무즈[85]이며, 밀턴이 그의 다른 시에서 말하고 있듯이 이 탐무즈 신의 '해마다의 상처'[86]는 지중해 종교에서 제의적인 애도의 주제가 되고 있으며, 셸리의 『아도네이스』[87]라는 제목이 한층 뚜렷하게 보여주고 있듯이 이 주제는 테오크리토스 이

---

83) 이 상징관에서 라이프니츠(Gottfried Leibnitz)의 단자론의 영향을 엿볼 수 있다. 그에 의하면 단자(힘을 본질로 하는 심적 실체)는 '살아 있는 거울'로서 우주를 개별적으로 표현한다.

84) 직감적으로 포착한 어떤 대상의 독특한 본질 또는 내적인 구조를 뜻한다. 이는 시인의 관찰과 내성(內省)의 결합에 의해 직감되며, 시인은 이 직감된 사물이나 사건의 내적인 구조 또는 본질을 독특한 시적 형태로 구상화하는 것이다.

85) 바빌로니아 신화에서 아름다운 여신의 사랑을 받았던 왕자이다. 레바논에서 사냥을 하다 산돼지의 이빨에 찔려 죽었다가 다시 살아났다고 한다. 이 때문에 그는 그리스 신화의 아도니스처럼 생물의 해마다의 싱쇠를 상징하는 신으로서 그 죽음과 부활이 기리어졌다. 아도니스 제의와 함께 이 신에 대해서 상세한 것을 알고 싶으면, 프레이저(Sir James Frazer) 『황금의 가지』(New York, 1922 축소판), 제29장 「아도니스의 신화」, pp.376~380을 볼 것.

86) 『실낙원』, 제1권 447행에 있다. 에스겔에 의하면(「에스겔서」, 8 : 13~14절), 예루살렘의 여인들이 매년 7월 레바논의 강물이 핏빛으로 흘러갈 때 탐무즈를 위해 애곡했다고 하는데, 여기서 탐무즈는 아도니스와 동일시된다.

87) 키츠(John Keats)의 죽음에 대한 애가(1821)이다. 테오크리토스 등 그리스 목가시인들에 의해서 확립된 목가적 애가의 형태를 취한 시로서, 아도네이스는 아도니스로부터 따온 이름이다.

래 목가적인 애가 속에 계속 편입되어왔다. 리시다스의 시인으로서의 원형은 오르페우스이며, 그도 아도니스와 거의 똑같은 역할을 하다가 젊은 나이에 죽임을 당해 바다 가운데 던져졌다. 리시다스의 목사로서의 원형은 베드로이며, 베드로는 예수의 도움이 없었더라면 '갈릴리 호수'에서 익사당했을 것이다. 『리시다스』의 각 측면은 사람의 생명, 시의 생명, 그리고 교회의 생명에 관련해서 때아닌 불시의 죽음이라는 문제를 제기하고 있다.

그러나 이 모든 측면은 예수의 모습—영원히 살아 있는 빈사상태의 젊은 신, 모든 시를 포함하고 있는 말씀, 교회의 머리와 몸, 겨울이 찾아오는 일이 없는 목가적인 세계에 살고 있는 착한 목자, 결코 지는 일이 없는 의로움의 태양(오르페우스는 그렇게 할 수 없었지만, 그의 힘은 황천의 나라로부터 죽은 자의 혼을 불러올 수 있었으므로 베드로처럼 물결로부터 리시다스를 들어올릴 수 있다) 속에 포함되어 있는 것이다. 예수는 한 인물로서 『리시다스』에 등장하지는 않지만 시의 전행(全行)에 걸쳐서 너무나 완벽하게 침투하고 있기 때문에, 말하자면 시가 예수로 등장하고 있는 셈이다.

신비적인 양상에 입각한 비평은 보통 종교와 직접적으로 관련된 가운데 발견되므로, 주로 시인 자신들의 비교적 억제하지 않은 자유로운 발언 속에서 발견되어야 하는 것이다. 그것은 가령 시인의 말이 성육화된 말씀의 맥락 속에 놓여 있는 엘리엇의 『4중주』의 구절에서 나타나고 있다.

이보다 더 명백한 진술이 릴케의 편지* 속에 있는데, 릴케는 이 편지에서 시인의 기능이란 눈이 먼 채 스스로의 마음 속을 응시하고 있는 천사의 기능처럼, 모든 시간과 공간을 포함하는 현실의 퍼스펙티브를 나타내는 일이라고 말하고 있다. 릴케의 천사는 보통 신 또는 예수로 불리는 존재의 변체(變體, modification)이지만, 그의 진술은 분명

---

* 1915년 10월 27일 델프(Ellen Delp)에게 보낸 편지.

히 비기독교적인 까닭으로 해서 한층 귀중하며, 신비적인 양상에 입각한 퍼스펙티브의 독자성, 말하자면 어떤 개별적인 종교의 수용에서 즉 현실의 중심에서부터가 아니라 그 주변에서 이야기하고자 하는 시인의 시도의 독자성을 예증하고 있다.

발레리의 절대 지성(絶對知性)의 관념(이 관념은 그가 묘사한 테스트 씨[88]의 모습 속에 한층 기발하게 나타나 있다)이나, 예이츠의 영원의 인공(人工)에 대한, 더 나아가서 『탑』과 그밖의 시에서 볼 수 있는, 삶과 죽음을 포함해서 모든 창조의 창조자로서의 인간에 대한 수수께끼 같은 그의 말이나, 조이스의 현현이라는 신학용어의 비신학적인 사용이나, 딜런 토머스의 보편적인 인간의 육체*에 대한 기쁨에 찬 찬가 속에 이와 비슷한 견해가 표현 또는 암시되어 있다. 따라서 우리가 시의 기능과 비평의 기능을 뚜렷이 구별하면 할수록 그만큼 더 용이하게 위대한 작가들이 자신들의 작품에 대해서 언급한 것을 진지하게 받아들이게 된다는 사실을 깨닫게 될 것이다.

신비적인 양상에 입각한 비평관에 따르면 문학은 이미 인생이나 현실에 대한 주석이 아니라, 그 자체의 우주 속에 존재하지만 언어관계의 체계 속에 인생과 현실을 포함시키고 있다는 문학 개념이 나오게 된다. 이런 관점에서 보면 비평가는 이미 문학을 터무니없이 거대한 '인생'을 조망하는 조그마한 예술의 궁정으로 간주할 수는 없다. 비평가에게 '인생'은 문학의 못자리, 잠재적인 문학형식의 거대한 덩어리로 되어왔으

---

88) 프랑스의 발레리(Paul Valéry)의 작품 『테스트 씨와의 하룻밤』의 작중 인물. 발레리가 1888년에서 1891년에 걸쳐 상징주의 시를 썼을 때 느낀 예술적인 좌절과 실망, 그 결과 몰두하게 된 철학적 사색 등과 같은 정신상태를 잘 나타내는 인물이다.

 * 프루스트의 『시간을 되찾았을 때』의 2부에서 시간에 대한 위대한 명상을 첨가해두어야겠다. 문학에서의 신비적인 관점과 시·공의 선험적인 의식으로서의 '초월적 미학'이라는 칸트의 개념을 결부시킴으로써 미심쩍은 언어유희 이상의 어떤 것이 있는지 의심스럽다.

며, 이 잠재적인 문학형식 중에 극소수만이 문학 우주의 거대한 세계로 성장해나갈 것이다.

이와 비슷한 우주가 모든 예술에 존재한다. "우리는 우리 스스로를 위해 사실(事實)의 그림을 그린다"[89]고 비트겐슈타인이 말하고 있지만, 그가 여기서 일컫고 있는 그림이란 일반적인 그림이 아닌 표시적인 실례를 뜻한다. 그림으로서의 그림은 그 자체가 사실이며, 회화적인 우주에만 존재한다. 말라르메는 "이 세상의 모든 것은 한 권의 책으로 돌아가기 위해 존재한다"[90]고 말하고 있다.

이제까지 우리는 상징을 분리된 단위로서 다루었으나, 음악의 악구(樂句)에 대응하는, 두 가지 상징 사이의 관계를 나타내는 단위도 똑같이 중요하다는 것은 분명한 사실이다. 아리스토텔레스 이래의 비평가들의 증언을 보면 이 관계의 단위가 비유라고 거의 입을 모아서 말하고 있는 듯하다. 그리고 그 근본형식에서 비유는 'A는 B이다' 라는 식이라기보다는 오히려 더 적절한 가설적인 형식에 입각해서 말하면 'A를 B라고 가정하자' 라는 식의 동일성의 서술이다(여기서 비유는 넓은 의미의 메타포 즉 은유가 된다).

이리하여 비유는 일상의 기술적인 의미에 등을 돌리고, 문자 그대로 아이러니적이고 또한 역설적인 구조를 보여주고 있다. 보통의 기술적인 의미에서는 만일 A가 B이면 B는 A이며, 이때 우리가 실제로 말하고 있는 것은 A는 그 자체에 불과하다는 것이다. 비유에서는 두 가지의 것이 각자의 형식을 유지하면서 동일화된다. 따라서 만일 우리가 '그 영웅은 사자였다' 라고 말하면 우리는 영웅과 사자를 동일시하고 있지만, 한편에서는 영웅도 사자도 각각 그 자신 외의 어떤 것도 아니라

---

89) 오스트리아 출신의 영국 철학자 비트겐슈타인(Ludwig Wittgenstein, 1889~1951)이 쓴 『논리철학논고』, 2.1에 나온다.

90) 말라르메(Stéphane Mallarmé)의 논문, 「책 : 정신적인 도구」에 나오는 말이다.

는 것으로 나타나 있다. 문예작품의 통일성은 이 동일화의 과정에서 나오며, 그 다양함, 명석함, 강렬함은 이 개별성이 보여주는 과정에서 비롯되는 것이다.

의미의 축자적인 수준에서 비유는 축자적인 모양을 하고 나타나는데, 단순히 병렬로서 나타나게 된다. 에즈라 파운드는 비유의 이와 같은 측면을 설명하는 가운데 도식적인 중국의 표의문자(表意文字)를 사용하고 있는데, 이 표의문자는 술어 없이 일군의 요소를 긁어모아서 복잡한 이미지를 표현하는 것이다. 교실에서 곧잘 들먹여지는 이러한 비유의 한 예, 즉 파운드의 「지하철역에서」라는 2행시에서는 군중의 얼굴의 이미지와 검은 가지에 붙어 있는 꽃잎의 이미지 이 두 이미지를 연결시키는 술어가 전혀 사용되지 않은 채 병렬되어 있다. 서술은 논술적·기술적인 의미에 속하지 시의 축자적인 구조에 속하는 것이 아니다.

기술적인 수준에서는 우리는 언어구조와 이 구조와 관계되는 현상이라는 이중적인 관점을 가지게 된다. 여기서 의미는 흔히 '축자적'인 것(이것은 이미 설명한 대로 비평에 도움이 되지 못한다고 생각한다), 즉 낱말과 사실을 분명하게 연결한 것에 불과하다. 따라서 기술적으로는 모든 비유는 직유이다. 우리가 보통의 논술적인 산문을 쓰면서 비유를 사용할 때 우리는 A는 B이다라고 단정하는 것은 아니다. '실제로는' A는 어떤 점에서 B와 비교될 수 있다는 점을 말하는 것이다. 우리가 어떤 시의 기술적인 또는 환언적(換言的)인 의미를 끄집어낼 때도 이와 비슷하다.

따라서 기술적인 수준에서 '그 영웅은 사자였다'라는 표현은 박진성을 한층 더하기 위해서, 그리고 유추는 단지 가설적인 것에 불과하다는 점을 한층 분명하게 보여주기 위해서 '……과 같다'라는 말을 생략한 직유인 것이다. 휘트먼의 시 「끝없이 흔들리는 요람」[91]에는 그림자

---

91) 『풀잎』 제3판(1860)에 새로 첨가된 한 편의 시.

가 '마치 살아 있는 것처럼 꼬이고 꼬여서'라는 표현과 달은 마치 눈물을 흘린 것처럼 '부석부석하다'는 표현이 있다. 시적으로는 그림자가 살아 있기도 하고 달이 눈물을 흘린다고 해서는 아니 된다는 이유가 없기 때문에, 우리는 아마도 '마치……처럼'이라는 조심스러운 말에 하위모방의 논술적인 산문적 양심이 작용하고 있음을 볼 수 있는 것이다.

형식적인 수준에서는(여기서는 상징은 소재 또는 내용으로서 생각된 이미지 또는 자연현상이다), 비유는 자연과의 비례적인 조화의 유추이다. 축자적으로는 비유는 병렬이다. 우리는 단지 'A 대 B'라고 말한다. 기술적으로는 우리는 'A는 B와 같다'라고 말한다. 형식적으로는 'A(의 C에 대한 관계)는 B(의 C에 대한 관계)와 같은 것이다'라고 말한다. 비례적인 조화의 유추에는 네 개의 명사가 필요하며, 그 가운데 두 개는 공통인자를 가지고 있다.

따라서 '그 영웅은 사자였다'라는 표현은 자연을 그 자체의 내재적인 내용으로 가지고 있는 하나의 표현형식으로, 영웅의 인간적인 용기에 대한 관계는 사자의 동물적인 용기에 대한 관계와 똑같다는 것을 뜻하고 있다. 여기에서 용기는 세번째 명사와 네번째 명사의 공통인자인 것이다.

원형적인 양상에서는(여기서는 상징은 한 무리의 연상이다), 비유는 두 개의 개별적인 이미지를 결합시키는데, 그 각각은 유(類) 또는 속(屬)을 특별히 대표하고 있다. 단테의 『천국편』에 나오는 장미와 예이츠의 초기 서정시에 나오는 장미는 각각 다른 것으로 결부되지만, 양자는 모든 장미, 즉 물론 식물의 장미가 아니라 모든 시의 장미를 표상하고 있다. 이리하여 원형적인 비유는 그 사용에서 구체적인 보편이라고 일컬어져왔던 것, 유와 동일시되는 개체적인 것, 워즈워스의 '많은 나무 가운데 하나'[92]라고 말하는 개별적인 것과 관계하고 있다. 물론 시

---

92) 「불멸의 노래」(1807), 51행.

에 실재적인 보편은 없다. 단지 시적 보편만이 있을 뿐이다. 비유의 이 네 가지 측면은 때로는 매우 간결하고 생략적이지만, 『시학』의 비유에 관한 논의에서 아리스토텔레스도 인정하고 있다.

의미의 신비적인 양상에서는 비유의 근본적인 형식, 'A는 B이다'가 그 존재를 인정받게 된다. 여기서 우리는 시를 총체성에 입각해서 다루고 있으며, 이때 'A는 B이다'라는 공식은 가설적으로 어떤 것에도 적용될 수 있다. 왜냐하면 어떠한 비유에도, 심지어 '흑은 백'이라는 은유마저도 독자가 미리 그 진위를 가릴 권리는 없기 때문이다. 그러므로 문학적인 우주는 모든 것이 잠재적으로 다른 모든 것과 동일한 우주인 것이다.

이렇게 말한다고 해서, 이 우주가 어떤 두 가지의 것을 취해도 콩꼬투리 속에 들어 있는 완두처럼 똑같은 모습을 하고 있다고 잘못 이야기되고 있는 쌍둥이의 경우처럼, 각각 별개이면서도 서로가 매우 닮아 있다는 뜻은 아니다. 만일 쌍둥이가 실제로 똑같다면 두 사람은 동일한 인물이 될 것이다.

다른 한편, 어른은 일곱 살 때의 자신과 똑같다고 느끼는 적이 있는데, 이 경우 동일성의 두 개의 표현, 즉 어른과 소년은 유사성 또는 상사성에서 전혀 공통점을 가지고 있지 않은데도 불구하고 그렇게 느끼는 것이다. 모습, 내용, 개성, 시간 그리고 공간에서 어른과 소년은 전혀 같지 않다. 필자가 생각할 수 있는 한, 두 개의 독자적인 형식을 동일시하는 과정을 예시하는 이미지는 다만 이런 것뿐이다. 따라서 모든 시는 마치 모든 시의 이미지가 단일한 보편체 속에 포함되어 있는 것처럼 진행된다. 동일성은 유사성 또는 상사성의 정반대이며, 완전 동일성은 균일성도, 하물며 단조성도 아닌 통일된 다양성인 것이다.

마지막으로 동일화는 시의 구조의 속성일 뿐만 아니라 비평의 구조의 속성이기도 하다(적어도 주석의 구조의). 해석은 창조와 똑같이 은유에 의해서 진행된다. 그것도 한층 명백하게 말이다. 가령 성 바울이

「창세기」의 아브라함의 아내들에 관한 이야기를 해석할 때, 그는 하갈[93] 을 아라비아의 시나이 산(山)이다라고 말하고 있다. 시는 지식의 동일성이라고 콜리지*는 말했다.

그렇지만 시의 우주는 문학적인 우주이며, 독립된 실존의 우주가 아니다. 묵시는 예언적인 계시라는 뜻이며, 예술이 묵시적이 될 때 그것은 무엇인가를 밝혀준다. 그러나 오직 그 자체의 조건에 의해서 그 자체의 형식으로 밝혀준다. 그것은 개별적인 묵시내용을 설명하지도 않고 표상하지도 않는다.

시인과 비평가가 원형적인 양상에서 신비적인 양상으로 옮겨갈 때 그들은 오직 종교만이 또는 그 영역에서 종교만큼 무한한 것처럼 보이는 것만이 아마도 어떤 궁극적인 목표를 형성할 수 있는 그런 양상에 들어가는 것이다.

시적 상상력은 하디와 하우스먼[94]의 상상력이 훈련된 것과 같은 방법으로 특별히 훈련되지 않으면, 그것이 인간성과 이와 비슷한 다른 것에 대해서만 이야기하는 것이 허용될 때 폐소(閉所) 공포증에 빠질 경향이 짙다.

게다가 종교의 초월적·묵시적인 퍼스펙티브가 상상적인 정신을 폭넓게 활동하도록 제약에서 해방시키는 작용을 하기 때문에 시인은 정치의 종이 되는 것보다도 종교의 종이 되는 편이 훨씬 행복하다. 만일 사람들이 무신론과 미신 가운데 하나를 택해야만 하는 우울한 선택을 강요당한다면 과학자는 베이컨이 오랜 옛날에 지적한 것처럼 마지못해 무신론을 선택하겠지만, 시인은 마지못해 미신을 선택할 것이다. 왜냐

---

93) 아브라함의 첩으로 이스마엘의 어머니이다. 위의 인용은 「갈라디아서」, 4장 24절에 나온다.

  * 레이저(T.M. Raysor)가 엮은 『콜리지 문예평론집』(1936), p.343.

94) A.E. Housman(1859~1936) : 영국의 고전학자·시인. 『슈롭셔의 젊은이』 (1896)가 대표작이다.

하면 미신은 그 자체의 가치의 혼동에 의해서 무한한 상상력의 교조적인 부정보다 한층 폭넓은 상상적인 영역을 주기 때문이다. 그러나 가장 숭고한 종교도 가장 조야한 미신과 마찬가지로 정령(精靈)이 예이츠에게 그러했듯이, 시인으로서의 시인에게는 시에 비유를 주는 재료로서만 존재한다.

문학의 연구는 결국 우리로 하여금 시를 한없는 사회행위와 한없는 인간사고의 모방으로, 개별적인 존재이면서도 동시에 인간 전체가 되고 있는 한 사람의 정신의 모방으로, 개인적인 언어이면서도 동시에 언어 전체가 되고 있는 보편적인 창조적 언어의 모방으로 보도록 이끈다. 비평가로서 말할 경우 이와 같은 인간, 이와 같은 말에 대해서 우리는 단 한 가지만을 존재론적으로 말할 수 있다. 우리에게는 그들이 존재한다든가, 또 존재하지 않는다든가 그 어느 쪽으로도 가정할 하등의 이유가 없다.

우리에게 가능한 단 한 가지란, 우리가 신성(神性)을 무한한 인간성 또는 투영된 인간성이라는 뜻으로 쓴다면 그들을 신성한 것이라고 부를 수 있다는 점이다.

그러나 비평가로서의 비평가는 이러한 개념에 의거해서 종교가 내리는 단정에 대해서 찬성도 반대도 할 수 없다. 만일 기독교가 문학 우주의 무한한 말과 인간을 하느님의 말씀, 그리스도의 인격, 역사적 인물로서의 예수, 성서 또는 교회의 교리 등과 동일시한다면 시인이나 비평가는 자신의 작업을 해치는 일 없이 이러한 동일화를 받아들일 수 있을 것이다. 이렇게 받아들임으로써 그들은 자신의 기질과 자신이 처한 상황에 따라서 자신의 작업을 명확히 하고 심지어 강력하게 할 수도 있는 것이다.

그러나 그와 같은 동일화는 전체로서의 시, 전체로서의 비평에는 단연코 받아들여질 수 없는 것이다. 문예비평가는 역사가와 마찬가지로 각각의 다양한 종교가 상대방의 종교를 취급하는 식과 똑같은 방식으로 모든 종교를 마치 인간적인 가설인 것처럼 취급하도록 강요당하고 있다(비평가라는 옷을 벗으려면 종교를 어떻게 생각하든 상관없겠지만).

『찬도기야 우파니샤드』[95]의 첫머리에 있는 보편적인 '말'(이 말은 성스러운 말 '옴'〔唵〕[96]에 의해서 상징되고 있다)에 대한 논의는 제4복음서의 첫머리의 논의와 꼭같이, 문예비평에 관련되기도 하고 되지 않기도 한다. 콜리지가 '로고스'를 비평가로서의 자신의 작업의 목표라고 생각한 것은 옳았지만, 그의 시의 로고스가 피할 수 없이 그리스도에 흡수되어 이 때문에 문예비평이 일종의 자연신학으로 되어버리고 있다고 생각한 것은 옳지 못했다.

비평의 총체적인 로고스는 그 자체가 결코 신앙의 대상이나 존재론적인 인격이 될 수 없다. 총체적인 '말'이란 말의 질서 같은 것이 존재하며, 이러한 질서를 연구하는 비평이 완전한 의미를 이루고 또 이룰 수 있다는 것을 가정하는 개념이다. 아리스토텔레스의 『자연학』은 결국 물리적인 우주를 둘러싸고 있는 부동의 원동력이라는 개념에 다다르고 있다.

이것 자체의 본질적인 의미는, 물리학은 하나의 우주를 갖는다는 것이다. 운동의 모든 현상이 통일적인 원리들에 관계될 수 없다면, 또 그 원리들 역시 단지 운동의 별개의 현상이 아닌 하나의 통일적인 총체적 운동의 원리에 관계될 수 없다면 운동의 체계적 연구는 불가능하게 될 것이다.

만일 신학이 아리스토텔레스의 부동의 동력을 창조의 신과 동일시한다면 그것은 신학의 문제이며, 물리학으로서의 물리학은 그것에 영향을 받지는 않을 것이다.

---

95) 『우파니샤드』의 하나. 주로 세계 창조, 우주 및 영혼에 관한 철학적 사고와 신비주의적인 명상을 이야기하고 있다. 모든 힌두교 사상 가운데 가장 기본이 되는 아트만과 브라만의 합일사상이 이 속에 요약되어 있다.
96) 『베다』에서 삼라만상을 상징하는 신성한 소리. 이 옴자를 암송하면 삼신성현(三身聖現)하며, 몸을 수호하여준다고 한다.

기독교적인 비평가들은 중세의 비평가들이 그러했듯이 총체적인 '말'을 그리스도의 아날로지로 생각할지 모르지만, 문학 자체는 문화적으로 어떠한 종교와도 함께 존재할 수 있으므로 비평은 따로 분리시켜서 생각하지 않으면 안 된다.

요컨대 문학의 연구는 '인문과학'에 속해 있으며 인문과학은 그 이름이 가리키는 것과 같이 초인간성에 대한 인간적인 견해밖에 줄 수 없는 것이다.

신비비평과 종교의 개념은 서로가 아주 비슷하기 때문에 대다수의 사람들은 한쪽을 주(主), 다른 쪽을 종(從)으로 구별함으로써만 이 두 개념이 서로 관련될 수 있다는 결론에 이르렀다. 콜리지처럼 종교를 택하는 자들은 콜리지와 같이 비평을 자연신학으로 대치하려고 할 것이며, 아널드처럼 교양(문화)을 택하는 자들은 종교를 대상화된 문화 신화로 환원시키려고 할 것이다.

그러나 종교와 문화는 각각 그 자체의 순수성을 위해서 각자의 자율성이 보증되지 않으면 안 된다. 문화는 일상생활과 종교생활 사이에 여러 가지 가능성에 대한 총체적 비전을 개입시켜서 그 자체의 총체성을 집요하게 주장한다(종교나 국가에 의해서 문화에서부터 배척되고 있는 것은 그것이 무엇이든 어떤 식으로든 간에 복수를 할 것이기 때문에).

이리하여 문화의 종교에 대한 중요한 임무는 지적인 우상숭배를 파괴하는 일, 종교적인 숭배의 대상을 그때그때의 해석에 따라 숭배하게 되는 대상으로 대치하려는 종교 내의 반복적인 경향을 파괴하는 일이다. 종교적 또는 정치적인 교리를 변호하는 어떠한 논의도 만일 그것이 지적으로 성실하지 못하고 따라서 논리의 자율성을 보증하지 못한다면 아무런 가치가 없는 것처럼 종교적 또는 정치적인 신화도 문화의 자율성을 전제로 하지 않는 한 가치도 없고 또한 유효하지도 않다.

여기서 문화란 한 사회와 그 사회의 전통에서의 상상적인 가설의 전체로서 일단 정의될 수 있다. 이런 의미에서 문화의 자율성을 옹호하는 것이 필자에게는 현대 세계에서 '지식인'의 사회적 임무인 것처럼 보인다. 만일 그렇다고 하면 종교적·정치적, 그 어떤 종류의 것이든 간에 문화를 어떤 전체적인 종합에 종속시키는 것을 옹호하는 것은 확실히 '성직자의 반역'[97]이 되리라.

게다가 자연적으로 가능한 것과 도덕적으로 허용될 수 있는 것, 이 양쪽의 경계를 초월하는 것이 상상적 문화의 본질을 이루는 것이다. 그 사회 자체가 바로 목적인 그런 사회에서는 시인을 받아들일 여지가 없다는 논의는, 가령 그 사회가 신의 백성이 사는 사회라 하여도 역시 반박될 수는 없다.

왜냐하면 종교도 또 하나의 사회제도이며, 그것이 사회제도인 한 마르크스주의 국가나 플라톤적인 국가와 똑같이 예술에 제한을 부과하기 때문이다. 기독교 신학도 그에 못지않게 이론과 사회적 실천의 혁명적 변증법, 또는 그 불가분의 합일로 이루어져 있다. 종교는 그 퍼스펙티브는 열려 있지만, 하나의 사회제도로서 무한한 가설인 예술을 **포함할** 수는 없다.

한편 예술도 자신의 길을 가로막는 모든 실재적인 응결을 용해하기 위하여 풍자, 사실의 폭로, 상스러운 말, 환상 등의 강렬한 산성 극약(劇藥)을 방출하지 않으면 안 된다. 예술가는 『파우스트』에서 신이 말하듯이 "악마처럼 창조하지 않으면 안 된다"는 사실을 자주 깨닫지 않으면 안 되지만, 이 말에는 표면적인 의미 이상의 뜻이 있다고 필자는 생각한다.

종교의 '이렇다'와 시의 '이렇다고 하면' 사이에는 가능과 현실이 영원에서 서로 만날 때까지 늘 어떤 긴장이 있지 않으면 안 된다. 완전한

---

97) 프랑스의 철학자·소설가 방다(Julien Benda, 1867~1956)의 소설 제명 『성직자의 반역』(1928)에서 비롯되었다. 방다는 성직자(지식인)가 본분을 잊고 정치적인 문제에 광분하고 있음을 보여준다.

인간 국가에서는 누구든지 시인을 원하지 않으며, 심지어 시인들 스스
로도 말하고 있듯이 신의 나라에서 말썽 많은 정령(poltergeist)을 용서
할 수 있는 자는 오직 신뿐이다.[98]

98) 프라이가 논의한 상징적 양상을 다음의 도식으로 요약할 수 있다.

상징의 유형	축자적 모티프	기술적 기호	형식적 이미지	신화적 원형	신비적 단자
서술 (뮈토스)	·낱말의 리듬 또 는 움직임. 특수 한 음의 흐름.	·실제 생활의 사 건과 어순과의 관계. ·실제 일어나는 사건의 모방.	·전형적인 행위 또는 전례 형성 원리.	·제의 : 상징적 인 교제의 반복 행위.	·인간의 총체적 인 제의, 또는 무한한 사회적 인 행위.
의미 (디아노이아)	·패턴 또는 구조 적 통일. ·애매하고 복잡 한 언어 패턴.	·패턴과 논술적 인 진술의 관계. ·대상 또는 진술 의 모방.	·전형적인 교훈. ·내포원리.	·꿈 : 욕망과 현 실의 갈등.	·인간의 총체적 인 꿈 또는 무 한한 인간적인 욕망.
연관되는 예술	·상징주의.	·리얼리즘 및 자 연주의	·신고전주의 예술.	·원시적 및 민중 적(대중적) 글.	·성전(聖典). ·묵시(계시)록.
연관되는 비평	·'본문비평' 또는 뉴 크리티시즘.	·역사적, 다큐멘 터리적인 비평.	·주석 또는 해석.	·원형비평(문학적 관습 및 장르).	·신비비평(종교 와 관련됨).
중세적인 레벨		·축자적 또는 역 사적.	·우유적.	·도덕적 또는 문 채적(文彩的).	·신비적.
병행하는 양식	·주제 중심적인 아이러니.	·하위모방.	·상위모방.	·로맨스.	·신화.

원형비평

신화의 이론

서론

회화(繪畵)의 기법에서 구조적인 요소와 묘사적인 요소라는 두 요소를 발견하기는 별로 어렵지 않다. 회화란 보통 무엇인가를 묘사해놓은 것이다. 그것은 감각으로 포착한 '대상'과 비슷한 것에서 만들어지는 '제재'를 묘사하거나 또는 표현한다. 그러나 동시에 거기에는 회화적인 구상을 가진 어떤 특정한 종류의 요소가 내재되어 있다. 회화에 의해서 표현되는 것은 회화에서만 발견되는 구조적 패턴과 관습 속에 편입된다. '내용'과 '형식'이라는 말은 회화의 이와 같은 보조적인 측면을 나타내기 위해서 곧잘 사용되고 있다.

'사실주의'(寫實主義)란 회화가 표현하는 대상을 강조하는 것임을 암시하고 있으며, 양식화(樣式化)란 소박한 것이든 세련된 것이든 간에 회화의 구조면을 강조하는 것임을 암시하고 있다. 환각파(幻覺派)의 회화——'실물과 같은 착각을 일으키는 그림'——에서 볼 수 있는 것 같은 극단적인 사실주의는 회화의 대상을 극단적으로 강조하는 것이고, 비구상 회화는 회화의 구조면을 극단적으로 강조하는 것이다('비표현적 회화'〔non-representational painting〕라는 어휘를 사용하지 않는 까닭은 그 말이 필자에게는 비논리적인 것으로 생각되기 때문이다. 왜냐하면 회화는 그것 자체가 재현이기에).

그러나 환각파의 화가도 회화의 관습으로부터 도피할 수는 없으며, 비구상파의 회화도 역시 아리스토텔레스가 이야기한 의미의 모방적인 예술임에 틀림없다. 그러므로 회화기법 전체가 회화의 '형식' (즉 구조) 과 '내용' (즉 제재)의 배합으로 이루어져 있다고 말해도 결과적으로 크게 모순되는 말은 아니라고 본다.

웬일인지 서구 회화에서의 실천과 이론이라는 이 두 요소는 지금까지 전통적으로 너무 지나치게 모방적인, 즉 재현적인 의도에만 치우쳐왔다. 심지어는 그리스·로마 시대의 고전회화에도 이러한 경향이 두드러졌다. 예를 들어 새가 그림 속의 포도를 쪼아먹으려 했다는 등의 수많은 울적한 이야기들이 전해 내려오고 있다는 사실은 결국 그리스의 화가들이 실물과 같은 착각을 일으키는 그림을 그리는 것에 더할 나위 없이 긍지를 느끼고 있었다는 점을 암시하는 것이다. 르네상스 시기의 투시화법의 발전으로 인해 이와 같은 기법은 크게 면목을 세웠다. 평면적인 매체를 사용해서 입체적인 것을 표현하는 것이 본질적으로 실물과 같은 착각을 일으키게끔 하는 그림의 기법이었기 때문이다.

현대 미술 화랑에서 화가들이 주고받는 이야기를 엿들어보면 그림을 한눈에 봐서 알 수 있게끔 제재와 비슷하게 완성하는 것, 그리고 우선 이렇게 비슷하게 하는 것이야말로 화가의 도의적인 책임이다라는 생각이 얼마나 뿌리 깊게 화가들에게 남아 있는가를 쉽게 깨달을 수가 있다. 지난 반세기 남짓 동안 꽤 많은 회화의 실험적인 운동이 행하여졌는데, 이것은 재현적인 회화야말로 전부라는 오류에 대한 반동적인 힘에서 나온 것이었다.

물론 독창적인 화가는 대중이 대상과 비슷한 그림을 요구할 때 대중들은 대체로 정반대의 것, 즉 그들이 친숙해 있는 회화의 관습에 딱 들어맞는 그림을 요구하고 있다는 것을 알고 있다. 그러므로 화가가 이런 관습들과 결별할 때 자기는 한낱 눈에 지나지 않아 단지 눈에 보이는 것을 그대로 그리는 데에 불과하다는 등의 주장을 하는 경향이 더러 있다. 그가 이러한 허튼 소리를 하게 되는 동기는 아주 명백하다. 회화는 단순히 안이한 장식이 아니므로 몇 가지 극히 생생한 공간적인 문제를 어떠한 어려움이 있더라도 극복하지 않으면 안 된다는 변명을 하고 싶은 것이다.

그러나 이런 것을 인정하는 데에는 호들갑스럽게 회화 형식적인 요인은 회화밖에 있다는 주장에 구태여 동의하지 않아도 된다. 이러한 주장이 진지하게 받아들여진다면 예술 전체는 파괴될지도 모른다. 화가가 실제로 해왔던 작업은 보다 심화된 수준에서 관습을 재현하기 위해서 자기 시대에 이미 확립된 관습에 반항하려는 충동(이 충동은 모호한 것이지만 뿌리 깊은 것이다)에 따르는 것이었다. 바르비종파[1]와 결별함으로써 마네는 고야 그리고 벨라스케스[2]보다 더 깊은 유사성을 발견하였고, 인상파와 결별함으로써 세잔은 샤르댕[3]과 마사초[4]보다 더 깊은 유사성을 발견하였다. 어떠한 화가도 독창성이 있다고 해서 회화의 관습을 무시할 수는 없다. 오히려 독창성이 있기 때문에 회화의 법칙에 따르면서 관습 속에 몰입하게 된다. 그런데 이 회화의 법칙 자체는 근저에서부터 그 자체를 끊임없이 새로운 것으로 변화시키려고 노력하며, 이류의 재능을 통해서 변이(變異)를 만들어내는 것처럼 천재를 통해서 변신을 일으키는 것이다.

음악은 그 비평이론에서 가슴이 후련할 정도로 회화와 좋은 대조를 이루고 있다. 투시화법이 회화의 세계에서 발전되었을 때 음악도 똑같은 방향으로 나아갔어도 좋았을 것이다. 그러나 실제로 재현적인 음악,

---

1) 19세기 중엽 파리 교외의 바르비종에 모여 활동했던 풍경화가·동물화가의 일파이다. 낭만파와 컨스터블(John Constable)의 풍경화에 자극되어 루소(Henri Rousseau)를 중심으로 새로운 풍경화의 경지를 전개하려 했다.

2) Diego Velázquez(1599~1660) : 스페인의 화가.

3) Jean Sim on Chardin(1699~1779) : 프랑스의 실내 정물화가.

4) Thomas Masaccio(1401~28) : 이탈리아 르네상스기의 피렌체파 화가.

즉 '표제'(標題)음악의 발전은 엄격한 제한을 받게 되었다. 청중은 여전히 음악 속에 교묘하게 모방된 외계의 음을 듣고 기뻐할지도 모르지만, 작곡가가 이러한 모방을 하지 않는다고 해서 그가 타락했다든가 엉터리라든가 하며 비방하는 사람은 아무도 없을 것이다. 이러한 모방이 음악 자체의 형식보다도 더 중요하다고 믿는 사람은 아무도 없으며, 하물며 외계의 음이 음악의 형식을 만들어낸다고 믿는 사람은 더욱 없는 것이다. 이렇게 하여 음악의 구조원리는 명확하게 이해되고, 아이들에게도 그 원리를 가르칠 수 있게 되는 것이다.

가령 이 책이 문학이론의 소개가 아니라 음악이론의 소개라고 가정해 보자. 이럴 경우 우리는 우선 귀에 들리는 소리의 영역에서부터 옥타브의 음정을 분리시키고 나서, 옥타브는 이론상으로 동일한 12개의 반음정으로 나누어져 있어 일반적으로 누구에게나 들리게 되는 모든 선율과 화음이 잠재적으로 포함되어 있는 12개의 음계를 만들어낸다고 설명할 수 있을 것이다. 그러고 나서 우리는 이 음계에서 두 개의 정지점—장조와 단조의 보통화음—을 끄집어내서 연동(連動)하는 24개 곡조의 구조를 설명할 수 있고, 하나의 작품은 보통 똑같은 곡조로 시작해서 똑같은 곡조로 끝나야 한다는 음조상의 관습을 설명할 수 있다. 또한 우리는 리듬의 기초로서 2박자, 또는 3박자마다 악센트를 두어야 하는 등의 모든 기본원리에 대해서 기술할 수가 있다.

이와 같은 개관이 1600년부터 1900년까지에 이르는 서구 음악의 구조에 대해서 합리적인 설명을 해줄 것이며, 또한 이 책의 독자가 습관적으로 보통 음악이라고 일컬어왔던 모든 것에 대해서도, 수정된 또 한층 유연성이 있지만 본질적으로는 다르지 않은 식으로 합리적인 설명을 해주리라 본다.

그러나 반올림 C음(C#)과 반내림 D음(D♭)은 음조상 똑같다라는 평균율(平均律)의 체계는 임의적인 허구에 불과하다고 이의를 제기하는 사람도 있을 것이고, 또 작곡가는 그렇게 엄격하게 관습화된 일련의 음악적인 요소에 구속되어서는 안 되며, 음악 발상의 원천은 공기처럼 자유로운 것이 되지 않으면 안 된다고 이의를 제기하는 사람도 있을 것이다. 또 어떤 사람은 우리가 음악의 본질적인 문제에 관해 전혀 언급하지 않았다는 이의를 제기할 수도 있을 것이다.

예를 들면, 모차르트의 『주피터 교향곡』이 C장조인 반면, 베토벤의 교향곡 『제5번』은 C단조인데, 이 C장조와 C단조 사이의 차이를 설명하는 것만으로는 두 교향곡이 갖는 진정한 작품상의 차이를 누구에게도 설명해줄 수 없다고 이의를 제기할 수도 있을 것이다. 그러나 이러한 이의를 제기하는 사람들을 무시한다 해도 전혀 상관없다. 우리의 입문서가 독자에게 완벽한 음악교육을 주입시키거나 또는 신의 마음 속에 내재된 곡조나 천사들의 음률에 대해 설명을 해줄 수 없다 하더라도 우리는 목적을 충분히 달성하고 있는 것이다.

우리는 이 책 속에서 문학 표현에서의 몇 가지 문법원리와 음조, 단순·복잡 리듬, 카논적 모방 등의 음악적 요소에 대응되는 문학 표현의 요소에 대해서 대충 얘기하려고 한다. 그리스·로마의 고전과 기독교 전통의 맥락 속에서 서구 문학의 구조원리를 합리적으로 설명하는 데 그 목적이 있다. 만일 이러한 말을 사용해도 무방하다면 문학에서도 음악의 리듬이나 가락에 해당되는 것에 의해서 언어 표현의 원천이 제한되어 있다고 말하고자 한다. 그러나 이것은 음악의 경우와 똑같이 그 원천이 예술적으로 고갈되어 있다는 의미는 아니다.

방금 음악의 경우에서 가상했던 사람들과 똑같이 우리에게 이의를 제기하는 사람들이 틀림없이 있으리라 본다. 그들은 우리가 설명한 범주는 인위적이며, 각양각색의 문학을 공평하게 취급하지 않고 있을 뿐만 아니라, 그들 자신의 독서 경험에도 잘 들어맞지 않는다고 주장할 것이다. 그러나 문학의 구조원리는 실제로 어떤 것인가라는 문제는 충분히 논의될 만한 가치가 있다. 또한 문학은 언어예술이기 때문에 적어도 음악에서의 소나타나 푸가에 해당되는 것과 같은, 문학의 양식을 가리키는 말들을 쉽사리 찾아낼 수 있을 법하다.

회화의 경우와 똑같이 문학에서도 실천과 이론은 다 같이 재현, 즉 전통적으로 '실물을 있는 그대로 표현하는 것'을 강조해왔다. 가령 디킨스의 소설 하나를 생각해보면, 그 소설을 '실인생'(우리 자신의 것이든 디킨스 시대의 것이든 간에)에 비교하려는 충동을 느끼게 되는데, 이러한 충동이야말로 기존의 모든 비평에 의해서 우리의 마음 속에 육성된 일종의 습관이다. 그러므로 히프나 퀼프[5] 같은 작중인물을 만나면 우리도 빅토리아조 사람들도 이런 기묘한 괴물들과 아주 닮은 존재를 본 적이 없기 때문에 이런 방법은 곧장 효과를 잃게 된다. 혹시 디킨스가 '단순한' 희화로 타락시켜버렸다고 불평할 독자가 있을지 모른다(마치 희화가 용이한 것이나 되는 것처럼). 그러나 좀더 지각 있는 독자라면 실물 그대로의 표현이라는 척도를 내버리고 작품 자체를 즐길 것이다.

회화의 구조원리는 평면기하(좀더 비유를 확장하면 입체기하)와의 아날로지에 의해서 설명되는 일이 많다. 세잔은 한 유명한 편지에서 회화의 형식이 구체(球體)나 정육면체에 가깝다고 말하는데, 추상파 화가의 작품이 그의 주장을 뒷받침하는 것 같다. 기하적 형태는 회화의 형식과 똑같은 것은 아니지만 비슷한 점이 있다. 회화의 진정한 구조원리는 그밖의 다른 객체와의 외면적인 유사성에서 유래되는 것이 아니라 예술작품 그 자체의 내적인 유사성에서 유래되어야만 할 것이다.

이와 비슷하게 문학의 구조원리도 원형적·신비적 비평으로부터 유래되지 않으면 안 된다. 이러한 비평방법들만이 보다 큰 문학 전체의 맥락을 찾아주기 때문이다. 그렇지만 첫번째 에세이에서 보았던 것처럼, 이야기의 양식들이 신화적인 것에서 하위모방과 아이러니로 옮겨지면 그들은 극단적인 '사실주의', 즉 인생을 있는 그대로 재현하는

---

5) 히프는 디킨스(Charles Dickens)의 『데이비드 코퍼필드』(1849~50)에 등장하는 악덕 서기, 퀼프는 같은 작가의 『골동품 상점』(1840~41)에 등장하는 난쟁이 고리대금업자이다.

지점에 이르게 된다. 그러므로 신화양식, 즉 신에 관한 이야기(이 이야기 속에서 작중인물들은 최대의 행동 능력을 갖고 있다)는 모든 문학의 양식 중에서 가장 추상적이고 관습적인 것이 된다.

이는 마치 이 양식에 대응되는 다른 예술 분야의 양식, 가령 비잔티움의 종교 그림이 구조면에서 가장 높은 수준의 양식화를 보여주는 것과 똑같다. 그러므로 회화의 구조원리가 기하학과 밀접한 관계가 있듯이 문학의 구조원리는 신화학 그리고 비교종교학과 밀접한 관계가 있다. 이 에세이에서 문학의 원형의 문법으로서 우리는 성서의 상징과, 빈도상으로는 이보다 약간 떨어지지만 그리스·로마 신화를 이용하게 될 것이다.

요셉 전설에 나오는 보디발[6]의 아내 이야기의 출처라고 생각되는 이집트 신화의 「두 형제 이야기」에서, 형의 처는 함께 살고 있는 미혼의 시동생을 유혹하려고 하나 그가 유혹을 뿌리치자 시동생이 자기를 범하려 했다고 비난한다. 이리하여 시동생은 어쩔 수 없이 도망을 치게 되고, 격노한 형은 그를 뒤쫓는다. 여기까지의 사건은 이 세상에서 일어날 수 있는 사실*을 어느 정도까지 재현하고 있다. 이후 동생은 라[7]에게 도움을 청하여 자신의 결백을 호소한다. 라는 그와 그의 형 사이에 커다란 호수를 만들어 놓은 뒤 한바탕 신성한 입김을 뿜어 그 호수를 악어들로 가득 채운다.

이 사건은 이제까지의 사건보다 더 허구적인 삽화는 아니며, 다른 삽화에 못지않게 논리적으로 플롯 전체와 관련을 맺고 있다. 그러나 '실인생'과의 표면적인 유사성은 상실되어 있다. 우리는 이 사건을 이야기 속에서만 일어나는 그런 사건이라고 말한다. 따라서 이 이집트의 이야

---

6) 이집트 왕 파라오의 시위대장. 그의 아내가 요셉을 유혹하려고 하는 유명한 이야기는 「창세기」 39장에 있다.

* 필자는 형의 암소가 동생에게 위험을 알린다는 점은 생각에 넣지 않기로 했다.

7) 이집트 신화에 나오는 태양신.

기는 그 신화적인 삽화로 인해 추상적인 문학성을 획득한 것이다. 이야기의 작가는 그 하찮은 문제를 한층 '사실적'인 방법으로 쉽게 해결할 수 있었겠지만, 이집트에서는 다른 예술과 똑같이 문학도 어느 정도까지 양식화시키는 것을 좋아했던 것 같다.

이와 비슷하게 머리 주위에 장식이 있는 거대한 후광을 두른 중세의 한 성자는 노인과 같은 모습을 하고 있으나 신화적인 특징인 그 후광은 회화에 한층 추상적인 구조를 부여해줄 뿐만 아니라, 성자에게 회화에서만 볼 수 있는 외관을 부여해준다. 원시사회에서 신화와 민담이 번창·발달했을 때 이와 더불어 보통 조형미술의 기하학적인 장식을 좋아하는 취향이 동시에 번창·발달하였다. 우리의 전통에는 박진성, 즉 교묘하면서도 사리에 맞게 모방된 인간 경험이 커다란 위치를 차지하고 있다.

허구가 때때로 사실로서 제시되거나 혹은 사실로서 받아들여지기까지 하는 속임장난(occasional hoaxes), 가령 디포의 『페스트 연대기』[8]나 새뮤얼 버틀러의 『아름다운 항구』[9]는 회화의 경우 실물과 똑같은 착각을 일으키는 속임수에 해당된다. 그 정반대의 한쪽 극에는 신화, 즉 추상적인 허구적 구상이 있으며, 이 속에서는 신들과 기타 등장인물들이 제멋대로 행동하고 있다(실제로는 작자의 의도에 따라 행동한다고 보는 것이 좋다).

우리가 첫번째 에세이에서 살펴보았듯이, 아이러니가 신화로 복귀하는 것은 추상주의, 표현주의, 입체파, 기타 자기 충족의 회화구조에 역점을 둔 비슷한 기법과 시대를 함께 하고 있으며 또 이 기법과 병행하고 있다. 60년 전 버나드 쇼는 입센과 자신의 희곡작품에서 주제의 사

---

8) 디포(Daniel Defoe)의 역사소설(1722). 1664~65년의 페스트 대유행 당시의 런던을 배경으로 한 주민이 수기형식으로 그 광경을 그린 상상적인 다큐멘터리이다.

9) 버틀러(Samuel Butler)의 소설(1873)로서 기독교적인 경험을 옹호하려는 작품이다.

회적인 의미를 강조했던 반면, 오늘날 엘리엇 씨는 『칵테일 파티』의 알케스티스[10] 원형에, 『비서』의 이온[11] 원형에 우리의 관심을 쏠리게 한다. 전자는 마네, 드가와 동시대에 속하고, 후자는 브라크[12]와 그레이엄 서덜랜드[13]의 시대에 속한다.

그러므로 우리는 원형의 연구를 우선 신화의 세계—신화의 세계는 친숙한 경험에 그럴 듯한 적응이라는 규범에 의해서 오염되어 있지 않으며, 이야기 중심적·주제 중심적인 구상을 갖고 있는 추상적이고 순수한 문학적인 세계이다—로부터 시작하겠다. 이야기라는 측면에서 보면 신화는 우리가 상상할 수 있는 인간 욕망의 극한에 가까운 또는 그 극한에 있는 행위의 모방이다. 신들은 아름다운 여성을 사랑하며, 엄청난 힘을 휘두르면서 서로 싸우고, 인간을 위로하기도 하고 돕기도 하며, 그렇지 않으면 죽음에서 해방되어 있다는 자유의 최고 특권을 행사하면서 인간의 고통을 지켜본다.

신화가 인간 욕망의 정점에서 일어난다는 사실은 반드시 그 신화의 세계가 인간에 의해서 도달되는 것으로서, 또는 도달할 수 있는 것으로

---

10) 그리스 신화에 나오는 아드메토스 왕의 아내. 남편의 중병을 치료하기 위하여 자신의 목숨을 그 대가로 맞바꾸지만, 하계의 사자(使者)인 헤라클레스에 의해 죽음에서 다시 구해진다. 그리스 비극작가 에우리피데스가 이 인물을 극화하였다.

11) 아폴론이 왕비 크레우사에게서 출생시킨 그리스 신화의 수인공의 한 사람. 이온은 부모를 모르는 채 아폴론 신전지기로 자란다. 쿠스토스와 결혼한 크레우사는 아기를 낳기 위하여 신전에 기도드리러 왔을 때, 이온이 쿠스토스의 불의의 아들이라고 생각하여 질투가 나 그를 살해하려 하지만, 아테나 여신이 나타나서 이온이 크레우사의 아들임을 밝혀 모자는 화해한다. 에우리피데스가 이 이온을 극화했다.

12) Georges Braque(1882~1963) : 프랑스의 화가. 피카소와 함께 큐비즘을 창시했다.

13) Graham Sutherland(1903~80) : 영국의 화가. 초현실주의의 영향을 받았으며 특이한 풍경화 연작으로 유명하고, 「그리스도 십자가상」이 유명하다.

서 표현되고 있다는 뜻은 아니다. 의미 즉 **디아노이아**의 관점에서 말하면 신화는 똑같은 세계를 활동의 영역 또는 장으로서 바라보고 있는데, 이 경우 우리는 시의 의미, 즉 패턴은 개념적인 뜻을 내포하고 있는 이미지의 구조라는 원리를 염두에 두고 있는 것이다. 신화적인 이미지의 세계는 보통 종교에서 말하는 천국이나 낙원의 개념에 의해서 표현되며, 그러므로 신화의 세계는 이미 설명한 바와 같은 의미에서 묵시적이며, 전면적인 비유의 세계이다. 이 비유의 세계에서는 모든 것이 마치 무한한 일체성 속에 포함되어 있는 것처럼, 그밖의 모든 것과 똑같은 것이 될 수 있는 가능성을 갖고 있다.

사실주의, 즉 박진성의 기법은 '그것은 얼마만큼 우리에게 친숙한 사물과 비슷한가' 하는 반응을 불러일으킨다. 씌어 있는 것이 이미 알려져 있는 것과 비슷할 때 그것은 확장된 직유(直喩), 암시적인 직유의 예술인 것이다. 사실주의가 암시적인 직유의 예술인 것처럼 신화는 암시적인 은유에 의한 동일성의 예술이다. 술어 대신에 하이픈으로 연결된 말 'sun-god'(태양신)은 파운드의 용어에 의하면 순수한 표의문자이며, 우리의 용어로는 축자적인 은유이다. 신화에서 우리는 문학의 구조원리가 순수한 형식 그대로 존재하고 있음을 보며, 사실주의에서는 똑같은(비슷한 것이 아닌) 구조원리가 그럴 듯한 맥락 가운데 짜넣어져 있는 것을 본다(이와 흡사한 예를 음악에서 들어보면 퍼셀[14]과 벤저민 브리튼[15]의 작품은 서로가 전혀 닮은 것은 없으나, 만일 그 두 작품이 모두 D장조로 작곡되어 있다면 두 곡의 주조는 똑같은 것이 될 것이다). 그러나 사실주의 문학작품 속에 있는 신화적인 구조는 그 구조를 그럴 듯하게 하기 위해 일종의 기술적(技術的)인 문제들을 야기시키고 있는데, 이들을 해결하는 데 사용되는 기법은 일반적으로 **전위**(轉位, displacement)라고 불리고 있다.

---

14) Henry Purcell(1658?~95) : 영국의 작곡가.
15) Edward Benjamin Britten(1913~76) : 영국의 작곡가.

그러므로 신화는 문학적인 구상의 한쪽 극단이며, 자연주의는 또 다른 한쪽 극단이다. 그리고 이 중간에 로맨스의 전 영역이 가로놓여 있는데, 이 경우 로맨스라는 말은 첫번째 에세이에서 사용된 역사적인 양식을 의미하는 것이 아니라, 그 에세이의 뒷부분에서 중요하게 다루었던 문제, 즉 신화를 인간적인 방향으로 전위시키지만, '사실주의'와는 대조적으로 내용을 이상화된 방향으로 관습화하는 경향을 의미하고 있다. 전위의 중심원리는 신화에서는 은유를 사용해서 동일시할 수 있는 것을 로맨스에서는 오직 어떤 형태의 직유에 의해서, 즉 아날로지, 의미 있는 연상, 우연히 동반되어 나타나는 이미지 등에 의해서 연결할 수 있다는 것이다. 신화에는 태양신이나 수목신이 있는 반면, 로맨스에는 태양이나 수목과 중요한 관계를 맺고 있는 인간이 있다. 한층 사실적인 양식에서 이러한 관계는 덜 중요시되며, 보다 더 우발적인 심지어 뜻밖에 합치되는 우연적인 이미지의 문제로 남는다.

성(聖) 조지[16]와 페르세우스 일가가 용을 퇴치했다는 전설에서는(이후에도 이런 전설은 수없이 많지만), 노령에 접어든 허약한 왕의 통치하에 있는 나라가 종래에는 왕의 딸을 요구하는 용 때문에 공포에 떨고 있지만, 마침내는 영웅이 그 용을 죽인다는 줄거리로 되어 있다. 이러한 전설은 풍요신(豊饒神)에 의해 소생되는 황무지의 신화와 유사한 로맨스(이 경우의 전설도 아마 이 신화의 후예일 수 있다)인 것으로 생각되는데, 그렇다면 이 신화에서는 용과 늙은 왕이 동일시될 수 있다.

사실 우리는 더 한층 이 신화를, 주인공은 늙은 왕의 의붓아들이 아닌 진짜 아들, 구제된 딸은 주인공의 어머니가 되는 오이디푸스의 환상으로 수렴시켜 생각해볼 수 있다. 만일 이 이야기가 개인적인 꿈이라면

---

16) Saint George : 영국의 수호 성자. 페르세우스처럼 용을 퇴치했다는 지역적인 전설이 전해진다. 에드워드 3세 이래 영국의 수호 성자가 되었는데, 4월 23일이 그의 기념일이다.

이와 같은 동일화는 당연한 것으로 받아들여질 수 있다. 그러나 이 이야기를 그럴 듯한, 균형 잡힌, 또 도덕적으로도 받아들여질 만한 이야기로 만들기 위해서는 엄청난 전위가 필요하며, 이와 흡사한 모든 유형의 이야기에 대한 비교연구가 이루어진 연후에야 비로소 그 이야기 속에 잠재되어 있던 비유적인 구조가 드러나기 시작하는 것이다.

호손의 『대리석의 목신(牧神)』에서는, 이 이야기의 제명이 되고 있는 조상(彫像)이 작품 끝까지 도나텔로라는 등장인물과 연관되고 있기 때문에 웬만큼 둔감하고 무관심한 독자가 아니라면 도나텔로가 바로 그 조상이라는 사실을 놓치지는 않을 것이다. 후에 가서 우리는 힐다라는 극히 청순하고 얌전한 소녀를 만나게 된다. 그녀는 비둘기로 둘러싸인 탑에 살고 있으며, 비둘기는 그녀를 아주 잘 따르고 있다. 그리고 다른 등장인물은 그녀를 '비둘기'라고 부르고 있으며, 작가뿐만 아니라 다른 등장인물들도 그녀와 비둘기 사이에는 어떤 특별한 친근성이 있다는 사실을 암시한다. 만일 우리가 힐다를 그 비둘기와 동일시하여 비너스와 같은 비둘기 여신이라고 부를 경우, 우리는 이 이야기를 이 자체의 양식에 들어맞게끔 정확히 해독하지 못하는 경우가 될 것이다. 왜냐하면 이 경우에 우리는 이 이야기를 철두철미하게 신화로 옮기고 있기 때문이다.

그러나 호손의 작품이 여기에서 신화와 매우 가까운 거리를 유지하고 있다는 사실을 인정한다고 해서 공정치 못한 처사는 아니다. 말하자면 우리는 『대리석의 목신』이 전형적인 하위모방 양식의 이야기가 아니라는 것을 인정하고 있는 것이다. 이 작품은 뒤로는 서사적인 로맨스를 돌아보는 듯하고, 앞으로는 다음 시대의 아이러니 양식의 신화 작가들—가령 카프카나 콕토—을 예견하는 듯한 관심에 지배되고 있다.

이 관심은 이따금 우유(寓喩)라고 불리기도 하지만, 호손 자신이 이것을 로맨스라고 불렀던 것은 옳은 일이었을 것이다. 우리는 이런 관심이 성격묘사에서 추상으로 흐르는 경향이 있음을 알 수 있는데, 따라서 만일 우리가 하위모방적인 규범 외에 다른 규범들을 알지 못한다면 이런 관심에 불평을 하게 되는 것이다.

또 우리는 해마다 6개월간 저승으로 자취를 감추는 페르세포네[17]의 신화를 알고 있다. 이 신화 전체는 분명히 죽음과 재생의 이야기이다. 지금 말하고 있는 이야기는 다소 전위되어 있으나 신화적인 패턴은 쉽사리 분별된다. 이와 똑같은 구조적인 요소가 셰익스피어 희극에 자주 되풀이되지만, 셰익스피어 희극의 경우에는 그것이 독자에게 어떤 신비성을 전달하기 위해서 어느 정도 상위모방의 수준에 걸맞게 적용되지 않으면 안 된다. 『헛소동』의 주인공은 실제로 죽지 않았으나 다른 사람들에게는 죽은 자로 알려져 조가(弔歌)를 받고 있으며, 이에 대한 그럴 듯한 설명은 극의 마지막까지 지연되고 있다. 『심벨린』의 이모젠에게는 가명(假名)과 빈 무덤이 있으나, 그녀도 장례식을 겪는다.

그러나 하마이오니와 파디타[18]의 이야기는 데메테르와 페르세포네 신화와 아주 유사하기 때문에 짐짓 그럴 듯한 어떤 설명도 작품 내에

---

17) 제우스와 데메테르 사이에 난 딸. 하계의 왕 하데스에게 유괴되어 하계의 여왕이 된다. 딸을 찾아 지상을 헤매는 데메테르를 측은히 여긴 제우스는 페르세포네로 하여금 일 년 중 삼분의 일을 하데스와 함께 하계에서, 나머지를 어머니와 함께 지상에서 살도록 허용한다. 이 신화의 줄거리는 겨울 동안 땅 속에 묻혀 있던 씨앗이 봄에 싹터 자라다가 가을에 추수되며, 다시 겨울을 맞는다는, 곡식의 성장과정과 유사하므로 죽음과 재생의 계절적 풍요제의 근간이 되고 있다.

18) 셰익스피어의 『겨울 이야기』에 등장하는 인물들. 이 극의 전반부에서 하마이오니는 남편 리온티즈의 횡포로 갓 낳은 딸과 헤어져야만 하는 비극적 운명의 여주인공으로 나타나고 있다. 그러나 그후 하마이오니 자신이 죽은 것으로 꾸며 현실세계로부터 잠적한 16년간, 시칠리아에는 겨울만이 지속되다가 잃었던 딸 파디타가 다시 그녀의 품으로 되돌아옴으로써 봄이 돌아오게 된다는 극의 진행은 데메테르와 페르세포네에 얽힌 신화적 원형을 재현한다고 볼 수 있다. 하마이오니, 파디타 두 여성인물에게서 발견되는 죽음과 재생, 잃음과 찾음의 이미지들은 바로 자연신화의 패턴과 일치하는 것이다.

전혀 주어지지 않고 있다. 하마이오니는 이 세상을 떠난 후, 꿈 속에서 망령으로 다시 한 번 되돌아온다. 그리고 조상(彫像)으로부터 그녀의 소생(이것은 피그말리온[19] 신화의 하나의 전위이다)은 우리에게 그 소생 자체를 하나의 믿을 수 있는 진실로서 깨닫게끔 요구하고 있다. 비록 죽은 그녀가 하나의 조각상으로 남아 그 조각상에서 다시 소생한다는 것이 현실적인 수준에서 전혀 가능할 수 없음에도, 또한 악의 없는 순간적인 속임수처럼 잠시 다시 살아난 것 외에는 아무 일도 일어나지 않았음에도 불구하고 말이다.

우리는 여기서 주제 중심적인 작가가 서사적인 즉 이야기적인 작가보다 얼마만큼 추상적이며 신화적이 될 수 있는가 하는 점에 주목해야 할 것이다. 가령 스펜서의 플로리멜[20]은 그녀 대신에 '눈 같은 귀부인'을 남기고, 누구에게도 물어볼 틈을 주지 않고 겨울 동안 바닷속에 몸을 숨긴 후, 제4권의 끝에서 별안간 커다란 봄의 홍수가 되어 돌아온다.

하위모방 양식의 소설에서는 에스더 서머슨[21]이 천연두에 걸리고 로나 둔[22]이 결혼의 제단에서 사살될 때, 우리는 여주인공의 죽음과 소

---

19) 그리스 신화에 나오는 키프로스의 왕. 그는 자기가 만든 소녀 조각상을 사랑하게 되어, 아프로디테 여신에게 그것에 생명을 불어넣어줄 것을 기도했다. 그의 요청이 허락되자, 피그말리온은 그 조각상과 결혼하였다고 한다.

20) 스펜서(Edmund Spenser)의 『요정의 여왕』 3, 4권에 등장하는 정숙과 미덕의 전형적인 여성이다.

21) 디킨스(Charles Dickens)의 『황량한 집』(1852~53)에 등장하는 총명하고 헌신적인 여성이다. 처음에는 고아로 여겨졌으나 후에 등장인물의 한 사람인 호손 대위의 딸로 밝혀진다. 죽은 것으로 생각되었으나 살아남아 에스더 서머슨이란 인물로 등장한다.

22) 영국의 블랙모어(R.D. Blackmore)의 동명 역사소설(1869)의 여주인공. 한 왕실 근위병을 살해한 강도의 두목의 딸로, 살해당한 근위병의 아들 존과 사랑하게 되고 결혼하려 하나 아버지의 범행이 밝혀져 엄청난 시련에 부딪치지만, 본래 스코틀랜드의 귀족의 딸을 두목이 강제로 데려온 것이라는 사실이 밝혀져 둘의 사랑은 이루어진다.

생이라는 똑같은 구조적인 패턴을 인식하게 된다. 그러나 우리는 사실주의 관습에 점점 가까워지고 있으며, 비록 로나의 눈은 '죽음으로 침침해져' 있을망정 작가가 그녀를 소생시키기를 바란다면 그는 정말로 그녀를 죽게 하려는 의도는 없다는 사실을 간파할 수 있다. 여기서 다시 『대리석의 목신』과 비교해보면 흥미로울 것이다. 왜냐하면 이 작품에서는 조각가에 대한 또는 조상과 살아 있는 사람들과의 관계에 대한 이야기가 참으로 많이 나오므로 『겨울 이야기』와 같은 대단원을 극히 자연스럽게 기대할 수 있기 때문이다.

힐다가 수수께끼처럼 사라지고, 그녀가 없는 사이에 그녀의 애인인 조각가 케니언은 땅 속에서 힐다를 연상시키는 조상을 캐낸다. 이후 그녀가 왜 사라졌는가에 대한 그럴 듯한 설명이 생략된 채 힐다가 다시 돌아온다. 그럴 듯한 설명은 주지 않지만 자기는 그럴 듯한 이유를 꾸며내는 데 흥미가 없으므로, 독자들이 이 소재를 다루는 자신에게 조금이라도 더 자유를 주었으면 하는 식의 호손 자신의 약간 신랄하고 신경질적인 문구가 없는 것은 아니다.

그러나 호손은 부분적으로는 스스로 좋아서 이러한 설명을 삼가는 듯 보이는데, 이 점은 포의 『리지아』[23]를 읽으면 알 수 있다. 이 작품에서는 죽음과 소생이라는 일관된 신화적 패턴이 아무런 변명 없이 주어져 있다. 분명히 포는 호손보다도 한층 철저한 추상주의자이며, 따라서 그가 20세기 문학에 미친 영향은 호손보다도 더 직접적이다.

신화적인 것과 추상적인 문학 사이의 이와 같은 유사성은 소설, 특히 통속소설의 대부분의 국면을 명백하게 한다. 통속소설의 경우 사건이

---

23) 포(Edgar Allen Poe)의 작품(1838). 젊은 귀족이 매우 아름답고 박식한 처녀 리지아와 결혼하지만, 그녀가 병에 걸려 죽자 슬픔에 잠겨 영국의 사원을 구입하여 그곳에서 묻혀 지낸다. 그는 그곳에서 로에나라는 처녀와 다시 결혼하는데 그녀도 이상하게 죽게 되지만, 갑자기 다시 살아난다. 결국 이는 죽은 리지아가 자신의 살려고 하는 의지로 인하여 로에나의 몸을 빌려 다시 환생한다는 이야기이다.

아주 그럴 듯하다는 점에서는 사실주의적이지만, '잘 된 이야기', 즉 뚜렷한 구상을 갖고 있다는 점에서는 충분히 로맨스적이라고 이야기할 수 있다. 어떤 전조(前兆)라든가 예감 같은 것을 끼워넣고서 이야기 전체를 처음에 나타난 예언이 성취되는 일련의 과정으로 만드는 기법이 바로 그 한 가지 예이다. 이러한 기법은 그 실재투사(existential projection)에서 피할 수 없는 운명, 사람의 눈에 보이지 않는 전능한 존재의 뜻을 넌지시 나타내려고 한다.

실제로 이러한 기법은 시작과 끝을 대칭적인 관계로 만들려는 순수한 문학적인 의도에서부터 출발한 것인데, 피할 수 없는 전능한 존재의 뜻이 있다면 그것은 오직 작자의 뜻일 따름이다. 그러므로 우리는 기질적으로는 전조나 예감 같은 것 등에 공감을 갖지 않는 작가들에게서까지도 종종 그와 같은 기법을 발견할 수가 있다. 가령 『안나 카레리나』의 서두에서 붉은 모자를 쓴 철도 짐꾼의 죽음이 안나에게는 자신의 죽음의 전조로 비친다. 이와 비슷하게 우리가 소포클레스의 작품 속에서 예감이나 전조 같은 것을 발견하게 된다 하더라도 이러한 것들이 나타나는 까닭은 이것들이 극작가가 원하는 타입의 비극적 구조에 딱 일치하기 때문이지, 결코 극작가나 관객이 숙명이라는 것을 분명히 믿고 있다는 증거는 아닌 것이다.

따라서 문학에서의 신화와 원형적인 상징에는 세 가지 구조가 있다. 첫번째 구조는 전위되지 않은 순수한 신화로서 일반적으로 신과 악마에 관한 이야기이며, 또 은유에 의하여 신은 바람직한 존재, 악마는 바람직하지 못한 존재로 완전히 동일시하는 두 개의 대조적인 세계를 보여주고 있다. 이 두 세계는 이따금 이러한 문학과 같은 시대에 속하고 있는 종교가 그려내는 천국, 지옥과 동일한 것으로 간주되고 있다. 이 두 개의 은유의 구조를 우리는 각각 묵시적, 악마적이라고 부를 수 있다.

두번째 구조는 우리가 로맨스적이라고 불렀던 일반적인 경향, 즉 인간의 경험과 아주 밀접하게 연관되어 있는 세계 속에 감추어져 있는 신화적인 패턴을 떠오르게 하는 경향을 갖고 있다.

세번째 구조는 '사실주의' 경향(필자가 이 김빠진 용어를 얼마나 싫어하는가는 인용부호에 반영되어 있다)을 갖고 있는데, 이 경향은 이야기의 형(型)보다는 오히려 내용과 그 재현에 중점을 두고 있다. 아이러니의 문학은 사실주의에서 출발하여 신화로 향하는 경향이 있는데, 이것은 그 신화적인 패턴이 보통 묵시적인 것보다도 악마적인 것을 한층 시사해주기 때문이다(비록 아이러니의 문학이 때때로 단순히 양식화된 로맨스의 전통을 갖고 있음에도 불구하고). 호손, 포, 콘래드, 하디, 그리고 버지니아 울프 이들 모두가 이 예에 해당한다.

회화를 감상할 때 우리는 가까이 서서 화필(畫筆)과 팔레트 나이프의 터치를 상세히 분석하는 일이 있다. 문학의 경우 이것은 대체로 신비평가들의 수사학적인 분석에 해당된다. 그러나 거리를 두고 좀더 뒤에 서서 감상하면 그 회화의 구상이 한층 분명하게 눈에 들어오게 되며, 그때야 오히려 우리는 그 속에서 재현되어 있는 내용을 검토하게 된다.

이런 식으로 거리를 유지하는 방법이야말로 가령 사실적(寫實的)인 네덜란드 회화를 감상하는 데 최상의 방법이리라. 왜냐하면 이렇게 거리를 유지함으로써 우리는 어떤 의미에서는 회화를 읽고 있는 셈이 되기 때문이다. 뒤로 물러서면 설수록 우리는 회화 전체를 통일하고 있는 구상을 뚜렷하게 의식할 수 있다. 가령 아주 멀리 떨어져서 성모상을 바라보면 우리는 성모의 원형 외에는 아무것도 볼 수 없게 된다. 말하자면 주의를 끄는 극히 선명하고 커다란 푸른 덩어리가 그림의 중심부에 위치해 있을 뿐이다.

문예비평의 경우에도 우리는 이따금 시에서부터 '뒤로 물러서서' 그 시를 통일하고 있는 원형을 찾아내지 않으면 안 된다. 만일 우리가 스펜서의 『무상(無常)의 시편』[24]을 '뒤로 물러서서' 보면 둥근 모습을 하

---

24) 스펜서(Edmund Spenser)의 『요정의 여왕』, 6권과 7권에 있는 단편적인 시이다. 계절과 달의 변화를 통해서 때의 추이에 대한 통절한 인식을 구가하

고 있는 정돈의 빛이 자리하고 있는 배경과, 낮은 전경(前景) 속으로 툭 튀어나와 있는 불길한 검은 덩어리—마치 「욥기」의 첫머리에 나오는 것과 아주 똑같은 원형적인 모습—를 보게 된다. 만일 『햄릿』의 제5막의 시작을 '뒤로 물러서서' 바라보면 무대 위에서 우리가 볼 수 있는 것은 무덤의 발굴이며, 또한 주인공*과 그 주인공의 적과 여주인공이 무덤 속으로 내려가는 것이 보이고, 곧이어 지상에서는 사투가 벌어지는 것이 보인다. 만일 우리가 톨스토이의 『부활』이나 졸라의 『제르미날』 같은 사실주의적인 소설을 '뒤로 물러서서' 바라보면 우리는 이 작품들의 제명이 나타내는 신화적인 구상을 볼 수 있다.[25] 그밖의 예는 다음 절에서 등장하게 될 것이다.

우리는 우선 두 개의 전위되어 있지 않은 세계—묵시적인 세계와 악마적인 세계의 디아노이아, 즉 이미지의 구조를 설명해 나가려고 한다. 이 경우 우리의 전통에서 전위되지 않은 신화의 주요한 원천인 성서에 크게 의존하지 않으면 안 된다. 그러고 나서 두 개의 중간적인 이미지의 구조 해명으로, 마지막에 이와 같은 이미지의 구조의 동인이 되고 있는 발생원적(發生源的)인 이야기, 즉 **뮈토스**의 해명으로 나아가려고 한다.

원형적 의미의 이론(1) : 묵시적 이미지

그러면 스무 고개의 일반적인 도식에 따라서, 또는 '거대한 존재의 고리'의 일반적인 도식, 즉 감각적인 자료를 분류하는 데 쓰이는 전통적인 도식에 따라서 이야기를 진행해보자.

고 있다.

* 햄릿이 무덤 속으로 내려간다는 것을 일부러 지적할 것까지는 없지만, 이 장면의 전후에서 그의 감정상태는 대조적이기 때문에 그가 통과제의를 겪고 있음을 나타내고 있다.

25) 이 작품들의 제목은 신생을 나타내주기 때문이다.

묵시적인 세계, 즉 종교에서의 천국은 첫째로 현실의 여러 가지 범주를 인간이 바라는 형태로 나타내준다. 이 경우 그 범주들은 인간 문명의 작업이라는 형태를 취하고 나타난다. 가령 인간의 작업과 욕망이 식물계에 부과한 형식의 산물이 바로 정원, 농장, 숲 또는 공원인 것이다. 동물계에 인간의 작업과 욕망을 부과시킨 형식은 가축의 세계이며, 이 중에서도 양은 그리스·로마적인 비유에서 뿐만 아니라 기독교적인 비유에서도 전통적인 우위를 갖고 있다. 광물계에 인간의 작업과 욕망을 부과시킨 형식, 즉 인간의 작업이 돌로 변형시킨 형식은 도시이다. 도시, 정원 그리고 양의 우리 등은 성서와 대부분의 기독교의 상징을 통일하고 있는 비유이다. 이들은 분명히 묵시록 또는 계시록이라고 일컬어지고 있는 책 속에서 은유에 의해 완전히 동일시되고 있으며, 성서 전체에 대한 전위되지 않는 신화적인 결말을 이루도록 세심한 의도로 구상되어 있다. 우리의 견해를 피력하자면 이것은 결국 성서의 묵시록, 즉 계시록이 우리의 묵시적인 이미지의 문법*이라는 것을 뜻하는 것이다.

도시, 정원 그리고 양의 우리의 세 가지 범주는 각각 원형적인 비유의 원리에 따라서 두번째 에세이에서 취급되었으며, 우리가 기억하는 것에 의하면 그 개개의 범주는 구체적인 보편성으로서, 다른 것들과 또한 그 안에 있는 개개의 존재와 동일한 것이 되고 있다. 그러므로 신성한 세계도, 인간적인 세계도 다 같이 양의 우리, 도시 그리고 정원과 동일한 것이며, 각각의 사회적·개인적인 면 또한 동일하다. 이리하여 성서의 묵시적인 세계는 다음과 같은 패턴을 보여주고 있다.

신의 세계=신들의 사회=한 분의 신

인간의 세계=인간들의 사회=한 사람의 인간

---

* 성서예형론에 대해서는 패러(Austin Farrer), 『이미지의 재생』(1949)이 유익하다. 또 와츠(Alan W. Watts), 『기독교에서의 신화와 제의』(1954)를 볼 것.

동물의 세계=양의 우리=한 마리의 어린 양
식물의 세계=정원 또는 공원=한 그루의 (생명의) 나무
광물의 세계=도시=한 개의 건물, 사원(寺院), 돌

'그리스도'라는 개념이 이 모든 범주들을 동일한 것으로 결합시킨다. 그리스도는 한 분의 신일 뿐만 아니라 한 사람의 인간이며, 신의 어린 양이며, 생명의 나무 또는 포도(그 가지가 우리들이다)이며, 건축자들이 버린 돌이며, 그의 부활한 육체와 동일시되는 다시 세워진 사원이다. 종교적인 동일시와 시적인 동일시는 의도에서만 다를 뿐 전자는 실재적이며 후자는 비유적이다. 중세의 비평에서는 이 차이는 별로 중요한 것이 아니었다. '피구라'(figura)*라는 말은 상징과 그리스도를 동일시할 때 적용되지만, 보통 이 양쪽을 모두 포함하고 있다.

이제 이 패턴을 좀더 확장해보자. 기독교에서 구체적인 보편성은 삼위일체의 형식으로 신의 세계에 적용되고 있다. 기독교에서는 관습적인 정신과정의 어떠한 혼란이 개재되더라도 신은 세 개의 인격이지만 한몸(實體)이라고 주장하고 있다. 인격과 실체(substance) 등의 개념은 비유를 논리로 확장하는 경우에 몇 가지 어려운 점을 보여준다. 물론 순수한 은유의 경우에는 신의 세 개의 인격이 하나로 통일되듯이, 다섯이든 일곱이든 백만이든 간에 신성한 인격들이 하나로 쉽게 통일될 수 있으며, 우리는 시에서의 신의 구체적인 보편성을 삼위일체의 테두리 밖에서 발견할 수 있다.

『일리아드』 8권의 서두에서 제우스가 존재의 고리 전체를 자신의 기분에 따라 자신에게 끌어올릴 수 있다고 말할 때, 우리는 호메로스가

---

* 아우어바흐(Erich Auerbach), 『미메시스』(Willard Trask 옮김, 1959), p.73 [figura에 대해서는 「머리말과 감사의 말」 역주에서 소개한 아우어바흐의 "Figure the Phenomenal Prophecy of the Church Fathers," *Scenes from the Drama in of European Literature*(New York, 1959)를 볼 것—옮긴이].

올림포스에서의 이중적인 전망에 대해 어떤 개념을 가지고 있다는 것을 알 수 있다. 이 올림포스에서는 서로 싸움을 하고 있는 신들이 단한 분의 신의 의지에 따라 어느 때라도 갑자기 통일될 수도 있기 때문이다.

베르길리우스의 작품에서 우리는 처음으로 심술궂고 버르장머리없는 유노[26]를 만나지만, 몇 줄 뒤에 아이네이스가 그의 부하들에게 "신은 이러한 괴로움들에도 종말을 주실 것이다"[27]라고 내뱉는 말은 그에게도 똑같은 이중적 전망(perspective)이 있다는 것을 보여주고 있다.

여기서 우리는 이것을 「욥기」와도 비교할 수 있을 것이다. 욥과 그의 친구들은 신앙적으로 매우 경건한 자들이기 때문에 욥이 고통을 당하고 있는 것이 신과 사탄 사이에 반은 장난삼아 건 내기 탓이라는 따위의 의심은 털끝만치도 일어날 턱이 없다. 어떤 의미에서는 그들의 태도야말로 옳은 것이며, 천상의 사탄에 대해서 독자가 갖고 있는 정보는 옳지 않다. 사탄은 시의 결말에는 등장하지 않으며 「욥기」를 고쳐쓴 일 때문이든 아니든 간에, 욥이 최종적으로 무지에서 깨어났을 때, 신의 뜻(욥은 이 뜻을 그에게 고통을 주려는 뜻으로 여겼다)을 의심하다가 어떻게 그가 서두의 축복스러운 분위기로 완전하게 되돌아갈 수 있었는지를 이해한다는 것은 여전히 어려운 일이다.

인간사회에 대해서 말하면 우리 인간 모두가 하나의 육체의 각 지체라는 비유는 플라톤으로부터 우리 시대에 이르기까지 거의 모든 정치 이론의 기초가 되어왔다. 밀턴이 "공화국은 오직 한 사람의 거대한 기독교인, 한 사람의 강한 성장, 한 사람의 성실한 상(像)으로 되어야 한다"[28]라고 한 말은 이 비유를 기독교적으로 바꾸어 말한 것인데, 이 경

---

26) 로마인들에게 그리스의 헤라 여신과 동일시되는 신. 유피테르가 천상의 신, 신 중의 신인 것처럼 이 여신은 천상의 여신, 여신 중의 여신이다.
27) 『아이네이스』, 1권 199행.
28) 밀턴의 팜플렛, 『아레오파지티카』(1644)에서.

우는 삼위일체의 교리에서와 같이 '그리스도는 신이며 인간이다' 라는
완전한 은유적인 표현이 정통적인 것으로 받아들여지고 있고, 직유나
아날로지를 사용한 아리우스파나 가현설(假顯說)의 진술[29]은 이단으로
비난되고 있다.

홉스의 『리바이어던』[30] 초판의 권두에는 한 사람의 거인의 체내에 수
많은 난쟁이가 들어 있는 삽화가 그려져 있는데, 이것도 똑같은 타입의
동일시와 어떤 관련이 있는 것이다. 플라톤의 『국가』에서는 개인의 이
성, 의지, 욕망이 각각 국가에서는 철인왕(哲人王), 무인들, 일꾼들로
나타나고 있는데 이것도 이 비유에 의거하고 있으며, 사실 오늘날 우리
가 한 무리의 사람들이나 군중을 '단체'(body)라고 부를 때도 이 비유
를 여전히 사용한다.

물론 성적(性的)인 상징의 경우에는 사랑에 의해서 두 개의 육체가
하나의 육체로 합쳐지게 되는데, 이것에 대해 '한몸' 이라는 비유를 사
용하는 것은 한층 쉽게 수긍이 간다. 던의 『황홀』은 이 이미지에 의거
해서 만들어진 수많은 시 가운데 하나이며, 셰익스피어의 『불사조와 비
둘기』는 이러한 동일시에 의해서 '이성(理性)에 가해지는 횡포'[31]를 신
랄하게 희롱하고 있다. 충성심, 영웅 숭배, 충실한 신하 등의 주제도
똑같은 비유를 사용하는 것이다.

기독교의 변체설(變體說)에서는 동물계와 식물계가 서로 동일시되고
있으며, 또 신의 세계와 인간의 세계도 동일시된다. 변체설에서는 식물
계의 본질적인 인간적 형식, 즉 먹을 것과 마실 것, 보리의 수확과 포

---

29) 전자는 알렉산드리아 교회 장로인 아리우스의 주장에서 시작된, 예수 그리
스도의 신성과 삼위일체를 부인한 4세기의 신학사상이다. 후자는 지상에서
그리스도가 인간의 모습으로 보였으나 실제로 완전한 사람의 몸을 가지지
않았고, 그의 수난도 일종의 비실제적인 가상이었다는, 3세기에 유행했던
신학사상이다.
30) 영국의 철학자 홉스(Thomas Hobbes)의 정치철학서(1651).
31) 41연으로, "이성(理性)은 그 자체 혼란해서"라고 말하고 있다.

도의 수확, 빵과 포도주는 역시 인간이면서도 동시에 신(神)인 어린 양의 육체이면서 피이다. 그리고 우리는 마치 도시나 사원에 살고 있는 것처럼 그 육체 속에 존재하고 있는 것이다. 여기서도 또 정통적인 교리가 직유와 대립되는 은유를 고집한다. 여기서도 또 실체라는 개념은 은유를 소화하려는 논리의 고투를 명확하게 보여주고 있다. 『법률』의 서두에 뚜렷하게 나와 있는 것처럼 플라톤의 향연은 성찬과 어느 정도 같은 상징인 것이다. 성찬보다 한층 간결하고, 한층 선명한 인간 문명의 이미지를 찾아내기는 어려울 것이다. 왜냐하면 거기에서 인간은 자연을 에워싸고, 그 자연을 자신의 (사회적인) 육체의 내부로 끌어들이려고 하기 때문이다.

동물계에서 양에게 주어진 관습적인 명예는 종교에서의 '목자'와 '양떼'와 같은 비유를 주고 있을 뿐 아니라, 우리에게 목가의 이미지의 중심적인 원형을 주고 있다. 왕을 백성의 양치기로 보는 비유는 멀리 고대 이집트까지 거슬러 올라간다. 이 특별한 관습이 사용된 것은 아마도 양은 어리석고 애정에 빠지기 쉽고, 무리짓는 것을 좋아하며, 놀라서 우르르 잘 달아나기도 하므로 그들이 만드는 사회는 인간사회와 비슷하다는 사실에 기인한 것 같다.

그러나 물론 시의 경우에는 양이 아닌 다른 동물이라도 상관없다(만일 독자가 다른 동물의 사용을 기꺼이 받아들인다면). 가령 『브리하드란야카 우파니샤드』[32]의 처음 부분에서는, 체내에 전 우주를 간직하고 있는 희생 제물인 말이 등장하는데, 이 말은 꼭 기독교 시인이 하느님의 어린 양을 취급하는 것과 똑같은 취급을 받고 있다. 또 새에 대해서 말하면, * 비둘기는 전통적으로 비너스뿐만 아니라 기독교의 성령의 보

---

32) 『우파니샤드』 중에서 최후의 것이다. 이 최종 6장은 전(全) 『우파니샤드』 가운데 윤회사상을 포함해서 힌두교의 교리를 가장 체계적으로 밝혀주는 중요한 경전이다.

 * 스티븐스(Wallace Stevens)는 『배 속의 비둘기』를 포함하여 그의 여러 시 속에서 이 상징을 사용하고 있다. 동물계에서 귀여움을 받는 다른 구성원들

편적인 조화 또는 사랑을 나타내왔다.

신들을 동물이나 식물과 동일시하고, 또 신들을 인간사회와 동일시하는 것이 토템적인 상징의 기초가 되고 있다. 어떤 특정한 종류의 병에 대한 기원을 이야기하는 민담이나 초자연적인 존재가 우리에게 친숙한 동물이나 식물로 변신한 이야기 등은 똑같은 유형의 은유를 약간 완화된 형식으로 보여주는 것이며, 이들은 오비디우스 이래 잘 알려져 있는 '변신'의 원형으로 잔존하고 있다.

식물 이미지의 경우에도 비슷한 적용이 가능하다. 성서의 다른 부분에서는 생명의 나뭇잎이나 과실이 빵이나 포도주 대신 성찬의 상징으로 사용되고 있다. 이보다도 구체적인 보편성이 나무뿐만 아니라 한 개의 과실, 한 송이의 꽃에도 적용될 수 있다. 서구에서 장미는 전통적으로 묵시적인 꽃 가운데서도 우위를 차지하고 있다. 『천국편』에서 성찬의 상징으로 사용되고 있는 장미가 쉽사리 머리에 떠오르며, 『요정의 여왕』 제1권에 나오는 성(聖) 조지의 우의상징(寓意象徵), 즉 하얀 바탕의 십자가는 부활한 그리스도의 육체와 이에 수반하는 성찬의 상징과 관련이 있을 뿐만 아니라, 튜더 왕조의 붉은 장미와 흰 장미의 결합과도 관련이 있다. 동양에서는 연꽃, 즉 중국의 '황금의 꽃'[33]이 장미

가운데는 물고기와 돌고래가 포함되는데, 그들은 리바이어던과는 반대로 전통적으로 기독교적인 동물이다. 또 곤충으로는 베르길리우스가 가장 좋아했던 꿀벌이 그렇다. 감미로움과 광명의 상징인 꿀벌은 탐욕스러운 거미와 대조가 된다. 시트웰(Edith Sitwell)의 시 『꿀벌의 신탁』을 참조할 것. 생물계에는 각 '우두머리'가 있다는 오랜 학설은 이들이 전형적인 대표의 상징으로 사용되고 있는 것과 관련이 있다.

33) 연꽃은 힌두교나 불교에서 중요한 상징적인 의미를 지닌다. 주로 풍요를 상징하며, 다른 의미들, 가령 순결, 신성한 탄생도 여기에서 파생된 것으로 여겨진다. 물밑 진흙에서 자라 표면에서 꽃을 피우는 연처럼 석가도 타락한 세계에서 태어났으나, 견성을 통해 해탈한다고 하여 이러한 의미를 지니게 되었다. 심리학자 융의 친구 리하르트 빌헬름이 옮긴 『황금의 꽃의 비밀』에 붙인 주석에 의하면 이 꽃은 하나의 통일체, 만다라를 나타내고 있다.

와 똑같은 위치를 차지하는 경우가 많다. 독일 낭만주의에서는 푸른 수레국화[34]가 잠깐 동안 유행을 누렸다.

인간의 육체와 식물계의 동일성에서 우리는 아르카디아[35]의 이미지의 원형을 얻게 된다. 마벌의 초록의 세계, 셰익스피어의 숲 속의 희극, 로빈 후드나 기타 로맨스의 숲 속에 숨어사는 녹의(綠衣)의 기사[36]의 세계 등이 이 원형에 속한다. 특히 로빈 후드나 녹의의 기사가 로맨스에서 차지하는 위치는 신화에서의 은유로서는 수목신에 해당된다. 마벌의『정원』에서 우리는 인간의 영혼이 생명의 나뭇가지에 앉아 있는 새와 동일시되고 있음을 보게 되는데, 이것은 한층 확대된 비유이지만 여전히 관습적인 것이다. 올리브나무와 그 기름은 '기름〔香油〕부음을 받은'[37] 통치자에게 또 하나의 동일성을 제공해주고 있다.

예루살렘으로 불려지든 그렇지 않든 간에 도시는 묵시적으로 말하면 하나의 건물이나 사원 또는 '거할 곳이 많은 집'[38]과 동일시되고 있으며, 또다시 신약성서의 문구를 사용하면 개개인은 이 집의 '산 돌'[39]의 하나인 것이다. 비유기적인 세계를 인간적으로 사용한 형식이 거리가 있는 도시뿐만 아니라 고속도로 또는 도로인 것이다. 그리고 '길'의 비유는 모든 편력문학(遍歷文學, quest-literature)과 떼려야 뗄 수 없는

---

34) 독일의 시인 노발리스(Novalis)의 소설『푸른 꽃』(1802)에 나오며, 낭만주의의 상징이 되었다.

35) 원래는 그리스의 펠로폰네소스에 있었다고 여겨지는 전설상의 평화로운 고장으로, 고대 시인들에게 아르카디아는 전설적인 황금시대의 조화와 전원 생활의 평화를 상징한다. 그 이후 유럽 문학가들에게 이상적인 삶의 상태의 상징으로 노래되었지만, 이 조화로운 생활에도 사랑의 좌절과 죽음의 요소가 스며들 수 있음이 나타난다. 이러한 이상적인 행복과 우울의 결합은 서구 문학의 목가시의 중요한 전통을 이루고 있다.

36) 아서 왕의 전설 속에 나오는 녹색의 옷을 입은 기사.

37) 예수 그리스도의 그리스도는 '기름 부음을 받은 자'의 뜻이다.

38)「요한복음」, 14장 2절.

39)「베드로전서」, 2장 4~5절.

불가분의 관계이다. 말하자면 이것은 『천로역정』의 경우처럼 분명히 기독교적이든 그렇지 않은 것이든 간에 편력문학과 뗄 수 없는 관계이다.

또한 이 범주에는 기하학적이며 건축학적인 이미지가 포함된다. 가령 단테와 예이츠의 탑과 회전계단, 야곱의 사다리,[40] 신(新)플라톤학파의 연애시인들의 사다리,[41] 위로 오르는 나선계단이나 풍요의 뿔,[42] 쿠빌라이 칸[43]이 명한 '장엄한 쾌락의 둥근 천장', 토머스 브라운이 공예품과 자연의 구석구석까지 찾아 구했던 십자가와 다섯 점 모양,[44] 영원의 우의 상징으로서의 원, 본의 '순수하고 끝이 없는 빛의 테두리'[45] 등의 이미지가 바로 이러한 범주에 포함된다.

시가 인간 문명의 소산으로 존재하는 본래의 원형적인 수준에서는 자연은 늘 인간을 포함하고 있다. 신비적인 수준에서는 인간이 자연을 포함하고 있으며, 도시와 정원은 이미 지구의 표면에 파놓은 조그마한 구멍이 아니라 인간 우주의 한 형식인 것이다. 그러므로 묵시적인 상징에서 우리는 인간을 땅과 바람이라는 두 자연의 원소에만 국한시켜 둘

---

40) 「창세기」, 28장 12절에 나오는 이야기로 야곱이 꿈에 벧엘에서 보았다는 사다리이다. 지상에서 하늘까지 닿아 있고, 하느님의 천사들이 이를 오르내리고 있었다고 한다.

41) 세 종류의 사랑을 사다리의 계단으로 나타내 낮은 곳부터 감각적 사랑, 이성적 사랑, 지적 사랑의 순으로 올라감을 그리고 있다. 감각적 사랑은 육체적이고 동물적인 사랑이고, 이성적 사랑은 육체보다 보편적 아름다움 그 자체를 중시하는 사랑이며, 가장 높은 단계의 지적 사랑은 이 모든 것을 뛰어넘어 영적인 아름다움을 추구하는 천사적인 성품의 사랑이다.

42) 제우스에게 젖을 먹였다는 산양 아말테이아의 뿔. '풍요의 뿔'이라 일컬어졌고 후에는 일반적으로 풍요의 상징으로 사용되었다.

43) 콜리지(S.T. Coleridge)의 시 『쿠빌라이 칸』(1816)의 첫 연 2행에서 인용.

44) 영국의 브라운(Sir Thomas Browne)의 「키루스의 정원」(1658)에서 인용.

45) 영국의 형이상학파 시인 본(Henry Vaughn)의 시, 「세계」(1650)의 첫 연 1~2행의 "나는 지난 밤, 순수하고 끝이 없는 빛의 위대한 테두리(Ring)와 같은 영원을 보았다"에서 인용.

수는 없다. 하나의 수준에서 또 하나의 수준으로 도달하기 위해서는 상징이 『마적』(魔笛)의 타미노[46]처럼 물과 불의 시련을 뚫고 나아가지 않으면 안 된다.

시적 상징에 의하면 보통 이 세상에서 불이 인간 생명의 바로 위에 위치하고 물은 바로 밑에 위치한다. 단테는 이 세계의 표면에 아직까지 존재하고 있는 연옥의 산에서부터 낙원, 즉 묵시적인 세계 그 자체로 가기 위해서 불의 테두리와 에덴의 개울을 건너지 않으면 안 되었다. 성서에 나타나는 천사들을 둘러싸고 있는 후광과 불의 이미지, 오순절(五旬節)에 하늘로부터 내려오는 불의 혀,[47] 그리고 최고 천사가 이사야의 입에 대는 훨훨 타는 숯불[48]은 불을 인간적인 것과 신적인 것의 중간에 위치한 영적·천사적인 세계와 결부시키고 있다. 그리스·로마 신화의 프로메테우스 이야기는, 마치 제우스가 천둥이나 번갯불과 함께 연상되는 것처럼 불의 비슷한 기원을 보여주고 있다. 요컨대 하늘이라는 의미로서의 천공(天空)은 태양, 달, 별 등의 발광체를 포함하고 있기 때문에 보통 묵시적인 세계에서의 천국과 동일시되기도 하고, 천국으로 이어지는 길이라고 생각되기도 한다.

이처럼 이밖의 다른 범주도 전부 불과 동일시될 수 있고, 훨훨 타는 존재로서 간주될 수 있다. 불의 천사들과 빛의 천사들에 의해 둘러싸인 채 유대-기독교의 신이 불 속에 나타나고 있다는 사실만을 언급하는 것으로도 충분하다. 희생제의의 번제물(燔祭物)로 태워지는 동물, 신과 인간세계의 교류에 이용되는 동물의 육체 등은 제단의 불과 연

---

46) 모차르트의 가극 『마적』의 주인공. 이집트의 왕자로, 거대한 독사에게 물릴 뻔했을 때, 밤의 여왕 시녀들의 도움으로 구출되자, 그 보답으로 자라스트로의 손아귀에 잡혀 있는 여왕의 딸 파미나를 구한다. 타미노는 온갖 시련을 겪은 후 파미나를 만나 그의 마적을 불면서 물과 불을 통과한 후 성전에 도착하여 환영을 받았다.

47) 「사도행전」, 2장 3절.

48) 「이사야서」, 6장 6~7절.

기, 그리고 제단 위로 퍼져가는 냄새 등과 연관되는 온갖 이미지로 천천히 변화한다. 불타고 있는 사람*은 성자의 후광과 왕의 왕관으로 표상되고 있으며, 이 후광과 왕관은 다 같이 태양신과 같은 것으로 여겨지고 있다.

또 사우스웰[49]의 크리스마스 시 『불타고 있는 갓난아이』를 여기에 비교할 수도 있다. 불타고 있는 새의 이미지는 전설적인 불사조로 나타나고 있다. 생명의 나무 역시 불타오르는 나무, 타도 타도 그치지 않는 모세의 가시덤불, 유대 제의의 촛대, 후세의 신비주의의 '장미십자가'일 수도 있다. 연금술**에서의 식물계, 광물계, 그리고 물의 세계는 각각 장미, 돌 그리고 영액(靈液)과 똑같은 것으로 간주되고 있으며, 꽃과 보석의 원형은 불교의 경전에 있는 '연꽃의 보석'과 똑같은 것으로 간주되고 있다. 불, 도취경에 빠지게 하는 술, 동물의 뜨거운 붉은 피 사이의 연관도 역시 흔하다.

도시를 불과 동일시함으로써 우리는 「계시록」의 신의 도시가 왜 황금과 보석의 빛나는 덩어리로 나타나고 있으며, 생각컨대 하나하나의 돌이 왜 단단한 보석 같은 불꽃으로 타고 있는가[50]에 대한 이유를 알 수

---

* 붉은 물감에 대해서는 로렌스(D.H. Lawrence)의 의견을 참조할 것(『에트루리아의 여러 곳』, 3장).

49) Robert Southwell(1561~95) : 영국의 가톨릭 시인. 『불타고 있는 갓난아이』에서 시인은 추운 밤 불꽃에 싸인 아기 예수의 환영을 구가하고 있다.

** 연금술에서 사용되는 상징에 대해서는 실버러(Herbert Silberer), 『신비주의와 그 상징의 문제』(Smith Ely Jelliffe 옮김, 1917) 및 융(Jung), 『심리학과 연금술』(R.F.C. Hull 옮김, 1953)을 볼 것. 우유적인 연금술, 장미십자가회, 카발라주의(Cabbalism), 프리메이슨주의, 타로(Tarot) 골패 등은 전부 유형론적 체계이며, 따라서 여기서 이야기한 비슷한 패러다임에 의거하는 것이다. 문예비평가에게 이러한 것들은 참조용 리스트에 불과하다. 이러한 것들에 대해서 엄격한 탁선투가 일부 원형비평 형식에 반복해서 나타나지만, 그 투는 그렇게 큰 의미는 없다.

50) 페이터(Walter H. Pater)의 『르네상스 역사 연구』(1873)에서 인용.

있다. 묵시적인 상징에서는 하늘의 발광체—태양, 달 그리고 별—전부가 우주의 신의 체내에 또한 인간의 체내에 존재하고 있기 때문이다. 연금술의 상징도 똑같은 타입의 묵시적인 상징이다. 자연의 중심, 즉 땅 속 깊이 매장되어 있는 황금과 보석은 결국 자연의 바깥 변두리, 즉 하늘의 태양, 달, 별 등과 하나가 된다.

이와 같은 원리로 정신계의 중심인 인간의 영혼도 정신계의 바깥 변두리인 신과 하나가 된다. 이리하여 인간의 영혼이 정화되는 것과 흙이 황금으로 변화하는 것(이때의 황금은 문자 그대로의 황금일 뿐만 아니라, 천체의 구성물질인 불의 정수인 황금이다) 사이에는 밀접한 연관이 있다. 『비잔티움으로의 항해』에 나오는 인공(人工)의 새가 앉아 있는 황금나무는 연금술을 암시하는 형식으로 식물계와 광물계를 동일화시키고 있다.

한편 물은 전통적으로 인간생활의 하위의 존재영역, 즉 일상적인 죽음 또는 비유기적인 것으로의 환원에 이어 뒤따라나오는 혼돈이나 소멸의 상태에 속해 있다. 그러므로 죽을 때의 영혼은 번번이 물을 가로지르기도 하고 물 속으로 가라앉기도 한다. 묵시적인 상징에는 '생명수'가 있으며, 이것은 신의 도시에 다시 나타나는, 에덴동산에서 발원하여 거기서부터 갈라진 네 개의 강이며,[51] 제의에서는 세례의 이미지로 나타난다. 「에스겔서」에 의하면 이 강의 환류(還流)가 바다를 새롭게 하는데[52] 이는 「계시록」의 저자가 종말에 와서는 바다도 다시 있지 않다[53]라고 말한 이유인 것 같다. 따라서 묵시적으로 말하면 물은 한 인간의 체내를 혈액이 순환하듯 우주의 체내를 순환한다.

그러나 어쩌면 우리는 혈액순환을 성서의 주제와 결부시켜서 생각하

---

51) 「창세기」, 2장 10절.
52) 「에스겔서」, 47장 8~9절.
53) 「요한계시록」, 21장 1절.

는 것 같은 시대착오를 범하지 않기 위해서 '순환한다'라는 말 대신 '내부에 가득 채워져 있다'라는 말로 대치해야 할는지도 모른다. 물론 수세기 동안 혈액은 네 개의 '체액'(體液, humor) 가운데 하나였다. 이것은 생명의 강이 전통적으로 사중(四重)으로 되어 있는 것과 똑같다.

원형적 의미의 이론(2) : 악마적 이미지

여기서는 묵시적인 상징과는 정반대의, 전적으로 바람직하지 않은 세계가 제시된다. 말하자면 악몽과 산 제물의 세계, 속박과 고통과 혼란의 세계, 인간의 상상력이 아직 그 세계에 대해서 작용을 하지 않고 인간에게 바람직한 이미지—도시나 정원—가 아직 확고하게 확립되어 있지 않은 도착(倒錯)되고 황폐한 세계, 폐허와 무덤의 세계, 고문(拷問) 도구와 바보천치들이 우글거리는 세계가 제시된다. 그리고 시에서의 묵시적인 이미지가 종교적인 천국과 밀접하게 연관되듯이, 이와 정반대의 대립을 이루는 이미지가 단테의 『지옥편』과 같은 실재적인 지옥과 밀접하게 연관되고 있으며, 『1984년』,[54] 『출구가 없다』,[55] 『한낮의 어둠』[56]에서처럼 인간이 지상에서 만들어내는 지옥과 연관되기도 한다. 특히 마지막 두 작품은 그 제목을 통해 지옥의 이미지를 보여준다. 그러므로 악마적인 이미지의 중심 주제의 하나는 패러디로서, 이 패러디란 '실인생'

---

54) 미래의 전체주의의 잔인한 실상을 파헤친 오웰(George Orwell)의 반(反)유토피아적 소설(1944).

55) 사르트르의 단막극(1947). 여기서 사르트르는 지옥은 피할 수 없는 것이지만, 다른 사람을 도덕적으로 판단하는 데 없어서는 안 될 필요불가결한 것으로 보고 있다.

56) 커스틀러(Arthur Koestler)의 소설(1940). 열성적인 전 볼셰비키 혁명단원이 스탈린에 의해 숙청되는 과정을 그림으로써 역사적 필연성이라는 목적으로 인간성을 배제하는 전체주의에 대한 회의 및 공산주의 혁명이라는 이상에 대한 환멸을 나타냈다.

을 소재로 모방하는 것처럼 암시하지만, 실제로는 그 인생을 풍자·과장의 기법으로 조롱하는 방법을 일컫는다.

악마적 신의 세계는 기술적으로 후진사회 사람들 눈에 비치는 것과 같은 광대하고 위협적이며 어리석은 자연의 힘을 주로 의인화하고 있다. 이 세계에서의 천국의 상징은 가까이할 수 없는 하늘과 연관되는 경향이 있다. 여기에서 구체적인 형식을 가지고 나타나는 중심 개념은 헤아리기 어려운 운명이나 밖으로부터 가해지는 필연의 힘이다. 운명의 조작은 멀리 떨어져서 보이지 않는 일련의 신들에 의해서 행해지며 그들이 인간을 도외시한 채 자신들만의 자유와 기쁨을 누리기 때문에 아이러니의 성격을 띠게 된다.

이 신들은 주로 자신들의 특권을 지키기 위해서 인간의 일에 개입한다. 그들은 인간에게 희생을 요구하고 자만을 벌하며, 그 자체의 목적으로서의 자연과 도덕률에 복종하도록 강요한다. 여기서 우리는 가령 그리스 비극에 나오는 신들에 대해 기술하려고 하지 않는다. 그 대신 신의 질서에 대해서 인간이 느끼는 소원감(疏遠感)과 무력감을 따로 분리시켜 생각하려고 하는 것이다. 이 소원감과 무력감은 인생에 대해 가지는 가장 비극적인 거의 모든 비전들 가운데 본질적인 요소이기는 하지만, 다른 요소들과 마찬가지로 그 비전 중의 한 요소에 불과하다.

후대에 와서 시인들이 신에 대해 느끼는 무력감과 소원감은 더욱 노골화된다. 블레이크의 '노보대디',[57] 셸리의 '주피터',[58] 스윈번의 '지

------

57) 노보대디는 블레이크의 시 「노보대디(Nobodaddy)에게로」 등에 나오는 신화적인 인물로, 사악한 신을 나타낸다. 'Nobody'와 'Daddy'의 합성어이며, 순진무구의 세계에서는 자애로운 아버지로 나타나는 신이 경험의 세계에서는 '누구의 아버지도 아닌 전제주의자'로 나타남을 뜻한다.

58) 셸리의 서정극 『결박에서 벗어난 프로메테우스』(1820)에 등장하는 압제적 권위의 상징인 신이다. 인류 또는 인간 정신의 상징인 프로메테우스의 적대자이다.

고(至高)의 악, 신',[59] 하디의 '맹목적인 의지',[60] 하우스먼의 '야수 같은 깡패'[61] 등을 그 예로 들 수 있다.

악마적인 인간세계는 일종의 자아의 분자 같은 긴장에 의해서, 즉 개인의 가치를 희생시키는 또는 고작 의무와 명예를 위해서 개인의 기쁨을 희생시키는 집단이나 지도자에 대한 충성심에 의해서 유지되고 있는 사회이다. 이러한 사회는 햄릿이나 안티고네의 경우와 같이 비극적인 딜레마의 끊임없는 원천이 되고 있다. 인간생활에 대한 묵시적인 견해에 의하여 우리는 인간이 자아를 성취시키는 데에는 개인적·성적(性的)·사회적인 세 가지 길이 있음을 알았다.

사악한 인간세계에는 두 가지 극단적인 인물이 있다. 한쪽 극은 하나의 개인으로 압제자인 지도자이다. 이 인물은 수수께끼 같고 무자비하고 우울하고 그칠 줄 모르는 야심의 소유자이며, 그의 추종자들의 집단적인 자아(ego)를 대표할 만큼 자기 중심적이다. 그리고 이런 자기 중심적인 경우에만 부하의 충성심을 요구한다. 또 다른 극에는 '파르마코스'(pharmakos), 즉 산 제물인 속죄양 같은 인물이 있다. 이 인물은 다른 사람들의 이익이 되기 위해서 죽임을 당해야만 하는 자이다. 악마적인 패러디의 가장 응축된 형식에서는 이들은 똑같은 인물이 된다. 프레이저의 신성한 왕의 살해제의가 인류학에서 어떻게 설명되든 간에 문예비평에서는 비극적·아이러니적인 구조의 악마적인, 또는 전위되지 않은 기본적인 형식인 것이다.

종교에서 정신의 세계는 육체의 세계와는 구별되는 실재이지만, 시

---

59) 영국의 스윈번(A.C. Swinburne)의 극 『캘리던의 아탈란타』(1865)에 나온다.

60) 인간은 자신의 의지가 어떻든 의지를 지배하는 맹목적인 '내재 의지'에 의해 조종되고 있다는 하디(Thomas Hardy)의 사상을 두고 하는 말이다. 그의 서사시 『패왕(覇王)들』(1903~08)에 잘 나타나 있다.

61) 하우스먼(A.E. Housman)의 시 『밤나무는 그 횃불을 던지다』(1922)의 3연에 나오는 구절. 죽음의 운명 앞에 선 인간에 대하여 잔인하고도 무감각한 세계를 허용하는 말이다.

에서는 육체적 또는 현실적인 것이 정신적으로 실재하는 것에 대립되는 것이 아니라 가설적인 것에 대립되고 있다. 우리는 첫번째 에세이에서 행위를 모방행위로 바꾸는 것, 제의를 행하는 것으로부터 제의에서 연행(演行)하는 일로 발전하는 것이 야만에서 문명으로의 발전의 중심적인 특징의 하나라는 원리를 알았다. 테니스나 미식축구에서 투쟁의 모방을 찾아내는 것은 용이하지만, 바로 이런 모방이라는 이유 때문에 테니스나 미식축구 선수는, 학생끼리 결투하고 검투사끼리 결투하는 문화보다 훌륭한 문화를 대표하고 있다. 문자 그대로 행위를 연기로 옮기는 것은 생활을 자유롭게 하는 기본적인 형식이며, 그것은 보다 더 지적인 수준에서는 교양교육으로, 즉 사실의 상상력으로의 해방이라는 형식으로 나타난다.

묵시적인 세계에서 성찬식의 상징 개념, 즉 식물, 동물, 인간, 신의 육체의 은유적인 동일화가 그 악마적인 패러디의 형식을 취할 경우 캐니벌리즘의 이미지를 가지게 되어야만 한다는 것도 앞에서 이야기한 것과 부합되고 있다. 단테가 인간지옥에서 마지막으로 본 광경은 우골리노[62]가 생전에 그를 괴롭힌 자의 두개골을 갉아먹고 있는 모습이며, 스펜서의 훌륭한 우유적인 장면 가운데 마지막은 세리나가 알몸으로 벗겨진 채 식인종의 향연에 바쳐지려고 하는 모습이다.[63] 캐니벌리즘의 이미지는 보통 고문이나 사지 절단의 이미지뿐만 아니라, 전문용어를 사용하면 스파라그모스(sparagmos), 즉 산 제물의 몸뚱이를 갈기갈기 찢는 행위의 이미지, 오시리스, 오르페우스, 펜테우스[64]의 신화에서 볼

---

62) 단테의 『신곡』(지옥편), 노래 32~33에서 우골리노 백작이 생전에 자기를 '굶주림의 탑'에 가둔 원수의 두개골을 갉아먹는다.

63) 스펜서(Edmund Spenser)의 『요정의 여왕』 5권.

64) 그리스 테베 왕국의 왕. 자신의 왕국에 디오니소스 신에 대한 경배를 받아들이기를 거절함으로써 그 신에 의해서 미치게 되고, 이 신의 열렬한 신도인 자신의 어머니와 누이들에 의해서 갈갈이 찢겨 죽음을 당한다. 에우리피데스가 그를 극화하였다.

수 있는 이미지가 포함되어 있다.

문학작품에 폴리페모스[65]로서 등장하는, 사람을 먹는 거인이나 민담에 나오는 식인귀가 여기에 속한다. 티에스테스[66]의 이야기부터 샤일록의 계약에 이르기까지 인간의 육체와 피에 대한 일련의 악마적인 취급의 오랜 역사가 그러한 것과 꼭같다. 이 경우에도 역시 프레이저에 의해서 역사적인 원형으로 기록된 그 형식이 문예비평에서는 기본적인 악마적 형식인 것이다. 플로베르의 『살람보』[67]는 악마적인 이미지에 대한 연구로서, 그 당시에는 고고학적인 것으로 생각되었으나 실은 예언적인 것으로 판명되었다.

악마적인 성적 사랑의 관계는 충성심에 거역하는, 또는 충성심을 가진 사람을 좌절시키는 어떤 격심한 파괴적인 열정의 관계로 된다. 이것은 보통 매춘부나 마녀, 사이렌 혹은 기타 사람을 달달 볶는 여성, 갈망은 하면서도 결코 손에 넣을 수 없는 물질적인 욕망의 대상에 의해서 상징된다. 악마적인 결혼의 패러디, 즉 두 개의 영혼을 하나의 육체 속에 합치시키는 것은 자웅동체성(雌雄同體性), 근친상간(가장 흔한 형식), 동성애의 형식을 취할 수가 있다. 사회적인 관계는 폭도의 관계이며, 이것은 본질적으로 파르마코스를 요구하는 인간관계이다. 그리고 폭도는 종종 히드라[68]나 베르길리우스의 파마(Fama),[69] 또 이것이 발

---

65) 바다의 신 포세이돈의 아들이다. 외눈박이 거인인 이 괴물은 『오디세이아』에서는 오디세우스에 의해 눈이 멀게 된다.

66) 탄탈로스의 손자. 형 아트레우스의 처를 능욕했기 때문에 형에 의해서 자식들이 살해당하고 죽은 자식들을 고기로 알고 먹게 되는 복수를 당한다.

67) 플로베르(Gustave Flaubert)의 소설(1862). 고대 카르타고인들이 그들의 고용인과 벌이던 삶과 죽음의 투쟁을 내용으로 하고 있다.

68) 헤라클레스가 퇴치한 머리가 아홉인 뱀이다. 머리 하나를 자르면 머리 둘이 돋아난다.

69) 소문을 우의적인 여성인물로 나타낸 것이다. 베르길리우스의 『아이네이스』에 등장한다. 백 개의 혀를 가진 것으로 전해진다.

전한 스펜서의 ‘뻔뻔스러운 말 많은 짐승’[70] 등 불길한 동물의 이미지
와 동일시되고 있다.

다른 세계들도 간결하게 요약될 수 있다. 동물계에는 악마적인 세계
가 괴물이나 맹수라는 모습으로 그려진다. 전통적으로 양의 적인 늑대,
호랑이, 독수리, 땅을 기어다니는 냉혹한 큰 뱀, 그리고 용 등 모두가
흔한 것들이다. 성서에서 나타나는 악마적인 사회는 이집트나 바빌로
니아에 의해 대표되며, 이들 나라의 지배자는 괴물 같은 짐승과 동일시
되고 있다.

네부카드네자르 왕은 「다니엘서」에서 짐승의 모습으로 변하고,[71] 파
라오는 「에스겔서」에서 강의 용이라고 일컬어지고 있다.[72] 이 경우 용
이 특히 적절한 이유는 사악한 괴물일 뿐 아니라 우의적이기도 하며,
따라서 하나의 윤리적인 사실로서 또한 하나의 영원한 부정(否定)으로
서 악의 역설적인 성질을 나타내주고 있기 때문이다. 「계시록」에 있는
용은 과거에 있다가 현재는 없으나 장차에는 나올 짐승[73]으로 일컬어지
고 있다.

식물계는 우리가 『코머스』나 『지옥편』의 서두에서 만나게 되는 것과
같은 사악한 숲, 셰익스피어로부터 하디에 이르기까지 비극적인 운명
이 연상되어온 히스(heath), 또는 브라우닝의 「공자 롤랜드」[74]나 엘리
엇의 『황무지』에 등장하는 것과 같은 황야이다. 또는 키르케의 정원처
럼 불길한 마법의 정원일 수도 있고, 르네상스기에서 키르케의 정원의

---

70) 스펜서의 『요정의 여왕』, 6권에 등장하는 백 개의 혀를 가진 괴수이다.

71) 「다니엘서」, 4장 33절.

72) 「에스겔서」, 29장 3절에서는 용이 아니라 ‘악어’로 기록되어 있다.

73) 「요한계시록」, 17장 8절.

74) 브라우닝(Robert Browning)의 시집 『남과 여』(1855)에 실린 장시. 정식 제
   명은 「공자 롤랜드가 어두운 탑에 다가왔다」이다. 황야를 거쳐서, 이전의 다
   른 기사들과는 달리 목적지인 암흑의 탑에 이르는 공자 롤랜드의 편력을 그
   린 것으로, 인생을 우의적으로 노래한 시이다.

후예라고 할 수 있는 타소와 스펜서의 정원일 수도 있다. 성서에서의 황무지는 죽음의 나무, 「창세기」의 금단의 지혜의 나무, 복음서의 열매를 맺지 못하는 무화과나무, 십자가 등에서 그 구체적인 보편성의 형식을 빌려 나타난다.

눈을 가린 이단자나 흑인 또는 마녀를 결박하여 창으로 찔러 죽일 때 그들을 매어두는 말뚝은 지옥세계의 불타는 나무이며 물체인 것이다. 단두대, 교수대, 차꼬, 죄인의 목에 씌우는 칼, 가죽채찍, 자작나무 회초리는 그것의 변형이기도 하고, 또 그렇게 변형될 수도 있었던 것이다. 생명의 나무와 죽음의 나무의 대조는 예이츠의 『두 그루의 나무』에서 아름답게 표현되어 있다.

비유기적인 세계, 즉 광물계는 사막, 바위, 황무지 등 자연 그대로의 형식으로 남아 있는 경우가 있다. 파멸의 도시, 공포스러운 밤의 도시 등이 여기에 속하며, 바벨탑으로부터 오지만디어스의 거상(巨像)[75]에 이르기까지 자랑거리가 되고 있는 거대한 폐허도 여기에 속한다. 도착적(倒錯的)인 공예품의 이미지들도 여기에 속한다. 가령 고문기계, 전쟁무기, 갑옷 등, 또 자연을 인간화하지 못하기 때문에 비인간적일 뿐만 아니라 반(反)자연적인 죽은 메커니즘의 이미지 등이 여기에 속한다.

묵시적인 사원이나 하나의 건물(One Building)에 해당하는 것으로서 교도소나 토굴 감옥이 있으며, 단테의 디스의 도시와 같이 빛이 전혀 없이 열만으로 밀봉된 화덕이 있다.

또 기하학적인 이미지에도 사악한 것이 상당히 존재하는데, 가령 거꾸로 감기는 나선형(큰 소용돌이, 회오리바람 또는 카리브디스[76]), 거꾸로 달려 있는 십자가, 역순환하는 운명이나 숙명의 수레바퀴 등이 그

---

75) 이집트의 왕 람세스 2세의 거상이 테베의 폐허에 남아 있는데, 이것을 본 셸리가 그 영광과 잔해를 주제로 「오지만디어스」(1818)라는 짧은 시를 지었다.
76) 시칠리아 섬 앞바다의 위험한 소용돌이를 일컫는 말이다.

예이다. 원을 관습적으로 악마적인 것과 동일시하는 것에서 우로보로스(ouroboros), 즉 자신의 꼬리를 입에 물고 있는 뱀이 나오게 된다. 이사야가 예언하였던 사막을 꿰뚫고 있는 신의 대도(大道), 묵시적인 길, 직선적인 길에 대응되는 것으로서, 이 세계에서는 그 중심에 미노타우로스 같은 괴물이 이따금 있는, 방향감각 상실의 상징인 미궁 또는 미로가 있다.

이스라엘 백성들이 사막에서 미로를 헤매는 듯한 방황은 예수가 마귀(「마가복음」에 의하면 '야수')와 함께 있을 때 겪은 방황에 의해서 다시 반복되고 있는데, 이 방황들이 모두 같은 패턴에 해당된다. 미궁은 『코머스』에서처럼 사악한 숲이 될 수도 있으며, 지하묘지는 『대리석의 목신』에서 똑같은 맥락 가운데 효과적으로 사용되고 있다. 또한 비유를 좀더 집약시키면, 미로란 물론 사악한 괴물 내부에 있는 꼬불꼬불한 창자에 해당될 수도 있다.

불의 세계는 도깨비불과 같은 악의에 차 있는 마귀의, 지옥에서 길을 헤매고 나온 악령의 세계이다. 그리고 이 세계는 앞에서 언급했듯이 화형(火刑, auto da fe)이라든가, 소돔처럼 불타는 도시의 모습으로 나타난다. 이 불은 「다니엘서」에 나오는 훨훨 타오르는 화덕[77]과 같이 죄를 깨끗하게 씻어주는 불과는 대조적이다.

물의 세계는 죽음의 물이며, 흘린 피와 자주 동일시되고 있다. 이러한 물은 예수의 수난기에서 혹은 단테가 묘사한 역사의 상징적인 모습에서 찾을 수 있는데, 특히 이 세상의 모든 강을 흡수하지만 그 대신 묵시적인 세계에서는 신선한 물을 순환시키기 위해 소실되는 '측량할 수 없는, 짜고 낯선 바다'[78]에서 찾아볼 수 있다. 성서에서는 바다와 괴물이 리바이어던이라는 모습으로 동일시되며, 또한 이 바다의 괴물인 리바이어던은 바빌로니아와 이집트의 사회적인 압제와도 동일

---

77) 「다니엘서」, 3장 16~27절.
78) 매튜 아널드(Matthew Arnold)의 시 『고독 : 마거리트에게』(1852), 24행.

시되고 있다.[79]

---

79) 프라이가 논의한 원형적 이미지를 다음의 도식으로 요약할 수 있다.

	묵시적	로맨스적	상위모방	사실적	악마적
신의 세계	·신들의 사회. ·삼위일체.	·마법의 힘을 가진 어버이형의 현명한 노인들. ·프로스페로. ·라파엘.	·신의 위치로 이상화된 왕. ·여신의 위치로 이상화된 궁정풍 연애의 여주인공.	·영적인 비전의 경험. 심리학적인 체험에 결부되어 있음.	·어리석은 자연의 힘, 운명의 조작. ·블레이크의 '노보대디' 등.
인간 세계	·인간들의 사회. ·한 육체의 각 기관들로서의 인간.	·어린아이들과 순진무구. ·순결. ·단테의 마텔다. ·스펜서의 브리토마트.	·이상화된 인간적인 표본들.	·공통적·전형적인 인간의 상황. 이상화된 로맨스의 패러디.	·긴장 속에 있는 자아의 사회. 압제자인 지도자. ·산 제물.
동물계	·신의 어린 양. ·희생제물인 말, 비둘기.	·목가적인 어린 양, 로맨스의 말과 개, 그리고 당나귀, 일각수, 돌고래, 새.	·독수리, 사자, 말, 백조, 매, 공작새, 불사조.	·원숭이, 호랑이.	·괴물이나 맹수 : 호랑이, 늑대, 독수리, 용.
식물계	·낙원과 생명의 나무. 푸른 세계의 아르카디아적인 이미지. 장미, 연꽃.	·에덴 동산(밀턴, 성서). ·스펜서의 아도니스의 정원. ·즐거운 곳.	·형식적인 정원(정원의 상징은 배경으로 물러섬).	·농지, 사람들의 괴로운 노동. 소작인들.	·사악한 숲이나 불길한 마법의 정원. ·금단의 지혜의 나무.
광물계	·예루살렘. ·고속도로와 도로. ·'길'.	·탑, 성(城).	·수도(수도 중심에 궁정이 있음).	·미로와 같은 현대의 메트로폴리스. ·고독감과 의사소통의 결여가 강조됨.	·사막, 바위, 황무지.
불의 세계	·불의 천사들과 빛의 천사들. ·회생제의의 번제물. ·성자의 후광. ·불타오르는 나무.	·정화(淨化)의 상징으로서의 불. ·스펜서의 부지레아의 성. ·단테의 연옥.	·왕의 왕관. ·귀부인의 눈.	·아이러니, 파괴적인 요소로서의 불. ·프로메테우스.	·악의에 차 있는 마귀. ·지옥에서 길을 헤매고 나온 악령. ·불타는 도시.
물의 세계	·생명의 물. ·에덴의 4중(四重)의 강(江). ·세례.	·샘, 연못. ·대지를 비옥하게 하는 비. ·망각의 강.	·왕의 배[船]로 장식된 질서정연한 강(템스).	·파괴적인 요소로서의 바다. ·인간화된 리바이어던. ·백경, 셸리의 전복된 작은 배.	·죽음의 물. ·흘린 피. ·바다의 괴물들.

원형적 의미의 이론(3) : 유비적 이미지

물론 시의 대부분의 이미지는 일반적으로 지옥 또는 천국과 같은 영원한 불변의 세계로서 투사되는 두 개의 세계보다도 훨씬 덜 극단적인 세계를 다루지 않으면 안 된다. 묵시적인 이미지는 신화적인 양식에 적합하고 악마적인 이미지는 아이러니 양식에 적합한데, 이 이미지는 최종 단계에서는 신화로 되돌아간다. 다른 세 가지 양식에서 이 두 구조는 변증법적으로 작용하며, 작품의 전위되지 않은 은유적·신화적인 중심으로 독자를 끌어당긴다. 그러므로 우리는 대충 로맨스 양식, 상위모방 양식, 하위모방 양식에 해당하는 세 개의 중간적인 이미지의 구조를 예상하지 않으면 안 된다. 그러나 이 에세이의 서두에서 언급했던 두 개의 전위되어 있지 않은 구조 속에 로맨스적·'사실적'인 경향을 띠고 있는 보다 단순한 패턴을 남겨두기 위해서 상위모방 양식의 이미지에 전혀 관심을 둘 필요는 없다.

이 세 가지 구조는 앞의 두 구조보다는 비유가 엄밀하지 않으며, 함께 있으면 달리 부를 적당한 말이 없기 때문에 이따금 '분위기'라고 일컬어지고 있는 것을 만들어내는 이미지의 성좌(星座)라고 말할 수 있으리라. 로맨스 양식은 이상화된 세계를 나타내고 있다. 로맨스에서는 주인공들은 용감하며, 여주인공들은 아름답고, 악인들은 사악하다. 그리하여 일상생활에서 나타나는 욕구 불만이나 아리송한 것, 당혹감 등은 전혀 문제가 되지 않는다. 따라서 이 세계의 이미지는 묵시적인 세계의 이미지에 해당하는 인간의 이미지를 나타내게 되는데, 우리는 이 인간의 이미지를 순진무구의 아날로지라고 부를 수 있다. 이 이미지 가운데 우리에게 가장 잘 알려진 것은 본래의 로맨스 시대의 작품에서가 아니라 로맨스를 모방한 후기 작품들에서 나온다. 가령 르네상스 시기의『코머스』,『폭풍우』,『요정의 여왕』의 제3권, 낭만주의 시대의 블레이크의『순진무구의 노래』와 불라[80]의 이미지, 키츠의『엔디미온』, 셸리의『에피사이키디온』등이 이것에 해당된다.

순진무구의 아날로지라는 점에서 보면 신과 같은 인물들 또는 영적인 인물들은 보통 프로스페로처럼 마법의 힘을 가진 어버이형의 현명한 노인들이나, 아담이 타락하기 이전의 라파엘같이 우정이 넘치는 수호천사들이다. 인간의 모습 가운데서는 어린아이들이 두드러진 존재이며, 그리하여 미덕이라는 것은 유년기와 순진무구의 상태, 즉 순결과 가장 밀접하게 결부되어 있다. 가령 순결하다고 해도 이 이미지의 구조에는 보통 처녀성이 포함되어 있다.

『코머스』에서 귀공녀의 순결은 프로스페로의 지혜와 똑같이 마법과 연관되고 있으며, 유혹에도 굽히지 않는 스펜서의 브리토마트[81]의 순결 또한 그렇다. 이 미덕은 젊은 여성들—단테의 마텔다,[82] 셰익스피어의 미란다[83]가 그 예이다—과 가장 쉽사리 연결되나, 남성의 순결도 또한 성배(聖杯) 탐구 로맨스에서 보여지듯 중요하다. 자신의 마음이 순결하기 때문에 열 배의 힘이 생긴다는 테니슨의 갈라하드경[84]의 말은 그가 속해 있는 세계의 이미지와 꼭 들어맞는다.

순진무구의 세계의 불은 보통 정화의 상징이며, 스펜서의 부지레인의 성이나 단테의 연옥의 꼭대기에 있는 정화의 불, 혹은 타락한 아담과 이브를 낙원에 들어오지 못하게 하는 이글거리는 칼에서처럼, 정말

---

80) 블레이크가 「이사야서」 62장 4절에서 인용한 말이다. 블레이크의 시에서는 존재의 순진무구의 상태, 어린아이와 같은 삶과 인식의 상태를 가리킨다.

81) 스펜서(Edmund Spenser)의 『요정의 여왕』, 3권에 등장하는 순결의 여기사이다.

82) 『신곡』(연옥편)에 나오는 여인이다. 단테에게 죄의 기억을 없애는 레테 강과 선의 기억을 되살리는 에우노에 강을 설명하고는 그를 이 두 강에서 씻어준다.

83) 셰익스피어의 『폭풍우』에 등장하는 프로스페로의 딸이다. 아버지의 섬에서 순진무구하게 자라난다.

84) 테니슨(Alfred Lord Tennyson)의 『아서 왕의 죽음』(1869)에 등장하는 인물이다. 갈라하드경(Sir Galahad)은 그의 때묻지 않은 순결로 성배(聖杯)의 탐구를 이룰 수 있도록 운명지어져 있다.

로 완전한 순결을 가진 자들이 아닌 한 통과할 수 없는 불꽃의 세계이
다. 이 세계에 속하고 있는 잠자는 미녀의 이야기에서는 불꽃의 벽을
가시덤불과 찔레나무의 벽이 대신하고 있다. 그러나 바그너의 『발퀴레』
는 불꽃을 남기고 있어 무대 연출가들이 낭패감을 느낀다. 천체의 모든
발광체 가운데서 가장 차갑고 따라서 가장 순결한 달은 이 세계에서 특
히 중요하다.

동물들 가운데서 가장 뚜렷한 것은 목가적인 양과 새끼양이며, 또
충성과 헌신이라는 보다 온순한 면에서 로맨스의 말과 개들도 그러하
다. 전통적으로 순결의 상징이며, 처녀의 연인인 일각수(一角獸)는 여
기에서 명예 있는 위치를 차지하고 있다. 탐욕스러운 리바이어던과는
대조적으로 아리온[85]과 관련이 있기 때문에 순진무구한 돌고래도 그러
하며, 역시 겸허하고 유순하기 때문에 아주 유별난 동물, 당나귀도 같
은 범주에 속한다. 소년 사교(少年司敎)의 축제극[86]보다 뒤떨어지지
않는 당나귀 축제극[87]도 이 이미지의 구조에 속한다.

또한 셰익스피어가 요정의 나라에서 당나귀의 머리를 뒤집어썼을
때,[88] 로빈슨[89]의 시가 암시하고 있듯 그가 결코 기발한 짓을 하고 있
었던 것은 아니다. 그는 아풀레이우스의 작품에서 당나귀로 변신한 루

---

85) Arion : 기원전 7세기에 활약한 레스보스 섬 출신의 그리스 서정시인. 그리
　　스 비극의 기원이 되었다는 디티람보스(dithyrambos)의 창시자이다. 해적
　　에 의해서 바다에 던져졌을 때, 그의 노래에 매혹된 돌고래들이 그를 육지
　　로 안전하게 모셨다는 전설이 있다.
86) 중세에 행하여진 소년 성가대원들의 교회의식 행사이다. 성 니콜라스 사원
　　에서 12월 6일부터 28일까지의 성 유아제의 기간 동안 열렸으며, 소년 중에
　　서 사교(司敎)를 선출하여 정식으로 의식을 주도하도록 하였다. 이 관습은
　　종교개혁 때까지 계속되었다.
87) 농신제(農神祭)나 도화제(道化祭) 등과 같이 야단법석을 떠는 흥겨운 축제.
88) 셰익스피어의 『한여름밤의 꿈』에 등장하는 보텀이 당나귀의 머리를 뒤집어
　　쓴 것을 가리킨다.
89) E.A. Robinson(1869~1935) : 미국의 시인.

키우스가 큐피드와 프시케의 이야기를 듣고 있었다는 과거의 전통까지 거슬러 올라가 그 전통에 따르고 있는 것이다.[90] 새, 나비(왜냐하면 이 세계가 바로 프시케의 세계이며, 프시케는 나비라는 뜻이기 때문이다),[91] 그리고 에이리얼과 허드슨의 리마[92] 같이 각각의 특성을 갖춘 정령들이 이 세계에 귀화한 주민이다.

낙원의 정원과 생명의 나무는 이미 우리가 보았듯이 묵시적인 구조에 속해 있다. 그러나 에덴 동산 자체는 성서와 밀턴에서 나타나 있는 것처럼 오히려 이 순진무구의 세계에 속하는 것이다. 그리고 단테는 에덴 동산을 그의 천국 바로 아래에 두고 있다. 스펜서의 아도니스의 정원은 『코머스』의 수행자의 요정들이 왔던 장소이기도 하며, 즐거운 곳의 주제를 다룬 모든 중세적인 전개와 평행을 이루고 있다. 특히 중요한 것은 닫혀진 정원으로서의 처녀의 육체의 상징인데, 이것은 「아가」(雅歌)에서 유래된 것이다.[93] 로맨스에서 생명의 나무에 해당되는 것은 생명을 주는 마법사의 지팡이와 바그너의 『탄호이저』의 꽃피는 지팡이

---

90) 로마의 소설가이자 철학자인 아풀레이우스(Apuleius)의 『황금의 당나귀』(연대 미상)를 말한다. 이 가운데 가장 잘 알려진 유명한 이야기가 큐피드와 프시케의 이야기이다. 공주인 프시케를 사랑하게 된 큐피드는 매일 밤 자신의 모습을 감추고 그녀를 찾아가지만 자신을 보려고 하지 말라고 그녀에게 당부한다. 어느 날 큐피드가 자고 있는 틈을 타서 몰래 불을 켜들고 그를 바라보던 프시케는 큐피드의 아름다움에 넋을 잃은 나머지 잘못하여 그의 어깨에 뜨거운 기름을 떨어뜨린다. 화가 난 큐피드는 떠나버리고 연인을 찾아 헤매던 프시케는 마침내 여신 아프로디테의 궁정에 도달한다. 여기서 프시케는 이 여신의 미움과 그녀에게 부과된 어려운 시련을, 그녀를 남몰래 사랑하던 큐피드의 도움으로 극복하고 불멸의 존재가 되어 다시 큐피드와 만나게 된다는 이야기이다. 이 이야기에서 프시케는 사랑과 시련을 통해서 정화되어 행복에 이르는 인간 영혼으로 상징되고 있다.

91) 프시케는 '영혼'이라는 의미지만, 나비로 변신한다고 여겨진다.

92) 영국의 소설가 허드슨(W.H. Hudson, 1841~1922)의 『녹색의 장원』(1904)에 등장하는 요정과 같이 순진한 여주인공이다.

93) 「아가」, 4장 12절.

와 같은 그런 유사한 상징으로 나타나고 있다.

도시는 이 세계의 목가적·전원적인 정신과 더욱 이질적이며, 임시로 지은 오두막이나 은신처와 함께 탑과 성은 거주를 나타내는 주된 이미지이다. 물에 관한 상징은 주로 샘과 연못, 대지를 비옥하게 하는 비, 남녀를 떼어놓고 서로의 순결을 유지케 하는 단테의 망각의 강과 같이 때에 따라 흐르는 물결 등의 특성을 가진다. 「번트 노턴」[94] 첫머리의 장미원의 에피소드는 순진무구의 아날로지의 상징들을 간결하지만 극히 완벽하게 요약해주고 있으며, 오든의 「카이로스와 로고스」[95]를 방증으로 내놓을 수 있다.

순진무구의 세계는 묵시적인 세계처럼 완전히 살아 있는 것도 아니고 또 우리의 세계처럼 거의 죽어 있는 것도 아니다. 이 세계는 자연의 정령들로 가득 찬 물활론적인 세계이다. 『코머스』의 등장인물들은 귀공녀와 이 귀공녀의 형제들을 제외하고는 자연의 정령들이며, 에이리얼과 공기의 정령, 퍼크와 불의 정령(버턴은 불의 정령에 대해서 "우리는 보통 그들을 퍼크라고 부르고 있다"라고 말한다), 캘리번과 흙의 정령과의 연결은 극히 명료하다. 스펜서에게는 플로리멜과 마리넬[96]이 있는데, 그들의 이름 자체가 그들이 꽃과 물의 요정이며, 페르세포네와 아도니스와 비슷한 존재라는 것을 나타내고 있다.

또 『코머스』와 『그리스도의 탄생에 부치는 송시』[97]의 경우처럼 순진무

---

94) 엘리엇(T.S. Eliot)의 『네 개의 4중주』(1943) 가운데 첫번째 시. 엘리엇은 이 시에서 시간의 구분을 깨고 '장미원'으로 상징되는 영원한 현재로 되돌아가는 것, 즉 잃어버린 낙원의 회복을 구가하고 있다.

95) 영국의 시인 오든(W.H. Auden, 1907~73)이 예수의 탄생이라고 하는 카이로스의 순간에 영원한 사랑과 질서의 세계인 로고스가 시간의 역사 속으로 돌입해 들어옴을 예찬한 시(1941)이다. 여기서 그는 역사와 윤리, 시간과 언어와의 합일을 장미원의 이미지를 이용해서 이야기하고 있다.

96) 스펜서(Edmund Spenser)의 『요정의 여왕』, 3, 4권에 등장하는 연인들, 다같이 정숙한 덕과 청순한 덕을 갖추고 있다.

구하고 타락하지 않은 자연, 즉 신이 정한 질서 그대로 존재하는 자연은 귀에는 들리지 않는 천계(天界)의 음악의 화음으로 표상된다.

로맨스를 구성하고 있는 중심사상이 순결과 마법인 것처럼 상위모방 양식의 영역을 구성하고 있는 사상은 사랑의 형식인 듯하다. 그리고 로맨스의 이미지의 영역이 순진무구의 아날로지로 불릴 수 있는 것처럼 상위모방의 이미지의 영역은 자연과 이성의 아날로지라고 일컬어질 수 있다. 우리는 여기서 뭇사람이 주시하는 표적, 즉 구심적인 응시가 강조되고 있음을 깨달을 수 있다. 다시 말해서 상위모방의 특징이라고 할 수 있는 신적인 세계와 영적인 세계를 대표하는 인간적인 표본들을 이상화하려는 경향이 강조되고 있음을 인식할 수 있게 된다는 말이다.

신성을 띠고 있기 때문에 왕은 다른 사람들과 구별되고, 그리하여 궁정풍 연애의 여주인공은 여신의 위치로 승격된다. 왕과 여왕의 사랑은 인간을 신적인 세계와 영적인 세계에로 합일시키는 교화적·교육적인 힘을 가지고 있는 것이다. 천사의 세계의 불은 왕관과 그 귀부인의 눈에서 훨훨 타고 있으며, 동물들은 자랑스러운 아름다움으로 가득 차 있다. 가령 독수리와 사자는 충신의 관점에서 본 왕의 모습을 표상하고 있으며, 말과 매는 '기사도', 즉 마상(馬上)의 귀족을 표상하고 있다. 공작새와 백조는 뭇사람이 주시하는 새이며, 불사조, 이 매우 특이한 불새는 특히 영국에서는 엘리자베스 여왕을 가리키는 시적 우의 상징으로 곧잘 이용되고 있다.

정원의 상징은 로맨스의 도시처럼 배경으로 물러섬으로써 건물과 밀접한 관련을 가진 형식적인 정원만이 남게 되지만, 세계로서의 정원의 개념은 여전히 로맨스적인 개념이다. 마법사의 지팡이는 왕의 홀(忽)로 변하고, 마술의 나무는 펄럭이는 기로 변한다. 도시는 무엇보다도

---

97) 밀턴의 초기 시(1629)로, 그리스도의 탄생과 이교신(異教神)들의 퇴각을 노래하고 있다.

그 중심이 수도가 되고, 수도 중심에 궁정이 있으며, 궁정에 이르는 곳에 일련의 층계가 있어 그곳을 통해야 들어갈 수 있고, 그 가장 높은 곳에 왕의 '옥좌'가 있게 마련이다.

우리가 이 양식의 순서를 따라 아래로 내려가면 생활 현실의 사회적 상황에서 취해진 시적 이미지가 점차 증가해가는 것을 알 수 있게 된다. 물의 상징은 질서정연한 강에 중심이 있다. 영국의 경우는 템스 강인데, 스펜서의 시에서는 그 강은 부드럽게,[98] 데넘의 시에서는 신고전주의의 리듬으로 흐른다.[99] 이 강에 가장 알맞는 장식이 왕의 배이다.

하위모방의 영역에서 우리는 경험의 아날로지의 세계로 들어간다. 이 세계와 악마적인 세계의 관계는, 로맨스의 순진무구한 세계와 묵시적인 세계가 갖는 관계와 일치한다. 이 잠재적인 아이러니의 관계를 제외하면, 또는 호손의 주홍글씨, 헨리 제임스의 황금의 술잔과 상아탑처럼 신성하면서도 특별한 의미를 지닌 어떤 특별한 종류의 상징들을 제외하면 그 이미지들은 일상적인 경험의 이미지이며, 여기서는 쓸모 있을지도 모를 몇 가지 특징에 대해서 몇 마디 언급하는 이상의 아무런 설명도 요하지 않는다.

하위모방을 구성하는 개념은 발생과 작업이라고 생각된다. 신적인 또는 영적인 존재는 하위모방의 서사문학에서는 전혀 기능적인 위치를 차지하지 못하고 있다. 그리고 주제 중심적인 작품에서는 이 존재들이 의도적으로 재발견되고 심미적인 대리물로 취급된다. 『에레혼』[100]에서는 태어나지

---

98) 스펜서(Edmund Spenser)의 『축혼가』(1595) 중 1권에 나온다.

99) 영국의 왕당파 시인 데넘(John Denham, 1615~69)은 『쿠퍼의 언덕』(1642)에서 신고전파의 대구(對句)를 사용해서 템스를 아름답게 묘사하고 있다.

100) 버틀러(Samuel Butler)의 유토피아 풍자소설(1872). 미지의 땅 에레혼에 오게 된 화자(話者)는 그곳의 제도적 위선과 정신적 무감각을 풍자하며 결국 자기가 만든 풍선을 이용해서 그곳을 탈출한다.

조차 않은 태아에게 만일 정신적인 세계가 있다 하더라도 그 세계에 등을 돌리고, 직접적인 작업 속에서 그 세계를 발견하라는 충고를 하고 있다(이것은 십중팔구는 버틀러 자신의 생각임에 틀림없다. 왜냐하면 그는 이 생각을 『생명과 관습』[101]에서도 반복하고 있기 때문이다).

작업을 통해서 신앙을 재발견한다는 똑같은 이론이 칼라일, 러스킨, 모리스, 쇼에서 발견되며, 시인들, 심지어 완전히 밖으로 드러날 정도로 신을 찬미하는 시인들에게서도 똑같은 경향이 나타나고 있다. 여러 가지 다양한 관점에서 보면, 워즈워스가 틴턴 승원에서 발견했던 '운동과 영(靈)'[102]과 홉킨스가 작은 매에서 발견한 '기사'(騎士)[103] 사이의 대조보다 더 두드러진 것은 있을 수 없으나, 영적인 비전을 경험 심리학적인 체험에 결부시키려는 경향은 두 사람이 공유하고 있는 공통점이다.

인간사회를 하위모방 양식에 의해서 취급하는 것은 물론 시인에게는 본질적으로 인간이 처한 상황은 공통적이며 전형적인 상황이라는 워즈워스 이론을 반영하는 것이다. 이와 함께 로맨스로 이상화된 인생의 숱한 패러디, 종교적·심미적 경험으로까지 확대되는 패러디가 생긴다. 동물의 세계에 대해서 언급하자면, 인간이란 원숭이와 호랑이와 똑같은 성질을 공유하고 있다는 토머스 헉슬리의 말은 하위모방적인 존재로서 동물들을 선택하고 있다는 점에서 극히 중요하다. 원숭이는 늘 유달리 모방적인 동물로 취급되어왔다. 진화론이 대두되기 훨씬 이

---

101) 버틀러의 과학적인 논쟁을 다룬 에세이집(1872). 모체와 태아와의 관계를 논하였는데, 태아는 모체에 일어난 일을 무의식 속에 기억하고 있다는 논리를 전개하고 있다.

102) 「틴턴 승원」(1798)이라는 시의 100행에서 나오는 말. 경외심과 경이를 가지고 자연을 살아 있는 존재로 바라보고 그 자연 속에서 이 시인은 '운동과 영'을 느끼고 있다.

103) 『작은 매』(1918)에서 나오는 말. 이 새에서 기사의 이미지를 엿볼 수 있다. 시인이 새에게서 발견하는 미·힘·영광이 결합된 모습은 곧 그가 "나의 기사"(11행)라고 부르는 그리스도의 미·힘·영광의 상징인 것으로 보인다.

전부터 원숭이는 특히 사람의 흉내를 잘 내었다. 그러나 진화론의 성립은 니체의 『차라투스트라는 이렇게 말했다』에서 볼 수 있는 것처럼 미래의 인간에 대한 현재의 인간의 관계는, 현재의 인간에 대한 원숭이의 관계와 같다는 아날로지를 암시해준다.

헉슬리의 원숭이와 호랑이의 결합은 원숭이와 '혈거인'은 양쪽 다 언제나 무자비하고 사나운 성격을 가지고 있었다고 여기는 일반 사람들의 믿음을 다시 상기시킨다. 이 믿음은 일각수나 불사조의 경우에서와 똑같이 뚜렷한 증거를 가지고 있지는 않다 하더라도, 이들처럼 시적인 은유의 적절한 틀 속에서부터 박물학을 바라보게 되는 경향을 나타내주고 있는 것이다. 하위모방 양식은 동물의 상징에 알맞는 풍부한 영역은 아니지만, 헉슬리의 원숭이와 호랑이는 키플링의 『정글 북』에서 다시 얼굴을 내보이고 있다. 여기서 원숭이들은 지식인들처럼 나무 위에서 두서없이 떠들어대고, 인간은 그 대신 정글에서 약탈을 목적으로 삼는 표범의 숨은 지혜를 배우는 것이다.

하위모방 양식에서 정원은 농지에, 괭이를 가진 사람들의 괴로운 노동에, 혹은 '멸시당하면서도 참고 견디는' 바로 인간 자신의 이미지로서 하디가 묘사한 소작농이나 풀고사리를 베고 있는 자들에게 자리를 양보한다. 도시는 물론 미로다운 현대의 메트로폴리스의 모습을 취하고 있는데, 여기서는 주로 고독감과 인간들끼리 마음이 통하지 않는 의사 소통의 결여가 강조된다. 그리고 순진무구의 세계에서 물의 상징이 주로 샘과 흐르는 시내로 이루어져 있는 것처럼, 하위모방에서의 물은 콘래드가 말하는 '파괴적인 요소'로서의 바다로 나타난다.

이러한 바다에는 일반적으로 인간화된 리바이어던이나 하디의 타이타닉호[104]에서부터 셸리가 가장 좋아하는 이미지인 전복된 작은 배[105](이

---

104) 「상대물의 최후」라는 시 속에서 타이타닉호의 조난을 묘사했다.
105) 셸리의 시들 가운데는 정처없이 떠돌아다니다가 도저히 겨룰 수 없는 폭풍

것은 문학에서조차 드문 아이러니이다)에 이르기까지 여러 가지 크기의 만취된 배[106]가 표류하고 있다. 『백경』은 우리를 한층 더 전통적인 리바이어던의 모습으로 데려다준다. 웰스의 『토노 방게이』[107]의 결말에 나타나는 구축함은 신성한 냄새를 풍기는 상징을 만들어내는 것을 전혀 좋아하지 않는 하위모방의 작가를 등장시켰다는 점에서 주목할 만한 가치가 있다. 불의 상징은 이따금 『포인튼의 노획물』[108]의 줄거리를 결말짓는 불의 경우처럼 아이러니적이고 파괴적이다. 그러나 산업시대에는 인류를 위해서 불을 훔친 프로메테우스가 시인들 사이에 가장 인기있는 (비록 현실적인 인물로서는 그렇지 않다 하더라도) 신화적인 인물들 가운데 하나이다.

순진무구와 경험의 묵시적인 이미지가 악마적인 이미지와 갖는 관계는 우리가 이제까지 전혀 언급하지 않았던 전위(轉位)의 양상—윤리의 방향으로서의 전위—을 구체적으로 설명해주고 있다. 두 개의 서로 대립되는 구조는 근본적으로 바람직한 것과 바람직하지 못한 것의 구조이다. 고문대와 지하감옥은 불길한 이미지에 속해 있는데, 이것은 이들이 도덕적으로 금지된 것이기 때문에서가 아니라 욕망의 대상으로 될 수 없기 때문이다.

다른 한편 성적인 충족은, 가령 이것이 도덕적으로 비난받을 수 있는 것이라 하더라도 바람직한 것이 될 수 있다. 문명은 바람직한 것과 도

을 만나는 배의 이미지가 많다. 실제로 그 자신이 소유하고 있던 배 이름 또한 에이리얼(Ariel)이었다. 1822년 7월 8일 레이 헌트를 만나고 돌아오던 길에 셸리 자신이 요트 전복으로 사망했다.

106) 랭보(Rimbaud)의 가장 잘 알려진 시의 제목이 '만취된 배'(bateau ivre)(1886)로서, 프라이는 낭만주의에서 혁명적인 요소를 뜻하는 이미지로 이 제목을 인용하여 「만취된 배」(1962)라는 논문을 쓰기도 했다.

107) 영국의 소설가 웰스(H.G. Wells, 1866~1946)의 19세기 후반에 붕괴하고 있는 영국 사회와 새로운 부유계층의 대두를 그린 소설(1909)이다.

108) 제임스(Henry James)의 단편소설(1897).

덕적인 것을 일치시키도록 노력하는 경향이 있다. 비교종교학을 연구하는 학자는 가끔 원시 또는 고대 제의에서 금기의 대상이 되지 않는 신화소(神話素, mythopoeia)의 단편을 파헤치는데, 이러한 신화소를 통해서 그는 고도화된 종교들이 얼마나 철저하게 자신들의 묵시적인 비전을 도덕적으로 받아들여질 수 있는 비전으로 제한해왔는가를 깨닫게 된다. 유대, 그리스, 그리고 기타의 신화가 발전하기 위해서 원래의 신화에서 많은 부분이 삭제되었음이 분명하다. 아니, 빅토리아조의 신화 연구가들이 언급하곤 했듯이, 혐오감을 불러일으키는 그로테스크한 야만적인 신화의 내용은 점차 윤리적인 감정이 높아짐에 따라서 정화되어갔다.

이집트 신화는 용두질에 의해서 세계를 창조하는 신의 이야기로부터 시작된다——이것은 확실히 신으로부터의 창조과정을 상징하기에는 충분히 논리적인 방법이지만, 구약성서는 말할 것도 없이 호메로스에서도 찾아볼 수 없는 종류의 것이다. 시가 도덕적인 방향으로 가기 위해 종교를 따르는 한, 종교적인 원형과 시적인 원형은 단테에서 볼 수 있는 것과 같이 서로 매우 가까워질 것이다. 이러한 영향 아래서는 가령 묵시적인 성적 이미지는 결혼을 나타낸다든가, 처녀성을 나타낸다든가 하는 경향을 띠게 되는 반면, 근친상간, 동성애, 간음의 이미지 등은 악마적인 면으로 나타나게 된다. 아리스토텔레스가 장중한 것(spou-daios)이라고 일컬었고 매튜 아널드가 '고도의 진지성'(high serious-ness)이라고 번역했던 그런 예술적인 성질은 공통적인 도덕적 틀 속에서 종교와 시가 서로 밀접한 관계를 유지하는 데에서 나오는 것이다.

그러나 시는 끊임없이 그 자체의 균형을 바르게 유지하려고 하는 경향, 즉 욕망의 패턴으로 되돌아와서 관습적인 것, 도덕적인 것으로부터 멀어지려고 하는 경향이 있다. 보통 이런 경향은 풍자시, 즉 '고도의 진지성'에서 가장 먼 장르에서 나타나지만, 반드시 그렇지만은 않다. 도덕적인 것과 바람직한 것 사이에는 여러 가지의 중요하고도 의미 깊은 관계가 맺어지고 있으나, 경험 및 필연과 관계를 맺고 있는 도덕과 필연으로부터 도피하려고 애쓰는 욕망은 여전히 전혀 별개의 것이다. 이와 같이 대체로 문학은 도덕보다는 더 유연하며, 바로 이러한 이유 때문에 교양으로서 충분한 자격을 갖고 있는 것이다. 도덕과 종교가 보통 상스럽다든가 외설스럽다든가 도착적이라든가 호색적이라든가 불경스럽다든가 하는 말로 일컫고 있는 성질들은 문학에서 본질적인 자리를 차지하고는 있으나, 때때로 이 성질들은 전위의 교묘한 기법에 의해서만 표현될 수 있다.

이러한 기법 가운데 가장 단순한 것은, 우리가 '악마적인 전조(轉調)'라고 부르는 현상, 즉 원형에 대한 습관적인 도덕적 연상을 고의적으로 역전시키는 경우이다. 어떠한 상징도 처음에는 그 자체의 문맥에서 그 자체의 의미를 끄집어낸다. 용은 중세의 로맨스에서는 사악한 것일 수 있으며, 중국의 이야기에서는 인간에게 우호적인 것일 수 있다. 섬에는 프로스페로의 섬도 있으며 키르케의 섬도 있을 수 있다. 그러나 문학에서는 학문적이며 전통적인 상징들이 너무 많이 산재해 있기 때문에 어떤 이차적인 연상이 습관적으로 뒤따른다. 뱀은 에덴 동산의 이야기에서의 역할 때문에 보통 서구 문학의 목록에서 사악한 쪽에 속해 있다. 혁명에 공감하기 때문에 셸리는 『이슬람의 반란』[109]에서 순진무구한 뱀들을 억지로 사용하고 있다.

또는 이외에도 자유·평등의 사회를 상징하기 위하여 도적이나 해적이나 혹은 집시의 무리들이 상징될 수도 있고, 또 대부분의 삼각관계의 희극에서 볼 수 있듯이 진정한 사랑을 상징하기 위하여 불의의 간통이 결혼보다 더 미화될 수도 있다. 또 진정한 사랑은(베르길리우스의 『목가』 제2번에서 찬양되고 있는 것이 진정한 사랑이라면) 동성애에 의해서, 또는 대부분의 낭만주의 시인들에서처럼 근친상간에 의해서 상징

---

109) 셸리(Shelley)의 정치시(1818). 나폴레옹 몰락 이후 억압된 정치에 저항하는 민중의 고난을 상징적으로 그린 것이다.

될 수 있다.

19세기로 접어들면서 악마적인 신화가 만들어져 나옴에 따라서 이런 종류의 역전된 상징이 주로 사디즘, 프로메테우스주의, 그리고 악마주의(이것은 일부 ‘데카당 시인들’에게 종교로서의 이점은 **빼놓고** 미신으로서의 모든 불리한 점만을 제공해주고 있는 것처럼 보이지만) 같은 모든 ‘낭만적 고뇌’의 패턴 속에 끼여들어왔다. 그렇다고 해서 악마주의가 언제나 고도로 세련된 단계에서 생겨나는 것은 아니다. 가령 허클베리 핀은 백인 노예 소유자의 천국보다도 쫓기고 있는 그의 흑인 친구와 같이 지옥으로 떨어지는 것을 더 좋아하기 때문에 우리의 공감과 찬미를 얻는다.

다른 한편 전통적으로 악마적인 이미지는 가령 『천로역정』의 **파멸의 도시**처럼 속죄운동의 출발점으로서 사용될 수 있다. 연금술의 상징은 전통적인 로맨스의 용뿐만 아니라 자신의 꼬리를 입에 물고 있는 뱀과 자웅동체를 이런 속죄의 맥락 속에서 사용하고 있다.

묵시적인 상징은 무한히 바람직한 것을 나타낸다. 여기에서는 인간의 정욕과 야심은 신들의 정욕과 야심과 동일시되고, 신들에게 적용되고, 또는 신들에게 투영된다. 순진무구의 아날로지의 기교는 대부분의 희극적(그 해피 엔드적인 측면에서), 목가적, 로맨스적, 종교적, 찬미적, 이상주의적, 마술적인 작품 등을 포함하고 있는데, 주로 바람직한 것을 인간적이고 친숙하며 손에 닿을 수 있고 도덕적으로 허용될 수 있는 말로 표현하려고 시도하고 있다. 이와 아주 똑같은 점이 악마적인 세계와 경험의 아날로지와의 관계에서도 적용된다. 가령 비극은 무엇이 일어나며, 무엇이 받아들여지지 않으면 안 되는가에 대한 하나의 비전이다. 이 정도에서 비극은 자신의 욕망을 방해하는 모든 것에 대해서 인간이 느끼는 통렬한 노여움을 도덕적으로 그럴 듯하게 전위시킨 것이다.

우리가 소포클레스의 『아이아스』에 등장하는 아테나 여신을 악의에 찬 존재라고 느낀다 하더라도, 이 비극은 분명히 우리가 우리 자신의 생각 속에서나마 이 여신이 힘을 소유하고 있다는 사실을 응당 받아들이지 않으면 안 된다는 것을 암시하고 있다. 그리스의 신들은 악마에 지나지 않는다고 믿고 있는 기독교인이 있다면 그는 소포클레스의 어떤 비극을 비평할 때에도 비전위적(非轉位的)인 또는 악마적인 해석을 하게 될 것이다. 이러한 비평은 애당초 소포클레스가 전혀 의도하지 않았던 것을 모두 끄집어내는 것이 된다. 그렇지만 이러한 비평은 그럼에도 불구하고 밑바닥에 숨어 있는 악마적인 구조에 대해서 정곡을 찌르는 비평이 될 수 있는 것이다.

이와 똑같은 종류의 해석이 신의 정당한 노여움을 다루는 대부분의 기독교적인 시의 문장에도 가능할 것이다. 신의 노여움이 악마적인 내용을 갖는 경우, 이것은 이따금 증오의 대상이 되는 아버지상이 된다. 문학작품 속에 숨어 있는 묵시적인 또는 악마적인 패턴을 끄집어낼 때 우리는 이 숨어 있는 내용이 진정한 내용이며, 이것은 심리적인 억압에 의해서 위선의 가면을 쓰고 있는 것이라고 가정하는 오류를 범해서는 안 된다. 이런 종류의 해석은 문학작품을 충분히 비판적으로 분석할 때 관련되는 요소 가운데 하나에 불과하다. 그러나 이따금 이러한 요소야말로 문학작품이 단순한 역사적 범주 속에 파묻히게 되는 위험성을 배제해주는 구실을 한다.[110]

뮈토스의 이론 : 서론

한 편의 시의 의미, 그 이미지의 구조는 정적인 패턴이다. 이미 말한

---

110) 프라이가 논의한 유비적 이미지의 범주를 간단히 요약하면 다음과 같다.

이 미 지	←— 로맨스적	사실적(寫實的) —→	
양 식	로 맨 스	상 위 모 방	하 위 모 방
아 날 로 지	순 진 무 구	자연과 이성	경 험
구성하고 있는 사상	순결과 마법	사랑과 형식	발생과 작업

다섯 개의 의미 구조는, 다시 한 번 음악적인 아날로지를 사용하면 각각 하나의 음조(音調)에 해당하며, 시는 이 음조로 씌어지고 이 음조로 종결된다. 그러나 이야기에는 하나의 구조에서 또 다른 하나의 구조로 이전되는 움직임이 포함되어 있으며, 이러한 움직임의 주된 영역은 분명히 세 개의 중간 영역이어야 한다. 묵시적인 세계와 악마적인 세계는 순수한 은유에 의해서 동일시되는 구조이므로 영원히 변하지 않는 것을 시사하며, 그리하여 실제로 존재하는 천국과 지옥으로서 바로 투사된다. 이 천국과 지옥에서는 연속적인 삶은 있으나 삶의 과정은 없다. 순진무구와 경험의 아날로지는 신화가 자연에 적용되는 것을 나타내고 있다.

그것은 인간의 비전의 종국적인 목표는 바로 도시와 정원 자체가 아니라, 건물을 짓고 꽃과 나무를 심는 과정이라는 것을 우리에게 보여준다. 이 과정의 기본적인 형식은 순환운동이며, 융성과 쇠퇴, 노력과 휴식, 삶과 죽음의 교체가 이 과정의 리듬인 것이다. 그러므로 우리가 다루고 있는 일곱 가지 이미지의 범주도 여러 가지 형식의 회전운동 또는 순환운동이라고 볼 수 있다.

1. 신의 세계에서 중심이 되는 과정 또는 운동은 신의 죽음과 재생, 신의 실종과 귀환, 또는 신의 육화(肉化)와 퇴장의 운동이다. 이 신의 활동은 보통 하나 또는 그 이상의 자연의 순환적인 과정과 동일시되거나 또는 연관된다. 이 신은 밤에는 죽어 있다가 새벽에 다시 태어나는, 그렇지 않으면 해마다 한 번씩 동지(冬至)에 재생하는 태양신일 수도 있으며, 또는 가을에는 죽어 있다가 봄에 소생하는 식물신일 수도 있다. 또는 부처의 탄생설화처럼 일련의 인간적 또는 동물적인 생활과정을 경험하고 있는 육화된 신일 수도 있다.

신은 거의 불사의 존재로 정의되고 있으므로 죽어가고 있는 신이 똑같은 인물로 다시 태어난다는 것은 이런 종류의 모든 신화가 가지고 있는 공통적인 특징이다. 이리하여 순환의 신화적 혹은 추상적인 구조 원리란 하나의 생명이 태어나고 죽는 계속적이고도 동일한 반복이 생명의 죽음과 다시 태어남이라는 동일한 반복으로 확장된다는 원리이다. 이러한 동일한 반복의 패턴, 즉 하나의 생명의 죽음과 재생의 패턴에 다른 모든 순환적인 패턴이 대체로 동화된다. 동화(同化)는 물론 서구문화에서보다도 환생(還生)의 교리가 일반적으로 받아들여지고 있는 동양문화와 더욱 밀접한 관련이 있을 것이다.

2. 천체라는 불의 세계는 우리에게 세 개의 중요한 순환적인 리듬을 제공해준다. 가장 명백한 것은 하루에 한 번씩 하늘을 가로질러가는 태양신의 여행인데, 이따금 그는 이 여행 때 배나 마차를 타고 간다고 생각된다. 이것은 하늘을 여행한 후, 종종 탐욕스러운 괴물의 뱃속이라고 여겨지는 어두운 지하세계를 지나서 출발점으로 다시 돌아오게 되는 신비스러운 여행이다. 양력의 하지나 동지의 주기는 똑같은 상징을 거듭 확대시킴으로써 우리의 크리스마스 문학 속에 편입되어왔다. 이 경우에는 다시 태어난 빛이 어둠의 힘에 의해서 위협당하는 주제에 커다란 역점이 두어지고 있다.

달의 주기는 선사시대에 그 역할이 어떠하였든 간에, 선사시대 이후의 역사시대에 와서는 그 중요성에서 서구의 시에 미친 영향이 전반적으로 점점 희박해져왔다. 그러나 그믐달과 '그믐과 초승 사이의 달이 보이지 않는 4일간(interlunar cave)'과 초승달이라는 중요한 연결이 부활제의 상징에서 나타나는 죽음과 소멸과 부활이라는 3일간의 리듬의 원천이 될 수 있기에 이들은 분명히 긴밀한 아날로지를 이루고 있는 것이다.

3. 인간세계는 영적인 것과 동물적인 것의 중간지대이며, 그 순환적인 리듬 속에서 이중성을 반영하고 있다. 빛과 어둠의 태양주기와 긴밀하게 평행되는, 깨어 있는 생활과 꿈꾸고 있는 생활이라는 상상적인 생활의 주기가 있게 되며, 이 주기는 이미 취급한 경험의 상상력과 순진무구의 상상력의 대립의 기초가 되고 있다. 왜냐하면 인간의 리듬은 태양의 리듬과는 정반대이기 때문이다. 태양이 잠잘 때 거대한 리비도는 눈을 뜨고, 낮의 빛은 욕망의 어둠인 경우가 많다. 이 경우에도 인간은

다시 동물처럼 삶과 죽음의 일상적인 주기를 보이지만, 이 주기에서 유적(類的)인 재생은 있어도 개체적인 재생은 없다.

4. 현실적인 세계에서도 물론 그렇지만, 문학의 세계에서도 수명이 허용하는 한 살고 난 후 마침내 "지금은 이 세상을 떠나야 할 때이다"[111]라고 말할 수 있는 경지에 이르기까지 평화롭게 제 명대로 오래 산 가축을 찾기는 드문 일이다. 오디세우스의 개[犬][112]와 같은 예외적인 것들은 귀향(nostos)의 주제, 즉 순환운동의 결말의 주제에 적절한 것이다. 동물의 생명*도 인간의 생명과 마찬가지로 자연의 질서에 종속된다. 이와 같은 사실은 아주 빈번히 사고나 희생, 혹은 폭행이나 절박한 필요성 때문이라는 이유 등에 의해서 무참하게 절단되는 비극적인 생명의 과정을 시사해주고 있는데, 비극적인 행위 후에 어떤 연속성이 계속 흐른다 하더라도 이 연속성은 그 생명 자체와는 별개의 것이다.

5. 식물의 세계는 우리에게 4계절이라는 일 년의 주기를 제공해준다. 4계절은 가을에 죽고 또는 곡식이나 포도의 수확과 동시에 죽음을 당하여 겨울 동안은 모습을 감추고 있다가, 봄에 다시 소생하는 신과 같은 인물과 동일시되며 또 그러한 신과 같은 인물로 표상된다. 이런 신적인 인물은 남자(아도니스)일 수도 있고 여자(페르세포네)일 수도 있으므로, 그 결과 나타나는 상징의 구조는 다소 다르다.

6. 시인들은 비평가들과 똑같이 대체로 슈펭글러[113]적이었다. 이것은

---

111) 「누가복음」, 2장 29~32절.

112) 오디세우스의 늙은 충견 알고스는 고향에 간신히 도착한 주인의 모습을 확인한 뒤 숨을 거두었다.

 * 동물의 상징과 자연의 순환과의 관계는 동물의 연령에 의해서보다는 오히려 종류에 의해서 특징지어진다. 로맨스에서는 사슴이, 『황무지』에서는 쥐가 등장하는 것을 우리는 당연한 것으로 여긴다.

113) 순환(혹은 원환)의 비유는 주로 슈펭글러(Oswald Spengler)에서 연유한다. 그의 문화의 유기적 성장이론은 일찍이 프라이의 관심을 끌었다. 1936년에 프라이는 『서구의 몰락』의 테제들은 "우리의 현재의 사고양식에서 떨어져 있지 않다"고 주장하였다. 프라이에 의하면, "문화는 정확히 유기체

슈펭글러처럼 시에서도 문명적인 생활은 종종 성장·성숙·쇠퇴·죽음 그리고 재생(별개의 개체로서의)이라는 유기적인 주기에 동화되고 있다는 의미로 말하는 것이다. 과거의 황금시대나 영웅시대, 미래의 천년왕국, 사회적인 사건에 관계하는 운명의 수레바퀴, 어디메 있느냐(ubi sunt)[114]고 불러보는 애가, 폐허 위에서의 명상, 잃어버린 목가적인 세계가 지닌 소박성에 대한 향수, 제국의 붕괴에 대한 한탄, 또는 기쁨 등의 주제가 여기에 속한다.

7. 물의 상징도 그 자체의 주기를 갖고 있다. 비에서 샘으로, 샘이나 분수에서 시내나 강으로, 강에서 바다나 겨울의 눈으로, 그리고 다시 먼저의 상태로 회귀한다.

이러한 순환적인 상징은 보통 네 개의 주된 양상으로 나누어진다. 즉 일 년의 4계절은 하루의 네 시기(아침, 정오, 저녁, 밤), 물의 주기의 네 개의 측면(비, 샘, 강, 바다나 눈), 인생의 네 시기(청년, 장년, 노

처럼 행동한다. 문화는 성장·성숙·쇠퇴·사멸의 과정을 거친다. …… 우리가 속해 있는 문화는 '서구' 문화로, 이 문화는 중세시대에 봄을, 르네상스에 여름을, 18세기에 가을을 맞이하였고, 프랑스 혁명과 더불어 겨울이 시작되었다. 이전에 이와 똑같은 과정을 거친 고전시대의 문화가 있었다. 호메로스의 영웅은 우리의 기사도 시대의 영웅에 대응하고, 그리스의 폴리스 시대는 우리의 르네상스에 대응하며, 아테네의 최후의 영광은 우리의 바흐와 모차르트 시대에 대응한다. 알렉산드로스와 더불어 세계제국이라는 '문명' 양상이 시작되는데, 이는 알렉산드로스가 우리의 나폴레옹에 대응되기 때문이다"(N. Frye, *On Culture and Literature*, Chicago Univ., 1978, p.77). 프라이는 슈펭글러가 '비평의 해부에 개관된 양식의 개념에 기초를 제공해주었음'을 인정하고 있지만(N. Frye, *Spiritus Mundi*, Indiana Univ., 1976, p.113), 그에게 중요한 것은 슈펭글러의 순환론이 아니라 하나의 유기체로서의 문화가 성장·성숙·쇠퇴·사멸의 과정을 겪는다는 사상이다. 사실 프라이가 지적했듯이 슈펭글러의 역사관에 순환론이라는 딱지를 붙이는 것은 적절치 못하다(*Spiritus Mundi*, pp.86, 113, 185를 볼 것).

114) 중세 라틴시의 중요한 모티프로서, 스러져간 용장이나 영웅, 미의 연인들을 노래함으로써 삶의 덧없음을 강조하는 관습적인 문학용어이다.

년, 죽음) 등으로 각각 대응되고 있다. 키츠의 『엔디미온』에는 첫째 양상, 둘째 양상의 상징이 아주 많이 나타나며, 엘리엇의 『황무지』에는 셋째 양상과 넷째 양상의 상징이 수없이 많다(우리는 이 작품에 서구 문화의 네 단계, 즉 중세, 르네상스, 18세기, 현대의 네 시기를 첨가하지 않으면 안 된다). 우리는 공기에는 주기가 없음을 주목할 수 있을 것이다. 바람은 마음대로 분다.[115] 그리고 '영'(靈)의 움직임을 다루는 이미지들은 예언의 불가능성이나 갑작스러운 위기의 주제와 함께 연상되는 경향이 있는 것이다.[116]

『신곡』이나 『실낙원』 같은 방대한 영역의 내용을 가진 시를 연구할 때 우리는 우주론에 관한 많은 지식을 배우지 않으면 안 된다는 것을 알게

---

115) 「요한복음」, 3장 8절.
116) 프라이가 논의한 이미지의 순환적인 형식은 도식으로 요약될 수 있지만, 네 개의 주된 양상이 몇몇 순환 내에 있음을 주목하고 있다.

  · 일 년의 주기 : 봄 · 여름 · 가을 · 겨울
  · 하루의 주기 : 아침 · 정오 · 저녁 · 밤
  · 물의 주기 : 비 · 샘 · 강 · 바다(눈[雪])
  · 삶의 주기 : 청년 · 장년 · 노년 · 죽음

신의 세계	신의 죽음과 재생은 자연의 순환적인 과정과 연관됨. 탄생-죽음-재생이라는 동일한 반복이 계속됨.
천체(天體)의 불의 세계	낮 밤의 주기(태양신). 양력의 하지 · 동지의 주기. 달[月]의 주기.
인간세계	깨어 있는 생활과 꿈꾸고 있는 생활이라는 상상적인 생활의 주기(경험과 순진무구). 삶과 죽음의 일상적인 주기(유적[類的, generic] 재생).
동물계	보통 비극적인 과정(사고 · 희생에 의한 무참한 죽음). 연속성은 그 생명 자체를 통해서 나옴.
식물계	4계절이라는 일련의 주기. 아도니스, 페르세포네.
물의 세계	비에서 샘-강-바다-구름-눈 또는 비로의 주기.
광물계	유기적인 주기에 동화. 과거의 황금시대, 운명의 수레바퀴, 폐허 위에서의 명상, 제국의 붕괴에 대한 한탄, 어디메 있느냐라고 불러보는 애가 등등.

된다. 물론 이 우주론은 정확히 그 당시의 과학으로서, 즉 하나의 조응의 도식으로서 나타나고 있다. 이 도식은 별로 효력이 없는 달력과 '담즙질적', 그리고 '유쾌한'(jovial)[117] 것과 같은 몇 가지 어휘들을 우리에게 남긴 후 과학으로서는 소멸되었다.

이것과 똑같은 식의 낡아빠진 과학을 끄집어들이고 있는 시들도 있다. 가령 「자줏빛 섬」,[118] 「식물의 사랑」,[119] 「건강을 유지하는 법」[120]과 같은 시들은 주로 진귀한 시로서 잔존하고 있으며, 문예비평가는 이러한 시들이 있는 것은 시가 중하게 여겨지고 있었기 때문이라는 사실을 간과해서는 안 된다. 그러나 여전히 운문으로 씌어진 과학은 그것대로 과학으로서의 기술적인 구조를 지키고 있으며, 그리하여 비시적인 형식을 시에 부과시키고 있다.

운문으로 씌어진 과학을 시로서 성공작으로 만들기 위해서는 상당한 기교가 요구되겠지만, 그러한 주제에 마음이 끌리는 자들은 졸렬한 시인이 되는 경향이 많다. 단테와 밀턴은 확실히 다윈이나 플레처보다 훌륭한 시인이다. 그러나 아마도 그들이 보다 더 훌륭한 직관력과 판단력을 갖고 있었기 때문에 과학적 또는 기술적인 주제와는 성질이 다른 우주론적인 주제에 몰두하게 되었다고 말하는 편이 한층 타당하리라.

왜냐하면 우주론의 형식은 분명히 시의 형식에 가깝기 때문이며, 또

---

117) '목성(木星, 주피터) 밑에 태어났다'라는 뜻이다.

118) 영국의 시인 플레처(Phineas Fletcher, 1582~1650)의 시(1633). 인간의 육체와 정신, 미덕과 악덕을 우의적으로 묘사하고 있다. 스펜서의 『요정의 여왕』을 모방했다.

119) 영국의 의사이자 시인인 다윈(Erasmus Darwin, 1731~1802)의 장시 『식물원』의 제2부(1789). 로마의 오비디우스적인 꽃의 변신을 그리고 있다.

120) 스코틀랜드의 시인이자 의사인 암스트롱(John Armstrong, 1709~79)의 장시. 별로 매력적이지 못한 제목에도 불구하고 놀라울 정도로 재미있는 시로, 운문으로 건강을 유지하는 법을 가르치고 있다.

시의 형식에 가까운 것이라는 이런 생각 자체는 대칭적인 성격을 가지
고 있는 우주론이 신화의 한 부분일 수도 있다는 것을 시사하기 때문
이다. 만일 그렇다면 우주론은 신화와 같이 시의 구조원리일 수도 있
으며, 한편 과학 자체로서 대칭적인 성격을 가지고 있는 우주론은 바
로 베이컨이 말한 극장의 우상[121]인 것이다. 따라서 세 개의 영(靈),
네 개의 체액(體液), 다섯 개의 원소,[122] 일곱 개의 혹성, 아홉 개의
천구(天球), 열두 개의 궁(宮) 등으로 나누어져 있는 이 사이비 과학
세계 전체가 사실상 문학의 이미지의 문법에 속하는 영역이라고 말해
도 무리는 아닐 것이다.

　오랫동안 주목되어왔던 사실이긴 하지만, 프톨레마이오스의 우주는
상징에서 필요한 동일화, 연상, 조응, 이 모든 것을 갖추고 있기 때문
에 코페르니쿠스의 우주보다도 더 훌륭한 상징의 틀을 제공해주고 있
다. 프톨레마이오스의 우주는 시적 상징의 틀을 제공할 뿐만 아니라
그 자체가 시적 상징의 틀이라고 말해도 무방할 것이며, 그렇지 않으
면 적어도 그리스·로마 신화가 자신의 신탁을 상실한 후 순수하게 시
적인 것이 되었던 것처럼, 프톨레마이오스의 우주도 또한 과학으로서
의 가치를 상실한 후 시적 상징의 틀이 되었던 것이라고 말해도 무방
하리라. 똑같은 원리가 지난 한두 세기의 시인들이 조응의 마술적인
체계에, 그리고 예이츠의 『하나의 비전』[123]과 포의 『유레카』[124]와 같은

---

121) 베이컨의 『신기관』에 나오는 네 개의 우상 가운데 하나이다. 다양한 철학
　　체계의 도그마들이 인간의 마음 속에 스며듦으로써 생기는 인식론적인 오
　　류로서, 지금까지 말해왔던 것을 무조건 받아들이는 오류이다.

122) 땅·물·불·바람의 4대 원소 이외에 이것을 총괄하는, 우주에 편만하는
　　제5원소를 포함해서 생각하고 있다.

123) 우주, 문명의 역사, 시를 하나의 신화체계 아래서 본 환상적인 철학논고이
　　다. 아내와의 영적인 교통에 영향을 입어 이를 썼다고 한다. 1925년 출판,
　　1937년 개정.

124) 유레카는 그리스어로 '나는 발견했다'는 의미로 포(Edgar Allen Poe)가 우
　　주를 물리학적·수학적으로 고찰한 산문시(1848)이다.

언어 구축물에 마음이 끌렸던 사정을 설명해줄 수 있다.

천국을 위로 지옥을 아래로, 그리고 순환적인 우주나 자연의 질서를 중간에 놓으려는 생각은 필요한 변경이 가해져서, 단테와 밀턴 두 시인의 기초적인 구상의 틀이 되고 있다. 똑같은 구상을 최후의 심판의 그림에서도 볼 수 있는데, 이 그림의 오른쪽에는 구원을 받은 자들이 승천하고, 왼쪽에는 저주받은 자들이 전락하는 회전운동이 그려져 있다. 이야기에는 두 가지 기본적인 움직임이 있다는 우리의 원칙에 이 구상을 적용해볼 수 있다.

두 가지 움직임이란 자연의 질서 내에서의 순환운동과 자연의 질서에서부터 상부의 묵시적인 세계로 움직이는 변증법적인 운동이다(하부의 악마적인 세계로 움직이는 경우는 극히 드문데, 그 이유는 자연의 질서 내에서의 끊임없는 순환은 그것 자체가 악마적인 것이기 때문이다).

자연적인 주기에서 위의 절반은 로맨스의 세계이며 또한 순진무구의 아날로지인 반면, 아래 절반은 '리얼리즘'의 세계이며 경험의 아날로지이다. 이처럼 신화의 운동에는 로맨스 내에서의 운동, 경험 내에서의 운동, 하강운동 그리고 상승운동이라는 네 개의 주된 유형이 있다. 하강운동은 비극적인 운동으로, 순진무구에서 과오로 떨어지고 과오에서 파국으로 떨어지는 운명의 수레바퀴이다. 상승운동은 희극적인 운동으로, 위협적인 갈등에서 해피 엔드에 이르고, 비록 무구의 상태에는 늦게 도달한다 하더라도 그때 이후로는 모두가 늘 행복하게 사는 상태이다. 단테에서 상승운동은 연옥을 통과하는 것이다.

이리하여 우리는 보통 문학의 장르들보다도 더 폭이 넓은, 또는 논리적으로 볼 때 이 장르들을 선행하는 이야기 문학의 범주가 존재하는가에 대한 문제에 답해왔다. 로맨스, 비극, 희극, 아이러니(또는 풍자)라는 네 개의 범주가 존재하는데, 이 용어들의 일상적인 의미를 자세히 검토해보면 똑같은 대답을 얻게 된다. 비극과 희극은 본래 두 종류의 극의 명칭일지 모르지만, 우리는 역시 문학 장르를 고려하지

않은 채 서사문학의 일반적인 특징을 기술하기 위해서 이 명칭들을
사용하고 있다.

희극이란 어떤 특정한 유형의 무대극에만 적용될 수 있으므로 결코
초서나 제인 오스틴과 관련하여 사용되어서는 아니 된다는 주장은 어
리석기 짝이 없는 것이리라. 초서 자신은 그의 등장인물인 수도사가 비
극을 정의하였던 것처럼,[125] 마음이 내켰더라면 분명 희극에 대해서도
더욱 폭넓은 정의를 내릴 수 있었을 것이다.

우리가 읽으려고 하는 작품이 비극적이라든가 또는 희극적이라든가
하는 것이 미리 알려져 있을 경우, 우리는 어떤 종류의 구조와 분위기
를 미리 예상하지만 반드시 어떤 하나의 장르를 예상하는 것은 아니다.
똑같은 사실이 로맨스라는 말에도, 또 역시 아이러니와 풍자라는 말에
도 적용된다.

이 마지막 둘은 일반적으로 사용될 때는 경험문학의 요소들이지만,
이 책에서는 '리얼리즘' 대신으로 사용될 것이다. 이리하여 우리는 장
르 발생 이전의 이야기 문학의 네 요소, 즉 필자가 일컬은 **뮈토스**들,
즉 플롯의 유형들을 가지게 되는 것이다.

이 **뮈토스**들에 대한 우리의 경험을 상기해보면 그들이 두 개의 상
반되는 짝을 만들고 있음을 인식할 것이다. 비극과 희극은 서로 어울
려 있기보다 오히려 서로 대립하고 있다. 그리고 이상적인 것과 현실
적인 것을 각각 옹호하고 있는 로맨스와 아이러니도 서로 대립하고
있다. 한편 희극은 알지 못하는 사이에 한쪽 끝에서는 풍자와 서로
어울리고, 다른 한쪽 끝에서는 로맨스와 어울린다. 로맨스는 희극적
일 수도 있고 비극적일 수도 있다. 그리고 비극적인 것은 상위 로맨

---

125) 초서의 『캔터베리 이야기』 가운데 19번째 이야기인 「수도사의 이야기」에서
    수도사가 훌륭한 비극의 정의를 내리고 있다. 즉, 영예를 누리던 사람이
    그 높은 위치에서 파멸로 떨어져 마침내 죽는다는 이야기를 비극으로 정의
    하고 있다(B 3, 163~72행).

스에서부터 씁쓸한 그리고 아이러니를 품고 있는 리얼리즘으로 확대
된다.[126]

봄의 뮈토스 : 희극

극형식의 희극(소설형식의 희극은 주로 이 극형식의 희극에서 나온
것이다)은 지금까지 그 구조원리와 인물유형이 극히 견고한 것이었다.
희극 작가는 몰리에르로부터 수법을, 디킨스로부터 등장인물을 각각
도용함으로써 대담한 독창성의 소유자라는 명성을 얻을 수 있었다고
버나드 쇼는 언급하였다. 몰리에르와 디킨스의 작품을 메난드로스와
아리스토파네스의 작품으로 바꾸어놓는다고 해도, 적어도 원칙적으로
쇼의 그 말이 옳다는 것에는 변함이 없으리라.

현존하는 가장 최초의 희극인 아리스토파네스의 『아카르나이의 사
람들』에는 허풍선이 병사(miles gloriosus)가 등장하는데, 이 인물은

---

126) 프라이가 논의한 **뮈토스**의 순환적·변증법적 패턴은 다음의 도식으로 요약
할 수 있다.

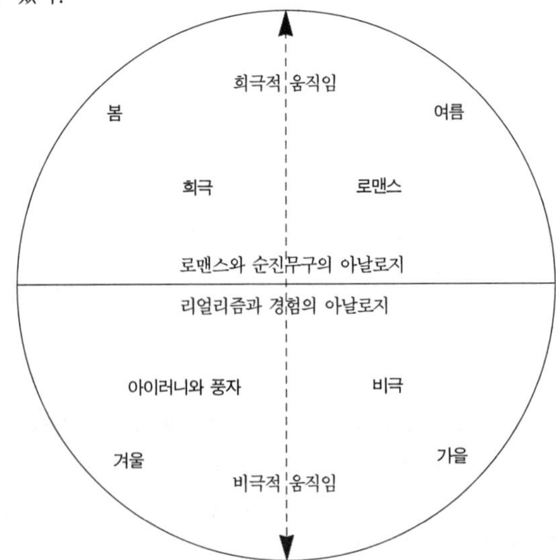

채플린의 『위대한 독재자』[127]에도 여전히 건재하고 있다. 오케이시의 『주노와 공작(孔雀)』[128]의 족서 데일리는 2,500년 전의 식객과 똑같은 성격과 극적 역할을 갖고 있으며, 보드빌, 연속 만화 그리고 텔레비전의 관객은 『개구리』의 서막에서 이미 시대에 뒤진 것이 되었다고 선언되는 그 농담과 비슷한 농담을 듣고 여전히 웃음을 참지 못하는 것이다.

플라우투스와 테렌티우스에 의해 전해지는 그리스 신희극의 플롯 구조는 그 자체가 하나의 형식이라기보다 오히려 하나의 공식으로서, 오늘날까지 대부분 희극의 기초가 되어왔다. 고도로 관습화된 극형식을 갖춘 희극에 특히 위의 말이 적용될 수 있을 것이다. 소설로부터의 실례는 단지 부수적으로 이용만 하면서, 희극적인 구성의 이론을 극으로부터 차분하게 생각하는 것이 가장 어울리는 일일 것이다. 자주 일어나는 사건은 젊은 남자가 젊은 여인과 결혼하고 싶어하나 어떤 장애에 부딪치게 되며, 이때의 장애는 대개의 경우 양친의 반대라는 형식으로 나타난다. 그러나 결말 가까이에 와서 어떤 역전이 일어나 주인공은 결국 그 젊은 여성을 아내로 맞이할 수 있게 된다. 이 단순한 패턴에는 몇 가지 복잡한 요소가 있다.

첫째로 희극의 움직임은 보통 어떤 한 종류의 사회로부터 다른 종류의 사회로의 움직임이다. 극의 시초에는 장애가 되는 등장인물들이 극 중의 사회를 지배하고 있으며, 관객들은 이 인물들이 탈권자라는 것을 인식하고 있다. 극의 결말에 와서 주인공과 여주인공이 서로 결합되게끔 줄거리가 구성되는데, 이 결합으로 인해 주인공 주위에는 새로운 사회가 결정(結晶)된다. 이 결정이 일어나는 순간이 극적 행위에서의 해

---

127) 희극 배우 채플린(Charlie Chaplin)이 만든 영화(1940). 이 영화에서 그는 히틀러와 노동계급 출신 병사의 역할을 담당하고 있다.

128) 아일랜드의 극작가 오케이시(Sean O'Casey, 1884~1964)의 대표적인 극 (1924). 아일랜드 혁명을 배경으로 더블린의 빈민가에 사는 소시민 가정의 생활과 몰락을 사실적으로 그리고 있다.

결점, 즉 희극적인 발견—아나그노리시스(anagnorisis) 또는 인지(認知) 즉 코그니티오(cognitio)—인 것이다.

이 새로운 사회의 출현은 흔히 극의 대단원에 열리는 또는 대단원 바로 직후에 열릴 것으로 예상되는 어떤 파티나 축하연으로 나타난다. 결혼식이 가장 흔하며, 이때 너무도 많은 수의 결혼식이 한번에 이루어지므로(가령 셰익스피어의 『좋으실 대로』의 대단원에 네 쌍의 결혼식이 이루어지는 것처럼), 전원이 각자의 파트너를 찾는 무도회를 연상시키게 하나 이 무도회가 극의 결말로서 지극히 평범한 것이므로, 가면극에서는 가장 잘 등장하는 수법이다.

셰익스피어의 『말괄량이 길들이기』의 대단원의 연회는 그리스 중기 희극으로까지 그 원천이 거슬러 올라간다. 플라우투스의 관객들은 극이 끝난 후 열릴 연회에 참석하라는 말을 극의 등장인물을 통해 자주 듣게 되는데, 극이 끝난 후 실제로 연회가 개최되어 거기에 초대되는 것이 아니라 그 등장인물이 관객들에게 농담으로 하는 것이며, 관객들도 이것을 연극상의 농담으로 받아들인다. 구희극은 현대의 크리스마스 팬터마임처럼 한층 느긋했고, 그리하여 때때로 음식물 조각들을 관객에게 던져주곤 했다. 희극의 마지막에 도달하는 사회는 관객들이 이렇게 끝나는 것이 도리에 벗어나지 않는 바람직한 결말이라고 인식하고 있었던 사회이므로, 관객과 스스럼없이 어울리게 되는 사회이다.

비극의 배우들도 갈채를 기대하는 것은 희극 배우들과 마찬가지이다. 그럼에도 불구하고 로마 희극의 결말에 등장인물의 '박수를 부탁합니다' 라는 말, 말하자면 희극적인 세계의 한 부분을 이루게끔 관객에게 호소하는 그런 말은 비극의 결말에는 아무래도 걸맞지 않은 것 같다. 말하자면 희극의 해결은 무대의 관객 쪽에서 오게 되지만, 비극에서는 반대쪽의 어떤 신비적인 세계에서 오게 된다. 어두컴컴함 덕분에 보통 사람들보다는 한층 연애기분에 젖어들기 쉬운 관객이 많이 찾아드는 영화에서는 플롯이 보통 그리스 비극의 죽음에서처럼 무대

밖에서 일어나지만, 마지막 포옹에 의해서 상징되는 어떤 행위를 향해 움직인다.

그러므로 주인공의 욕망의 장애물이 희극의 줄거리를 만들고, 이 장애물의 극복이 희극의 해결을 만들어낸다. 장애물은 대개의 경우 양친이기 때문에 희극은 종종 아들과 아버지의 의지의 충돌이 축이 되어 전개된다. 따라서 희극 작가는 대체로 관객 중에서도 젊은 층을 비호하는 쪽으로 작품을 쓰게 되고, 그리하여 희극에는 어느 사회이든 나이가 든 노년층은 무언가 도착적인 면이 있다고 느끼게 하는 경향이 있다. 이것은 극이 사회적인 탄압을 받는 한 요소임을 확실하게 증명해주고 있는데, 사회적인 탄압은 청교도나 넓게 생각해서 기독교인들에게만 한정된 특유의 것이 아니다. 이교도가 지배하던 로마 시대의 테렌티우스도 벤 존슨이 경험했던 것과 똑같은 종류의 사회적인 탄압을 받았던 것이다.

플라우투스의 작품에는 아들과 아버지가 한 고급 기생을 똑같이 사랑하게 되어서, 아들이 아버지에게 진정 어머니를 사랑하느냐고 날카롭게 힐문하는 장면이 있다. 로마 가족제도가 어떤 것인가라는 배경을 알지 못하고는 이 장면이 나타내는 심리적인 해방감의 중요성을 이해할 수 없다. 셰익스피어에서까지도 나이 많은 사람들을 괴롭히는 아주 좋지 못한 일들이 일어나고 있으며, 현대 영화에서도 젊은이들이 너무 무지막지하게 어른들 앞에서 득의만만한 모습을 하고 있기 때문에 17세 이상의 관객을 동원하는 데 심한 고생을 겪고 있을 정도이다.

주인공이 바라는 것을 반대하는 자가 부친이 아닌 경우에는 대개 기존 사회에 대해서 부친과 아주 흡사한 관계를 맺고 있는 자이다. 말하자면 주인공보다 나이는 적지 않지만 돈은 더 많이 갖고 있는 경쟁자이다. 플라우투스와 테렌티우스에서, 이 인물은 보통 매음굴의 포주나 현금이 있는 떠돌이 병사이다. 이러한 인물들이 혹심한 취급을 당할 뿐만 아니라 무대 위에서 추방되는 것을 보면 그들이 부친을 대리하는 인물이라는 사실을 알 수 있으며, 가령 그렇지 않다 하더라도 그들은 역시 탈권자이며, 젊은 아가씨를 손에 넣고 싶어한다는 주장으로 미루어봐서도 틀림없는 기만적인 인간으로 나타나고 있음을 알 수 있다.

요컨대 그들은 기만적인 인간이면서도 어느 정도 진짜 실력을 갖고 있는 것처럼 묘사되고 있는 것을 보면, 그들에게 권력을 갖게 하는 사회에 대한 어떤 종류의 비판이 함축되어 있음이 틀림없다. 플라우투스와 테렌티우스에서 이 비판은 사창굴과 직업적인 매춘행위의 부도덕성을 힐난하는 이상으로 발전하지는 않지만, 벤 존슨을 포함한 르네상스의 극작가들은 상승일로에 있는 돈의 힘과 이것이 구축하고 있는 부르주아지 계급에 대해서 날카로운 관찰을 하고 있다.

희극은 그 결말에서 얻게 되는 새로운 사회에 가능한 한 많은 수의 사람들을 참여시키려는 경향을 갖고 있다. 방해꾼들도 단순히 추방당하기보다 화해하기도 하고, 개심하기도 하는 경우가 더 많다. 희극에서는 아무래도 화해할 수 없는 인물을 희생시키는 속죄양의 추방의식이 자주 행하여지고 있으나, 방해꾼이 당하는 폭로와 치욕은 비애와 비극적인 감정을 낳게 한다. 『베니스의 상인』은 희극적인 균형을 어느 정도까지 깨어버릴 수 있는가에 대한 실험이라고 말해도 좋을 것이다. 샤일록의 극적인 역할에 대한 과장이 좀 줄어들 경우(극단의 명배우가 이 역을 맡는다면 일반적으로 그렇게 되겠지만), 그 극적인 역할의 균형은 깨어지게 되고, 그리하여 이 극은 희극적인 에필로그를 가진 베니스 유대인의 비극이 되어버릴 것이다.

『볼포네』의 대단원에 이르러 마침내 볼포네가 갤리선에서 고된 일을 하게 되는 징역형의 선고가 큰 소리로 내려질 때 우리는 더럽혀진 사회를 구출하기 위한 것이라 하더라도, 그토록 엄격하고 고된 징역형을 내릴 필요까지는 없다고 느끼게 된다. 어쨌든 이 극은 볼포네*의 오만

---

* 『볼포네』, 5막 2장 12~14행.

(hybris)이 세심하게 부각되고 있으므로 일종의 비극을 모방한 희극이
라는 점에서 예외적인 작품이다.

개심(改心)의 원리는 그 주된 기능이 관객을 즐겁게 해주는 등장인
물과 더불어 더욱 분명해진다. 플라우투스에 등장하는 허풍선이 병사의
원형은 주피터와 비너스의 아들이다. 그는 맨주먹으로 코끼리 한 마리
를 때려죽이고, 하루의 싸움에서 7,000명의 사람들을 죽인 자이다. 달
리 말하면 그는 유별난 허풍을 부리려고 노력하는 자로서 그의 지나친
허풍이 극을 훌륭하게 이끌어간다. 문학적인 관습에 의하면, 허풍선이
는 정체가 폭로되고 우롱당하며, 사취당하고, 두들겨맞지 않으면 안 된
다. 그렇지만 전문적인 극작가가 왜 그 유별난 허풍선이를—그것도
다른 무엇보다도 그 유별난 허세만을—공격할 수밖에 없는가?

폴스태프가 『윈저의 유쾌한 아낙네들』의 최후의 연회에 초대되고, 캘
리번[129]이 용서되고, 멜볼리오[130]의 상한 마음을 달래려는 시도가 이루
어지고, 안젤로[131]와 파롤레스[132]의 치욕이 보상되는 것을 볼 때, 우리
는 희극에는 어떤 기본적인 원리가 작용하고 있음을 보고 있는 것이다.
희극적인 사회는 배척하기보다 포용하는 경향이 있으므로 최후의 연회
에 참석할 권리가 없음에도 불구하고 그 연회에 참석하게 되는 배역은
전통적으로 식객들에게 주어지게 된다. '관용'이라는 말은 카스틸리오
네의 우아한 궁정인에서 기독교의 자비로운 신에 이르기까지 르네상스
적인 여운을 지닌 채, 셰익스피어 희극에서 아주 중요한 주제를 나타내
는 용어가 되고 있다.

하나의 사회의 중심에서 또 하나의 사회의 중심으로 옮겨가는 희극

---

129) 셰익스피어의 『폭풍우』에 등장하는 흉하게 생긴 괴물.
130) 셰익스피어의 『십이야』(十二夜)에 등장하는 위선에 찬 우스꽝스러운 집사.
131) 셰익스피어의 『이척보척』에 등장하는 인물. 공작이 자신의 부재중 나라를
　　　다스리는 위임권을 준 대리인이다.
132) 셰익스피어의 『끝이 좋으면 다 좋다』에 등장하는 아첨꾼.

의 극적 전개는 소송의 법적인 전개와 비슷하다. 소송의 경우, 원고와 피고는 똑같은 상황에서 서로 다른 해석을 내리고, 최종적으로 한쪽이 옳고 또 한쪽은 잘못으로 판결을 받는 것이다. 희극의 수사법(修辭法)과 법률의 수사법이 비슷하다는 것은 아주 일찍부터 인식되어왔다. 아리스토텔레스의 『시학』과 밀접한 관계가 있는 『코이슬리니아누스론』*133)이라는 소책자는 희극에 관한 모든 중요한 사실을 약 한 페이지 반 정도로 기록하고 있는데, 희극의 디아노이아를 두 부분—의견과 증명으로 나누고 있다.

대충 이야기하자면 이 두 개는 각각 탈권적인 사회와 바람직한 사회에 해당된다. 증명(즉 한층 행복한 사회를 가져오는 수단)은 다시 세분되어 서언(誓言), 계약, 증언, 시련(또는 고통), 법률 등으로, 바꾸어 말하면 『수사학』에서 소송문제의 실질적인 증명의 다섯 가지 형식으로 나누어져 있다. 우리는 셰익스피어 희극의 극적 전개가 때로는 어딘가 부조리하며, 잔인하거나 또는 비합리적인 법률에서부터 시작되고 있음을 본다. 『실수연발』에서 시라쿠사 사람들을 죽이는 법률, 『한여름밤의 꿈』에서 강제성을 띤 결혼의 법률, 샤일록의 계약을 확인하는 법률, 사람들을 올바르게 하기 위해서 법률을 제정하려고 하는 안젤로의 시도 등이 그렇다.

희극이 전개됨에 따라서 사람들은 이 갖가지 법률에서 교묘하게 빠져나오기도 하고, 이 법률들을 효력 없게 만들기도 한다. 계약이란 대

---

* 쿠퍼(Lane Cooper), 『아리스토텔레스적인 희극론』(1922)을 볼 것.

133) 이 소책자가 프라이의 논의에서 중요한 위치를 차지하는 것처럼 보이지만, 그 자신의 도식은 이 소책자의 저자가 희극적인 인물에 대해서 말하는 데에서 필연적으로 연유하는 것은 아니다. 이 소책자는 사실 희극적 인물에 대해서 단지 다음과 같이 간단한 문장만을 가지고 있다. "희극의 인물들은 ①어릿광대 같은 인물들 ②아이로니컬한 인물들 ③기만적인 인물들이다." 쿠퍼 옮김, *An Aristotelian Theory of Comedy*(New York, 1922), p.226에서.

체로 주인공이 속한 사회에 의해서 이루어지는 모의이며, 증언이란 남의 말을 엿듣고 있는 자들, 또는 특수한 정보를 갖고 있는 사람들 (가령 주인공이 나면서부터 가지고 있는 몸의 상처를 잊지 않고 기억하는 늙은 유모처럼)[134]과 같은 것으로서, 희극적인 발견을 가져오기 위한 가장 평범한 기교이다.

시련(basanoi)은 보통 주인공의 성격에 대한 테스트 또는 시금석이다. 이 바사노이라는 그리스 말의 본뜻은 시금석이라는 의미로서, 어떤 금속이 더 값어치를 갖고 있는가를 판단해야만 하는 시련에 부딪친 셰익스피어의 바사니오[135]에게 이 말이 반향되고 있는 것처럼 보인다.

희극의 형식을 전개하는 데에는 두 가지 방법이 있다. 하나는 주로 방해꾼들에게 역점을 두는 방법이고, 또 하나는 발견과 화해의 장면을 가져오는 데 역점을 두는 방법이다. 전자는 희극적인 아이러니, 풍자, 리얼리즘과 풍습 희극에서 볼 수 있는 일반적인 경향이고, 후자는 셰익스피어와 기타 다른 유형의 로맨스 희극에서 볼 수 있다. 풍습 희극에서의 주된 윤리적인 관심은 대체로 방해꾼들에게 집중되어 있다. 틀에 박힌 주인공과 여주인공은 항상 아주 재미있는 인물은 아니다. 플라우투스와 테렌티우스의 젊은이들은 전부 특색이 똑같아 디미트리아스와 라이샌더[136](이 두 사람이 젊은이들의 패러디가 될 수 있다)처럼 어둠 속에서는 구별하기가 힘들다. 일반적으로 주인공의 성격은 무색투명하며, 관객의 욕구충족을 위해서 만들어져 있다.

그러나 인색하고 잔혹한 양친이라든가, 허풍이나 떠는 아니꼬운 라이벌이라든가, 또는 극적 전개를 방해하는 기타 인물들의 경우는 전혀 다르다. 몰리에르에는 단순하지만 완벽하게 시험을 거친 공식이 있는

---

134) 『오디세이아』에서 오디세우스의 유모 에우리클레아가 오디세우스가 거지로 변장했을 때 발의 상처를 보고 그의 정체를 알아내는 장면은 유명하다.
135) 셰익스피어의 『베니스의 상인』의 등장인물로, 포샤를 사랑하는 신사이다.
136) 셰익스피어의 『한여름밤의 꿈』에 등장하는, 사랑에 빠져 있는 청년들이다.

데, 이 공식에서는 윤리적인 관심이 단 한 사람의 방해꾼——이해심이 없는 부친, 수전노, 인간을 혐오하는 자, 위선자, 우울증에 걸려 있는 자 등——에게 집중되고 있다. 이들은 우리에게는 잊혀질 수 없는 인물들로서 극의 제목도 보통 그들의 이름에서 따온 것이다. 그러나 그들의 손아귀에서 빠져나오려고 발버둥치는 발랑탱[137]과 앙젤리크[138] 같은 인물들이 모두 기억에 그렇게 뚜렷이 남지 않는 까닭은 앞의 인물들이 워낙 인상 깊기 때문이다.

『윈저의 유쾌한 아낙네들』에 등장하는 틀에 박힌 주인공 펜턴은 단역에 불과하다. 이 극은 플라우투스의 『카시나』에서 몇 가지 힌트를 얻은 것인데, 『카시나』에서는 주인공과 여주인공이 전혀 무대에 모습을 드러내지 않는다. 희극적인 소설, 특히 디킨스 소설은 종종 틀에 박힌 약간 지루한 두 사람의 주역 주위에 재미있는 등장인물을 배치하는 방법을 똑같이 따르고 있다. 훨씬 완벽하게 묘사되고 있긴 하지만 『톰 존스』마저도 그의 진부한 이름이 가리키는 것처럼, 역시 관습적이고 유형적인 것과 고의적으로 결부되어 있다.

희극은 보통 해피 엔드를 향해서 움직인다. 관객의 해피 엔드에 대한 정상적인 반응은 '이렇게 끝나는 것이 당연하다'는 느낌인데, 이와 같은 반응은 어딘가 윤리적인 판단처럼 들린다. 전적으로 윤리적인 판단이지만, 그것은 좁은 의미에서의 윤리적인 성격이 아니라 사회적인 성격을 띠고 있는 것이다. 희극적인 세계에 반대되는 것은 악한 것이 아니라 어리석은 것이며, 희극은 멜볼리오의 미덕을 안젤로의 악덕과 똑같이 어리석은 것으로 간주한다. 몰리에르의 극중인물인 인간혐오자는 지나치게 성실하므로(이것은 하나의 미덕이다) 도덕적으로 우위에 서

---

137) 몰리에르의 극에는 발랑탱이라는 등장인물은 없고, 『타르튀프』『억지로 의사가 되다』 등 일곱 작품에 등장하는 청년 발레르를 두고 하는 말이 아닌가 추측된다.

138) 몰리에르의 『기분환자』 등의 작품에 등장하는 딸의 이름.

있지만, 그의 친구 필랭트는 다른 사람들이 자신들의 자존심을 유지할 수 있도록 기꺼이 거짓말을 하므로, 관객들은 두 사람 중에서 필랭트가 정말로 더 진지하다는 사실을 곧 깨닫는다.

물론 도덕적인 희극을 만드는 것은 충분히 가능하나, 그 결과는 우리가 유머 없는 희극이라고 일컬었던 일종의 멜로드라마로 되어버리는 경향이 더러 있다. 이러한 희극은 혼자 잘난 체하는 투의 해피 엔드를 이루지만 대부분의 희극은 이것을 피하려고 하는 것이다. 갈등이 없는 극을 상상한다는 것은 거의 불가능하며, 어떤 특정한 종류의 적의가 없는 갈등을 상정한다는 것도 거의 불가능하다. 그러나 성적인 사랑을 포함하고 있다 하더라도 그 사랑이라는 것은 정욕과는 아주 별개의 것이듯이 적의도 또한 증오와는 아주 별개의 것이다. 물론 비극에서 적의는 항상 증오를 포함하고 있지만 희극의 경우에는 다르다. 우리는 어리석은 것에 대한 사회적인 심판이 악한 것에 대한 도덕적인 심판보다도 희극의 기준에 더 가깝다고 느낀다.

이리하여 무엇이 방해꾼을 어리석게 보이게 하는가라는 문제가 일어난다. 벤 존슨은 이것을 그의 '편집성'(偏執性) 이론에 의해서 설명했는데, 그는 방해꾼을 후에 포프가 말하듯이 자신의 지배적인 정념[139]에 사로잡혀 있는 자로 보았다. 편집성이 갖는 극적 기능은 의식적(儀式的) 속박이라고 일컬어질 만한 상태를 표현해주는 것이다. 방해꾼은 자신의 편집증에서 헤어나오지 못하고, 극 중에서 그의 역할이란 무엇보다도 먼저 자신의 망집(妄執)을 되풀이하는 일이다. 병에 걸린 사람을 편집광이라고는 말할 수 없으나, 우울병에 걸린 자는 그렇다고 말할 수 있다. 왜냐하면 우울병 환자인 한 그는 자신이 건강한 사람이라는 것을 결코 인정할 수가 없으며, 자신에게 정해진 역할과 모순되는 어떠

---

139) 『호라티우스에 따르는 서간』(1731~35)의 첫번째 도덕 에세이에 나오는 말이다. '지배적인 정념'은 어떤 이의 성격을 판단하는 하나의 실마리로서, 그것이 발견되면 나머지는 쉽게 풀린다고 말한다.

한 일도 결코 할 수 없기 때문이다. 수전노는 황금을 숨기는 일 또는 돈을 저축하는 일과 관계되지 않은 일은 전혀 행할 수 없거니와 전혀 말할 수도 없다. 몰리에르식의 구성에 가장 가까운 벤 존슨의 『말없는 여자』에서는 모든 극적 전개는 모로스[140]의 기질에서 멀어져가고, 생활에서 소음을 제거해버리려는 그의 결의가 실로 떠들썩한 희극적인 극적 전개를 만들어내는 것이다.

　편집성의 원리는 쓸모없는 행동을 반복하는 것, 즉 의식적인 속박을 문학적으로 모방하는 일이 우스꽝스러움을 만들어낸다는 것이다. 비극에서—『오이디푸스 왕』이 정해진 실례이지만—반복은 논리적으로 파국으로 이르게 된다. 너무 지나치게 많이 반복한다거나, 그렇기 때문에 어느 곳으로 갈지 모를 정도로 방향이 없는 반복은 희극의 영역에 속한다. 왜냐하면 웃음은 얼마간은 반사운동이며, 다른 반사운동처럼 단순히 반복되는 패턴에 의해서 조장될 수 있기 때문이다.

　싱의 『바다로 가는 몰이꾼』에서 남편과 다섯 아들을 바다에서 잃어버린 한 어머니는 마침내 그녀의 마지막 아들마저 바다에서 잃는다. 그 결과 이 작품은 실로 아름답고 감동적인 극으로 완성되어 있지만, 만일 이 극이 일곱 사람의 익사를 하나하나씩 우울하게 길게 늘어놓는 비극일 것 같으면 이 극은 공연이 다 끝나기 훨씬 전에 관객의 공감 없는 실소를 받게 되어 엉망진창이 되었을 것임에 틀림없으리라.

　벤 존슨뿐만 아니라 다른 극작가에게도 편집성의 기초가 되고 있는 반복의 원리는 연재만화 작가들에게도 잘 알려져 있다. 이런 만화에서는 등장인물이 식객, 대식가(이따금 한 접시의 음식만 먹게 되어 있다), 또는 말괄량이 등으로 분명하게 정해져 있는데, 매일매일의 만화 속에서 그들의 행동이 취하는 반복성이 강조됨으로써 이 인물들은 몇 개월이 지난 후에는 여러 사람들에게 우스꽝스러운 존재로 비치기 시작하는 것이다. 라디오의 연재 희극 프로그램 역시 처음 듣는 사람보다

───────────────

140) 모로스(Morose)는 '기분이 언짢음' 이라는 뜻을 가지고 있다.

늘 듣는 사람들에게 더 재미를 느끼게 한다. 또한 늘 반복되는 폴스태프의 올챙이 배와 돈 키호테의 환각도 실로 똑같은 희극의 법칙에 기초를 두고 있다.

E. M. 포스터 씨*는 디킨스의 미코버 부인[141]이 결코 남편을 버리지 않는다고 해서 경멸하는 말투로 그 부인에 대해서 얘기하고 있으나, 우리는 여기서 너무 까다로워 통속적인 공식을 받아들이지 않는 세련된 작가와 그 공식을 무자비하리만큼 잘 활용하는 일류 작가 사이의 선명한 대조를 뚜렷이 읽을 수 있다.

희극에서 편집성에 빠져 있는 사람은 보통 상당한 사회적인 특권과 권력을 가진 사람이므로, 자신의 망집에 따라서 극 중의 사회를 무리하게 한쪽 방향으로 나아가게 할 수 있다. 이리하여 편집성은 우스꽝스러운 법이나 불합리한 법률의 주제와 밀접한 관련을 갖게 되지만, 희극의 극적 전개는 이런 것을 파괴시켜버리는 방향으로 나아간다.

서구에서 가장 오래 된 현존하는 희극 아리스토파네스의 『벌』〔蜂〕의 중심 인물이 법률문제에 정신이 빠져 있다는 사실은 매우 흥미로운 일이며, 샤일록 역시 법률의 정당한 재판을 바라는 열망과 복수의 망집을 함께 갖고 있다. 이따금 우스꽝스러운 법률이 어리벙벙한 폭군의 변덕으로 나타나는 경우가 있다. 이러한 폭군은 셰익스피어의 리온티즈[142]나 프레더릭 공작[143]처럼 즉흥적으로 제멋대로 결정내리기도 하

---

* 『소설의 여러 양상』(1927), 1장. 미코버 부인의 입버릇 같은 서사문학의 반복과 주제문학의 반복(가령 매튜 아널드가 그의 논쟁 상대자가 사용하는 어리석은 문구를 지겹게도 고의적으로 사용하는 경우)을 대조시키는 방법이 좋을지 모르겠다. 포스터(E.M. Forster) 자신의 작품에서 이와 같은 주제적 반복의 역할에 대해서는 브라운(E.K. Brown), 『소설의 리듬』(1950)을 볼 것.

141) 디킨스(Charles Dickens)의 『데이비드 코퍼필드』의 등장인물.

142) 셰익스피어의 『겨울 이야기』에 등장하는 시칠리아의 왕.

143) 셰익스피어의 『좋으실 대로』의 등장인물. 추방된 공작의 야심 있는 동생이며 형의 지위를 찬탈한 자이다.

며, 또는 경박스럽게 약속을 하기도 하므로 자신의 뜻이 바로 법률이 되는 그런 자들이다.

이런 경우에는 『코이슬리니아누스론』에서도 언급되었던 것처럼 법률은 '서언'(誓言)에 의해서 대신되는 것이다. 또는 우스꽝스러운 법률은 거짓 유토피아의 모습을, 즉 셰익스피어의 『사랑의 헛수고』에서의 학문적인 세계로의 은둔처럼 편집증적인 의지나 현학적인 의지에 의해서 만들어지는 의식적인 속박을 갖는 사회의 모습을 취할 수 있다. 이 주제도 아리스토파네스만큼 오래 된 것으로 그는 『새들』과 『여성의 회의』에서 플라톤의 사회구상의 패러디로 이 주제를 다루고 있다.

희극의 결말에 나타나는 사회는 위의 경우와는 대조적으로 일종의 도덕적 규범이나 현실적으로 자유로운 사회를 표상해주며, 그 사회의 이념이 정의된다든가 공식화되는 일은 없다. 정의와 공식화는 예언 가능한 행동을 바라고 있으므로 편집에 속한다. 우리는 단지 새로 결혼한 두 사람이 그후 행복하게 살 것이라든가, 또는 적어도 비교적 편집벽에 빠지지 않고 총명하게 살아갈 것이라는 점을 확신하고 싶어한다. 아주 흔히 성공적인 결말을 가져온 주인공의 성격이 미성숙한 상태로 남아 있게 되는 것은 이러한 우리의 생각 때문이기도 하다. 그의 진정한 생활은 극이 끝난 곳에서 시작되기 때문에 그가 겉으로 나타나는 것보다 실제로는 더 재미있는 인물이 될 수 있을 것이라고 믿을 수밖에는 별도리가 없다.

테렌티우스의 『형제』에서는 무자비한 데메아가 흥청망청거리는 동생 미키오와 대조적인 인물로 묘사되고 있다. 미키오는 그의 형보다는 한층 관대하기 때문에 희극적인 해결을 유도하고 형 데메아를 개심시키지만, 데메아는 그때 미키오의 그 지나친 흥청거림의 근원이 되고 있는 나태함을 공격함으로써 그를 자기와는 반대가 되는 편벽의 속박으로부터 해방시켜준다.

이처럼 의견으로부터 증명으로, 또한 습관, 의식적인 속박, 즉흥적으로 만들어내는 법률, 나이 많은 등장인물들에 의해서 지배되는 사회로부터 젊음과 분방한 자유에 의해서 지배되는 사회로의 움직임은 두 그리스어가 나타내고 있는 것처럼, 기본적으로는 환상으로부터 현실로의 움직임이다. 그것이 무엇이든 간에 고정되어 있고 정의될 수 있는 것은 모두가 환상이며, 현실은 그 반대로 생각하면 가장 좋다. 현실은 그것이 무엇이든 간에 고정되어 있는 것도 정의될 수 있는 것도 아니다. 이 때문에 희극에서는 환상을 만들어놓고 그 환상을 추방하는 주제가 중시된다. 이러한 환상은 가장(假裝), 망상, 위선 또는 가문이 알려져 있지 않은 것에 의해서 생긴다.

희극의 결말은 일반적으로 플롯의 역전에 의해서 조작된다. 로마극에서의 여주인공은 보통 노예이든가 기생이지만, 차차 어떤 지체 높은 이의 딸이라는 것이 알려지게 됨으로써 주인공은 체면을 잃지 않고서 그 여주인공과 결혼할 수 있게 된다. 희극에서 인지란 등장인물들이 자기들의 친척은 누구이며, 그들이 교제하는 이성 중에서 누가 친척이 아니며 그리하여 누가 그들의 결혼 상대자가 될 수 있는가를 발견하게 되는 것을 가리키는데, 이것은 지금까지 결코 변하지 않는 희극의 특질 가운데 하나이다.

엘리엇의 『비서』를 읽으면 아직껏 이것이 극작가들의 관심을 끌고 있다는 것을 알 수 있다. 버나드 쇼의 『바바라 소령』의 결말에는 인지의 훌륭한 패러디가 나타난다(이 연극의 주인공이 그리스어 교수라는 사실이 에우리피데스와 메난드로스 극의 형식과 유별난 유사성이 있음을 지적하고 있다). 이 극에서 언더샤프트는 데릴사위를 자신의 후계자로 삼을 수 없다는 철칙을 파기할 수밖에 없게 되는데, 그 이유는 데릴사위의 친아버지가 오스트레일리아에서 죽은 아내의 여동생과 결혼하였기 때문에 그 데릴사위가 자기 자신의 데릴사위일 뿐만 아니라 조카가 되기 때문이다. 위의 이야기가 복잡하게 얽혀 있는 것처럼 들릴지 모르지만, 실제로 희극의 플롯은 이따금 복잡하게 얽혀 있다. 왜냐하면 본래 복잡하게 얽혀 있는데다가 부조리한 것까지 개입되기 때문이다.

희극의 경우 그 주된 성격상의 흥미가 패배한 등장인물들에게 집중되는 경우가 많으므로, 희극에서는 대체로 플롯의 갑작스러운 변화가 성격의 일관성보다 극적으로 더 우위를 차지하고 있음을 보여준다. 이리하여 비극과는 뚜렷한 대조를 이루고 있기 때문에 하나하나의 개별적인 극에서의 극적인 전개가 관계되는 한, 불가피한 희극이라는 것은 거의 존재할 수가 없다. 말하자면 우리는 희극의 관습, 어떤 특정한 식의 해피 엔드가 불가피하다는 사실을 알고 있다. 그렇다 하더라도 극작가들은 하나하나의 개별적인 극에 알맞는 '개성적인 구상'(gimmick)이나 '정반대의 역전'(weenie, 발견[anagnorisis]에 해당되는 그리 고상하지 못한 할리우드 용어 두 개를 사용했다)을 만들어내지 않으면 아니 된다.

해피 엔드는 우리에게 사건의 결말이 당연하다는 인상은 주지 않지만 바람직한 것이라는 인상을 남긴다. 그리고 이 해피 엔드도 또한 교묘한 조작에 의해서 일어난다. 죽음과 비극을 지켜보고 있는 관객은 앉아서 피치 못할 결말을 기대하는 것 외에는 아무것도 할 수 없는 반면, 희극의 결말에는 무엇인가가 일어나며, 이 일어나는 것을 지켜보는 자가 바쁜 사회의 한 구성원인 것이다.

플롯을 조작한다고 해서 반드시 성격이 변모되는 것은 아니다. 그러나 변모가 일어난다고 해서 희극의 규범이 깨어지는 것 또한 아니다. 신빙성 없는 개심, 기적적인 변모, 신의 도움 등은 희극과는 떼려야 뗄 수 없는 관계를 가지고 있다. 게다가 일단 모습을 나타낸 것은 그것이 무엇이든 간에 언제나 그 모습으로 남아 있는 것으로 생각되고 있다. 가령 구두쇠가 사랑스러운 인간으로 변모되면 우리는 그가 곧장 의식적(儀式的)인 습관 속으로 다시 빠지지 않게 되리라는 것을 깨닫는다. 현실적인 것보다 바람직한 것을 강조하고, 과학적인 견해와는 대립되는 종교적인 견해를 강조하는 문명은 극을 거의 완전히 희극의 관점에서 바라보고 있다. 인도의 고전극에서는 비극적인 결말은 악취미로 생각되었다고들 하는데, 이것은 아이러니적인 리얼리즘에 관심을 갖고 있는 소설가들이 희극의 조작된 결말을 악취미라고 생각하는 것과 똑같을 것이다.

희극의 **뮈토스** 전체(일반적으로는 단지 소수의 일부분만을 나타내고 있지만)는 대개 음악에서 이야기하는 삼부 형식을 갖고 있다. 즉 주인공의 사회는 노인(senex)의 사회에 항거하여 승리를 얻지만, 그 주인공의 사회는 사회의 일반적인 기준을 전도시켜버리는 사회라고 말할 수 있는 일종의 농신제(農神祭, Saturnalia)와 같은 잔치 분위기에 젖어 있는데, 이 분위기는 극의 주요한 극적 전개가 시작되기 전에 미리 과거의 황금시대를 생각나게 해준다. 이리하여 우리는 안정되고 조화된 질서가 어리석음, 망상, 망각, '오만과 편견'에 의해서 또는 등장인물들조차도 이해하지 못하는 사건들에 의해서 파괴되고, 그러고 나서 회복되는 것을 목격한다.

이따금 자비로운 할아버지가 등장하여 방해를 일삼는 편집광에 의해서 야기된 극적 전개를 뒤집고 나서, 지리멸렬되어 있는 첫번째 부분과 세번째 부분을 결합시킨다. 그런 한 가지 예가 골드스미스의 『웨이크필드의 목사』에서 악한 지주로 변장한 아저씨인 버첼 씨이다. 인도의 『샤쿤탈라』[144]와 같이 아주 긴 희극은 세 개의 양상 전부를 제시해주고 있다. 메난드로스의 극(그의 극 대부분이 거의 그렇지만)과 같이 아주 복잡하게 얽혀 있는 극은 세 개의 양상 모두가 어렴풋이 나타나 있는 일이 종종 있으나, 물론 첫째 양상이 전혀 주어져 있지 않은 경우도 많다. 이런 경우 단지 관객은 이상적인 상태가 극에 나타나 있는 현실적인 상태보다 훨씬 좋기 때문에 극적인 전개가 자연히 그쪽으로 향해가고 있다고 이해하게 된다.

이 3부 형식의 극적인 전개는 제의적인 면에서 생각해보면 여름과

---

144) 인도의 3세기경의 극작가 칼리다사(Kalidasa)가 지은, 산스크리트어로 된 유명한 시극. 숲의 소녀 샤쿤탈라와 왕 두프샨타의 사랑과 재결합을 다루며, 반지의 탐색이 주제이다.

겨울의 싸움과 같은 것인데, 이때 겨울은 그 극적 전개의 중간*을 차지하게 된다. 심리학적으로 생각해보면 그것은 노이로제나 장애되는 것을 제거함으로써 에너지나 기억의 연속되는 흐름을 회복시키는 것과 비슷하다. 존슨의 가면극은 중간에 안티 마스크(antimasque)를 끼워넣음으로써 고도로 관습화된 또는 '추상화'된 변형을 주고 있다.

다음은 희극의 전형적인 등장인물들로 옮겨가보자. 극에서 등장인물의 성격 묘사는 그 역할에 의해서 좌우된다. 등장인물을 어떤 성격으로 선정하는가 하는 것은 그가 극 중에서 무엇을 행하지 않으면 안 되는가에 따라서 결정된다. 한편 극 중의 역할은 극의 구조에 의해서 좌우된다. 즉 등장인물이 이런저런 행위를 하는 것은 극이 이러저러한 형태를 갖고 있기 때문이다. 또 한편 극의 구조는 극의 범주에 의해서 좌우된다. 만일 희극일 것 같으면 그 구조는 희극적인 해결을 요구할 것이며, 희극적인 분위기가 극 전체를 지배하도록 요구할 것이다. 그러므로 우리가 전형적인 인물들이라고 말할 때, 실물 그대로의 인물들을 틀에 박힌 유형들로 환원시키려고 하는 것은 아니다. 반면 실물 그대로의 인물과 틀에 박힌 유형을 대립시켜서 생각하는 감상적인 견해는 속된 오류라는 것만은 분명히 말하려고 한다.

극에서든 소설에서든 간에 실물 그대로의 인물들이 일관성을 구비하고 있다면 이것은 그들의 극 중의 역할에 틀에 박힌 유형이 적절하게 포함되어 있기 때문이다. 그 틀에 박힌 유형은 성격이라고까지는 말할 수 없으나, 성격에서 이것이 필요한 것은 이를 연기하는 배우에게 골격이 꼭 필요한 것과 마찬가지이다.

희극의 성격묘사에 대해서 『코이슬리니아누스론』은 희극적인 인물의

---

* 따라서 희극에서의 방해꾼 역의 원형은 '임시 왕' 즉 군주의 대리인인 것이다. 가스터(Theodor H. Gaster), 『테스피스』(1950), p.34를 참조할 것. 『이척보척』의 안젤로는 가장 분명한 예이다.

세 가지 유형의 목록을 가지고 있다. 알라존(alazon) 즉 기만적인 인간, 에이론(eiron) 즉 자기를 비하하는 자, 그리고 **보몰로코스**(bomolochos) 즉 어릿광대가 그 유형이다. 이 목록은 처음 두 가지를 대조시켜주고 있는 『윤리학』의 한 구절과 밀접하게 관련되어 있으며, 그 어릿광대를 아리스토텔레스가 말하는 **아그로이코스**(agroikos), 즉 촌뜨기 같은 인물과 대비시켜주고 있다. 우리가 촌뜨기 같은 인물을 네 번째의 성격유형으로 받아들인다 해도 별무리는 없으리라고 본다. 그렇게 되면 두 개의 각각 대립되는 짝이 만들어진다. 에이론과 알라존의 싸움이 희극의 극적 전개의 기초를 이루며, 어릿광대와 촌뜨기는 희극적 분위기의 양극(兩極)을 만들어낸다.

우리는 앞서 에이론과 알라존이라는 말에 대해서 논했다. 희극에서 편집증에 사로잡혀 있는 방해꾼들의 경우에 그들의 성격의 특징이 되고 있는 것은 단순한 위선보다도 자기 인식의 부족인 경우가 더 많지만 거의 언제나 그들은 기만적인 인물이다. 한 사람의 등장인물이 득의양양한 얼굴을 하고 독백을 하고 있을 동안, 바로 옆에서 또 한 사람이 관객을 향해서 신랄한 방백을 하는 어수선한 희극적 장면들이 에이론과 알라존의 싸움을 가장 순수한 형식으로 나타내고 있으며, 역시 관객이 에이론 쪽에 동정을 갖고 있다는 것을 시사해주기도 한다.

알라존 무리 중에 중심적인 위치를 차지하고 있는 자가 **세넥스 이라투스**(senex iratus), 즉 잔소리 심한 아버지이다. 이 인물은 노여움과 협박, 그리고 망집과 잘 속는 성격을 갖고 있다는 점에서 폴리페모스 같은 로맨스의 악마적인 인물 중의 일부와 밀접한 관련이 있는 것처럼 보인다. 이따금 그와 같은 특징들을 갖고 있지 않고서도 이 인물과 똑같은 역할을 하고 있는 등장인물도 있다. 그 한 예가 『톰 존스』에 등장하는 지주 올워디이다. 플롯에 관한 한 그는 지주 웨스턴에게 뒤지지 않을 정도로 거의 바보처럼 행동한다.

잔소리 심한 아버지를 대리하는 인물들 중에서 허풍선이 병사에 대해서는 이미 이야기하였다. 이 인물이 인기가 있는 것은 주로 그가 행동하는 사람이라기보다 오히려 말만 하는 사람이라는 사실, 따라서 그가 빈틈없고 말이 없는 어떠한 주인공보다도 작품활동을 하는 극작가들에게 더 쓸모가 있다는 사실에 기인한다. 현학자(衒學者)는 르네상스 희극에서 자주 마술 연구가, 맵시꾼이나 출랑이 혹은 편집증에 빠져 있는 이 비슷한 인물들로 나타나지만, 여기서 굳이 설명할 필요는 없을 것이다.

여자 알라존은 드물지만, 말괄량이로서의 카타리나는 어느 정도 여자 허풍선이 병사를 표상해주며, 재주가 있는 척하는 여성으로서의 카타리나는 여자 현학자를 표상해준다. 그러나 '심술궂은 여자', 즉 진짜 여주인공을 방해하는 마녀(siren)는 희극의 우스꽝스러운 인물보다도 멜로드라마나 로맨스의 악역으로 훨씬 자주 등장하고 있다.

에이론형의 인물은 좀더 주목할 필요가 있다. 이 무리 가운데 중심적인 인물은 주인공이며, 그가 에이론이라는 이유는 이미 설명한 바와 같이 극작가가 그를 가볍게 보고 그의 성격을 물에 물 탄 듯, 아직 미숙한 것으로 묘사하는 경향 때문이다. 다음으로 중요한 인물은 여주인공인데, 그녀 역시 종종 소홀하게 취급하고 있다. 남자 주인공이 승리할 때 그 주인공 옆에 붙어 있게 되는 구희극에서는 여주인공의 역할이 대개 일종의 소도구, 즉 앞에서는 전혀 소개된 적이 없는 말없는 역에 불과하다. 보다 더 어려운 형식의 인지가 일어나는 것은 여주인공이 변장을 하거나, 또는 다른 계교를 써서 희극적인 해결을 가져옴으로써 주인공이 찾는 인물이 바로 주인공 자신을 찾고 있는 인물이라는 것이 알려질 때이다.

셰익스피어가 '그녀는 정복하기 위해서 일단 몸을 굽힌다'(she stoops to conquer)[145]는 식의 주제를 편애하고 있었다는 점을 여기서 언급만은 해둘 필요가 있다. 왜냐하면 이것은 로맨스의 **뮈토스**에 보다 더 자연스럽게 속하기 때문이다.

---

145) 골드스미스(Oliver Goldsmith)의 동명 희극(1773)의 제목에서 따온 말이다.

또 하나의 중심적인 에이론형의 인간은 주인공이 성공을 거두게 계략을 꾸미는 역할을 맡고 있는 타입이다. 로마 희극에서는 이 역을 언제나 꾀바른 노예가 담당하고 있다. 르네상스 희극에서는 그가 계략을 꾸미는 시종으로 등장하는데, 대륙의 희극에 곧잘 얼굴을 내밀고 있다. 스페인의 극에서는 그라시오소(gracioso)로 일컬어지고 있다. 현대 관객들은 피가로나 『돈 조반니』의 레폴레로에서 그의 모습을 가장 잘 찾아보고 있다.

그라시오소처럼 어릿광대와 비슷한 유형인 미코버와 스콧의 『성(聖) 로넌의 샘』의 터치우드와 같은 19세기의 중개적 인물들을 거쳐서, 에이론은 현대 소설의 아마추어 탐정*으로 진화하였다. 우드하우스의 지브스[146]는 이들보다도 훨씬 더 에이론의 직계자손이다. 똑같은 계통에 속하는 여성 콩피당트(confidante)는 이른바 '잘 짜여진 극'을 훌륭하게 진행시키는 윤활유로서 이따금 등장하고 있다.

엘리자베스 시대의 희극에는 『랠프 로이스터 도이스터』[147]의 매튜 메리그리크로 대표되는 또 한 유형의 사기꾼이 있는데, 그는 보통 교훈극

---

* 아마추어 탐정은 이 타입의 인물이 취하는 소박한 모습이다. 더욱 세련된 희극에서 인기를 얻고 있는 그라시오소는 댄디이다. 이 인물은 초연한 자세를 취하는 자로, 여러 가지 경구를 말하지만, 그 경구는 주로 틀에 박힌 것들을 뒤집어놓은 것에 불과하다. 그리고 이 책의 124쪽에서 말한 바와 같이 감상적인 섯을 희극적으로 조롱하는 태도를 취한다. 이 인물은 보통 보수주의자로, 모두가 똑같은 방향으로 향해 있으므로 자기들은 진보적이라고 생각하는 편벽한 자들의 무리와는 대립된다. 와일드의 『이상적인 남편』에는 이런 인물의 훌륭한 실례가 있다. 1920년대에는 서사문학과 주제문학의 양쪽에서 댄디의 부활이 있었다. Firbank, Huxley, Waugh, 『뉴요커』지의 뉴욕 상류계급의 인물 등에서 부활되었다.

146) 영국의 소설가 우드하우스(P.G. Wodehouse, 1881~1975)의 여러 단편에 등장하는 재주 있는 하인이다.

147) 영국의 극작가 우달(Nicholas Udall, 1505~56)의 영국 문학사상 최초라고 알려진 희극(1567).

의 악덕(vice)[148]이나 부정에서 발전된 인물이라고 일컬어진다. 보통 이런 아날로지는 역사가가 그 기원에 대해서 어떤 결정을 내린다 하더라도 충분히 건전하다. 악덕 즉 바이스(그에게 그 이름을 붙인다면)는 희극 극작가에게 도움이 되는 인물이다. 왜냐하면 이 인물은 순수하게 악의 없는 장난을 좋아하고, 거의 아무런 동기 없이 희극적인 극적 전개를 진행시키고 있기 때문이다. 바이스는 퍼크처럼 아무 걱정 없이 쾌활하고, 『헛소동』의 돈 존처럼 악의가 있는 인물일 수도 있으나, 대체로 바이스의 행동은 그 이름에 걸맞지 않게 인정이 많다. 플라우투스의 꾀바른 노예 한 사람은 독백 가운데서, 자기는 희극의 극적 전개를 엮는 건축가라고 뽐낸다. 이러한 등장인물은 작자의 의도를 실행시켜서 해피 엔드로 유도해주는 역할을 하는 것이며, 사실 그를 희극의 정수라고 일컬어도 좋을 것이다.

셰익스피어에서 가장 돋보이는 두 가지 예, 즉 퍼크와 에이리얼은 둘 다 정령이다. 종종 꾀바른 노예는 노력의 보상으로서 노예의 신분에서 해방되는 것을 목표로 하고 있으며, 에이리얼의 해방을 바라는 동경(憧憬)도 이와 똑같은 전통에 속해 있다.

바이스(vice)의 역할에는 심한 변장이 포함되어 있으며, 그 유형은 이따금 변장에 의해서 분별된다. 한 가지 좋은 예가 벤 존슨의 『각인각색』에 나오는 브레인웜으로, 그는 이 극의 극적인 전개를 자신의 변신의 날이라고 부르고 있다. 이와 비슷하게 에이리얼도 '다른 사람들의 눈에는 보이지 않도록 등장해야 한다'는 어려운 무대 연출을 극복하지 않으면 안 된다. 건방지고 낭비벽이 심한 주인공이 계략을 짜서 부자인 아버지나 아저씨를 속여 그들이 좋아하는 여자뿐만 아니라 대대로 이어오는 집안의 재산을 가로챌 때마다 바이스는 주인공과 힘을 합친다.

---

148) 간막극이나 교훈극에 등장하는 붙박이 인물 가운데 하나로 익살스런 광대의 역할을 한다.

또 하나의 에이론형의 인물은 지금까지 그다지 관심의 대상이 되지 못하였다. 이 등장인물은 대개 나이 많은 사람으로, 극이 시작되면 무대에서 자취를 감추었다가 극의 결말에 이르러서 되돌아온다. 이 인물은 아버지역을 담당하는 경우가 많은데, 그는 아들이 어떻게 되어갈 것인가를 보고 싶어하는 동기를 갖고 있다. 『각인각색』의 극적 전개는 늙은 노웰에 의해서 이러한 방식으로 진행된다. 『연금술사』[149)의 무대가 되고 있는 집의 주인 러브위트의 실종과 귀환도, 그 성격 묘사는 다르다 할지라도 똑같은 극적 기능을 갖고 있다.

셰익스피어 극 가운데서 가장 뚜렷한 예는 『이척보척』(以尺報尺)에 등장하는 공작이지만, 셰익스피어는 얼핏 보아서는 간파할 수 없을 정도로 교묘하게 그 형(型)에 집착하고 있다. 셰익스피어 극 속에서 바이스가 극의 진행에 중요한 비중의 역할을 차지하는 경우는 드물다. 퍼크와 에이리얼은 둘 다 노인(우리가 만일 『한여름밤의 꿈』에 나오는 정령 오베론을 잠시 인간으로 칭한다면)의 명령을 받고 행동한다. 『폭풍우』에서 셰익스피어는 아리스토파네스가 확립해놓은 희극적인 극적 전개의 방법으로 되돌아가고 있다. 이 극에서 노인은 극적 행동으로부터 물러나서 방관하는 것이 아니라 무대 위에서 행동하고 있다.

셰익스피어에서 여주인공이 바이스의 역할을 하는 경우, 그녀가 종종 자신의 아버지와 결부되어 있다는 것은 의미 있는 일이다. 이것은 가령 헬레나의 아버지처럼 딸에게 그의 의술(醫術)을 전수해주면서, 또 포샤[150)의 아버지처럼 궤 속에 여러 장치를 해주면서도 극에는 실제로 아버지의 모습이 나타나지 않는 경우라 할지라도 그렇다. 이와 똑같은 프로스페로형(型)으로서 더욱 관습적으로 취급되고 있는 최근의 예가

---

149) 벤 존슨(Ben Jonson)의 희극(1610). 역병이 무서워 주인 러브위트가 런던의 집을 비운 사이 하인이 이 집을 연금술로써 사람들을 녹이는 장소로 사용하나 주인이 돌아와 사필귀정이 된다는 줄거리이다.

150) 셰익스피어의 『끝이 좋으면 다 좋다』와 『베니스의 상인』에 나오는 여주인공들이다.

『칵테일 파티』의 정신분석자이다. 그리고 『그 부인의 화형은 도리에 맞지 않다』[151]의 여주인공의 부친인 신비한 힘을 갖고 있는 연금술사를 방증으로 내놓아도 좋다.

이 공식은 희극에만 국한되는 것은 아니다. 폴로니우스는 문학교육의 결점을 모두 보여주는 등장인물로서 무대에서 세 번 모습을 감추면서 아버지로서의 에이론역을 해내지만 마지막 한 번은 공연한 행위이다. 『햄릿』과 『리어 왕』은 틀에 박힌 희극적인 주제를 아이러니로 손질한 것 같은 부차적인 플롯을 갖고 있는데, 『리어 왕』에서 글로스터의 이야기는 영리하고 절조 없는 아들에게 사기당하는 잘 속아넘어가는 노인에 대한 판에 박은 희극이다.

다음은 어릿광대형으로 옮겨가보자. 그의 역할은 플롯에 도움을 주는 것보다 오히려 축제기분을 북돋우는 일이다. 르네상스 희극은 로마 희극과 달라서 각양각색의 인물들, 가령 직업적인 광대, 익살꾼, 시동(侍童), 가수 그리고 웃음을 자아내는 엉터리 말이나 외국 사투리같이 판에 박은 희극적인 말버릇을 가지고 있는 부수적인 등장인물과 같은 각양각색의 인물들을 가지고 있다.

이 부수적인 성질을 가지는 어릿광대 가운데 가장 오래 된 것이 식객이다. 이 인물은 『볼포네』에서 존슨이 모스카에게 바이스의 역할을 주고 있는 것처럼, 무엇인가 자기가 맡고 있는 직분이 있는 것 같지만 실은 식객의 신분에 걸맞게 자신의 식욕을 화제로 해서 관객을 즐겁게 하는 것 외에는 아무것도 하지 않는다. 이 인물은 주로 그리스 중기 희극에서 유래된 것으로 추정되는데, 그리스 중기 희극에서는 음식물이 넉넉하게 나온 것 같고, 이 인물이 또 한 타입의 익살광대인 요리사와 밀접한 관계를 맺고 있었던 것이 당연한 것 같다.

요리사는 희극이 진행되는 가운데 불쑥 침입해 들어와서 마구 떠들어대고, 큰 소리로 명령을 하고, 요리의 요령에 대해서 장광설을 늘어

---

151) 영국의 극작가 프라이(Christopher Fry, 1907~)의 시극(1948).

놓는 관습적인 인물이다. 어릿광대와 연예인형의 인물이 요리사의 역할로 등장할 때는 단순히 식객처럼 까닭없는 부수물로서가 아니라, 비록 주인공은 아니지만 연극의 진행에서 주인 같은 역할, 희극적 분위기를 조성해주는 중심적인 인물로서 등장한다. 『실수연발』에 요리사에 대한 훌륭한 묘사는 있지만, 셰익스피어에서는 요리사가 나오지 않는다.

그러나 그 비슷한 역할이 이따금 『윈저의 유쾌한 아낙네들』의 '미친 주인' 역이나 또는 『구두직공의 휴일』[152]의 사이먼 에어 같은 유쾌하고 떠들썩한 주인에게 주어진다. 미들턴의 『노인을 살살 낚아채는 계교』[153]에서는 미친 주인 역할의 인물이 바이스와 결부되어 있다. 폴스태프와 토비 벨치경[154]에게서 우리는 익살광대나 연예인형의 인물이 식객뿐만 아니라 잔치의 분위기를 주도하는 인물과 유사한 면을 가지고 있음을 볼 수 있다. 만일 우리가 이 연예인 또는 주인 역할의 형을 자세히 검토해보면 이 역할이 아리스토파네스의 희극에서는 합창대에 의해서 대신되고 있고, 또 한편 이것이 희극의 어원이 되었다고 말해지는 코모스(komos), 즉 향연으로 거슬러 올라가고 있음을 곧바로 인식할 것이다.

마지막으로 우리가 아그로이코스라는 말을 붙인 네번째 무리가 있다. 이 말은 전후관계에 따라서 보통 '무뢰한'이라든가, '촌뜨기' 같은 의미를 가지고 있다. 이 타입을 확장시키면 엘리자베스 시대의 숙맥, 이른바 보드빌에 등장하는 '희극 배우의 보조역', 자신의 편집적인 성벽 때문에, 말하자면 다른 사람들과 어울리지 못하는 근엄하고 융통성 없는 인물들이 포함될 수 있다. 우리는 인색하고, 속물근성에 젖어 있으

---

152) 영국의 극작가 데커(Thomas Dekker, 1572~1632)의 희극(1600).

153) 영국의 극작가 미들턴(Thomas Middleton, 1570?~1627)의 희극(1608). 방탕한 자가 두 사람의 대금업자를 농락하는 이야기이다.

154) 셰익스피어의 『십이야』에 나오는, 술 마시고 흥청대는 기사(騎士).

며, 꽤 까다로운 인물들 속에서 아그로이코스를 찾아낼 수 있다. 이 인물들의 역할은 축제를 거부하기도 하고, 즐거운 분위기의 흥을 깨고자 하기도 하고 또는 멜볼리오처럼 술과 음식을 대접하는 대신에 자물쇠를 채워버리기도 한다.

『좋으실 대로』의 우울한 자크는 마지막 축하연에서 등을 돌리고 나가버리는데, 그도 이 타입과 밀접한 관계가 있다. 『끝이 좋으면 다 좋다』의 성미 까다롭고 제멋대로인 베르트람에서 이 유형과 주인공의 아주 보기 드문 교묘한 결합이 발견된다. 그러나 '무례한 인물'은 알라존 타입에 속하는 경우가 많다. 샤일록을 포함해서 모든 희극에 등장하는 인색한 노인은 '무례한 인물'에 속한다. 『폭풍우』에서 캘리번의 무례한 인물과의 관계는 에이리얼의 바이스나 재주꾼인 몸종과의 관계와 똑같다.

그러나 때때로 극적 분위기가 경쾌할 때는 아그로이코스를 그냥 단순히 '촌뜨기'로 해석해도 좋다. 극에 도시적인 설정이 있을 때 한바탕 여흥을 마련해주는 수많은 시골 유지들이나 이와 비슷한 유형의 사람들을 두고 그렇게 말할 수 있다. 이 유형의 사람들은 축제 분위기를 거부하는 일은 없지만, 이러한 분위기가 가지는 범위의 한도를 명확히 한다. 목가적인 희극의 경우 이상화된 전원생활의 미덕이 『좋으실 대로』의 코린처럼 목가적인 이상을 대변하는 단순한 사람에 의해서 표상될 수 있다. 코린은 보다 고상한 희극에 나오는 '순박한 시골뜨기'와 똑같은 아그로이코스의 역할을 담당하고 있으나, 그 역할에 대해서 취하는 도덕적인 자세는 정반대이다. 여기서 또다시 우리는 극의 구조는 영원불변하지만 도덕적인 자세는 문학에서 가변적인 요소라는 원리를 깨닫게 된다.

상당히 아이러니적인 희극에서는 다른 타입의 등장인물이 축하잔치의 거부자 역할을 하는 일도 있다. 희극이 아이러니적이 되면 될수록 사회도 그만큼 더 부조리한 것이 된다. 그리고 부조리한 사회는 이른바 직언인사풍의 등장인물, 관객의 공감을 얻는 윤리규범의 대변자에 의해서 비난당하기도 하고, 적어도 이들과 대비되기도 한다. 위철리의 맨리[155]는 이런 유형의 인물에 이름이 주어져 있지만, 특별히 좋은 예는 아니다.

이보다 더욱 좋은 예는 『타르튀프』의 클레앙트로서, 이러한 인물은 관객들이 사회규범에 대한 자신들의 견해에 혼란을 조장할 만큼 극의 분위기가 아이러니로 넘쳐 있을 경우 알맞은 인물이다. 그는 거의 비극의 코러스에 해당되며, 코러스의 존재 이유도 이것과 비슷하다. 극의 분위기가 아이러니를 띤 것으로부터 신랄한 것으로 짙어져갈 때 이른바 직언인사는 불평쟁이[156]나 험구쟁이가 된다. 그는 자기가 처해 있는 사회보다는(마치 마스턴의 같은 제목의 극의 등장인물이 어느 정도 그러하듯이) 도덕적으로 우월하지만, 테르시테스[157]나 어느 정도는 아페만투스[158]처럼 지나친 시기 때문에 자신의 사회에 또 하나의 악을 유발시킬 수도 있는 인물이다.

비극에서는 연민과 공포, 즉 도덕적으로 끌어당기는 힘과 되쫓아버리는 감정이 환기되어서 내버려진다. 희극은 비극 이상으로 사회적인 판단을, 아니 심지어 도덕적인 판단을 기능적으로 사용하는 것처럼 보인다. 그러나 희극은 비극의 그것과 대응하는 감정, 즉 공감과 조소를 환기시켜서 내버리는 것 같다. 희극은 가장 야만적인 아이러니에서부터 가장 몽상적인 욕구 충족의 로맨스에 이르기까지 그 영역이 넓다.

---

155) 영국의 극작가 위철리(William Wycherley, 1640~1716)의 희극 『직언거사』(1677)의 주인공. 솔직한 사나이로서 인간을 싫어하는 해군 장교이다. 그는 애인과 한 사람의 친구만을 신임하지만, 그들로부터 배신당한다.

156) 영국의 극작가 마스턴(John Marston, 1575?~1634)의 희극(1604)의 제목을 딴 말이다.

157) 셰익스피어의 『트로일루스와 크리세이데』에 나오는 그리스 무장. 원래 호메로스의 『일리아드』에 나오는 트로이 진영의 악한 장교로 그는 아마존 여왕의 죽음을 애도하는 아킬레우스를 비웃어 죽임을 당한다. 셰익스피어에서는 입이 거친 자로, 욕설과 험담, 조소, 비난을 즐겨하는 자로 그려져 있다.

158) 셰익스피어의 『아테네의 타이몬』에 등장하는 견유주의 철학자.

그러나 구조적인 패턴과 성격묘사는 이 영역을 통해서 전적으로 동일하다. 태도에 다양성은 있어도 희극의 구조는 똑같다는 이 원리는 아리스토파네스의 경우에 뚜렷하다.

아리스토파네스는 가장 주관적인 작가로, 주제마다 그의 의견이 극 전체를 통해서 뚜렷이 나타나고 있다. 우리는 그가 스파르타와의 평화를 바랄 뿐 아니라 클레온을 증오하고 있음을 알고 있다. 그러므로 평화가 실현되고 클레온이 패배하게 되는 것이 그의 희극에서 묘사될 때 우리는 그가 이 사실을 당연한 것으로 받아들이고 있음을, 또한 관객도 그렇게 받아들이기를 바라고 있음을 알게 된다. 그러나 『여성의 의회』에서는 한 무리의 변장한 여자들이 플라톤의 공화국의 무서운 패러디인 의회를 통해서 공산주의적인 법안을 재빨리 체결하고, 어느 정도 놀랄 만한 개선이 가미된 성적(性的)인 공산주의를 시행하는 데까지 이르고 있다.

아마도 아리스토파네스는 이런 것을 전혀 찬성하지 않았겠지만, 이 희극은 똑같은 패턴, 똑같은 해결을 따르고 있다. 『새들』에서 제우스에게 도전하고, '구름 속의 뻐꾸기 나라'를 만들어서 올림포스를 봉쇄하고 있는 페이스테타이로스는 『평화』에 나오는 트리가이오스와 똑같은 승리를 얻는다. 트리가이오스는 천국으로 날아가 아테네에 황금시대를 다시 가져온다.

그러면 이제 아이러니와 로맨스의 양극 사이에 있는 희극 구조의 다양성에 대해서 생각해보자. 희극은 한쪽 극에서는 아이러니와 풍자에 뒤섞여 있고, 다른 한쪽 극에서는 로맨스에 뒤섞여 있으므로, 만일 희극의 구조에 다른 양상이나 타입이 있다면 그 중의 일부는 아이러니와 로맨스 타입의 일부와 밀접한 관계가 있을 것이다. 이 점에서 우리의 논의에는 가까워지기 어려운 대칭성이 나타나는데, 이것은 음악에서 말하는 오도권(五度圈)에 해당하는 문학적인 현상인 것처럼 보인다.

각각의 뮈토스에는 여섯 개의 양상이 있고, 이 가운데 세 개는 인접 뮈토스의 각 양상과 병행관계를 이룬다. 희극에서의 첫번째 세 개의 양상은 아이러니와 풍자의 첫번째 세 개의 양상과 병행하며, 두번째 세 개의 양상은 로맨스의 두번째 세 개의 양상과 병행한다. 아이러니적인 희극과 희극적인 풍자, 로맨스적인 희극과 희극적인 로맨스 사이의 구별은 귀찮은 일이지만, 그렇다고 차이가 전혀 없는 것을 무리하게 구별짓는 것은 아니다.

희극에서 첫번째 양상, 즉 가장 아이러니적인 양상은 자연적으로 편집증상에 빠져 있는 사회가 승리를 얻는다든가, 그렇지 않으면 그 사회가 패배당하지 않고 남아 있는 상태이다. 이 타입의 희극의 좋은 예는 『연금술사』로서, 이 극에서 되돌아온 에이론인 러브위트가 악한과 한패거리가 되고, 직언인사 같은 서리는 조롱의 대상이 된다. 『거지의 오페라』[159]의 결말도 이와 비슷하게 역전된다. (극 중의) 작자는 주인공을 교수형에 처하는 것을 희극적인 결말이라고 생각하고 있으나, 맥히스의 도덕적인 지위가 어떠하든 간에 관객의 희극에 대한 규범의식은 집행유예를 요구하고 있다는 말을 지배인을 통해 듣게 된다.

희극의 이와 같은 양상은 르네상스의 비평가들이 말하는 **생활방식의 거울**(speculum consuetudinis), 즉 세상의 풍습을 나타내주고 있다. 더욱 통렬한 아이러니는 편집증상에 빠져 있는 사회가 『상심(傷心)의 집』[160]이나 체호프의 작품에서처럼 어떤 사회에 의해서 대신되지 않고 단순히 붕괴될 때 얻어지는 것이다.

아이러니적인 희극과 악마적인 세계는 그렇게 멀리 떨어져 있지 않음을 우리는 깨닫게 된다. 로마 희극에서 성난 늙은이의 노여움의 대상은 주로 꾀바른 노예이다. 이 노예는 주먹질을 당하는 벌, 매에 맞아 죽는 벌, 책형(磔刑)이나 머리를 타르에 처박히는 벌, 머리에 불을 뒤집어씌우는 벌 등, 생명을 부지하고 있는 노예에게 가해지는 또는 가해

---

159) 영국의 시인이자 극작가인 게이(John Gay, 1685~1732)의 풍자적 가극
     (1728). 도적인 맥히스와 장물아비의 딸 폴리의 사랑 이야기를 극화하였다.
160) 쇼(G.B. Shaw)의 극(1917). 문명의 위기를 그린 작품이다.

질 수 있는 온갖 종류의 벌에 대한 위협을 받고 있는 것이다.

플라우투스의 어떤 작품의 마지막 부분에서는 신나게 자신의 재주를 뻐기던 노예가 이제 매를 맞게 될 것이라는 사실이 알려지게 되며, 메난드로스의 한 단편에서는 노예가 결박당한 채 무대 위에서 횃불로 화형을 당하는 장면이 있다. 플라우투스와 테렌티우스의 관객들이라면 그들은 그리스도의 수난을 보면서도 줄곧 입을 크게 벌리고 떠들썩하게 웃을지도 모르겠다는 인상을 때때로 가지게 된다. 이러한 면을 노예 사회의 잔인성 탓으로 돌릴지 모르겠지만, 우리는 『미카도』에서도 펄펄 끓어오르는 기름과 생매장(이런 숨막히는 죽음)이 나타나고 있음을 기억하고 있다.

현대 연극 가운데에서 두 개의 생생한 희극을 든다면 『각테일 파티』와 『그 부인의 화형은 도리에 맞지 않다』가 되겠지만, 전자의 배경에는 책형대(磔刑台)가, 후자의 배경에는 화형기둥이 등장한다. 셰익스피어에서도 샤일록의 칼과 안젤로의 교수대가 등장하는데, 『이척보척』에서는 모든 남자 등장인물이 한두 번은 죽음의 위협을 당한다.

희극의 극적 전개는 비록 하찮은 것이라 할지라도 결코 해롭지 않은 어떤 것을 향해 늘 움직인다. 우리는 또 희극 작가들이 될 수 있는 한 주인공을 파멸적인 전락에 가깝도록 극적 전개를 애써 끌고 와서, 그 다음 될 수 있는 한 빨리 극적 전개를 역전시키는 것*을 빈번히 보게

---

* 아이러니 혹은 '리얼리즘'의 추진력은 경험세계 내에 머무르는 듯한 결말로 향하지만, 희극의 추진력은 그 경험세계로부터의 탈출로 향한다. 작자가 어느 쪽의 결말을 선택하는가는 이따금 한 문장 또는 두 문장에 의해서 정해진다. 이것은 단조의 음악이 그에 대응하는 장조로 옮겨서 끝날 수도 있고, 단조 그대로 끝날 수도 있는 것과 비슷하다. 『거지의 오페라』 이외에도, 디킨스(Dickens)의 『위대한 유산』과 샬로트 브론테(Charlotte Bronte)의 『빌레트』는 억지로 두 종류의 다른 결말을 맺는 일까지도 하고 있다. 한쪽은 관습적으로 맺은 희극적인 결말이나, 또 한쪽은 한층 함축성을 띠고 있는 결말인 것이다.

된다. 잔혹한 법률을 피하거나 깨뜨림으로써 구사일생이 되는 일이 흔하다. 『타르튀프』의 결말에서 왕의 개입은 의도적으로 멋대로 처리된 것 같다. 이 극 자체에서는 타르튀프의 승리를 방해하는 어떤 극적인 전개도 없다. 톰 존스는 마지막 권에서 살인, 근친상간, 부채, 사기 등의 죄로 힐문당하고, 친구들과 보호자들과 연인에게까지 버림을 당하는 정말 비참한 인물이 되나, 이 전부가 오해였다는 것으로 결말이 맺어진다.

어떠한 독자라도 죽음의 공포(그것도 때때로 소름끼치는 죽음)가 끝까지 중심인물을 압박하고 있다가, 거의 누구나 할 것 없이 악몽에서 깨어난 느낌이 들 정도로 순식간에 걷혀 없어지는 그런 많은 희극들을 생각할 수 있다.

때때로 구원을 가져오는 인물이 『페리클레스』의 디아나처럼 사실상 신(神)인 경우도 있다. 『타르튀프』에서는 왕이 그러하며, 그는 관객의 일부로서 또 관객의 뜻을 구현시키는 인물로서 여겨지고 있다. 극뿐만이 아니라 소설에서도 희극적인 이야기임에도 불구하고 결말 가까이 와서 비극적인 파국의 일보 직전까지 몰고가는 것처럼 보이는 작품들이 놀랄 만큼 많다.

이와 같은 특징을 필자는 '제의적인 죽음의 지점'이라고 부르겠다(이 어색한 표현보다 더 좋은 표현이 있다면 필자는 그것을 기꺼이 따를 수 있다). 이러한 특징은 그렇게 자주 비평가의 관심을 끌지는 못했지만, 이 특징이 나타나고 있는 작품 속에서는 마치 푸가의 스트레토—이 음악적 특징은 위의 문학적인 특징과 어느 정도 비슷하다—처럼 틀림없이 존재하고 있다.

스몰릿[161]의 『험프리 클링커』(필자가 이 작품을 굳이 선택한 이유는 스몰릿이 의도적인 신화 작자는 아니고 적어도 그의 작품의 플롯에 관한 한, 그가 단지 관습을 답습한 작가라는 사실을 누구나가 다 인정하

---

161) Tobias Smollett(1721~71) : 영국의 소설가.

게 될 것이기 때문이다)에서는 주요한 등장인물들이 마차가 뒤집혀지는 사고로 익사 직전에 놓이게 되나, 그 사고 이후 근처의 집으로 옮겨져서 몸을 말리게 되고, 그런 후에 발견이 일어나는 것이다. 이런 와중에 그들의 가족관계가 다시 정리되어 출생의 비밀이 밝혀지고, 이름들이 바뀐다. 주인공이 감금되고, 여주인공은 병으로 죽음 직전에 이르나 종국에는 해피 엔드로 끝나는 이러한 종류의 소설에서는 거의 대부분 이와 비슷한 '제의적인 죽음의 지점'이 종종 눈에 띈다.

때때로 '제의적인 죽음의 지점'이 플롯의 한 요소로서가 아니라 단지 분위기의 변화에 불과한 것으로 그 흔적이 드러나는 일이 있다. 누구나 목격할 수 있겠지만 희극의 극적 전개에서, 아니 심지어 아주 하찮은 영화와 잡지 소설에서도 결말에 가까운 어떤 지점에 오게 되면 분위기가 갑작스럽게 심각하고 감상적이 되며, 또 파국의 가능성을 지닌 불길한 징조가 엿보이는 경우가 있다.

올더스 헉슬리의 『크롬 옐로』에서는 주인공 데니스가 거의 자살을 기도할 가능성마저 암시하는 심한 자기 혐오에 빠져 있는 상태를 그린 지점까지 온다. 즉 헉슬리의 대부분의 후기 작품에서는 무엇인가 난폭한, 대체로 자살을 암시하는 것 같은 행동이 자기 혐오로 이르게 하는 지점에서 일어난다. 『댈러웨이 부인』에서는 여주인공이 주최하는 파티가 한창 무르익어갈 때 셉티머스가 자살을 하는데, 이 실제의 자살은 여주인공을 대신하는 '제의적인 죽음의 지점'이 되는 것이다.

셰익스피어의 작품에는 이러한 수법을 변화시킨 몇 가지 흥미 있는 변주가 있다. 가령 거의 결말에 도달할 무렵에 어릿광대가 대사를 읊조리는데, 이 대사 중에 그 익살꾼의 가면이 돌연히 벗겨지면서, 우리는 매를 맞고 조롱당한 노예의 모습과 직접 마주치게 된다. 그 예들을 들자면, 『실수연발』에서 에페소스의 드로미오의 "나는 진짜 당나귀(=바보)이다"[162]라는 말로 시작되는 대사나 『끝이 좋으면 다 좋

---

162) 4막 4장 28행.

다』에서 어릿광대의 "나는 숲의 인간이다"[163]라는 말로 시작되는 대사 등이다.

희극의 두번째 양상은 가장 간결한 형식으로는 주인공이 편집증에 빠져 있는 사회를 변형시키지 않고 기존의 사회구조를 있는 그대로 두고, 거기에서부터 도피하기도 하고 탈출하기도 하는 희극이다. 이 양상에서 보다 더 복잡한 아이러니는 한 사회가 주인공에 의해서 구성되거나 또는 주인공 주위에서 구성되기도 하지만, 그 사회가 자립할 수 있을 만큼 충분히 강력하지도, 현실적이지도 않을 때 생긴다. 이러한 상황에서의 주인공은 보통 적어도 부분적으로는 편집광 또는 그렇지 않으면 현실의 도피자로, 우리는 주인공의 환상이 그보다 우수한 현실에 의해서 좌절되어버린다든가, 그렇지 않으면 두 환상이 서로 충돌되어버린다든가 하는 것을 목격하게 된다.

이것은 희극의 돈 키호테적인 양상, 극에서는 곤란한 양상(입센의 『들오리』는 꽤 순수한 예이지만)이며, 극에서는 보통 또 다른 양상의 하나의 종속적인 주제로서 나타난다. 이리하여 『연금술사』에서 에피큐어 마몬경이 화금석(火金石)으로 한탕하려는 꿈은 돈 키호테의 경우와 똑같이 거대한 꿈이며, 이 꿈은 돈 키호테가 아마디스[164]와 랜슬롯[165]의 아이러니적인 패러디가 되는 것과 똑같이, 그를 파우스트의 아이러니적인 패러디로 되게 한다(실제로 파우스트는 이 극에서 언급되고 있

---

163) 4막 5장 48행.

164) 『아마디스 드 골』(*Amadís de Gaula*)이라는 프랑스 기원의 중세 스페인 기사 무용담(1508)에 등장하는 주인공이다. 잘생기고 용감한 기사로서, 아서 왕의 전설에 등장하는 기사들보다 훨씬 이상화되어 있다. 그의 행적을 다룬 이야기가 유럽 궁정사회에 널리 퍼져 있는데, 특히 프랑스에서는 기사의 예의 범절의 교과서가 되기도 했다.

165) 아서 왕의 전설에 등장하는 훌륭한 기사 중의 한 사람이다. 아서 왕의 아내에 대한 사랑과 왕에 대한 충성 사이의 갈등을 다룬 맬러리(Marlory)의 『아서 왕의 죽음』(1469~70)의 주인공으로 등장하기도 하였다.

다). 분위기가 더욱 경쾌하게 될 때, 희극적인 결말은 돈 키호테식의 환상을 일소할 만큼 충분한 힘을 가질 수도 있다.

『허클베리 핀』의 주제는 희극에서 가장 오래 된 주제 가운데 하나인 노예의 해방이며, 인지에 의해서 우리는 톰 소여의 현학적인 취미 때문에 짐의 도망이 실패하기 전에 짐이 이미 자유의 몸이 되었다는 사실을 알게 된다. 이 양상은 양쪽을 다 노린 아이러니에 둘도 없는 기회를 주고 있기 때문에 헨리 제임스는 이 양상을 특히 좋아한다. 아마도 그가 이 양상을 가장 철저하게 구명한 예는 『성스러운 샘』[166]일 텐데, 이 작품에서 주인공은 프로스페로형 인물의 아이러니적인 패러디이며, 목전에 있는 사회로부터 또 하나의 사회를 창조하려고 한다.

희극의 세번째 양상은 우리가 이미 논의해왔던 통상적인 양상으로서, 이 양상에서는 성난 노인이나 기타 편집광이 젊은 사람의 요구에 굴복하고 있다. 희극적인 규범에 대한 의식은 매우 강력하므로, 셰익스피어조차도 『끝이 좋으면 다 좋다』에서 실험적으로 이 패턴을 뒤집어엎으려는 듯이 두 노인이 베르트람을 헬레나와 억지로 결혼시키려고 하고 있으나, 그 결과 이 극은 무엇인가 악의 있는 것을 암시하는 듯한 인기 없는 '문제' 극이 되어버렸다.

우리가 보아온 것처럼 희극의 인지는 새로운 사회의 여러 가지 지엽적인 사소한 관계를 바르게 하는데, 말하자면 신부와 누이, 친부모와 양부모를 구별하는 일과 크게 관련되어 있다. 아들과 아버지가 자주 갈등관계에 있다는 사실은 그들이 똑같은 여자를 둘러싸고 빈번히 맞수가 되고 있다는 것을 뜻하며, 그리하여 이따금 주인공의 신부와 어머니가 심리적으로 연결되어 있음이 표현되기도 하고 암시되기도 한다.

왕정복고시대처럼 때때로 희극이 '외설적인 것'으로 떨어지는 것은 불의의 간통뿐만 아니라, 주인공이 연인으로서 자신의 아버지를 대신

---

166) 헨리 제임스(Henry James)의 소설(1901년경). 흡혈귀에 대한 주제를 패러디한 작품이다.

하고 있는 일종의 희극적인 오이디푸스적 상황과도 관계가 있는 것이다. 콩그리브의 『사랑에는 사랑을』에서는 두 개의 오이디푸스적인 주제가 대위법적으로 짜여 있다. 주인공은 아버지를 속여 여주인공을 그에게서 빼앗고, 그의 가장 친한 친구는 여주인공의 보호자인 성불구 노인의 아내를 범한다. 주인공이 여자들의 방에 들어가기 위해서 성불구를 가장하는, 실제 생활에서는 유아퇴행(幼兒退行)의 한 형식으로 인식될 수 있는 주제가 위철리의 『시골 아내』에서 사용되고 있다. 이 작품의 주제는 테렌티우스의 『환관』(宦官)에서 얻어온 것이다.

근친상간이 될지도 모를 여러 가지 형식의 가능성이 희극의 소주제의 하나를 이룬다. 피가로에게 결혼을 하겠다고 나선 치사한 연상의 여인이 마침내 그의 어머니로 밝혀지며, 『톰 존스』에서도 역시 혹시나 어머니를 범하게 되지나 않을까 하는 두려움이 우리 뇌리를 스쳐지나가기도 한다. 입센이 『유령』과 『작은 에욜프』에서, 주인공이 사랑하는 상대가 누이(메난드로스까지 거슬러 올라가는 오랜 주제이지만)라는 진부한 줄거리를 사용할 때 이 극을 본 관객들은 이것을 사회적인 혁명의 한 조짐으로 받아들였다.

셰익스피어에서는 이미 시사한 것처럼 수없이 반복되는, 또한 무언가 모르게 신비스러운 아버지와 딸의 관계가 『페리클레스』의 처음 부분에서 근친상간적인 형식을 취하고 나타난다. 이 작품에서 그 관계는 결말에서 주인공이 자신의 아내와 딸과 결합하는 악마적인 대립개념을 이루고 있다. 희극을 주재하는 수호신은 에로스(Eros)이며, 에로스는 자신을 사회의 도덕적인 사실에 적응시키지 않으면 아니 된다. 오이디푸스와 근친상간의 주제는 애욕의 굴레가 그 순수한 신화적인 기원의 측면으로 볼 때 지금 이야기한 이상의 큰 폭을 차지하고 있음을 시사하고 있다.

따라서 사랑과 미움이라는 서로 상반되는 감정이 당연히 일어나며, 이 감정은 희극의 역사를 통해 일관되게 흐르고 있는 특징, 말하자면 등장인물이 이중적인 역할을 하게 되는 묘한 특징의 주된 이유를 명백하게 설명해주고 있다. 로마 희극에서는 두 젊은 남자가 등장하는 일이 많고, 또 흔히 이에 어울리게 두 젊은 여성이 등장한다. 이 두 여성 중에 한 사람은 때때로 젊은 남자 중의 한 사람과는 같은 본을 가진 친척관계가 되고, 다른 한 사람과는 외척관계가 된다.

노인역을 두 사람씩 등장시킨 결과 『겨울 이야기』에서처럼 때때로 주인공과 여주인공 양쪽이 모두 잔소리가 심한 아버지를 가지게 되기도 하며, 때로는 테렌티우스의 『형제』와 몰리에르의 『타르튀프』 등에서처럼 잔소리 심한 아버지와 자상한 아저씨를 동시에 가지게 되는 경우도 있다. 희극의 극적 전개는 성서의 경우와 똑같이 법률로부터의 자유를 향해 움직인다. 법률에는 의식적인 속박의 요소와 습관이나 관습의 요소가 있는데, 전자는 폐기되는 것이지만 후자는 성취되는 것이다. 노인의 구제할 길 없는 비관용적인 태도는 전자를 대표하고, 희극적인 관습이 진행함에 따라 그가 그런 태도에서 벗어나서 타협적인 태도를 취하게 되는 것이 후자를 대표한다.

희극의 네번째 양상과 더불어 우리는 경험의 세계에서 순진무구와 그리고 로맨스의 이상적인 세계로 옮겨가기 시작한다. 희극의 결말에 확립된 보다 행복한 사회는 보통 편집증적인 열병의 의식적인 속박과는 대조적인 것으로, 정의되지 않은 채로 그대로 남게 된다는 점을 이미 언급한 바 있다. 그러나 희극이 그 극적인 전개를 두 개의 서로 다른 측면에서 제시해줄 수는 있다. 그 두 개의 측면 가운데 하나는 바람직한 것이고, 따라서 어느 정도 이상화되는 것이다.

플라톤의 『국가』의 서두에는 알라존인 트라시마쿠스와 아이러니에 찬 소크라테스 사이의 날카로운 논쟁이 실려 있다. 플라톤의 다른 대화들과 마찬가지로 이 대화 역시 플라톤이 시사하고 있는 사회와 유머에 대한 소극적인 승리로만 끝난다면 별다른 상관이 없었을 그런 대화이다. 그러나 『국가』에서는 트라시마쿠스를 포함해서 전체가 소크라테스를 따라서, 말하자면 소크라테스의 머릿속까지 따라들어가서 거기서 정의로운 국가의 모형에 대한 생각을 짜내고 있다.

아리스토파네스에서 희극의 극적인 전개는 때때로 아이러니에 찬 것이지만, 그의 『아카르나이 사람들』에서 우리는 디카이폴리스(Dicaepolis, 올바른 시 또는 시민)라는 매우 뜻 깊은 이름을 가진 주인공이 스파르타와 개인적인 화평을 맺고, 그의 가족과 함께 디오니소스의 평화스러운 축제를 축하하고, 무대 위에 알맞는 사회질서의 모형을 만들어내는 희극을 보게 된다. 그런데 이 극을 통해서 줄곧 괴짜들, 벽창호들, 사기꾼들, 악한들 등이 모두 매를 맞고 그곳에서 추방되는 모습을 보게 되는데, 가장 전형적인 희극의 극적 전개 가운데 한 형식이 적어도 이처럼 가장 오래 된 희극 속에 뚜렷하게 묘사되고 있다.

셰익스피어 타입의 로맨스 희극은 필에 의해서 확립되고 그린과 릴리[167]에 의해서 발전된 전통을 따르고 있는데, 이 전통은 중세의 4계절의 제의극의 전통과 유사성을 가지고 있다. 우리는 그 플롯이 삶과 사랑이 황무지를 이긴다는 제의적인 주제에 동화되어 있기 때문에 로맨스 희극을 푸른 세계의 극이라고 부를 수 있다.

『베로나의 두 신사』에서 주인공 발렌타인은 숲속의 무법자들의 두목이 되며, 다른 모든 등장인물들이 이 숲속에 모여들어 개심된다. 이리하여 희극의 극적 전개는 정상적인 것으로 묘사되는 세계에서 시작되어 푸른 세계로 옮겨가게 되며, 이곳에서 변신이 일어나면서 희극적인 해결이 성취되고, 또다시 정상적인 세계로 되돌아온다. 이 극에 나오는 숲은 『한여름밤의 꿈』의 요정의 세계, 『좋으실 대로』의 아덴의 숲, 『윈저의 유쾌한 아낙네들』의 윈저의 숲, 그리고 『겨울 이야기』에서 해안이 있는 신화적인 보헤미아의 목가적 세계가 싹트고 있는 모습인 것이다.[168]

---

167) 필(George Peele, 1558?~97), 그린(Robert Greene, 1560?~92), 릴리(John Lyly, 1554?~1606)는 영국 엘리자베스 시대의 극작가로 모두 희극에 뛰어나다.

168) 보헤미아에는 해안이 없으며, 셰익스피어에 의해 완전히 신화적으로 설정되어 있기 때문이다.

이 모든 희극에서는 정상적인 세계에서 푸른 세계로 옮겨가고 다시 거기서부터 정상적인 세계로 되돌아오는 율동적인 세계가 똑같이 되풀이되고 있다. 『베니스의 상인』에서 이 두번째 세계는 벨몬트에 있는 제5막의 포샤의 신비스러운 집의 형식을 취하고 있으며, 이곳에서는 마법의 궤가 등장하고 경이스러운 우주의 조화가 그 모습을 나타내고 있다. 그러나 우리는 역시 이 두번째 세계가 『끝이 좋으면 다 좋다』와 『이척보척』 같은 보다 더 아이러니를 띤 희극들에서는 빠져 있음을 알고 있다.

푸른 세계는 여름이 겨울을 이겨낸다는 상징성을 희극 속에 도입시킨다. 이것은 『사랑의 헛수고』에서 분명히 드러나고 있는데, 이 작품의 결말에 와서 희극적인 갈등은 겨울과 봄의 싸움이라는 중세의 제의극의 형식을 취하고 있다. 『윈저의 유쾌한 아낙네들』에는 '죽음의 신의 행차' 로서 민속학자들에게 알려져 있는 겨울의 패배라는 의식이 세련되게 표현되어 있다. 이 겨울, 즉 죽음의 신의 행차의 희생물이 폴스태프이다. 폴스태프는 물 속에 내던져진 후 마녀의 의상이 입혀지고, 저주와 더불어 집 밖으로 내쫓기고, 나중에는 짐승의 머리로 뒤집어씌워지고, 초의 불꽃으로 그을리는 등, 풍요의 요정이 마땅히 요구할 수 있는 것은 거의 모두 겪었다는 느낌을 그 스스로 가졌음에 틀림없다.

제의와 신화에서, 재생을 가져오는 대지는 보통 여성의 모습을 하고 있다. 그리고 로맨스적인 희극의 등장인물의 죽음과 소생, 실종과 퇴장은 보통 여주인공과 관련을 갖고 있다. 이따금 여주인공이 소년으로 변장해 희극적인 해결을 가져온다는 사실은 누구에게나 잘 알려져 있다.

『헛소동』의 히어로, 『끝이 좋으면 다 좋다』의 헬레나, 『페리클레스』의 타이사, 『심벨린』의 피딜리, 『겨울 이야기』의 하마이오니를 어떻게 취급하고 있는지를 잘 살펴보면, 극이 진행되면 될수록 사실같이 그럴 듯하게 보이는 것에는 점점 관심이 덜하게 되고, 그 결과 프로세르

피나형의 인물이 가지는 신화적인 윤곽이 점점 더 뚜렷하게 되는 그런 구상이 반복적으로 사용되고 있음을 볼 수 있다. 바로 이와 같은 것들이 여주인공에 대한 의식적(儀式的)인 박해라는 희극적인 주제에 대한 셰익스피어적인 예들이다.

이 주제는 메난드로스부터 현대의 텔레비전 연속 멜로드라마에 이르기까지 광범위하게 미치고 있다. 메난드로스 극에는 여주인공이 당하는 특별한 치욕을 가리키는 여성분사가 제목으로 되어 있는 것이 많으며,[169] 텔레비전 연속 멜로드라마의 기초적인 공식은 "여주인공을 위험한 처지에 몰아 그곳에서 빠져나오지 못하게 하라"*는 것이라고 말해지고 있다. 이런 주제의 취급에는 『머리카락의 강탈』[170]처럼 경쾌하고 교묘한 것도 있을 수 있고, 『파멜라』처럼 완고하리만큼 끈덕진 것도 있을 수 있다. 그러나 재생의 주제는 문맥상 언제나 여성에만 한정되는 것은 아니다. 왜냐하면 아리스토파네스의 『기사』(騎士)에 등장하는 노인의 회춘이라든가, 성불구자인 왕의 회춘이라는 민담적인 모티프에 근거하고 있는 『끝이 좋으면 다 좋다』에서 나타나는 비슷한 주제 등이 쉽사리 머리에 떠오르기 때문이다.

푸른 세계는 제의의 풍요로운 세계뿐만 아니라, 우리가 우리 자신의 욕망에서 창조해내는 꿈의 세계와도 유사성을 가지고 있다. 이 꿈의 세계는 잘못된 행동과 어리석은 행동으로 가득 차 있는 경험의 세계, 즉 우둔한 혼인법을 강요하는 테세우스의 아테네의 세계, 프레더릭 공작과 그의 음침한 폭정의 세계, 리온티즈와 그의 광기어린 질투의 세계, 계책과 음모에 차 있는 궁정인들의 세계 등과 정면으로 충돌하지만, 이 세계에 바람직한 형식을 부과할 만큼 충분히 강하다. 그러므로 셰익스

---

169) 그 제목의 하나가 『털을 깎인 여자』(*Perikeiromene*)이다.

 * 어디서 이것을 읽었는지는 잊어버렸지만, 출전을 제시하지 않아도 독자는 허용해주리라 본다.

170) 영국 사교계에서 일어난 불화를 풍자한 포프(Alexander Pope)의 의사(擬似) 영웅시(1714).

피어의 희극은 다른 어떠한 **뮈토스**와 마찬가지로 '현실'로부터의 도피가 아니라, 인간 생활이 모방하려고 시도하는 진정한 세계로서의 바람직한 세계를 눈앞에 떠오르게 함으로서, 문학의 원형적인 기능을 분명하게 설명해주는 것이다.

희극의 다섯번째 양상(이 가운데 몇 가지 주제에 대해서는 이미 우리가 예상해왔다)에서 우리는 더욱 로맨스적인 세계로 옮겨간다. 이 세계는 유토피아적이라기보다는 아르카디아(Arcadia)적인, 축제적이라기보다는 명상적인 분위기가 더 짙으며, 그리하여 여기에서 희극적인 해결은 플롯의 결과로서 나타나는 것보다는 관객의 시야의 변화에 더 의존하고 있다. 우리가 셰익스피어의 네번째 양상에 속하는 희극들을 다섯번째의 '로맨스들'과 비교해보면, 우리는 보다 더 심각한 극적인 전개가 후자에 알맞다는 것을 알게 된다.

이 로맨스들은 비극을 피하는 것이 아니라 비극을 포함하고 있다. 극적 전개는 '겨울 이야기'에서부터 봄으로 옮겨가고 있는 것처럼 보일 뿐만 아니라, 혼란에 차 있는 하계(下界)에서부터 질서 있는 상계(上界)로 옮겨가고 있는 것처럼 보인다. 『겨울 이야기』의 마지막 장면을 보게 되면 우리는 이 작품이 비극과 부재에서부터 행복과 귀환으로의 순환적인 움직임을 보여주고 있을 뿐만 아니라, 하나의 생명에서부터 또 하나의 생명으로의 육체적인 변신과 변모를 보여주고 있음을 알게 된다.

『페리클레스』나 『겨울 이야기』의 인지의 소재는 너무 판에 박은 것이므로 '케케묵은 이야기로서 조소당할' 수도 있다. 그러나 이 작품들은 무리하다는 느낌을 주면서도 동시에 거부할 수 없는 진실을 이야기하고 있는 것처럼 보이며, 현실을 짓밟아버리면서도 동시에 어린아이의 세계처럼 현실보다 늘 이치에 합당한 순진무구의 세계로 우리를 데리고 간다.

이 양상에서는 독자나 관객은 높은 위치에 서서 극적인 전개를 내려다보고 있는 느낌을 가지게 되는데, 크리스토퍼 슬라이[171]는 이러한 상황에 대한 아이러니에 찬 패러디이다. 『페리클레스』의 클레온과 디오니자의 음모, 『폭풍우』의 궁정인들의 음모 등을 우리는 일반적인 또는 전형적인 인간적 행동으로서 내려다본다. 극적 전개 또는 적어도 극적 전개의 비극적인 전후 사정은 마치 우리가 모든 차원을 즉시 바라볼 수 있는 극 중의 극인 것처럼 표현되어 있다. 요컨대 우리는 보다 차원 높은, 보다 질서 있는 세계에서 극적 전개를 바라볼 수 있다. 그리고 셰익스피어에서의 숲이 경험과 갈등을 일으키고 또 경험에 그 형식을 부과하는 꿈의 세계의 일반적 상징인 것처럼 보다 차원이 낮은 세계, 혼돈에 차 있는 세계의 일반적인 상징은 바다이며, 이 바다에서 등장인물 가운데 특히 중요한 역할을 하는 자가 구출된다.

'바다'의 희극들에 속하는 작품에는 『실수연발』 『십이야(十二夜)』 『페리클레스』 『폭풍우』 등이 포함된다. 『실수연발』은 플라우투스의 원작에 기초를 둔 작품이지만, 이미지는 플라우투스의 세계보다는 아풀레이우스의 세계에 훨씬 더 가깝다. 그리고 난파선과 이별에서부터 에페소스의 신전에서의 재회로 움직이는 주된 극적 전개는 훨씬 후기 작품에 속하는 『페리클레스』에서 반복되고 있다. 그리고 두번째의 세계가 두 개의 '문제' 희극에는 빠져 있는 것처럼, '바다'의 희극들 가운데 두 작품, 『십이야』와 『폭풍우』에서는 극적 전개의 전부가 두번째의 세계에서 일어나고 있다.

『이척보척』에서는 공작이 극적인 전개에서부터 모습을 감추고, 끝에 가서야 모습을 다시 나타낸다. 『폭풍우』는 똑같은 타입의 극적 전개를 속속들이 나타내고 있는 것 같은데, 등장인물 전부가 프로스페로를 따라서 그의 동굴까지 가며, 거기에서 새로운 사회 질서 가운데서 다시 새로운 모습으로 태어나게 된다.

---

171) 셰익스피어의 『말괄량이 길들이기』에 나오는 땜쟁이. 술에 취해 숲에서 잠들어 있는 사이에, 영국의 성으로 옮겨져 왕처럼 대우를 받으며 자신을 왕이라고 착각하기에 이른다.

희극의 이 다섯 가지 양상은 속죄된 사회의 삶의 일련의 다섯 단계로 볼 수 있다. 순전히 아이러니적인 희극은 이 사회가 유아기에 있으며, 그러므로 이 사회가 대치해야 할 사회에 의해서 포위되어 질식되는 상태를 보여준다. 돈 키호테류의 희극은 이 사회가 사춘기에 있으며, 그러므로 여전히 자신을 으스댈 만큼 세상살이에 밝지 못한 상태에 있음을 보여준다. 세번째 양상에서는 이 사회는 성숙과 승리에 이르고, 네번째 양상에서는 이 사회는 이미 성숙하여 안정을 얻게 된다. 다섯번째 양상에서는 이 사회가 처음부터 그곳에 존재해왔던 기성 질서의 일부, 즉 점차 종교적인 형식을 취하여, 인간 경험으로부터 완전히 유리된 채 떨어져나가 있는 것처럼 보이는 질서의 일부가 된다.

이런 점에서 순수한 희극(commedia), 단테의 『천국편』의 비전은 우리의 뮈토스들의 원환(圓環)을 이탈하여 그 위에 위치하는 묵시적인, 즉 추상적인 신화 세계로 옮아간다. 여기에 이르러 우리는 플라우투스의 희극 공식들 가운데 가장 미숙하고 어색한 것이 기독교의 중심적인 신화 자체와 아주 흡사한 구조를 가지고 있음을 인식하게 된다. 구조상 신의 아들이 아버지의 노여움을 진정시키고, 사회이면서도 동시에 신부(新婦)이기도 한 것을 구속(救贖)하고 있다는 점에서 그렇다.

여기에 이르러 역시 엄격한 의미에서의 희극은 마지막 여섯번째 양상, 즉 희극적인 사회의 붕괴와 해체로 돌입하게 된다. 이 양상에서는 희극의 사회적 단위는 작아지고 비교적(秘敎的)이 되며, 심지어 단 한 사람의 개인에게만 국한되는 일조차 있다. 아무도 모르는 호젓하고 쓸쓸한 곳, 달빛이 비치는 숲, 깊숙한 계곡, 행복에 찬 섬 등이 로맨스의 깊은 사색에 잠겨 있는(penseroso) 분위기, 마법과 불가사의한 것에 대한 사랑, 일상생활로부터 혼자 떨어져 사는 은둔적인 생활에 대한 감각 등이 그러한 것처럼, 점점 뚜렷하게 부각된다.

이런 종류의 희극에서 우리는 최종적으로 기지(機知)의 세계와 각성된 비평적인 지성의 세계에서 떠나 그 반대의 극인 탁선적인 엄숙한 세계로 향하게 된다. 이 엄숙한 세계는 만일 우리가 비판적인 태도를 떠나 이것에 그대로 몸을 맡긴다면 기분 좋은 전율을 가져오게 될 것이다. 이 세계가 바로 유령 이야기, 스릴러, 고딕 공포소설의 세계이며, 한층 세련된 단계에서는 위스망스의 『역로』(逆路)에서 묘사된 일종의 상상적인 은둔의 세계인 것이다. 데제셍트를 둘러싸고 있는 음울한 분위기는 비극과 아무런 관계가 없다. 데제셍트는 스스로 즐겁게 살려고 노력하는 호사가이다. 희극적인 사회는 유년기에서부터 죽음에 이르기까지의 전 코스를 달리며, 마지막 양상에서는 심리학적으로 모태로 되돌아가려는 희구와 밀접한 관련을 맺고 있는 신화가 적절할 것이다.

여름의 뮈토스 : 로맨스

로맨스는 모든 문학의 형식 중에서 욕구 충족의 꿈에 가장 가까운 것이며, 그렇기 때문에 그것은 사회적으로 기묘하게 역설적인 역할을 갖고 있다. 어느 시대이든 간에 사회적으로나 지적으로나 지배계급에 속한 자들은 그들의 이상을 어떤 로맨스의 형식으로 투영시키려는 경향을 갖는다. 이 로맨스의 세계에서는 덕 있는 주인공들과 아름다운 여주인공들은 그 이상을 표상하고 악인들은 이 주인공들과 여주인공들의 세력을 방해하는 위협을 표상한다. 이것이 중세의 기사 이야기, 르네상스의 귀족의 로맨스, 18세기 이래의 시민(bourgeois)의 로맨스, 그리고 현대 러시아의 혁명의 로맨스가 갖는 일반적인 성격이다.

그러나 역시 로맨스에는 그러한 여러 가지 구체적인 모습에도 결코 만족하지 않는 순전히 '프롤레타리아'적인 요소가 있으며, 사실 여러 가지 구체적인 모습을 띠고 로맨스가 나타나는 것 자체야말로 사회에 어떤 큰 변화가 일어난다 할지라도 변함없이 굶주림에 차 있는 상태에서 새로운 희망과 살찌고 있는 욕망을 찾는 모습으로 나타날 것이라는 사실을 보여준다. 로맨스에는 언제나 어린이다운 성격이 있으며, 이 성격은 이상하리만큼 집요한 노스탤지어, 시간적 또는 공간적으로 어떤 상상적인 황금시대를 추구하고자 하는 것이 특징이다. 필자가 알고 있는 한 영국에는 고딕문학이 있어 본 적이 결코 없으나, 고딕 부흥자들의 리스트에는『베어울프』작자에서부터 우리 시대의 작자에 이르기까지 모든 시대가 포함되어 있다.

로맨스에서 플롯의 본질적인 요소는 모험이다. 그러므로 로맨스는 자연히 연속적이고 과정적인 형식을 취한다. 따라서 우리는 드라마보다 소설에서 이 형식이 보다 더 뚜렷하게 자리잡고 있음을 안다. 가장 소박한 형식에서의 로맨스는 결코 성장하지도 않고 나이도 먹지 않는 중심인물이 작자 자신이 무너질 때까지 하나의 모험이 끝나면 다음 모험을 계속하는 끝이 없는 형식*을 취하는 것이다. 우리는 이 형식을 연속 희극만화에서 보게 되는데, 거기에서는 중심인물들이 몇 년간 동결된 불사(不死)의 상태 속에 남아 있다. 그러나 어떠한 책도 신문의 연속성에는 필적할 수 없다. 그리고 로맨스가 문학적인 형식을 취하면, 곧 그것은 일련의 소(小)모험들로 수렴되며, 이 소모험들은 보통 처음부터 예고되어 있는 대모험 또는 아슬아슬한 모험으로 이어지고, 이 모험의 완결과 함께 이야기가 마무리된다. 우리는 이 대모험—로맨스에 문학적인 형식을 부여하는 요소—을 편력이라고 부를 수 있다.

로맨스의 완벽한 형식은 분명히 편력을 성공적으로 끝마치게 되는

---

* 이 끝없는 형식은 문학상 여러 가지 많은 것을 나타내준다. 초서의「수도사의 이야기」처럼, 또 리드게이트와『군후(君候)의 거울』에서의 비교적 둔중한 후예처럼, 똑같은 공식에 기초를 둔 이야기의 연속이 그러하듯이, 또 샤라자드(Scheherezade)가 목숨을 걸고 이야기하는 천일야화(千一夜話)의 이야기가 그러하듯이 여러 가지 많은 모양을 나타내준다. 무라사키(Murasaki)의『겐지 이야기』에서 이상하게도 막연한 분위기 속에 끝나는 경우도 그러하다. 이 작품은 아주 논리적으로 끝나기는 하지만, 그렇다고 해서 작가가 이야기를 계속 끌어나간다 하더라도 논리적으로 거의 아무런 지장도 받지 않을 수 있는 작품인 것이다. 극에 나타난 이런 종류의 형식에 대해서는, 네 번째 에세이의 원주(p.548)를 볼 것. 플롯이 대칭적인 경우 결말을 발단과 일치시키는 발견의 원리가 플롯에 독특한 포물선의 꼴을 준다.

형식을 취하며, 이 완벽한 형식에는 세 개의 주요한 단계가 있다. 즉 위험한 여행과 준비단계의 소모험, 다음에 생명을 건 투쟁——보통 주인공이든 적이든 어느 한쪽이 혹은 양쪽이 죽지 않으면 안 되는 싸움——그리고 마지막으로 주인공의 개선이다. 우리는 이 세 단계를 그리스어를 사용해서* 아곤(agon) 즉 갈등, 파토스(pathos) 즉 필사의 투쟁, 그리고 아나그노리시스 즉 발견(영웅의 인지)——이때의 영웅은 가령 투쟁에서 살아남을 수가 없다 하여도 자신이 주인공[영웅]임을 분명히 입증해온 인물이다——이라고 부를 수 있다.

이처럼 로맨스는 그 플롯이 갈등에서부터 제의적인 죽음을 거쳐서, 우리가 희극에서 발견한 것과 같은 인지의 장면으로 진행하고 있음을 한층 뚜렷하게 표현하고 있다. 이러한 3중의 구조가 로맨스의 여러 가지 구조 속에 반복해서 사용되고 있다. 예컨대 성공을 거둔 주인공이 세번째 아들이었다든지, 세번째로 편력에 출발하였던 인물이었다든지, 세번째로 시도해서 성공하였다든지 하는 예가 대단히 많다. 이것은 아티스와 그밖의 죽는 신들의 신화에서 더욱 직접적으로 볼 수 있는, 그리고 우리의 부활절 의식에도 들어와 있는, 죽음·부재·재생이라는 세 개의 리듬 속에 나타나 있다.

갈등을 포함하고 있는 편력에는 두 사람의 주요 등장인물이 존재한다. 프로타고니스트(protagonist) 즉 주인공과, 안타고니스트(antagonist) 즉 적대자가 그들이다(물론 필자는 독자들을 위하여 파울러의 『현대 영어의 용법』에 나오는 '프로타고니스트'[172]항을 읽었다는 사실

---

* 해리슨(Jane Harrison)의 『테미스』(*Themis*), 2판(1927)에 삽입되어 있는 머리(Gilbert Murray)의 「보록」(補錄) 중에서, 머리가 사용하고 있는 용어를 이용한 것이다.

172) 파울러(Roger Fowler)의 설명에 의하면, protagonist와 antagonist는 엄격히 말해서 적대적인 관계를 나타내는 말이 아니다. 전자는 agonist(연기자)에 접두사 proto(주된)가 붙은 것으로 주연자라는 의미이다. 후자는 agonist의 단 하나의 의미 '투쟁자'에 접두사 anti(반대의)가 붙어 '적대

을 첨가할 필요가 있다고 본다). 적(敵)은 보통 인간일 수도 있으나 로맨스가 신화에 가까워져가면 갈수록 주인공에게는 더욱더 신의 속성이 부착되고, 적은 더욱더 악마적인 요소를 띤 신화적인 성격을 갖게 될 것이다. 로맨스의 중심을 이루는 형식은 변증법적인 것으로, 모든 것이 주인공과 적 사이의 갈등에 집중되어 있으며, 독자의 모든 가치관은 주인공과 끊을래야 끊을 수 없는 관계를 맺고 있다.

그러므로 로맨스의 주인공은 신화의 구세주나 상계(上界)에서 오는 구원자와 닮아 있으며, 그의 적은 하계(下界)의 악마 같은 힘들과 닮아 있다. 그러나 갈등이 일어나는 것은, 또는 갈등이 먼저 관계를 갖는 것은 우리들의 세계이며, 이 세계는 상계와 하계의 중간에 위치해 있고, 자연의 순환운동에 의해서 특징지어지고 있다. 이리하여 자연의 주기의 대립적인 양극은 주인공과 그의 적 사이에 있는 대립과 같은 것이 된다. 적은 겨울, 어둠, 혼란, 불모, 병든 삶, 노령 등을 연상시키며, 주인공은 봄, 새벽, 질서, 풍요, 활력, 젊음 등을 연상시킨다.

모든 순환적인 현상은 쉽사리 연상될 수도 있고 분별될 수도 있으므로, 어떤 로맨스적인 이야기가 가령 태양신화를 닮았다든가 그렇지 않다든가, 또는 그 주인공이 태양신을 닮았다든가 그렇지 않다든가 등을 증명하려는 시도는 시간의 낭비로 끝날 가능성이 있다. 만일 그 이야기가 이러한 일반적인 틀 속에 포함되는 이야기일 것 같으면 순환적인 이미지가 나타날 가능성이 크며, 순환적인 이미지 속에서는 특히 태양의 이미지가 지배적인 것이 보통이다. 가령 로맨스의 주인공이 편력의 여행에서 변장하고 돌아와서 거지가 입고 있는 누더기를 벗어버리고 왕자가 입는 무늬가 있는 주홍빛 옷을 입고 나타났다고 해도 태양신화에서 유래된 주제를 반드시 얻고 있는 것은 아니다. 우리는 전위(轉位)의 문학적인 구상을 얻고 있는 것이다. 우리는 주인공의 행동에서 새벽에

자' 라는 의미로 사용된다. 그러므로 때때로 오해되고 있듯이 '한편', '적'이라는 대립관계는 아니라는 것이다.

되돌아오는 태양의 신화를 연상하여도 좋고 또 연상하지 않아도 좋은 것이다.

우리가 비평가로서 구조적인 원리에 착안해서 이 이야기를 읽는다면 그러한 연상을 하게 될 것이다. 왜냐하면 태양과의 아날로지는 왜 주인공의 행위가 효과적인 사건, 또한 관습적인 사건인가를 설명해주기 때문이다. 우리가 이 이야기를 재미로 읽는다면 그런 것에는 마음을 쓸 필요가 없다. 왜냐하면 우리의 반응에 자리잡고 있는 어떤 어두운 '잠재의식적'인 요소*가 제멋대로 연상을 조작해낼 수 있기 때문이다.

우리는 주인공의 행동력에 의해서 로맨스와 신화를 구별했다. 본래적 의미의 신화에서는 주인공은 신이며, 본래적 의미의 로맨스에서는 주인공은 인간이다. 이 구별은 시적인 면에서보다 신화적인 면에서 더 한층 뚜렷하며, 그리고 신화도 로맨스도 다 같이 신화 형성적인 문학이라는 일반적인 범주에 속한다. 그러나 신화 속의 주요 등장인물들에게는 신의 속성이 주어져 있기 때문에 신화는 정전(正典)으로서의 중심적인 위치를 차지하게 되며, 그리하여 다른 것과는 더 뚜렷이 구별되는 경향이 있다. 이 점에 대해서는 이미 말한 바 있다.

대부분의 문화는 제각기 그들이 가지고 있는 이야기 가운데, 일부 이야기들을 다른 이야기들보다 더 존중하는 경향이 있다. 이것은 그

---

* 그렇지만 원형비평은 추상화하고, 정형화하고, 관습적인 정형으로 환원하는 것 이외는 아무것도 할 수 없으며, 독자성을 생명으로 하는 직접적인 문학 경험에서는 단지 '잠재의식'의 역할만을 한다고 또한 말해두지 않으면 안 된다. 직접적인 경험에서도 우리는 관습적인 정형은 어렴풋이 의식하고 있다. 그러나 대체로 우리가 그것을 의식적으로 인정하는 것은 따분하고 실망스러워서 여기에는 아무런 새로운 것도 없다고 느끼는 경우에만 한정되어 있다. 그러므로 흔히 그렇듯이 직접 경험과 비평이 혼동되어 있을 경우, 원형비평이란 단지 좋지 못한 비평이라는 느낌을 낳을 수도 있는 것이다. 루이스(Wyndham Lewis) 씨는 몇 번이나 그렇게 말하고 있다.

이야기들이 역사적으로 보아 진실한 것이라고 생각되기 때문이며, 그렇지 않으면 그 이야기들이 개념적인 의미로서 보다 더 무거운 짐을 지고 있기 때문이다. 이리하여 에덴동산의 아담과 이브의 이야기는 시인들이 그 역사성을 믿고 있든 그렇지 않든 간에 서구 전통에 있는 시인들에게 규범적인 위치를 차지하고 있다. 규범적인 신화가 보다 더 깊은 뜻을 갖고 있는 이유는 단순히 전통이 있다는 것뿐만 아니라, 신화에서는 은유적인 동일화의 가능성이 결과적으로 쉽다는 것에 기인한다.

문예비평에서는 신화는 보통 로맨스의 전위를 해독하기 위한 은유적인 열쇠이다. 이런 까닭에 다음에 언급할 사실 가운데서 성서의 편력 신화가 중요시되는 것이다. 그러나 정전(正典)으로서의 신화의 경우에는 음란하고 난잡한 내용이 삭제되기도 하고, 설교투가 들어 있기도 하기 때문에 신화보다는 금기의 영역이 더 적은 전설과 민담이 때때로 똑같을 정도로 큰 신화적인 의미를 집약적으로 내포하고 있는 것이다.

편력 로맨스의 중심이 되는 형식은 이미 말한 것과 같이, 성 조지와 페르세우스의 이야기가 그 예가 되는 용의 퇴치의 주제이다. 무력한 늙은 왕이 다스리는 나라가 바다 괴물에 의해서 황폐해지고, 젊은 여자가 차례차례로 괴물에게 공양으로 먹혀지고, 그러는 가운데 마지막으로 그 운명이 왕의 딸에게 떨어진다. 이때 마침 주인공인 영웅이 나타나 용을 물리치며, 왕의 딸과 결혼하고, 왕위를 계승한다. 여기에서도 희극의 경우와 똑같이 복잡한 요소를 많이 포함하고 있는 단순한 패턴이 있다.

이 신화와 제의와의 아날로지를 통해서 우리는 괴물은 그 나라 자체의 불모성이라는 것을, 그 나라의 불모성은 왕(이 왕은 때때로 바그너의 암포르타스처럼 불치의 병이나 부상으로 고통을 받고 있다)의 노령과 불능으로 표현되고 있음을 알 수 있다. 왕은 겨울이라는 수퇘지에 의해서 상처를 받은 아도니스의 입장과 똑같은 것이다. 우리가 전해들고 있는 아도니스의 넓적다리 상처는 해부학적인 면에서와 마찬가지로 상징적인 면에서도 거세(去勢)와 거의 똑같은 의미를 갖고 있기 때문이다.

성서에는 보통 리바이어던이라는 이름을 가진 바다 괴물이 있는데, 이 괴물은 구세주의 적으로 묘사되고 있으며, 구세주가 그를 '주님의 날'에 타도하는 것으로 되어 있다.[173] 리바이어던은 사회적인 불모의 근원이다. 왜냐하면 그것은 이스라엘의 압제자들인 이집트나 바빌로니아와 동일시되고 있으며, 「욥기」에는 '모든 교만한 것의 왕'[174]으로 기술되어 있기 때문이다. 그것은 또 타락한 세계가 본래 가지고 있는 불모성, 즉 욥이 사탄에 의해서 또 아담이 에덴동산의 뱀에 의해서 겪게 되는 싸움, 빈곤, 질병 등의 저주받은 세계와 밀접하게 연관되는 것처럼 보인다. 「욥기」에서 욥에게 하느님이 나타내준 현시(顯示)는 주로 리바이어던과, 리바이어던보다는 좀 덜 사악한 뭍의 친구인 하마 같은 괴물 베헤못[175]에 대한 묘사를 통해 이루어지고 있다.

따라서 분명히 이 괴물들은 사탄이 어느 정도 지배하는 타락한 자연의 질서를 표상하고 있다(필자는 현행본의 「욥기」에 입각해서 그 의미를 밝히려고 하는데, 왜냐하면 현행본의 집필에 책임이 있는 저자가 당시 누구였든 간에, 그 사람이 이 본〔本〕을 만들었을 때는 그에 상응하는 어떤 이유가 있었으리라고 가정하기 때문이다. 「욥기」가 본래 어떤 내용, 어떤 의도로 씌어졌는가에 대해서 추측하는 것은 무의미하다. 왜냐하면 우리가 알고 있는 이 현행본만이 우리의 문학에 영향을 미쳐왔기 때문이다).

「계시록」에서는 리바이어던, 사탄, 그리고 에덴동산의 뱀이 모두 동일시되고 있다. 이 동일시가 기독교의 상징체계에서는 교묘하리만

---

173)「이사야서」, 27장 1절.
174)「욥기」, 41장 34절.
175)「욥기」, 40장 15~24절.

큼 용 퇴치 비유의 근거로 되어 있다. 이 상징에서 영웅은 그리스도(이따금 넘어져 엎어져 있는 괴물을 위에 타고 앉은 모습으로 그려져 있다)이며, 용은 사탄이고, 불능의 늙은 왕은 아담이며, 이 늙은 왕의 아들이 그리스도가 된다. 그리고 구출된 신부(新婦)는 교회인 것이다.

만일 리바이어던이 아담이 빠졌던 죄와 죽음과 폭정의 타락한 세계 전체라면, 아담의 후예들은 리바이어던의 뱃속에서 태어나서 살다 죽는 것으로 된다. 그러므로 구세주가 리바이어던을 물리치고 우리를 구원해줄 것 같으면, 그것은 리바이어던의 뱃속으로부터 우리를 해방시켜주는 것이 된다. 민담의 용 퇴치에 관계되는 여러 가지 이야기에는 전에 용에게 희생된 사람들이 용이 죽은 후에 살아 있는 모습으로 그 뱃속에서 뛰어나오는 이야기가 종종 있다.

이 경우에도 만일 우리가 용의 뱃속에 있다가 영웅이 우리를 구출해 준다면 요나(예수는 그를 자기의 원형〔原型〕으로 받아들이고 있다) 같이 그 괴물의 넓다란 목구멍을 통해 아래로 내려가서, 속죄한 자들을 뒤에 거느리고 되돌아오는 영웅의 이미지가 그에게서는 암시되는 것이다. 여기서부터 지옥 정복의 상징이 생긴다. 지옥은 도상학상(圖像學上)으로는 '이빨이 튀어나온 늙은 상어의 목구멍'으로 자주 표상되고 있다(이 인용은 최근의 한 표현을 빌린 것이다).

괴물의 뱃속 여행이라는 주제를 담은 비기독교적인 이야기들이 루키아노스에서부터[176] 현대까지 존재하고 있으며, 트로이의 목마조차도 원래 이 주제와 일부 관계가 있었던 것이 아닌가 여겨진다. 괴물의 뱃속을 나타내는 꾸불꾸불하고 어두운 미로의 이미지는 자연스러운 이미지로서 영웅의 편력 이야기, 특히 테세우스의 편력 이야기에 자주 나타난다. 현재 우리가 알고 있는 테세우스의 이야기보다 전위의 진전이 좀 덜한 단계의 어떤 유형의 이야기가 있었다면, 그 이야기는 테세우스가

---

176) 그리스의 풍자시인인 루키아노스(Lucianos, 120년경~190)의 『명부여행』.

선두에 서서 이전에 미노타우로스에게 제물로 바쳐졌던 아테네의 젊은 남녀들을 일렬로 데리고 미궁에서부터 나온다는 이야기가 될지도 모르겠다. 많은 태양신화에서도 주인공은 해뜰녘과 해질녘 사이에 괴물들로 가득 차 있는 컴컴하고 미궁 같은 하계(下界)를 통과하는 위험한 여행을 한다.

이 주제는 복잡성의 정도에서는 차이가 있겠으나, 이야기의 구조적인 원리가 된다. 이 주제는 가령 옛날 이야기나 어린아이의 동화에서 찾아볼 수 있으며, 사실 우리가 『톰 소여』를 읽을 때 '한걸음 뒤로 물러서서' 이 작품을 볼 것 같으면, 천애의 고아인 한 소년이 박쥐를 먹는 악마를 뒤에 가두어놓고, 소녀의 손을 잡고 미궁 같은 동굴에서 나오는 것을 볼 수 있다. 그러나 헨리 제임스의 후기의 단편들 가운데서 가장 복잡하고 이해하기 어려운 『과거의 감각에서』도 똑같은 주제가 사용되고 있는데, 이 경우 미궁 같은 하계가 과거의 한 시기가 되고 있으며, 이곳에서 주인공은 아리아드네 같은 여주인공의 희생에 의해서 해방되는 것이다. 많은 민담의 경우에서와 같이, 이 단편에는 어떤 종류의 교감마술(交感魔術)에 의해서 결합되는 두 형제의 모티프가 역시 이용되고 있다.

구약성서에서는 모세라는 구세주형(型)의 인물이 그의 백성을 이집트로부터 인도한다. 이집트의 파라오는 에스겔에 의해서 리바이어던과 동일시되고 있다. 유아기의 모세가 파라오의 딸에 의해서 구원을 받았다는 사실에서 주인공을 죽이려는 잔혹한 아버지형의 인물의 역할을 파라오에게 부여하고 있음을 알 수 있다. 이 역할은 기적극에 나오는 미친 듯이 사나운 헤롯 왕의 역할과 역시 같은 것이다. 모세와 이스라엘 백성은 미궁 같은 사막을 방황하며, 그 뒤 규약의 통치가 끝나고 '약속의 땅'이 여호수아에 의해서 실현된다. 여호수아라는 이름은 예수의 이름과 똑같다. 그러므로 천사 가브리엘이 성모 마리아에게 아들을 예수라고 이름지을 것을 말할 때, 그것은 예형론적인 의미로서는 율법의 시대는 끝나고 약속의 땅에 대한 실현이 시작되려고 하고 있음을 뜻하는 것이다.

이처럼 성서에는 두 개의 동심원을 이루는 편력 신화, 즉 「창세기」—「계시록」계의 신화와 「출애굽기」—지복천년(至福千年)계의 신화가 있다. 전자에서는 아담이 에덴동산에서 쫓겨나서 생명의 강과 생명의 나무를 잃고 구세주에 의해서 본래의 상태로 회복될 때까지 인간의 역사라는 미궁 속을 방황한다. 후자에서는 이스라엘이 하느님의 뜻을 계승하는 과업에서 쫓겨나 약속의 땅에서 본래의 상태로 회복될 때까지 이집트와 바빌로니아의 포로 상태라는 미궁 속을 방황한다.

따라서 에덴 동산과 약속의 땅은 예형론적으로 볼 때 동일시되고 있으며, 이집트와 바빌로니아의 압제도 규약의 황야와 동일시되는 것이다. 『복낙원』*은 사탄이 예수에게 가하는 유혹을 취급하고 있으며, 그 것은 『실낙원』에서 천사 미카엘이 말하고 있는 것처럼 구세주에게 부여된 용 퇴치 신화의 진정한 형식인 것이다. 예수는 율법 아래 있는 이스라엘의 입장에 서 있기 때문에 황야를 방황하고 있다. 그의 승리는 그와 같은 이름인 여호수아에 의해서 예형되는 약속의 땅의 달성이면서도 동시에 황야에서 에덴 동산의 부흥이기도 하다.

리바이어던은 보통 바다의 괴물로, 은유적으로 말할 때는 그것은 곧바로 바다이다. 주(主)께서 리바이어던을 낚아 물에서 들어올릴 것이라고 하는, 「에스겔서」의 예언[177]은 「계시록」의 이미 바다는 없으리라는 예언과 동일시된다. 그러므로 리바이어던의 뱃속에 사는 사람으로서의 우리들도 역시 비유적으로 말하면 수중(水中)에 있는 것으로 된다. 여기에서부터 복음서에서 고기잡이가 가지는 중요성이 드러나게 되는데, 사도들은 '사람들을 낚는 사람'으로서 이 세상이라는 큰 바다에 그물을 던지고 있는 자들이기 때문이다.

또 여기에서부터 엘리엇의 『황무지』에 나타나 있는 것처럼, 아담 즉

---

* 「'복낙원' 에서의 예형론」, *Modern Philology*(1956), p.227 이하.
177) 「에스겔서」, 29장 4절.

불능의 왕이 고기를 잡지 못하는 '어부왕'으로서 뒷부분에 가서는 모습을 바꾸고 있기 때문이다. 『황무지』는 『폭풍우』에서 프로스페로가 사람들을 바다에서 구출하는 것과 적절히 연결되어 있다. 『샤쿤탈라』에서 『닻줄』[178]에 이르는 기타 희극에서도 극적 행위에 또는 인지에 필요불가결한 그 무엇이 바다에서 끌어올려진다. 그리고 베어울프를 포함해서 많은 편력 이야기의 주인공들은 수중에서 그들의 위업을 성취한다. 바다에게 명령을 내리는 힘이 그리스도에게 있다고 거듭 언급되는 것도 상징체계의 똑같은 측면에 속하는 것이다.

그리고 타락한 세계로 간주되고 있는 리바이어던이 자신의 내부에 모든 생명의 모습을 가두어두고 있는 것처럼, 바다로 간주되고 있는 그것은 생명을 주는 비(이 비의 내림이 봄을 알린다)를 가두어두고 있는 것이다. 세상의 온갖 물을 삼키고, 그리하여 괴로움을 겪기도 하고 속임을 당하기도 하고 또 마지못해 그 물을 토하기도 하는 그 거대한 괴물은 민담의 낯익은 등장인물로, 메소포타미아의 신화에서는 이 인물에 관한 이야기가 「창세기」의 천지창조의 바로 배후에 자리잡고 있다. 대부분의 태양신화에서 태양신은 이 세계의 표면 위를 작은 배를 타고 항해하는 것으로 나타나 있다.

마지막으로 만일 리바이어던이 죽음을 나타내는 것이라면, 그리고 주인공이 죽음의 체내로 들어가지 않으면 안 된다면 주인공은 죽지 않으면 안 된다. 그리고 만일 주인공이 이것으로 그의 편력의 끝을 맞이한다면, 그 편력의 최종적인 단계는 순환론적으로 말하면 재생이며, 변증법적으로 말하면 소생이다. 성 조지 극에서는 주인공이 용과의 싸움에서 죽고, 의사에 의해서 살아나게 된다. 이와 똑같은 상징이 모든 죽는 신의 신화에 퍼져 있다. 그리하여 편력 신화에는 세 개가 아니라 확실히 구별할 수 있는 네 개의 측면이 있다.

---

178) 로마의 희극 작가 플라우투스(Plautus)의 로맨스 희극. 셰익스피어의 『폭풍우』와 비슷한 줄거리이다.

첫째로 아곤 즉 갈등 그 자체, 둘째는 **파토스** 즉 죽음(이따금 주인공과 괴물 둘다의 죽음이 포함된다), 셋째로 주인공의 사라짐이다. 이 주제는 흔히 **스파라그모스**(sparagmos), 즉 육체를 갈갈이 찢는 행위의 형식을 취하고 있다. 때로는 주인공의 육체가 성체(聖體)의 상징의 경우처럼 그를 추종하는 자들 사이에서 나누어지는 일도 있고, 때로는 오르페우스나 이보다 더 전형적인 오시리스의 이야기에서처럼 자연계의 구석구석까지 뿌려지는 일도 있다. 넷째로 주인공의 다시 나타남과 그의 인지이다. 여기에서는 기독교의 성찬의 상징이 은유의 논리와 완전히 일치한다. 즉 타락한 세계에서 그들의 구속자(救贖者)인 주님의 쪼개진 육체를 나누어 먹는 자들은 소생한 그의 육체와 하나가 되는 것이다.

우리가 다루고 있는 네 개의 **뮈토스**, 즉 희극, 로맨스, 비극 그리고 아이러니는 이제는 단일화된 중심적인 신화*의 네 개의 측면으로 여겨질 수 있다. 아곤, 즉 갈등은 로맨스의 기초 또는 로맨스의 원형적인 주제가 되는데, 로맨스의 기본이 되는 것은 경이에 찬 모험의 연속이기 때문이다. **파토스**, 즉 파국은 승리로 끝나든 패배로 끝나든 간에 비극의 원형적인 주제이다. **스파라그모스**, 즉 헤로이즘과 효과적인 행동이 결여되어 있다든가 해체되어 있다든가 또는 그 행동이 패배를 맞이할 수밖에 없다든가 하는 느낌, 또한 혼란과 무질서가 세계를 지배하고 있다는 느낌이 아이러니와 풍자의 원형적인 주제이다. 아나그노리시스, 즉 여전히 약간 신비스러운 면을 띠고 있는 주인공과 신부를 둘러싸고, 새로운 사회가 승리 가운데 도래하고 있음을 인지하는 것이 희극의 원

---

* 캠벨(Joseph Campbell), 『천(千)의 얼굴을 가진 영웅』(1949) ; 래글런(Lord Raglan), 『영웅』(1936) ; 융(Jung), 『리비도의 변신과 상징』(곧 볼링겐 총서에서 『변신의 여러 상징』이란 제명으로 다시 번역될 것임) ; 해리슨(Harrison), 『테미스』에서의 '해[年]의 정령'(eniautos-daimon)의 설명을 참조할 것. 여기에 대해서 『무서운 균형』(1947), 7장에 있는 블레이크의 오르크(Orc) 상징에 관한 필자의 설명을 참고해도 좋다.

형적인 주제이다.

우리는 구세주적인 주인공을 사회의 속죄자라고 말하였다. 그러나 비기독교적인 편력 로맨스에서는 편력에 대한 보다 더 뚜렷한 동기와 보상이 더 한층 흔하게 나타나 있다. 이따금 용이 보고(寶庫)를 지키는 사람의 역할을 하는 일도 종종 있다. 매장되어 있는 보물을 찾는 편력은 지그프리트계의 신화에서부터 『노스트로모』[179]에 이르는 로맨스의 중심 주제가 되어오고 있으며, 이 편력 주제는 지금으로서는 고갈되어 버릴 가능성이 없는 것 같다. 보물은 종종 부를 의미하며, 신화 형성적인 로맨스에서의 그것은 이상적인 형태로 있는 부, 즉 힘과 지혜를 뜻하고 있다.

하계(下界)——즉 감시 역할을 하는 용의 내부나 이면에 있는 세계——에는 종종 예언을 하는 무당이 살고 있으며, 이곳에는 신탁과 비밀이 숨겨져 있어, 보든[180] 같은 자는 이것들을 손에 넣기 위해서는 기꺼이 자신의 사지를 절단해버린다. 사지 절단 또는 불구는 **스파라그모스**와 제의적인 죽음의 주제를 아울러 갖고 있는데, 이 절단 또는 불구는 웨일런드[181]라든가 헤파이스토스[182] 같은 절름발이 대장장이의 모습

---

179) 콘래드(Joseph Conrad)의 혁명을 다룬 소설(1904)이다. 이 작품은 인간의 이상주의를 개인적인 차원을 넘어서 사회적·정치적인 차원으로 다루고 있는데, 인간 안에는 이기적인 본능이 잠재하고 있으므로 인간의 개인적·사회적·정치적인 이상은 타락하고 말며, 자기 파멸을 가져오기 쉽다는 인간 비극을 보여준다.

180) 북유럽의 오딘(Odin) 신에 해당하는 고대 영국의 신.

181) 북유럽 신화에 나오는 뛰어난 기술을 가진 대장장이. 요정들의 왕으로 스웨덴 왕에게 붙들려 도망을 못 가도록 절름발이가 되었으며, 왕의 대장장이로 일하게 되었으나, 왕의 두 아들을 죽이고 마술을 써서 공중으로 도망쳤다고 한다.

182) 그리스 신화의 대장장이 신. 제우스와 헤라의 아들로, 헤라와 싸우다 화가 난 제우스가 지상으로 그를 집어던져 절름발이가 되었다.

에서처럼, 또 야곱이 받은 신의 은총에 대한 이야기에서처럼 뛰어난 지혜나 힘의 대상(代償)일 경우가 많다. 『아라비안 나이트』는 사지 절단의 병원학이라고 말할 만한 이야기로 가득 차 있다.

또 여기에서도 편력의 보상은 보통 신부이며, 그렇지 않더라도 적어도 신부가 그 일부가 되고 있다. 이 신부상은 이중성을 띠고 있다. 오이디푸스적인 공상에서 신부를 어머니와 심리적으로 연결시키는 것이 희극의 경우에 더 한층 눈에 띄고 있다. 신부는 브룬힐트[183]의 불의 벽이나 잠자는 미녀의 가시덤불의 벽처럼, 위험하고 금지되어 있는 또는 금기로 되어 있는 장소에서 흔히 발견된다.

그리고 물론 신부는 흔히 다른 사람, 일반적으로 노인의 역겨운 포옹으로부터 또는 거인이나 도적, 기타 찬탈자들의 손으로부터 구출된다. 어떤 오명을 여주인공으로부터 제거하는 행위는 희극의 경우에서와 마찬가지로 로맨스에서도 커다란 특징으로 되며, 초서의 「바스의 아내 이야기」[184]에 나오는 '역겨운 부인'의 주제에서부터 「호세아서」의 용서받은 창부에 이르기까지 널리 퍼져 있다. 「아가」(雅歌)에 나오는 '검으나 아름다운'[185] 신부도 똑같은 복합 관념의 소산이다.

편력 로맨스는 제의뿐만 아니라 꿈과도 유사성을 갖고 있다. 프레이저가 연구한 제의와 융이 연구한 꿈은 형식에서 뚜렷한 유사성을 보여주고 있는데, 이 유사성은 동일한 것을 유추에 의해서 설명하는 두 개의 상징구조이기 때문에 당연히 예상될 수 있는 것이다. 꿈의 용어로 말을 바꾸면 편력 로맨스는 리비도를 탐구하는 행위, 즉 욕구에 찬 자

---

183) 북유럽의 『뵐숭가 사가』(Volsunga Saga)와 『니벨룽겐의 노래』에 등장하는 주요 인물. 활활 타는 불 가운데서 잠을 자다가 지그프리트에 의해 발견되어 잠을 깬 후 그와 결혼한다.

184) 초서의 『캔터베리 이야기』에 나오는 여섯번째 이야기이다. 전설적인 아서 왕의 기사 가운데 한 명의 부도덕한 행동과 그 결과를 다루고 있지만 여기에서의 '역겨운 부인'은 이 기사가 후에 결혼하게 된 늙은 노파를 가리킨다.

185) 「아가」(雅歌), 1장 5절.

아가 그 자아를 현실의 불안으로부터 해방시키려고 하지만, 그 현실을 여전히 포함하고 있을 것 같은 욕구 충족을 탐구하는 행위인 것이다. 편력을 방해하는 적은 거인, 사람 잡아먹는 귀신, 마녀 그리고 마술사 등의 불길한 인물들로, 이들은 분명히 같은 조상의 피를 갖고 있음에 틀림없다. 그러나 프로이트뿐만 아니라 융의 심리학에도 공통적으로 나타나 있듯이, 구제되고 해방된 부친상도 여기에 포함된다.

제의의 용어로 말을 바꾸면, 편력 로맨스는 황무지에 대한 풍요의 승리이다. 풍요는 음식물, 빵과 포도주, 살과 피, 남녀의 결합을 의미한다. 편력의 여행에서 가지고 온 귀중한 것들, 또는 편력의 결과, 눈으로 볼 수 있고 손으로 만져볼 수 있는 귀중한 것들은 때때로 제의적인 연상과 심리학적인 연상을 아울러 갖는다.

가령 성배(聖杯)는 기독교의 성찬의 상징과 연관되며, 그것은 풍요의 뿔과 같은 기적적인 식물 공급원과 관계가 있으며, 또 이 공급원에서 유래되고 있다. 그리고 성배는 다른 잔과 다른 빈 그릇들과 같이 여성의 성기와 깊은 관계가 있다. 한편 남성의 성기는 피가 뚝뚝 떨어지는 창과 연관된다고 말한다.* 고체 음식물과 액체 음식물이 성서의 「계시록」에서는 먹을 수 있는 나무와 생명수와 연관되면서 서로 짝을 이룬 채 반복적으로 나타나고 있다.

『요정의 여왕』의 제1권은 영국 문학 가운데서 성서적 편력 로맨스의 주제를 가장 충실하게 답습한 것이라고 여겨도 무방하다. 이 작품은 심지어 『천로역정』보다도 성서적 편력 로맨스의 주제와 더 밀접한 관계를 갖고 있다. 『천로역정』도 이 편력 로맨스의 주제를 닮아 있는 것은, 『요정의 여왕』도 『천로역정』도 성서를 닮았기 때문이다. 성서에 관련시키지 않고 버니언과 스펜서를 비교하고, 비기독교적인 로맨스에서 이 두 작품의 유사성이 가진 공통적인 기원을 추적하려는 시도는 다소 잘못된 것이다.

---

* 웨스턴(Jessie Weston), 『제의에서 로맨스로』(1920).

스펜서의 성 조지의 편력에 대한 설명에 의하면, 영국의 수호 성인인 이 주인공은 영국의 기독교회를 표상하고 있으며, 따라서 그의 편력은 그리스도의 편력을 모방한 것이다. 스펜서의 적십자의 기사는 귀부인 유나[186](검은 베일에 싸여 있다)에 의해 인도되어 용에 의해서 황폐해진 그녀의 양친의 왕국으로 되돌아온다. 용은 적어도 우의적으로는 이상하리만큼 크다. 용이 "모든 그들의 영토를 짓밟고 그들을 내쫓았을 때까지" 유나의 양친은 '온 천하'를 다스렸다고 우리는 듣고 있다.

유나의 양친은 아담과 이브이며, 그들의 왕국은 에덴, 즉 타락 이전의 세계이며, 그리고 완전히 타락한 세계를 표상하고 있는 용은 리바이어던, 에덴 동산의 뱀, 사탄 그리고 「계시록」의 짐승과 동일시되고 있다.* 그러므로 성 조지의 사명—그리스도의 사명의 반복—은 용을 죽임으로써 황야에서 에덴을 세우고, 영국을 에덴의 위치로 회복시키는 일이다.

이상적인 상태의 영국을 에덴과 결부시키는 생각은 서쪽 대양에 떠 있는 행복한 섬에 대한 전설들과 헤스페리데스와 에덴 이야기의 유사성에 힘입어, 적어도 그린의 『수도사 베이컨』[187]의 결말에서부터 블레이크의 『예루살렘』[188] 찬가에 이르기까지 영국 문학을 통해 일관해서 흐르고 있다. 성 조지는 유나와 함께 방황하기도 하고 유나 없이 혼자 방황하기도 하는데, 이것은 이스라엘 백성이 베일로 가린 계

---

186) 스펜서(Edmund Spenser)의 『요정의 여왕』, 1권에 나오는 동정녀로서, 진리 혹은 참된 종교를 표상한다.

 * 성서에서의 동일시는 「계시록」, 12장 9절에 있다. 그리고 제11가(歌)의 서두에 나오는 '그 늙은 용'이라는 구절은 거기에서부터 유래된 것이다.

187) 그린(Robert Greene)의 베이컨과 번게이의 전설을 기초로 한 희극(1594).

188) 블레이크(William Blake)의 예언시 가운데 최종 장시(1804). 상상을 통해서 영원의 세계로 들어가는 것을 묘사한 시로, 예루살렘은 잃어버린 낙원을 되찾은 세계로 표상되고 있다.

약의 궤를 가지고 있으면서도 황금 송아지를 숭배할 채비를 갖춘 채 이집트와 약속의 땅 사이의 황야를 방황하는 것과 병행관계를 이루고 있다.

용과의 싸움은 물론 사흘간 계속된다. 처음 이틀 동안은 하루하루가 끝날 때마다 성 조지는 격퇴당하지만, 첫날은 생명의 물에 의해서, 둘째 날은 생명의 나무에 의해서 힘을 되찾는다. 이 생명의 물과 나무가 개신(改新)교회가 받아들인 두 성례(세례와 성찬)를 표상한다. 이것들은 묵시 때에 인간에게 회복되는 에덴 동산의 두 개의 특징이며, 또 더욱 일반적으로는 성체배수(聖體拜受)를 나타낸다. 성 조지의 우의상징은 흰 바탕에 붉은 십자가이지만, 전통적인 도해(圖解)에서는 지옥의 용을 굴복시키고 의기양양하여 되돌아올 때 그리스도가 손에 쥐고 있는 기(旗)와 똑같은 것이다. 붉은 것과 흰 것은 소생한 육체의 측면, 즉 살과 피, 빵과 포도주를 상징한다.

그리고 스펜서에서 붉은 것과 흰 것은 백장미와 홍장미가 영국 교회에 군림하는 국왕에 의해서 통일되었다는 사실과 역사적인 관련을 갖고 있다. 붉은 것과 흰 것의 상징이 갖는 성찬적인 면과 성적인 면 사이의 연관은 스펜서가 분명히 익히 알고 있었던 연금술에 나타나고 있으며, 연금술에서 불사의 영약(靈藥)을 정제하는 가장 중요한 단계는 붉은 왕과 흰 여왕의 결합인 것으로 알려져 있다.[189]

로맨스의 성격 묘사는 일방적으로 변증법적인 구조를 따르고 있는데, 이는 등장인물의 성격이 너무 미묘하게 된다든가 복잡하게 된다는 것이 좋지 않기 때문이다. 등장인물들은 편력을 도와주는 인물이 된다든가, 그렇지 않으면 반대하는 인물이 된다든가 하는 경향이 있다. 만일 그들이 도와주는 경우 단순히 용감하다든가 순결하다든가 하는 정

---

189) 두 개의 물질은 sol(태양=금)과 luna(달=은)라고 불리고, 그 결합에서 지혜의 아들이 태어난다고 생각되고 있다. 이것을 화학적 결혼이라고 부른다.

도로 이상화되며, 만일 그들이 방해하는 경우 단순히 악랄하다든가 비겁하다든가 하는 정도로 희화화(戱畵化)된다. 이리하여 로맨스의 전형적인 인물은 누구나 할 것 없이 윤리적으로 자신과 대립하는 적을 갖는 경향이 있다. 이것은 마치 서양 장기의 흰 말과 검은 말의 관계와 비슷하다. 로맨스에서 편력하는 '흰' 말들은 희극의 에이론 무리에 해당된다(아이러니는 로맨스에서는 거의 들어설 자리가 없기 때문에 에이론이라는 말은 더 이상 걸맞지 않을지 모르지만).

로맨스에는 희극의 인정 많고, 은둔적인 에이론에 해당하는 인물이 있다. 이 인물은 프로스페로, 멀린[190] 또는 스펜서의 제2권의 편력에 나오는 성지 순례자(이 성지 순례자는 이따금 스펜서가 지켜보고 있는 극적인 전개에 커다란 영향을 미치는 마술사로 등장한다)처럼, 융이 말하는 '슬기로운 노인'의 모습을 하고 있다. 『요정의 여왕』의 아서 왕은 노인은 아니지만, 이런 역할을 하고 있다. 이 인물은 그가 여성이었다면 무당과 같은 힘을 갖는 슬기로운 어머니상에 해당하며 주인공이 방랑을 끝내고 자기에게 되돌아오는 것을 조용히 집에서 기다리는 『페르 귄트』의 솔베이지와 같은 신부가 될 수 있는 가능성도 종종 있는 인물인 것이다. 슬기로운 노인에 해당하는 여성역을 하는 이러한 인물은 흔히 귀부인인데, 이 귀부인을 위해서 또 이 귀부인의 명령에 의해서 편력이 수행된다. 이러한 여성은 스펜서에서는 요정의 여왕의 모습으로, 페르세우스 신화에서는 아테나 여신의 모습으로 나타난다. 이들은 서양 장기의 흰 장기 말들의 왕과 여왕에 해당한다(물론 그들이 움직이는 법은 실제의 장기 말과는 정반대이지만).

여왕형의 인물을 주인공이 사모하는 귀부인으로 하는 것이 정책상 합당하지 않은 이유는, 곤궁에 처해 구원을 바라는 처녀들을 여로에서 만난 주인공이 그들과 즐겁게 노는 기분을 이 귀부인이 망쳐버리기 때

---

190) 5, 6세기경의 웨일스의 전설상의 시인이자 예언자. 『요정의 여왕』이나 맬러리(Malory)의 『아서 왕의 죽음』에 등장한다.

문이다. 이러한 처녀들은 안드로메다나 아리오스토의 안젤리카[191]처럼 이따금 나체로 바위나 나무에 결박되어 있어 사람의 마음을 유혹하는 것이다. 이리하여 주인공은 의무의 여인과 향락의 여인이라는 이 양극 사이에서 갈등을 갖게 되는 것이다.

우리는 이미 빅토리아조의 소설에 등장하는 얼굴빛이 흰 여성과 검은 여성에서 이 양극이 발전되었음을 얼핏 보아왔다. 이 문제에서 한 가지 간단한 해결방법은 전자를 후자의 시어머니로 끌어올리는 것이다. 아풀레이우스의 프시케와 비너스의 관계에서처럼, 적의와 질투 뒤의 화해라는 주제가 일반적으로 가장 잘 뒤따르는 것이다. 화해가 없을 경우에는 연장(年長)의 여성은 심술사나운, 즉 민담에 나오는 잔혹한 계모의 성격을 버리지 못한 채 있는 것이다.

요사스러운 마술사와 마녀, 스펜서의 아키메이고와 듀에사는 검은 장기 말의 왕과 왕비이다. 후자는 융이 적절하게 일컬었듯이 '가공(可恐)할 어머니'이다. 융은 그녀를 근친상간의 두려움과 성적 도착의 함축성을 가진 듯한 메두사와 같은 마녀와 연관시키고 있다. 신부는 별문제로 하고 속죄받은 인물들은 일반적으로 너무 나약하여 강한 특성을 나타내지 못하고 있다. 주인공의 충실한 동반자나 막후인물에게 적대적인 인물은 배신자이며, 여주인공에 대립적인 인물은 사이렌, 즉 요염한 마녀이다. 그리고 인간에게 우호적이고 협력적인 동물들에게 적대적인 인물은 용이다. 이 동물들은 로맨스에서 중요한 위치를 차지하고 있으며, 이 중에서도 성배 탐구의 여행을 떠나는 주인공을 태우고 가는 말이 당연히 중심적인 위치를 차지하고 있는 것이다.

우리가 이미 희극에서 본 아버지와 아들의 갈등은 로맨스에서도 반복된다. 즉 성서에서는 두번째의 아담이 첫번째의 아담을 구하기 위해

---

191) 이탈리아 시인 아리오스토(Ludovico Ariosto)의 낭만적 서사시 『광란의 오를란도』(1532)에 나오는 여인이다. 오를란도의 사랑의 대상인 동시에 그를 광란케 한 여인이다.

나서며, 일련의 성배 전설에서는 순수한 아들 갈라하드가 그의 불순한 아버지 랜슬롯이 다하지 못한 것을 완수한다.

영웅에 걸맞는 행위와 악인에 걸맞는 행위라는, 이런 도덕적인 대립에서 벗어나는 등장인물들은 일반적으로 자연의 정령들이거나 아니면 자연의 정령을 암시하는 존재들이다. 이러한 등장인물들은 더러는 자연이라는 중간 세계가 갖는 도덕적인 중립성을 나타내고 있으며, 더러는 얼핏 보이는 듯하지만 결코 보이지 않고 가까이 접근하면 물러서는 신비의 세계를 나타내고 있다. 이런 타입의 여성 등장인물들 가운데는 그리스·로마 전설에 나오는 부끄러움을 잘 타는 님프들, 처녀형의 인물이라고 부를 수도 있는 반쯤은 야성적이고 종잡기 어려운 존재들이 있으며, 스펜서의 플로리멜, 호손의 펄,[192] 바그너의 쿤트리[193] 그리고 허드슨의 리마가 이런 타입에 포함된다.

남성으로 이에 해당하는 인물들은 더 한층 다양하나, 키플링의 모글리[194]는 야생아 중에서 가장 널리 알려진 인물이다. 중세 영국의 숲속에 숨어살던 녹색의 인간은 로빈 후드의 모습으로, 그리고 가웨인경과 싸우는 녹색의 기사의 모습으로 나타나며, 스펜서에서 새티레인[195]으로 대표되는 '야인'(野人)은 르네상스의 인기있는 인물이다. 텁수룩한 머리에, 예절이라고는 모르지만, 그럼에도 충실한 이 거인은 여러 세기 동안 호감을 주는 인물로서 로맨스의 세계를 누볐다.

이러한 등장인물들은 다소 자연아이며, 로빈슨 크루소의 프라이데이처럼 주인공을 섬기도록 되어 있지만, 출생은 수수께끼에 싸여 있을

---

192) 호손(Nathaniel Hawthorne)의 『주홍글씨』(1850)에 등장하는 어린 소녀.

193) 바그너(R. Wagner)의 가극 『파르지팔』(1882)에 등장하는 아름다운 여자 마술사.

194) 키플링(Rudyard Kipling)의 『정글 북』(1894)에 등장하는 어린아이.

195) 스펜서(Edmund Spenser)의 『요정의 여왕』에 등장하는 기사. 그는 유나를 목양신들로부터 구한다. 이는 루터에 의한 진정한 종교의 해방을 상징하는 것으로 여겨지기도 한다.

수 있다. 그들은 주인공의 종이나 친구로서, 흔히 로맨스의 중심인물의 특징이 되고 있는 자연과의 신비적인 관계를 보여주고 있다. 이 자연아의 대부분이 '초자연적인' 존재라는 역설은 논리적으로 볼 때는 무리겠지만, 로맨스에서는 전혀 무리가 아니다. 도움을 주는 요정, 은혜를 갚는 사자(死者), 주인공이 위기에 처해 있을 때 주인공이 요구하는 힘을 갖추고 있어 기적적인 일을 행하는 종 등, 온갖 민담에 등장하는 흔한 인물들이다.

그들은 작자의 도구인, 희극에 등장하는 꾀바른 노예를 로맨스 형식에 어울리게끔 강조한 인물들이다. 제임스 서버의 『13개의 시계』[196]에서는 이 형의 등장인물이 '골럭스'(Golux)로 일컬어지고 있지만, 이 이름은 비평용어로 채용해도 나쁠 이유가 전혀 없다.

희극에서처럼 로맨스에서도 성격묘사에 네 개의 기둥이 있는 것처럼 보인다. 주인공과 적의 싸움은 희극의 경우 에이론과 알라존의 희극적인 싸움에 해당한다. 방금 이야기한 자연의 정령들은 희극에서 익살꾼이나 축제 분위기를 주도하는 인물과 평행하는 역할을 차지하고 있다. 즉 그들의 기능은 로맨스의 분위기를 북돋우고, 로맨스의 분위기에 집중하게끔 해주는 것이다. 로맨스에 희극의 아그로이코스형의 인물, 즉 축제 분위기에 재를 뿌리는 자, 또는 촌뜨기 같은 어릿광대에 해당하는 등장인물이 있는지 없는지는 검토의 여지가 있다.

이러한 등장인물은 위험을 목전에 둔 두려움 같은, 삶의 여러 현실적인 측면(삶의 여러 현실적인 측면은 로맨스의 분위기의 통일을 위협한다)을 상기시키리라. 스펜서의 성 조지와 유나에게는 '여행 필수품'이 든 망태를 짊어진 난쟁이가 따르고 있다. 이 난쟁이는 망태를 짊어진 또 한 사람인 가리옷 유다 같은 배신자는 아니지만, '무서움을 잘 타며' 여행이 고생스러우면 되돌아가자고 조르는 것이다. 필수품

---

196) 미국의 작가인 서버(James Thurber, 1894~1961)가 유아들을 위해서 쓴 작품(1950)이다.

이 든 망태를 짊어진 이 난쟁이는 로맨스의 꿈의 세계에서 실제로 깨어나 있는 현실의 쪼그라지고 쭈글쭈글한 모습을 표상하고 있다. 이야기가 더욱 현실적인 것이 되면 될수록 이러한 인물은 더욱 중요시되며, 마침내 산초 판사처럼 신격화되기까지 한다(이 경우 정반대의 극이 돈 키호테인 것은 말할 나위도 없다).

다른 로맨스에서도 어릿광대와 익살꾼들이 등장해서 거리낌없이 두려움을 보여주기도 하고 현실적인 비평을 하기도 하지만, 그들은 로맨스의 관습을 깨뜨리지 않도록 하면서 리얼리즘에 국부적인 안전판을 제공하는 것이다. 맬러리에서는 이와 비슷한 역할을 디나단경[197]이 맡고 있는데, 그는 익살꾼일 뿐만 아니라 진짜 용감한 기사라는 것도 자세히 설명되고 있다. 그러므로 그가 농담을 할 때는 "왕도 랜슬롯도 그냥 가만히 앉아 있을 수 없을 정도로 우스워 죽을 지경이었다." 이런 극단적인, 그리고 히스테리컬한 웃음이 터져나오는 것은 심리학적인 면에서 보아 아주 적절하다.

희극처럼 로맨스는 여섯 가지 명확한 양상이 있다. 로맨스가 비극의 영역에서 희극의 영역으로 옮겨감에 따라 첫번째 세 가지 양상은 비극의 첫번째 세 가지 양상과 병행하며, 두번째 세 가지 양상은 희극의 두번째 세 가지 양상과 병행한다(이것은 이미 희극의 입장에서 검토한 바 있다). 이 양상들은 로맨스의 주인공의 삶에 순환적인 연속을 형성하고 있다.

첫번째 양상은 영웅(주인공) 탄생의 신화이며, 그 형태학은 민속에서 어느 정도 자세히 연구되어왔다.* 이 신화는 흔히 홍수와 연관되는데, 홍수는 보통 하나의 주기의 시작과 끝을 상징하는 것이다. 아기 영웅은 흔히 페르세우스의 이야기에서처럼 바다에 떠 있는 방주나 궤

---

197) 맬러리(Malory)의 『아서 왕의 죽음』에 등장하는 기사.

* 랭크(Otto Rank), 『영웅 탄생 신화』(1910)를 볼 것. 또 융(Jung) 및 케레니(C. Kerenyi), 『신화학 입문』(R.F.C. Hull 옮김, 1949)도 볼 것.

속에 담겨져 있다가 『베어울프』의 머리말에 있는 것처럼 바다에서 뭍으로 떠내려가든가 하며, 모세의 이야기에서처럼 강변의 갈대와 부들풀 사이에서 구출된다.

　물과 배와 갈대가 있는 풍경은 단테가 연옥의 산꼭대기로 여행을 시작할 때 나타난다. 이 단계에서는 영혼은 막 태어난 아이의 상태라는 것이 여기에서 여러 번 암시되고 있다. 육지에서는 아기는 동물들로부터 구출되기도 하고, 그렇지 않으면 동물들에 의해서 구출되기도 하며, 많은 영웅들은 어린 아기일 동안 숲속에서 동물들에 의해서 키워진다. 괴테의 파우스트가 헬레나를 찾기 시작할 때, 그는 페네우스강의 갈대밭을 더듬어 찾고, 그런 후 그녀가 어린아이였을 때 그녀를 등에 업고 무사히 옮겼던 켄타우루스를 발견한다.

　심리학적으로 말하면 이 이미지는 자궁 속의 태아와 관련이 있는데, 이것은 태어나기 이전의 세계는 액체에 둘러싸여 있다고 이따금 생각되고 있기 때문이다. 인류학적으로 말하면 이 이미지는 눈이나 늪 같은 죽은 세계에 파묻혀 있는, 새로운 생명의 씨의 이미지와 관련이 있다. 용이 지키는 보물창고는 궤에 담겨 있는 이 신비로운 아기의 생명과 밀접한 관련이 있다. 부의 진정한 원천은 그것이 식물에 국한되든 인간에게 국한되든 풍요의 가능성 즉 새로운 삶이라는 사실은 고대 신화에서부터 러스킨의 『황금의 강의 왕』에 이르기까지 전 로맨스에 걸쳐 적용된다. 러스킨이 경제학 관계의 저서에서 보여준 부에 대한 사상은 본질적으로 이 옛날 이야기의 해석이라고 말해도 좋을 정도이다. 보물의 비장(備藏)과 유아기 생활과의 비슷한 결부는 『사일러스 마너』[198]에서 한층 그럴 듯한 차림을 하고 나타난다. 에우리피데스에서부터 디킨스에 이르기까지 문학 역사상 오랜 주제가 되

─────────────

198) 영국의 여류소설가 엘리엇(George Eliot, 1819~80)의 소설(1861)로서 주　인공 사일러스 마너의 금에 대한 탐욕이 어린이에 대한 사랑으로 변하기까　지의 이야기이다.

어온 어버이와 자식 간의 신비스러운 관계에 대해서는 이미 이야기하였다.

성서에서 하나의 역사 주기의 끝남과 새로운 역사 주기의 탄생은 비슷한 상징들에 의해서 나타난다. 첫째로, 세계 전체에 파급되는 대홍수와 미래의 모든 생명의 씨를 낳을 것들을 실은 채 물 위에서 표류하는 방주의 이야기가 그러하고, 다음으로는 홍해에서 익사한 이집트 병사들과 노예의 상태에서 풀려나 황야에서 궤를 나르는 이스라엘 사람들의 이야기가 그러하다. 이 이스라엘 백성의 이야기는 단테가 연옥 상징의 기초로 사용하고 있는 이미지이다.

신약성서는 구유에서 태어난 아기에서부터 시작되며, 바깥 세계를 눈 속에 파묻혀 있는 것으로 묘사하는 전통은 예수의 탄생을 똑같은 원형적인 양상에 결부시키는 것이다. 다시 찾아오는 봄의 이미지들이 곧 뒤따르게 된다. 즉 노아 이야기의 무지개,[199] 모세가 바위에서 용솟음치게 하는 물,[200] 그리스도의 세례, 이 모두가 죽음을 나타내는 겨울의 물에서 생명을 나타내는 봄의 물로 바뀌는 주기를 보여주는 것이다. 신의 사자인 새, 노아의 이야기에 등장하는 갈가마귀와 비둘기, 황야에서 엘리야를 키워준 갈가마귀들, 예수의 머리 위를 날아다니는 비둘기는 똑같은 복합 이미지에 속한다.

또한 은밀한 곳에 숨겨두지 않으면 안 되는 어린아이를 찾는 주제도 자주 나타난다. 주인공의 출생은 신비에 싸여 있기 때문에 이따금 그의 진짜 아버지는 밝혀지지 않고, 그 어린아이를 죽이려는 가짜 아버지가 등장한다. 이 가짜 아버지의 역할은 페르세우스 이야기의 아크리시오스, 자신의 자식들을 집어삼키려고 하는 헤시오도스 신화에 나오는 크로노스, 어린아이를 죽이는 구약성서의 파라오, 신약성서의 헤롯 등의 역할이다. 이 인물은 후세의 문학작품, 가령 셰익스피어에

---

199) 「창세기」, 9장 13~16절.
200) 「출애굽기」, 17장 6절.

서도 여러 차례 모습을 나타내는 왕위를 찬탈하는 사악한 숙부[201]로 자주 변형된다.

그러므로 어머니는 이따금 질투의 희생이 되어 페르세우스의 어머니처럼, 또 『법률가의 이야기』[202]의 콘스턴스처럼 학대를 받고 중상모략을 당하기도 한다. 심리학적으로 볼 때 이런 내용은 어머니를 소유하려는 아들과 증오에 찬 아버지가 벌이는 대결의 주제와 아주 밀접한 관계가 있는 것이다. 중상모략으로 인해 잔인한 남편에 의해서 어린아이와 함께 집에서부터 대개 눈 속으로 내쫓기는 여성의 주제는 가까이는 빅토리아조의 멜로드라마의 관객과 독자들의 눈물을 짜내고도 남았던 것이다. 이 빅토리아조의 쫓기는 어머니의 주제는『톰 아저씨의 오두막 집』의 얼음이 깔린 개울을 건너는 엘리자에서부터, 『애덤 비드』[203]와 『광란의 무리에서 멀리 떠나서』[204]에 이르기까지 여러 문학작품에 전개되어왔다. 가짜 어머니, 잔인하기로 악명 높은 의붓어머니도 역시 평범한 주제이다. 이 인물에 의해서 희생되는 사람은 물론 여성인 경우가 보통이고, 이 결과 생기는 갈등은 신데렐라형의 많은 발라드와 민담에 묘사되어 있다. 진짜 아버지는 때때로 슬기로운 노인이나 스승으로 표상된다. 가령 이러한 관계는 켄타우루스의 키론과 아킬레우스의 관계에서처럼, 프로스페로와 퍼디낸드[205]의 관계에서 드러나고 있다. 이것

---

201) 가령 『햄릿』, 『리처드 3세』, 『폭풍우』 등에서.

202) 초서의 『캔터베리 이야기』 중에 나오는 다섯번째 이야기. 기독교인인 황제의 딸 콘스턴스는 기독교인이 된다는 조건으로 한 남자와 결혼하지만, 그 남자의 어머니의 미움으로 인해 바다에 버려지고 여러 가지 불행을 겪는다.

203) 엘리엇(George Eliot)의 소설(1859)이다. 허영심이 많은 한 여주인공이 젊은 지주의 돈과 지위에 유혹되어 애덤 비드를 버리고 그 지주와 사귀지만, 임신한 채 그에게 버림받아 자신의 아이를 죽이고 경찰에 체포되는 비극적인 이야기이다.

204) 하디(Thomas Hardy)의 소설(1874). 이 소설에서는 여성 등장인물 가운데 한 사람이 난봉꾼에게 버림을 받게 된다.

에 해당하는 진짜 어머니의 표상은 가령 모세를 양자로 하는 파라오의 딸에서 볼 수 있다. 한층 현실적인 양식에서 잔인한 양친은 편협한 세론(世論)의 목소리로 이야기하기도 하고, 또는 편협한 세론의 모습을 취하기도 한다.

두번째 양상에서 우리는 주인공(영웅)의 순진무구한 청춘과 만난다. 이 양상은 타락 이전 에덴 동산의 아담과 이브의 이야기 이래로 우리에게 가장 잘 알려져 있는 것이다. 문학에서는 이 양상은 목가적인 아르카디아의 세계, 대체로 나무가 우거진 즐거운 풍경을 나타낸다. 이 풍경은 숲 사이의 빈터, 그늘진 계곡, 졸졸 속삭이는 시내, 달, 그리고 성적인 이미지 가운데 여성 또는 어머니와 관계되는 면과 밀접한 관련이 있는 이미지들로 가득 차 있다. 이 양상의 특징이 되는 색은 초록과 황금색같이 소멸하기 쉬운 청춘을 나타내는 전통적인 색이다.

칼 샌드버그의 시 「두 세계 사이에서」를 생각나게 하는 것이다. 이 세계는 이따금 마술이나 바람직한 법도가 지배하는 세계이며, 여전히 양친의 보호 속에 있고, 젊은 동료들에 둘러싸여 있는 젊은 주인공을 중심으로 이야기가 전개되는 경향이 많다. 성적 사랑으로서의 순진무구함을 나타내는 것의 원형은 보통 결혼보다는 결혼 이전의 '순결한' 사랑이 더 걸맞는다. 즉 오빠의 누이에 대한 사랑, 또는 두 소년 사이의 동성애가 그러하다.

그러므로 이 양상은 이 뒤의 양상에서 잃어버린 행복한 시절이나 황금시대로서 종종 회고되는 일이 있지만, 물론 에덴의 이야기 자체에서처럼 어떤 도덕적인 금기에 가깝다는 느낌을 자주 준다. 새뮤얼 존슨의 『라셀라스』, 포의 『엘리어노러』, 블레이크의 『셀의 책』 등은 우리에게 일종의 감옥=낙원(prison-paradise)을 소개하고 있다. 이것은 중심인물들이 차라리 하계(下界)로 도망치고 싶어하는 것 같은 아직은 태어나지 않은 세계이다. 이런 불쾌·불안의 감정과 행동의 세계에 뛰어들어보고 싶어하는 욕구는 영국 문학에서 이 양상을 가장 철저하게 취급한 키츠의 『엔디미온』에서 그 모습을 자주 드러낸다.

이 양상에서의 성적 장애의 주제는 여러 가지 형식을 취한다. 에덴 이야기의 뱀은 『녹색의 장원』에서 다시 모습을 나타내며, 불의 벽은 스펜서의 에이머릿을 그녀의 연인 스큐대머와 갈라놓는다. 『연옥편』의 결말에서는 영혼은 다시 타락하기 이전의 어린 시절, 즉 잃어버린 황금시대에 도달하며, 이 결과 단테는 망각의 강에 의해서 소녀 마텔다와 헤어진 채, 에덴 동산에 자신이 서 있음을 깨닫는다. 사람과 사람을 갈라놓는 강은 윌리엄 모리스의 이상야릇한 이야기인 『무정한 강』에서 다시 나타난다. 이 이야기에서 강을 가로질러 쏜 화살은 성교의 상징으로 사용되고 있다.

『실낙원』의 에덴 이야기뿐만 아니라, 『라셀라스』와도 밀접한 관계가 있는 콜리지의 『쿠빌라이 칸』에서 '성스러운 강'의 바로 뒤를 이어 노래하는 처녀의 먼 모습이 나타난다. 멜빌의 『피에르』는 이 양상의 냉소적인 패러디로 시작한다. 주인공은 여전히 어머니에게 지배되어 그녀를 누나라고 부른다. 이 세계에 대한 이미지의 대부분은 『요정의 여왕』 제6권, 특히 트리스트럼과 파스토렐라의 이야기에서 찾아낼 수 있다.

세번째 양상은 지금까지 우리가 논의해왔던 보통의 편력 주제로서, 여기서 더 이상 설명할 필요가 없다. 네번째 양상은 희극의 네번째 양상에 해당한다. 이 양상에서는 보다 행복한 사회가 마지막 몇 순간에만 나타나는 것이 아니라 줄거리 전체를 통해서 다소 뚜렷한 모습으로 나타나고 있다. 로맨스에서 이 양상의 중심적인 주제는 경험의 세계의 침입으로부터 순진무구한 세계의 일체성을 지키는 것이다. 그러므로 밀턴의 『코머스』, 버니언의 『성스러운 전쟁』 그리고 『난공불락의 성』[206]을 포함한 많은 교훈극에서처럼 이 주제는 도덕적인 우유(寓喩)의 형식을 취하는 일이 흔하다. 이들보다 한층 단순한 『캔터베리 이야기』의 도식—휴일과 축제의 분위기를 말다툼의 세계로부터 지키는 것이 유일

---

206) 영국 최고(最古)의 우의극의 하나(1405년경). 인간 영혼에서 선과 악의 투쟁을 다루고 있다.

한 싸움이라는 도식——은 어떤 이유에서인지 그렇게 빈번하게 이용되고 있지 않은 것 같다.

일체성이 지켜지지 않으면 안 되는 조직은 개인적인 것도 사회적인 것도 있으며, 이 양쪽에 다 해당되는 것도 있다. 그 개인적인 면은 『요정의 여왕』 제2권에 있는 절제의 우유에 나타나고 있다. 이것은 제1권의 자연스러운 연속*으로, 최초의 커다란 탐구가 수행된 후 현세에서 영웅적인 순진무구의 세계를 공고히 한다는, 한층 어려운 주제를 취급하고 있다. 절제의 기사 가이온은 '행복의 동산'의 여주인 아크레지아와 마몬을 그의 주된 적으로 하고 있다. 이 두 사람은 '미(美)와 재산'을 표상하고 있는데, 이것들은 본래는 수단으로 이용될 물질이 외적인 목표로 악용되는 것을 나타내고 있다.

절제라는 미덕을 갖고 있는 마음은 그 자체 속에 선(善)을 갖고 있으며(이 경우 금욕은 절제의 필요조건이다), 그러므로 그 마음은 우리가 일컬었던 순진무구의 세계에 속하는 것이다. 절제를 모르는 마음은 선을 경험세계의 외적인 대상에서 찾는다. 절제도 무절제도 다 같이 자연스러운 것이라고 일컬을 수 있지만, 전자는 하나의 질서로서의 자연에 속하고, 후자는 하나의 타락한 세계로서의 자연에 속하는 것이다. 『코머스』의 귀공녀의 유혹은 '자연'이 갖는 의미의 이와 비슷한 모호성에 기초를 두고 있다. 이 양상의 로맨스가 갖는 중심적인 이미지는 포위된 성(城)의 이미지인데, 스펜서의 경우에는 알마의 성이 대표적인 이미지이며, 이 성은 인간의 신체기관들의 유기적인 작용과의 아날로지에 의해서 묘사되고 있다.

----

* 이 경우의 원형은 신 또는 영웅의 승리 이후 그를 위해서 집을 세운다는 것이다. 가스터(Gaster), 『테스피스』, p.163을 참조할 것. '아름다움과 돈'의 문구는 『요정의 여왕』 2권의 11가(歌)에서 취했다. 절제와 금욕의 구별에 대해서, 또 자연의 두 개의 레벨에 대해서는 우드하우스(A.S.P. Woodhouse), 「'요정의 여왕'에서의 자연과 은총」, ELH(1949) 및 「밀턴의 '코머스'의 줄거리」, 『토론토 대학 잡지』(1941)를 볼 것.

똑같은 양상의 사회적인 면은『요정의 여왕』제5권에서 다루어지고 있다. 제5권은 정의의 전제조건이 힘이 되고 있는, 정의의 전설을 취급하는데, 여기서의 정의와 힘의 관계는 앞의 절제와 금욕의 관계에 해당된다. 제5권에서 우리는 네번째 양상의 열쇠가 되는 이미지가 이시스와 오시리스의 모습을 취한 채 나타나고 있음을 보게 되는데, 이 이미지는 처녀에 의해서 길들여지고 지배를 받는 괴물의 이미지, 즉 목양신(牧羊神)들과 사자를 길들이는 유나와 관련되는 가운데 제1권에서 삽화적으로 모습을 드러내는 바로 그 괴물의 이미지이다.

이 이미지의 원형은 아테나 여신의 방패에 그려진 고르곤의 머리이다. 꺾일 수 없는 순진무구와 처녀성의 주제는「이사야서」의 맹수를 이끌고 있는 어린아이에서부터[207]『페리클레스』의 매음굴에 있는 마리나에 이르기까지 문학작품에 나타나는 여러 가지 비슷한 이미지와 연관되고 있으며, 유별나게 흉폭한 주인공이 여주인공에게 무릎을 꿇는, 후세의 작품들에서도 다시 나타나고 있다. 이 주제의 아이러니에 찬 패러디가 아리스토파네스의『여성의 평화』의 기초를 이루고 있다.

다섯번째의 양상은 희극의 다섯번째 양상에 해당하며, 이 희극의 양상과 똑같이 높은 곳에서부터 경험의 세계를 관조적이고 전원시적인 자세로 바라본다. 여기에서는 보통 자연의 순환운동이 지배적인 위치를 차지한다. 이 양상은 두번째 양상의 세계와 아주 비슷한 세계를 다루지만, 단지 하나 다른 점이 있다면 그것은 행동으로 옮길 팔팔한 기세에 찬 분위기보다는 행동에서부터 물러나서 정관(靜觀)하는 또는 행동이 끝난 후의 분위기를 그린다는 점이다. 이 양상은 두번째 양상처럼 성적 사랑의 세계이지만, 경험을 신비적인 것으로 나타내주는 것이 아니라, 이해되는 것으로 나타내준다.

이 세계가 모리스가 쓴 로맨스의 대부분의 세계, 호손의『블라이스데일 로맨스』의 세계,「지주의 이야기」[208]의 성숙하면서도 순진무구한

---

207)「이사야서」, 11장 6∼9절.

지혜의 세계이며, 또한 『요정의 여왕』 제3권의 대부분의 이미지가 차지하고 있는 세계인 것이다. 『요정의 여왕』과 셰익스피어의 후기 로맨스 극들, 특히 『페리클레스』, 심지어 『폭풍우』에서도 우리는 등장인물들이 도덕적인 면에서 계층화되고 있는 경향을 보게 된다. 진정한 연인들이 에로스의 모방이라고 일컬을 수 있는 것의 어떤 계층의 정상에 있다가, 여러 가지 등급의 정욕과 정열을 거쳐서 도착(倒錯)을 향해 하강해간다(스펜서의 『요정의 여왕』에서의 아간트와 올리펀트, 『페리클레스』의 안티오코스와 그의 딸이 이런 예에 속한다). 등장인물의 이와 같은 배열은 이 양상에서 취하는 초연하고 관조적인 관점과 일관성을 유지하고 있다.

여섯번째 즉 펜세로소(penseroso)의 양상은 희극의 양상이기도 하며, 로맨스의 마지막 양상이기도 하다. 희극에서 이 양상은 희극적인 사회가 소단위나 개인으로 해체되는 것을 보여주며, 로맨스에서 이 양상은 활동적인 모험에서 정관적(靜觀的)인 모험으로 움직이는 움직임의 최종 단계를 보여주고 있다. 이 양상의 중심적인 이미지(예이츠가 매우 좋아하는 이미지이다)는 탑 속의 노인, 비교(秘敎)나 마술에 몰두하는 고독한 은자의 이미지이다. 한층 대중적인 그리고 사회적인 수준에서의 이 이미지는 노변담화의 분위기에 어울리는 것들이라고 일컬어질 만한 것을 채택하고 있다. 즉 이 로맨스는 난로 주위나, 대체로 따뜻하고 아늑한 곳 주위의 쾌적한 침대나 의자와 실제로 연관되어 있다. 이 양상의 특징은 작중인물에 의해서 행해지는 이야기의 형식을 취하는 것에 있다. 이 이야기에서는 마음이 서로 맞는 소수의 사람들로 장면이 시작되며, 그리고 나서 진짜 이야기는 그 중의 한 사람에 의해서 얘기된다.

『나사의 회전』[209]에서는 많은 수의 사람들이 시골집에서 유령 이야

---

208) 초서의 『캔터베리 이야기』에 나오는 열두번째 이야기로서, 정절을 지키는 아내의 이야기이다.

기를 하지만, 그 중의 일부는 떠나고 나머지 극소수의 친한 몇 사람이 한자리에 모인 가운데 극히 중요한 이야기가 시작된다. 첫머리에서 신출내기들을 그 자리에서부터 우선 떼어내버리는 방법은 이 양상의 정신과 관습에 완전히 일치하고 있다. 이런 기법의 결과, 말하자면 노골적인 비극에 우리를 대면시키지 않고, 느긋하면서도 명상적인 아련한 상태를 통해서 우리를 즐겁게 해주는 이야기가 나오게 되는 것이다.

『데카메론』 같은 심포지움 형식에 근거를 둔 일련의 이야기들도 이 양상에 속한다. 모리스의 『지상낙원』은 이 양상의 극히 순수한 일례이다. 이 작품에서는 그리스와 북유럽의 다수 중요하고 원형적인 신화가 노인들의 모습으로 의인화되고 있는데, 이 노인들은 중세 기간에 세상을 버리고, 왕이나 신, 이 중의 어느 것도 되기를 거부했던 자들로서, 지금은 허무한 꿈나라에서 그들의 신화를 교환하고 있다. 여기서는 고독한 노인, 절친한 이들의 패거리, 보고 형식의 이야기 등의 주제가 서로 연관되고 있다. 이야기 하나하나를 달력순으로 배열함으로써, 이 양상은 또 자연의 주기의 상징과 연관되고 있다.

이 양상의 특징을 매우 간결하면서도 긴밀하게 취급한 또 다른 작품으로는 버지니아 울프의 『막간』이 있다. 이 작품에서는 영국 생활의 역사를 나타내는 한 연극이 한떼의 사람들 앞에서 행해진다. 역사는 하나의 진보로서 뿐만 아니라 하나의 순환으로 여겨지고 있는데, 관객은 이 순환의 끝인 동시에 이 작품의 마지막 페이지가 지적하는 것처럼 시작이 되고 있다.

바그너의 『니벨룽겐의 반지』에서부터 공상과학소설에 이르기까지 우리는 홍수의 원형이 점차 인기를 얻고 있음을 깨달을 수 있다. 이것은 보통 어떤 피난처에서 새로이 삶을 시작하는 어떤 소집단만 남기고, 사회 전체(물론 이야기 속에 나오는 사회)를 파괴하는 우주적인 파국을

---

209) 제임스(Henry James)의 소설(1898).

나타내고 있다. 이 주제와 세상의 다른 사람들을 이럭저럭 따돌린 마음 편한 사람들의 패거리라는 주제와의 유사성은 충분히 드러나고 있으며, 그리고 이 주제는 우리로 하여금 바다에 떠다니는 신비스러운 신생아의 이미지에 대해서 다시 생각하게 한다.

시적 상징화에 대해서 검토하지 않으면 안 될 중요한 점이 또 하나 있다. 그것은 전위되지 않는 묵시적인 세계와 자연의 주기적인 세계가 일치하는 지점, 우리가 현현이라고 부를 만한 지점을 상징적으로 제시하는 일이다. 그 가장 평범한 무대는 산꼭대기, 섬, 탑, 등대, 사다리 또는 계단이다. 민담과 신화는 하늘 또는 태양과 지상 사이는 원래 서로 관련이 있었다는 이야기들로 꽉차 있다. 우리는 화살의 사닥다리, 장난꾸러기 새들의 부리에 쪼여 두 가닥으로 끊어진 밧줄의 이야기를 알고 있다.

이러한 이야기들은 종종 성서에 나오는 인류의 타락 이야기의 유비물(類比物, analogues)*로서, 잭의 콩나무, 라푼첼의 머리카락,[210] 그리고 심지어 인도의 밧줄요술로 알려져 있는 출처 불명의 민속에도 남아 있다. 하나의 세계에서 또 하나의 세계로의 움직임은, 다나에 이야기[211]의 신화적인 기초가 되고 있는, 태양에서 떨어지는 금빛의 불꽃에 의해서, 그리고 이것에 대한 인간의 응답이라고 말할 수 있는, 산 제물

---

* 아폴로도로스(Apollodorus), 『비블리오테카』(*Bibliotheca*), 프레이저 엮음 (로에브 고전문고, 1921) ; 프레이저(James Frazer), 『구약성서의 민속학』, 1권(1918) ; 프로베니우스(Leo Frobenius), 『인류의 유년시대』(A.H. Keane 옮김, 1909)를 볼 것.

210) 『그림 동화집』에 있는 이야기로, 긴 머리카락을 짜서 그것을 사닥다리로 해서 탈출하는 이야기이다.

211) 놋쇠의 탑에 갇힌 아르고스 왕의 딸 다나에를 사랑하게 된 제우스는 황금의 비로 모습을 바꾼 뒤 사닥다리 사이로 들어와 그녀에게 잉태시킨다는 이야기이다. 그 사이에 태어난 아들이 페르세우스이다.

을 바치는 희생 제단에 훨훨 타고 있는 불꽃에 의해서 상징될 수 있다.

포의 단편 『황금충』*은 이집트의 갑충이 태양을 상징하였음을 우리에게 상기시키고 있는데, 이 단편은 이 벌레를 끈 끝에 매놓고, 나무 위에 놓여 있는 해골의 눈 구멍으로부터 수직으로 드리워서 매장된 보물을 찾아내게 한다는 이야기이다. 여기에서 황금충의 원형은 이미 우리가 다루고 있는 이미지의 복합, 특히 연금술에 관계되는 내용과 밀접한 관계가 있다.

성서에는 야곱의 사닥다리가 있다. 이 사닥다리는 『실낙원』에서 밀턴이 그린 우주의 도식과 연관되고 있다. 밀턴의 도식에 의하면 구(球)의 꼭대기에 구멍이 뚫어진 곳이 천상이며, 그 밑부분의 구가 우주이다. 성서에는 몇 가지 산꼭대기에서의 현현이 있다. 그리스도의 산상 변모가 가장 유명하지만, 모세가 멀리 '약속의 땅'을 바라본 비스가 산상(황야의 방황의 마지막 길)의 비전도 예형론적으로 볼 때 연관이 있다. 시인들이 프톨레마이오스의 우주관을 받아들이고 있는 한, 현현이 가장 자연스럽게 일어나기 쉬운 장소는 바로 천체 중에서도 가장 낮은 위치에 있는 달 아래의 산정이었다.

단테의 연옥은 위로 향하는 나선형 계단을 그 둘레에 두고 있는 거대한 산이며, 산꼭대기는 순례를 통해서 단테가 잃어버린 순진무구를 되찾고 원죄를 씻어버림에 따라 에덴 동산으로 되고 있다. 『연옥편』 마지막 장의 놀랄 만한 묵시적 현현이 완성되는 것은 이 지점에서이다. 에덴 동산에서부터 모든 식물적인 생명의 씨는 세상에 되돌아오지만, 인간의 삶은 지나가버리니까, 이 지점은 위의 묵시적인 세계와 아래의 순

---

* 이 예는 '멋대로 하라'(oh-come-now)를 입버릇처럼 하는 비평유파의 마음에는 들지 않을 것이다. 그러나 이 예를 든 것은 민중적인 이야기의 경우에 논리적인 구성은 여러 가지 원형을 연결시키는 것이라는 원리를 예증하기 때문이다. 보물을 발견하기 위해서 황금충을 사용한다는 것은 현실적으로 가능한가 하는 관점(이 경우에는 무관하지만)에서 보면 불필요하며, 작중의 대화에도 이것에 대해서 아주 궁색한 변명만이 주어지고 있다.

환적인 세계의 중간에 위치하고 있는 것처럼 생각된다.

『요정의 여왕』의 제1권에는, 성 조지가 정관의 산에 올라가 멀리서 천국의 도시를 바라볼 때 비스가 산상(山上)의 비전이 나타난다. 그가 물리쳐야 할 용이 타락한 세계를 표상하기 때문에 우유(寓喩)의 수준에서 볼 때 용은 성 조지 자신과 멀리 떨어져 있는 도시 사이에 가로놓인 거리인 것이다. 이것에 해당하는 아리오스토의 삽화에서는 산경과 달무리 사이의 연관이 한층 명확하다. 그러나 이 주제를 스펜서가 가장 충분히 취급한 작품이 『무상(無常)의 시편』으로 알려져 있는 훌륭한 형이상학적인 희극이다.

이 작품에서는 '존재'와 '생성'의 갈등, 주피터와 무상의 갈등, 질서와 변화의 갈등이 달무리에서 해결되고 있다. 자연의 순환적인 운동이 무상을 증언하고 있지만, 자연의 순환적인 운동은 무상을 뒷받침하는 유리한 증언을 하지 못하고, 무상을 단순한 변화가 아닌 자연 내의 질서의 한 원리임을 입증하고 있다. 이 시에서 여러 천체와 묵시적인 세계와의 관계는 단테의 『천국편』에서처럼, 적어도 시적인 관습에서 볼 때 은유적으로 동일한 관계에 있는 것이 아니라 단순히 비슷한 관계에 지나지 않는다. 이 천체들은 여전히 자연 속에 존재하고 있으며, 다만 이 시의 마지막 연에서 진정한 묵시적 세계가 나타나고 있는 것이다.

여기에서 볼 수 있는 여러 가지 수준의 구별은 현현의 지점에 여러 가지 서로 비슷한 형식이 있을 수 있다는 것을 의미한다. 가령 현현의 지점은 성적인 사랑과 관련시켜서 말한다면 성적인 충족의 지점으로서 나타날 수 있는데, 이 경우에 묵시적인 비전은 없고 다만 자연 속에서 경험의 극치에 도달하고 있다는 느낌만이 있는 것이다. 현현의 지점의 이와 같은 자연적인 형식은 스펜서의 작품에서는 '아도니스의 정원'이라고 일컬어지고 있다. 이 형식은 똑같은 이름으로 키츠의 『엔디미온』에서 다시 나타나며, 또 셸리의 『이슬람의 반란』의 결말에서는 연인들이 들어가는 세계이기도 하다. 아도니스의 동산은 단테의 에덴

동산처럼 씨를 잉태하는 곳으로, 자연의 순환적인 질서에 따르는 모든 것이 죽을 때는 이곳으로 들어가고, 태어날 때는 이곳에서 나오는 것이다.

밀턴의 초기 시들은 『무상의 시편』처럼 자연을 두 가지로, 즉 신에 의해 인정된 질서로서의 자연—천계의 음악으로서의 자연—과 타락하고 대체로 무질서한 세계로서의 자연으로 완전히 구별하고 있다. 전자는 『코머스』의 아도니스의 동산에 의해서 상징되며, 이곳으로부터 시중드는 요정이 하계로 내려와서 귀공녀를 지킨다. 이 원형의 중심적인 이미지—아도니스를 시중드는 비너스—는 (현대적인 구별을 할 것 같으면), 성모 마리아와 아기 예수의 아가페적인 관계를 에로스적인 관계로 나타내는 것이라고 말해도 무리가 없다.

밀턴은 『복낙원』에서 비스가 산상의 비전의 주제를 채택하고 있다. 여기에서 그는 그리스도의 생애는 이스라엘의 역사를 되풀이하고 있다는, 성서 예형론의 기본적인 원리에 의거하고 있다. 이스라엘 백성은 요셉을 따라 이집트로 가 죄없는 자들의 학살을 피하며, 홍해에 의해서 이집트로부터 멀리 떨어져 있게 되고, 열두 부족을 통합하여 황야를 40년간 방황하며, 시나이 산에서 율법을 받고, 막대기 위의 청동뱀에 의해 구원을 받으며, 요단강을 건너 '이방인들이 예수라고 부른 여호수아'에 인솔되어 약속의 땅으로 들어오게 된다.

한편 그리스도는 갓난아기 때 요셉을 따라 이집트에 가서 순진무구한 아이들의 학살을 피하며, 세례를 받고 구세주로 인정되고, 황야를 40일간 방황하며, 열두 제자를 모아 산상수훈을 하고, 기둥(십자가) 위에서 죽음으로써 인류를 구원하며, 그리하여 진짜 여호수아로서 약속의 땅을 얻는다. 밀턴에서 유혹은 모세의 비스가 산상의 비전에 해당한다(단 시선은 반대 방향으로 향해져 있지만).

이것은 예수의 율법 순종의 클라이맥스를 나타내고 있는데, 바로 이 직전에 이 세상을 구원하려는 그의 적극적인 행위가 시작되고 있으며, 일련의 유혹은 세상, 육체, 그리고 악마를 사탄이라는 단 하나의 형상으로 응축시키고 있다. 현현의 지점은 여기서는 신전의 정상에 의해서 표상되고 있으며, 이 정상에서부터 사탄은 추락하지만 예수는 이곳에서 꼼짝도 하지 않고 서 있다. 우리는 사탄의 추락을 통해서 현현의 지점은 역시 운명의 수레바퀴의 정점이며, 이 정점에서 비극적인 주인공이 추락한다는 것을 생각하게 된다. 현현의 지점을 이렇듯 아이로니컬하게 사용하는 것은 성서의 바벨탑 이야기 속에 나타나고 있다.

프톨레마이오스의 우주는 결국 사라졌지만, 현현의 지점은 사라지지 않고 있다(최근의 문학에서는 이것이 이따금 아이러니를 띤 채 역전되기도 하고, 좀더 그럴 듯하게 보이도록 고쳐 다듬어지고 있기는 하지만). 이 점을 염두에 두더라도, 우리는 입센의 『죽어 있는 우리들이 깨어날 때』의 마지막에 나오는 산꼭대기의 장면과 버지니아 울프의 『등대』의 중심적인 이미지에서 똑같은 원형을 여전히 볼 수 있다. 예이츠와 엘리엇의 후기 시에서는 이것이 시 전체를 통일하는 중심적인 이미지로 되고 있다. 『탑』과 『회전계단』 같은 제명은 예이츠에게 이것이 중요한 역할을 하고 있다는 것을 보여주며, 『탑』과 『비잔티움으로의 항해』에 나타나는 달의 상징과 묵시적인 이미지는 다 같이 철저하게 일관적이다.

엘리엇에게 현현의 지점은 『황무지』의 '불의 설교'의 마지막에서 타오르는 불꽃이며, 이는 불에 의해서 상징되고 있는 자연의 순환과 대조를 이루고 있으며, 또한 엘리엇에게 현현의 지점은 『텅 빈 사람들』의 '꽃잎이 서로 겹쳐져 있는 장미'이기도 하다. 『성회 수요일』(聖灰水曜日)에서 우리는 다시 연옥 같은 회전계단을, 그리고 『리틀 기딩』[212]에서는 불타는 장미를 만나게 된다. 여기에는 오순절의 훨훨 타오르는 불길

---

212) 엘리엇(T.S. Eliot)의 『네 개의 4중주』(1942)의 영겁회귀를 주제로 한 마지막 제4부. 엘리엇은 이 부분에서도 시작과 끝은 하나라는 사상을 다시 되풀이하고 있다.

의 혓바닥에 의해서 상징되는 하강운동과 헤라클레스의 화장용 장작더미와 '불꽃의 속옷'에 의해서 상징되는 상승운동이 있다.

가을의 뮈토스 : 비극

여느 때처럼, 아리스토텔레스 덕분에 비극 이론은 다른 세 개의 **뮈토스**의 이론들보다도 훨씬 말끔하게 정리되어 있다. 이 영역은 다른 것들보다도 한층 낯익은 것이므로 보다 더 간결하게 취급할 수가 있다. 비극이 없으면 모든 문학적인 허구는 그것이 욕구충족의 표현이든 꺼림칙한 것의 표현이든 간에 감정의 있는 그대로의 표현이라고 설명해도 그럴 듯할 것 같다. 비극적인 허구는 말하자면 문학적인 경험에서 사심 없는 성질을 보증하는 것이다. 인간의 성격을 꾸밈없는 그대로 진실하게 이해하는 그런 의식이 문학 속에 들어오게 된 것은 주로 그리스 문화의 비극들을 통해서이다. 로맨스에서는 등장인물들이 주로 여전히 몽상적인 인간들이 많고, 풍자에서는 희화적인 인간들로 되는 경향이 있으며, 희극에서는 등장인물들의 행동은 해피 엔드에 맞아떨어지도록 고의적으로 틀에 맞추어진다.

그러나 완벽한 비극에서는 주요 등장인물들이 꿈에서부터 해방된다. 그러나 이 해방은 동시에 하나의 제약이기도 하다. 왜냐하면 자연의 질서는 엄연히 존재하고 있기 때문이다. 비극이 망령이나 전조(前兆), 마녀, 또는 신탁으로 온통 들끓고 있다 하더라도, 우리는 비극적 주인공이 곤경에서 빠져나오기 위해서 『아라비안 나이트』에 나오는 그런 마인(魔人)을 램프를 문질러서 불러낼 수 없다는 것을 알고 있다.

희극처럼 비극의 연구도 드라마를 대상으로 삼아서 연구하는 것이 가장 쉽고 가장 훌륭한 방법이다. 그렇지만 비극은 드라마에만 한정되는 것도 아니고, 비참한 사건으로 끝나는 행위에만 한정되는 것도 아니다. 보통 비극이라고 일컬어지고, 비극으로 분류되는 극 가운데 셰익스피어의 『심벨린』처럼 조용하고 평온한 가운데 끝나는 것도 있고, 에우리피데스의 『알케스티스』처럼 또는 라신의 『에스테르』처럼 심지어 즐거움 가운데 끝나는 것도 있으며, 『필로크테테스』[213])처럼 정의하기 어려운 애매한 분위기로 끝나는 것도 있다.

다른 한편, 압도적으로 침울한 분위기가 비극의 구조에 통일성을 주는 역할을 하고는 있지만, 그 분위기에만 집중한다고 해서 비극적인 효과가 강렬해지는 것은 아니다. 만일 그렇다고 하면, 『타이터스 앤드로니커스』가 셰익스피어 비극들 가운데 가장 박력 있는 것이 될지도 모른다. 비극적 효과의 원천은 아리스토텔레스가 지적한 것처럼 비극적인 뮈토스, 즉 플롯의 구조에서 찾지 않으면 아니 된다.

희극은 사회집단 속에 있는 등장인물들을 다루는 경향이 있고, 비극은 한 개인을 보다 더 집중적으로 다루는 경향이 있다는 것이 비평의 상투적인 문구다. 우리는 첫번째 에세이에서 전형적인 비극의 주인공은 신과 같은 존재와 '너무나 인간적인' 존재의 중간 어딘가에 있다고 여기는 이유를 제시했다. 이것은 죽어가는 신들에게도 적용되지 않으면 안 된다. 가령 프로메테우스는 신이므로 죽을 수는 없다. 그러나 그는 '죽어가는 자들', 즉 '죽어야 할' 인간들에게 베푼 동정 때문에 고통을 당하며, 그의 고통마저도 신답지 않은 면이 있는 것이다.

비극의 주인공은 우리와 비교해보면 대단히 위대하다. 그러나 그의 배후에는 관객과 정반대의 위치에 있는 어떤 존재가 있으며, 이 존재와 비교하면, 그는 하찮은 존재에 지나지 않는다. 이 어떤 존재는 신, 신

---

213) 소포클레스의 비극(기원전 409). 포이아스의 아들이자 헤라클레스의 친구인 필로크테테스는 트로이 전쟁에 참가하는 도중 뱀에 물려 오디세우스의 뜻에 의해 렘노스 섬에서 요양하나, 그가 가지고 있는 헤라클레스의 활 없이는 트로이가 함락될 수 없다는 신탁을 들은 오디세우스는 율리시스와 디오메데스를 그에게 보낸다. 오디세우스의 관심은 헤라클레스가 준 활을 필로크테테스에게서 빼앗는 것이지만, 필로크테테스는 이 음모를 알고 자신이 생명의 위협을 무릅쓰고 트로이 전쟁에 참가하여야 하는가 하는 딜레마에 빠져 있다가 활을 들고 트로이 전쟁에 참가한다.

들, 운명, 우연, 운수, 필연, 환경 등이라고 일컬어질 수 있을지 모른다. 아니면 이 모든 것이 종합된 것이라고 일컬어질 수 있을지 모른다. 그러나 이 어떤 존재가 무엇이든 간에 비극적인 주인공은 이 존재와 우리 사이의 중개자인 것이다.

전형적인 비극의 주인공은 운명의 수레바퀴의 정점에 있으며, 그러기에 지상의 인간 사회와 천상의 보다 위대한 존재의 중간에 위치하고 있다. 프로메테우스, 아담과 그리스도는 천상과 지상의 중간, 천국적인 자유의 세계와 지상적인 제약의 세계의 중간에 매달려 있다. 비극의 주인공들은 인간들이 사는 세계에서는 최고의 위치에 있기 때문에 그들은 불가피하게 권력을 휘두르는 존재가 될 수밖에 없다. 거목은 수풀보다 번갯불에 맞기 쉬운 것이다. 지도자들은 물론 신의 번갯불의 희생물인 동시에 그 도구도 될 수 있다.[214]

밀턴의 삼손은 필리스티아의 신전을 파괴하지만 그 파괴와 더불어 자신의 죽음도 가져온다. 햄릿도 덴마크 궁정을 거의 전멸시키지만, 동시에 자신도 몰락한다. 니체가 말하는 가치전환이라는 산정(山頂)의 광휘[215] 같은 것이 비극의 주인공의 둘레를 떠돌고 있다. 그의 생각은 그의 행동양식과 마찬가지로 우리의 생각과 우리의 행동양식은 아닌 것이다. 파우스투스처럼 그가 그런 생각을 품고 그런 행동양식을 하기 때문에 지옥으로 내던져진다 하더라도 그의 생각과 행동양식은 우리의 것은 아니다. 그가 어떤 능변이나 불임성을 갖고 있다 하더라도 그 배후에는 측량할 길 없는 어떤 은밀한 비밀이 감돌고 있는 것이다. 사악한 주인공들—탬벌레인, 맥베스, 크레온—조차도 이러한 비밀을 가지고 있다. 이런 인물들을 통해서 사람들은 사악한 또는 잔인한 인간을 위해서는 충성을 다 바쳐 죽으려고 하겠지만, 상냥하고 친숙하게

---

214) 여기의 문장은, '피뢰침은 벼락을 맞는 것과 더불어 전기를 유도하는 도구가 된다'라는 의미를 포함하고 있다.

215) 『반시대적 고찰』에 나온다.

구는 사람을 위해서는 죽으려고 하지 않을 것이라는 사실을 우리는 깨닫게 된다. 자신들을 향한 사람들의 헌신을 가장 잘 유인하는 자들은 그런 헌신을 자신들은 필요로 하지 않는다는 암시를 짐짓 말투나 몸짓으로 가장 잘 나타내줄 수 있는 자들이다.

그리고 햄릿의 도시풍의 세련에서부터 소포클레스의 아이아스의 실쭉한 기분에서 우러나오는 포악함에 이르기까지 비극의 주인공들은 뭔가 초월적인 것과 친히 사귀는 그런 신비에 싸여 있다. 우리는 그 초월적인 것을 그들을 통해서만 엿볼 수 있으며, 그리고 그 초월적인 것은 그들의 힘의 원천이기도 하고, 또 운명의 원천이기도 하다. 예이츠를 크게 매료시킨 말에, 비극의 주인공은 그의 '삶'을 하인들이 대신해서 살게끔 내버려둔다는 것이 있으나,[216] 비극의 중심은 주인공의 고립에 있는 것이며, 악인의 배신에 있는 것이 아니다. 설사 흔히 있는 것처럼 악역이 주인공 자신의 일부가 되는 경우라도 그렇다.

그 초월적인 것이 무엇인가에 대해서 말하면, 그것에 해당되는 이름들은 갖가지로 불려질 만큼 가변적인 것이지만, 그것이 나타내주는 형식은 꽤 일정한 것이다. 배경이 그리스적이건, 기독교적이건 또는 명백하게 정의될 수 없는 어떤 것이건 간에 비극은 이야기를 법칙, 즉 현재에 존재하고 있고 또 존재하지 않으면 안 되는 것의 현현으로 이끌어가고 있는 것처럼 보인다.

비극이 크게 발전하였던 두 시대—기원전 5세기의 아테네와 17세기의 유럽—가 이오니아와 르네상스의 과학의 발흥기*와 시대를 같이 하였다는 것이 우연이라고는 말할 수 없다. 이 시대의 세계관에 의하면 자연은 인간의 법칙이 가능한 한 가장 충실하게 따라야만 할 초인격적인 과정으로 여겨지며, 인간과 자연법칙과의 직접적인 관계가 전면에

---

216) 프랑스의 빌리에 드 릴라당(Villiers de L'Isle-Adam)의 산문으로 된 일종의 극시 『악셀』(*Axel*, 1890)에 나오는 말이다.

　*　화이트헤드(A.N. Whitehead), 『과학과 현대 세계』(1925), 1장을 참조할 것.

내세워지고 있다. 운명은 신들보다도 더 강하다는 사상이 그리스 비극에 나타나고 있는 사실은, 신들은 자연의 질서를 인정하기 위해서 원래 존재하는 것이며, 그리고 만일 어떤 한 개인이—신과 같은 존재라도—법칙에 대해서 진짜 거부권을 행사할 수 있는 힘을 갖고 있다고 할지라도 그 거부권을 감히 행사하고자 하는 일은 절대 있을 수 없다는 것을 사실상 함축하고 있다.

이와 아주 똑같은 사실이 기독교에서는, 그리스도 개인이 하느님 아버지의 헤아릴 수 없는 뜻과 맺는 관계에 적용된다. 이와 흡사하게 세익스피어 극의 비극적인 과정은 그 원인이 무엇이든, 어떤 설명이 붙여지든, 또 어떤 전후 관계가 있든 간에 그것이 그냥 일어난다는 뜻에서 자연적인 것이다. 등장인물들은 소일거리로 우리를 죽이는 신들에 대해서 또는 우리의 운명의 말로를 정해주는 신들에 대해서 그들대로의 개념을 세우기 위해서 암중모색을 할 수도 있다. 그러나 비극의 극적 전개는 우리의 물음에 답을 주지 않을 것이다. 이 사실은 자주 셰익스피어 개인의 개성으로 돌아가게 되는 문제로 귀착되고 있다.

그 가장 기본적인 형식에서 법칙(dike)의 개념은 **이는 이로 갚는 법칙**(lex talionis), 즉 복수로서 작용한다. 주인공은 적의를 불러일으키기도 하고 또는 적의에 찬 상황을 이어받기도 하며, 그리하여 복수자의 귀환이 대단원을 만들어낸다. 복수 비극은 단순한 비극의 구조를 이루고 있으며, 대부분의 단순한 구조처럼 아주 박력있는 구조를 가질 수 있고, 가장 복잡한 비극들에서조차도 이따금 중심적인 주제로 남아 있을 수 있다. 이 경우 복수의 원인으로 이끈 본래의 행위는 그것에 대립하고 또는 대응하는 움직임을 만들어내고, 이 움직임의 완결과 더불어 비극은 해결된다. 이러한 일은 너무 자주 일어나므로 비극의 **뮈토스** 전체를, 희극의 삼부 형식의 농신제적(農神祭的)인 움직임과는 대조적인, 이부 형식으로 성격을 규정해도 무리하지 않으리라 본다.

그렇지만 우리는 복수가 신들, 망령들, 또는 신탁을 통해서 다른 세계로부터 오게 되는 그런 구상이 빈번하게 사용되고 있는 것을 보게 된다. 이 구상은 자연의 개념과 법칙의 개념을, 눈에 환히 들여다보이고 손에 닿을 수 있는, 말하자면 현실적인 것의 한계 너머로 확장시킨다. 그렇다고 해서 그 구상이 이 두 개념들을 초월하고 있다는 것은 아니다. 왜냐하면 비극적인 행위에 의해서 명백하게 드러나는 것은 여전히 자연법칙이기 때문이다. 이 점에서 우리는, 비극의 주인공은 자연의 균형을 어지럽히는 자라고 생각한다. 이 경우에 자연은 눈에 보이는 것과 보이지 않는 것, 이 두 영역 위로 뻗어 있는 질서이며, 주인공에 의해서 어지럽혀진 균형은 조만간 본래의 상태로 회복되지 않으면 안 된다.

균형의 회복을 그리스인들은 인과응보(nemesis)라고 일컬었다. 이 네메시스의 사자(使者) 또는 도구는 인간에 의한 복수, 망령에 의한 복수, 신에 의한 복수, 신의 정의(dike), 뜻밖의 사건, 운명 또는 사태의 필연적인 결과 등 여러 가지 모양을 취하지만, 본질적인 것은 네메시스는 일어나는 것이며, 『오이디푸스 왕』이 예시하고 있는 것처럼 그것이 일어나더라도 그것에 관계된 인간적인 동기의 도덕적인 성격에 의해서는 영향을 받지 않고 초인격적으로 일어나는 것이다.

『오레스테이아』[217]에서 우리는 일련의 복수 행위로부터 자연법칙에 대한 최종적인 비전으로 인도된다. 여기에서의 자연법칙이란 도덕률을 포함하고 있고, 지혜의 여신의 모습을 취하고 있는 신들이 보증하는 보편적인 계약이다. 이 경우에 네메시스는 이것에 해당하는 기독교의 모세의 율법과 똑같이 폐지되는 것이 아니라 완성되는 것이다. 말하자면 기계적으로 또는 자의적으로 질서를 회복시켜주는 것(분노의 여신들이 이 입장을 대표한다)에서부터 이성적으로 회복시켜주는 것(아테나 여신이 이 입장을 자세히 설명하고 있다)으로 발전한다. 아테나 여신의 등장으로 『오레스테이아』가 희극으로 변한 것은 아니지만,

---

217) 그리스의 아이스킬로스의 3부작 비극(기원전 458)이다. 1부는 아가멤논의 살인, 2부는 이 살인에 대한 복수, 3부는 이 복수의 결과를 다룬다.

이 여신의 등장으로 인해 이 극의 비극적인 비전은 뚜렷하게 드러나
고 있다.

비극을 설명하기 위해서 자주 사용되어왔던 두 개의 환원론적인 공
식이 있다. 두 공식의 어느 쪽도 극히 완벽한 것은 아니지만, 대체로
제각기 타당한 것이라고는 말할 수 있겠다. 그리고 이 두 공식은 서로
모순되므로 다 같이 극단적인 또는 한정된 비극관을 나타낼 수밖에 없
다. 이 두 공식 중의 하나는, 비극은 모두 다 외적인 운명의 전능성을
증명하고 있다는 이론이다. 물론 비극의 압도적인 다수가 우리로 하여
금 초인격적인 힘의 우위와 인간의 노력의 한계를 의식하게 하는 것은
사실이다. 그러나 비극을 운명적인 것으로 돌려버린다면 비극적인 조
건을 비극적인 과정과 혼돈하게 되는 것이 된다. 말하자면 비극에서 운
명은 보통 비극적인 과정이 움직이기 시작한 뒤에만 주인공에게 외적인
것이 된다.

그리스어의 아난케(ananke) 또는 모이라(moira)는 보통의 형식, 즉
비극적인 것으로 나타나기 이전의 형식에서는 삶을 내적으로 조화·균
형시키는 조건을 만들어낸다. 아난케 또는 모이라가 외적인 필연성 또
는 외적인 것에 대립하는 필연성으로서 처음으로 나타나는 것은 그것
이 삶의 조건으로서 깨졌을 때뿐이다. 이것은 마치 정의가 정직한 인간
의 내적인 조건이지만, 범인(犯人)에게는 외적인 적(敵)이 되는 것과
마찬가지이다. 호메로스가 제우스로 하여금 아이기스토스에 대해서
‘인간으로서의 한계를 벗어나고 있다’ [218]라는 말을 하게 했을 때, 그는
비극 이론에 적합한 깊은 의미의 문구를 사용하고 있는 것이다.

비극을 운명적인 것으로 돌려버린다면 비극과 아이러니를 구별할 수
없게 된다. 여기서 우리가 운명의 비극이 아닌 운명의 아이러니에 대해
서 이야기하는 것은 다시 한 번 의의 있는 일이다. 아이러니는 유별나
게 예외적인 주인공을 필요로 하지 않는다. 대체로 아이러니 그 자체가

---

218) 『오디세이아』, 1권 35행.

목적이 되는 경우에는 주인공이 초라하면 초라할수록 아이러니는 더욱 통렬한 것이 된다. 비극에 그 특유의 장려함과 고양감이 있는 것은 영웅성이 그 속에 섞여 있기 때문이다. 비극의 주인공(영웅)은 보통 비상한, 때로는 신의 목표와 대략 비슷한 목표를 거의 움켜잡고 있으며, 그러기에 애초의 영광스러운 비전은 비극으로부터 결코 사라지지 않는 것이다.

비극의 수사(修辭)는 최고의 시인들만이 내놓을 수 있는 가장 고결한 시어(詩語)를 요구한다. 그리고 비극은 보통 파국으로 끝나지만, 이 파국에 못지않게 애초의 장려함(우리는 이것을 잃어버린 낙원이라고 말할 수 있다)도 똑같이 중요한 것이다.

비극의 또 하나의 환원적인 이론은 비극적인 과정을 움직이게 하는 행위가 도덕적인 법칙(인간적인 것이든 신적인 것이든 간에)을 우선 범하는 것이라고 생각하는 이론이다. 요컨대 아리스토텔레스의 하마르티아(hamartia) 또는 '과오'가 죄 또는 악행과 본질적으로 관계가 있음에 틀림없다는 이론이다. 한편 비극의 주인공들 대부분이 히브리스(hybris), 즉 오만에 차 있고, 격하기 쉬우며, 뭔가에 사로잡혀 있고, 또 하늘 높이 치솟고 싶어하는 마음을 갖고 있는 것은 사실이며, 이 히브리스가 도덕적으로 보아 당연한 전락을 초래하고 있는 것이다. 이러한 히브리스 즉 오만이 파국을 재촉하는 흔한 동인(動因)이 되고 있다. 이것은 마치 희극에서 해피 엔드의 원인이 되고 있는 것이 보통 노예라든가 초라한 모습으로 변장한 여주인공에 의해서 대표되는 겸허한 행위인 것과 마찬가지이다.

아리스토텔레스에게 비극의 주인공의 하마르티아, 즉 과오는 그의 윤리학의 프로아이레시스(proairesis) 즉 어떤 목적을 자유롭게 선택한다는 관념과 관련이 있다. 그리고 아리스토텔레스는 분명히 비극을 윤리적으로, 거의 물리적으로 이해 가능한 것이라고 생각하는 경향이 있다. 그렇지만 이미 필자가 지적한 것처럼 아리스토텔레스의 비극관의 중심을 이루는 카타르시스의 개념은 비극을 도덕적인 것으로 환원하는 것과는 서로 용납되지 않는다. 연민과 공포는 도덕적인 감정이다. 그리고 이 연민과 공포가 비극적인 상황과는 관련이 있을지 모르지만 비극적인 상황에 부속되고 있는 것은 아니다.

셰익스피어는 그의 주인공들의 양측에 도덕의 피뢰침을 세운 뒤 연민과 공포를 피하게 하는 것을 특히 좋아한다. 우리는 오셀로가 이아고와 데스데모나 사이에 끼여 있는 것을 언급했지만, 햄릿도 클로디어스와 오필리아 사이에 끼여 있으며, 리어는 딸들, 맥베스까지도 부인과 덩컨 왕 사이에 끼여 있는 것이다. 이 모든 비극들에는 극 전체를 덮고 있는 일종의 신비적인 느낌이 있어, 이 느낌을 고려하면 이 작품들을 도덕적으로 이해할 수 있는 과정은 작은 부분에 지나지 않는다. 주인공의 행위는 그 자신의 삶보다 훨씬 커다란, 아니 심지어 그 자신이 살고 있는 사회보다도 훨씬 커다란 기계에 스위치를 넣어버린 것이다.

비극을 도덕적으로 해명하려는 모든 이론은 조만간 다음과 같은 질문에 부딪치게 된다. 아무런 죄없는(시적으로 말해서 '아무런 죄없는') 희생자들——이피게네이아,[219) 코델리어, 플라톤의 『변명』에 나오는 소크라테스, 수난의 그리스도——은 비극의 주인공이라고 말할 수 없는가? 이런 등장인물들에게 결정적인 도덕적 결함을 주려고 한다면 누구에게도 납득되기가 어렵다. 코델리어는 아버지에게 아첨하는 것을 거절하면서 의기양양한 태도, 다소 건방진 태도를 보이다가 마지막에 가서 교수형을 당한다. 실러의 잔 다르크[220)는 한 영국 병사에게 사랑의 감정을 보내는 순간에 있으며, 결국 그녀는 화형에 처해지게 되는데, 실러가 자기의 도덕 원리의 체면을 살리기 위해서 사실들을 희생시키지 않으려고

---

219) 그리스 신화에 등장하는 아가멤논과 클리타임네스트라의 딸이다. 순진무구하면서도 아이스킬로스의 『오레스테이아』의 제1부작 『아가멤논』에서는 아버지 아가멤논에 의해서 희생 제물로 바쳐지는 등 여러 가지 수난을 겪는다. 에우리피데스는 『아울리스의 이피게네이아』, 『타우리스의 이피게네이아』, 괴테는 『타우리스의 이피게네이아』(1787) 등에서 그녀를 극화했다.

220) 실러(Friedrich Schiller)의 『오를레앙의 소녀』(1802)에 등장하는 소녀이다.

했더라도 그렇게 되었을 것이다.

이렇게 되면 우리는 비극으로부터 떠나서, 불합리한 질문을 했기 때문에 소의 이빨에 찢겨 죽은 피프친 부인[221]의 어린아이의 이야기와 같이 일종의 광기를 띤 설교투의 이야기를 가까이 대하는 것이 되어버린다. 비극이란 요컨대 그것이 선과 악의 대립을 피하는 것과 마찬가지로 도덕적인 책임과 변덕스러운 운명의 대립을 회피하는 것처럼 보인다.

『실낙원』 제3권에서 밀턴은 신이 '타락하는 것은 자유이지만 유혹을 이기기에는 충분한'[222] 자로서 인간을 창조하였다고 말한다. 신은 아담이 타락하리라는 것을 알았지만, 그렇게 되게끔 강요했던 것은 아니다. 이러한 근거에 입각해서 신은 법적인 책임을 부인하는 것이다. 이런 논의는 아주 탐탁잖은 것이므로, 밀턴이 만일 논박을 피하고 싶어했더라면 당연히 신에게 책임을 돌렸어야 했다. 사고(思考)와 행위는 그렇게 서로 분리될 수 있는 것이 아니다. 즉 만일 신이 예견하는 힘을 갖고 있었다면 아담을 창조하는 그 순간에 타락할 존재를 스스로 창조하고 있다는 것을 알았음에 틀림없다.

그런데도 앞에 인용된 구절은 아주 따라다니면서 마음을 괴롭히는 극히 시사적인 일절이다. 왜냐하면 『실낙원』은 단순히 또 하나의 비극을 쓰려는 시도가 아니고, 밀턴이 비극의 원형을 이루는 신화라고 믿고 있는 것을 해명하려는 시도이기 때문이다. 그러므로 그 일절은 실재 투사(existential projection)에 대한 또 하나의 일례인 것이다. 밀턴의 신이 아담과 맺는 관계의 진정한 기초가 되고 있는 것은 비극 시인이 그의 주인공과 맺는 관계이다. 비극 시인은 자기의 주인공이 비극적인 상황에 놓이게 될 것임을 알지만, 이러한 상황을 자신의 목적에 맞도록 조작한다는 느낌을 주지 않기 위해 전력(全力)을 다한다. 그가 주인공을

---

221) 디킨스(Charles Dickens)의 『돔비 부자』(1847~48)에 나오는 하숙집 여주인이다.
222) 『실낙원』, 3권 99~100행.

우리 독자에게 보여주는 것은 마치 하느님이 아담을 천사들에게 보여주는 것과 마찬가지이다. 만일 주인공이 유혹에 이기지 못하도록 창조되었다면, 그것은 순전히 아이러니 양식이 되고, 만일 그 주인공이 타락할 자유가 없다면 순전히 로맨스 양식이 된다. 그것은 말하자면, 주인공에 대한 이야기가 계속되는 한 그의 모든 적들을 정복하게 되는 무적의 영웅의 이야기가 될 것이다.

그리하여 대개의 비극 이론은 한 위대한 비극을 규범으로 하고 있다. 가령 아리스토텔레스의 이론은 주로『오이디푸스 왕』에 의거해 있으며, 헤겔의 이론은『안티고네』에 의거해 있다. 아담의 이야기에서 인간 비극의 원형을 보고 있다는 점에서 밀턴은 물론 유대·기독교 문화의 전통 전체와 일치하고 있다. 그리고 아마 아담의 이야기에서부터 끌어내어지는 여러 논의들은, 사실로서 가정되든 법률상의 허구로서 가정되든 간에 아담의 실존을 어쩔 수 없이 가정해야 하는 영역에서보다도 문예비평에서 더 이해되기가 쉬울는지 모른다. 초서의 수도사(修道士)는 자신의 직분을 뚜렷하게 이해하고 있어, 루시퍼와 아담으로부터 이야기를 시작하고 있는데, 우리도 그를 본보기로 삼아도 좋으리라 본다.

아담은 영웅적인 인간의 상황에 놓여 있다. 즉 그는 운명의 수레바퀴의 정점에 있으며, 그러기에 신들의 운명까지도 거의 자기 수중에 움켜쥐고 있다. 그는 그 운명을 빼앗겨버리게 되는데, 그것은 어떤 사람에게는 도덕적인 책임을, 또 어떤 사람에게는 운명의 악의를 생각나게 하는 식으로 빼앗겨버린다. 그가 행하고 있는 것은 무한한 자유라는 행운을 버리고, 대신 이런 행위의 결과로서 운명을 손에 넣는 것이다. 이것은 마치 일부러 자신의 몸을 벼랑에서 내던지는 인간에게 인력(引力)의 법칙이 그의 인생의 순간적인 여생에 운명으로서 작용하는 것과 똑같다. 무한한 자유라는 행운을 버리는 대신 운명을 손에 넣는 이런 교환이 밀턴에 의해서, 그것 자체가 자유로운 행위 즉 프로아이레시스(proairesis, 선택)로서, 자유를 상실하기 위한 자유의 행사로서 제시되고 있다.

또는 희극이 이따금 변덕스러운 법칙을 세워놓고서, 그 법칙을 파기하기도 하고 또 피하도록 하는 극적 전개를 구성하는 것과는 정반대로 비극은 비교적 자유스러운 삶을 인과관계의 틀 속에 좁게 가두어버리는 주제를 드러내고 있다. 이것은 맥베스가 왕위찬탈의 논리를 받아들일 때, 햄릿이 복수의 논리를 받아들일 때 또 리어가 왕권 포기의 논리를 받아들일 때, 그들에게 일어나는 것이다.

비극의 플롯의 결말에 일어나는 발견, 즉 아나그노리시스는 단순히 주인공이 자신에게 일어났던 것을 인식하는 것이 아니라──『오이디푸스 왕』은 전형적인 비극이라는 평판에도 불구하고 오히려 이 점에서는 특수한 예이다──주인공이 스스로 창조한 삶의 일정한 형상을, 그가 포기해버린 아직 창조되지 않은 잠재적인 삶과 은연중에 비교하면서 인식하는 것이다.

악마들의 전락을 묘사한 밀턴의 시 한 구절 "아 그들이 떨어져온 곳과는 얼마나 다른가"[223]는 베르길리우스의 "얼마나 그는 옛날과 몰라보게 변해버렸는가"[224]와 「이사야서」의 "너 아침의 아들 루시퍼여 어찌 그리 하늘에서 떨어졌는가,"[225] 이 양쪽에 관련되는 말이기 때문에 비극의 그리스·로마적인 원형과 기독교적인 원형을 결합하고 있는 것이다. 왜냐하면 물론 사탄도 아담과 똑같이 애초에는 영광을 누렸기 때문이다. 밀턴에게서 운명의 수레바퀴의 정점에 서 있다가 수레바퀴의 세계 아래쪽으로 떨어지는 아담에 대한 비전을 보충하고 있는 것은, 신전의 꼭대기에서 떨어져보라는 사탄의 재촉에도 불구하고 움직이지 않고 그 자리에 서 있는 그리스도인 것이다.

아담은 타락하자마자 자신이 만들어낸 생활 속으로 들어간다. 이 생활 역시 우리가 잘 알고 있는 자연의 질서인 것이다. 따라서 아담의 비

───────────

223) 『실낙원』, 1권 75행.
224) 『아이네이스』, 2권 274행.
225) 「이사야서」, 14장 12절.

극은 다른 모든 비극과 마찬가지로 자연의 법칙을 분명히 드러내는 것에 의해서 해결된다. 아담이 들어가고 있는 세계는 존재 그 자체가 비극적인 세계이지, 의식적인 행위이든 무의식적인 행위이든 간에 행위에 의해 변형된 존재가 비극을 낳는 것은 아니다. 그저 존재하고 있다는 것이 자연의 균형을 깨뜨리는 것이 된다. 모든 자연적인 인간은 헤겔식의 정(正)이며, 그리고 반(反)을 그 속에 포함하고 있다. 모든 새로운 탄생은 죽음의 복수가 되돌아오는 것을 재촉한다.

이 사실 자체(이것은 그 자체가 아이러니를 띠고 있고, 오늘날에는 불안이라고 일컬어지고 있다)는 잃어버린 위치, 애초의 보다 높았던 위치에 대한 의식이 그것에 첨가될 때 비극적이 된다. 따라서 아리스토텔레스의 하마르티아 즉 과오는 존재의 조건이지 생성의 원인이 아닌 것이다. 밀턴이 그의 미심쩍은 논의를 신에게 돌리는 까닭은 그가 신을 결정론적인 인과관계로부터 떼어놓고 싶어하는 마음이 간절하기 때문이다. 비극의 주인공에게는 한편으로는 자유를 얻을 기회가 있고, 다른 한편으로는 그 자유를 잃어버릴 수밖에 없는 피치 못할 결과가 있다. 아담의 경우 밀턴은 이 두 가지 상황을 각각 천사 라파엘과 미카엘의 말로써 나타내고 있다. 순진무구한 주인공이나 순교자에게마저도 똑같은 상황이 일어난다. 그리스도 수난의 이야기의 경우, 그것은 그리스도의 겟세마네의 기도에서 일어난다.

비극은 어떤 일순간의 비전(Augenblick), 즉 어떤 결정적인 순간으로까지 높이 올라가서 이 순간적인 지점에서부터, 과거부터 있어왔을지도 모르는 길과 동시에 앞으로 눈앞에 나타나게 될 길을 조망하는 것처럼 보인다. 바꾸어 말하면 그 순간은 관객의 시점에서 보여지는 것이다. 그것은 주인공이 오만 가운데 있을 경우 주인공의 눈으로는 볼 수 없는 것이다. 왜냐하면 이 경우 결정적인 순간은, 그에게는 운명의 수레바퀴가 순환운동에 따라 피할 수 없이 아래로 돌기 시작할 수밖에 없는 아찔한 순간이기 때문이다.

아담의 상황에는 시간은 타락과 함께 시작한다라는 사상이 자리잡고 있는데, 이것은 기독교의 전통에서 적어도 성 아우구스티누스까지 거슬러 올라갈 수 있다. 즉 이 사상은 자유에서부터 자연의 순환으로의 전락 역시 우리가 알고 있는 것과 같이 시간의 움직임을 시작하게 했다는 사상이다. 다른 비극들에서도 우리는 네메시스(nemesis)가 시간의 움직임과 깊은 관계가 있음을 더듬을 수가 있다. 시간의 움직임이 인간사에서 때의 흐름을 놓치는 일로 인식되든,[226] 시간에는 관절이 빠져 있다고 인식되든[227] 시간이 생명을 탐식하는 것,[228] 즉 바로 직전의 순간을 삼켜버려 잠재적인 것을 영원히 현실적인 것으로 고정시켜버리는 지옥의 입으로 느껴지든,[229] 또 가장 무서운 모습으로서는 시간은 단순히 시시각각 움직이는 시계 소리로서 맥베스에 의해서 느껴지든 간에,[230] 네메시스는 시간의 움직임과 깊은 관계가 있는 것이다.

희극에서는 시간이 구제자로서의 역할을 한다. 희극은 해피 엔드에 필요한 것을 밝힌다. 『겨울 이야기』의 출처인 그린의 『팬도스토』의 부제는 '시간의 승리'이며, 이 부제는 시간이 코러스로서 등장하는 『겨울 이야기』의 극적 전개의 본질을 훌륭하게 설명하고 있다. 그러나 비극에서 인지는 대개 시간 속에 있는 인과관계의 불가피성에 대한 인식이며, 이것을 둘러싸고 있는 불길한 전조와 아이러니를 띤 예감은 순환적인 회귀의식에 근거하고 있다.

비극과는 달리, 아이러니에서는 시간의 수레바퀴가 완전히 극적 전개를 에워싸고 있다. 그리고 비교적 시간과 관련이 없는 세계와 최초로 접촉했다는 기억이 사라져버린다. 성서에서는 아담의 비극적인 타락 이후에 역사적 반복이 계속된다. 즉 이집트의 노예로 전락하는 이

---

226) 『줄리어스 시저』, 4막 3장 219행.
227) 『햄릿』, 1막 5장 186행.
228) 『소네트』, 19번 1행.
229) 『소네트』, 60번 8행.
230) 『맥베스』, 5막 5장 19~21행.

스라엘의 운명은 말하자면 이 타락 사실의 아이러니에 찬 확인이다. 제프리[231]가 번안한 영국사가 인정되었던 동안 영국 역사에는 트로이의 함락에 해당하는 사건이 있었다. 또 트로이의 함락은 우상적(偶像的)인 의미를 가진 사과를 잘못 사용하는 것에서부터 시작되었으므로 더욱 상징적인 병행관계가 있는 것이다.

셰익스피어 작품 가운데 가장 아이러니를 띤 희곡『트로일루스와 크리세이데』는 율리시스를 세상 지혜의 대변자로 내세우면서, 타락한 세계의 비극적인 아이러니 양상 가운데 두 가지 주요한 종류, 즉 시간과 존재의 계층적인 고리(hierarchic chain of being)를 아주 웅변적으로 설명시키고 있다. 니체의 차라투스트라의 놀랄 만한 비극적 시간론*은 아이러니 시대에 두드러진 영향을 주고 있는데, 이 시간론에서는 순환적인 회귀를 영웅적으로 받아들이는 자세가 동일성의 회귀의 우주론을 뜻한 가운데서도 쾌활하게 받아들이는 자세로 변한다.

문학을 원형적으로 생각하는 일에 익숙해져 있는 사람은 누구나 할 것 없이 비극에 희생제의의 모방이 있다는 것을 깨달을 것이다. 비극은 정당한 것에 대한 무서운 느낌(주인공[영웅]은 전락하지 않으면 안 된다)과 부당한 것에 대한 측은한 느낌(주인공[영웅]이 전락하는 것은 너

---

231) 제프리 오브 몬머스(Geoffrey of Monmouth, 1100?~55) : 영국의 연대기 작가. 그의 작품『영국 제왕의 역사』(1135~39)는 아서 왕의 전설을 창작한 것에 의의가 있다.

* 또『차라투스트라는 이렇게 말하였다』, 3부, lvii을 볼 것. 차라투스트라는 현현(顯現)의 지점에 있고, 순환하는 세계를 내려다보고 있다. 그의 비전은 주로 비극적인 주인공의 비전이므로, 이 순환 속으로 내려간다는 것이 그에게는 자연스러운 움직임인 것이다. 이것과 평행관계를 이루는 것이 밀턴에서 아버지이신 하느님의 말씀으로, 두 개를 비교해보면 유익하다. 어느 쪽의 경우에도 논의 그 자체는 설득력이 없어도 어째서 거기에 그와 같은 논의가 나오는가의 이유는 아주 명백하다. 엘리엇의『성회(聖灰) 수요일』과 예이츠의『자아와 영혼의 대화』는 똑같은 원형을 정반대의 관점에서 취급하고 있는데, 구조는 더한층 명확하다.

무 부당하다)의 역설적인 조합이다. 똑같은 역설이 희생제의의 두 요소에도 있다. 그 하나는 성찬의식으로, 영웅의 육체 또는 신의 육체를 일군의 사람들이 나누는 행위이며, 이 행위를 통해서 그들은 그 육체와 하나가 되고 또 그 육체 자체가 된다. 또 하나는 유화(宥和)의식으로, 이 의식에는 성찬의식에도 불구하고 그 육체는 실제로 더욱 강력한 노여움을 지니고 있는 어떤 별개의 힘에 속해 있다는 생각이 자리잡고 있다. 비극을 제의로 유추하는 것이 심리적인 유추보다 한층 명백하다. 왜냐하면 악몽이나 불안한 꿈을 나타내고 있는 것은 비극이 아니고 아이러니이기 때문이다.

그러나 희극의 이론에 매우 시사적인 것을 가르쳐주는 쪽은 프로이트이고, 로맨스에 매우 시사적인 것을 가르쳐주는 쪽은 융이라는 사실을 문예비평가가 알고 있듯이, 그는 또한 비극 이론의 경우에는 당연히 아들러와 니체가 해설했던 권력에의 의지에 눈을 돌릴 것이다. 여기서 우리는 ‘디오니소스적인’ 공격성을 지닌 의지를 발견하게 되는데, 이 의지는 스스로 전능하다는 꿈에 도취되어 ‘아폴로적인’ 형식적이고 부동의 질서의식을 침범하는 것이다. 제의의 모방으로서 보면 비극의 주인공은 실제로 살해되지도 먹히지도 않지만, 그것에 필적하는 것이 예술에서도 일어난다. 죽음을 목격함으로써 생존자들은 새로운 질서 속으로 끌어당겨진다.

꿈의 모방으로서 보면, 불가사의한 비극의 주인공이 마치 높은 긍지에 차 있는 말없는 백조처럼 죽음에 임박해서는 웅변적이 되고, 『쿠빌라이 칸』의 시인처럼 자신의 노래를 자신의 마음 속에 소생시킨다. 그가 몰락할 때 그의 거대한 정신에 의해서 윤곽이 대충 그려졌던, 보다 위대한 저쪽의 세계가 한순간 반짝 모습을 내보이나, 동시에 그 세계는 신비에 차 있고 요원한 세계라는 느낌을 우리에게 남긴다.

만일 로맨스, 비극, 아이러니, 희극 등이 모두 하나의 전체적인 편력신화의 삽화라고 해도 좋다면 왜 희극 자체 속에 비극이 잠재적으로 포함될 수 있는가를 이해할 수 있다. 신화에서는 주인공(영웅)은 신이며,

그러므로 죽는 일은 없고 죽어도 다시 소생한다. 희극의 카타르시스 배후에 있는 제의의 패턴은 죽음 뒤에 따라오는 재생이며, 소생한 주인공의 현현(顯現) 또는 명시(明示)이다. 아리스토파네스에서는 이따금 제의적인 죽음의 지점을 통과하는 주인공은 소생한 신으로서 취급되고, 새로운 제우스로서 환영받기도 하며, 올림픽 경기의 승리자와 같이 신과 거의 비슷한 명예가 주어지기도 한다. 신희극에서는 새로 태어난 인간은 주인공이기도 하며 또 사회적인 집단이기도 하다. 아이스킬로스의 3부작에 이어서 공연되는 것이 희극적인 목양신 극이며, 이 극은 봄의 축제와 가까운 관계가 있는 것으로 말하여지고 있다.

기독교 역시 비극을 신의 희극의 삽화 가운데 하나, 즉 보다 원대한 속죄와 재생의 도식의 삽화 가운데 하나로 보고 있다. 비극을 희극의 하나의 서곡으로 보는 생각은 분명히 기독교적인 생각과 거의 떼어놓을 수 없는 것처럼 보인다. 작곡가와 청중이 그 이야기에 아직 무엇인가가 남아 있다는 것을 알지 못한다면, 바흐의 『마태 수난곡』의 마지막 2부합창이 갖고 있는 정온(靜穩)함을 맛본다는 것은 거의 어려울 것이다. 또 삼손의 죽음도 만일 그가 적절한 순간에 불사조로 연상되어 부활한 그리스도의 원형으로 되지 않는 한, 모든 정념이 다 불타버린 후에 오는 마음의 평온함[232]에는 이르지 못할 것이다.

이것은 신화가 낯익은 문학적 사실들의 배후에 있는 구조적인 원리를 설명하는 방법의 일례이다. 이 경우에 낯익은 문학적 사실이란 음침한 분위기를 주는 극적인 전개를 해피 엔드로 끝마치는 것은 매우 쉽지만 그 역(逆)은 거의 불가능함을 의미한다(물론 우리는 즐거운 극적 상황을 비참한 상황으로 끝맺게 하는 것에 대해서 타고난 혐오감을 가지고 있다. 그러나 만일 시인이 확고한 구조적인 기초에 근거해서 작업을 진행한다면 우리의 어떤 것을 좋아하고 또 싫어하는 타고난 감정은 전혀 문제시되지 않는다).

---

232) 밀턴(John Milton)의 『투사 삼손』, 1758행.

만능 작가라고 할 수 있는 셰익스피어마저도 이것만은 성공하지 못하고 있다. 『리어 왕』의 극적 전개는 정온한 분위기로 향하고 있는 것처럼 보이다가 갑작스럽게 코델리어의 교살에 의해서 슬픔의 절정으로 치닫게 된다. 이 결과 한 세기 이상 상연을 거부당한 일도 있었다. 그렇지만 셰익스피어 비극에는 길을 잘못 든 희극 같은 인상을 주는 것은 아무것도 없다. 『로미오와 줄리엣』이 이러한 구조를 갖고 있는 듯한 암시가 있으나 그것도 다만 암시에 불과하다. 이런 점에서 물론 비극이 희극적인 극적 전개를 포함하는 일이 있다 하더라도 그것은 다만 종속적인 방증으로서 또는 겹줄거리로서 삽화적인 역할만 한다.

비극의 성격 묘사는 희극의 경우와 거의 정반대에 가깝다. 네메시스의 근원은 그것이 무엇이든 간에 에이론이며, 분노의 신들에서부터 위선적인 악역(惡役)에 이르기까지 실로 각양각색의 역할을 맡고 있는 자들의 모습을 하고 나타난다. 우리는 세 개의 주요한 타입의 에이론이 희극에 있음을 이미 주목한 바 있다. 즉 행방불명이 되었다가 다시 돌아오는 인자한 인물, 꾀바른 노예 또는 바이스, 그리고 주인공 또는 여주인공이 그 타입이다.

행방불명이 되는 에이론에 해당하는 인물로서 소포클레스의 『아이아스』의 아테나 여신, 『히폴리토스』[233]의 아프로디테처럼 비극의 극적 전개를 결정하는 신을 들 수가 있다. 기독교의 경우에는 『실낙원』의 아버지 하느님이다. 이 인물은 또 햄릿의 아버지처럼 망령일 수도 있으며, 또 전혀 인간의 모습을 취하지 않지만 오직 그 휘두르는 힘에 의해서만 정체를 알 수 있는 보이지 않는 힘일 수도 있다. 탬벌레인이 죽음에 임박했을 때 그를 조용히 잡아가는 죽음이 그러한 것이다. 이것은 이따금

---

233) 그리스의 에우리피데스의 사랑의 비극(기원전 428). 전처의 아들 히폴리토스를 사랑하는 페드라의 사랑의 비극과 아버지의 저주로 비참한 죽음을 당하는 히폴리토스의 비극을 그리고 있다. 페드라로 하여금 그를 사랑하게 만든 것은 여신 아프로디테이다.

복수 비극에서처럼 극적 전개에 앞선 사건이며, 비극 자체가 그 결과로
서 일어나는 일도 있다.

　비극에서 바이스나 꾀바른 노예에 해당하는 인물은 피치 못할 결말
을 예언하기도 하고 또 테이레시아스처럼 주인공 이상으로 앞을 내다
보는 주술사나 예언자에서 찾아볼 수 있다. 이에 한층 가까운 예는 엘
리자베스 시대 희곡의 마키아벨리적인 악당이다. 이 악당은 희극의 바
이스처럼 악의를 자동적으로 발전시키는 원리이며, 따라서 극적 동기
가 되는 것을 최소 한도밖에 요구하지 않기 때문에 극적 전개에서 손
쉽고 편리한 촉매이다.

　희극의 바이스처럼 그 역시 아르키텍투스 즉 작자가 투영시킨 의지
(이 경우에는 비극적인 결말에 대해서 작자가 투영시킨 의지)를 갖고
있다. "나는 이 야경(夜景)을 색칠해주었단다. 이것이야말로 나의 필
생의 걸작이다"[234]라고 웹스터의 로도비코[235]는 말하고 있다. 이아고는
비극에서 로맨스의 검은 왕이나 마술사에 해당하는 인물이라고 말해도
좋을 정도로 『오셀로』의 극적 전개를 거의 지배하고 있다. 마키아벨리
적인 악당과 악마적인 것과의 관계는 당연히 밀접하다.

　또 마키아벨리적인 악당은 메피스토펠레스처럼 실제로 악마인 경우조
차도 있지만, 파국의 발동자에게 늘 붙어다니는 공포감 때문에 그는 희
생제의의 사제와 비슷한 인물이 될 수도 있다. 웹스터의 보졸라[236]에게
는 약간 그런 기미가 있다. 『리어 왕』에서는 에드먼드가 마키아벨리적인
악당이며, 에드거가 그 대조가 된다. 에드거는 눈이 어지러울 정도로 다
양한 변장을 하기도 하고, 눈먼 장님이나 미친 사람으로서 여러 가지 상
이한 역할을 보여주기도 하고, 구희극의 대단원의 장면처럼 나팔이 세
번째 울리면 휙 등장하는 경향이 있기도 해서 새로운 타입의 한 실험으

---

234) 웹스터(John Webster)의 『흰 악마』(1612), 5막 6장 297행.
235) 『흰 악마』에 등장하는 악역의 인물이다.
236) 웹스터의 『몰피의 공작부인』에 등장하는 악역의 인물이다.

로 생각된다. 만일 필자가 아날로지에 의해서 새로운 말을 만들어내도 좋다면, 그는 일종의 비극적인 '버츄'(virtue, 善魔)로서 자연의 질서에서 로맨스의 수호천사나 이 천사와 비슷한 종자(從者)에 해당된다.

비극의 주인공은 보통 알라존 무리에 속한다. 자기 기만에 빠져 있고 또는 오만에 눈이 어두워져 있다는 의미에서 일종의 사기꾼이기 때문이다. 많은 비극에서 비극의 주인공은 (적어도 자기의 눈에는) 반 정도는 신과 같은 속성을 가진 인물로 우선 등장하며, 그러고 나서 점차로 냉혹한 변증법이 작용함에 따라 인간으로서 처한 자신의 현실에서부터 신의 가면이 냅다 벗겨진다. "놈들은 나를 만능이라고 말했지. 그건 터무니없는 거짓말. 나로서도 아픔을 물리치지 못하니까 말이다"[237]라고 리어 왕은 말한다.

비극의 주인공에게는 보통 지고(至高)의 권력이 부여되어 있으나 덩컨 왕처럼 순전히 세습군주나 정통적인 왕권을 계승한 군주가 아니라, 자기 자신의 능력을 가지고 지배하는 전제군주라는 한층 애매한 입장에 놓이는 일이 많다. 세습군주 같은 경우는 더욱 직접적으로 시원적인 비전이나 나면서부터 갖고 있는 권리를 상징하고 있으며, 그리하여 리처드 2세 같은, 또는 심지어 아가멤논 같은 어딘가 애처로운 희생자인 경우가 많다. 비극에서 부친형의 인물은 다른 모든 장르의 경우와 똑같이 양면적인 성격을 갖고 있다.

희극에서 **보몰로코스**(bomolochos) 즉 익살광대는 소극(笑劇)에만 한정될 필요가 없으며, 희극적인 분위기를 북돋우기도 하고, 그 분위기에 초점을 맞추는 역할을 하기도 하는, 우선 재담가적인 성격을 가진 등장인물 전부를 다 포함하고 있는 인물임을 우리는 알고 있다. 비극에서 이 인물에 대응하는 대조적인 타입의 인물은 대개는 여성 등장인물이다. 이 인물은 어떻게 손을 쓸 수 없을 만큼 무력하고 가련한 모습을 나타내는 탄원자들이다. 이러한 인물은 애처롭기만 하며, 그리

---

237) 『리어 왕』, 4막 6장 104~105행.

하여 파토스——이것은 비극보다는 좀더 느긋하고 누그러진 기분을 주는 것 같지만——는 훨씬 더 무서움을 자아낸다. 그 근본이 되고 있는 것은 한 개인을 집단에서부터 소외시키는 것이므로, 우리가 느끼고 있는 공포 가운데 가장 심오한 공포를 우리의 마음 속에 몰고온다. 이 공포는 비교적 기분이 좋고 또 서글서글한 지옥의 유령보다 훨씬 더 깊은 공포인 것이다.

탄원자 타입의 등장인물은 연민과 공포의 감정을 가능한 한도까지 가장 강렬하게 불러일으켜준다. 따라서 탄원자의 요구를 저지함으로써 이와 관계되는 모든 자들에게 닥치는 무서운 결과가 그리스 신화의 중심 주제이다. 탄원자 타입의 인물들은 죽음이나 능욕에 위협당하는 여성들, 또는 셰익스피어의 『존 왕』의 아서 왕자 같은 어린아이인 경우가 많다. 셰익스피어의 오필리아가 보여주는 그 연약성은 탄원자 타입의 인물과의 친근성을 나타내고 있다. 이따금 탄원자는 높은 지위를 잃게 되는, 구조적인 면의 비극적인 위치에 놓여 있다. 이것이 『실낙원』 제10권의 아담과 이브, 트로이 함락 후의 트로이의 여성들, 『콜로노스의 오이디푸스 왕』의 오이디푸스 등의 위치인 것이다.

비극적인 분위기를 높이는 역할을 하는 부차적인 인물에는, 그리스 비극에서 파국을 일정하게 알리는 사자(使者)가 있다. 희극의 마지막 장면에서 작자가 보통 모든 등장인물들을 동시에 무대 위에 내세우려고 할 때, 우리는 새로운 등장인물(대개의 경우는 사자)이 놓쳐버린 인지의 한 조각을 들고 등장하는 것을 자주 보게 된다. 『좋으실 대로』의 자크 드 보이스, 『끝이 좋으면 다 좋다』의 친절한 매사냥꾼 등이 그러한 인물들이지만, 그들은 비극의 사자에 해당하는 희극의 등장인물인 것이다.

마지막으로, 희극의 축제 분위기를 거절하는 인물에 해당하는 비극의 등장인물은 직언(直言)을 잘 하는 인물형에서 발견될 수가 있다. 이 인물은 『햄릿』의 호레이셔처럼 단순히 주인공에게 충실한 친구인 경우도 있지만 『리어 왕』의 켄트처럼, 또는 『안토니우스와 클레오파트라』의 이

노바버스처럼 비극적인 극적 진행에 대해서 솔직하게 비판하는 인물인 경우가 많다. 이러한 등장인물은 비극이 파국으로 움직이는 것을 거부하는, 아니 적어도 저항하는 입장에 서 있다. 『실낙원』에 나오는 사탄의 비극에서 애브디엘의 역할도 이와 비슷하다. 카산드라[238]와 테이레시아스같이 낯익은 인물들은 이러한 역할과 예언자의 역할을 겸하고 있다.

이러한 등장인물들이 코러스가 없는 비극 속에 나타나면 그들은 흔히 코러스적인 인물로 일컬어진다. 이것은 비극의 코러스가 행하는 중요한 역할 가운데 하나를 그들이 분명하게 보여주고 있기 때문이다. 희극에서는 하나의 사회가 주인공의 주위에 형성된다. 그러나 비극에서는 코러스가 아무리 주인공에게 충실하다 할지라도 그것은 주인공을 서서히 고립시켜버리는 사회를 대표하고 있다. 이리하여 코러스는 사회 규범을 나타내며, 이 규범에 비추어서 주인공의 히브리스가 측정된다고 말할 수 있다.

코러스는 결코 주인공의 양심의 소리는 아니지만, 그것은 주인공의 히브리스를 조장시킨다든가 주인공을 파멸로 몰아가는 일은 거의 하지 않는다. 코러스나 코러스적인 인물은 우울한 자크나 알케스티스 같은 축제 분위기를 거부하는 자가 희극에서의 비극의 배아(胚芽)인 것처럼, 말하자면 비극에서의 희극의 배아이다.

희극에서 주인공의 애정관계와 사회관계는 마지막 장면에서 결합하여 하나가 된다. 그러나 비극은 보통 사랑과 사회체제를, 서로 융화하기 어려운, 그리고 서로 대립하는 힘의 관계로, 즉 사랑을 열정으로 바뀌게 하고 사회적 활동을 엄격한 절대적 의무로 바뀌게 하는 그런 갈등

---

238) 트로이의 프리아모스와 헤카베의 딸. 트로이가 함락당한 후 아가멤논의 전리품이 된다. 아이스킬로스의 3부작 『오레스테이아』의 제1부 『아가멤논』에서는 그의 아내에 의한 아가멤논의 죽음을 예언한다. 그리고 잘 알려져 있는 인물, 눈먼 예언자 테이레시아스는 소포클레스의 『오이디푸스 왕』에서 오이디푸스의 정체를 폭로함으로써 그의 불길한 미래를 예언하고 있다.

의 관계로 만든다. 희극은 가족을 하나의 통일된 단위로 해서 그 가족을 사회 전체와 조화시키는 데 치중한다. 그러나 비극은 가족을 붕괴시켜 그것을 사회의 나머지 부분과 대립시키는 데 치중하고 있다. 이 점에서 안티고네는 비극의 원형으로서 우리에게 나타난다.

이것과 비교하면 프랑스 고전극에서의 사랑과 명예의 갈등, 실러에서의 애정과 의무의 갈등, 영국 제임스 1세 시대의 비극에서의 열정과 권위의 갈등 등은 모두 설교투의 단순화에 불과하다. 또한 희극의 여주인공들은 극적 전개를 결합시키는 역할을 하는 경우가 많지만 비극의 중심적인 여성 등장인물들은 비극적인 갈등을 양극화하는 경우가 많다. 이브, 헬레나, 거트루드[239] 그리고 「기사의 이야기」의 에밀리가 쉽사리 머리에 떠오를 수 있는 예들이다. 『일리아드』의 브리세이스[240]도 구조상 비슷한 역할을 하고 있다고 말할 수 있다. 희극은 등장인물들 사이에 정당한 관계를 만들어내며, 주인공들이 누이나 어머니와 결혼하게 되는 궁지에 떨어지는 것을 막는다.

그러나 비극은 오이디푸스의 그 비참한 운명이나 지그문트[241]의 근친상간을 무대 위에 올려놓는다. 비극에는 가계(家系)의 자랑이나 태어나면서부터 갖는 뛰어난 권리가 많이 취급되고 있지만, 일반적인 경향은 지배계급에 속하는 고귀한 일족을 사회의 그밖의 사람들로부터 고립시키는 일이다.

비극의 양상은 영웅적인 것에서부터 아이러니적인 것으로 옮겨간다. 첫번째 세 가지 양상은 로맨스의 첫번째 세 가지 양상에 대응하

---

239) 셰익스피어의 『햄릿』의 덴마크 여왕이자 햄릿의 어머니이다.
240) 브리세우스의 딸. 자신의 나라가 그리스에 의해서 정복되었을 때 아킬레우스의 전리품이 되지만, 아가멤논이 그로부터 그녀를 빼앗는다. 이로 인해 두 영웅들간에 반목이 초래되었고, 아킬레우스는 분노 때문에 오랫동안 트로이 전쟁에 참여하지 아니하였다. 이것이 호메로스 『일리아드』의 주제이다.
241) 북유럽 신화의 영웅의 한 사람. 지그프리트의 아버지이다.

며, 마지막 세 가지 양상은 아이러니의 마지막 세 가지 양상에 대응한다. 비극의 첫번째 양상은 중심인물이 다른 인물들과는 대조적으로 가능한 한 최고의 권위를 갖고 있는 경우이다. 그러므로 우리는 한 마리의 숫사슴이 여러 마리의 늑대들에게 갈기갈기 찢기는 모습을 보게 된다. 위엄의 근원은 용기와 순진무구이며, 이 양상에서 주인공이나 여주인공은 보통 순진무구하다. 이 양상은 로맨스의 영웅 탄생 신화에 해당되는데, 이 주제는 라신의 『아탈리』에서처럼 비극적인 구조에 이따금 등장하고 있는 주제이다. 그러나 어린아이를 주인공으로 해서 흥미 있는 극을 만드는 일은 매우 어렵기 때문에, 이 양상의 전형적인 중심인물은 중상모략을 당하고 있는 여성, 때때로 자기가 낳은 자식이 사생아로 의심을 받고 있는 처지에 있는 어머니인 경우가 많다.

세네카의 『옥타비아』에서부터 하디의 『테스』에 이르기까지 그리셀다[242] 타입의 인물에 의거한 일련의 비극이 전부 여기에 속한다. 또 『겨울 이야기』의 하마이오니의 비극도 여기에 포함된다. 만일 우리가 『알케스티스』를 비극으로 읽으려고 한다면, 알케스티스가 사신(死神)에 의해서 능욕당하고 그런 후 다시 살아나서 그녀의 정절이 진실하다는 것이 입증되고 있다는 점에서 이 작품을 이 양상의 비극으로 간주하여야만 한다.

『심벨린』도 이 양상에 속한다. 이 희극에서는 영웅 탄생의 주제는 무대 뒤에서 일어난다. 왜냐하면 심벨린은 그리스도가 탄생했을 때 영국의 왕이었으며, 이 희극의 결말이 화창하고 평화스러운 분위기를 주고 있는 것이 이 점을 조심스럽게 언급하는 것 같기 때문이다.

더욱 뚜렷한 예를 영국 문학의 최고 걸작 가운데서 하나 들자면 『몰

---

242) 중세 유럽의 이야기에 등장하는 정숙한 여인이다. 아이를 빼앗기고 남편에게 버림받아도 오랫동안 참고 견딘다. 보카치오의 『데카메론』의 마지막 이야기, 초서의 『캔터베리 이야기』 가운데 「서기의 이야기」에도 나온다.

피의 공작부인』[243]이다. 공작부인은 병들고 우울한 사회 속에서 생명력에 넘치는 순진무구를 갖추고 있다. 이 사회에서는 그녀가 '젊음과 아름다움'을 조금 갖고 있다는 바로 그 사실 때문에 미움을 받게 된다. 그녀는 또 우리에게 죽음을 흔쾌히 받아들이지 않는 것이야말로 순교자가 갖는 순진무구의 본질적인 특질 가운데 하나라는 것을 생각하게 해준다. 보졸라가 그녀를 죽이려고 왔을 때, 그는 교묘하게도 그녀로 하여금 편안한 죽음을 거의 연연케 하여[244] 죽음이 실로 구원이라는 것을 납득시키려고 한다. 이런 시도는 냉정하게 억제된 동정이 동기가 되고 있으며, 그리스도 수난 당시 신 포도주를 적신 우슬초에 거의 필적하는 것이다.

공작부인이 벽을 등지고 "그래도 여전히 나는 몰피 공작부인이에요"라고 할 때의 이 여전히라는 말은 '언제나 늘'이라는, 충분한 무게를 가지고 있는 의미를 포함하고 있으므로, 우리는 심지어 그녀가 죽은 후에도 눈에 보이지 않는 그녀의 존재가 이 극의 가장 생생한 등장인물로 계속 존재하고 있는 이유를 이해할 수 있는 것이다. 『흰 악마』도 이와 똑같은 양상의 아이러니에 찬 패러디이다.

두번째 양상은 로맨스 영웅의 청춘에 대응하며, 보통 젊은이들을 끌어들이므로 미경험이라는 의미에서 여하튼 순진무구의 비극이다. 이 비극은 단순히 이피게네이아와 입다[245]의 딸의 이야기나 로미오와 줄리엣의 이야기처럼, 애석하게 젊은 나이에 죽음을 맞이한 비극일 수도 있으며, 또는 더욱 복잡한 상황에서는 히폴리토스를 비참한 운명으로 몰아붙인, 이상주의와 도학자연하는 버릇의 혼란스러운 혼합 같은 경우일 수도 있다. 쇼의 잔 다르크도 소박성과 세상물정을 모르는 태도

---

243) 영국 웹스터의 희곡(1623). 불법적인 애정관계와 복수 및 살해, 마키아벨리적인 음모가 펼쳐지는 비극이다.

244) 키츠(John Keats)의 시 『나이팅게일에 부치는 송시』의 52행에서 따온 말이다.

245) 아버지가 여호와에게 언약했기 때문에 산 제물로 바쳐진 딸이다. 「사사기」, 11장 30~40절.

때문에 이 양상에 들어오게 된다.

그러나 우리에게서 이 양상은 푸른 세계와 황금빛 세계의 원형적인 비극, 즉 아담과 이브의 순진무구의 상실에 의해서 지배되고 있다. 그들이 비록 힘겨운 교리의 짐을 나르지 않으면 안 된다 하더라도, 연극상으로는 어른의 세계와 처음 부딪쳐서 좌절하는 어린아이들의 입장에 늘 남아 있게 될 것이다.

이 타입의 비극에서는 중심적인 등장인물이 살아남기 때문에 그 극적 전개가 새롭고 좀더 성숙한 경험과 어떤 식으로든지 조화를 이루면서 끝나는 경우가 많다. "이제부터는 순종하는 것이 최상이라는 것을 배운다"[246]고 아담은 이브의 손을 잡고서 눈앞의 세계에 맞서면서 이야기한다. 이보다는 덜 분명하지만, 이와 비슷한 결의가 필로크테테스(뱀에게 물린 그의 상처는 다소간 아담을 생각나게 한다)가 트로이 전쟁에 참가하기 위하여 그의 섬에서부터 불려나갈 때 일어난다. 입센의 『작은 에욜프』는 이 양상의 비극에 속하며, 똑같은 미완성의 결말을 갖고 있으나, 나이 많은 등장인물들이 한 어린아이의 죽음을 통해서 많은 것을 배우게 된다.

로맨스의 중심적인 편력 주제에 대응하는 세번째 양상은 주인공의 성공 또는 업적의 완성이 크게 강조되는 비극이다. 그리스도의 수난이 이 양상에 속하며, 『투사 삼손』처럼 주인공이 어쨌든 그리스도와 관계가 있고 또 그리스도의 원형이 되는 모든 비극도 이 양상에 속한다. 비극 내에서의 승리의 역설(逆說)은 극적 전개에서 이중의 전망으로 표현될 수도 있다. 삼손은 필리스티아 사람의 카니발의 어릿광대이면서도 동시에 이스라엘 백성에게는 비극적인 주인공이다.

그러나 그의 비극은 승리로, 카니발은 파국으로 끝난다. 이와 아주 똑같은 사실이 수난을 받고 있을 때 조롱의 대상이 된 그리스도에게도 적용된다. 그러나 두번째 양상이 보다 훌륭한 성숙을 기대하게 하는

---

246) 밀턴의 『실낙원』, 12권 561행.

가운데 끝나는 경우가 흔히 있듯이, 이 세번째 양상은 그 전에 있는 비극적 또는 영웅적인 줄거리의 속편으로서 영웅적인 생애의 최후에 일어나는 경우가 흔하다.

이것이 가장 훌륭하게 구현된 극의 한 예는 『콜로노스의 오이디푸스왕』으로, 이 작품에서 우리는 이전의 비극적인 행위에 의해서 조건지어진 비극에 흔히 있는 이분법 형식이 이번에는 두번째의 참사로 끝나지 않고, 운명에 대한 단순한 체념을 훨씬 넘어서 있는 아주 완전히 조용하고 편안한 분위기 속에서 끝나고 있음을 깨닫게 된다. 이야기 문학에서 이 양상에 속하는 것으로 그렌델 편력의 속편이라고 할 수 있는, 베어울프가 용과 벌이는 최후의 싸움을 인용할 수도 있다.

셰익스피어의 『헨리 5세』는 완벽한 로맨스적인 편력으로서 성공하고 있으나, 밖으로 드러나 있지 않는 함축적인 전후관계에서 따져볼 때 비극적인 것으로 되어 있다. 누구나 할 것 없이 헨리 왕이 이 극의 바로 직전에 죽었고, 그후 60년간 끊임없이 재앙이 영국을 뒤덮었던 것을 알고 있다. 적어도 셰익스피어의 관객 가운데 이 사실을 알지 못하는 자가 있었다면 그의 무지는 분명히 셰익스피어의 책임은 아니었다.

네번째 양상은 주인공이 히브리스와 하마르티아에 의해서 전형적으로 몰락하는 경우로, 이것에 대해서는 이미 논해왔다. 이 양상에서 우리는 순진무구의 세계에서부터 경험의 세계로 이르는 경계선을 횡단한다. 이 경험의 세계 역시 주인공이 전락하는 방향인 것이다. 다섯번째의 양상에서는 아이러니적인 요소가 증가하고 영웅적인 요소는 줄어든다. 그리고 등장인물들은 배경으로 쑥 물러나고 시야에 어렴풋이 비칠 뿐이다.

셰익스피어의 『아테네의 타이몬』은 유명한 비극들보다도 아이러니적인 요소는 더 많고 영웅적인 요소는 더 적은데, 이것은 단순히 타이몬이 중산계급의 주인공답게 자기가 소유하고 있는 권위가 어떤 것이든 간에 그것을 돈으로 사지 않으면 아니 되었기 때문에서가 아니라 타이몬의 자살이 아무튼 완전히 영웅다운 점수를 얻을 수 없었다는 느낌이 매우 강하기 때문이다. 타이몬은 마지막 극적 장면으로부터 기묘하게도 고립되고 있다. 불화관계에 있는 알키비아데스와 아테네 시민들은 그를 고립시킨 다음 화해하고 있다. 이런 점에서 주역의 훌륭한 연기를 다른 사람이 더 훌륭하게 해내는 것이 허용되지 않는 대부분의 다른 비극들의 결말과 현저한 대조를 이루고 있다.

비극에서 아이러니의 시점은 등장인물들을 관객보다 더 부자유스러운 상태에 놓음으로써 얻어진다. 기독교를 믿는 관객에게서 구약성서 시대의 장면이나 이교도에 관계되는 장면 설정은 이런 의미에서 아이러니적이다. 왜냐하면 이런 장면의 극을 관람하는 관객들은 적어도 이론적으로는 자신들이 거기서부터 해방된 것으로 보이는, 유대교의 율법이나 자연법칙에 따라 등장인물들이 움직이고 있는 것을 보게 되기 때문이다. 영국 문학에서는 드문 일이지만 『투사 삼손』은 고전 형식과 히브리적인 소재의 결합을 보여주고 있으며, 이 결합은 동시대의 가장 위대한 비극 작가인 라신도 만년의 『아탈리』와 『에스테르』에서 이루었던 것이다. 이와 흡사하게 초서의 『트로일루스와 크리세이데』의 에필로그는 궁정풍 연애의 비극과 '이교도의 저주받은 옛 의식'과의 역사적인 관계를 맺어주고 있다.

몬머스의 제프리의 영국사에 기록된 사건은 구약성서에 기록된 사건과 똑같은 시대의 사건을 얘기한다고 생각되고 있으며, 법도에 얽매인 생활관념이 『리어 왕』의 도처에 가득 차 있다. 똑같은 구조상의 원리에 의해서 왜 작품 속에 점성술이 사용되기도 하고, 숙명이나 운명의 수레바퀴와 연관되고 있는 또 다른 운명의 은밀한 계략이 사용되고 있는가를 알 수 있다. 로미오와 줄리엣은 불길한 별 아래서 태어났으며, 트로일루스가 크리세이데를 잃어버린 것은 500년마다 화성과 토성이 게자리에서 초승달과 마주쳐 희생자를 또 한 사람 요구했기 때문이다.

다섯번째 양상의 비극은 대개가 방향감각의 상실과 지식 결여의 비극이므로 전후관계가 다만 어른의 경험의 세계라는 점을 제외하고는 두번째 양상의 비극과 다르지 않다. 『오이디푸스 왕』은 이 양상에 속해 있으며, 그리고 숙명론의 실재투사를 시사하기도 하고, 「욥기」의 대부분과 똑같이 사회적 또는 도덕적인 문제보다 형이상학적 또는 신학적인 문제를 제기하는 것처럼 보이는 모든 비극과 비극적인 삽화도 이 양상에 속한다.

그러나 『오이디푸스 왕』은 이미 비극의 여섯번째 양상으로 옮겨가고 있다. 이 양상은 충격과 전율의 세계로서, 그 중심이 되는 이미지는 스파라그모스, 즉 사람의 살을 먹는다든가, 지체를 절단해버린다든가, 고문(拷問) 등의 이미지이다. 특히 충격으로서 알려지는 반응은 잔인 또는 폭력의 상황에 걸맞는다(『숨어사는 이, 주드』[247]나 『율리시스』의 비평 반응에서 볼 수 있는 것과 같이 무엇인가의 감정적인 애착 또는 고착에 대한 폭력에서 야기되는 이차적인 충격 또는 허위의 충격은 비평에서 차지할 자리가 없다. 왜냐하면 허위의 충격은 문화의 자율성에 대한 위장된 저항이기 때문이다).

어떠한 비극에도 충격을 주는 장면이 한두 개 있을 수 있다. 그러나 여섯번째 양상의 비극은 효과가 전체에 미치도록 충격을 주는 것이다. 이 양상은 비극의 주요한 주제로서보다는 비극의 종속적인 면으로서 한층 흔하다. 왜냐하면 순수한 전율이나 절망은 끝맺음을 곤란하게 만들기 때문이다. 『결박된 프로메테우스』[248]는 이 양상에 속하는 비극이다. 비록 이 작품이 본래 속해 있는 삼부작에서 분리되어 있기 때문에 이 양상에 속한다고 말하는 것은 부분적으로 착각일 수도 있겠지만,

---

247) 하디(Thomas Hardy)의 장편소설(1895). 큰 뜻을 품고 애써 노력함에도 불구하고 세상의 중압과 유혹에 좌절하고 마는 주인공의 비극적인 생애를 묘사하고 있다. 신의 섭리를 인정하지 않는 어두운 주제 때문에 세간의 비난을 받았다.

248) 그리스의 아이스킬로스 3부작 중 첫번째 작품(작품연대 미상). 이의 속편 『결박에서 벗어난 프로메테우스』, 『불을 높이 든 프로메테우스』는 현존하지 않는다.

이러한 비극들에서는 주인공은 지나친 고뇌와 굴욕 속에 있기 때문에 영웅적인 자세를 취하는 특권을 얻을 수 없다. 그러므로 이런 주인공을 말로의 바라바투스[249]처럼 악역을 행하는 주인공으로 만들어내는 편이 일반적으로 훨씬 용이하다.

이 점에서 말로의 파우스투스도 똑같은 양상에 속한다. 세네카는 이 양상을 좋아하였으며, 엘리자베스 시대의 사람들에게 무시무시한 것에 대한 흥미를 유산으로서 남겨주었다. 가령 몰피 공작부인에게 퍼디낸드가 악수를 하자고 청하고 나서 죽은 사람의 손을 쥐여주는 장면처럼, 보통 지체 절단과 밀접한 관계를 갖는 효과를 유산으로서 남겨주었다. 『타이터스 앤드로니커스』는 여섯번째 양상의 특징이 되는 세네카풍의 전율을 나타내는 실험극의 하나로, 지체 절단을 크게 이용하고, 처음 장면부터 희생제의로서의 비극의 상징에 강한 관심을 보여주고 있다.

이 양상의 마지막에서 우리는 악마적인 현현의 지점에 도달한다. 여기서 우리는 전위되지 않은 악마적인 비전, 즉 『지옥편』의 비전을 보게 된다. 아니 얼핏 보게 된다. 이 양상의 주된 상징은 감옥과 정신병원 외에 죽음을 초래하는 고문도구, 달빛 아래 탑의 안티테제인 일몰시의 십자가이다. 공공연한 처벌 속에, 그리고 이와 비슷한 폭도의 희롱감이 되는 처형 등의 정경 속에 나타나 있는 강렬한 악마적인 의식(儀式)의 요소가 비극적·아이러니적인 신화에 의해서 이용된다.

수레바퀴로 찢어죽이는 형벌이 리어 왕의 불의 수레바퀴의 이미지가 되었고, 곰의 학대가 글로스터와 맥베스의 이미지가 되었다. 그리고 책형을 당하자 프로메테우스에서는, 눈앞에 환히 드러나게 당하는 그 굴욕, 즉 구경거리가 되는 것에 대한 전율이 고통보다도 더한층 비

---

249) 말로(Christopher Marlowe)의 비극, 『몰타의 유대인』(1633)에 나오는 유대인 주인공이다.

참한 것이다. 데르쿠 테아마(Derkou theama)[250](이 광경을 보라. 똑바로 바라보아라)는 그의 가장 비통한 울부짖음이다. 남의 눈초리를 마주 쏘아줄 수 없는 것이 밀턴의 눈먼 삼손에게는 최대의 고문이기에 그는 모든 비극 가운데서도 가장 끔찍한 말, 즉 만일 들릴라가 자신의 몸을 만진다면 갈기갈기 찢어주겠다는 말[251]을 그녀에게 비명처럼 쏟아붓는 것이다.

겨울의 뮈토스 : 아이러니와 풍자

이제 경험을 나타내는 신화의 패턴, 즉 이상화되어 있지 않은 존재의 변화무쌍한, 여러 가지 애매하고 복잡한 모습에 형식을 주려고 하는 시도에 대해서 생각해보자. 우리는 이러한 패턴들을 단지 문학의 모방적인 또는 재현적인 면에서만 찾을 수 있는 것은 아니다. 왜냐하면 모방적인 또는 재현적인 면은 내용에 속하는 것이지 형식에 속하는 것은 아니기 때문이다. 하나의 구조로서 아이러니 신화의 중심을 이루는 원리는 로맨스의 패러디라고 생각하는 편이 가장 좋다. 즉 로맨스 신화의 형식을 한층 현실적인 내용에 적용하면 그것이 의외로 딱 들어맞는다. 로맨스에서는 누가 주인공의 생활비를 치르는가를 묻는 사람은 아마도 없을 것이라고 돈 키호테는 항의한다.

아이러니와 풍자의 주된 차이는 풍자가 공격적인 아이러니라는 점이다. 풍자의 도덕적인 규범은 비교적 명료하며, 그 규범에 비추어서 그로테스크한 것과 부조리한 것이 측정된다. 완전한 독설 또는 욕설은 비교적 아이러니가 부족한 풍자이다. 다른 한편 독자가 작자의 자세가 어떻다든가 또는 자신의 자세가 어떻게 생각된다든가에 대해 확신을 갖지 못할 때, 우리는 비교적 풍자의 요소가 부족한 아이러니를 갖게 된

---

250) 아이스킬로스의 『결박된 프로메테우스』, 306행.
251) 『투사 삼손』, 952~953행.

다. 필딩의 『조너선 와일드』[252]는 풍자적 아이러니이다. 화자에 의해서 이루어지는(12장의 배그숏의 묘사에서처럼) 어떤 종류의 솔직한 도덕적인 평가는 이 작품의 규범에 적당하지만, 가령 『보바리 부인』 같은 작품에는 걸맞지 않을 수가 있다. 아이러니는 내용면에서의 완벽한 사실주의와 모순되지 않을 뿐만 아니라 작자 쪽에서의 태도의 억제와도 모순되지 않는다.

풍자는 적어도 겉보기의 공상, 즉 독자가 그로테스크하다고 인식하고 있는 어떤 내용과, 그리고 적어도 암시적인 어떤 도덕적인 기준을 요구하고 있다. 이 경우에 그로테스크는 경험에 대한 전투적인 자세에서 필요 불가결한 것이다. 질병의 재해와 같은 현상은 그로테스크한 것이라고 불릴지 모르지만, 이런 현상을 놀림감으로 삼는 것은 아주 효과적인 풍자는 되지 않을 것이다. 풍자작가는 여러 가지 부조리한 것들을 취사 선택하지 않으면 안 되며, 이 취사 선택의 행위가 도덕적 행위인 것이다.

스위프트의 『조심스러운 제안』[253]의 논의에는, 사람을 알맹이가 빠져 있는 무가치한 존재로 만드는 듯한 그럴 듯한 분위기가 흐르고 있다. 이 글을 읽는 사람은 화자가 분별이 있을 뿐만 아니라 심지어 인정이 많은 사람이라는 것을 거의 느끼게 된다. 그렇지만 제정신을 갖고 있는 사람이라면 '거의'라는 이 말을 머릿속에 넣어둘 수밖에 없을 것이다. 그리고 이 말이 머릿속에 남아 있는 한, 조심스러운 제안은 공상적이 될 뿐만 아니라 비도덕적이기도 할 것이다. 어느 일절에서 스위프트가

---

252) 필딩(Henry Fielding)의 사회비평적 소설(1743). 실재의 유명한 악당을 주인공으로 한 작품이다.

253) 1729년에 발표한 풍자문. 아일랜드의 빈민들과 그 아이들에 대한 사회복지의 방안을 제안하고 있는 듯 보이나, 이면적으로는 경제 입안자, 사회학자 등의 무능력, 인간주의자 등의 위선을 특유의 수법으로 꼬집고 있다. 아일랜드의 빈곤을 구하기 위해서는 아이를 잡아먹어야 한다는 날카로운 풍자가 들어 있다.

아일랜드의 빈곤에 대해서 이야기하다가 돌연히 "그렇지만 나의 마음은 이 아이러니를 더 이상 계속할 수 없을 정도로 무겁다"라고 말할 때 그가 얘기하고 있는 것은 풍자이다.

풍자는 그 내용이 공상적인 논조나 가설적인 논조를 유지할 수 없을 정도로 숨막힐 듯이 너무 생생할 때 망그러진다. 따라서 풍자는 구조상 희극에 가까운 아이러니이다. 즉 한쪽은 제정신이며 정상적이고, 다른 한쪽은 부조리한, 두 사회의 희극적인 싸움이 도덕과 공상이라는 이중의 초점에 반영된다. 풍자가 부족한 아이러니는 비극의 비영웅적인 잔여물로, 어찌할 바를 모르는 패배의 주제에 중심을 두고 있다.

그러므로 풍자에는 두 가지 사실이 필요하다. 하나는 공상 또는 그로테스크한 느낌, 부조리한 느낌에 근거를 둔 기지나 유머, 또 하나는 공격의 대상이다. 유머 없는 공격, 즉 전적인 비난은 풍자의 경계선 가운데 하나를 이룬다. 이것은 매우 흐릿한 경계선이다. 왜냐하면 과장에 차 있는 칭찬의 말이 문학작품의 형식 가운데 가장 따분하기 짝이 없는 형식의 하나인 것과 마찬가지로, 독설은 문학작품의 형식 가운데 가장 잘 읽히는 형식의 하나이기 때문이다.

다른 사람이 욕을 얻어먹는 일은 통쾌하지만 칭찬을 받는 일은 지겨울 것이라는 사실은 문학세계에서 확증된 사실이며, 거의 모든 비난은 그것이 충분히 생생한 것이라면, 기분좋게 파안대소하는 독자를 만나게 마련이다. 무엇인가를 공격할 때는 작자도 독자도 그 대상이 탐탁잖은 것이 되어야 한다는 점에서 일치하지 않으면 안 된다. 왜냐하면 국민의 증오라든가 속물 근성이라든가 편견이라든가 그리고 사적인 원한에 의거한 풍자의 상당수는 아주 빨리 퇴색할 가능성이 크기 때문이다.

그러나 문학에서의 공격은 그 동기가 어떠한 것이든 간에 단순히 개인적인 증오 또는 심지어 사회적인 증오의 순수한 표현이 결코 될 수는 없다. 왜냐하면 적의와 구별되는 의미로서 증오를 표현하는 말들은 너무 한정된 범위만을 가지고 있기 때문이다. 우리가 사용하는 거의 유일한 예들은 동물세계에서부터 연유된 것이지만, 남자를 돼지 또는 스컹크로 부르고, 여자를 암캐로 부르는 것은 극히 한정된 만족밖에 주지 못한다. 왜냐하면 동물의 대부분의 꼴사나운 특성은 인간이 지닌 성질의 투영에 불과하기 때문이다.

셰익스피어의 테르시테스가 메넬라우스에 대해서 말하고 있는 것처럼, "만약에 여러분이 약간의 지혜와 심술을 가졌다면 다시 태어나게 할 때 놈을 뭘로 해주겠소? 당나귀로? 그건 안 될 말이지. 놈은 현재도 당나귀 겸 황소이니까. 황소로? 그것도 안 될 말이지. 놈은 지금도 황소 겸 당나귀이니까."[254] 공격이 효과적이 되기 위해서는 일종의 개인적인 이해관계를 넘어서지 않으면 안 된다. 이럴 경우, 다만 암암리일지라도 공격자는 도덕적인 판단을 단행하게 되는 것이다. 풍자작가는 보통 높은 도덕적인 입장을 취하려고 한다. 포프가 "풍자작가는 오직 미덕과 미덕의 친구들에게만 친구이다"[255]라고 주장하는 것을 보면, 자기를 차버린 귀부인이 걸친 속옷이 깨끗한가 어떤가에 대해서 빈정거리면서 말할 때도 그의 진의는 도덕적인 것임을 암시하고 있다.

유머는 공격과 똑같이 관습에 의거하고 있다. 유머의 나라는 엄밀히 양식화되어 있는 세계이므로 여기서는 후한 스코틀랜드 사람들, 고분고분 말 잘 듣는 아내들, 사랑이 넘치는 시어머니들, 그리고 경솔하지 않은 침착한 교수들은 거주권이 없다. 모든 유머는 어떤 일정한 합의, 가령 남편을 냅다 두들기는 신문의 연재만화에 나오는 아내의 모습이 우스꽝스럽듯이, 이와 비슷하게 이러이러한 것들은 우스꽝스러운 것이라는 관습을 필요로 한다. 남편이 아내를 두들기는 연재만화를 그리면 독자는 실망할 것이다. 왜냐하면 새로운 관습을 배우지 않으면 안 되

---

254) 『트로일루스와 크리세이데』, 5부 1장 56~60행.
255) 『호라티우스에 따르는 제2의 서간』, 1권, p.121, 17행에서.

기 때문이다.

풍자의 또 한쪽의 경계선인, 순수한 공상으로 되어 있는 유머는 로 맨스에 속한다(로맨스에 소속시키는 것은 꺼림칙하지만). 왜냐하면 유 머는 가당찮은 것을 지각하지만 로맨스에는 이상화되는 관습들이 있기 때문이다. 대개의 공상은 흔히 우유(寓喩)라고 일컬어지고 있는 어떤 강력한 역류에 이끌려 풍자로 되돌아온다. 이 경향은 가당치 않은 것 을 지각할 경우에 현실 경험을 암암리에 지시해주고 있는 것이라고 말 할 수 있다.

『앨리스』의 흰 기사[256]는 만사를 대비하지 않으면 안 된다고 생각하 여, 상어에게 물리지 않기 위해서 말의 다리에 착고를 채우지만, 이 사람이야말로 순수한 공상가로 여겨질 만하다. 그러나 그가 워즈워스 의 교묘한 패러디[257]를 노래하기 시작하면 우리는 풍자의 신랄한 냄새 를 맡기 시작한다. 그리고 우리가 흰 기사를 다시 곰곰이 바라보면, 이 인물이 돈 키호테뿐만 아니라 희극의 현학자와도 밀접한 연관이 있 음을 깨닫게 된다.

이 **뮈토스**의 경우, 서로 대립하는 두 개의 명칭 때문에 어려운 문 제가 생기므로 독자가 만일 연속된 여섯 개의 양상에 이미 친숙해 있다면, 우선 이 양상들에서부터 시작하여 이들을 차례로 설명해나 가는 것이 어떤 전형적인 형식을 추출해서 그것을 먼저 논하는 것보 다는 이야기가 훨씬 단순하게 되리라 본다. 처음 세 가지 양상은 풍 자의 양상으로 희극의 처음, 즉 아이러니적인 세 가지 양상에 대응 한다.

첫번째 양상은 '편집성'에 빠져 있는 사회가 전혀 변혁되지 않는,

---

256) 영국 시인 캐럴(Lewis Caroll, 1832~98)의 앨리스(Alice) 시리즈 중 『거 울을 통해서』(1872)에 등장하는 기사 가운데 하나이다.

257) 워즈워스의 시 『결의와 독립성』(1807)에 나오는 거머리잡이 노인을 캐럴이 『거울을 통해서』의 7장 「한 기사의 노래」에서 빗대고 있다.

아이러니 희극의 첫번째 양상에 해당한다. 이러한 희극에 떠도는 부조리한 것에 대한 느낌은 작품을 본 후 또는 읽은 후에 일종의 뒤흔들림 또는 상기로서 나타난다. 일단 우리가 작품을 읽기를 끝내면 헛수고의 사막이 온 사방에 나타나 유머가 있음에도 불구하고 우리는 악몽과 같은, 악마적인 것과 가까운 느낌을 가지게 된다.

심지어 아주 가벼운 희극에서도 우리는 이러한 감정의 흔적을 느낄 수 있다. 가령 『오만과 편견』의 중심 주제가 콜린스와 샬럿 루카스의 결혼생활일 것 같으면, 콜린스가 얼마만큼 오랫동안 계속 재미있는 인물이 될 수 있을까. 따라서 포프의 여성의 성격에 대한 『두번째의 도덕적 에세이』처럼 일반적으로 논조가 가벼운 풍자에서도 규범을 지키면서도 놀라울 정도로 강렬한 도덕적 의식을 최고도로 높일 수 있는 것이다.

이 양상의 전형적인 것은 하위 규범의 풍자라고 일컬어질 수 있다. 이것은 혼란, 부정, 어리석은 행동, 죄악에 차 있지만 변혁이 없이 이 상태가 영원히 계속 존재하는 세계를 당연한 것으로 간주한다. 그 원칙은 이러한 세계에서 균형을 유지하려고 하는 자는 누구나 할 것 없이 무엇보다도 먼저 눈을 똑바로 뜨고 입을 꼭 다무는 것을 배우지 않으면 안 된다는 것이다. 독자에게 사실상 에이론의 역할을 담당하도록 촉구하는 분별의 권고는 이집트 시대 이래 문학의 두드러진 현상이 되어왔다. 권고가 되고 있는 것은 기껏해야 관습적인 생활이다. 즉 자기 자신과 다른 사람들의 인간성을 꿰뚫어보는 통찰력을 가지고, 온갖 환상과 자못 강요당하는 듯한 행동을 피해서 진취적인 자세보다 관찰과 타이밍에 의지해서 사는 방식이다. 이것은 지혜, 즉 돌다리를 두들겨보고 건너는 것과 같은 생활방식으로, 사회적인 관습의 논리를 의심하지 않고 단지 그날 그날 균형을 유지하고 살아가는 데 실제로 도움이 되는 과정을 따르는 것에 지나지 않는다.

하위의 에이론은 실용적인 정신을 따르는 유연한 태도를 취한다. 즉 이 에이론은 사회라는 것은 기회만 주어지면 정도의 차이는 있겠지만,

브라우닝의 시에 나오는 캘리번의 세테보스[258]처럼 행동한다고 가정하고 자신도 그것에 따라서 행동하는 것이다. 행동할 때 무엇인가 의심스러운 점이 생기면 그에게 가장 깊은 확신을 주는 것은 관습이다. 세상의 온갖 시험을 다 겪어온 관습적인 행동이 좋을 수도 나쁠 수도 있겠지만, 모든 행동 형식 가운데서 풍자의 대상으로 하기에는 가장 어려운 것임이 확실하다. 이것은 마치 새로운 행동이론을 가진 사람이—가령 그가 성자 또는 예언자일지라도—모든 사람들 가운데서 괴짜로서 가장 조롱당하기 쉬운 대상인 것과 똑같다.

이리하여 풍자작가는 사회의 각양각색의 알라존을 대신하는 역으로서 명쾌하고 상식적이고 관습적인 인간을 사용할 수도 있는 것이다. 이러한 인물은 작자 자신일 수도 있고 화자일 수도 있지만, 희극에서 직언을 잘 하는 인물, 또는 비극에서 솔직한 조언자에 해당한다. 작자와 구별되는 경우 그는 목가적인 정취를 풍기는 시골뜨기 같은 사람인 경우가 많으며, 그리하여 희극의 아그로이코스 타입과 자신의 역할과의 연관을 뚜렷이 하고 있다.

비글로 시고(詩稿),[259] 둘리 씨,[260] 아티머스 워드,[261] 윌 로저스[262] 등으로 대표되는 민중적인 유머를 갖춘 것으로 여겨지는 미국의 풍자문학은 이런 인물을 크게 부각하고 있다. 이 장르는 『가난한 리처드의

---

258) 브라우닝(Robert Browning)의 시 『캘리번이 세테보스를 애기함』(1864)에 나오는 피타고니아인들의 신이다.

259) 로웰(James Russel Lowell)의 정치적인 풍자시이다. 2집으로 되어 있고 1848, 1867년에 간행되었다. 노예폐지를 주장하는 내용이 주된 것이다.

260) 미국의 저널리스트 던(F.P. Dunne, 1867~1936)의 작품 시리즈에 등장하는 인물로 바의 주인이다.

261) 미국의 유머리스트로 본명은 브라운(Charles Farrar Browne)이다. 나그네 홍행사 워드의 모습을 빌려서 여러 가지 기행을 묘사했다.

262) Will Rogers(1879~1935) : 미국의 카우보이 출신 희극 배우. 묘한 글로 인기를 얻었다.

달력』[263]과 샘 슬리크 경구집[264] 같은, 북미(北美)류의 분별의 권고의 전개와 밀접한 관련을 갖고 있다.

이외에도 여러 가지 예를 우리가 예상할 수 있는 문헌뿐만 아니라 예상할 수도 없는 문헌, 모두에서 쉽게 찾아낼 수 있다. 예상할 수 있는 쪽은 크래브의 『보호자』[265]라는 이야기로, 이것은 분별의 권고의 장르에 속한다. 예상할 수 없는 쪽은 에라스무스의 『대화집』 속의 고기를 먹는 사람의 대화 같은 경우이다. 초서는 자신을 순례자의 일행 중에서 소심하고, 예절바르고, 두드러지지 않는 인물로 묘사하고 있으며, 따라서 여러 사람의 뜻을 공손히 따르고("그리고 나는 그의 의견이 좋다고 말했다"), 함께 순례를 하는 일행들에게는 독자에게 과시하고 있는 그 예리한 관찰력의 편린조차도 보여주지 않는다. 그러므로 '그 자신의' 이야기의 하나가 분별의 권고의 전통에 있다고 해서 우리는 놀라지 않는다.

가장 교묘한 하위의 풍자는 중세시대에 호평을 받은, 설교와 밀접한 관계가 있는 백과전서적인 형식이다. 이것은 대개 일곱 개의 큰 죄의 백과전서적인 도식에 의거해 있는 형식으로, 엘리자베스 시대까지 명맥을 유지하여 내시의 『편지 없는 피어스』[266]와 로지의 『지혜의 불행』[267] 속에 남아 있다. 에라스무스의 『우신(愚神)예찬』은 이 전통에 속해 있으며, 이 작품에서는 이것과 대응하는 희극의 양상에서 찾아볼 수 있는

---

263) 프랭클린(B. Franklin)이 1732년부터 1757년에 걸쳐서 발행한 달력으로 동서고금의 격언 및 인생의 교훈을 삽입해서 커다란 명성을 얻었다.

264) 캐나다의 재판관 헐리버튼(1796~1865)이 저술한 『시계공』(1837, 1838, 1840)의 주인공인 샘 슬리크의 경구집이다.

265) 영국의 시인 크래브(George Crabbe, 1754~1832)의 『운문 이야기』(1812)에 수록된 유머 의식이 통렬한 작품.

266) 영국의 시인 내시(Thomas Nashe, 1567~1601)가 당시 사회적인 악과 관습을 풍자한 환상적인 풍자문(1592)이다.

267) 영국의 시인 로지(Thomas Lodge, 1558?~1625)의 작품(1596)이다.

세계관, ‘편집성’이나 지배적인 정념에 의해서 좌우되는 난장판이 된 세계라는 관점이 분명하게 보여질 수 있다. 설교가나 심지어 지식인에 의해서 사용되는 경우 하위의 방법은 하물며 암시적인 논법의 일부가 된다. 즉 만일 사람들이 극히 보통의 상식, 교회의 현관 앞의 미덕조차 가질 수 없다면, 그들을 보다 더 높은 어떤 수준들과 비교해본들 그다지 의의가 없는 것이다.

이러한 풍자 속에 명랑한 것이 지배하고 있는 한 우리는 기본적으로는 사회적인 관습을 받아들이지만, 사회적인 관습의 한계 내에서 관용과 융통성을 강조하는 태도를 취하게 된다. 관습적인 규범에 가까운 인물들로서 토비 숙부[268]나 베트시 트롯우드[269] 같은 애교 있는 기인(奇人)들을 발견할 수 있다. 이들은 기존의 행동규범의 단조로움을 깨뜨릴지 모르지만 그 규범에 정면으로 도전하지는 않는다. 이러한 등장인물들은 다분히 어린애다운 면을 가지고 있지만, 어린애의 행동은 보통 기존의 기준에서 벗어나는 것이 아니라 그 기준의 방향으로 향하고 있는 것으로 생각되고 있다.

공격이 지배적인 경우 우리는 사회를 등지고 서 있는 알라존, 즉 편집증에 사로잡혀 있는 방해꾼들이 아니라 이들과는 대조되는, 중뿔나지 않은 겸손한 에이론을 표준으로 한다. 이런 상황은 그 원형으로서 거인 퇴치의 로맨스의 주제에 해당하는 아이러니의 주제를 가지고 있다. 여하튼 사회가 존재하기 위해서는 교회, 군대, 전문적인 직업에 종사하는 자들의 모임, 그리고 정부 같은 집단조직에게 권위와 세력이 위임되지 않으면 안 된다. 이 조직의 전부는 개개인들로 구성되어 있으며, 개개인들은 그들이 속해 있는 제도에 의해서 개인적인 권위 이상의 권위를 부여받고 있다.

---

268) 영국의 소설가 스턴(Lawrence Sterne, 1713~68)의 『트리스트럼 샌디』(1760~67)에 등장하는 주인공의 숙부이다.

269) 디킨스(Charles Dickens)의 『데이비드 코퍼필드』에 등장하는 괴짜 노파.

만일 풍자작가가 가령 성직자를 바보 또는 위선자로 묘사하면 그는 풍자작가로서 한 개인이나 한 교회 어느 쪽을 공격하고 있는 것은 아니다. 개인의 공격은 문학적인, 즉 가설적인 특질을 전혀 가지고 있지 않으며, 제도를 공격할 것 같으면 그는 풍자의 범위에서 벗어나는 셈이 된다. 즉 그는 교회에 의해서 보호되고 있는 사악한 인간을 공격하고 있는 것이다. 또 이러한 인간은 거대한 괴물로서 우리가 그를 괴물이라고 말하는 것은 이런 인간은 당연히 그렇게 있어야 할 실체와는 어긋나 있기 때문이고, 그를 거대하다고 말하는 것은 이런 인간은 그의 지위와 훌륭한 성직자들의 권위에 의해서 보호를 받고 있기 때문이다. 만일 풍자라는 것이 없다면 고깔을 쓰면 누구나 다 승려가 될 수 있기 때문이다.

밀턴은 "풍자(satyros)는 비극에서 생겨났으므로 그 어버이를 닮아 높은 가락을 연주하고, 가장 지체 높은 자들 사이에서 가장 두드러진 악덕과 위험한 승부를 걸지 않으면 아니 된다"[270]고 말한다. 어원[271]은 별문제로 하더라도 이 말에는 하나의 조건이 필요하다. 즉 큰 악덕은 그것을 나타내는 데 큰 인물을 필요로 하지 않는다는 것이다.*

우리는 이미 『연금술사』의 에피큐어 마몬경의 거대한 꿈을 언급했다. 타락한 인간 의지의 신비 전체가 이 속에 포함되어 있다. 그러나 꿈꾸는 사람의 완전한 무기력은 이 풍자에 없어서는 안 될 요소이다. 이와 흡사하게 필딩의 『조너선 와일드』의 주인공을 위대한 것의 패러디 또는 허위에 찬 사회평가의 패러디로서 진지하게 받아들이지 않으면 이 작품의 요점을 놓치는 셈이 된다.

---

270) 밀턴의 팜플렛 『스멕팀누스』(Smectymnuus, 1642)에서.

271) 밀턴은 풍자(satire)가 목양신(satyros)이라는 말에서 나왔다고 생각한다. 목양신이면 tragedy 즉 tragodia(산양의 노래──tragos〔산양〕+oide〔노래〕)로 연결된다. 그러나 satire의 어원은 satura(잘게 썬 조각)이다. satura라는 말을 처음 쓴 사람은 로마의 시인 호라티우스라고 일반적으로 알려져 있다.

* 초서의 면죄승(pardoner)이 한층 더 좋은 예일지도 모른다.

그러나 일반적으로 풍자작가들의 적들에게는 그들이 크게 되면 될수록 그만큼 넘어지기가 쉽다는 원리가 적용될 수 있다. 하위의 풍자에서 알라존은 꼬마 다윗에게서 별안간 심술궂은 돌멩이의 습격을 당한 골리앗과 같은 거인, 또는 냉정하고 관찰력이 풍부하고 게다가 거의 눈에 보이지 않는 적에게 시달림을 받아 분별없이 치밀어오르는 분노에 떨다가 천천히 퇴치당하는 거인과 같은 존재이다.

이러한 상황은 풍자라는 매체를 통해서 폴리페모스와 블런더보어[272]의 이야기에서부터 한층 더 아이러니의 색채가 농후하고 애매한 맥락을 이루고 있는 채플린의 영화에까지 전해져오고 있다. 드라이든은 그의 희생물을 불룩한 육체와 땅콩처럼 작은 머리를 가진 기상천외한 공룡으로 변형시킨다. 그는 오그의 '커다란 그리고 위대한' 육체와 도에그[273]의 흉폭한 에너지에 진정 감명을 받은 것 같다.

하위의 에이론 타입의 등장인물은 아이러니 주인공(영웅)의 대용품이다. 그러므로 그가 풍자에서 제거되면 우리는 이 **뮈토스** 중심 주제 가운데 하나가 영웅적인 것의 소멸이라는 점을 더욱 분명하게 알 수 있다. 이러한 까닭으로 이야기 형식의 풍자에서는 옴팔레[274] 원형이라고 일컬어질 수 있는 것이 압도적으로 많다. 이 원형은 여성들에게 놀림을 당한다든가 또는 지배당하는 남자를 취급하고 있는데, 지금까지 이 원형은 풍자문학사상 두드러진 것으로서, 통속적인 유머, 세련

---

272) 북유럽과 영국에서 전해 내려오는 동화 『거인을 퇴치한 잭』에 나오는 거인 중의 한 사람이다.

273) 드라이든(John Dryden)의 풍자시 『압살롬과 아히토펠』(1681)의 등장인물들이다. 오그(Og)는 극작가이며 시인이었던 섀드웰(Thomas Shadwell)을 빗대어 나타낸 인물이며 도에그(Doeg)는 당시의 극작가이며 시인이었던 세틀(E. Settle)을 나타낸다.

274) 그리스 신화에 등장하는 리디아의 여왕. 헤라클레스는 자신이 지은 살인죄의 속죄의 대가로 3년 동안 여자 옷을 입고 여자의 일을 하면서 이 여왕의 시중을 들게 된다. 후에 그녀는 헤라클레스의 연인이 된다.

된 유머 할 것 없이 오늘날 유머의 광대한 영역을 에워싸고 있다. 이와 마찬가지로 거인이나 괴물이 제거되면 우리는 그가 사회의 신화적인 형태, 즉 히드라라든가 백 개의 혀를 가진 파마라든가 스펜서의 여전히 잡히지 않고 방자하게 날뛰는 시끄러운 괴물이라는 것을 알 수 있다.

그리고 새로운 사상을 가진 괴짜는 손쉽게 풍자의 대상이 되지만 사회의 관습 역시 대체로 화석화된 도그마이며, 하위의 풍자가 근거로 삼고 있는 기준은 주로 과거의 괴짜들이 만들어낸 일련의 관습이다. 관습적인 인물의 힘은 관습에 있는 것이 아니라 관습을 취급하는 상식적인 방법에 있다. 그러므로 풍자의 논리 자체는 비관습적인 것에 대한 관습적인 풍자라는 첫번째 풍자의 양상에서 관습의 원천과 가치 자체가 조소의 대상이 되는 두번째 양상으로 옮겨가는 것이다.

희극에서 이것에 해당하는 두번째 양상의 가장 단순한 형식은 도피의 희극이며, 여기에서 주인공은 자기가 속한 사회를 변형시키는 일 없이 더욱 자신의 기질에 잘 맞는 사회로 도망해간다. 이것에 해당하는 풍자의 양상은 피카레스크(picaresque) 소설인데, 이것은 르나르의 여우[275] 이래 어떠한 적극적인 기준을 세우는 일도 없이 관습적인 사회를 우롱하는 악한의 성공을 다루고 있는 이야기이다. 피카레스크 소설은 『돈 키호테』에서는 좀더 지적으로 변모해가는 풍자형식이 사회적인 형태를 취한 것이지만, 이것의 본질에 대해서는 약간의 설명이 필요하다.

판에 박힌 것이지만 그래도 유베날리스[276]의 유용한 공식에 따르면 풍자는 인간이 행하는 일은 무엇이든 간에 관심을 갖는다. 다른 한편 철학자는 어떤 삶의 길이나 방법을 가르친다. 이때 그는 어떤 것들은

---

275) 프랑스에서 『르나르의 이야기』라는 제목으로 한데 모아졌던 풍자적인 우화나 동물 우화에 나오는 주인공이다.

276) Juvenalis(60~140년경) : 로마의 풍자시인.

강조하고, 다른 것들은 경시한다. 그가 권고하는 것은 인간생활로부터 얻은 지식에서 주의 깊게 선택되며, 그리하여 그는 끊임없이 사회적 행위에 대해서 도덕적인 판단을 내린다. 그의 자세는 독단적이며, 풍자작가의 태도는 실제적이다.

이리하여 풍자는 경험으로부터의 선택기준과, 경험은 그것에 대한 어떠한 종류의 신념보다도 크다는 느낌 사이의 대립을 보여준다. 풍자작가는 한없이 다양한 인간행위를 드러내고 있는데, 사람들이 무엇을 행해야만 할 것인가를 운운하는 것의 무익성뿐만 아니라 그 사람들이 지금 행하고 있는 것에 대해서 일관성 있는 도식을 체계화 또는 공식화하는 시도의 무익성까지도 증명하기 위해 그렇게 하는 것이다. 인생철학은 인생으로부터의 추상이며, 추상은 형편없는 자료를 내버린다는 의미를 가지고 있다. 풍자작가는 이 형편없는 자료를 범죄와 병을 취급하는 에레혼 나라 사람들의 경우처럼, 또는 정신의 기계적 작용을 증명하는 스위프트의 경우처럼, 때때로 이에 대신하는 또는 이와 똑같은 그럴 듯한 이론 형식을 따서 제시한다.

그러므로 두번째의, 즉 돈 키호테적인 풍자 양상의 중심적인 주제는 사상, 통칙, 이론, 학설 등을, 이것들이 설명한다고 생각되는 실제 인생과 정면에서 대립하는 것처럼 설정한다. 이 주제는 루키아노스[277]의 대화편 『목숨의 경매시장』 가운데 매우 명확하게 나타나 있다. 이 작품에서는 일렬로 늘어선 노예 철학가들이 그들을 고용하려고 하는 사람 앞에서 여러 가지 보증과 증명을 제시하면서 검열을 받는다. 사는 사람은 실은 극히 적은 수의 노예 철학가들을 사지만, 노예로서 사는 것이지 스승 또는 교사로서 사는 것이 아니다.

루키아노스의 그리스 철학에 대한 자세는 에라스무스와 라블레의 스콜라 철학자들에 대한 자세, 스위프트와 새뮤얼 버틀러 1세[278]의 데카

---

277) Lucianos(120~200년경) : 그리스의 풍자작가. 『신들의 대화』, 『사자(死者)의 대화』 등 대화편으로 유명하다.

르트와 영국 왕립학사원에 대한 자세, 볼테르의 라이프니츠파 철학자들에 대한 자세, 피콕[279]의 낭만주의자들에 대한 자세, 새뮤얼 버틀러 2세의 다윈주의자들에 대한 자세, 올더스 헉슬리의 행동주의자들에 대한 자세 등에서 반복되고 있다.

하위의 풍자는 이따금 단지 반(反)지성주의에 빠지는 일이 있는데, 이 경향은 크래브(『박학한 소년』 참조)나 심지어 스위프트에게서도 노출되고 있다. 미국 문화에서의 하위풍자의 영향은 장발족과 상아탑에 대한 경멸을 널리 가져왔다. 이것은 시적 투사의 오류라고 일컬어도 무방하다. 즉 문학적인 관습을 실제 인생의 사실로 믿어버리는 오류라고 일컬어도 무방하다. 그러나 본래 반지성주의의 풍자는 체계적 사고는 비교적 소박하다는 생각에 의거해 있기 때문에, 회의적이라든가 냉소적이라든가 하는 진부한 용어에 의해서 한정되어서는 안 된다.

회의주의는 그것 자체가 독단적인 자세일 수도 있으며, 또는 독단적인 자세가 될 수도 있다. 뚜렷한 증거까지 의심하는 희극적인 편집증이 바로 그러한 자세이다. 견유주의(犬儒主義)는 풍자의 척도에 조금 가깝다. 메니포스적인 풍자의 창시자인 메니포스는 견유학파의 한 사람이었다. 견유주의에 속하는 학자들은 지적인 테르시테스의 역할과 대체로 결부되어 있다. 가령 릴리의 희곡 『캠퍼스프』[280]는 플라톤, 아리스토텔레스, 그리고 디오게네스 등을 등장시키고 있으나, 앞의 두 사람은 싫증을 자아내는 따분한 사람이므로 전혀 철학가라고 할 수 없고, 엘리자베스 시대의 어릿광대라고 할 수 있는 불평가 타입의 디오게네스가 인기를 가로챘다.

---

278) Samuel Butler(1612~80) : 영국의 풍자시인. 『휴디브라스』의 작가. 1세라고 쓰어 있으나 같은 이름의 『에레혼』의 작자와 혈연관계는 없다.

279) Thomas Love Peacock(1785~1866) : 영국의 소설가이자 시인. 담화형식의 풍자소설로 유명하다.

280) 릴리(John Lyly)의 희곡(1591). 테베의 포로인 캠퍼스프에 대한 알렉산드로스 대왕의 사랑을 그린 이야기이다.

그러나 견유주의 역시 철학이며, 페레그리노스의 기묘한 정신적인 오만(이 오만을 루키아노스가 구석구석까지 파고들어가 철저하게 분석하고 있다)을 만들어낼 수 있는 철학이다. 『목숨의 경매시장』에서는 견유주의를 주창하는 자와 회의주의자가 차례로 경매시장에 내놓아지는데, 회의주의자는 팔릴 것 같지 않게 되고, 논의에 의해서가 아니라 실생활에 의해서 자신의 회의주의가 논박의 대상이 된 채 질질 끌려나간다.

에라스무스와 버턴은 스스로를 데모크리토스 2세, 인류를 조소하였던 이 철학자의 후계자라고 칭하고 있지만, 루키아노스의 대화편에 등장하는 구매자는 데모크리토스도 지나친 행동을 하고 있다고 생각한다. 풍자작가가 자기 자신의 '입장'을 갖고 있는 한 그 입장은 이론보다도 실천을, 형이상학보다도 경험을 우선으로 한다. 루키아노스가 스승 메니포스에게 상담하러 갔을 때, 지혜를 살리는 길이란 신변에 있는 일을 먼저 해내는 것이라는 충고를 받았다. 이것은 볼테르의 『캉디드』에 나오는 충고와 『에레혼』에서 아직 태어나지 않은 태아에게 준 충고에서 반복되고 있다. 이리하여 현학성을 띤 철학적인 취미는 모든 풍자의 과녁이 결국 그러하듯이 낭만주의의 한 형식, 즉 경험에 대해서 지나치게 단순화된 이상을 강요하는 것으로 된다.

이 점에서 풍자적 자세는 철학적인 것도 아니고 또 반철학적인 것도 아닌, 가설적인 예술형태의 한 표현이다. 여러 가지 사상에 대한 풍자는 그 자체의 창조적인 자유를 옹호하는 특수한 종류의 예술에 지나지 않는다. 사상적인 질서를 구하면 지적인 체계가 마련된다. 이 체계 중 일부는 예술가들의 관심을 끌어당기기도 하고 새로운 방향으로 변화시켜주기도 한다. 그러나 훌륭한 시인이라면 어떤 다른 체계도 똑같은 정도로 훌륭하게 변호할 수 있기 때문에, 어떤 한 가지 체계도 예술을 있는 그대로 그 속에 담을 수 없다.

이러므로 체계적인 이론가는 권력을 잡게 되면 예술 중에서 서열을 만들어내기도 할 것이고, 일찍이 플라톤이 호메로스에 대해서 그렇게 하고 싶어하였던 것처럼 검열과 삭제를 하기도 할 것이다. 이론체계, 특히 이러한 체계의 사회적 영향에 대한 풍자는 이런 모든 침입에 대항하는, 예술의 제일선에 속하는 방어선이다.

미신과 과학의 싸움에서 풍자작가들이 행한 역할은 눈부시다. 풍자 자체는 그리스의 실로이(silloi)[281]에서부터 시작된 것 같은데, 이 작품은 미신에 대한 과학의 공격을 옹호하였다. 영국 문학에서는 초서와 벤 존슨이 연금술사들을 조롱하는 데에서 이 연금술사들이 즐겨 사용하는 전문어투성이의 허튼 말투를 가지고 일제 사격을 가하였다. 내시와 스위프트는 점성술사들을 일찌감치 무덤 속으로 매장해버렸다. 브라우닝도 『무당 슬러지 씨』[282]에서 심령술사들을 말살해버렸다. 그리고 『휴디브라스』[283]의 항적(航跡)에는 마술사들, 수비학자(數秘學者)들, 피타고라스 추종자들, 장미십자회원 같은 어중이떠중이들이 큰 대자로 겹겹이 가로누워 있다.

과학자에게는 거의 괴팍스럽게 보일지 모르지만 풍자는 예사롭게도 『달 속의 코끼리』[284]에서는 진정한 천문학자들을, 『걸리버 여행기』에서는 실험실을, 『에레혼』에서는 다윈과 맬서스[285]의 우주론을, 『멋진

---

281) '사팔뜨기의 작품'이라는 의미로, 기원전 6세기의 그리스 시인 크세노파네스(Xenophanes)가 호메로스나 헤시오도스의 신화를 공격한 시를 쓴 것이 시초이다.

282) 브라우닝(Robert Browning)의 시(1864). 무당이라는 직업의 속임수, 무당에 대한 불신과 더불어 무당을 맹목적으로 믿는 대중들의 어리석음을 비난하고 있다.

283) 버틀러(Samuel Butler) 1세의 3부작 9편으로 된 풍자시(1663, 1664, 1678). 장로교파와 독립교파의 위선과 이기주의를 휴머니티와 기지에 찬 문체로 공격하고 있다. 영국 풍자시의 걸작 가운데 하나이다.

284) 버틀러 1세의 왕족사회를 풍자하고 있는 시(작품연도 미상). 코끼리로 믿었던 것이 결국은 망원경에 비친 쥐라는 사실이 밝혀진다는 이야기이다.

신세계』[286]에서는 조건반사 학설을, 『1984년』에서는 기술만능 사상을 각각 계속 희롱하고 있다. 금세기에 지적인 풍자의 전통을 계속 유지하고 있는 소수 가운데 한 사람인 찰스 포트*는 과학자들이 미신 그 자체로부터 해방되었다는 바로 그 사실 때문에 그들을 조롱함으로써 논의를 시발점으로 되돌린다. 왜냐하면 이런 태도는 모든 합리적인 태도와 마찬가지로 온갖 증거를 검토하는 것을 역시 거절하는 합리적인 태도이기 때문이다.

종교에 대해서도 똑같은 것이 적용될 수 있다. 풍자작가는 루키아노스와 똑같이 미신을 말살하면 종교도 말살될 것이라고 느낄지 모르며, 또는 에라스무스와 똑같이 미신의 말살이 종교의 건강을 회복시켜줄 것이라고 느낄지 모른다. 그러나 제우스가 존재하는가 그렇지 않은가는 의문이지만, 제우스를 사악하고 우둔한 존재라고 생각하는 사람들도 그가 날씨를 바꾸어주기를 바랄 것이라는 점은 제우스를 믿는 사람뿐만 아니라 그를 조소하는 사람도 인정하는 사실이다. 실제로 종교심이 깊은 사람은 누구나 할 것 없이 위선과 미신을 신랄하게 비평하는 풍자작가를 참다운 종교의 맹우로서 환영할 것임에 틀림없다.

그렇지만 어떤 훌륭한 사람과 꼭같은 말투를 가진 위선자가 일단 아주 나쁜 사람으로 알려지면, 그 훌륭한 사람도 실제 이상으로 조금 더 더럽게 보이기 시작할지도 모른다. 번스의 『거룩한 윌리의 기도』[287]의

---

285) Thomas Robert Malthus(1766~1834) : 영국의 경제학자. 『인구 원칙에 관한 에세이』(1803)로 유명하다.

286) 헉슬리(Aldous Huxley)의 반유토피아 소설(1932). 과학의 진보가 가져온 악몽 같은 사회를 묘사한 것으로 인간과는 동떨어진 기계적 완전무결함이 지배하는 사회 속에서 기계와 같이 생활하여야 하는 인간들의 모습을 그리고 있다.

 * 『Charles Fort 정선(精選)』(1941), p.435를 볼 것.

287) 번스(Robert Burns)의 풍자시(1785). 위선적인 교회제도를 통렬히 비판하는 이 시로 인해 '장로 윌리'는 위선자를 지칭하는 말이 되어버렸다.

이론적인 부분까지도 동의하는 사람들은 그들 스스로가 다소 거룩한 월리처럼 보일 것이다.

이와 흡사하게 에라스무스, 라블레, 스위프트 그리고 볼테르의 제도적인 종교에 대한 개인적인 자세는 가지각색으로 아주 다양하지만, 그들이 쏟아내는 풍자의 효력은 차이가 덜하다고 느낄 것이다. 종교에 대한 풍자는 밀턴이 쓴 이혼에 대한 팜플렛에서부터 『만인의 길』[288]에 이르는 영국의 프로테스탄티즘의 신앙생활의 패러디를 포함하고 있다. 또한 예수를 또 한 사람의 낭만주의적 이상주의자로 보는 생각에 근거를 둔 니체, 예이츠, 로렌스 등의 기독교에 대한 적개심까지도 포함하고 있다.

『에레혼』의 화자에 의하면, 에레혼에 사는 대다수 사람들의 진정한 종교는 그들이 뭐라 말하든 간에 하위의 관습(이드그런〔Ydgrun〕의 여신)을 받아들이는 것이다. 그러나 한편으로는 그가 에레혼에서 발견한 가장 훌륭한 사람들인 '고답파 이드그런 교도'의 소수 그룹도 있다. 이 사람들의 자세는 오히려 우리에게 몽테뉴를 상기시킨다. 그들은 오랫동안 당연한 것으로 받아들여졌고, 지금은 무해한 것으로 되어버린 관습을 중히 여기는 에이론들이다. 그들은 사회를 보다 훌륭한 기구로 변혁시키기에는 자신들을 포함해서 누구도 이성의 힘을 구비하지 못하고 있다는 에이론 특유의 불신감을 가졌다. 그러나 그들 역시 그들 자신이 더불어 살고 있는 관습으로부터 지적으로 떨어져 살았으며, 그 관습의 흔들림 없는 견고한 보수주의뿐만 아니라 그 관습이 안고 있는 변칙과 부조리도 동시에 간파할 수 있는 능력을 가지고 있었다.

우리는 고답파 이드그런교가 두번째 양상의 풍자에서 만들어내는 문

---

288) 버틀러(Samuel Butler)의 소설(1903). 부모의 억압을 받아온 주인공이 성
　　직자가 된 후 그 반작용으로 방탕의 길을 걷다가 다시 자신을 찾게 된다는
　　이야기이다.

학적 형식을 볼테르의 대화체 소설[289]의 이름을 따서 자연아(ingenu)의 형식이라고 부를 수 있다. 자연아 타입의 풍자에서는 사회의 어떤 국외자—이 경우에는 아메리카 인디언—가 하위의 척도가 된다. 이 인물은 자신의 독단적인 견해를 갖지 않지만, 사회의 부조리들을 그러한 것에 길들여져버린 사람들에게 논리적으로 보이게끔 하는 전제들을 결코 인정하지 않는다. 그는 사실상 목가적인 인물이며, 풍자에 가까운 목가의 경우처럼 그는 단순한 척도를 사회의 복잡한 합리화에 대비시킨다. 그러나 우리는 풍자작가가 바로 경험 속에 있는 복잡한 자료를 주장하면서, 단순한 척도에 불신감을 품고 있음을 보아왔다.

그러므로 자연아 타입의 주인공은 국외자인 것이다. 그는 도달할 수도 없고, 또한 바람직하지 않은 그 어떤 것과 결부되어 있는 다른 세계에서 온 자이다. 몽테뉴의 식인종은 만일 우리가 그들이 식인종이라는 것을 염두에 두지 않는다면, 우리가 가지고 있지 않은 모든 미덕을 가지고 있다. 모어의 유토피아는, 우리가 그곳에 들어가기 위해서는 기독교국의 개념을 포기하지 않으면 안 된다는 것을 제외하면 이상적인 국가이다. 휘넘족은 우리보다 뛰어난 이성과 본성에 따르는 생활을 하지만, 걸리버는 자신이 타고난 야후이며, 그같은 생활은 인간들보다도 재능이 있는 동물들의 능력에 더 적합하다는 것을 알게 된다.

'다른 세계'가 풍자 속에 등장할 때는 언제나 이 세상의 아이러니에 찬 대응물로서, 기존 사회의 척도의 역전(逆轉)으로서 나타난다. 이런 형식의 풍자는 루키아노스의 『명부(冥府) 여행』과 『카론』에 나타나는데, 이 작품들은 사후의 딴 세계의 여행을 보여주며, 이 여행에서 이 세상의 지체 높은 분들이 익숙치는 않지만 신분에 걸맞는 일을 하게 되는 장면이 나온다. 이것은 라블레와 중세의 **죽음의 춤**(danse macabre) 속에 들어오게 된 형식이다. **죽음의 춤**의 경우 누구에게나

---

289) 1756년에 간행된 세상 모르는 인디언을 주인공으로 한 풍자소설이다.

한결같이 찾아오는, 바로 그 죽음의 균일성이 삶의 복잡한 불평등과 대비되고 있다.

지적인 풍자는 예술의 창조적인 자유를 옹호하지만, 예술 역시 사회적인 기존 개념들을 구하려 하고, 그것 또한 사회의 고정 개념으로 되는 경향이 있다. 이미 말한 것처럼, 로맨스라는 이상화된 예술은 특히 지배계급이 자신을 표현하기 위해서 사용한 형식이다. 그렇기 때문에 중세 유럽의 중산계급은 당연히 반로맨스 방향으로 향하였다. 다른 형식의 풍자도 의도적이거나 그렇지 않거나에 관계없이 똑같은 기능을 가지고 있다.

죽음의 춤과 명부여행은 우리가 사후의 딴 세계에 대하여 진지한 비전을 갖게 될 때 그려보는 일종의 낭만주의를 아이러니에 찬 방법으로 역전시킨 것이다. 가령 단테에서는 저 세상의 심판은 보통 이 세상의 척도를 뒷받침하고 있으며, 저 세상, 즉 천국에서 쓸모있는 자리도 거의 지체 높은 자들에게만 특별히 주어진다. 이러한 풍자의 문화적인 효과는 로맨스의 권위를 더럽히는 것이 아니라, 어떤 하나의 형만이 문학적인 경험의 전 영역을 지배하는 것을 막는다.

두번째 양상의 풍자문학은 분석이라는 기능을 가진 특수한 문학으로, 잡동사니 같은 여러 가지 틀에 박힌 양식, 화석화된 신조, 미신에 사로잡힌 공포, 엉터리 이론, 현학적인 독단주의, 숨막힐 듯한 유행과 사회의 자유로운 움직임(물론 반드시 진보적이라는 것은 아니다)을 방해하는 모든 것들을 타파하는 것이다. 이러한 풍자는 귀류법으로 알려져 있는 논리적인 절차의 완성으로, 우리를 하나의 영속된 상태에 구속시키지 않고 부정확한 절차에서 언제든지 빠져나올 수 있는 지점으로 우리를 데리고 가는 것을 목적으로 한다.

미술이나 기타 분야에서 완벽한 형식미에 집착하고 있는 낭만주의적인 고착도 풍자의 당연한 과녁이 된다. 풍자(satire)라는 말은 사투라(satura), 즉 '잘게 썬 조각'이라는 말에서 유래되었다고 한다. 또한 형식에 대한 일종의 패러디가 이 전통을 통해서 흐르고 있는 것처럼 보인다. 이 흐름은 초기의 풍자에서 보여지는 운문과 산문의 뒤범벅에서부터 라블레의 어색한 영화적인 장면 전환(필자는 다소 고풍의 영화를 염두에 두고 있다)까지를 포함하고 있다.

『트리스트럼 샌디』와 바이런의 『돈 주안』은 끊임없이 자기 패러디로 향하는 경향을 매우 분명하게 보여주고 있는데, 풍자의 수사법에 있는 이 자기 패러디는 글쓰는 행위 자체가 너무 지나칠 정도로 단순하게 관습화나 이상화되는 것을 막는다. 『돈 주안』의 경우 우리는 이 시를 읽는 것과 동시에 이 시를 쓰고 있는 시인을 지켜보는 것이 된다. 우리는 그의 연상, 그의 운율과의 악전고투, 그의 시험적인 복안이나 그가 포기한 복안 등을, 또 세부적인 묘사를 선택하게 하는 그의 주관적인 기호(예컨대 '그녀의 키는 크다──나는 뚱뚱한 여자는 질색이다'), '진지'해질까 그렇지 않으면 희롱하는 가면을 쓸까 하는 그의 결단 등을 엿듣는 것이다.

이 모든 것, 아니 이 이상의 것까지도 『트리스트럼 샌디』에 적용된다. 본 이야기로 돌아가지 않고 일부러 질질 끄는 두서없는 여담(이것은 스위프트의 『통(桶)이야기』에서는 여담을 찬양하는 여담까지 포함하기에 이르지만)은 풍자의 서술적인 기법에 특유한 것이다. 그리고 계산된 돈강법(頓降法), 즉 아풀레이우스와 라블레의 탁선(託宣)과 거의 비슷한 감을 주는 아리송한 말투의 결말, 또는 주인공이 태어날 때까지 수백 페이지를 참고 읽게 하여 맥이 빠지도록 하는 스턴의 수법, 아슬아슬한 순간이 용두사미로 끝나는 수법도 그러하다. 이상하리만치 많은 풍자가 단편적이기도 하고, 미완성이기도 하고, 작자 불명이기도 하다.

아이러니적인 소설에서는 백치의 심리를 통해서 이야기하는 것 같은, 전달의 어려움을 기축으로 한 꽤 많은 기법이 똑같은 역할을 하고 있다. 버지니아 울프의 『파도』는 작중인물들의 회화로서 이루어지고 있는데, 그 회화는 그들의 입을 통해서가 아니라 본의 아니게 그들의 행동과 태도를 통해서 이야기되고 있다.

이 해체의 기법이 우리를 풍자의 세번째 양상, 즉 상위규범을 가지고 있는 풍자로 유도한다. 두번째 양상의 풍자는 독단적인 것에 대해서 실천적인 것을 정략적으로 변호할지 모르지만, 이 세번째 양상에서는 보통의 상식조차도 하나의 척도로서 묵과되지 않으면 안 된다. 왜냐하면 상식도 역시 밖으로 드러나 있지 않은 어떤 도그마를 그 속에 포함하고 있기 때문이다. 특히 감각에 의해서 경험된 자료는 믿을 수 있고 일관성 있다는 도그마와, 사물에 대한 우리의 습관적인 연상이 현재를 해석하고 미래를 예언하는 데 확고한 기초를 이룬다는 도그마를 그 속에 포함하고 있기 때문이다.

풍자작가는 그가 이런 전제들을 의심할 때 어떤 일이 일어날까를 생각하지 않고서는 자신의 형식의 모든 가능성을 구명할 수가 없다. 그러므로 그는 그만큼 자주 일상생활에다 논리적이며 일관성 있는 시점을 이동시키는 것이다. 그는 갑자기 사회를 망원경 속에 넣어서 그것을 잘난 체하고 으스대는 난쟁이의 집합으로 보여줄 것이며, 또는 현미경 속에 넣어서 소름끼치는 또 악취를 풍기는 거인들로 보여줄 것이다. 혹은 주인공을 당나귀로 변하게 해서, 당나귀 눈에는 인간이 어떻게 보이는가를 보여줄 것이다. 이러한 유형의 공상은 관습적인 연상을 단절하고, 감각에 의한 경험을 분류 가능한 많은 범주 가운데 어느 하나로 환원시키고, 우리의 온갖 사고의 잠정적인 기초를 분명하게 해준다.

에머슨은 이와 같은 시점의 이동이 '정도가 낮은 숭고함'을 만들어 낸다고 말하나,* 실은 이 시점은 예술에서 훨씬 중요한 것, 즉 정도가 높은 익살을 만들어내는 것이다. 이것은 패러디-로맨스로서의 풍자의 일반적인 기초와 모순이 없기 때문에 보통 로맨스 주제의 응용인 것이다. 즉 조그마한 사람들이 사는 요정의 나라, 거인의 나라, 요술에 걸린 동물들의 세계, 루키아노스의 『진짜 역사』에서 패러디화된 여러 가

---

* 『자연』 Ⅵ.

지 경이로운 나라 등이 로맨스 주제의 응용인 것이다.

우리가 신앙과 이성의 외곽을 내버리고 감각으로 감촉될 수 있는 현실에 의지하게 될 때 풍자가 우리를 뒤쫓는다. 약간 시점을 이동시켜서 정서의 색조를 조금 다르게 변화시키면 확고한 지반이 참기 어려운 공포가 되어버린다. 『걸리버 여행기』는 유독한 설치류로서의 인간, 악취를 풍기는 볼품없는 후피동물(厚皮動物)로서의 인간, 곰의 우리로서의 인간의 심리, 불결과 흉폭한 것의 혼합물로서의 인간의 육체 등을 우리에게 보여준다. 그렇지만 스위프트는 단지 풍자작가로서의 자신의 재능이 자아내는 대로 그 재능을 발휘하고 있으며, 모든 훌륭한 풍자작가들도 실제로 자신의 재능을 발휘해나가는 가운데 세상에서 흔히 말하는 외설작가가 되어버린 것 같다.

사회적인 관습은 인간은 각자가 상대방의 눈앞에서 당당하게 활보해야 한다는 것을 의미하고 있으며, 그리하여 이런 자세를 유지하기 위해서 남성의 위엄과 여성의 아름다움은 배설물이라든가 성교라든가 또는 이와 비슷한 고상하지 않은 것들과는 떼어놓고 생각하지 않으면 안 되게끔 되어 있다. 배설물이라든가 성교 같은 것들을 끊임없이 계속 언급하게 되면 죽음의 춤에서 죽음이 모든 것을 균일하게 해버리는 것과 똑같이 우리는 육체적 균일주의에 빠져버린다.

스위프트의 죽음의 춤과의 친근성은 그의 불사의 사람들[290]의 묘사와 『몸종에게 내리는 지시』 속에 분명하게 나타나 있으며, 기타 이곳에서 인용할 수 없는 더 많은 예들[291]——이 예들은 탐욕과 음란의 불쾌한 묘사를 남기고 있는 중세 승려의 전통을 따르고 있다——에도 분명하게 나타나 있다. 왜냐하면 이 경우도 다른 풍자와 똑같이 도덕적인 언급이 있기 때문이다. 즉 먹고 마시고 야단법석 떠드는 것도 다 좋지만 죽음의 신은 내일까지 기다리지 않는다는 언급이 있기 때문이다.

---

290) 『걸리버 여행기』에 등장하며, 불사 때문에 추악한 나날을 보내고 있다.
291) 귀부인의 배설행위를 노래한 『시리아의 화장실』 등.

라블레, 페트로니우스 그리고 아풀레이우스의 난장판 같은 법석에서 풍자문학은 상식을 정복하는 최종적인 승리를 향해 질주한다. 우리가 방탕, 꿈, 착란 등의 이상야릇하리만큼 논리적인 공상을 더듬어 끝마치게 될 때, 착란 가운데 본 것은 한낮의 별과 똑같이 확실히 그곳에 존재하고 있으나 똑같은 이유 때문에 보이지 않고 있다는 파라켈수스[292]의 견해가 어쩌면 옳지 않을까 생각하면서 눈을 뜨는 것이다. 성 아우구스티누스가 다소 노여움을 띠고서 말하는 것처럼, 루키우스는 비법을 전수받고는 허위와 진실을 분명히 말하지 않고 우리의 손에서 뺀들뺀들 빠져나간다.

라블레는 우리에게 최후의 탁선(託宣)을 약속하면서, 실은 우리로 하여금 빈 병을 말똥말똥 바라보게 해놓고서는 모습을 감추어버린다. 조이스의 HCE[293]는 몇 페이지에 걸쳐서 깨어나려고 몸부림치지만 우리가 무엇인가 손에 잡히는 듯한 것을 붙잡는 찰나라고 생각하는 순간, 우리로 하여금 홱 한 바퀴 돌아서 다시 책의 첫 페이지로 돌아오게 한다. 『사티리콘』[294]은 완전한 작품으로 남아 있지 않고 조각조각의 단편으로 전해내려오는데, 이 작품은 술 취한 가운데 바다 속으로 자취를 감춘 터무니없는 아틀란티스의 종족 이야기인 것 같다.

풍자의 첫번째 양상은 거인 퇴치의 주인공들에 의해서 지배되고 있다. 그러나 확고한 우주의 틀이 이처럼 깨뜨려질 때 거인의 힘은 풍자 자체 속으로 돌아가서 그 모습을 분명하게 나타낸다. 필리스티아의 거

---

292) 브라우닝의 동명 극시(1835)에 나오는 주인공. 이 작품은 파라켈수스 (P.A. Paracelsus)의 실제 삶에 기초를 두고 있다.

293) 조이스(James Joyce)의 『피네건의 경야』에 등장하는 더블린의 여관집 주인 이자 벽돌공.

294) 페트로니우스(Petronius)의 로마 생활의 이면을 다룬 풍자적 악한 소설이 다. 산문과 운문의 혼합인 메니포스 형식으로 씌어졌으며, 세 사람의 젊은 이들이 남부 이탈리아를 돌아다니며 겪는 모험과 일화들로 구성된 단편으 로 현존한다.

인이 빛의 자식들과 싸우기 위해서 등장할 때 그는 도전자가 당연히 몸의 크기가 자기와 같은, 말하자면 이스라엘의 모든 사람들 가운데 가장 빼어나게 큰 사람일 것이라고 예상한다. 이와 같은 거인은 완전히 말〔言〕의 힘으로 적을 격파하지 않으면 아니 되므로 억수같이 쏟아붓는 욕설, 말하자면 독설의 명수가 되지 않을 수 없다.

라블레에 등장하는 거인들은 『피네건의 경야(經夜)』와 『걸리버 여행기』의 첫머리에서 우리가 만나게 되는, 결박된 또는 잠자는 거인들의 깨어난 모습으로서, 그들은 그 자체로 창조적인 풍요의 표현이며, 가장 전형적이며 뚜렷한 표시는 언어의 폭풍우, 즉 목록 그대로의 장광설이라든가 욕설로 찬 형용사라든가 박학을 드러내는 전문어들이다.

이것들은 「이사야서」의 제3장(이것은 여성의 장식품에 대한 풍자이다)의 시대 이래로 세번째 양상의 풍자의 특징, 아니 거의 독점물이 되어왔다고 말해도 좋다. 영국 문학에서 그 황금시대는 버턴, 내시, 마스턴 그리고 그칠 줄 모르는 라블레의 번역자, 크로마티의 어커트의 시대로 이어진다. 어커트[295]는 한가한 시간을 이용해서 『삼각사각법』(三角四角法), 『계보대전』(系譜大全), 『진흙 속에 보물 줍기』, 『보편어 논고』(普遍語論考)[296] 같은 작품을 만들어내어 내시로부터 '학자인 척하는 풋내기 문사(文士)' 라는 말을 들었다. 현대 영어에서는 조이스 외에 그 누구도 이 풍요한 언어의 전통을 계속 유지하려는 일련의 노력을 이행하지 못하였다. 이 점에서 보면 칸라인도 버턴과 어커트의 영락한 슬픈 후계자에 불과하다. 미국 문화에서 이것은 민담의 허풍선이의 '허풍' 으로 대표되며, 휘트먼과 멜빌의 『백경』의 장광설에서 일부 이와 같은 종

---

295) Sir Thomas Urquhart(1611?~60) : 번역가로 더 잘 알려진 영국의 문필가.

296) 『삼각사각법』은 삼각법의 원리를 설명한 것(1645)이고, 『계보대전』은 자기의 계보를 아담과 이브까지 거슬러 올라가서 설명한 것(1652)이며 『진흙 속의 보물 줍기』는 자신의 나라, 스코틀랜드의 자랑이 되는 명사의 일화를 모아놓은 것(1652)이고, 『보편어 논고』는 세계 공통의 신어를 고찰한 것(1635)이다.

류의 문학적인 표현을 찾아볼 수 있다.

네번째 양상과 더불어 우리는 한바퀴 빙돌아서 비극의 아이러니 양상으로 되돌아오고 풍자는 후퇴하기 시작한다. 비극의 주인공, 특히 셰익스피어 비극의 주인공의 전락은 감정적으로 미묘한 평형을 유지하고 있으므로, 어느 한 요소에만 주목하여도 우리는 그 요소를 상당히 과장하게 된다. 그 요소의 하나는, 아이러니의 요소가 가장 적은 구슬픈 감정, 말하자면 조용하면서도 위엄에 차 있는 비애의 감정이다.

이것은 자주 음악에 의해서 상징되고 있는데, 안토니우스가 허큘리스에 의해서 버림받는 장면, 『헨리 8세』에서 총애를 잃은 캐서린 왕비의 꿈의 장면, 햄릿의 "잠시 동안 행복으로부터 떠나 있도록 하라"[297]는 대사, 그리고 오셀로의 알레포[298]에 대한 대사 등의 특징으로 드러나 있다. 물론 이 경우에도 엘리엇이 오셀로의 대사[299]에서 아이러니를 발견하였듯이 아이러니를 찾아내는 것은 불가능하지 않다.

그러나 주된 감정의 무게는 확실히 그 반대쪽에 놓여 있다. 그렇지만 우리는 햄릿이 미친 사람처럼 갈피를 못 잡는 복수의 귀신이 되어 한 사람이 아니라 여덟 사람의 목숨을 앗아가면서 죽고, 클레오파트라가 편안하게 죽을 수 있는 것을 주의 깊게 탐구한 끝에 아주 당당한 자세로 숨을 거두고, 코리어레이너스*가 어머니의 말에 심히 이성을 잃고 또 어린아이라고 부른 것에 격렬하게 화를 내는 일도 역시 알게 된다.

이러한 비극적인 아이러니가 풍자와 다른 것은 그것이 등장인물을

---

297) 셰익스피어의 『햄릿』, 5막 2장 346행.

298) 오셀로가 자살하기 직전의 대사(『오셀로』, 5막 2장 339~357행)이다.

299) 엘리엇의 『셰익스피어와 세네카의 극기주의』(1927)에서. 이 대사를 셰익스피어가 세네카의 극기주의에 영향을 받은 일례로 보면서, 여기서 오셀로는 셰익스피어의 다른 비극의 주인공과 달리, 어떤 도덕적인 태도보다는 자기를 극화하고 격려하는 미학적인 태도를 보이고 있다고 지적했다.

* 루이스(Wyndham Lewis), 『사자와 여우』(1927)를 볼 것.

희롱하려는 의도가 없고, 단지 비극의 영웅적인 측면과 구별되고 있는 '너무나 인간적인' 측면을 분명하게 드러내놓는다는 점이다. 리어 왕은 왕으로서 그리고 아버지로서의 입장을 통해서 영웅적인 위엄을 쟁취하려고 시도하지만, 대신 그 위엄을 고뇌하는 자신의 휴머니티 속에서 발견한다.

이리하여 우리는 '그로테스크의 희극'이라고 불렸던 것, 즉 비극적인 상황의 아이러니적인 패러디가 아주 정교하게 전개된 것을 볼 수 있다.

아이러니의 양상 그 자체로서의 네번째 양상은 비극을 아래에서부터, 즉 경험의 세계에 대한 도덕적이며 현실적인 관점에서부터 바라본다. 이 양상은 주인공들의 휴머니티에 역점을 두고, 비극 속에 있는 제의적인 불가피성에 대한 느낌을 극소화하고, 파국에 대해서 사회적·심리학적인 설명을 주고, 그리고 인간의 불행을 가능한 한 소로의 말을 빌리면 '불필요한, 피할 수 있는' 것으로 보이게끔 한다. 이것이 가장 성실하고, 가장 명백한 리얼리즘의 양상이다. 즉 이것이 대체로 말한다면 톨스토이의 양상이며, 또 하디와 콘래드가 쓴 대부분의 작품의 양상이기도 하다.

이 양상의 중심적인 주제 가운데 하나가 콘래드의 '로맨틱한' 로드 짐의 질문에 대한 스타인의 대답——"파괴적인 요소에 몸을 맡기라"——인 것이다. 이 말은 짐을 조롱하는 것은 아니지만, 그의 성격 속에 있는 돈 키호테식의 로맨틱한 요소를 끄집어내서, 그것을 경험의 관점에서 비판하고 있는 것임은 분명하다. 멜빌의 『피에르』에서 시계와 크로노미터에 대한 1장(章)도 똑같은 자세를 취하고 있다.

다섯번째 양상은 비극의 다섯번째 양상(숙명의 비극)에 해당하는 아이러니의 양상으로, 여기에서는 자연의 순환, 즉 숙명이나 운명의 수레바퀴의 끊임없는 착실한 회전이 주로 강조된다. 이 양상은 우리의 말로 하면 현현의 지점에 거의 가까운 곳에서 경험을 바라보는 방법이다. 그리고 이 양상의 모토는 브라우닝의 "천국은 있을지 모르지만, 지옥이 있다는 것은 확실하다"[300]는 것이다. 이것에 대응하는 비극의 양상처럼, 이 양상은 도덕적인 것보다는 일반적인 것, 또 형이상학적이며 개선주의적(改善主義的)인 것보다는 극기주의적이고 체념적인 것에 관심을 보인다. 『전쟁과 평화』와 하디의 『패왕들』이 각각 나폴레옹을 취급하는 방법의 차이가 아이러니의 네번째 양상과 다섯번째 양상의 좋은 대조를 이룬다.

고대 영시의 『디올의 한탄』의 후렴, "Thaes ofereode ; thisses swa maeg"(자유역 : "다른 사람들이 능히 당해냈으니까 저도 그렇게 할 수 있겠지요")는 낭만적인 위엄을 유지하는 '불굴의' 타입의 극기주의를 표현하는 것이 아니라 이에 해당하는 풍자의 두번째 양상에서 역시 발견되는 감정, 즉 실천적이며, 직접적인 상황은 이론적인 설명보다 더 존경받을 만한 가치가 있을 것이라는 감정을 표현하는 것이다.

여섯번째 양상은 거의 숨도 제대로 쉴 수 없는 속박 아래 있는 인간 생활을 표현하고 있다. 그 무대 배경의 특징은 감옥, 정신병원, 린치하는 폭도, 처형장소 등이다. 이것이 진짜 지옥과 다른 점은 주로 인간의 경험에서 고통은 죽음과 함께 끝난다는 데에 있다. 현대에서 이 양상을 주로 대표하는 형식은 악몽과 같은 사회적인 전제주의이며, 『1984년』은 이 양상 가운데 아마 가장 친숙한 작품일 것이다. 우리는 자주 이 불길한 비전의 경계선 상에서 사탄이나 반그리스도 숭배 같은 것을 암시하는 종교적인 상징의 패러디가 사용되고 있음을 찾아낸다.

카프카의 『유형지에서』에는 원죄의 패러디가 사관(士官)의 "죄가 의심할 여지가 없다"는 말에 나타나고 있다. 『1984년』에는 종교의 패러디가 최종 장면에서 더욱 교묘하게 묘사되고 있다. 가령 속죄의 패러디가 나오는데, 주인공은 고문에 못이겨 자기 대신 여주인공을 고문해

---

300) 브라우닝(Robert Browning)의 『시간의 복수』, 65행.

달라고 간절히 말하는 것이다.

이 이야기에서 우리가 갖게 되는 가정은 지배계급의 사디스트적인 권력욕은 무한히 계속될 만큼 뿌리 깊다는 것으로, 정통적인 지옥도(地獄圖)를 받아들이기 위해서는 악마에 대해서 그와 같이 생각하지 않으면 안 된다는 가정과 꼭같은 것이다. '텔레스크린'[301]의 장치는 데르쿠 테아마, 즉 적의나 조소에 찬 시선에 의해서 끊임없이 창피를 당하는 굴욕이라는 비극적인 주제를 아이러니로 바꾸고 있다.

이러한 양상의 등장인물들은 물론 비참이나 광기에 찬 파산적인(desdichado) 인물로, 흔히 로맨스적인 역할의 패러디이다. 그러므로 도움을 주는 거인 하인이라는 로맨스 주제는 『털투성이의 원숭이』[302]와 『생쥐와 인간』[303]에서 패러디화되고 있다. 로맨스의 이야기하는 사람이나 프로스페로 타입의 인물은 『소리와 분노』[304]의 벤지에서 패러디화되고 있다.

벤지의 백치 같은 두뇌는 이해력 없는 상태에서 소설의 전체 줄거리를 포함하고 있다. 사람을 잡아먹는 귀신과 마녀의 세계에는 당연히 악의에 찬 부친형(型)의 인물이 범람하고 있는데, 보들레르의 흑인 여자 거인, 역시 패러디투의 신성(神性)을 많이 띠고 있는 포프의 우둔의 여신[305]("빛은 너의 아직 만들어내지 않은 언어 앞에서 사라져가고 있

---

301) 오웰(George Orwell)의 『1984년』에 나오는 인민을 감시하는 장치이다.

302) 기술의 진보에 의해 인간의 힘이 타락되는 것을 묘사한 유진 오닐(Eugene O' Neil)의 표현주의 연극(1922)이다.

303) 스타인벡(John Steinbeck)의 단편소설(1937). 영원히 빼앗긴 고향을 동경하는 비천한 계급의 비극을 그린 작품이다.

304) 포크너(William Faulkner)의 소설(1929)이다. 남부 콤프슨 일가의 타락과 붕괴를 백치 아들 벤지와 다른 두 아들의 의식의 흐름을 통해 나타낸 작품이다.

305) 포프(Alexander Pope)의 『우인열전』(愚人列傳), (Dunciad, 1743)에 등장하는 여신이다.

다"), 열 자 길이의 머리털을 하고서 사람들을 감금하는 사이렌, 물론 페이터가 말하고 있듯이 '자기가 앉아 있는 바위보다 더 나이가 먹은 숙명의 미녀[306](femme fatale)', 즉 악의에 찬 이빨을 드러내고 웃는 악녀 등이 이 세계에 살고 있다.

　이것은 우리를 다시 악마적인 현현의 지점까지 유도한다. 즉 창 없는 어두운 탑과 끝없는 고통의 감옥, 사막의 무서운 밤의 도시 또는 더욱 방대한 아이러니를 띤 끝없는 여행, 목표가 없는 편력 등의 세계로까지 우리를 다시 유도한다. 그러나 이 혐오와 백치로 가득 찬 저주받은 세계, 연민과 희망이 없는 세계의 다른 쪽에서, 풍자가 다시 시작된다.

　단테는 지옥의 밑바닥(이것은 구형[球形]을 이룬 지구의 중심이기도 하다)에서 사탄이 얼음의 원 위에 꼿꼿이 서 있는 것을 본다. 그리고 그가 흉악한 거인의 허리와 넓적다리를 밟고 넘어가면서 목털이 텁수룩한 곳을 골라 발을 디디고, 주의 깊게 베르길리우스의 뒤를 따라가면서 중심을 지날 때, 그는 더 이상 아래로 내려가는 것이 아니라 위로 올라가서, 이 세상의 반대편에서 또다시 별을 쳐다볼 수 있게 된다는 것을 안다.

　그곳에서 보면 악마는 더 이상 꼿꼿이 서 있는 것이 아니라, 천국에서부터 정반대편의 세계로 내동댕이쳐져 떨어졌을 때 그대로의 모양으로 거꾸로 서 있는 것이다.

　비극과 비극적인 아이러니는 우리를 점점 좁혀가는 원환(圓環)의 지옥 속으로 데리고 들어가며, 그리하여 드디어 우리로 하여금 인격적인 형상을 취하고 있는 온갖 악의 원천을 목격하게 한다. 비극은 거기에서 더 이상 우리를 앞으로 데리고 갈 수 없다. 그렇지만 만일 우리가 아이러니와 풍자의 **뮈토스**에 계속 매달리면, 우리는 부동(不動)의 중심을

---

306)　페이터(Walter Pater)의 『르네상스 역사 연구』(*Studies in the History of the Renaissance*, 1873) 가운데 「레오나르도 다 빈치」에서.

지나서 결국 신사인 체하는 어둠의 왕자가 거꾸로 서 있는 모습과 마주
치게 될 것이다.[307]

---

307) 프라이가 논의한 희극적 · 로맨스적인 **뮈토스**들의 양상, 그리고 비극적 · 아
이러니적 **뮈토스**들의 양상을 각각 다음과 같은 도식으로 요약할 수 있다.

	희극	로맨스
I	· 아이러니적인 양상. · 새로운 사회가 유아기에 있음. · 예 : 『연금술사』, 『타르튀프』.	· 영웅(＝주인공) 탄생의 양상. · 주제 : 신비에 싸여 있는 주인공의 출생, 기아 (棄兒). · 예 : 모세 이야기, 그리스도의 탄생.
II	· 돈 키호테적인 양상. · 새로운 사회가 사춘기에 있음. · 예 : 『들오리』.	· 목가적인 순진무구의 양상. · 주제 : 주인공의 순진무구한 청춘. · 예 : 에덴의 아담과 이브, 블레이크의 『셀의 책』, 콜리지의 『쿠빌라이 칸』.
III	· 전형적인 양상. · 새로운 사회가 성숙기에 있음. · 예 : 그리스 신희극, 플라우투스, 테렌티우스.	· 전형적인 양상. · 주제 : 주인공의 편력. · 예 : 성(聖) 조지와 페르세우스.
IV	· 푸른 세계의 양상. · 새로운 사회가 완전한 성숙과 승리에 차 있음. · 예 : 『한여름밤의 꿈』.	· 지속적인 순진무구의 양상. · 주제 : 순진무구한 세계의 유지. · 예 : 『요정의 여왕』 2권과 5권.
V	· 아르카디아적인 양상. · 새로운 사회가 기존 질서의 일부로서 있음. · 예 : 『겨울 이야기』, 『페리클레스』.	· 전원시적인 양상. · 주제 : 경험을 정관적 · 전원시적으로 바라봄. · 예 : 『요정의 여왕』 3권, 『블라이스데일 로맨스』.
VI	· 고딕적인 양상. · 새로운 사회가 붕괴 · 해체됨. · 예 : 고딕 스릴러, 괴담, 위스망스의 『역로』.	· 펜세로소의 양상. · 주제 : 정관적인 모험. · 예 : 모리스의 『지상낙원』, 『데카메론』.

　　※ 희극의 I～III의 양상은 아이러니의 I～III의 양상과 평행을, 로맨스의
　　　I～III의 양상은 비극의 I～III의 양상과 평행을, 희극 · 로맨스의 IV～VI의
　　　양상은 서로 평행을 이룬다.

	비극	아이러니
I	· 위엄의 근원을 용기와 순진무구에 두고 있는 비극. · 중심 인물 : 중상모략을 당하고 있는 여성. · 예 :『몰피의 공작부인』.	· 하위규범의 풍자. · 전형적인 인물 : 실용적인 정신을 따르는 유연한 에이론. · 예 : 에라스무스의『우신예찬』.
II	· 순진무구의 비극. · 전형적인 인물 : 젊은이. · 예 : 입센의『작은 에욜프』.	· 돈 키호테적인 풍자. · 전형적인 인물 : 성공적인 악한. · 예 : 피카레스크 소설.
III	· 주인공의 성취의 비극. · 전형적인 인물 : 그리스도의 원형. · 예 :『투사 삼손』.	· 상위규범의 풍자. · 전형적인 인물 : 거인 퇴치. · 예 : 라블레, 페트로니우스.
IV	· 전형적인 양상 : 주인공의 몰락의 비극. · 중심 인물 : 히브리스와 하마르티아의 인물. · 예 : 대부분의 그리스 및 셰익스피어 비극.	· 명백한 리얼리즘의 아이러니. · 전형적인 인물 : 너무나 인간적인 주인공. · 예 : 톨스토이의 소설, 콘래드의『로드 짐』.
V	· 방향감각의 상실과 지식 결여의 비극. · 전형적인 인물 : 관객보다 더 부자유스러운 상태에 있는 인물. · 예 :『아테네의 타이몬』,『오이디푸스 왕』.	· 숙명의 아이러니. · 전형적인 인물 : 운명의 수레바퀴. · 예 : 하디의『패왕들』.
VI	· 충격과 전율의 비극. · 전형적인 인물 : 지나친 고뇌와 굴욕 속에 있는 인물. · 예 :『결박된 프로메테우스』,『타이터스 앤드로니커스』.	· 숨을 조이는 듯한 속박의 아이러니. · 전형적인 인물 : 비참, 광기의 희생자 또는 사회적 전제주의의 희생자. · 예 :『1984년』,『유형지에서』.

※ 비극의 I~III의 양상은 로맨스의 I~III의 양상에 대응하고, 아이러니의 I~III의 양상은 희극의 I~III의 양상에 대응하며, 비극과 아이러니의 IV~VI의 양상은 서로에 대응한다.

수사비평

장르의 이론

서론

플라톤의 시대 이래 하나의 도식이 시의 이론에서 틀로서 계속 사용되어왔는데, 이 책도 그것을 이용하고 있다. 그것은 '선한 것'(the good)을 세 개의 주된 영역으로 나누고 있는데, 이 가운데 예술, 미, 정서, 취미 등의 세계가 중심적인 영역이며, 다른 두 개의 세계가 그 양쪽에 놓여 있다. 하나는 사회적인 행위와 사건의 세계이며, 다른 하나는 개인적인 사상과 관념의 세계이다. 왼쪽에서부터 오른쪽으로 읽게 되면, 이 삼중의 구조에 의해서 인간의 능력은 의지, 감정, 이성 등으로 나누어지고, 세 개의 능력의 소산인 정신적인 구축물은 역사, 예술, 과학 및 철학으로 나누어진다. 이 세 개의 능력을 기초로 해서 강제나 의무를 만들어내는 이상(理想)은 법, 미, 진리 등으로 나누어진다.

포는(순서를 반대인 오른쪽에서부터 왼쪽으로 해서) 순수 지성, 취미 그리고 도덕적인 감각이라는 자기식의 도식을 보여준다. 포는 "나는 취미를 중심에 놓는다. 왜냐하면 취미는 정신에서 이와 같은 위치를 차지하고 있기 때문이다"[1]라고 말하였다. 누군가가 나타나서 이

---

1) 포(Edgar Allen Poe), 『시의 원리』(1850)에서.

훌륭한 설명을 반박할 때까지 우리로서는 이 전통적인 구조를 견지해 볼 셈이다. 사실 이미 우리가 암시했던 것처럼 또 다른 별도의 견해가 있을 수 있다. 이 견해에 의하면 중심에 위치하는 세계는 단순히 세 개의 세계 가운데 하나가 아니라 세 개의 세계 모두를 포함하는 삼위일체(三位一體)라는 것이다. 그러나 보다 더 단순한 이 도식도 아직까지는 우리에게 유효성을 결코 다한 것이 아니다.

이와 흡사하게 우리는 시적 상징이 사건과 관념, 전례와 교훈, 제의와 꿈의 중간에 있다고 논하였다. 그리고 우리는 최종적으로 시적 상징은 아리스토텔레스의 **에토스**, 즉 인간의 본성과 인간의 상황에 해당하는 것이고, **뮈토스와 디아노이아**—즉 각각 행동과 사고의 언어에 의한 모방—의 중간에 있으며, 또 이 두 가지로 구성되어 있음을 보여주었다. 그렇지만 이 도식에는 여전히 또 하나의 면이 있다. 사회적인 행위와 사회적인 사건의 세계는 시간과 과정의 세계가 되어 특히 청각과 밀접하게 결부되어 있다. 귀는 듣고 나서 들은 것을 실제 행동으로 옮기는 것이다. 이것에 대응해서 개인적인 사상과 관념의 세계는 눈과 밀접하게 결부되어 있다. 그리스어 테오리아(theoria, 관점) 이래 사상을 나타내는 거의 모든 표현이 시각적인 비유와 연관되어 있다.

또 예술 전체가 사건과 관념의 중심을 이루는 것처럼 보일 뿐만 아니라 어떤 의미에서 문학이 예술의 중심을 이루는 것처럼 보인다. 문학은 청각에 호소하며 따라서 음악적인 성질을 가지고 있으나, 음악은 문학보다 더 철저한 청각예술로서 시간을 상상적으로 지각하는 데에서 문학보다 한층 더 철저하다. 문학은 적어도 마음의 눈에 호소하며 따라서 조형예술적인 성격을 가지고 있으나, 조형예술, 특히 회화(繪畵)는 문학보다 시각과 공간세계에 훨씬 더 전념하는 예술이다.

우리는 아리스토텔레스가 시를 여섯 가지 요소로 열거한 것을 알고 있는데, 우리가 지금까지 고찰한 것은 이 중의 세 가지, 즉 뮈토스, 에토스, 디아노이아 등이다. 나머지 세 요소는 멜로스(melos, 선율), 렉시스(lexis, 언사[言辭]), 옵시스(opsis, 영상[spectacle]) 등으로 조금 전의 도식의 또 다른 면에 관계하고 있다. 문학이 언어구조로서 고려될 경우 렉시스는 문학에서 다른 두 요소를 결합하고 있다. 그 두 요소는 음악을 닮은, 그렇지 않으면 음악과 연관되어 있는 멜로스와 이와 똑같은 결부를 조형예술과 맺고 있는 옵시스이다. 렉시스라는 말 자체는 우리가 그것을 청각에 의해서 포착된 음성의 서술적 계열이라고 생각하면 '어법'(語法)이라고 번역할 수 있으며, 그것을 하나의 정신적인 비전에 의해서 파악된 공시적인 의미의 패턴이라고 생각하면 '이미저리'(imagery)라고 번역할 수 있다.

우리는 이제 문학의 두번째, 즉 수사적인 면에 눈을 돌려 고찰하지 않으면 안 된다. 수사적인 면을 생각할 때 우리는 다시 서술과 의미의 축자적(逐字的) 레벨로 되돌아가게 되는데, 에즈라 파운드*가 시적 창조의 세 가지 요소로서 멜로포에이아(melopoeia, 선율 표현), 로고포에이아(logopoeia, 말의 표현), 파노포에이아(phanopoeia, 영상 표현)에 대해서 말한 것은 이와 같은 맥락을 염두에 두고 있는 것이다. 음악적이라든가 회화적이라든가 하는 용어들이 문예비평에서 자주 비유적으로 사용되고 있다. 우리는 다른 많은 것 가운데서도 특히 비평용어로서 이들이 얼마만큼 참다운 의미를 가지고 있는가를 확인해보고자 한다.

'수사'(修辭)라는 말은 우리에게 또 하나의 삼위일체를 상기시킨다. 즉 언어에 기초를 둔 학문을 문법, 수사, 논리의 세 학과로 나누는 전통 말이다. 문법과 논리는 개별 과학의 이름이 되어왔으나, 이들 역시 더욱 일반적으로 모든 언어구조의 서술면과 의미면에 어느 정도 연관을 계속 유지하고 있다. 문법은 말을 늘어놓는 기술(技術)이라고 해도 무방하므로 어떤 의미에서는——축자적인 의미에서는——문법과 서술은 똑같은 것이다. 논리는 의미를 만들어내는 기술이라고 해도 무방하므

---

* 파운드(Ezra Pound), 『독서 입문』, 4장. 멜로포이아(Melopoiia, 선율 표현)는 원래 아리스토텔레스가 사용한 어휘이다. 필자가 멜로스라는 어휘를 사용하는 것은 이 어휘가 간단하기 때문이다.

로 어떤 의미에서 논리와 의미는 똑같은 것이다. 후자의 명제는 한층 더 전통에 입각해 있으므로 한층 더 친숙한 느낌이 들지만, 전자에서는 역사적인 정당성이 전혀 없다. 왜냐하면 서술을 행하는 기술('착상', '구성' 등)은 전통적으로 수사법의 일부를 이루고 있기 때문이다. 그러나 여기서는 역사를 무시하고 서술과 문법, 논리와 의미를 결부시키는 것으로 시작해보자.

문법이란 주로 통사론(統辭論) 즉 단어를 정확한(서술적) 순서에 놓는 것, 그리고 논리란 주로 의미 있는 패턴을 이루는 단어의 배열이라고 이해해두자. 문법은 언어구조의 언어면이며, 논리는 번역에서 불변의 공약수가 되는 '의미'(sense)인 것이다.[2]

우리가 논설적, 기술적 또는 보고적(報告的)이라고 일컬어온 문장형태는 문법과 논리의 직접적인 통일을 지향하는 경향이 있으며, 또

---

2) 프라이의 『비평의 해부』에서 삼위일체적인 구조는 다음의 도식으로 요약할 수 있다.

『비평의 해부』에서 '선한 것'의 세 개의 세계	사회적인 행위와 사건	예술·미·정서·취미	사회적인 사상과 관념
인간의 능력	의지	감정	이성
정신적인 구축물	역사	예술	철학, 과학
이상(理想)	법	미	진리
포의 도식	도덕적인 감각	취미	순수 지성

첫번째 세 개의 아리스토텔레스적인 요소	뮈토스 : 행동의 언어에 의한 모방	에토스 : 인간의 본성과 인간의 상황	디아노이아 : 사고의 언어에 의한 모방
두번째 에세이의 범주	사건(event) 전례(example) 제의	시적 상징	관념 교훈 꿈

두번째 세 개의 아리스토텔레스적인 요소	멜로스 음악적인 것	어법으로서의 렉시스 이미지로서의 렉시스	옵시스 회화적인 것
파운드의 도식	멜로포에이아	로고포에이아	파노포에이아
'세 학과'(trivium)	문법 : 단어의 서술적 또는 정확한 순서	수사	논리 : 의미 있는 패턴을 이루는 단어의 배열

는 그렇게 되도록 시도하고 있다. 하나의 논술이 언어적으로 정확하지 않는 한 그것은 논리적으로 정확할 수가 없다. 말하자면 정확한 말들이 선택되면 그 말들 사이에는 적절한 통사적(統辭的) 관계가 수립되지 않으면 안 된다. 또 언어에 의한 서술도 연속적인 의미를 가지지 않는 한 독자에게 아무것도 전달하지 못한다. 그러므로 논술적인 문장형태에서는 수사와 같은 중간항을 끼워넣을 여지가 없는 것처럼 생각된다. 그리고 실제로 철학자, 과학자, 법률가, 비평가, 역사가, 신학자들은 수사를 얼마간 불신의 눈으로 보기도 한다.

수사에는 처음부터 두 개의 의미가 있었다. 장식적인 변론과 설득적인 변론이 그것이다. 장식하려고 하는 욕구는 본질적으로 이해를 초월해 있고, 설득하려고 하는 욕구는 본질적으로 그 반대이므로, 양자는 심리적으로 서로 대립되는 것처럼 보인다. 사실 장식적인 수사는 문학 자체—그 자체를 위해서 존재하는, 가설적인 언어구조라고 우리가 일컫는 것—로부터 분리될 수가 없다. 설득적인 수사는 응용문학이다. 말하자면 문예의 힘을 이용해서 논의의 힘을 강화시키는 문학이다. 장식적인 수사는 듣는 사람의 마음을 정적인 가운데 움직여 그 아름다움이나 기지를 찬미하도록 하며, 설득적인 수사는 동적이며 듣는 사람을 어떤 행동으로 유도하려고 한다. 한편은 감정을 표현하고, 다른 한편은 감정을 조종하는 것이다.

그리고 우리가 웅변의 문학상의 궁극적인 지위에 대해서 어떤 판단을 내리든 장식적인 수사야말로 시의 렉시스, 즉 말의 결이라는 것에는 의심의 여지가 없는 것처럼 생각된다. 아리스토텔레스도 『시학』에서 렉시스의 문제에 이르게 될 때, 이 문제는 수사학에 속하는 것이 한층 더 적당하다고 말하고 있다. 따라서 우리는 다음과 같은 잠정적인 가정을 채택해도 무방하리라고 본다. 즉 문법과 논리의 직접적인 통일이 문학 이외 언어구조의 특징일 것 같으면, 문학이란 문법과 논리를 수사적으로 조직한 것이라고 말할 수 있다는 것이다. 문학 형식을 특징짓는 대부분의 성질은 운(韻), 두운(頭韻), 운율, 대구(對句)를 이루는 균형, 본보기가 되는 전례의 이용 등으로, 이들 역시 수사상의 정식(定式)이기도 하다.

창작의 심리학은 우리의 주제에서 벗어나는 것이지만, 어떤 작가도 자기가 무엇을 창작하려고 계획하는가에 대해서 전혀 아무 생각도 없이 붓을 든다는 것은 아주 드문 일임에 틀림없다. 그러므로 극히 초기 단계에서 시인의 마음에는 어떤 종류의 통제적이고 조정적인 힘이 확립되어 있는데, 이 힘을 콜리지*는 동인(動因)이라고 불렀다.

이 힘은 점차 모든 것을 흡수하고, 결국에는 작품의 포괄적인 형식이 되어 나타나는 것이다. 이 동인은 분명히 하나의 단위가 아니라 여러 가지 인자(因子)의 복합체인 것이다. 주제는 그와 같은 인자의 하나이며, 이미지의 적절성을 결정짓는 정조(情調)의 통일성에 대한 감각도 그러하다.

만일 그 작품이 규칙적인 운율을 가지고 있는 시라면 그 운율도 인자의 하나일 것이며, 그렇지 않을 경우에도 어떤 다른 통합적인 리듬이 존재하게 될 것이다.

우리가 역시 앞에서 말한 것처럼 시를 창작하는 시인의 의도 속에는 장르, 즉 특정한 종류의 언어구조를 만들어내고자 하는 의도가 포함되어 있는 것이 보통이다. 이리하여 시인은 끊임없이 결단을 내리면서, 비평상 자기가 설명을 해줄 수 있거나 없거나 간에 어떤 것들은 그의 시 작품의 구조에 적합하다고 결정하는 한편, 다른 것들은 그밖의 다른 경우에는 적당하니까 그 자체로서 좋지만 이번 시 작품의 구조에는 어울리지 않는다고 해서 다시 손질하는 가운데 떼어버리기도 한다. 그러나 시의 구조는 복잡하므로 이런 결단들은 여러 가지 다양한 시적 요소, 즉 동인(動因)의 그룹에 관련되어 있다. 이것들 가운데서 주제와

---

* 「친구」 4호의 방법에 관한 에세이에서. 콜리지의 용어를 옳게 해석하고 있다고 주장하는 것은 아니지만, 이미 여기까지 오게 된 이상 용어를 약탈해올 필요성도 충분히 뚜렷하리라 본다.

이미지의 선택에 대해서는 앞의 에세이에서 주목한 바 있다. 여기서는 장르와 통합적 리듬을 다루도록 하자.

　우리는 서론에서 장르의 이론은 문예비평에서 미개척의 영역이라고 불만을 토로했다. 극, 서사시, 서정시라는 세 개의 장르 명칭은 그리스 인으로부터 유래한 것이지만, 우리는 뒤의 두 개를 각각 장시와 단시(비교적 짧은 시)를 가리키는 전문용어, 즉 동업자간의 은어로서 주로 사용하고 있다. 중간 규모의 시라면 그것을 나타내는 전문용어마저 존재하지 않는다. 그리고 장시라면 어떤 것이나, 브라우닝의 『반지와 책』[3]처럼 특히 12편 전후로 나누어져 있을 경우 그것을 서사시라고 부르는 경향이 있다.

　이 시는 극적 구성을 취하고 있는데, 살인사건에 질투심 강한 남편, 인내심 많은 아내, 기사도적인 애인 등의 삼각관계가 이러저리 얽혀 있으며, 법정과 사형수 감방 같은 장면이 나온다. 그리고 등장인물의 독백을 통해서 모든 사건이 전개된다. 이 작품은 놀랄 만큼 뛰어난 솜씨를 보여주고 있으나, 우리는 이 작품을 극의 장르에서 하나의 실험, 말하자면 뒤집어진 하나의 드라마로 봄으로써만 충분히 평가할 수 있는 것이다.

　이와 흡사하게 우리가 셸리의 『서풍에 부치는 송시(頌詩)』를 서정시라고 부를 수 있는 것은 이 시가 아마도 서정적인 시이기 때문일 것이다. 『에피사이키디온』을 서정시라고 부르기를 망설이면서 그것이 무엇인지 전혀 감이 잡히지 않을 때에도 우리는 이 작품을 본질적으로 서정적인 천재의 소산이라고 일컬어도 좋을 것이다. 어쨌든 이 작품은 『일리아드』보다는 짧다. 그러니까 만사가 해결되는 셈이다.

---

3) 브라우닝(Robert Browning)의 네 권으로 된 장시(1868~69). 몰락한 귀족과 유산을 가졌을 것으로 믿는 여인과의 결혼, 유산을 둘러싸고 일어난 살인사건을 여러 사람의 입장에서 서술한 시이다.

그러나 극, 서사시 그리고 서정시라는 말의 기원을 생각하면 장르의 중심적인 원리는 매우 간단한 것이 아닐까. 문학에서의 장르의 구별은 기본적인 제시의 방식에 의거하고 있는 것처럼 여겨진다. 그 방식이란 말이 관객 앞에서 연행(演行)되는 경우, 듣는 사람 앞에서 얘기되는 경우, 노래로서 읊조려지거나 영창(詠唱)되는 경우, 또는 독자를 위해서 글로 씌어지는 경우이다.

내친 김에 미흡하나마 말을 해두자면 비평에는 어떤 작가의 청중 한 개인만을 위한 말은 존재하지 않는다. 또 '청중'이라는 말 자체도 실은 모든 장르에 미치는 것은 아니다. 왜냐하면 책들의 독자층을 청중이라고 부르는 것은 약간 비논리적이기 때문이다. 어떻든 장르는 시인과 그가 대상으로 하는 공중(公衆) 사이에 확립된 여러 조건에 의해서 결정된다는 의미에서 장르 비평의 기초는 수사적인 것이다.

연행(演行)되는 언어, 구술(口述)되는 언어, 글로 씌어지는 언어라는 구별이 현재와 같은 활자 시대에도 의미를 갖기 위해서는 제시의 기본형식에 대해서 말하지 않으면 안 된다. 서정시를 인쇄하기도 하고 소설을 낭독할 수도 있지만, 이런 우연적인 변화에 의해서 장르에 변화를 가져올 수는 없는 것이다. 당연하게도 셰익스피어 극의 텍스트에 극진한 배려가 주어지고 있지만, 그럼에도 불구하고 그 기본형식은 여전히 연기대본이며, 그의 극의 텍스트들은 극의 장르에 속해 있다.

만일 어떤 낭만주의 시인 한 사람이 자신의 시에 극적인 형식을 주었다 할지라도 그는 무대 위에서의 상연을 기대하지 않을지도 또는 심지어 원하지 않을지도 모른다. 그는 오로지 활자책과 독자라는 관점에서 사고하고, 대부분의 낭만주의 시인들처럼 무대극은 개인적인 표현을 제약하기 때문에 불순한 형식이라고 믿기조차 할지 모른다. 그러나 그와 같은 경우에도 여전히 그 시는 재차 어떤 종류의 극장에—가령 사뭇 공중누각 같은 것이라 하더라도—관련되는 것이다. 소설은 글로 씌어지는 것이지만, 콘래드가 그의 이야기를 전개하는 보조자로서 화자를 사용할 경우 글로 씌어지는 언어의 장르는 구술되는 언어의 장르를 닮아가고 있는 것이다.

이와 같은 소설을 어떻게 분류해야 하는가 하는 문제가 생기지만, 이보다 더 중요한 것은 이와 같은 소설에는 두 개의 다른 기본적인 제시형식이 있다고 인식하는 일이다. 기본형식이라는 말 대신 장르의 구별은 그 현실이 어떠하든 간에 문학작품을 이상적으로 제시하는 방법에서 말미암는다고 말하는 편이 훨씬 간단하게 보일는지 모른다. 그러나 가령 밀턴의 『실낙원』에서 음송자와 청중이라는 이상은 작자의 염두에는 없는 것처럼 보인다. 밀턴은 사실상 책으로서 읽는 시 그 자체로 만족하고 있는 것 같다.

그가 시의 여신에게 영감을 기원(祈願)하는 전통적인 관습을 사용함으로써 이 작품을 구술되는 언어의 장르에 속하게 하고 있지만, 이 관습의 주된 의미는 바로 그 작품이 원래 어느 전통에 속하며, 그 가장 가까운 동족은 무엇인가를 지시하는 것이다. 장르 비평의 목적은 이러한 전통과 동족관계를 분류하는 데 있다기보다는 명확하게 하는 데 있다. 장르 비평의 목적은 그렇게 함으로써 이들의 상호관계가 확립되지 않는 한 간과될 수도 있을 숱한 문학적인 관련을 드러내는 것이다.

구술(口述)되는 언어와 그것을 듣는 자의 장르는 영어로 기술하기는 매우 어려우나, 그리스인들이 타 에페(ta epe)——음송을 목적으로 하는 시로서 반드시 전통적인 초대형의 서사시는 아니다——라는 말로 가리켰던 것이 이 장르의 일부에 해당한다. 이와 같은 '에페'(epe)적인 작품은 반드시 운율로 씌어질 필요는 없다. 왜냐하면 산문 이야기와 산문의 변론도 구술되는 언어의 중요한 형식이기 때문이다. 드라마의 예가 보여주고 있듯이 운문과 산문의 차이가 그대로 장르의 구분이 될 수 없음은 분명하다(설사 장르의 구분으로 되는 경향이 있다손 치더라도). 이 에세이에서 필자는 기본적인 제시형식이 구술로 이루어지는 작품을 기술하기 위해서 에포스(epos)라는 말을 사용하며, 서사시(epic)는 관례대로 『일리아드』, 『오디세이아』, 『아이네이스』 그리고 『실낙원』 등에 속하는 형식의 명칭으로 사용하겠다. 따라서 에포스는 음송과 그것을 듣는 청중이라는 문학적인 관습을 보존하려고 얼마만큼 시도하고 있는 모든 문학—운문이든 산문이든 간에—을 포함하는 것이다.

우리가 말한 네 가지 장르 가운데 세 가지 명칭은 그리스인들이 우리에게 준 것이다. 그들은 서적을 통해서 독자에게 이야기를 거는 장르에 적합한 명칭은 주지 않았으므로 자연히 우리는 독자적인 명칭을 아직 고안해내지 못했다. 그것에 가장 가까운 것은 '역사'이지만, 『톰 존스』에 사용되고 있음에도 불구하고 이 말은 문학 영역 밖으로 사라져버렸다. 라틴어의 '성전'(聖典)은 지나치게 특수한 의미가 되어 있다.

뭔가 명칭이 필요하므로 필자는 자의적이기는 하지만 인쇄된 책의 장르를 나타내는 말로서 '픽션'(fiction)이라는 말을 선택하기로 하겠다. 첫번째 에세이에서는 이 말을 다른 맥락에서 사용한 것을 필자는 알고 있으나, 너무 많은 수의 새 용어들을 도입함으로써 이 책을 점점 난해하게 하는 것보다는 현재의 혼란스러운 전문용어와 타협하는 편이 더 좋은 것으로 생각된다. 다른 장르에서도 (실제적 목적을 위해서) 편의상 책의 모양을 취하는 일이 있지만, 픽션과 다른 장르 사이의 차이는 음악에서의 건반에 견주어서 설명할 수가 있다. 건반과 똑같이 책이란 하나의 예술적인 구조 전체를 한 개인의 해석적인 통제하에 두기 위한 기계적 장치이다.

그러나 피아노 음악과 오페라나 교향곡의 피아노 악보를 구별하는 것이 가능하듯이, 우리는 원래의 '서적문학'(book literature)과 본래는 음송되고 또 상연된 작품이 텍스트의 모습으로 환원된 스코어(score)를 구별할 수가 있다.

애기하는 시인과 듣고 있는 청중 사이의 밀접한 관계는 호메로스나 초서의 경우에는 실제적이겠지만 그것은 점차 이론적인 것이 되어가고, 그렇게 되어감에 따라서 에포스는 서서히 픽션으로 이행된다. 전설적인 인물인 눈먼 음유시인—밀턴은 이 인물을 아주 효과적으로 이용하고 있다[4]——은 아주 초창기부터 눈에 보이지 않는 청중을 향하고 있었다고 시사할 수도 있지 않는가(비록 아주 진지한 태도로 그렇게 말할 수는 없다 하더라도). 그러나 두 개의 장르가 똑같은 재료를 사용하는 일이 있으면 이 둘의 차이는 즉시 분명해진다. 길이의 차이라는 것은 지나치게 단순하나 주요한 차이는 에포스가 삽화적이며 픽션이 지속적이라는 사실이 관계되는 것이다.

디킨스의 소설은 책으로서는 픽션이다. 잡지에 연재되어 가정에서의 낭독을 목적으로 하고 있을 때에는 여전히 기본적으로는 픽션이지만 에포스에 보다 가까워진다. 그러나 디킨스가 자작의 낭독회를 개최하기 시작했을 때 그 장르는 그리하여 전적으로 에포스로 변했으며, 눈에 보이는 청중을 앞에 둔 직접적인 효과에 역점이 놓였던 것이다.

극에서는 가상적인 인물, 즉 작품 내부의 인물들이 직접 청중과 대면한다. 따라서 극의 특징은 작자가 청중의 눈으로부터 숨어 있는 것이다. 대부분의 영화에서와 같이 아주 흥행물적인 극에서는 작자는 비교적 중요하지 않은 존재이다. 음악과 똑같이 청중을 향해서 집단적으로 연행(演行)하는 극은 엘리자베스 시대의 영국처럼, 하나의 사회로서의 자신의 일체성을 강하게 의식하고 있는 사회에서 성행하는 일이 많다. 빅토리아조의 영국처럼 사회가 개인화되고 경쟁적이 되면, 그것에 일치해서 음악과 극은 쇠퇴하고, 글로 씌어지는 언어(written word)가 문학을 거의 독점해버린다.

에포스에서는 작자가 직접 청중과 대면하며, 작중의 가상적인 인물은 숨겨진다. 작자 대신 음유시인이 나타난다 하더라도 이론적으로 작자는 거기에 있는 것이다. 왜냐하면 음유시인은 시인으로서 얘기하는 것이지 시에서의 한 인물로서 얘기하는 것이 아니기 때문이다. 기록문학(written literature)에서는 작자도 작중 인물도 독자로부터 숨겨져 있다.

---

4) 『실낙원』, 7권, 23~39행.

네번째 가능한 배열, 즉 시인의 청중이 시인으로부터 숨겨진 경우가 서정시에 나타나 있다. 서정시의 청중을 나타내는 말은 보통의 경우에서처럼 없지만 이 경우 '코러스'와 유사한 어떤 말이 필요한데, 그 말은 동시적인 출현이나 또는 극적인 맥락을 암시하는 말은 아니다. 이 책의 처음에 언급한 밀의 경구로 되돌아가면 서정시란 무엇보다도 엿듣는 발화(發話)인 것이다. 보통 서정시인은 자기 자신에게 혹은 그밖의 누구—자연의 정령, 시의 신(이 경우 뮤즈가 시인을 통해서 얘기하는 에포스와의 차이점에 주의할 것), 개인적인 친구, 연인, 신, 의인화된 추상 개념, 또는 자연물 등—에게 말을 거는 척한다.

조이스의 『젊은 예술가의 초상』의 스티븐 디덜러스가 말하는 것처럼 서정시란 시인이 자신에 관련되는 이미지를 나타내주는 것이다. 수사적으로 보면 서정시와 에포스의 관계는 기도와 설교의 관계이다. 서정시는 종교에서 '나—너'(I–Thou)의 관계라고 불리는 것을 가설적인 형식으로 나타내고 있는데, 이것이 서정시의 제시형식의 기본인 것이다. 말하자면 시인은 가령 그가 청중의 대변자가 되거나 또는 청중이 그의 말의 일부를 복창하는 일이 있다 하더라도 청중에게 등을 돌리는 것이다.

에포스와 픽션은 문학의 중심 영역을 차지하고 있으며, 그 양 측면에 극과 서정시가 자리를 잡고 있다. 극은 특히 제의와 깊이 연관되어 있고, 서정시는 꿈이나 비전, 즉 개인의 자기 자신과의 대화에 연관되어 있다. 우리는 이 책의 처음에서 문학에는 직접 전달(direct address) 같은 것은 존재하지 않는다고 말하였다. 그러나 직접 말을 거는 것은 자연적인 전달방법이며, 문학은 자연에서 어떤 것이든 모방하기 때문에 그것도 모방할 수 있는 것이다. 시인이 청중과 대면하고 있는 에포스에서 우리는 직접 전달의 모방을 보게 된다.

에포스와 픽션은 먼저 성전(聖典)과 신화의 형식을 취하며, 다음으로 전승설화(傳承說話), 그 다음으로 이야기 시와 교훈시(이 가운데 본래의 서사시가 포함된다), 변론적인 산문, 마지막으로 소설과 기타 글로 씌어진 여러 형식 등을 취한다. 이 다섯 가지 양식들의 진행을 우리가 역사적으로 바라볼 때 픽션은 점차 **에포스**를 압도하고, 동시에 직접 전달의 모방은 논술적인 문장의 모방에 자리를 양보해간다. 극단적인 다큐멘터리적 산문이나 교훈적인 산문이었던 논술적인 문장도 다시 현실적인 논술이 되어 문학 영역 밖으로 밀려나게 된다.

서정시는 음(音)과 이미지의 내적인 모방이며, 그 반대를 이루는 것이 외적인 모방, 즉 음과 이미지의 표면적 재현인 극이다. 서정시와 극은 어느 쪽도 직접 전달의 모방은 피한다. 극의 등장인물들은 같이 얘기하다가 방백이나 독백에서는 이론상 자기를 향해서 얘기하지만, 그들이 청중을 의식하고 있을 때조차도 시인의 대변자로서 이야기하는 것은 아니다. 예외로서 구희극에서의 **파라바시스**(parabasis)[5]나 로코코극의 프롤로그와 에필로그 등 특수한 경우가 있지만, 이 경우에 장르는 실제로 극에서부터 **에포스**로의 변화인 것이다. 버나드 쇼에서 희극적인 **파라바시스**는 극의 중심에서 옮겨져서 산문으로 된 하나하나의 개별적인 서문이 되고 있다. 이것은 극에서 픽션으로의 변화이다.

에포스에는 뭔가 비교적 규칙적인 운율이 지배적인 경향이 있다. 변론적인 산문마저 문법뿐만 아니라 구두점에서도 운율적인 성질을 많이 나타내고 있다. 픽션에서는 산문이 지배적인 경향이 있다. 왜냐하면 산문만이 책이라는 지속적인 형식에 적당한 지속적인 리듬을 갖고 있기 때문이다. 극은 그 자체의 특유한 지배적인 리듬은 갖고 있지 않지만,[*] 초기의 양식에서는 **에포스**에, 후기의 양식에서는 픽션에 아주 밀접하게 결부되어 있다. 서정시에서는 시적이지만 그렇다고 반드시 운율적인

---

5) 구희극에서는 극의 전반이 끝나면 배우는 일시 퇴장하고 코러스(합창대)가 주로 작자를 대신해서 길게 이야기하는 파라바시스라는 부분이 있다. 이는 희극의 플롯에 직접 관련되는 것은 아니다.

* 즉 특히 언어적인 리듬이 없다는 것이다. 극의 지배적인 리듬이란 무대에서의 상연의 리듬이다.

것은 아닌 리듬이 지배적인 경향이 있다. 우리는 지금부터 개개의 장르를 차례로 고찰하고, 각 장르의 주된 특성이 무엇인가를 찾아보고자 한다. 우리의 주된 관심의 대상은 어법(語法)과 기타 여러 가지 언어적인 요소이므로 주로 특정한 언어(이 경우에는 영어가 될 것이다)를 관찰할 것이다. 즉 우리가 말하는 것의 대부분은 오직 영어에 대해서만 적용될 것이다. 그러나 그 주된 원칙은 다른 언어에도 적용될 수 있기를 우리는 희망하고 있다.[6]

계기의 리듬 : 에포스

규칙적으로 정확하게 고동치는 운율은 전통적으로 운문과 산문을 구별시켜주는데, 이 운율은 에포스, 즉 대규모적인 변론적인 형식들에서는 통합적인 리듬이 되는 경향이 있다. 운율은 반복적인 계기(繼起)의

---

6) 프라이는 네번째 에세이 서론의 마지막 부분에서 작가·청중 그리고 그가 설정한 네 개의 장르—극, 에포스, 픽션, 서정시 등—의 기본적인 여러 형식 사이의 관계를 스케치하면서 각 장르가 갖고 있는 모방적인 형식과 두드러진 리듬을 열거하였다. 이 관계를 다음 도식으로 요약할 수 있다.

	극	에포스	픽션	서정시
기본적인 제시형식	가상적인 인물들에 의해서 연행됨.	구술(口述)	책 또는 인쇄된 페이지	나-너의 관계의 가설적인 형식
작자 또는 시인	시인은 청중의 눈으로부터 숨겨져 있음.	시인이 직접 청중에게 말을 함.	시인은 독자로부터 숨겨져 있음.	시인은 자기 자신, 신, 뮤즈 등에게 말을 함.
청중	집단으로서의 관객 또는 청중	집단으로서의 청중	개인으로서의 독자	시인은 청중에게 등을 돌리지만 청중은 '엿듣는다'
모방적 형식	외적인 모방(음과 이미지의 표면적인 재현)	직접 전달의 모방	논술적인 문장의 모방	내적인 모방 '음과 이미지의 내적인 재현'
리듬	데코럼의 리듬 : 어울림의 리듬	운율적인 리듬 : 계기의 리듬	문법적인(semantic) 리듬 : 지속의 리듬	탁선적(託宣的)인 리듬 : 연상의 리듬

한 측면이며, 반복적인 계기를 나타내는 두 가지 말인 리듬과 패턴은 계기가 모든 예술(그 주된 효과가 시간적인 것이든 공간적인 것이든 간에)의 구성원리임을 보여준다. 운율 자체 외에 음의 장단과 억양 또는 강세 역시 시에서 계기적인 요소이다(비록 현대 영어에서는 장단은 정규의 계기적인 요소는 아니지만). 단 시인이 닥치는 대로 자기 자신의 규칙을 만들지 않으면 안 될 실험적인 경우는 예외이다. 억양 또는 강세의 운율과의 관계에 대해서는 아마도 보통 행해지는 것과는 다른 종류의 설명이 필요할 것이다.

한 줄에 네 개의 강세를 갖는 시행은 영어의 구조에 본래부터 내재해 있는 것으로 생각된다. 초기의 시에서는 이것이 지배적인 리듬이 되어 있다(중세 영어에서 두운에서부터 각운(脚韻)에 이르기까지 그 짜임의 변화가 있었긴 하지만). 또 이것은 모든 시대를 통해서 민중적인 시, 즉 발라드와 동요의 대부분에 공통적인 리듬이다. 발라드에서의 8-6-8-6의 4행시는 연속된 4박자의 시행으로, 한 시행마다 그 끝에 '휴지'(休止)가 놓인다. 이 휴지의 원칙, 즉 실제 무음(無音)이 있는 곳에 한 박자를 놓는 원칙은 고대 영어에서 이미 확립되어 있었다.

약강 5보격[7]은 싱커페이션(syncopation)의 자리를 제공해주며, 여기서 강세와 운율은 어느 정도 서로를 상쇄한다. 만약 우리가 대부분의 약강 5보격 시행을 '자연스럽게' 읽고, 중요한 낱말에는 구어에서와 같이 강한 억양을 주면, 한 줄에 네 개의 강세를 갖는 오래 전부터 있어온 시행이 그 운율의 배경을 앞에 두고 선명하게 떠오르게 된다.

To bé, or nót to be : thát is the quéstion.

Whéther' tis nóbler in the mínd to súffer

The slíngs and árrows of outrágeous fórtune,

Or táke up árms against a séa of tróubles...

---

7) 각각 약·강의 두 음절로 되는 각운이 5개로 이루는 운율.

(사느냐 죽느냐, 이것이 문제로다.

어느 쪽이 더 사나이다울까?

가혹한 운명의 화살을 받아도 참고 견뎌야 하는 것일까?

아니면 밀려드는 재앙을 힘으로 막아 싸워 없앨 것인가……)[8]

Of mán's first disobédience, and the frúit

Of that forbídden trée, whose mórtal táste

Brought déath into the wórld and áll our wóe,

With lóss of Éden, till one gréater Mán

Restóre us, and regáin the blíssful séat...

(인간이 처음에 하느님을 배신하고

죽음에 이르는 금단의 나무열매를 먹음으로써

죽음과 온갖 슬픔이 세상에 들어왔고

에덴까지 잃게 되었으나 마침내 한 위대한 분이

우리를 되살려 복된 자리를 도로 얻게 되었으니……)[9]

드라이든과 포프의 폐쇄형의 2행 연구(二行連句)에서는 당연히 예상되듯이 한 줄에 다섯 개의 강세를 갖는 시행이 보다 큰 비율을 차지하고 있다. 그러나 여성 중간 휴지[10]와 같은 리듬의 일탈이 있으면 오래전부터 있어온 네 개의 강세가 시행에 되살아나게 된다.

Forgét their hátred, and consént to féar. (월러)

(그들의 증오를 잊어버리고, 한결같이 두려움을 맞이하라.)[11]

---

8) 『햄릿』, 3막 1장 56~59행.

9) 『실낙원』, 1권 1~5행.

10) 약한 음절 다음에 중간 휴지를 두는 것.

11) 위의 인용 구절은 영국의 시인 월러(Edmund Waller, 1607~87)의 『국왕 폐하의 해군에게 부침』.

Nor héll a fúry, like a wóman scórn'd. (콩그리브)
(지옥도 모욕당한 여인처럼 격분하지 않는다.)[12]

A líttle leárning is a dángerous thíng. (포프)
(미숙한 학식이야말로 위험한 것.)[13]

운율이 불안정하기도 하고, 변화하기도 하는 시대에는 한 줄에 네 개의 강세가 있는 토착적인 시행의 힘이 늘 나타나게 될 것이다. 초서가 죽은 후, 그리고 중세 영어가 근대 영어로 변화한 후 우리는 리드게이트[14]의 불가사의한 운율의 세계에 들어가게 되는데, 여기에서 우리는 『죽음의 춤』의 음유시인이 사신(死神)에게 하는 말을 그대로 이 시인, 즉 리드게이트에게 적용하고 싶어지는 강한 기분에 젖게 된다.

This newe daunce / is to me so straunge
Wonder dyverse / and passyngli contrarie
The dredful fotynge / doth so ofte chaunge
And the mesures / so ofte sithes varie.
(이 새로운 춤은 나에게는 전혀 낯설구나.
변화 많은 것은 어이없을 뿐
그리고 빼어난 것 외에는 하늘의 요사스러우 잡귀(雜鬼).
기분 나쁜 발 장단은 일전(一轉) 또 일전
가락도 곧 옮겨가는구나.)

---

12) 위의 인용 구절은 영국의 콩그리브(William Congreve)의 비극 『상복을 입은 신부』(1697), 3막 8장.
13) 포프(Alexander Pope)의 『비평론』에서.
14) 리드게이트(John Lydgate, 1307?~1451) : 영국의 시인. 『죽음의 춤』은 그의 작품이다.

그럼에도 불구하고 거기에는 역시 춤이 있는 것이다. 이 연의 바로
직전의 연, 즉 사신이 음유시인에게 하는 말을 들어보자.

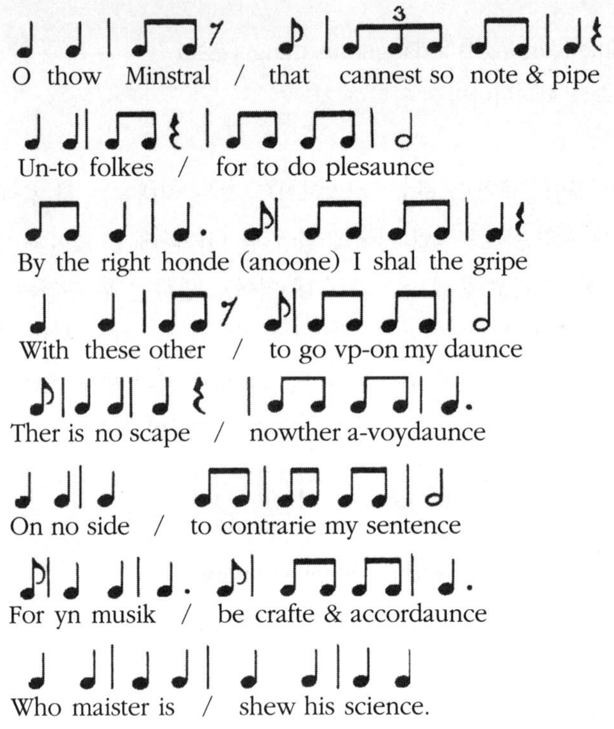

(오, 음유시인 너는 이제 노래도 할 수 있고 피리도 불 수 있어
여러 사람들을 즐겁게 하고 있으나
이제 나는 이 오른손으로 〔곧〕 붙잡아서
다른 사람들과 함께 나의 춤추는 데로 들어오게 하리라.
도망치려 해도 피하려 해도 할 수 없다.
내가 결정하는 것은 누구도 거역 못하리라.
왜냐하면 음악의 명인일 것 같으면
조화의 재주에 그 솜씨의 대단함을 보여주기 때문이리라.)

우리가 만약 이 연을 초서의 『ABC』[15] 타입과 같은 5보격의 연으로 분석하려고 한다면 힘에 겨울 것이다. 가령 마지막 시행은 전혀 5보격이 아니기에 말이다. 그러나 4박자 시행의 연속으로 읽으면 이것은 꽤 간단해진다. 그리고 그렇게 읽으면 운율 분석으로는 결코 파악될 수 없는 것이 분명하게 나타난다. 즉 해골의 춤과 같은, 그로테스크하며 기세등등한 사신(死神)의 목소리가 마지막 시행에서 운율에 걸맞는 아이러니의 가락으로 끝나고 있다. 필자는 아마도 리드게이트가 그의 운율법, 즉 어떤 E음을 발음하는 것을 좋아하고 또는 생략하는 것을 좋아하였는지, 또 어떤 외래어의 억양을 변화시킬 수 있었는지 등의 세부적인 것을 알고 있었으리라고 주장하지는 않는다.

리드게이트도 또 15세기의 어떤 독자도 이 모든 점을 자신을 갖고 아주 분명하게 대답할 수는 없을 것이다. 그러나 네 개의 주된 강세를 가지고 있고, 또 그 강세 사이의 음절의 수가 가변적인 시행은 이와 같은 문제를 해소하는 뚜렷한 방법이다. 왜냐하면 개개의 독자의 선택에 많은 것이 맡겨질 수 있기 때문이다. 어쨌든 필자는 이 일절을 읽는 방법을 보여주고 있는 것이 아니라 오히려 이 일절의 운율을 분석하는 가장 쉬운 방법을 보여주고 있는 것이다. 운각(韻脚)의 분석의 경우와 똑같이 독자 한 사람 한 사람이 이 패턴에 대해서도 자기 나름대로의 변화*를 가할 것이다.

이른바 '스켈턴식'(Skeltonic)[16]의 시행도 보통 4박자의 행이다. 스켈턴의 『필립 스패로』의 발랄한 서시(序詩)는 속보 행진의 리듬으로, 리드게이트와 견주어볼 때 더욱 많은 휴지와 더욱 강한 박자를 갖고 있다.

---

15) 각 연의 최초의 글자가 알파벳순으로 되어 있는 시.

  * 필자로서는 '누구도'(on no side)의 박자를 수정해서 8분의 1 휴지부로 시작하고 싶다.

16) 영국의 시인 스켈턴(John Skelton, 1460~1529)에 의해 시도된 시행이다. 운이 맞지 않고 행이 짧은 시로, 비관습적인 효과와 무권위를 즐기기 위해 계획한 것이다.

(우리의 신[神]만이 앞으로 걸어갈지어다.

누구? 당신은 누구?

우리의 신을 귀여워해.

마저리 부인

파, 레, 미, 미,

무슨 까닭으로, 어째서?

요사이 캐우에서 죽은

필립 스패로의 영혼을 위하여.)

요컨대 콜리지의 『크리스타벨』의 구성의 기초가 된 '새로운 원리'[17]
는 보통 문학상의 원리들처럼 거의 새로운 것이었다. 또 『하이아와다』

의 착상은 핀란드 문학에서 얻어진 것인데, 이것도 분명 이런 종류의
착상에 불과하고 기본적으로 이국적인 것은 아니다. 『하이아와다』는 영
어의 네 개 강세의 패턴에 아주 쉽게 들어맞는다. 그렇기 때문에 아마
도 그것은 영시 중에서 가장 흉내내기 쉬운 것 가운데 하나일 것이다.
메러디스[18]의 『계곡의 연인』도 리듬 구성에서 리드게이트와 아주 비슷
한, 네 개의 강세를 가진 시행으로서 분석하는 것이 가장 손쉽다.

(저쪽의 너도밤나무 밑, 초록 잔디 위에 단지 한 사람
황금빛 머리털은 팔을 덮은 채 누워 있고,
겹쳐진 무릎도 땋은 머리도 헐거워져서 한가로이 물결치는
나의 젊은 연인은 그 나무 그늘에 잠들어 있다.)

이제까지의 전례들에 의해서 '음악적'이라는 말, 즉 아리스토텔레스
의 **멜로스**(melos)가 현대 비평용어로서 실제로 무엇을 의미하고 있는

---

17) 콜리지의 시 『크리스타벨』(Christabel, 1816)은 1행에 4강세의 시행을 사용
   하고 있는데, 그는 서문에서 이것을 자신이 발견한 '새로운 원리'에 의한 것
   이라고 말하고 있다.
18) George Meredith(1828~1909) : 영국의 시인 · 소설가 · 비평가.

가는 대충 이해되기 시작했다고 생각한다. 리드게이트 시대 이래의 영시와 동시대의 음악을 보면 거의 예외없이 강세 악센트가 있으며, 강세가 리듬의 단위, 즉 소절(小節)을 구분하고, 그 단위 내에서 음부(音符)의 수가 일정치 않다 하여도 상관없는 것처럼 되어 있다. 시에서 강세 악센트가 지배적이고, 두 개의 강세 사이의 음절의 수가 일정치 않을 때(보통 1행에 4개의 강세로, 음악의 4분의 4박자에 해당하지만) 그 시는 음악적이다. 즉 그 시의 구조는 동시대의 음악과 닮았다. 여기에서 우리는 에포스 즉 지속적인 운율에 의한 대규모적인 시에 대해서 말하고 있는데, 이와 같은 시를 가장 밀접하게 닮아 있는 음악은 한층 대규모적인 기악형식에 의한 것이며, 통합적인 리듬이 노래에서보다는 오히려 더 직접적으로 춤에서부터 유래되는 것과 같은 종류의 음악이다.

음악적이라는 말의 이와 같은 기술적(記述的)인 의미는 울림이 좋으면 무엇이든지 음악적인 시라고 부르는 감상적인 유행과는 전적으로 다르다. 실제로 기술적인 용법과 감상적인 용법은 자주 정면으로 대립한다. 가령 감상적인 의미에서 '음악적'이라는 말은 테니슨에게는 해당되겠지만 브라우닝에게는 해당될 수 없기에 말이다. 그러나 우리가 만약 다음과 같은, 외적인 문제이기는 하지만 그럼에도 불구하고 적절한 의문이라고 볼 수 있는 문제, 즉 이 두 시인 가운데 어느 쪽이 보다 더 음악을 알고 있었으며, 또 이 사실만으로 생각하면 어느 쪽이 더 음악의 영향을 받았을 가능성이 있을까 하는 문제를 제기한다면 그 대답은 확실히 테니슨은 아닌 것이다. 테니슨의 『오이노네』(Oenone)에서 일절을 인용해 보면,

O mother Ida, many-fountain'd Ida,

Dear mother Ida, harken ere I die.

I waited underneath the dawning hills,

Aloft the mountain lawn was dewy-dark,

And dewy dark aloft the mountain pine ：

Beautiful Paris, evil-hearted Paris,

Leading a jet-black goat white-horn'd, white-hooved.

Came up from reedy Simois all alone.

(오 어머니 신〔神〕 이다, 풍부한 샘을 가지신 이다여,

사랑스러운 어머니 신 이다여 제가 죽기 전에 제 말을 들어주세요.

여명의 언덕 아래서 저는 기다렸습니다.

산봉우리의 풀밭은 이슬에 젖어 어둡고,

산봉우리의 소나무도 이슬에 젖어 어두웠습니다.

아름다운 파리스, 마음 비뚤어진 파리스가

하얀 뿔, 하얀 발톱의 저 칠흑(漆黑)의 산양을 끌면서

갈대 무성한 시모이스에서 오직 홀로 산 위로 올라왔습니다.)

다음에 브라우닝의 『공작부인』에서 일절을 인용하면,

I could favour with sundry touches

Of the paint-smutches with which the Duchess

Heightened the mellowness of her cheek's yellowness

(To get on faster) until at last her

Cheek grew to be one master-plaster

Of mucus and fucus from mere use of ceruse ：

In short, she grew from scalp to udder

Just the object to make you shudder.

(내가 이쪽 저쪽 흰 분을 발라줄까.

요기조기 흰 분을 바른 공작부인은

누런 볼따구니의 빛깔을 더욱 아름답게 했네.

〔갈 길이 바쁜 나머지〕 마침내

백연〔白鉛〕만을 지나치게 사용했음인지

볼따구니는 식물진과 해초로 만든 큰 고약처럼 되었네.
한마디로 공작부인은 머릿가죽에서 젖통까지
소름끼치는 물건이 되어버렸다네.)

브라우닝의 인용절에서는 속도라는 것이 하나의 적극적인 요소이다. 메트로놈(metronome)의 박자를 듣는 느낌을 준다. 테니슨 쪽은 운동 감각을 극소화하려고 노력하고 있으며, 인용된 그의 시는 천천히 그리고 모음을 충분히 길게 발음하면서 읽어야 할 것이다. 어느 쪽의 인용절에서도 귀에 거슬릴 정도로 동일한 음을 반복하고 있으나, 테니슨에서 음의 반복은 관념의 진행을 느리게 하고, 무리하게도 리듬을 순환시켜서 본질적으로 음의 패턴으로서의 그 일절을 완성시킨다. 브라우닝의 경우 각운이 박자의 억양을 강하게 하고, 누적적인 리듬을 구축하는 것을 돕고 있다. 이 속도감과 예리한 억양이 브라우닝의 시에서 음악적인 특질을 이루고 있으며, 괄호 속에 있는 문구는 음악적인 기호로, 보다 빠르게의 영역(英譯)으로밖에 생각되지 않는다.

'거침없는 음악적 유동'이라든가 '거친 비음악적인 어법'이라든가 하는 문구는 음악적이라는 말의 감상적인 용법에 속한다. 이 문구는 아마도 일상 영어의 하모니라는 말이, 음악을 별문제로 하면 안정된 또한 영속적인 관계를 뜻하고 있다는 사실에서 유래된 것 같다. 이처럼 하모니를 비유적인 의미로서 말하면, 음악은 하모니의 연속이라고는 전혀 말할 수 없다. 음악이란 불협화음의 연속이 협화음으로 끝나는 것이며, 음악에서 안정된 또한 연속적인 '하모니'를 만드는 것은 오직 최후의 해결을 가져오는 주화음뿐이다. 시에서는 오히려 거칠고, 귀에 거슬리고 그리고 불협화음의 시 쪽이 음악적인 긴장과 억양의 기동력을 보여줄 것이다(물론 시인에게 어느 정도의 기술적인 능력은 전제되는 것이지만). 모음과 자음의 주의 깊은 균형, 몽상적인 감각적 유동이 보여질 때 그 시인은 십중팔구 비음악적인 시인일 것이다. 포프, 키츠 그리고 테니슨, 이 모두가 비음악적이다.

필자가 사용하고 있는 비음악적이라는 용어는 말할 필요도 없이 비난이 섞인 말은 아니다. 포프의 『머리카락의 강탈』은 비음악적이며, 또 무운 오보격(無韻五步格)[19]의 나쁜 일례이다. 왜냐하면 이 시는 뭔가 그것과 전혀 다른 격을 갖고 있기 때문이다. 악쓰는 것 같은 억양, 난해하고 모호한 어법, 혀를 깨물 것 같은 자음군, 그리고 길고 묵직한 다음절어 등이 있으면, 그것은 대개 **멜로스** 즉 음악에서 직접 영향을 받은 시는 아니라 할지라도 적어도 음악에 유사한 시인 것이다.

음악적 어법은 그로테스크하고 무서운 것에, 또 독설과 욕설에 더 적절하다. 그것은 이른바 '형이상학 시' 타입의 어려워서 알기가 힘든 지적인 것에 걸맞다. 그 운율은(강세에 대항해서 싱커페이션을 사용하기 때문에) 불규칙적이며, 앙장브망(enjambement)[20]에 의존하는 일이 많고, 또 긴 누적적인 리듬을 사용해서 다수의 시행을, 가령 문장의 절 같은 커다란 리듬의 단위로 정리해간다. 셰익스피어는 후기로 가면 갈수록 리듬을 많이 사용하는데, 이 사실에서 그의 희곡의 연대를 내재적인 증거에 의거해서 결정하는 원칙이 얻어진다.

밀턴이, 압운(押韻)을 가진 영웅시[21]는 '진정한 음악의 기쁨이 없는 시'[22]라고 말하면서, 그 이유를 음악적인 시에서는 '행에서 행으로 이어갈 때 의미가 가지각색으로 확대되지'[23] 않으면 안 된다고 했을 때 그는 음악적이라는 말을 기술적인 의미로 사용하고 있었던 것이다. 또 새뮤얼 존슨이 '행에서 행으로 보기 싫은 의미를 이어가는 낡은 방식'에 대해서 말했을 때 그는 그의 일관된 반(反)음악적인 견해에 입각해

---

19) 약강 5보격으로 운을 밟지 않은 시행. 즉 각 열 개의 음절이 운을 가지지 않는 시행으로 이루어지며, 두번째, 네번째, 여섯번째, 여덟번째 음절은 강세가 있다. 이 형태는 주로 영국에서 서사시나 극시에 사용되었다.

20) 의미나 문법구조를 행 끝에서 끊고 다음 행에 계속시키는 것.

21) 약강 5보격으로, 운을 밟는 2행 연구의 시.

22) 『실낙원』의 서문에서.

23) 『데남전(傳)』에서.

서 얘기하고 있다.

『이단자의 비극』[24]은 음악적인 시이다. 『티르시스』[25]는 그렇지 않다. 『유쾌한 거지떼』[26]는 음악적인 시이지만, 『그리스의 옛 항아리에 부치는 송시(頌詩)』[27]는 그렇지 않다. 포프의 『메시아』[28]는 음악적인 것이 아니지만, 스마트의 『다윗에게 바치는 노래』[29]는 아주 빼어난 시적인 음악으로서, 주제어가 낭랑하게 반복되며, 포르티시모(fortissimo)의 폭발의 종결부를 이루고 있다. 유동과 변화가 풍부한 네 개의 강세를 가진 시행이 지배하고, 앙장브망에 의해서 빈틈없이 앞으로 진행하는 크래쇼의 찬미가와 카울리의 핀다로스풍의 송시는 음악적이다. 허버트의 정형연형식(定形聯形式)의 시와 그레이의 핀다로스풍의 시는 그렇지 않다. 스켈턴, 와이어트[30] 그리고 던바[31]는 음악적이지만, 개빈 더글러스[32]와 서리[33]는 그렇지 않다.

---

24) 브라우닝의 극시(1868). 성(聖) 기사단의 한 지도자가 프랑스 교황 클레멘스 5세의 종교재판에 회부되어 이단으로 처형당하는 이야기이다.

25) 아널드(Matthew Arnold)의 목가적 애가(1861). 옥스퍼드 대학 시절 절친했던 한 친구의 죽음을 애도하면서, 어려운 현실적인 삶 속에 떠오르는 젊은 시절의 꿈과 이상을 노래하고 있다.

26) 영국의 번스(Robert Burns)가 쓴 칸타타(1785). 한 무리의 거지떼들이 선술집에서 만나 부르는 여러 개의 노래로 구성되었다.

27) 키츠(John Keats)의 송시 중의 하나(1820). 그리스의 항아리를 보고 난 후 거기에 새겨진 장면을 상상하여 읊은 것이다. 현실세계의 강렬한 경험이 영원히 변치 않는 대리석 항아리에 새겨진 것을 보고, 시인은 자신이 추구하는 영원성을 변화하는 현실세계와 조화시키고 있다.

28) 「이사야서」의 구세주에 대한 예언을 노래한 포프(Alexander Pope)의 목가시(1712).

29) 영국 시인 스마트(Christopher Smart, 1672~1770)가 쓴 찬미시(1763). 「시편」의 저자인 다윗 왕을 위대한 시인으로 찬미했다.

30) Sir Thomas Wyatt(1503?~42) : 영국의 시인. 영어에서 소네트의 창시자.

31) William Dunbar(1460?~1520?) : 스코틀랜드의 시인.

32) Gabin Douglas(1474?~1522) : 스코틀랜드의 시인.

두운시는 보통 억양이 강하고 음악적이다. 그러나 정교하고 치밀한 정형연형식은 보통 음악적이 아니다. 물론 시에서의 **멜로스**의 사용은 반드시 시인의 전문적인 음악지식을 전제로 하지는 않지만, 이 두 가지가 흔히 서로 함께 하는 것도 사실이다. 크래쇼의 『음악의 결투』(기악반주가 붙은 바로크풍의 아리아)와 같은 전문적인 음악적 시가 한 예가 될 수 있다.

때로는 음악의 영향을 받으면 운문 **멜로스**의 경향을 띠게 되리라는 것을 적어도 상상할 수 있다. 가령 사우디[34]는 에포스의 리듬에서 눈부신 실험을 시도하면서 그 의미를 충분히 명확하게 하지 않았던 것처럼 느껴진다. 만일 그랬다면, 시의 음악적 성질을 예리하게 열거하였던 밀턴의 리스트에 견주어, 『샐러바』[35] 서문의 혼자말 같은 중얼거림을 대조해보면 유익할 것이다. "나는 즉흥연주류(流)의 곡조는 원하지 않는다. 그렇지만 뭔가 조화감을 보이는 것 같은 것, 감정의 억양 같은 것—대개 모든 시인이 필연적으로 시에 부여하는 음조와 같은 뭔가를 구하는 것이다."

또 **멜로스**의 개념은 워즈워스가 『피터 벨』과 『백치의 소년』에서 무엇을 목표로 하고 있었던가에 대한 설명을 한층 도울지도 모른다. 운율은 시에서 흥분의 원천이라는 워즈워스의 말은 특히 억양에 적용되는 말인데, 그것은 억양 속에 춤이 갖고 있는 육체적인 율동이 존재하기 때문이다. 운율 자체가 주는 것은 오히려 비교적 예측할 수 있는 패턴이 피할 수 없는 적절한 말로 채워지는 것을 보는 즐거움이다. 포프의 "흔히 사람의 마음 속에 떠오르는 것이지만, 이렇게도 교묘하게 표현된 적

---

33) Henry Howard Surrey(1517?~47) : 영국의 시인.

34) Robert Southey(1774~1843) : 워즈워스와 콜리지의 친구였던 영국의 시인.

35) 사우디(Robert Southey)의 서사시(1801). 이슬람 교도인 샐러바가 신탁을 받고 마술신들이 세운 해저궁전까지 모험을 행하여 그것을 파괴하는 이야기이다. 그 과정에서 그는 죽음을 당하나, 낙원에서 이전에 죽었던 아내와 다시 결합한다.

은 없다"(What oft was thought, but ne'er so well expressed)[36]라는 구는 운율에 의거하는 생각이다. 그의 이행 연구(二行聯句)에 귀를 기울일 때 우리가 느끼는 것은 기대의 만족으로, 이 만족은 미리 속셈이 빤히 들여다보였다는 느낌과는 정반대의 것이다. 던의 풍자시에 나타나는 보다 강렬한 이미지는 억양 중심적으로 발상된 리듬의 보다 강력한 힘에 어울리는 것이다.

이와 대조되는, 우리가 비음악적이라고 칭한 스펜서, 키츠, 포프, 테니슨 등에 눈을 돌리면 그들에게서는 보다 완만한, 보다 방향이 좋은 리듬이 발견된다. 『요정의 여왕』은 『실낙원』과 비교할 때 네 개의 강세를 가진 시행이 훨씬 드물고, 6보격[37]의 반복*에 의해서 정반대의 경향을 보이고 있다. 스펜서, 키츠, 포프 그리고 테니슨 등의 습벽은 존슨의 반(反)음악적인 언명 속에 잘 표현되어 있다.

"영국의 영웅시에서의 음악은 귀를 움직이게 하는 힘이 가냘프기 때문에, 모든 시행의 모든 음절이 서로 협력을 하지 않는 한 쉽사리 상실된다. 이 협력을 얻고자 하면 각 시행을 다른 시행과 혼동하는 일이 없이 하나의 독립된 음의 구성으로서 유지하는 길밖에는 없다."[38] 고저 악센트와 장단 운율의 상실과 더불어 그가 생각하고 있는 시의 음악적인 요소는 전부 영원히 상실되었으며, 따라서 영시는 누적적인 리듬에서가 아니라 오히려 음의 패턴에 입각해서 고려되어야 한다. 이것이 존슨이 암암리에 의미하였던 것이다.

시와 시각 예술 사이를 결부시키는 것은 아마 시와 음악의 경우보다도 훨씬 무리일는지 모른다. 비음악적인 시인들은 일반적인 의미에서

---

36) 포프(Alexander Pope)의 『비평론』(1711)에서.

37) 본래 프랑스 시에서 사용되었던 시행으로, 12음절로 구성되고 2행씩 운을 밟는 약강 5보격이다.

  * 또 6강세의 5보격의 행도 많다. 『음과 시』에 있는 「언사와 멜로스」(*English Institute Essays*, 1956)를 볼 것.

38) 『밀턴전(傳)』에서.

종종 '회화적'이다. 즉 그들은 보다 명상적인 리듬을 사용해서 정지상태의 화면을 세부에서 세부로 완성해가는 일이 많다. 『오이노네』에서의 나신(裸身)인 비너스의 정성들인 묘사나, 『요정의 여왕』에서의 정교한 갖가지 색실로 무늬를 엮어 짠 피륙 같은 각양각색의 행렬 장면이 그 예이다. 그러나 우리가 실제로 옵시스와 유사한 요소를 볼 수 있는 것은 모방적인 조화 또는 의성어로서 알려진 수사기법에서이다. 포프는 『비평론』에서 실례를 들어 이 기법을 설명하고 있다.

'Tis not enough no harshness gives offence,

The sound must seem an echo to the sense...

When Ajax strives some rock's vast weight to throw,

The line too labours, and the words move slow ;

Not so, when swift Camilla scours the plain,

Flies o'er th'unbending corn, and skims along the main.

(세련되지 못한 거친 음조가 귀에 거슬리지 않는 것만으로는 충분치 않다.

뜻이 메아리쳐서 소리로 나오는 것으로 보지 않으면 안 되는……

아이아스가 육중한 무게의 거암(巨岩)을 내던지려고 발버둥칠 때

시의 행(行)도 헤매고, 언어의 움직임도 느려진다.

이와는 달리 재빠른 카밀라는 평원을 뛰어다니고,

단단한 보리밭을 단숨에 뛰어넘으면서 대양(大洋)을 휩쓴다.)

이 기법을 인식하기는 쉬운 것이다. 그리고 아리스토텔레스가 수사론* 가운데서, 시시포스의 돌을 노래한 호메로스의 시구에서 비탈 아래

---

* 『수사학』 3장의 p.xi. 그러나 이 행(『오디세이아』, 11권 598행)이 모방적 조화의 교실용의 실례가 된 것은 오히려 할리카르나소스(Halicarnassus)의 디오니시오스에서 유래한다.

로 굴러떨어지는 큰 바위의 소리를 실례로서 보여준 이래, 많은 사람들
이 이 기법을 논해왔다.[39]

αὖτις ἔπειτα πέδονδε κυλίνδετο λᾶας ἀναιδής

　포프는 이 시행을 "굉장한 기세로 큰 소리를 치며 아래로 떨어져 먼
지를 땅에 깔아버린다"라고 번역하여 한때 존슨의 찬사를 얻었으나,
존슨은 일반적으로 모방적인 조화에 대해서는 크게 의심을 품고 있었
다. 존슨은 『아이들러 수필』 중의 하나에서, 비평가 딕 미님이라는 인
물을 간접적으로 비난 공격하려는 의도에서 이 번역을 조소하고 있다.
딕 미님이라는 비평가는, bubble과 trouble 같은 말은 "숨을 멈추게
해서 양 볼의 일시적인 팽창을 가져오고, 그 뒤에 숨을 강력하게 내보
내는 식으로 발음하기 때문에 마치 거품을 부는 것과 같다"라고 지적
하고 있다.

　그렇지만 의성어는 시에서 뿐만 아니라 언어 자체에서도 나타나는
하나의 경향이며, 시인은 그의 모국어가 제공해주고 있는 것을 닥치는
대로 당연히 이용하는 것이다. 존슨의 조소도 실은 이런 점을 나타내는
데 불과하다. 영어에는 우수한 음의 효과가 많다(현재 그 중의 몇 가지
는 상실되었지만). 고대 영어의 『방랑자』[40]가 추운 날씨를 표현하는 방
법은 현대 시인은 흉내낼 수 없다.

Hreosan hrim ond snaw　　hagle gemenged
(서리와 눈, 싸라기 눈보라에 섞여서 날려 내려온다.)

---

39) 『오디세이아』, 11권 598행.
40) 작자 미상인 비가풍의 고대 영시. 고대 영문학의 특징인 방랑하는 지상의
　　삶의 고난과 외로움, 그리고 천상의 삶에 대한 동경의 분위기가 잘 나타나
　　있는 작품이다.

그러나 이런 것들은 문학적인 기법인 동시에 언어 자체적인 기법이기 때문에 구어체의 담화 속에 끊임없이 재창조되고 있다. 훌륭한 구어는 자주 '그림 같은' 또는 '다채로운'이라는 말로 불려왔는데, 이 말들은 다 같이 회화에 의거한 비유이다. 『허클베리 핀』의 얘기투에는 나긋나긋한 모방성이 있지만, 이것은 예컨대 『톰 소여』가 미치지 못하는 점이다.

...Then there was a racket ripping and tearing and smashing, and down she goes, and the front wall of the crowd begins to roll in like a wave.

(그로부터 대단한 소란이 있었다. 빽빽, 퍽퍽, 쾅쾅 하며 꽤 시끄러웠다. 담장이 넘어진다. 구경꾼의 맨 앞줄이 물결처럼 허물어지기 시작한다.)

영어에서 언어적인 옵시스를 구사해서 가장 놀랄 만한 숨의 길이를 보여주는 것은 아마도 『요정의 여왕』일 것이다. 우리는 특별한 주의를 갖고서, 즉 음을 통해서 느낄 수 있는 시각화를 포착할 수 있는 능력을 갖고서 이것을 읽지 않으면 안 된다. 이리하여,

The Eugh obedient to the bender's will,
(쏘는 사람의 뜻에 따라 휘는 참나무의 긴 활.)

이라는 시행에서는 중앙에 있는 대부분의 약음절 때문에 시행이 활 모양으로 휘어 있다. 유나가 길을 헤매면 시의 리듬도 그녀와 함께 방황한다.

And Una wandring farre in woods and forrests...
(그리고 유나는 수풀과 숲속을 멀리 방황하며……)

　이 시행의 효과 가운데 일부는 'forrests'가 'guests'에 대해서 약한 운을 띠고 있는 것에 의한다. 난파가 주제로 되면 이것과 똑같은 종류의 기대에 어긋나는 운(disappointment-rhyme)에 의해서 리듬 쪽도 난파해버린다.

> For else my feeble vessell crazd, and crackt
> Through thy strong buffets and outrageous blowes,
> Cannot endure, but needs it must be wrackt
> On the rough rocks, or on the sandy shallowes.
> (그렇지 않으면 나의 가냘픈 배는 금이 가고 쪼개져서
> 너의 힘에 시달려 허위적거리고, 너의 노여움에 두들겨 맞아
> 감당할 길도 없지만, 어차피 험한 바위에
> 또는 모래투성이의 여울에 좌초해버릴 수밖에 없겠구나.)

　플로리멜이 그녀의 앞길을 예측하기 어렵게 되면 독자도 똑같이 느낀다.

> Through the tops of the high trees she did descry...
> (키 큰 나무의 우듬지를 스치면서 겨우 그것이라고 어렴풋이 인정하였고……)

　음악의 조화가 소재로 되면 영어에서는 소수의 적절한 단어 가운데 하나를 사용해서 동일운(韻)을 밟는다. 즉,

> To th' instruments diuine respondence meet :
> The siluer sounding instruments did meet...
> (악기에 응답하는 신비롭고 장엄한 여운,
> 은빛 가락은 여러 악기에서 울리고 있어……)

‘위험한 다리’가 주제가 될 때는 다음과 같은 시 구절을 만나게 된다.

Streight was the passage like a ploughed ridge,

That if two met, the one mote needes fall ouer the lidge.

(앞길은 밭갈이 해놓은 밭이랑처럼 좁지만,

두 사람이 서로 만나면 한 사람은 반드시 가장자리를 헛디디는 것

으로 보인다.)

르네상스 시대의 독자는 학교에서의 수사학의 훈련에 의해서 이런 종류의 효과에는 민감하였다. 가령 스펜서의 『1월』 가운데 아무런 결함이 없는 것처럼 보이는 한 시행이 E.K.란 인물에 의해서, "대단한 에파노토시스(Epanorthosis)[41]이며, 더욱이 동음이의(同音異義)의 말놀이(Paronomasia)"라고 즉각 매도되고 있다. 앞서 인용한 포프의 시 구절은 비다[42]의 『작시술』(作詩術)에서 나온 것인데, 이것은 스펜서 이전의 책이다.

스펜서 이후 모방적인 조화에 더욱 일관성 있는 혹은 더욱 끈질긴 관심을 보여준 시인은 카울리였는데, 그는 『다비데이스』에서 이것을 너무 무제한하게 사용했으므로, 존슨은 6보격의 소나무가 5보격의 소나무보다 키가 큰 이유를 그가 알지 못하였다고 불만의 소리를 내었다. 그러나 탁선체(託宣體)의 반행구(半行句)의 사용법 등과 같은, 카울리가 이룬 몇 가지 효과는 아주 흥미롭다.

예컨대 다음과 같은 5보격의 세 개의 운각은 조용한 관조를 나타내고 있다.

---

41) 한층 더 강조적인 말이나 구를 사용함으로써 앞에 나온 말을 더 강조하는 수법. 예를 들면 "Most brave, nay, most heroic act."

42) Marco Girolamo Vida(1485?~1566) : 이탈리아의 인문주의자 · 시인.

O who shall tell, who shall describe thy Throne,

Thou great Three-One?

(오 누가 말할까? 누가 그대의 옥좌를 그릴까?

위대한 삼위일체이신 그대여?)

앞서 인용한 포프의 시 구절의 한 행("세련되지 못한 거친 음조가 귀에 거슬리지 않는 것만으로는 충분치 않다")은 강한 불협화음이나 일견 서투른 문장도 모방적인 데코럼이라고 이따금 해석될 여지가 있음을 암시하고 있다. 포프가 자신이 인정하지 않는 작법의 몇 가지 지나친 실례를 똑같은 시에서 보여주는 것을 보면, 그도 의도적으로 이러한 불협화음을 사용하고 있는 셈이다. 포프가 인정하지 않은 작법이 그 당시 여전히 활발한 관심의 대상이 되었던 것은 『스펙테이터』 253호에서 애디슨[43]이 그 구절을 논하고 있는 것을 보아도 알 수 있다. 가령 포프는 변비증에 걸린 것처럼 융통성 없이 꽉 막힌 천재를 다음과 같이 묘사하고 있다.

And strains, from hard-bound brains, eight lines a year.
(벽창호 머리에서 한 해에 8행을 짜낸다.)[44]

당연한 일이겠지만 스펜서도 똑같은 기법을 내내 사용하고 있다. 화자 브라가도치오(Braggadocchio)가 거짓말쟁이와 위선자임을 나타내는 증거는 그의 악취미적인 두운의 남용이다.

But minds of mortall men are muchell mard,
And mou'd amisse with massie mucks vnmeet regard.

---

43) Joseph Addison(1672~1716) : 영국의 에세이스트 · 시인.
44) 『풍자시』의 프롤로그(1735)에서.

　(그러나 죽음을 면치 못할 인간의 마음은 부족한 바가 많고,
　소용돌이 높은 와륵〔瓦礫〕의 산에 마음이 구애되어 잘못을 저지르
는 쪽으로 기우는도다.)

　거짓말을 하는 듀에사가 성 조지를 유혹하는 장면에서는 문법, 리듬
그리고 유사음(類似音) 등이 더 이상 악화될 수 없을 정도이다. 고귀한
기사가 그것들을 들었다면 온통 이상스럽다고 나무랐을 것이다.

　Yet thus perforce he bids me do, or die.
　Die is my dew ; yet rew my wretched state
　You...
　(그래도 이처럼 그는 나를 억지로 시키고, 그렇게 하지 않으면 목
숨이 없다고 말합니다.
　죽음을 맛보는 것도 이 몸의 업보, 그렇지만 나의 비참한 꼴을 여
보시오, 불쌍히 여기소서……)

　어떤 언어에서도 몇 가지의 모방적인 기법은 표준화된다. 영어에서
그 대부분의 예는 주지의 사실로 여기서 재론할 필요가 없다. 가령 머
리가 빠진 시행은 속도가 증가한다든가, 리듬은 하강운동을 암시한다
든가 등등이다. 영어의 토착 어휘는 주로 단음절로 되어 있으며, 단음
절에는 아무리 미약한 것이더라도 독립된 강세가 늘 요구된다. 따라서
라틴계의 긴 단어는, 만일 교묘하게 사용되면, 운율을 경쾌하게 한다는
리듬상의 기능을 갖는 것이다. 이것과 반대되는 것으로서, 때로는 리듬
감이 없는 단조롭고 시끄러운 소리— "When ten low words* oft
creep in one dull line"(그때 그때 열 가지 역겨운 언어가 무료한 한

---

* 포프, 『비평론』, p.347. 이 행이 잘못된 점은 물론 단음절어가 지나치게 많
　다는 것이 아니라 강세가 지나치게 많다는 것이다.

행에 살며시 기어든다)——가 생긴다. 영어에서 이같은 후자의 현상의 부산물은 보다 더 유용하다. 즉 중앙에 강강격(強強格)을 갖는, 이른바 중간 휴지에 약음절이 부족한 시행은 고대 영어의 시대(지페르스[45]의 C 형식) 이래 흉조와 불길함을 암시하는 데 효과적인 것이 되어왔다.

Thy wishes then dare not be told. (와이어트)
(그대 소원은 그렇다고 감히 말로 표현되어서는 안 된다.)[46]

Depending from on high, dreadful to sight. (스펜서)
(하늘 높이에서 드리운, 보기에 무서운 그 모습.)[47]

Which tasted works knowledge of good and evil. (밀턴)
(만일 맛보게 되면 선·악의 지식이 생기게 되노라.)[48]

어떠한 형식의 문장도 때에 따라서 모방적인 조화를 사용하는 일이 있다는 것은 말할 필요도 없다. 그러나 지속적인 효과로 그것은 운문 에포스에 가장 자연스럽게 친숙해지는 것 같으며, 그 경우 언제나 지속적으로 유지되고 있는 정규의 패턴을 변형시킨 형식을 취한다. 극작가와 산문작가는 아주 소극적으로밖에 그것을 사용하지 않는다. 셰익스피어에서는 리어 왕이 황야에서 폭풍우 그대로의 억양으로 폭풍우에 호소할 때처럼 어떤 특별한 이유가 있을 경우에만 나타난다.

서정시에 그것을 도입하면 관심의 대부분이 그것에 흡수되어, 시는 경구로 변하는 희한한 효과가 난다. 이 예는 14세기의 재기 넘치는 짧

---

45) Sievers : 독일의 언어학자. 고대 게르만어의 시형을 분류하였다.
46) 『무정한 여인을 한탄하는 사나이의 노래』.
47) 『요정의 여왕』, 2권 12편 4의 3행.
48) 『실낙원』, 7권 543행.

은 시『대장장이들』에서 볼 수 있는데, 두운시행(頭韻詩行)을 사용해
서 망치 두들기는 모양을 나타내고 있다.

Swarte smekyd smethes smateryd wyth smoke
Dryue me to deth wyth den of here dyntes…
(그을음으로 새까맣게 된 대장장이, 연기 밴 대장장이
너의 망치가 쾅쾅 울면 살았다는 기분도 들지 않아.)

수사학의 역사에는 음과 의미 사이의 '자연적'인 관계에 대한 이론
이 반복되어 나타난다. 그와 같은 자연적인 관계는 있을 법하지 않으
나, 언어에는 의성적 요소가 있어 시인이 그것을 이용하여 발전시키고
있음이 분명하다. 모방적인 조화는 오히려 고전어의 장단과 닮은 수사
적 특성의 특수응용이라고 생각하는 편이 한층 간단하다. 그것은 음의
장단이 아닌 음의 '질', 모음과 자음이 만드는 유사음의 패턴이라고
말하는 편이 좋으리라고 본다.[49]

『하이페리온』처럼 지속적인 질 또는 음의 패턴을 갖고 있는 에포스와
가령『빨간 목면의 나이트캡의 나라』[50]처럼 음은 원래 의미 때문에 존
재하고, 그 때문에 산문에 보다 가깝게 느껴지는 에포스를 구별하는
것은 어렵지 않다. 동일한 시가 세부에서 다른 두 개의 이본(異本)을
갖고, 게다가 그 어느 쪽도 똑같이 만족스러운 것일 때는 일관된 음의
패턴이 없는 것같이 보인다. 가령 초서의『선량한 여성들의 이야기』의
서가(序歌)가 그러하다.

문예비평에서 음악적이라는 말이 혼란스럽게 사용되고 있는 주된

---

49) 고전어로 된 시는 음의 장단에 의한 운율(양적 운율)을 가지나, 영어 같은
　　강한 악센트를 가진 언어에는 그것이 없다. '결'(texture)이란 이것을 비꼰
　　저자의 조어이며, 음의 동적 리듬이 아니라 정적인 결을 나타낸다.
50) 브라우닝의 장시(1873).

이유는 비평가들이 시에서의 음악을 고찰할 때, 논의의 대상으로 하고 있는 시와 동시대에 속하는 음악(강한 악센트와 춤의 리듬을 갖고 있는)에 대해서 생각하는 일이 거의 없고, 고전시대의 음악구조(알려지지 않은 점이 너무 많지만, 아마도 노래와 고저 악센트에 보다 더 가까운 것이라고 본다)에 대해서 생각하기 때문이다. 고전시에서는 음의 패턴 즉 음의 장단은 반복적인 요소이며 따라서 시의 **멜로스**의 일부였는데, 현대에서 그것은 옵시스의 일부가 되고 있다. 우리가 모방적인 조화를 강조한 것도 그것이 조화가 이 원칙을 예시하고 있기 때문이다.

지속의 리듬 : 산문

모든 시에서 우리는 적어도 두 개의 분명히 다른 리듬을 들을 수가 있다. 하나는 반복되는 리듬인데, 우리는 이 리듬이 강세, 운율, 그리고 음의 패턴의 복합체임을 보여주었다. 또 하나는 의미의 리듬(semantic rhythm), 즉 보통 산문의 리듬으로 느껴지는 것이다. 시를 낭독할 때 전자를 과장하면 단조로운 노래를 낳게 될 것이며, 후자를 과장하면 버나드 쇼가 당시의 셰익스피어 낭송을 평한 말을 인용하면, '광기어린 듯 대단한 체하는 산문'을 낳게 될 것이다.

반복적인 리듬이 주요한 즉 통합적인 리듬일 때 운문 **에포스**가 생기고, 의미의 리듬이 주요한 것일 때 산문이 생긴다. 문학적 산문은 논술적 또는 단정적인 글의 형식을 문학의 내부에서 사용한 결과이다. 그러나 운문으로 씌어진 논문은 '아무리 시적이 아니라 할지라도' 보통 문학으로 분류된다.

16세기는 주로 운문 **에포스**에서, 즉 홉킨스의 용어를 사용하면 유동 리듬에서 실험의 시대였다. **멜로스**의 영향이 무운 5보격을 발전시켰으며, 옵시스의 영향은 스펜서식의 시형[51]과 드레이턴의 6보격을 발전시켰다(『폴리오비온』[52]이 묘사적인 시라는 사실이 왜 드레이턴이 이 운율을 선택했는가의 설명이 될 것이다). 모든 실험의 시대는 언제나 그러했듯이 비교적 실패의 시대였다. 가령 '새장수의 운율'[53]도 일시 유행하다가 곧 사라졌다. 산문 에포스, 말하자면 주로 변론적인 산문으로서 발상된 산문은 그 시대의 문화에서의 에포스의 지배적 지위를 반영한다. 즉 구두 표현의 최고의 형식은 운문이 차지하고, 산문 에포스는 보통 보조적인 형식으로 간주된다.

산문 에포스에는 하급문체, 기껏해야 중간 문체가 사용되며, 밀턴의 '산문의 냉량한 상태 속에 여기 아래쪽으로 앉아 있어'[54]라는 비유 등이 전형적인 예이다. 따라서 산문에 문학적인 지위를 주려고 하는 시도에는, 산문에 운문의 특성을 얼마간 주려는 경향이 있는 것이다.

제러미 벤담[55]은 산문과 운문의 차이로서, 산문에서는 모든 행이 페이지의 끝까지 계속된다라고 말했다. 많은 단순한 견해처럼 이 견해에도 어떤 진실이 있으며, 근시안적인 식자들이 오히려 이것을 간과하기가 쉽다. 산문의 리듬은 반복적이 아니라 지속적이다. 인쇄된 페이지 위에서 산문의 행들이 순전히 기계적으로 나누어져 있는 것도 이 사실을 상징하고 있다. 물론 산문작가라면 누구라도 산문을 쓰는 일은 산문을 인쇄하는 일만큼 기계적이 아니라는 것을 알고 있으며, 또 어세가 강한 말을 다음 행의 머리에 두지 않고 행의 끝에 둠으로써, 그리고 강세가 놓여져 있는 말을 하이픈으로 분할함으로써 등등, 인쇄에 의해서

---

51) 스펜서(Edmund Spenser)가 『요정의 여왕』을 쓰면서 창안해낸 시형. 모두 9행으로 이루어지며, 앞의 8행은 약강 5보격, 마지막 1행은 약강 6보격으로서 ababbcbcc의 운율을 가지고 있다.

52) 영국 시인 드레이턴(Michael Drayton, 1563~1631)의 시(1612~13). 영국을 찬미하는 장대한 시이다.

53) 16세기에 유행하였던 운율. 첫행은 6보격(12음절), 두번째 행은 7보격(14음절)으로 이루어지는 2행 연구이다.

54) "De Doctrina Christiana"(1825)에서.

55) Jeremy Bentham(1748~1832) : 영국의 공리주의 철학자.

문장의 리듬이 훼손되고 또는 심지어 죽어버리는 일조차 있을 수 있다는 사실을 알고 있다.

그러나 말라르메가 『주사위 던지기』[56]에서 예시한 식의 우연성에 대해 기꺼이 반항하고자 하는 마음이 없는 한 산문작가는 대개 우연성의 포로이다. 르네상스 시대 변론적 산문의 특징은 리듬이 많은 반복적인 성질들이나, 이 특징들은 자주 인쇄형식의 연속성에 의해서 감추어지고 있다. 좋은 예가 성격에 관한 여러 가지 책들로,[57] 이 책들은 번갈아 노래하는 낭송체로 씌어 있다.

> He distastes religion as a sad thing,
>
>   and is six years elder for a thought of heaven.
>
> He scorns and fears, and yet hopes for old age,
>
>   but dare not imagine it with wrinkles...
>
> He offers you his blood today in kindness,
>
>   and is ready to take yours tomorrow.
>
> He does seldom anything which he wishes not to do again,
>
>   and isonly wise after a misfortune...
>
> (그는 종교는 쓸모없는 것이라고 싫어해,
>
> 내세를 생각하는 것은 6년에 한 번뿐.
>
> 노년을 경멸하고 두려워하면서도 장수를 바라고,
>
> 하지만 늙은 나이의 주름살 얼굴을 감히 상상도 하지 않는다……
>
> 그는 오늘은 우정의 맹세로서 피를 흘리는 것을 마다하지 않고

---

56) 말라르메의 시(1897). 선주와 그의 아들이 차례로 물에 빠져 죽은 사건으로, 시인은 인생의 우연적인 사건과 시간의 힘에 휩싸이게 되지만, 주사위를 던지는 행위, 즉 시 창작을 함으로써 이에 대해 항거한다는 내용이다. 대담한 인쇄법으로 유명하다.

57) 인간의 성격들에 관한 갖가지 고찰을 한 책들이 '성격론'이라는 제목명으로 영국에서 17세기에 많이 씌었다.

내일은 다른 사람의 피를 짤 준비가 되어 있다.
그는 다시 하고 싶지 않은 일을 거의 반복하지 않고,
불행에 처한 후에 현명하게 될 뿐이다.)

화려체(euphuism)[58]도 수사학 책에 있는 모든 기교를 구사하지만, 이것들 중에는 각운, 두운, 운율적 균형 등 보통은 시의 특권처럼 여겨지고 있는 것들이 포함되어 있다. 키케로적인 산문은 도미문(掉尾文, period)[59]의 리듬과 이따금 거의 운율 균형을 이루고 있는 문장의 절의 균형에 의거하고 있다. 토머스 브라운의 『항아리의 매장』[60]처럼 의식적으로 수사 기법을 전개하는 산문작품에서는, 키케로적인 종지절(終止節, clausula)[61] 같은 반복하는 리듬의 단위를 끄집어낼 수가 있다. "handsome enclosure in glasses"(유리 그릇에 아름답게 봉한) 것이라든가, "revengeful contentions of Rome"(복수심에 불탄 로마의 주장)은 약약강격(弱弱强格)을 나타내는 예이다.

흠정 영역성서(欽定英譯聖書)[62]에는 각 절이 독립된 패러그래프로 인쇄되는 일이 많다. 확실히 설교자의 편의 때문이지만, 이 때문에 산문 리듬은 보통의 인쇄법에 의한 것보다도 더욱 명백하게 이해될 수 있

---

58) 릴리(John Lyly)의 소설 『유퓨이즈』(1579)에서 유래된 말로, 대구어와 두운으로 이루어진 균형잡힌 구조, 수사 의문문의 과대한 사용, 신화에서 끌어온 많은 직유와 실례가 있는 글의 특징을 가리킨다. 극도로 장식적인 문체이다

59) 긴 종속절을 얼마든지 연결하여 문장의 마지막에 주문(主文)이 놓이게 되는 문장의 구조이다.

60) 브라운(Thomas Browne)의 산문(1658). 역사상 기록된 여러 형태의 사자(死者)의 처리방법과 장례식, 그리고 불멸과 필멸에 대해 고찰하고 있는 명상적이고 신비적인 산문이다.

61) 도미문을 결말짓는 문장의 절. 키케로의 clausula는 몇 가지 유형의 리듬이 있다.

62) 제임스 1세가 임명한 성직자들에 의해서 이루어진 성서의 영어역(1611)이다. 그 문체가 영문학에 끼친 영향은 지대하다.

는 것이다. 베이컨의 에세이의 일부, 특히 초기의 비교적 격언적인 에세이들도 만약 개개의 문장이 독립된 패러그래프를 이루고 있으면, 한층 명백한 리듬을 나타낼 수 있을 것이다.

17세기 바로 전까지 유동적 리듬에서의 실험시대는 끝나고 산문에서의 실험시대가 시작되고 있었다. 그 실험의 시작은 '세네카 풍의 저회체(低徊體)'* 또는 아티카적 산문으로 출발하였는데, 이는 키케로 추종자들의 형식적인 반(半)운율적 수사법에 반발하여 자연스러운 구어체의 방향을 취하려는 움직임이었다. 드라이든에게는 운문의 지배로부터의 산문의 해방과 산문 특유의 의미의 리듬의 생동은 이미 이루어진 하나의 사실이다.

이렇게 볼 때 매튜 아널드가 드라이든과 포프의 시대를 산문과 이성(理性)의 시대라고 일컬었던 것[63]은 정당하다. 그것은 당시의 시가 산문적이었기 때문에서가 아니라 당시의 산문이 산문으로서의 완성의 영역에 도달하였기 때문인 것이다. 문학사의 색다른 사실 가운데 하나는 주르댕[64]의 유명한 발견은 진짜 발견이며, 게다가 이런 종류의 발견은 한 나라의 문학이 충분히 발전한 단계에서 비로소 이루어지는 일이 아주 많은 것 같다는 점이다.

산문 특유의 리듬이 보다 분명하게 나타나는 것은 드라이든 이래였다고 말하였으나, 물론 우리는 그 이후의 산문이 질적으로 향상되었다고 말하는 것은 아니다(독자로서는 성급하게 가치평가를 내리는 일의 위험에 대해서 더 이상의 경고는 필요하지 않겠지만). 그러나 여기서 분명해지는 것은 산문 그 자체는 투명한 매체여서, 그것이 가장 순수해지는 것, 바꾸어 말하면 에포스, 기타 운율의 영향으로부터 가장 멀어

---

* 윌리엄슨(George Williamson)의 같은 제목의 저서를 볼 것.

63) *Essays in Criticism*(1888) 중의 「시의 연구」에서.

64) 몰리에르의 『장사꾼 상인 귀족』(1670)에 나오는, 일약 출세한 주인공. 그는 태어나면서부터 줄곧 산문을 지껄이고 있었던 것임을 알고 깜짝 놀란다.

져 있게 되는 것은, 그 산문이 가장 두드러지지 않고 장식창의 판유리처럼 소재를 속속들이 내보일 때라는 것이다. 말할 것도 없지만, 이와 같은 중립적인 투명함은 무미건조와는 전혀 다르다. 무미건조란 예외없이 불투명한 것이기 때문이다. 이리하여 산문이 작자가 좋아하는 만큼 수사적이어서 안 될 문학상의 이유는 조금도 없으나, 산문이 문학 이외의 목적으로 사용되는 경우에 수사적 산문은 흔히 불리함을 초래한다. 이런 사정은 매콜리[65]의 문체로는 진실을 얘기한다는 것이 불가능하다는 비평에서 다소 표현되고 있지만, 이 비평의 화살의 대상으로 매콜리가 최적이라고 생각할 수는 없다.

고도로 양식화된 산문은 산문 본래의 순수한 기술이라는 역할을 다 하기에는 유연성이 부족하다. 즉 소재를 계속 너무나 지나치게 단순화하기도 하고, 너무나 지나치게 대칭성을 띠게 하기도 하는 것이다. 심지어 기번(Gibbon)도 대구구조를 만들기 위해서는 더욱 자세한 설명이 필요한 경우에도 어떤 사실을 희생하는 버릇에서 벗어나지 못하고 있다. 문학 자체의 내부에서도 다소 똑같은 원리를 찾아볼 수 있다.

가령 화려체의 로맨스를 조사해보면, 화려체의 산문으로 이야기를 하는 것이 얼마나 어려운가를 깨닫게 된다. 화려체는 본래 변론적인 여러 형식에서 생긴 것이며, 그후 여전히 열변을 토하는 데 가장 적합한 문체로 남아 있다. 화려체의 작자는 모든 기회를 포착해서 독백으로 되돌아오려고 한다.

요컨대 수사적 산문은 수사의 두 개의 목적, 즉 설득과 장식에 본래 가장 적합하다. 그러나 이 두 목적은 심리적으로 서로 대립하는 것이므로, 설득을 목적으로 하는 산문은 매혹과 설득력의 근원인 바로 그 장식에 의해서 효과가 감소된다. 제러미 테일러[66]의 신앙서에서 사심 없

---

65) Thomas Babington Macaulay(1800~59) : 영국의 정치가·역사가. 역사적·전기적 에세이로 유명하다.

는 요인은 그 문장의 아름다움이며, 이 때문에 그는 동적인 설득의 덧없는 흐름 속에 있는 것이 아니라 문학의 영원한 영역 속에 머무르고 있는 것이다. 여기에 포함되어 있는 원리는 결코 테일러의 경우에만 한정되는 것은 아니다. 울프스턴(Wulfastan)* 시대의 앵글로 색슨 선남선녀 사이에서조차도 현세적인 정신을 가진 지식인이 몇 사람 있었던 것은 틀림없는 사실이다. 그들은 자신들의 죄보다도 오히려 설교가가 구사하는 두운의 리듬에 마음을 빼앗기고 있었다.

Her syndan mannslagan ond maegslagan ond maesserbanan ond mynsterhatan, ond her syndan mansworan ond mor-thorwyrhtan, ond her syndan myltestran ond bearnmyrthran ond fule forlegene horingas manege, ond her syndan wiccan ond waelcyrian, ond her syndan ryperas ond reaferas ond worolstruderas, ond, hraedest is to cwethenne, mana ond misdaeda ungerim ealra.

(살인, 친척 살해, 승려 살해, 승원의 적이 여기에 있다. 또 위약자, 나쁜 일을 행하는 자가 여기에 있다. 음탕한 계집, 젖먹이 살해, 더럽혀진 육욕에 탐닉하는 불의의 사람도 여기에 많이 있다. 마녀, 요술사, 또는 도적, 약탈자, 세상의 재보를 넘보는 자, 요컨대 온갖 죄와 비난이 이곳에 수없이 있는 것이다.)

여기서 우리의 관심은 문학적 산문이다. 문학 이외의 산문 리듬에 대해서는 이 에세이의 뒷부분에서 설명될 것이다. 산문 멜로스의 징후

---

66) Jeremy Taylor(1613~67) : 영국의 성직자·신학자. 종교적 저서로 유명하다.

* 『영국인들에게 주는 울프스턴의 설교』의 또 다른 텍스트에서는 여기에 인용된 문장에 한 쌍의 두운구(頭韻句)가 둘 이상 첨가되어 있다. 따라서 이런 수사에는 어느 정도 임의적인 성격이 있었다는 것을 보여준다.

로서는 짧은 구나 등위절에서 장문을 만들어내는 경향, 앞으로 끌어내가는 직선적인 리듬과 결부된 반복 강조, 독설이나 카탈로그적인 열거를 즐기는 경향, 또 완성된 사상을 논리적 어순에 따라 표현하는 것보다도 사고의 과정 또는 움직임을 표현하려는 경향 등이 있다.

라블레는 산문 **멜로스**의 거장 가운데 한 사람이며, 첫번째 책 제5장의 굉장한 주연의 장면은 필자에게는 기술적으로도 음악적, 말하자면 잔캥[67] 음악을 문장화한 것같이 생각된다. 영어 작가로는 로버트 버턴[68]이 있다. 그는 아이시스[69] 강가에 내려가서 뱃사공들이 떠들어대는 소리를 듣는 것을 낙으로 삼았다고 말한다. 그것은 아마도 직업상의 견학이었으리라. 왜냐하면 그의 문체는 그 뱃사공들이 잘 하는 욕설의 성질과 본질적으로 같은 것이기 때문이다.

즉 발랄한 리듬감, 독설이나 열거를 좋아하는 것, 무한히 풍부한 어휘, 짧은 악센트적인 단위를 사고하는 경향, 욕설에 관계있는 두 개의 제목—종교[70]와 생리위생—에 대해서 백과전서적 지식을 보여주는 일 등이다. 마지막 항목을 제외하고 이것들은 전부 음악적 성질인 것이다.

밀턴의 산문은 그의 운문과 마찬가지로 최고 경지에서는 '진정한 음악의 즐거움'—물론 버턴의 그것과는 대단히 다른 종류의 것이지만—으로 차 있다. 짧게 울부짖는 것 같은 구를 가진 장대한 도미문, 이런 도미문 속에서의 속도의 변화, 감정적인 수식어를 겹치는 수사법, 베토벤의 종결부를 생각나게 하는 낭랑한 결말의 북적대는 소리 등이 그 특징이다. 그러나 산문 **멜로스**의 제1인자는 스턴으로, 스턴식의 산문 **멜로스**는 사고를 과정으로서 표현하는 '의식의 흐름'의 여러 기법의

---

67) Jannequin(1475~1560?) : 프랑스 다성음의 거장.

68) Robert Burton(1577~1640) : 영국의 의사. 『우울의 해부』(1721)의 저자.

69) 옥스퍼드 부근의 템스 강 상류를 가리킨다.

70) 영어의 욕에는 신이나 지옥을 끌어들인 것이 많다.

발달로 인해 오늘날에 와서 부활되었다. 프루스트에서 이 기법은 바그너적인 라이트모티프(leitmotif)[71]의 교착이라는 형식을 취한다. 거트루드 스타인[72]의 의식적이고 장황스러운 언어 사용은 음악에서 볼 수 있는 반복의 가능성을 개개의 단어에 다소간 주고 있다.

그러나 멜로스에 대해서 가장 정묘한 실험을 행한 것은 말할 것도 없이 조이스이며, 『율리시스』에서 술집 장면(스튜어트 길버트의 주저[73]에서는 '사이렌'이라고 불리는 장면)은 약간 곡예 같은 점은 있어도 여전히 방금 말한 산문 기법과 음악과의 아날로지가 단순한 공상이 아니라는 것을 나타내는 좋은 증거이다. 가령 윈덤 루이스도 이 아날로지를 인정하고 있으며, 그의 『예술 없는 사람들』[74]은 확실히 옵시스 옹호의 선언문이라는 의도를 가지고 있다. 멜로스로 향하는 경향은 여기저기 비음악적인 작가에게서도 볼 수 있다. 가령 칼라일의 『의상철학』의 열변 속에서 우리는 다음과 같은 일절과 마주친다.

From amid these confused masses of Eulogy and Elegy, with their mad Petrarchan and Werterean ware lying madly scattered among all sorts of quite extraneous matter,

(이 산더미 같이 혼돈된 찬사와 조사, 어지럽게 놓인 페트라르카식, 베르테르식 여러 가지 잡다한 것들이 모든 종류의 무관한 내용과

---

71) 바그너의 가극에서 각각 하나의 주제나 상징을 나타내면서 끊임없이 재현되는 선율. 문학에서는 한 낱말, 어구, 상황 및 관념을 의도적으로 되풀이해서 반복하는 것을 말한다. 이러한 반복은 독자에게 앞서 일어났던 일을 상기시켜주므로 작품에 통일성을 준다.

72) Gertrude Stein(1874~1946) : 미국의 여류 시인 · 소설가.

73) 조이스(James Joyce)의 『율리시스』의 각 삽화를 『오디세이아』의 각 권에 할당해서 해석한 비평서(1952).

74) 루이스(Wyndham Lewis)는 『예술 없는 사람들』(1934)에서 조이스를 비난하고 있다.

뒤범벅이 되는, 이 산란한 가운데서,)

　우리는 이 경우 화려체의 기법의 일부가 본래의 화려체에서와 같은 병렬적인 균형을 위해서가 아니라, 직선적인 억양을 위해서 사용되고 있음을 알 수 있다.

　운문에서와 마찬가지로 산문에서도 감상적인 의미에서 자주 음악적이라고 불리는 대부분의 작가들은 현실적인 음악으로부터는 가장 먼 곳에 있기가 일쑤이다. 손에 잡히는 대로 몇 사람을 예로 든다면, 드 퀸시, 페이터, 러스킨, 그리고 모리스는 옵시스로의 경향이 있으며, 이 경향은 때로는 정밀한 회화적 묘사와 긴 장식적인 직유로서 나타난다. 그러나 후자의 경향은 반드시 전자를 규정하는 것은 아니다. 우리는 문체의 성질을 소재의 선택방법에 의해서 판단할 수가 없기 때문이다. 진정한 차이는 오히려 문장의 개념에 있다.

　헨리 제임스의 후기 소설에 나오는 긴 문장들은 **포괄적인** 문장이다. 즉 하나의 패턴에 모든 부가수정(附加修正)과 삽입구의 요소가 편입되어 있고, 논점이 하나하나 확립되어가는 데 따라서 직선적인 사고과정이 아니라 공시적인 이해가 생기는 것이다. 설명되는 대상은 여러 면에서 이모저모 살펴지고 고찰되지만, 그것은 처음부터, 말하자면 거기에 완전하게 존재하고 있었던 것이다.

　콘래드의 경우에도 이야기에서의 전치(轉置)——그가 말하는 전후 운동——의 목적은 이야기에 귀를 기울이는 우리의 주의를 바꾸어서 핵심적인 상황을 응시하도록 한다. ‘우선 무엇보다도 독자의 눈을 뜨게 하는 것’이라고 그는 말하는데, 이 시각적 비유에는 그 본래의 의미가 다분히 남아 있다. 『트리스트럼 샌디』에서 이야기의 전치는 반대의 효과를 가지고 있다. 즉 우리의 주의를, 외부의 상황을 바라보는 것에서부터 벗어나게 하여 그 상황이 작자의 정신에서 생성되어 나가는 과정에 주의를 기울이도록 하고 있다.

　산문 그 자체가 투명한 매체이기 때문에 산문작가는 어느 한쪽으로 두드러지게 기우는 일이 비교적 적다. 일반적으로 두드러진 '문체'—즉 언어구조에서의 수사적인 특유의 표현법—를 강하게 의식할 때 우리는 멜로스 또는 옵시스 그 어느 한쪽과 가까이 하는 경우가 아주 많다. 브라운과 제러미 테일러는, 버턴과 밀턴이 멜로스에 기울어져 있는 만큼 옵시스에 기울어져 있다. O. 헨리의 단편에서 한 등장인물이 테일러를 평하여, "누군가가 저것에 가사를 붙이면 좋을 텐데"라고 말하는데, 이것은 음악과 유사한 성질을 가리키는 것이 아니라 테니슨적인 음의 패턴을 가리키는 말이다.

감히 일반론을 시도하면, 그리스·로마 고전의 영향은 주로 옵시스 측에 강하다. 왜냐하면 굴절언어는 현대 영어 또는 불어보다도 자유로운 어순을 허용하기 때문이며, 또한 모든 품사를 동시에 포함하는 문장을 생각하는 경향이 사람들에게 있기 때문이다. 연설가인 키케로에게 조차도 우리는 '균형'을 강하게 의식한다. 여기서 균형이란 직선적인 움직임을 감쇄하는 것을 의미한다. 후기 라틴어에는 새로운 종류의 직선적인 추진력이 눈에 띄기 시작하며, 우리는 두운시행과 강세 악센트를 배태하고 있는 그런 음악을 가진 새로운 튜턴 문명에 보다 가깝게 접근하는 것을 느낀다. 이리하여 카시오도루스*의 과장된 문장에서는 주제어와 두운에 의한 억양이 메아리치고 부름에 응답하여 서로 반향하고 있다.

Hinc etiam appellatam aestimamus chordam, quod facile corda moveat : ubi tenta vocum collecta est sub diversitate concordia, ut vicina chorda pulsata alteram faciat sponte contremiscere, quam nullam contigit attigisse.

(쉽사리 마음을 움직이게 하므로 우리는 이것이 현(弦)이라고 불린

---

* 커(W.P. Ker), 『암흑시대』(1911), p.119에서 인용함〔Cassiodorus (480?~575?)는 고트 왕국에 종사했던 로마인 역사가·정치가—옮긴이〕.

다고 생각한다. 그곳에서는 각양각색의 음성뿐인 그 다양성 사이에서도 조화가 만들어지며, 또 이웃의 현이 뜯기면 어떠한 현에도 닿지 않았던 다른 현이 스스로 공명하는 것처럼 된다.)

데코럼의 리듬 : 극

모든 문학적 구조에서 우리는 언어적 개성 또는 말하는 목소리(speaking voice)라고 할 만한 어떤 성질을 깨닫게 된다. 이것은 직접전달(direct address)과 관계되는 것이지만, 그것과는 별개의 것이다. 이 성질이 작자 자신의 목소리라고 느낄 때 우리는 이것을 문체(文體)라고 부른다. '문체가 그 사람이다'라는 것은 일반적으로 인정된 공리이다. 문체라는 개념은 작가는 누구나 할 것 없이 자신의 독특한 필적을 가지는 것과 똑같이 독자적인 리듬을 가지며, 또 어떤 모음과 자음에 대한 편애에서부터 시작하여, 두서너 가지 특정한 원형에 대한 집착에 이르는 독자적인 이미지군(群)을 가진다는 사실에 근거하고 있다. 문체는 물론 모든 문학에 존재하지만, 그 가장 순수한 형을 볼 수 있는 것은 주제적 산문이다. 사실 문체라는 말은, 보통 문학의 부류에 포함되어 있지 않은 산문작품에도 적용되는 주된 문학 용어이다. 문체의 전성기는 빅토리아조 후기였으며, 그 당시 문예비평의 기본 원리는 문장과 개성의 결부야말로 으뜸가는 것이라는 데 있었다.

소설에서 우리는 보다 더 복잡한 문제가 있음을 깨닫는다. 회화문(會話文)은 작자의 목소리에 의해서가 아니라 작품 내부의 인물들의 목소리에 의해서 나타내지지 않으면 안 되며, 또 회화문과 설화문은 때때로 전혀 동떨어져 있어 소설이 두 개의 다른 언어 체계로 나뉘게 되는 일이 있다. 문체를 소재에 또는 작품 내부의 인물들에게 어울리게 하는 것, 이것이 데코럼, 즉 내용에 대한 문체의 적합성이라고 알려져 있다. 데코럼은 일반적으로 시인의 에토스적인 목소리로서, 시인이 자신의 목소리를 바꾸어서 등장인물의 목소리에 또는 소재나 분위기가 요구하는 목소리의 가락에 맞추는 것이다. 그리고 문체의 가장 순수한 형을 볼 수 있는 것은 논술적인 산문인 것처럼 데코럼의 순수한 형을 명백히 볼 수 있는 것은 시인 자신이 몸소 등장하지 않는 극 문학이다. 극이란 이런 관점에서 볼 때 에포스나 픽션이 데코럼에 의해서 흡수된 것이라고 말할 수도 있다.

극은 대화나 회화의 모방이다. 그리고 회화의 수사법은 분명히 매우 유동적인 것으로 되지 않으면 안 된다. 그것은 긴 대사로부터 두 사람 이상이 교대로 하는 대사(운율에 의거할 경우에는 스티코미티아라고 불린다)에까지 미친다. 그리고 그 수사법에는, 화자의 성격과 언어의 리듬을 표현하면서, 동시에 이것들을 그때의 상황과 다른 화자들의 기분에 맞추어야 하는 이중의 어려움이 있다. 엘리자베스 시대의 극에서는 운문 에포스와 산문의 중간, 어딘가에 말하자면 중심이 있기 때문에 데코럼의 필요에 따라서 쉽사리 한쪽에서 다른 쪽으로 옮길 수가 있다. 이 경우 데코럼은 주로 등장인물의 사회적인 지위와 희곡의 장르에 의한다. 희극과 비천한 신분의 인물들은 산문으로 향하며, 후에 에포스가 픽션에 그 자리를 양보할 때 희극과 산문은 새로운 환경에 적응하는 힘을 발휘하는데, 비극과 운문 에포스에는 이 적응력이 두드러지게 결여되어 있다.

그렇지만 지배계급에 속하는 등장인물들이 필요로 하는 숭고체의 수사는 산문 희극에서조차도 대부분 상실되어버렸지만, 이 경우에도 운문극이 운문으로 표현하는 여러 성질, 즉 위엄, 열정, 기지에 찬 이미지(이것이 아마도 가장 중요하다), 애감 등을 산문에 의해서 표현한다는 기술적인 문제가 여전히 남는다. 이런 필요를 만족시키기 위해 산문 희극은 자주 양식화된 경구적인 산문체를 발전시키는데, 이 산문체에는 수사적 산문에서의 대구적·반복적인 구조와 다소 비슷한 것이 거듭 나타난다.

콩그리브에서 오케이시에 이르기까지 대부분의 영국 희극의 대작가들은 아일랜드 사람들이었으며, 수사학의 전통은 아일랜드에서 오래 수명을 유지하고 있었다. 싱의 극 산문은 비록 아일랜드 농민의 회화 리듬을 재현하고 있으나, 그것은 또 문학적 양식주의(mannerism)*의 일종이기도 하다. 이것과 대조적으로 19세기의 브라우닝, 20세기의 엘리엇과 프라이[75] 등의 운문 리듬은 에포스와 산문 간의 간격을 보다 자연스럽게 뚫고 나가는 것처럼 보인다. 버나드 쇼는 산문으로 희곡을 쓰는 것보다도 무운 5보격(無韻五步格)으로 쓰는 것이 사실상 더 쉽다고 주장하는데 이 주장에도 그럴 듯한 곡절이 있을지 모른다. 그렇다면 대부분의 현대 시극에서 볼 수 있는 부자연스러운 긴장감은 부적절한 수사법, 즉 보통의 회화 리듬에서 너무 동떨어진 수사법을 시도한 결과일 수도 있다. 아무리 정교하고 치밀하게 양식화되어 있다 하더라도 엘리자베스 시대의 극에 그러한 일은 전혀 없었던 것이다.

낭만주의자들이나 빅토리아 시대 사람들의 극히 대다수는 회화의 리듬에 걸맞는 운문형식을 찾으려는 시도에 관심을 가지지 않았다. 작문 수업에서는 낭만주의 풍조를 쫓아서 가능한 한 영어 본래의 짧은 단어를 사용하도록 학생에게 권하는 일이 많은데, 그 근거는 그것에 의해서 그들의 언어 사용이 구체적으로 된다는 것이지만, 영어 본래의 단순한 언어에 근거하는 문체도 모든 문체 가운데서 가장 인공적인 것이 될 수 있는 것이다. 새뮤얼 존슨이 가장 어색하게 글을 썼을 때에도, 윌리엄 모리스의 로맨스와 비교해보면 그런 대로 구어적·회화적이다. 오늘날 교양인이 쓰는 표준 영어에는 긴 추상어와 전문어가 많고, 또한 짧은 단어에는 대단한 강세가 놓여 있어 이 표준 영어는 운문보다 산문에 훨씬 적합한 다음 절의 연속이 되고 있다.

블레이크의 『예언서』는 운문으로써 회화 리듬을 처리하려고 하는 노력에 성공한 극소수 가운데 하나인데, 그 성공이 너무나 훌륭했기 때문에 많은 비평가들이 이것이 '진정한 시'인가 하고 여전히 갈피를 못 잡

---

* 엘리엇, 『시와 극』(1951)을 참고할 것.
75) Christopher Frye(1907~) : 현대 영국의 시극 작가.

고 있다. 교양인이 쓰는 구어 회화를 운문으로 나타내기 위해서는 5보격 이상으로 긴 시행이 필요하다고 블레이크는 생각하였는데, 클러프[76]와 브리지스[77]가 6보격으로 행한 실험을 블레이크의 견해에 견주어볼 수 있다. 이 실험들도 똑같은 종류의 리듬을 취하려고 하는 시도이다(단 적어도 클러프의 경우, 운율을 엄격히 지킨 나머지 억양이 롤러 코스터 같은 성질을 띠게 된 느낌을 주지만).

『칵테일 파티』의 운문 리듬에서 우리는 네 개의 강세가 놓여져 있는 그 오래 된 시행과 아주 흡사한 리듬으로 되돌아가는데, 이 리듬은 현대 구어의 운문과 산문 사이에 생겨야 할 새로운 리듬의 중심을 아주 분명하게 예시하고 있다. 여기서 형성되고 있는 것은 아마 6박자 또는 7박자의 긴 시행으로, 마지막에는 그것이 둘로 나누어져, 현실에서 실제로 이야기되는 대화에 사용될 수 있는 것이 되리라 본다.

극에서의 멜로스와 옵시스의 문제는 간단히 해결된다. 멜로스는 실제의 음악이며, 옵시스는 눈에 보이는 배경과 의상이다.

연상의 리듬 : 서정시

여러 양식이 역사적인 변천을 겪어감에 따라, 개개의 장르는 차례차례로 다른 장르보다 어느 정도 우월한 지위에 오르는 것처럼 보인다. 신화와 로맨스는 주로 에포스에서 표현되며, 상위모방 양식에서는 새로운 국민의식의 대두와 세속적인 수사의 확대로 상설극장에서의 극이 전면에 등장한다. 하위모방 양식은 픽션과 산문의 점차적인 사용을 초래하고, 그리하여 마침내 산문의 리듬이 운문에 영향을 주기 시작한다. 운율을 제외하고는 시와 산문의 언사는 똑같은 것이라는 워즈워스의

---

76) Arthur Hugh Clough(1819~61) : 영국의 시인. 매튜 아널드의 『티르시스』는 그의 죽음을 애도하기 위하여 씌어졌다.
77) Robert Bridges(1844~1930) : 영국의 시인.

이론은 하위모방 양식의 선언이다. 서정시란 시인이 아이러니의 작가처럼 청중에게 등을 돌리는 장르이다. 또 이 장르는 문학의 가설적인 핵심, 즉 서술과 의미를, 그 축자적인 측면에서 말의 순서와 말의 패턴이라는 형으로 가장 명백하게 나타내주는 것이다. 서정시의 장르는 아이러니 양식 및 의미의 축자적인 레벨에 특별히 밀접한 관련을 맺고 있는 것처럼 보인다.

손에 잡히는 대로 시 한 줄을 택해보자. 『이척보척』에 나오는 클로디오의 훌륭한 대사의 첫머리라도 좋다.

Ay, but to die, and go we know not where :
(그렇다. 그러나 죽는다는 것, 그리고 가는 곳이 어딘지 모르겠구나)

우리는 물론 운율의 리듬을 들을 수가 있다. 그것은 약강 5보격으로 네 개의 강세가 있는 시행으로 읽힌다. 우리는 의미의 리듬, 즉 산문 리듬도 들을 수 있으며, 또 이른바 데코럼의 리듬이라고 일컬어지는 것, 즉 죽음에 직면한 한 사나이의 전율을 표현하는 언어도 들을 수 있다. 그러나 이 시행을 매우 주의 깊게 경청하면 우리는 거기에서 또 하나의 리듬을 분간할 수가 있다. 그것은 탁선적이고 명상적이며 불규칙적이고 예측할 수 없는, 또 본질적으로 비연속적인 리듬이며, 음의 패턴에서의 우연의 일치에서 생겨나는 리듬인 것이다.

Ay :
But to die...
    and go
    we know
      not where...

의미의 리듬이 산문의 동인(動因)이며, 운율의 리듬이 에포스의 동인인 것처럼 이 탁선적인 리듬은 서정시의 지배적인 동인인 것같이 생각된다. 산문의 동인은 보통 의식적인 정신 속에 중심을 가진다. 즉 논술적인 저작을 쓰는 사람은 의식적으로 글을 쓰며, 문학적 산문의 작자는 의식적인 과정을 모방한다. 운문 에포스에서는 운율의 선택이 수사적인 구성의 형식을 미리 결정한다. 즉 시인은 특정한 운율에 의해서 사고하는 데에서 무의식적인 습관적 기능을 발전시키며, 그렇게 함으로써 다른 사항들, 가령 이야기를 한다든가 사상을 설명한다든가 또는 데코럼에 필요한 다양한 수정을 행한다든가 하는 자유를 가지게 된다.

이런 상황들 가운데 어느 하나도 그것 자체로는 우리가 시적 창조의 전형이라고 생각하는 그런 상태에 도달하지 않는 것으로 여겨진다. 그 상태란 연상에 의하는 수사과정, 동음이의, 음의 연쇄, 막연한 의미의 연쇄, 기억의 연쇄 등, 꿈의 경우와 아주 흡사한 혼돈된 집합으로 이루어져 있으며, 그 대부분이 의식의 문턱 아래 감추어져 있다. 이것에서부터 서정시에 특유한 음과 의미의 통일이 나타난다. 꿈의 경우와 똑같이 언어에 의한 연상도 검열[78]을 받는다.

우리는 이 검열기능(또는 검열자)을 '현실성의 원칙'이라고 일컬을 수 있다. 즉 그 연상은 시인과 독자의 각성된 의식에 받아들여질 수 있는, 또 이 각성된 의식에 충분히 전달될 수 있을 만큼 논술적인 언어의 기호에 적응될 수 있는 형태로 그 자체를 만들 필요가 있다. 그러나 연상의 리듬은 꿈과의 연관을 계속 유지하고 있는 것처럼 생각되며, 또 그것은 극의 제의와의 연관에 대응한다. 다른 리듬들과 똑같이 연상의 리듬도 모든 글에서 찾아볼 수 있다. 예이츠는 페이터의 문장을 행으로 분류해서 인쇄하고, 이것을 『옥스퍼드 현대시집』의 첫머리에 싣고 있는

---

78) 프로이트의 용어. 본능적인 충동을 억제하여 의식의 레벨에서 배제시키는 메커니즘을 말한다. 이 검열기능을 프로이트는 후의 그의 심리구조 이론에서 자아와 초자아의 기능 양쪽에 돌리고 있다.

데, 연상의 리듬을 산문에서 끌어낼 수 있음은 이 사실에 의해서도 알 수 있다.

서정시에서 가장 자연스러운 단위는 정형련이라는 비연속적 단위이다. 초기에는 에포스의 우위를 반영해서 대부분의 서정시가 꽤 규칙적인 시절(詩節)의 패턴을 취하는 경향이 있었다. 중세 로맨스에서 볼 수 있는 정형련에 의한 에포스는 보통 직선적인 에포스보다는 꿈의 세계의 분위기에 한층 가깝다. 낭만주의 운동과 함께 '감정의 참된 목소리'*는 리듬에서 불규칙적이며, 예상하기 힘들다는 생각이 강해지기 시작했다. 포의 『시의 원리』가 주장하는 바는, 시는 본질적으로 탁선적이고 비연속이라는 것, 시적인 것은 서정적이라는 것, 운문 에포스는 실은 운율로 된 산문과 결합된 서정시의 단편들로 이루어진다는 것이다.

워즈워스의 『서문』[79]이 하위모방 양식의 선언이었다면, 이것은 아이러니 시대의 선언이며, 영문학에서 제3의 기법적 실험의 시대, 즉 서정시 특유의 리듬을 해방시키려고 하는 시대의 도래를 고하는 것이다. '자유' 시[80]의 목적은 단순히 운율과 에포스적 관습에 대한 반역뿐만 아니라, 운율과도 그리고 산문과도 다른 별개의 독립된 리듬을 명확하게 내세우는 데 있다. 우리가 만일 이 제3의 리듬을 인식하지 않는다면 시가 규칙적인 운율을 상실할 경우, 그것이 산문으로 되어버린다는 소박한 반론에 답할 수 있는 말을 가질 수 없게 될 것이다.

에밀리 디킨슨은 압운을, 예이츠는 정형련의 구조를 완만하게 하였는데, 그들의 의도는 운율의 패턴을 보다 불규칙하게 하는 것이 아니라 서정시의 리듬을 보다 자세하고 확실하게 하는 것이었다. 홉킨스

---

* 리드(Herbert Read)의 같은 제목의 저서(1953)를 볼 것.

79) 콜리지와의 공저 『서정민요시집』, 제2판(1800)의 서문. 「도전적 서론」의 역주 7)을 참고할 것.

80) 운율에 의하지 않고 자유로운 리듬과 길이를 갖는 산문체에 가까운 시이다.

가 사용한 '도약 리듬'이라는 말도 유동 리듬이 에포스와 유사관계를 가지고 있는 것처럼 서정시와 밀접한 유사관계를 가지고 있다. 파운드의 여러 이론과 기법은 그의 초기의 이미지즘에서부터 『칸토스』에서의 비연속적인 혼합(에포스를 '단편화' 또는 서정시화하려는 영국·프랑스 양국에서의 반세기에 걸친 실험을 이어받은 것)에 이르기까지 서정시를 중심으로 한 이론과 기법이다. 신비평에서 애매성을 기초로 하는 수사분석의 방법도 서정시를 중심으로 하고 있는 비평인데, 종종 이 비평은 모든 장르에서 서정의 리듬을 아주 노골적으로 끌어내려고 하는 경향이 있다.

20세기의 시인들 중 가장 칭송되고 가장 전위적인 시인들은 주로 해방된 서정 리듬이 가지고 있는 미묘하고 명상적이며 반향이 풍부한, 집중적인 언어 마술을 아주 완전히 터득한 자들이다. 사정이 이처럼 진전하는 가운데 연상의 리듬은 보다 유연하게 되어왔고, 그 결과 그것은 낭만주의에서처럼 문체에 기초를 두는 것에서 새로운 종류의 주관화된 데코럼으로 옮겨갔던 것이다.

전통적으로 서정시는 주로 음악과 관련된다. 그리스 사람들은 서정시를 타 멜레(ta mele)라고 불렀는데, 이 말은 보통 '노래로 불려지는 시'로 번역된다. 르네상스 시대에 서정시는 리르(lyre)와 류트와 끊임없이 연관되었다. 또 바로 앞에서 인용한 포의 시론(詩論)은 시에서 음악의 중요성을 강조하여, 그 시론에 대한 논의의 부정확함을 보충하기에 충분한 힘을 휘두르고 있다. 그러나 우리가 반드시 기억해둘 일은 시가 '노래로 불려질 때' 적어도 현대 음악적인 의미에서 볼 때 '노래로 불려질 때' 그 리듬 구성은 음악에 의해서 지배되어왔다는 점이다.

'노래로 불려질 수 있는' 서정시의 어구는 대체로 성격이 뚜렷하지 않은 판에 박힌 말들이며, 현대 가곡이 가지는 강세 악센트는 본래 음악의 그것으로 시에 의한 음악의 지배표시인 고저 악센트는 겨우 흔적으로 남아 있을 뿐이다. 따라서 우리가 타 멜레를 '낭송되어지는 시'로 번역할 것 같으면, 서정시에 대해서 한층 뚜렷한 인상을 얻을 수 있으리라. 왜냐하면 낭송—예이츠는 영창(詠唱)이라고 불렀다—은 말로서 말을 강조하는 것이기 때문이다. 예이츠처럼 자작시가 낭송되는 것을 바라는 현대 시인들은 흔히 곡을 붙이는 일에 대해 아주 강한 불신감을 보여주는 사람들이다.

음악의 역사를 보면 정교하고 치밀한 대위법적 구조를 발달시키는 경향이 반복적으로 나타났음을 알 수 있다. 성악의 경우 이 구조는 가사를 거의 절멸시킨다. 또 한쪽에서는 음악의 구조를 개혁하고 단순화해서 가사의 역할을 한층 돋보이게 하려는 경향도 반복적으로 나타났다. 이것은 때로는 종교적인 압력의 결과였으나, 문학으로부터의 영향도 역시 작용했던 것이다. 우리는 시를 음악의 극한에 가까울 정도로 예속시킨 예로서 마드리갈(madrigal)[81]을 생각해도 좋으리라. 마드리갈에서는 가사가 성부(聲部)에서 성부로 제시되는 사이에 시의 리듬은 소멸되며, 또 가사에 나타나 있는 이미지는 보통 표제음악이라고 일컬어지는 기법에 의해서 표현된다. 긴 절이 무의미한 말로 가득 채워지기도 하고, 곡집(曲集)의 부제에는 '사람의 목소리 혹은 바이올을 위해서'라는 표시가 있어, 가사가 꼭 필요한 것은 아니라는 점을 나타내기도 한다.

자작의 시가 이처럼 뿔뿔이 나누어지는 것을 시인들은 싫어하였는데, 이것은 가사를 단일의 선율선상에만 고립시키는 17세기의 양식(이것이 오페라를 가능케 하였다)을 그들이 지지하였던 사실에서 알 수 있다. 확실히 이 양식은 우리를 시에 더 가깝게 하지만, 리듬은 여전히 음악에 지배되고 있다. 그러나 작곡가가 시의 언어적 리듬을 강조하는 방향으로 기울면 기울수록, 그만큼 그는 서정시의 리듬의 진정한

---

81) 13세기 말경 이탈리아에서 생긴 무반주 중창곡. 16세기부터는 대위법적 합창곡의 시대적 경향을 타고, 화려한 다성곡 스타일과 격조 높은 시가 서로 연결된 합창음악으로 된다.

기반인 낭송에 가까워지는 것이다. 헨리 로스[82]는 이 방향에 따라서 몇 가지 실험을 시도하여 밀턴의 찬사를 얻었다. 또 대부분의 상징주의 시인들은 바그너를 찬미하였는데, 이 찬미는 바그너 역시 시의 리듬과 음악의 리듬을 융합 또는 긴밀하게 결합시키려고 하였다는 생각에 근거하였던 것이다(이처럼 잘못된 생각이 하나의 근거라고 일컬어질 수 있다면).

그러나 우리가 서정시의 한쪽 경계에 음악을 놓고, 낭송에 의한 순전히 언어적인 강조법을 중심에 놓은 이상 서정시는 그 반대쪽에서 회화적(繪畵的)인 것과 관계를 맺고 있으며, 이 관계도 또한 중요한 것임을 알 수 있다. 이 관계의 어느 부분이 인쇄된 페이지 위에서 서정시의 모습으로 나타난다. 이 경우 서정시는 말하자면 '엿듣는 것'뿐만 아니라 '몰래 엿보는 것'이기도 하다. 연의 배치와 행의 출입 때문에 서정시에는 시각적인 패턴이 주어지는데, 이것은 각 행이 대체로 똑같은 길이인 **에포스**와는 전혀 다른 것이며, 물론 산문과도 다른 것이다.

여하튼 시각적인 이미지로 향하는 집중이 매우 강하여 그림에 붙여진 시라고 말해도 좋을 서정시는 무수하게 많다. 표상시[83]가 되면 실제의 그림이 나타난다. 그리고 시인화가 블레이크의 동판으로 인쇄된 서정시는 표상시의 전통에 속하는데, 그는 음악에서 캠피언[84]과 다울런드[85] 같은 시인·작곡가의 위치에 대응하는 위치를 서정시에서 차지하고 있는 것이다. 이미지즘이라고 불리는 문학운동은 서정시의 회화적인 요소를 크게 중시했으며, 대부분의 이미지즘 시들은 눈에 보

---

82) Henry Lawes(1596~1662) : 영국의 음악가. 밀턴의 가면극 『코머스』를 작곡했다.
83) 시 그 자체가 구체적인 물건 모양을 하고 있는 것이다.
84) Thomas Campion(1567~1620) : 영국의 시인·작곡가.
85) John Dowland(1563~1626) : 영국의 시인·작곡가.

이지 않는 그림에 붙여진 해설이라고 말해도 좋을 듯싶다.

　조지 허버트의 『제단』(祭壇)과 『부활제의 날개』 같은 표상시에서는 시행의 형태에 의해서 소재의 회화적인 형태가 암시되는데, 이 표상시에서 우리는 서정시의 회화적인 경계선에 가까워지는 것이다. 마드리 갈은 음악에 의해서 가사를 흡수해버렸지만, 여기에 대응해서 회화에 의한 언어의 흡수라는 현상도 존재한다. 이 회화에 의한 언어의 흡수가 '회화문자'(繪畵文字)이며, 이 가운데 연재만화, 표제가 붙은 한 칸짜리 만화, 포스터, 기타 표상화적인 형식 등이 우리에게 가장 친숙한 것이다. 흡수가 더 진전된 상태를 대표하고 있는 것은 호가스의 『난봉꾼의 일대기』,[86] 기타 이것과 같은 종류에 속하는 줄거리가 있는 연작그림, 동양의 두루마리 그림, 또는 어쩌다가 가끔 볼 수 있는 목판화에 의한 소설 등이다.

　문학의 시각적인 기반(즉 알파벳 표기)을 회화적으로 배치하려는 시도는 색·그림 따위로 장식된 사본(寫本)의 머리글자로부터 초현실주의자들이 실험한 **콜라주**(collage)에까지 미쳐 있으나, 그 배치 방법은 한층 단속적(斷續的)으로 산만하게 나타났으며, 특히 문학에는 이렇다 할 만한 특별한 영향을 주지 못하였다. 물론 우리의 표기법이 상형문자의 단계에 머물러 있었다면, 그것은 한층 커다란 영향을 가졌을 것이다. 왜냐하면 상형문자의 경우 글 쓰는 일과 그림 그리는 일은 거의 동일한 기예이기 때문이다. 파운드가 이미지즘의 서정시를 중국의 표의문자에 비교하였던 일은 앞서 간단히 언급했다.

　지난 한 세기 동안 한편에서는 시와 음악의 관계, 다른 한편에서는 시와 회화의 관계가 중요한 논의의 대상이 되어왔던 것은 그렇게 놀랄 일이 못 된다. 사실 일반적으로 실험적인 문학이라고 불리는 대부분은 언어보다도 더욱 반복적·강조적인 음악의 리듬, 또는 언어보다

---

86) 영국의 화가·판화가인 호가스(William Hogarth, 1697~1764)의 풍자적인
　　연작 판화(1732)이다.

도 더욱 집중적인 회화의 안정성에 가능한 한 언어를 가깝게 하려는 시도인 것이다. 이런 발전들은 수사의 일면을 측면에서 탐구하려는 움직임이라고 생각하는 편이 과학과의 잘못된 유추로 인해 모든 방향에서의 문학기법의 전면적인 진보를 미리 알리는 '새로운 방향들'이라고 생각하는 것보다 사고를 명확하게 하는 데 도움이 될 것이다.

이와 같은 진보주의적 오류를 반대하는 운동에 가담하게 된다면 우리는 그 시도를 데카당스라고 말하며 도덕적인 개탄을 하게 될 것이다. 아직까지 별로 논의되지 않았던 문제*는 말하자면 시가 어느 정도까지 회화나 음악 속으로 매몰될 수 있으며, 게다가 별개의 리듬을 얻고 되돌아올 수 있는가 하는 문제이다. 예컨대 중세 음악의 속창(續唱)[87]에서 '프로사'(prosa)가 나온 것이 그러한 경우이며, 어떤 가곡이 대부분의 다른 서정시에 대해서 일종의 리듬의 저장소가 되는 경우에도, 방식에서는 다르지만 똑같은 일이 일어나고 있는 것이다.

서정시에서 멜로스와 옵시스의 기반을 형성하고 있는 것은 두 요소의 잠재의식적인 연상인데, 그 각 요소에는 한 번도 명칭이 주어지지 않았다. 당당한 명칭은 아니지만 우리는 그것들을 '허튼 소리'와 '낙서'라고 불러도 좋다. 허튼 소리에서는 각운, 유사운, 두운, 동음이의 등의 말장난이 음의 연상에서 발전한다. 이 연상과정에 형태를 주는 것을 우리는 리듬 동인이라고 불러왔지만, 자유시에서 그것은 도리어 일정한 범위 내에서 리듬이 변동한다는 감각일 수 있으며, 이 감각이 점차 포괄적인 형식으로서 명확하게 되어가는 것이다.

---

* 그렇지만 Frederick W. Sternfeld, 『괴테와 음악』(1954)에 서술되어 있는 패러디의 개념을 볼 것.

87) 미사의 긴 모음가창 부분에 새로운 가사를 붙이고, 그 위에 새로운 선율을 만들어가는 것이다. 가사는 처음에는 산문이었으며 프로사라고 불렸으나 후에는 독립시편이 되었다.

우리는 착상에서나 아니면 중요성에서나 또는 그 양쪽에서, 리듬이 보통 우선하는 것이며, 리듬을 메우는 어구는 부차적이라는 사실을 시인이 행하는 수정에서 알 수 있다. 이 현상은 시에 한정되는 것은 아니다. 베토벤의 수첩에서도 역시 자주 볼 수 있는 것은 그가 어떤 소절에 종지화음(終止和音)을 놓으려고 하지만, 거기에 이르는 데까지의 선율적인 경과를 아직 생각해내지 못한 경우가 흔히 있다는 사실이다. 어린아이들에게서도 똑같은 과정을 볼 수 있다. 그들은 리드미컬한 조잘거림에서 시작해서 점차 적당한 단어를 그곳에 채워간다.

동요, 대학의 옐, 노동가 등에도 이 과정이 반영되어 있고, 이 경우에 리듬은 춤의 리듬에 가까운 육체적인 박동(拍動)으로, 때때로 무의미한 말로 채워진다. 확실히 리듬이 의미에 우선하고 있는 것이 민중시의 정해진 성격이다. 그리고 시가 덜거덕거리는 고물 객차가 내는 듯한 그런 리드미컬한 억양을 가지게 될 때면 언제나 그 시는 음악처럼 '가벼운' 것이라고 불려진다.

허튼 소리가 의식의 레벨에 달하지 못할 때 그것은 자유분방한 연상의 레벨에 머문다. 문학에서 이것은 이따금 광기를 표현하는 수단이다. 스마트의 『신의 어린 양을 즐겁게 하라』는 그 일부가 정신착란의 산물이라고 흔히 생각되고 있으나, 형성단계에 있는 창조과정을 보여주는 흥미 깊은 실례이다.

For the power of some animal is predominant in every language.

For the power of spirit of a CAT is in the Greek.

For the sound of a cat is in the most useful preposition κατ' εὐχεν...

For the Mouse (Mus) prevails in the Latin.

For edi-mus, bibi-mus, vivi-mus—ore-mus...

For two creatures the Bull & the Dog prevail in the English,

For all the words ending in ble are in the creature.

Invisi-ble, Incomprehensi-ble, ineffa-ble, A-ble...

For there are many words under Bull...

For Brook is under Bull. God be gracious to Lord Bolingbroke.

(모든 나라의 언어가 각기 어느 짐승의 힘에 지배되고 있기 때문에.

고양이의 힘과 혼이 그리스어에 있기 때문에.

캣의 음이 자못 도움 많은 전치사 카트 에우켄(katéukhen)에 담겨 있기 때문에.

생쥐[Mouse(Mus)]는 라틴어에서 유력하기 때문에.

우리는 먹고[edimus], 마시고[bibimus], 삶을 영위하고[vivimus]—기도하기[oremus] 때문에……

황소[Bull]와 개[Dog]라는 두 짐승은 영어에서 유력하기 때문에.

-ble로 끝나는 모든 말은 그 짐승에 포함되어 있기 때문에.

보이지 않는[invisible], 이해할 수 없는[incomprehensible], 말로 나타낼 수 없는[ineffable], 할 수 있는[able]……

황소[Bull] 아래 수많은 말이 있기 때문에……

작은 개울[Brook]도 황소[Bull] 아래 있기 때문에. 신이여 볼링브룩[88]경에게 은총을 내려주옵소서.)

융합하는 지성이 발하는 이같은 섬광과 비말(飛沫)은 어쩌면 모든 시적 사고에 일어날 수 있는 것이다. 이 일절에서의 동음이의의 말장난은 독자에게 난폭한, 또 동시에 익살스러운 인상을 주고 있는데, 이것은 기지에 대한 프로이트의 생각(그는 충동이 검열 기능의 지배로부터 벗어나는 것을 기지라고 보고 있다)과 일치하고 있다. 창조에서 충동에 해당하는 것은 창조적 에너지 그 자체이며, 검열기능에 해당하는 것은 우리가 현실성의 원칙이라고 일컬었던 것이다. 동음이의

---

88) Henry T. John Bolingbroke(1678~1751) : 영국의 정치가 · 철학가.

는 언어적 창조의 본질적인 요소의 하나이다. 그러나 회화(會話) 속에 동음이의의 말장난을 끌어들이면 그것은 회화의 취지에 등을 돌리는 꼴이 되며, 그 대신 자기 충족적인 음과 의미의 패턴을 확립하는 것이 된다.

동음이의에는 언어적인 기지와 최면적인 주송(呪誦) 사이의 미묘한 균형이 있다. 포의 "the viol, the violet and the vine"(바이올과 보랏빛과 포도)[89]이라는 시행은 이 두 개의 대립적인 성질을 융합하고 있다. 기지는 우리를 웃기는 것, 각성된 지성에 호소하는 것이지만 주송 그 자체는 해학 없는 엄격함이다. 기지는 독자에 대해서 거리를 두고 있으며, 주송은 독자를 끌어들인다. 아서 벤슨[90]의 『불사조』와 같은 꿈의 시, 또는 꿈이나 절반은 꿈꾸는 듯한 상태를 나타내는 것을 목적으로 하는 시(가령 중세의 『진주』,[91] 스펜서와 테니슨의 대부분의 시 구절)에서도 우리는 이 비슷하게 최면적인 반복음의 패턴이 강조되고 있는 것을 보게 된다.

포의 시행이 포함하고 있는 기지를 보고 우리가 웃게 된다면 그 시의 마력을 깨는 것이 되겠지만, 그럼에도 불구하고 이 시행은 기지에 차 있다. 그것은 마치 『피네건의 경야』가 몽상적인 세계의 탁선적인 엄숙성을 결코 떨쳐버리지 않지만, 또 한편 익살스러운 작품이라는 것과 마찬가지 경우인 것이다. 물론 『피네건의 경야』에는 꿈뿐만 아니라 기지의 메커니즘에 관한 프로이트와 융의 연구가 크게 이용되고 있다. 이 작품 속 어딘가에 포의 시행 전체를 한번에 표현하려고 의도된, 'vinolent' 같은 단어가 파묻혀 있는 것도 자연스럽다.

픽션에서 연상과정은 작자가 작중인물을 위해서 고안해내는 이름 속

---

89) 포(Edgar Allen Poe)의 『해저의 도시』(1831)에서.

90) Arthur Benson(1862~1925) : 영국의 저술가.

91) 14세기에 씌어진 중세 영어시. 2행으로 이루어진 8음절 연의 두운시이다. 시인의 죽은 딸이 환상 속에서 나타나 시인이 극히 슬퍼하는 것을 나무라고 낙원의 축복을 설명함으로써 그에게 위로를 주는 내용이다.

에 주로 나타나는 것이 보통이다. 이리하여 '릴리퍼트 사람'[92]과 에비니저 스크루지[93]는 각각 소인(小人)과 수전노를 나타내는 연상적인 이름이다. 왜냐하면 한쪽은 '작고'(little) '하잘것없는'(puny) 것을 암시하고, 다른 한쪽은 '쥐어짜다'(squeeze), '나사로 죄다'(screw), 그리하여 '괴상한 늙은이'(geeze)를 암시하기 때문이다. 스펜서는 작중인물의 한 사람을 맬폰트(Malfont)라고 이름붙인 이유를,

> Eyther for th' euill, which he did therein,
> Or that he likened was to a welhed,
> (그놈이 거기서 저지른 사악 때문에,
> 아니면 그놈이 그 샘물과 비슷했기 때문에,)

라고 말하고 있다. 즉 그 인물의 이름의 두번째 음절은 폰스(fons, 샘)와 파케레(facere, 행하다), 이 양쪽에서 파생될 수 있기 때문이다. 우리는 이런 종류의 연상과정을 시적 어원학이라고 일컬을 수 있겠는데, 이것에 대해서는 뒤에 좀더 말하기로 하겠다.

허튼 소리의 여러 가지 특징은 서투른 시(doggerel)에서도 나타난다. 이 시 또한 기량이나 인내의 부족 때문에 창조의 과정이 완성을 보지 못한 경우에 속하는 것이지만, 그렇게 되는 심리적인 조건은 『신의 어린 양을 즐겁게 하라』의 그것과는 반대의 종류이다. 서투른 시란 반드시 시시한 시라는 것은 아니다. 그것은 의식적인 정신에서 시작해서 결코 연상과정을 거치지 않은 시인데, 그 동인(動因)은 산문의 그것이지만, 의지의 행위에 의해서 연상적이 되려고 애쓰는 시이다.

위대한 시가 잠재의식의 레벨에서 극복하였던 똑같은 어려움들을

---

92) 『걸리버 여행기』의 소인국 사람(6인치 정도의 키를 가진 난쟁이).
93) 디킨스(Charles Dickens)의 『크리스마스 송가』(1843)에 나오는 주인공.

서투른 시는 속속들이 드러낸다. 각운이나 운율에 맞기 때문에 어구를 억지로 끌어들인다든지, 각운어 등에 의해서 연상되기 때문에 관념을 억지로 끌어들인다든지 하는 모양을 서투른 시에서 볼 수 있다. 『휴디브라스』나 독일의 크니텔베르스(knittelvers)[94] 같은 계획적인 서투른 시는 재기발랄한 수사적 풍자의 근원이 될 수 있다. 이런 풍자는 일종의 시적 창조 그 자체의 패러디를 포함하고 있는데, 이것은 마치 터무니없는 말(malapropism)[95]이 시적 어원학의 패러디인 것과 똑같다. 산문 자체에 다소 시적인 연상의 밀도를 줄이려 한 시도는 크나큰 어려움에 부딪친다. 그리고 플로베르와 조이스를 제외하면 이 문제에 대해서 일관성을 가지고 또 의연하게 맞선 산문 작가는 거의 없다.

언어적 조형의 대강의 윤곽(이 윤곽이 '낙서'이다)이 창조과정에 처음으로 나타날 때 그것은 연상에 의한 허튼 소리와 거의 구별될 수 없다. 어구를 수첩에 갈겨쓰고는 뒤에 가서 이용하기도 하고, 또 최초의 연이 돌연 '떠올라' 그것에 맞추어서 똑같은 형의 다른 연을 만들기도 한다. 말을 패턴 속에 종합하여 정리하기 위해서는 프로이트가 꿈에 관해서 발견한 온갖 교묘한 조작이 이용되지 않으면 안 된다.

전통적인 시의 형식의 그 미묘한 복잡성──14행 시의 소네트, 이보다는 서투른 형식이지만 같은 종류의 발라드,[96] 빌라넬라(villanella),[97]

---

94) 독일의 민중적인 선율로 1행에 4강세를 가진다. 고전주의 시인들이 조롱해서 그렇게 이름을 붙였으나, 후에 민중적인 활기를 나타내기 위해 의식적으로 사용되었다.

95) 셰리든(R.B. Sheridan)의 희극 『맞수』(1775년 상연)에 등장하는 맬라프롭 부인의 이름에서 나온 것이다. 말을 어렵게 잘못하는 것이 이 부인의 특징이므로, 한 낱말을 그와 비슷한 다른 낱말로 바꿔 사용하는 엉뚱한 말버릇을 가리킨다.

96) 구전되어온 민속적인 노래로 중세 프랑스에서 행하여졌던 시형. ababbcbc의 운을 밟는 8행의 연을 3번 반복하고 bcbc의 운을 단 결구로 끝난다. 각 연

세스티나(sestina)[98] 등, 또 개개의 서정시인이 독자적으로 창조한 모든 다른 형식—은 서정의 동인이 심중의 외침(그 외침이 어떤 것이든 간에)과 실제로 얼마나 멀리 동떨어져 있는가를 나타내고 있다. 포가 자신의 시, 『갈가마귀』에 대해서 쓴 에세이는 그 시에서 그가 이룬 모든 것을 완전히 정확하게 기술하고 있다(이 에세이가 암시하고 있는 것처럼 의식적인 정신의 레벨에서 그렇게 했는지, 또는 그렇게 하지 않았든지 간에). 그의 『시의 원리』와 똑같이 이 에세이도 새로운 양식의 비평방법을 내다보고 있는 것이다.

여기서 주목해야 할 것은 물론 서정시는 어느 시대에나 청각에 호소하는 것이지만, 픽션과 인쇄술의 대두로 점차 시각을 통해서 청각에 호소하려는 경향이 짙어졌다는 점이다. 커밍스[99]의 시각적인 패턴은 그 뚜렷한 예이지만, 이것은 결코 그에게만 한정되는 것은 아니다. 매리앤 무어[100]의 시 『카멜리아 사비나』*는 8행으로 되어 있는 정형련을 사용하고 있는데, 이 중 제1행의 마지막, 제8행의 마지막, 제7행의 세번째 음절 등이 운을 달고 있다. 단순히 낭독만으로는 아무리 주의 깊은 독자라도 이 마지막의 압운을 포착할 수는 없을 것이다. 우선 페이지 위

의 최종 행은 똑같은 것을 반복한다. 작가의 개인적인 태도나 감정이 겉으로 드러나지 않는 것이 특색이다.

97) 르네상스 시대에 행하여졌던 시형. 보통 5개의 3행 연구와 2행의 후렴구가 포함된 4행 연구로 된 프랑스의 시형이다. 1행째와 3행째가 3행련의 최후에 교대로 반복되어 함께 4행련의 최후의 2행을 이룬다.

98) 음유시인 다니엘(Arnant Daniel)이 창안한 것으로 여겨지는 르네상스 시대의 시형. 후렴이 없이 6행련 6개와 3행의 결구로 구성된, 보통 각운이 없는 시형이다. 처음 연의 각 행의 끝말이 순서를 바꾸면서 다음 각 연의 각 행의 끝으로 된다. 가령, 1-2-3-4-5-6, 6-1-5-2-4-3, 3-6-4-1-2-5.

99) E.E. Cummings(1894~1962) : 미국의 시인.

100) Marianne Moore(1887~1972) : 미국의 여류 시인.

* 무어(Marianne Moore), 『시선집(詩選集)』(1935)을 볼 것. 나중 판에서는 시의 구조가 바뀌어 있다.

에서 그것을 간파하고 나서, 그 다음 이 시각적 패턴의 구조를 청각으로 번역하는 것이다.

이제 우리는 허튼 소리와 낙서라는 명칭보다도 더 잘 통할 수 있는 명칭을 주어서 각각 서정시의 **멜로스**와 **옵시스**의 기본형을 나타낼 수 있는 단계에 와 있다. **멜로스**의 기본형은 주문(呪文)이다. 이것은 최면적인 호소로서, 그 박동하는 춤의 리듬을 통해서 본의 아닌 육체적인 반응을 불러일으키며, 따라서 그것은 마법(자연을 강제하는 힘)의 느낌에 가까운 것이다. 주문은 어원을 볼 때 카르멘(carmen, 노래)에서 유래되었음을 주목해도 좋다. 여러 가지 노동가, 특히 자장가에서 민중문학은 원시의 주문의 성질을 모방하고 있다. 자장가의 경우, 잠을 유도하는 나른한 반복은 그 기초가 되고 있는 탁선적 또는 몽상적인 패턴을 아주 뚜렷하게 보여주고 있다. 욕설, 매도도 비슷한 주송(呪誦)의 방법을 정반대의 이유에서 사용하고 있는데, 이것은 주문을 걸어 적을 꼼짝 못 하게 하는 저주를 문학적으로 모방한 것이다. 가령 윌리엄 던바[101]의 『케네디를 매도함』을 보자.

> Mauch mutton, byt buttoun, peilit gluttoun, air to Hilhous ;
> Rank beggar, ostir dregar, foule fleggar in the flet ;
> Chittirlilling, ruch rilling, like schilling in the milhous ;
> Baird rehator, theif of natour, fals tratour, feyindis gett...
> (도둑 양[羊], 오목볼록한 단추, 털 없는 대식가, 힐하우스의 상속자.
> 더러운 거지, 굴 캐는 어부, 안채의 덧붙인 방.
> 잘 지껄이는 수다쟁이, 주름투성이의 가죽신, 물방앗간의 왕겨.
> 시인의 원수, 타고난 도둑, 거짓말쟁이 배신자, 악마의 아들……)

여기에서 음과 리듬에 육체적으로 몰입하기까지의 **멜로스**의 계보를

---

101) William Dunbar(1460~1520?) : 중세 스코틀랜드 최고의 시인.

더듬는 것은 쉽다. 그것은 둥둥 울리는 강한 맥동과 요란한 반향으로, 영어의 강한 억양이 이것을 가능케 하는 것이다. 영시에서 래그타임(ragtime)[102]으로 향하는 경향은 현대에서는 린지[103]의 『콩고』와 T.S. 엘리엇의 『투사 스위니』가 그 예이지만, 이 경향의 예를 더듬어 올라가면 포의 『종』(鍾)과 드라이든의 『알렉산더의 향연』을 거쳐, 스켈턴과 던바의 『성모 발레트』에 이른다. 보다 더 세련된 멜로스의 양상을 보이는 것은 강조적인 반복과 속도의 변화를 결합하고 있는 서정시들이다. 와이어트의 소네트를 보면,

> I abide and abide and better abide,
>
> And, after the olde proverbe, the happie daye :
>
> And ever my ladye to me dothe saye,
>
> "Let me alone and I will provyde."
>
> I abide and abide and tarrye the tyde
>
> And with abiding spede well ye maye :
>
> Thus do I abide I wott allwaye,
>
> Nother obtayning nor yet denied.
>
> Aye me! this long abidyng
>
> Semithe to me as who sayethe
>
> A prolonging of a dieng dethe,
>
> Or a refusing of a desyred thing.
>
> Moche ware it bettre for to be playne,
>
> Then to saye abide and yet shall not obtayne.
>
> (나는 기다리고, 기다리고 있으니까

---

102) 19세기 말 흑인 피아니스트들의 피아노 스타일. 싱커페이션을 들려준 경쾌한 리듬이다.

103) Vachel Lindsay(1879~1931) : 미국의 시인.

옛 속담에 따라, 행복한 날을 기다리는 것이 더 좋겠다.

그리고 나의 사람은 늘 이렇게 말하지,

"저를 혼자 내버려둬요, 그러면 생각하는 일도 있겠지요."

나는 기다리고 기다리면서 때를 보낸다.

내가 기다릴 동안 당신은 그럭저럭 잘 지내겠지요.

아무것도 얻지 못하고 잃지도 않으면서

내가 이처럼 기다리고 있다는 것을 늘 알고 있다오.

아 이 오랜 기다림은

빈사의 상태에 있는 죽음의 연장.

또는 바라던 것의 거절이라고 내게 말하는 것 같구나.

기다리고 있겠다고 말하면서 아무것도 얻지 못할 바에야

담담하게 지내는 것이 훨씬 나으리.)

이 아름다운 소네트는 그 구상에서 매우 음악적이다. '기다리다' 라는 단어가 반복적으로 울려퍼진다. 제1행을 제5행에서 반복한 것은 속창(續唱)의 수법에 따른 음악적 방법이지만, 시로서는 실로 대담한 방법이다. 그리고 기대에 이어서 희망이, 희망에 이어서 의혹이, 의혹에 이어서 절망이 찾아옴에 따라서 활발한 리듬이 점차 완만하게 되다가 마침내 무너져버린다. 다른 한편 스켈턴은 그 이후의 스카를라티[104]처럼 완만한 리듬에는 안절부절못해서 속도를 올리려고 하는 경향이 있다. 『월계의 화관』에서의 라임 로열(rhyme royal)[105]의 일련은 점점 빠르게로 되어 있다.

That long tyme blew a full tymorous blaste,

Like to the Boriall wyndes, whan they blowe,

---

104) D. Scarlatti(1685~1757) : 이탈리아의 음악가.
105) 7행으로 된 10음절 시행. ababbcc운을 밟는다.

That towres and tounes and trees downe cast,

Drove clouds together like dryftes of snowe ;

The dredful dinne drove all the route on a row ;

Som trembled, som girned, som gasped, som gased,

As people half pevissh or men that were mased.

(참으로 두려워할 만한 돌풍이 그때 오래 불었다.

마치 북풍의 신의 바람이 휘몰아쳐,

탑도, 주택도, 나무도 넘어지는 것처럼,

높이 쌓여 있는 눈처럼, 떼지어 있는 구름을 한곳으로 불러모았다.

섬뜩한 울림이 모든 사람들을 차례로 불어날렸다.

벌벌 떠는 자, 신음하는 자, 헐떡이는 자, 멍하니 쳐다보는 자,

모두가 반쯤 정신이 없는, 또는 얼빠진 사람 같았다.)

이 똑같은 시에, 음악과의 기묘한 우연의 일치에 의한 결부가 보인다. 마저리 웬트워스, 마거릿 허시, 거트루드 스태이덤에게 바친 시절(詩節)은 음악에서의 론도 형식(abaca형)의 축소판인 것이다.

우리는 시에서 시각적인 것과 개념적인 것 사이의 긴밀한 관계에 대해서 지금까지 여러 번 주목해왔다. 서정시에서의 옵시스의 기본형은 수수께끼이며, 그 특징은 감각과 반성을 융합하는 것, 즉 감각적 경험의 대상을 사용해서 그 대상과 관련이 있는 정신적 활동을 자극하는 것이다. 수수께끼(riddle)는 본래 읽는다(read)의 동족목적어였다. 그리고 수수께끼는 언어를 시각적인 형으로 바꾸는 전 과정과 밀접하게 얽혀 있는 것처럼 생각되는데, 이 과정은 수수께끼의 부차적인 형식, 가령 상형문자와 표의문자 등에서도 일어나고 있다.

고대 영어에는 실제로 수수께끼형을 취한 시들이 있으며, 이들 가운데는 가장 훌륭한 서정시의 일부가 포함되어 있다. 이 시들이 속한 문화는 '진기하게 아로새겼다' (curiously inwrought)와 같은 문구가 미

적 판단에서 즐겨 사용되던 문화였다. 주문이 마술적인 강제라는 느낌에서부터 먼 것이 아닌 것처럼, 진기하게 아로새긴 세공물——이것이 칼자루이든 장식사본이든 간에——은 마법에 홀린 상태, 즉 마법에 의해 봉해져 있다는 느낌에 가깝다. 수수께끼와 관계 깊은 평행현상으로서 고대 영어에는 '케닝'(kenning)이라는 수사법이 있는데, 이것은 간접적인 묘사법이어서 신체를 '뼈의 집', 바다를 '고래의 길'이라고 부르는 방법이다.

어떠한 시대의 시에서도 구체적인 것과 추상적인 것, 즉 디아노이아의 공간적인 면과 개념적인 면을 융합하는 일이 모든 장르에서 시적 이미지의 주된 특징으로 되어왔으며, '케닝'의 계열은 오래 계속되어왔다. 15세기의 '금빛 어법'(aureate diction)은 시에 추상어를 사용하는 것이었는데, 그 당시 추상어는 수사의 '채색'이라고 생각되었다. 이런 종류의 언어가 새롭고, 또한 그것이 나타내는 관념이 자극적이었을 때는, 지금의 우리에게는 보통 지루하고 거북스럽게 들리는 금빛 어법도 당시에는 훨씬 좋게 들렸음에 틀림없으며, 또 우리가 엘리엇의 '속죄의 1펜스'라든가 오든의 '척추가 강직한 카토' 같은 시 구절에서 느끼는 그런 지적인 정확성의 인상을 훨씬 강하게 주었을 것임에 틀림없다.

17세기의 '형이상학적'인 시에는 기상(奇想, conceit),[106] 즉 관념화된 이미지가 보이는데, 구상의 분방한 인상과 그 구상 밑바닥에 있는 긴장감과 압축감을 기지와 역설에 의해서 결부시켜 표현할 수 있다는 점에서 이 시는 전형적으로 바로크적이다. 18세기의 시적 어법에서는 물고기가 '지느러미가 있는 족속'으로 나타나고 있는데, 이 시대는 추상적인 사고가 갖는 범주화의 능력에 대해서 그같은 식의 경의를 보여주었던 것이다. 하위모방 양식의 시대가 되면 전통적인

---

106) 16, 17세기 영국의 형이상학파 시인들의 시에서 볼 수 있었던, 기발한 논리에 의한 비유이다.

관습에 대한 편견이 높아져 시인들은 자신들이 사용하던 관습적인 어법을 덜 의식하게 되었지만, 시적 이미지에 관련된 기술적인 문제가 이로 인해 사라진 것이 아니었고, 또 관습적인 수사법도 사라진 것이 아니었다.

당면한 문제는 추상적인 것과 구체적인 것의 융합인데, 이와 관련해서 두 종류의 수사법을 지적할 수 있다. '추상명사의 소유격＋형용사＋구체명사'라는 형식(셰익스피어를 예로 들면, '죽음의 날짜 없는 밤'〔death's dateless night〕)[107]은 19세기에 즐겨 사용하던 형식이다. 로웰[108]의 『1865년 하버드 축전 송시』에서는 이 수사법이 19번씩이나 사용되고 있다. 예를 세 가지 들자면 '생명의 지극한 기름'(life's best oil), '망각의 미묘한 악'(Oblivion's subtle wrong), '운명의 변덕스러운 달'(Fortune's fickle moon)이 그렇다.

여기에 이어 20세기에 즐겨 사용했던 것은 '형용사＋명사＋of＋명사' 형식의 구로, 이때 처음의 명사는 보통 구체명사이고, 다음의 명사는 추상명사이다. 예를 들면 '갈망의 창백한 새벽'(the pale dawn of longing), '침묵의 부서진 쇄골'(the broken collar-bone of silence), '시간의 묵중한 눈꺼풀'(the massive eyelids of time), '사랑의 진홍빛 나무'(the crimson tree of love) 등이다. 이 예들은 필자 자신이 만든 것이며, 필요로 하는 시인에게는 무료로 주겠지만, 20세기의 어떤 서정시집 한 권을 조사했을 때 필자는 처음의 다섯 편 가운데 모든 변화형을 계산해서 이런 타입의 구가 38개*나 있음을 발견했다.

---

107) 소네트 30번의 6행.

108) J.R. Lowell(1819~91) : 미국의 시인.

　* 이 조사의 대상은 윌리엄스(Oscar Williams), 『너에게 오는 남자』(1940)이다. 이러한 점을 계산에 넣은 유일한 이유는 현대의 어법이 어떠한 어법에도 떨어지지 않을 정도로 관습화되고 있음을 나타내주기 때문이다.

구체적인 것과 추상적인 것의 융합은 대단히 중요한 것이지만, 하나의 특수한 사례로 그 배후에는 지난 세기의 기법의 개발로 인해 문예비평의 시야에 나타난 하나의 일반적인 원칙이 있다. 모든 시적 이미지는 비유에 근거하는 것처럼 보이지만, 서정시에서는 연상과정이 아주 강력하며, 일상적인 산문의 기존의 묘사구(句)는 아주 동떨어져 있으므로, 오용된 비유(catachresis)라고 일컬어지는, 예기치 않은 또는 무리한 비유가 특별히 중요성을 갖는다.

다른 어떤 장르보다도 서정시의 주된 효과는 신선한 또는 의외의 이미지에 의존하는 바가 훨씬 잦다. 이 사실이 이따금씩 이와 같은 이미지가 근본적으로 새로운 것, 비관습적인 것이라는 착각을 낳는 근원이 되는 것이다. 내시의 '찬란한 것은 땅에 떨어지고'(Brightness falls from the air)[109]에서 딜런 토머스의 '비통한 옛날'(A grief ago)[110]에 이르기까지, 서정시는 융합된 비유가 베푸는 이 '갑작스러운 영광'[111]에 몇 번이고 되풀이해서 이르고자 하는 데 그 핵심을 두어왔던 것이다.

극의 형식

이처럼 시야를 넓혀서 언사, 즉 언어 패턴과 음악 및 광경과의 관계를 생각하는 것이 가능하게 되었지만, 우리는 이제 이처럼 넓혀진 전망이 개개의 장르에서의 전통적인 분류법에 새로운 빛을 던지는지 어떤지를 고려하지 않으면 안 된다. 가령 극을 비극과 희극으로 분류하는 것은 전적으로 대사극에 근거한 생각인데, 이것은 오페라나 가면극처

---

109) 영국 시인 내시(Thomas Nashe)의 『여름의 유언』(1600)에서.

110) 같은 제목의 시(1939)의 첫 행에 나오는 말.

111) 홉스(Thomas Hobbes)가 웃음의 본질로서 말한 것에서. "웃음의 열정은 다른 사람들의 결점과 비교해볼 때 우리 자신 속에 뭔가 뛰어난 것이 있다는 갑작스러운 생각에서 생기는 갑작스러운 영광 외에는 아무것도 아니다"(*On Human Nature*, 1650).

럼 음악과 배경이 더욱 유기적인 역할을 하는 극들은 포함하고 있지 않으며, 또 그 극들에 대해서 설명도 하지 않는다.

그러나 희극이든 비극이든 대사극이라는 것은 극의 원초적인 이념에서 분명히 멀리 떨어져 발전해온 것이다. 그 이념이란 공동사회에 대해서 센세이션의 강력한 초점을 나타내는 것이었다. 중세의 성서극은 이런 의미에서 원시적이다. 즉 그것은 관중이 이미 알고 있는 의미 깊은 신화를 제시하며, 그 신화가 공동체의 것이라는 사실을 관중의 마음에 상기시키는 것을 목적으로 만들어졌다.

성서극은 스펙터클 중심의 극 장르(당분간 이것을 '신화극'이라고 말해두겠다)의 일종이다. 성서극은 어느 정도 그 자체의 고유한 특성을 갖지 않는 포용력 있는 형식으로, 그것이 나타내주는 신화의 분위기에 젖어 있다. 타운리의 극군(劇群)[112]의 그리스도의 책형극(磔刑劇)이 비극적인 것은 십자가의 수난이 비극적이기 때문이다. 그러나 그리스도의 책형극은 『오셀로』가 비극이라는 것과 똑같은 의미로서의 비극은 아니다. 즉 그것은 비극의 논리를 중점으로 하고 있지 않다. 그것은 단순히 그 이야기가 이미 알려져 있고 의미 깊은 것이기 때문에 그 이야기를 보여주는 것에 불과하다.

가령 오만과 같은 비극의 개념을 이 극의 그리스도에 해당시키는 것은 무의미할 것이며, 또 공포와 연민은 환기되겠지만, 이 감정들은 소재에 밀착되어 있으므로 카타르시스는 일어나지 않는다. 신화극 특유의 분위기와 신화극 특유의 결말은 생각에 잠기는 듯한 분위기와 결말인 것이다. 그리고 이 문맥에서 생각에 잠긴다는 것은 상상력이 이야기의 줄거리에 계속 지배당한 채 있다는 것을 의미한다.

신화극은 정신적 · 육체적인 일체감의 상징을 극적으로 강조한다. 성서극 그 자체는 성체축일(聖體祝日)[113]과 결부된 것이었으며, 칼데

---

112) Towneley Cycle : 영국의 웨이크필드(Wakefield) 거리의 축일에 상영되었던 기적극. 32편으로 되어 있다.

론[114]의 종교극은 분명히 아우토스 사크라멘탈레스(autos sacra-
mentales), 즉 성체극이라고 불린다. 신화극은 민중적인 측면과 밀교
적인 측면이 기교하게 섞여서 그 매력을 이루고 있으며, 이 극을 직접
경험하는 관중에게는 그것이 민중적인 것이지만, 외부 사람이 그것을
감상하려고 하면 의식적인 노력을 하지 않으면 안 된다. 논쟁적인 시
끄러운 분위기 속에서는 신화극은 모습을 감추는데, 그것은 신화극이
청중의 범위를 한정하지 않는 한 논쟁의 목표가 되고 있는 문제를 취
급할 수 없기 때문이다. 신화라는 말에는 애매한 것이 으레 따르게 마
련이라는 것을 고려해서 우리는 이 장르를 성극(聖劇, auto)이라고
부르도록 하겠다.

한 사회의 신화체계에서 신과 영웅이 분명하게 구별되지 않을 때, 즉
귀족의 이상과 승려의 이상이 구별되지 않을 때 성극은 세속적이면서
도 동시에 성스러운 전설을 나타낼 수 있다. 그 한 예로서 일본의 노
〔能〕극이 있으며, 이 극은 기사도적인 상징과 초세속적인 상징의 통일,
그리고 비극적인 것도 아니고 희극적인 것도 아닌 몽상적인 분위기로
인해서 예이츠의 마음을 강렬하게 사로잡았다. 예이츠가 자신의 세계
영혼의 이론에서, 또 자작의 극을 가능한 한 물리적으로 관중에게 가깝
게 하고자 하려는 바람에서 신체적 합일이라는 고대의 관념으로 돌아
가고 있는 것은 흥미롭다. 그리스 극에서도 신과 영웅적인 주인공 사이
에는 명확한 경계가 없다.

그러나 기독교 사회에서 우리는 단편적이나마 세속적인 성극이라는
것을 볼 수 있다. 영웅의 공적을 나타내는 로맨스적인 극이 그것인데,

---

113) 성체에 대한 신앙심을 고백하는 가톨릭의 축일로, 해마다 삼위일체 축일
  후 목요일에 거행되었다. 성체 강복식과 성체 행렬을 하는데, 이때 지방에
  서 성극(聖劇) 등이 행하여졌다.

114) Pedro Calderon(1600~81) : 스페인의 수도사 · 극작가 · 시인. 극 『인생은
  꿈이다』(1635)가 유명하다.

영웅의 공적이 결국 죽음으로 끝난다는 점에서 비극과 밀접한 관련이 있으나, 실은 비극도 희극도 아닌 스펙터클 중심이다.

말로의 『탬벌레인』이 그와 같은 극이다. 여기에서는 주인공의 오만과 그의 죽음과의 관계는 인과적이라기보다는 오히려 우연적이다. 이 장르는 나라에 따라서 다양한 운명에 처해 있었다. 가령 스페인에서는 프랑스에서보다 더 번영했다(프랑스에서는 지적 혁명의 일부가 비극 장르의 확립을 가져왔다). 프랑스에서 비극을 영웅적인 로맨스로 되돌리려고 한 두 가지 시도, 즉 『르 시드』[115]와 『에르나니』[116]는 제각기 커다란 소동을 몰고 왔다. 한편 독일의 경우 괴테와 실러의 극은 대부분 비극의 위광에 의해 크게 영향을 받았지만, 그럼에도 불구하고 실제로는 분명히 영웅적인 로맨스의 장르에 속해 있다. 영웅적인 형식을 확대해서 줄곧 신들의 성극으로 환원시킨 바그너에게는 합일의 상징이 두드러진 위치(『트리스탄』에서는 부정적으로, 『파르지팔』에서는 긍정적으로)를 차지하고 있다.

극이 성극으로부터 떨어져서 비극에 한층 가까워짐에 따라 음악이 사용되는 일이 줄어든다. 만일 우리가 아이스킬로스의 현존하는 최초의 극 『탄원하는 여인들』을 보게 되면 그 배후에 현저하게 음악적인 구조가 있음을 알 수 있다. 현대에서 그것에 해당하는 것은 보통 오라토리오이겠는데, 바그너의 가극들은 발효된 오라토리오라고 말할 수 있으리라.

르네상스 시대의 영국의 관중은 지나치게 부르주아 근성에 젖어 있었기 때문에 기사도의 극은 확고하게 뿌리를 내리지 못하였다. 또 엘리자베스 시대의 세적인 성극은 결국 역사극으로 변해버렸다. 역사극과

---

115) 코르네유(Pierre Corneille)의 극(1637). 명예와 사랑의 갈등을 그린 희비극으로 아카데미에서 비난을 받았다.

116) 위고(Victor Hugo)의 역사극(1830). 16세기 스페인을 무대로 비극적인 사랑을 다룬 것으로, 초연 때는 찬성파와 반대파로 갈려 큰 소동을 일으켰다.

더불어 우리는 스펙터클 극으로부터 보다 더 순수한 대사극으로 옮겨 간다. 그리고 합일의 상징은 아직 남아 있지만, 그 힘은 꽤 약한 것으로 되어 있다. 엘리자베스 시대의 역사극의 중심 주제는 국가의 통일과, 또 이 통일을 계승하는 자로서의 관객을 신화 속에 묶어두는 것인바, 이 통일은 내전(內戰)과 지도력이 약한 왕과 대조를 이룬 채 나타나 있다. 우리는 붉은 장미와 흰 장미[117]에서 세속화된 성체의 상징*까지도 인식할 수 있는데, 이것은 마치 필의 『파리스의 심판』처럼 엘리자베스 여왕을 가리키는 것으로 끝나는 작품들 속에서, 우리가 기적극(奇蹟劇)의 동정녀 마리아에 대응하는 세속적인 인물을 인식할 수 있는 것과 마찬가지이다.

그러나 역사극의 역점과 역사극 특유의 결말은 연속성에 있으며, 그러기에 비극적인 파국과 희극적인 축제(폴스태프의 경우에서처럼), 양쪽을 막아버린다. 쇼의 '연대기 극' 『성녀 존』을 이것과 비교할 수 있다. 이 극에서 극의 결말은 비극적이지만, 계속되는 에필로그에서 존의 배격은 폴스태프의 배격[118]과 똑같이 역사극적이며, 완전한 완결이 아니라 도리어 연속성을 암시하고 있는 것이다.

역사극은 서서히 비극으로 이행하므로 종종 우리는 언제 합일(合一)이 카타르시스로 변했는지 확신을 가지고 말할 수 없다. 셰익스피어의 『리처드 2세』와 『리처드 3세』는 이 작품들이 패배한 왕들의 모습으로 종결되고 있는 한에서는 비극이며, 볼링브룩과 리치먼드[119]가 왕위에

---

117) 15세기 말 영국을 내란으로 휘몰아넣은 장미전쟁은 요크 가문(흰 장미)과 랭카스터 가문(붉은 장미) 사이의 싸움이었다.

  * 이왕이면 『리처드 3세』의 결말을 덧붙여 보아두는 것도 좋다(5막 4장 31~32행). "다음에 미리 선서하였던 일이니까, 흰 장미와 붉은 장미의 합체(合體)를 실행해버리지."

118) 폴스태프는 왕자 헨리와 함께 방탕한 생활을 하나 왕자의 즉위와 함께 인연이 끊겼다. 『성녀 존』의 에필로그에서는 모든 등장인물이 그녀를 찬양하면서 결국 그녀를 부인한다.

오르는 것으로 종결되는 한에서는 역사극이다. 우리가 말할 수 있는 것은 이 작품들이 역사극으로 기울고 있다는 정도이다. 『햄릿』과 『맥베스』는 비극 쪽으로 기울고 있지만, 연속성을 짊어지고 있는 인물들인 포틴브라스와 맬컴[120]으로 인해 비극적인 결말 속에서도 역사극의 요소를 나타내고 있다. 역사극과 희극과의 관계는 이보다도 훨씬 간접적인 것처럼 보인다. 역사극에서 희극적인 장면은, 말하자면 전체로서 볼 때 반역이다. 『헨리 5세』는 승리와 결혼으로 끝나지만, 폴스태프를 죽이고, 바돌프를 교수형에 처하며, 피스톨을 굴욕으로 몰아넣는 극적 전개를 보면, 『리처드 2세』가 비극에 결부되는 것과 같은 식으로 희극에 결부되어 있다고 말할 수 없다.

여기서 우리는 극의 일종으로서의 비극만을 취급한다. 비극의 중심을 이루는 영웅적인 인물은 성극에서 유래하지만, 거기에 아이러니가 동시에 개재하기 때문에 영웅성과 몰락이 서로 결부되어 있는 것이다. 비극이 성극에 가까워지면 가까워질수록 주인공은 그만큼 신에 가까워지는 것이며, 또 아이러니에 가까워지면 가까워질수록 주인공은 그만큼 인간적이 되며, 따라서 파국은 그만큼 우주적인 사건이 아니라 오히려 사회적인 사건으로 나타나는 것이다.

엘리자베스 시대의 비극의 역사적 전개는 그의 주인공들을 일종의 사회적인 영기(靈氣) 속에서 움직이고 있는, 반쯤은 신과 같은 존재로서 나타내주는 말로에서 시작하여, 병든 사회를 거의 임상적이라고 말할 수 있을 정도로 분석하는 웹스터의 비극에 이르러서 끝난다. 그리스 비극은 결코 성극으로부터 완전히 분리되지 않았으며, 따라서 사회

---

119) 볼링브룩은 리처드 2세를 죽인 뒤 왕위를 찬탈하고, 리치먼드는 리처드 3세를 죽인 뒤 왕위에 오른다.

120) 포틴브라스는 햄릿이 죽어가는 순간 덴마크의 왕위계승을 유언하는 노르웨이의 왕자이다. 맬컴은 맥베스를 죽이고 스코틀랜드 왕위에 오른, 맥베스에게 희생되었던 전왕 덩컨의 장남이다.

적인 형식을 결코 발달시키지 못하였다(에우리피데스에게는 사회적 형식을 취하는 경향이 있지만).

그러나 영웅성과 아이러니의 비율이 어떻든 간에 비극이란 우선적으로 사건 또는 뮈토스가 지고의 자리를 차지하고 있음을 보여주는 것이다. '이렇게 되지 않으면 안 된다', 더욱 정확하게 말하면 '이같은 일이 일어나는 것이다'라는 것이 비극에 대한 반응일 것이다. 사건이 일차적인 것이며, 사건의 설명은 이차적이고 또한 가변적이다.

비극이 아이러니의 영역으로 옮겨오면 불가피한 사건이라는 느낌은 희미하게 되고, 그리하여 파국의 여러 가지 원인이 시야에 들어온다. 아이러니에서 파국이란, 무의식적인(또는 감정이입에 의해서 악의를 갖고 있는 것처럼 보이는) 세계가 의식적인 인간에게 주는 독단적이며 무의미한 충격이든지, 그렇지 않으면 다소 명료하게 규정할 수 있는 사회적·심리적인 여러 힘의 결과이든지, 그 어느 한쪽이다. 비극의 '이렇게 되지 않으면 안 된다'는 아이러니에서는 '적어도 이렇다'——즉 신변적인 사실에 집중함으로써 신화라는 상부구조를 배제한다——는 식이 된다. 따라서 아이러니 극은 신학에서 '타락한 세계'라고 일컬어지는 것, 있는 그대로의 인간성 그 자체, 자연인으로서 인간, 인간적인 자연뿐만 아니라 비인간적인 자연과도 충돌하는 인간의 모습을 보여준다.

19세기 극에서 비극적인 세계관은 자주 아이러니의 세계관과 동일시되며, 이 때문에 19세기의 비극은 운명의 변덕스러운 짓궂음을 취급하는 숙명극(Schicksal)으로 되든지, 그렇지 않으면(이쪽이 보다 더 결실이 많은 형식이지만) 외부의 반동적인 사회와 내부의 혼란된 영혼의 양자에 압박당하여 인간의 활동이 좌절되고 꼼짝 못 하게 되는 모양을 그린다든지, 그 어느 한쪽인 것이다. 이런 종류의 아이러니는 행동의 정체(停滯)를 초래하는 경향이 있으므로 연극에서 그것을 지탱하기는 어렵다. 체호프의 몇 장면, 특히 『세 자매』의 종막에서 등장인물이 하나씩 상대방으로부터 각자의 주관(主觀)의 감옥 속으로 아주 깊숙이 빠져들어갈 때, 우리는 무대에서는 더 이상 순수한 아이러니에 가까워질 수 없는 그런 지점에 거의 도달하게 되는 것이다.

아이러니 극은 부동의 중심이라고 할 만한 완전한 리얼리즘의 지점을 통과한다. 이런 리얼리즘은 순수한 흉내로서 아무런 설명 없이 인간 생활을 제시하고, 그 단순한 제시에 필요한 것 이외는 어떠한 극적 형식도 취하지 않는다. 이런 종류의 무비판적인 모방은 드물기는 하지만, 그 전통은 가느다란 한 줄기의 선을 이루어 헤로다스[121]와 같은 고대의 마임 작자로부터 근년의 '인생의 한 단면'(tranche-de-vie)파에까지 추적할 수가 있다. 개인의 연기로서의 마임은 한층 흔하게 볼 수 있으며, 또 극장과 관계는 없지만 브라우닝의 단독극[122]도 있다. 아이러니에서의 갈등은 고독한 독백으로 되는 경향이 있는데, 브라우닝의 단독극은 이 경향을 논리적으로 전개시킨 것이다. 극장에서 우리가 보통 경험하는 일이지만 '너무나 인간적인' 삶의 정경은 숨막히는 것이라든가, 혹은 우스꽝스러운 것이다. 또 그 정경은 한쪽에서 다른 쪽으로 곧장 이행하는 경향이 있다. 따라서 아이러니는 비극에서 멀어져 점차 희극 속으로 빠져들어가기 시작한다.

아이러니 희극은 물론 '세상의 표리'[123]를 우리에게 제시한다. 그러나 희극 속에 우리의 공감을 자아내는 인물들 또는 심지어 무색투명한 인물들이라도 등장하면 우리는 곧바로 일군의 편집광들이 그에 대립하는 일군의 사람들에 의해서 허를 찔리게 되는, 한층 낯익은 희극의 영역에 들어오게 된다.

비극이 뮈토스, 즉 이루어진 사건이 지고의 자리를 차지하고 있는 것을 보여주고, 또 아이러니가 에토스, 즉 환경에 대립하는 개인의 성격을 보여주는 것처럼, 희극은 디아노이아, 즉 어떤 의의(意義)를 보여주

---

121) Herodas : 기원전 3세기의 그리스 시인.
122) 주인공의 극적 독백의 형식을 취한 시. 가령 『남과 여』(1855).
123) 콩그리브의 희극(1700) 제목이다.

며, 이 의의는 궁극에서 사회적인 것으로, 바람직한 사회를 수립하자는 것이다. 인생의 모방인 극은 **뮈토스**의 관점에서 보면 갈등이며, 에토스의 관점에서 보면 구상적(具象的)인 이미지이며, 디아노이아(이야기의 움직임이 기조를 드러내는 종지화음〔終止和音〕과 같은 것)의 관점에서 보면 하나의 공동사회이다.

희극이 아이러니를 멀리하면 멀리할수록 그만큼 우리가 여기서 이상적인 희극이라고 부르는 것, 즉 세상의 표리 그 자체를 보여주는 것이 아니라 인간이 뜻하는 것, 인간이 바라는 형의 인생을 보여주는 것으로 된다. 셰익스피어의 주된 관심은 아이러니 희극에서의 아버지와 아들의 대립에서 벗어나서 밝고 명랑한 사회의 비전으로 향하는 것에 있다. 이런 비전이 가장 두드러지게 나타나고 있는 것이 그의 『폭풍우』이다. 여기서는 젊은이와 늙은이가 연인과 자애로운 아버지로서 서로 힘을 합치고 있으며, 극적인 전개는 이 두 사람을 사이에 두고 양극화되고 있다.

다음 단계에서 우리는 사회적 희극의 극단적인 한계에 이르게 된다. 심포지움이 그것인데, 짐작이 가듯이 플라톤에서 그 구조가 가장 명백하게 보이는 것이다. 플라톤에게 소크라테스는 교사이자 동시에 연인이기도 하다. 또 플라톤의 비전은 심포지움 그 자체의 형식과 같은 형식으로 사회를 통합하는 것으로 향하고 있는데, 이 심포지움 자체가 『법률』의 첫머리에서 설명되고 있듯이, 변증법적 축제로서 사회를 함께 묶는 지배적인 힘인 것이다. 플라톤의 대화형식이 극적이고, 희극이나 마임과 유사성을 갖고 있다는 것을 간파하기란 쉽다.

그리고 플라톤의 사상에는 우리가 대충 이야기한 것과 같은 희극 정신과 대립하는 것도 많지만, 그가 직접 그 정신을 부정하고 있다는 것은, 말하자면 그것을 유괴하려고 하는 것처럼 보인다는 것은 의미 깊은 일이다. 대체로 그가 이렇게 하면 할수록 그는 그만큼 오만하고 고답적인 독백과 순수한 논설의 영역으로 들어가 극에서 멀어지는 것처럼 보인다. 그의 대화 가운데 가장 극적인 것, 가령 『에우티데모스』 등은 보통 철학적인 '입장'이 가장 애매한 것이다.

우리 시대에서는 버나드 쇼가 심포지움을 극장에 남겨놓으려고 크게 노력했다. 그의 초기의 선언문인 『입센주의의 진수(眞髓)』는 극이 중요한 문제의 지적인 토론이 되어야 한다고 말한다. 그리고 『결혼』의 서문*에서는 이 극이 때와 장소의 일치를 지키고 있다며 자찬하고 있다. 그 이유는 쇼의 작품과 같은 타입의 희극은 심포지움 형식으로 향하고 있으며, 이 형식에서는 극적인 전개가 관객이 그 극을 바라보는 데 소비하는 시간과 똑같은 양의 시간을 취하고 있기 때문이다.

그러나 실제로 집필하는 과정에서 쇼가 발견한 사실은, 심포지움 극에서 나타나고 있는 것은 일정한 행동이나 사상을 강요하는 어떤 변증법이 아니라 공식화된 행동의 원리로부터 인간을 해방하는 변증법이라는 것이었다. 『선왕(善王) 찰스의 황금시대』라는 짧지만 선명한 스케치 속에서 이와 같은 희극형을 명백하게 볼 수 있다. 여기에서는 덕망 높은 폭스와 철학적인 뉴턴이라고 할 만한 가장 고도의 인간 유형도, 그들말고 다른 유형의 사람들이 또 존재한다는 단순한 이유로 해서, 희극적인 편집광으로 제시되어 있다. 그러나 심포지움 형식의 중심을 이루는 인물—즉 열변을 토하는 연인으로 등장하는 인물—은 『범인과 초인』 전체를 압도하고 있으며, 그리하여 심지어 사랑을 버리고 수학(數學)을 취하는 『마투셀라로 돌아가라』의 결말까지도 심포지움의 정신과 모순되지 않고 있다.

여기에서 우리가 극의 여러 형식을 얘기하고 있는 것은 시는 역사와 철학의 중간에 위치하며, 시적 이미지는 시간 속에 있는 사건(역사)과 시간을 초월하고 있는 이념(철학)을 결합하는 것이라는 시관(詩觀)이 극의 여러 형식을 얘기하는 데 여전히 관련되는 것처럼 생각되기 때문이다. 지금으로서 우리는 모방극 또는 대사극이 역사극(행동의 극)에서 철학극(장면의 극)으로 확대되어서 순수한 이미지인 흉내가 그 중간에

---

* 더욱 정확하게 말하면, 서문에서 독립되어 있는 머리말이다.

있음을 알 수 있다. 이 세 가지가 극의 특수 형식이며, 이들은 장르의 영역이라기보다는 오히려 극의 기본 방위인 것이다.

그러나 모방의 전 영역은 극 전체의 일부분, 말하자면 반원(半圓)에 지나지 않는다. 또 다른 반원은 스펙터클 극의 영역이어서, 우리는 이 뚜렷하게 확인하기 어려운 미지의 영역에서 성극(聖劇)이라고 일컬었던 반원을 인지하였던 것이다. 다음에는 성극과 희극 사이에 놓여 있는 4반원의 부분을 찾고, 그것이 또다시 성극과 만나는 곳에서 제4의 기본 방위를 설정하지 않으면 안 된다. 여기에 속하는 잡다한 형식들을 생각하면, 이 제4의 영역을 '잡동사니'라고 칭하고 끝내고 싶은 유혹을 강하게 느끼지만, 그러나 이 영역이야말로 새로운 장르 비평이 꼭 필요로 하는 바로 그곳이다.

희극이 점점 아이러니를 떠나서 행복한 사회의 자유스러운 활동을 즐기면 즐길수록 그만큼 음악과 춤을 사용하는 일이 용이해진다. 음악과 배경이 중요성을 더해가면 이상적인 희극은 경계선을 넘어서 스펙터클 극의 영역으로 들어가며, 그리고 나서 가면극으로 된다.[124] 셰익스피어의 이상적인 희극, 특히 『한여름밤의 꿈』과 『폭풍우』가 가면극에 가까운 것이라는 사실을 인식하기란 어렵지 않다. 가면극— 또는 적어도 희극에 가장 가까운 종류의 가면극, 즉 우리가 여기서 이상적인 가면극이라고 부르는 것—은 여전히 디아노이아의 영역에 머물러 있다. 그것은 보통 관중 또는 관중의 중심인물에게 찬사를 보내고, 관중이 대표하는 사회를 이상화하는 방향으로 나아간다. 그 플롯과 등장인물은 옛날이야기에서 기원된 것인데, 이것은 그것들이 그때그때의 행사의 의의에 관련해서만 존재하기 때문이다.

이처럼 가면극이 희극과 다른 점은 전자가 관중에게 한층 친밀한 태

---

124) 엘리자베스 1세, 제임스 1세 때 전성을 이룬 화려한 궁정 가면극. 의상·장치·무용 등이 중심으로, 음악, 스펙터클 극의 성격을 가졌다. 거의 전부가 궁정의 여흥으로서 행하여졌다.

도를 취한다는 점이다. 가면극에서는 관중과 무대 위의 공동사회를 서로 잇는 끈이 한층 강조된다. 보통 관중 가운데 가장을 한 일부가 가면극의 등장인물이 된다. 또 마지막에는 이 구별까지도 포기하는 표시로서 출연자들이 가면을 벗고 관중과 함께 춤을 춘다. 이상적인 가면극은 사실상 성극과 마찬가지로 신화적인 극이므로, 그것의 성극에 대한 관계는 희극의 비극에 대한 관계와 같다. 이상적인 가면극의 목적은 수양이나 신앙에 의해서 성취되는 이상을 강조하는 것이 아니라 소망의 대상으로서의 이상 또는 이미 내 것으로 생각되는 이상을 강조하는 것이다.

그 가면극의 무대는 마법과 요정의 나라, 아르카디아와 지상낙원의 비전에서 별로 멀리 떨어져 있지 않다. 그것은 여러 신을 거리낌없이 사용하고 있다는 점에서 성극과 똑같지만, 그 사용하는 방법은 신을 소유물처럼 애완적으로 사용하며, 상상력에 지배당하지도 않는다는 점이다. 서구의 극에서 르네상스에서 18세기 말에 이르기까지 가면극과 이상적인 희극은, 관중이 '진실'한 것이라고 받아들일 필요가 없는 그리스·로마 신화를 크게 이용하고 있다.

가면극은 꽤 제약된 형식이지만, 이것에 병행해서 한층 중요하고 응용 범위가 넓은 형식이 두 개가 있다. 가면극을 염두에 둔다면, 그 두 개의 구조와 특성은 다소 명백해진다. 가면극의 한쪽 측면에는 우리가 오페라라고 부르는 음악적으로 구성된 극이 있고, 또 한쪽 측면에는 시각적인 장면을 중심으로 해서 구성된 극이 있는데, 이 극이 지금은 영화라는 형식으로 받아들여지고 있다. 카메라 이전에 시각적인 장면을 중심으로 한 가면극의 예로서는 인형극과 중국의 방대한 전기극(傳奇劇, romance)이 있는데, 이 전기극의 경우에는 영화의 경우에서와 똑같이 관객이 공연 중에 제멋대로 자리를 드나들곤 했다.

가면극처럼 영화나 오페라도 아낌없이 그 화려함을 보여준다는 점에서 정평이 나 있으나, 영화에서 이러한 현상이 일어나는 이유의 하나는 대부분의 영화가 실제로 부르주아 계급의 신화극이기 때문이다. 이 사실을 수년 전에 많은 비평가들이 돌연히, 또 게다가 거의 동시에 발견했던 것이다. 배우의 사생활이 대부분의 영화 팬의 상상력을 지배하고 있는 것도 가면극에서 의식적으로 꾸민 가장과 아마도 어느 만큼 통하는 바가 있을지 모른다.

가면극과는 달라서 오페라와 영화는 스펙터클로서의 모방극을 흉내내는 힘을 갖고 있다. 오페라가 이렇게 될 수 있는 것은, 오직 음악적인 구성을 단순화함으로 해서 가능한 것이다. 그렇지 않으면 음악의 고도의 반복적인 구조가 연기의 변형을 필요로 하기 때문에 극으로서의 구조는 흐릿하게 되어버릴 것이다. 이와 비슷하게 영화도 영상을 단순화하지 않으면 안 된다. 영화가 시각적인 장면 구성을 지향하는 본래의 경향에 따르게 되면, 이와 비례해서 그것은 그만큼 시각적인 장면을 중심으로 한 다른 가면극과의 유사성을 드러내준다. 즉 채플린 등에서의 인형극, 최근 이탈리아 영화에서의 즉흥 희극, 희가극에서의 발레와 무언극 등과의 유사성을 드러내준다.

영화가 모방극을 모방하는 데 성공하는 경우에는 이 두 형식을 구별할 필요는 없지만, 장르의 구별은 여러 가지 방법으로 나타낸다. 모방극은 하나의 결말을 향해 나아가는데, 이 결말은 시작과 논리적으로 연관되어 있고 그렇기 때문에 시작을 조명해준다. 여기에서 전형적인 모방극이 갖는, 5막으로 되어 있는 포물선의 꼴이 생기며, 또 여기에서 '발견'이라는 낱말이 나타내주는 것 같은 극의 목적론적인 성격도 생기는 것이다.

다른 한편 스펙터클 극은 본래 그 성격상 앞으로 나아가는 전진적인 것이며, 그 발견은 삽화적·단편적인 것이다. 이와 같은 사실은 서커스의 선전행렬에서 시사희극(時事喜劇)에 이르는, 모든 순수한 형식의 스펙터클에서 볼 수 있다. 스펙터클 극과는 반대쪽에 위치하는 성극에서도 셰익스피어의 역사극과 야외 성서극같이 오랫동안 계속 이어져오는 이야기에 똑같은 전진적인 구조가 나타난다. 영화가 반복해서 상영되기 때문에 관객이 자유롭게 자리를 드나드는 것, 또 오페라에서 일련의 영창을 서창(敍唱)에 의해서 억지로 극적 구조로 이어지게 하는 것, 이런 것들에서 우리는 스펙터클 형식 특유의 직선적인 움직임으로 향하는 강한 경향을 볼 수 있다. 셰익스피어의 최초의 실험적인 로맨스극 『페리클레스』에는, '여러 나라의 이곳저곳에' 설정해놓은 장면의 연속에서 보이듯이, 전진적 구조로 향하는 움직임*이 아주 명백하게 나타나 있다.

이상적인 가면극의 본질적인 특성은 관중을 고양시키는 것에 있으며, 극은 관중을 목표로 해서 진행된다. 극은 성극에서 가장 객관적인 형식을 취한다. 말하자면 관중의 역할은 판단하는 일 없이 이야기를 단지 받아들이는 것이다. 비극에는 판단이 있지만 판단의 근원은 저쪽에 있으며, 그것이 무엇이든 간에 관중보다 더 강한 그 무엇이다. 아이러니 극에서는 극과 관중은 서로 직접 마주 대하고 있으며, 희극에서는 발견의 근원은 관중 자체로 옮겨진다. 이상적인 가면극은 관중을 어떠한 발견보다도 우월한 입장에 놓는다.

모차르트의 『피가로』에 나오는 대사의 극적 전개는 희극적이며, 『돈 조반니』의 그것은 비극적이지만, 어느 쪽의 경우에도 관중의 마음은 음악으로 고양되어 비극과 희극의 범위를 초월해버리고 만다. 깊은 감동을 받는 것에는 변함이 없다 하더라도, 플롯의 그리고 등장인물의 발견 등에 관중의 감정이 휩쓸려 들어가는 일은 없다. 관중은 돈 주안의 몰락을 보고 스펙터클의 흥취를 맛보는데, 이것은 마치 신들이 아이아스나 다리우스[125]의 몰락을 바라보면서 흥취를 맛보는 경우와 비슷하다.

스펙터클의 감흥을 통해서 극적 모방을 바라본다는 똑같은 느낌은

---

* 아리스토텔레스가 아주 싫어하였던 이 전진적인 구조에 대해서는 세번째 에세이의 원주(p.364)를 참조할 것. 셰익스피어가 『페리클레스』를 공동 집필하였을지도 모른다는 가설은 그 극에 대한 필자의 견해에는 영향을 끼치지 않는다.
125) 마라톤 전쟁에서 그리스에 패한 페르시아의 대왕이다.

영화의 경우에도 아주 중요한 것인데, 영화의 주된 선조인 인형극에서의 이 느낌은 더한층 뚜렷하다. 아이러니 희극은 심포지움 형식을 통해서 이상적인 희극으로 옮겨간다. 그리고 플라톤의 『심포지움』의 결말에는, 한 사람의 동일한 시인이 희극과 비극 양쪽을 다 창작할 수 있다고 하는 예언이 있음을 우리는 안다. 그러나 이 점에서 가장 성공을 거둔 시인들은 셰익스피어와 모차르트처럼 스펙터클 중심의 여러 형식에 강한 관심을 품고 있었던 사람들이었다.

다음 단계로 나아가기 위해서 우리는 가면극 자체로 되돌아가지 않으면 안 된다. 희극이 아이러니로부터 멀어지면 멀어질수록 편집광들이 갖는 사회적인 힘은 그만큼 점점 약해진다. 이상적인 사회가 한층 위세당당한 가면극에서는 편집광들은 벤 존슨의 막간을 이용한 어릿광대의 익살촌극(antimasque)[126]에 나오는 기괴한 자들의 불명예스러운 모습이 되어버린다. 그들은 가면극의 다른 부분보다도 훨씬 오래된 극 형식에서 유래된 것이라고 말한다.* 소극(笑劇)은 희극의 모방적인 형식이므로 당연히 가면극에 속하는 것이지만, 이상적인 가면극에서의 본래의 위치는 엄격하게 제약되어 있는 막간극의 위치인 것이다. 『폭풍우』——가면극의 전 영역을 그 자체 속에 흡수해버린 것처럼 보이게끔 하는 심원한 희극——에서 스테파노와 트린쿨로[127]는 희극적인 편집광들이며, 캘리번은 안티마스크의 인물이다. 이 인물들은 장르의 이행을 아주 뚜렷하게 나타내고 있다.

가면극의 중심 주제는 신들, 요정, 의인화된 미덕 등에 관련되는 것이기 때문에 안티마스크의 등장인물은 악마적인 존재가 되는 경향이

---

126) 가면극의 막간에 행하여지는 간막극을 가리킨다. 주된 가면극의 아름답거나 심각한 행동과는 대조적으로 그로테스크하고 우스꽝스러운 어릿광대 춤으로 이루어진다. 벤 존슨이 시작했다.

  * Enid Welsford, 『궁정 가면극』(1927)을 볼 것.

127) 전자는 셰익스피어의 『폭풍우』에 등장하는 나폴리 왕의 주정뱅이 시종, 후자는 익살꾼으로, 두 사람 다 프로스페로를 죽이려는 음모를 꾸민다.

있다. 따라서 이 극이 묘사해내는 성격은 미덕과 악덕, 신과 악마, 요정과 괴물 등의 양극으로 쪼개지기 시작한다. 이 양자간의 긴장 때문에도 가면극에서는 마법의 주제가 중요한 것이 된다. 가면극이 희극에 닿아 있을 때 이 마법은 가령 『폭풍우』에서처럼 선한 쪽이 쥐고 있지만, 희극으로부터 멀리 떨어져나감에 따라 대립은 점차 심각한 것으로 된다.

안티마스크의 등장인물들은 익살스러운 것에서 불쾌한 것으로 변하고, 이후로는 그들 쪽이 마술의 능력을 손에 넣는다. 이 단계를 대표하는 것은 밀턴의 『코머스』이며, 이 극은 교훈극에서 선악의 공공연한 대결에 매우 가깝다. 교훈극으로 해서 우리는 가면극의 또 하나의 영역으로 들어가는데, 여기서는 이것을 원형적인 가면극이라고 부르겠다. 적어도 유럽 대륙에서는 이것이 20세기의 하이브라우적인 연극의 지배적인 형식이 되고 있으며, 또 대부분의 실험적인 오페라와 고답적인 영화의 지배적인 형식이기도 한 것이다.

이상적인 가면극은 관중의 중심이 되는 한 사람의 인물을 지시하며, 그렇게 함으로써 관중을 개별화하는 경향이 있다. 소단위(보통 두 사람씩)로 해서 어둠 속에 앉아 있는 영화의 관객조차도 비교적 개별화된 관중인 것이다. 우리가 희극에서 멀어져감에 따라서 고독의 의식이 점차 강해지는 것이 눈에 띈다. 스펙터클 극의 여러 형식처럼 원형적인 가면극도 그 장면들을 특정한 시간과 공간에서 떼어놓는 경향이 있지만, 이상적인 가면극에서의 아름다운 전원 대신 우리는 자주 불쾌한 지옥의 변방으로 들어가는 것이다. 『에브리맨』[128]에서의 생사의 분계점, 마테를

---

128) 14세기경의 작자 미상의 영국 교훈극으로, 우의적인 수법을 사용한 대표적인 극이다. 주제는 죽음에 대면한 인간(everyman)의 영혼을 놓고 선과 악이 벌이는 투쟁을 그린 작품이다. '죽음'의 부름을 받은 에브리맨은 세속적인 모든 친구에게 버림을 받지만, '선행'만이 그와 함께 동행한다는 교훈적인 내용으로 차 있는 작품이다.

링크의 하계의 출구 없는 토굴, 표현주의 연극에서의 미래의 악몽 등이
그 예이다.

우리가 이 형식의 근본원리에 가까워져가면 거기에 하나의 신체에서
의 합일이라는 성극의 상징이 또다시 모습을 나타내는 것을 보게 된다.
그 상징은 다만 심리적·주관적인 형식으로 나타나며, 또 그 상징에는
신이 나타나지 않는다. 원형적인 가면극의 극적 전개는 여러 인간 유형
이 사는 세계에서 일어나는데, 그 가장 집중적인 형식에서는 이 세계가
인간 정신의 내부 풍경이 되고 있다. 『인간』과 『인내의 성(城)』 같은 오
래된 교훈극에서조차 그것이 밖으로 드러나고 있으며, 또 적어도 마테
를링크,[129] 피란델로,[130] 안드레예프,[131] 스트린드베리[132] 등의 대부분 작
품이 그것을 암시하고 있다.

이와 같은 장면설정 아래서 성격묘사는 자연히 한 인격의 여러 가지
구성요소와 단편으로 분해되어 나타나는 것이 될 수밖에 없다. 이 때문
에 필자가 이 형식을 원형적 가면극이라고 일컫은 것이며, 이 경우 원
형이라는 말은 융적인 의미, 즉 극적 투사를 할 수 있는 인격의 한 측
면이라는 의미로서 사용되고 있다.

현대에서의 우의적, 심리적, 그리고 표현주의적 극들의 성격 묘사—
서커스 손님을 끄는 사람들, 망령 같은 여자들, 수수께끼 같은 현자들,
망상에 홀려 있는 악귀 등—를 해명하는 데에는 융의 페르소나
(persona), 아니마(anima), 충고자(counsellor), 그림자(shadow)[133] 등

---

129) Maurice Maeterlinck(1862~1949) : 벨기에의 시인·극작가.

130) Luigi Pirandello(1867~1936) : 이탈리아의 극작가.

131) Leonid Andreyev(1871~1919) : 러시아의 소설가·극작가.

132) August Strindberg(1849~1912) : 스웨덴의 극작가·소설가.

133) 이 전부가 융(Karl Jung)의 이른바 '원형'으로, '페르소나'는 인간의 사회
  적인 인격, '아니마'는 원형적인 여성상(아름답고 우아한 것과 무섭고 추
  한 것의 양면을 가지고 있음), '충고자'(현명한 노인의 모습을 취함)는 진
  실한 자아, '그림자'는 억압된 동물적인 본능(악마나 야만인 등의 모습을

의 개념이 크게 유효하다. 교훈극에 등장하는 의인화된 여러 추상 관념과 즉흥 희극—즉흥 희극은 이 장르의 원시적 선조의 하나이다—의 판에 박은 듯한 여러 유형도 비슷한 구성을 갖고 있는 것이다.

고독감에는 혼란과 공포의 의식이 따라붙는다. 마테를링크의 초기 극 작품은 거의 공포의식에 집중되어 있다. 그리고 정신적인 것의 투영이 물리적인 실체가 되고, 또 그 반대의 경우도 일어나, 환상과 현실의 구별을 끊임없이 뒤엎음으로써 행동은 분열되어 서로 반사하는 거울과 같은 만화경적인 무질서 속으로 떨어지는 것이다. 독일 표현주의 연극에서의 폭동 장면과 차페크 형제[134]의 기계에 대한 환상 등은 사회적인 맥락에서 생기는 그와 똑같은 해체를 나타내주는 것이다.

장르라는 관점에서 가장 흥미 깊은 원형극의 하나는 안드레예프의 감동적인 작품『검은 가면을 쓴 자들』인데, 작자는 이 작품에서 개인의 고귀한 성곽의 파멸(이것이 표면에 나타나 있는 주제이다)뿐만 아니라 근대 러시아 사회 전체의 붕괴를 반영시켰던 것이다. 이 작품에서는 인격을 분열시키는 두 그룹의 요소가 구별되어 있는데, 한쪽은 죄책감에 관계되어 있고, 또 한쪽은 죽음의 열망에 관계되어 있다. 그리고 이 작품에서 인간의 영혼은 악마의 무리에 의해서 함락된 성으로서 나타나고 있다. 확실히 원형적인 가면극이 이상적인 가면극에서 떨어져 나오면 떨어져 나올수록 그것은 그만큼 해방된 안티마스크, 즉 지위나 신분을 가리지 않고 제멋대로 놀아나는 사티로스(satyros)들의 허물없는 잔치의 모습이 되어 나타난다. 세련된 모든 극 형식 가운데서 가장 원시적 형식의 발견 또는 인지로 향해서 나아가는 것이다.

원형적인 가면극은 또 한편의 경계선에서는 성극에 닿아 있는데, 여기서 우리는 니체가 비극이 탄생하는 곳이라고 지적한 지점에 도달하게 된다. 이 지점은 사티로스들의 그러한 잔치에 발맞추어서 위

취함)을 각각 나타낸다.

134) Capek 형제 : 20세기의 체코 문학가. 로봇을 등장시킨 최초의 극작가이다.

풍당당한 신이 출현하여 디오니소스와 아폴로가 일치하는 지점인 것이다. 극에서의 이 제4의 방위점(方位點)을 현현(顯現)의 지점, 극에서의 묵시의 지점, 신적인 것과 악마적인 것이 분리되는 지점이라고 불러도 좋다. 이 지점은 단순히 인간적인 차원에서의 신적인 것과 악마적인 것의 혼합인 마임과는 정반대의 지점이다. 이 지점이 현현의 지점의 극적인 형식이며, 그 가장 잘 알려진 예가 「욥기」의 결말이다. 「욥기」는 비극에서부터 심포지움을 거쳐 완전한 원환을 그린 뒤, 이 현현의 지점에서 끝나는 것이다. 여기서 두 괴물인 하마 같은 괴물[135]과 리바이어던이 아주 흔히 보이는 악마적인 동물들을 대신하고 있다.

아리스토텔레스로부터 호라티우스에 이르는 고대의 비평가들은 목양신극(牧羊神劇, satyros play)이 비극의 기원이 되었던 것을 분명히 알고 있었으나, 어떤 이유로 해서 비극이 이처럼 난잡하고 상스러운 소극(笑劇)에서 나오게 됐는가에 대해서 이해하려고 고심했다. 중세의 극이 종교적 성극과 영웅적 성극으로부터 비극으로 전개되었다는 사실이 이것보다 훨씬 상세하게 알려져 있으므로 그 발전 과정은 한층 명백하다.

성서극 중 가장 명료한 현현의 성격을 갖고 있는 극은 지옥 정복의 극(Harrowing of Hell Play)이며, 성스러운 구세주가 반항하는 악마를 무찌르는 모양을 그리고 있다. 이 극에 등장하는 악마들은 그리스의 목양신들과 아주 닮은 기독교적인 형태를 취하고 있다. 그리스도를 직접 다루는 성서극에는 대체로 목양신들과 아주 비슷한 무리들이 늘 붙어 다니고 있기에 『제2의 목인극』(*Secunda Pastorum*)[136]에서처럼 그들은 경외감을 불러일으킬 만큼 길들여져 있다든가, 십자가 극과 헤롯 극에서처럼, 의기양양하게 악랄한 짓을 한다든가 한다.

---

135) 「욥기」, 40장 15~24절.

136) 타운리 극군 가운데 그리스도가 탄생하는 날 밤의 양치기들을 그린 극이다.

그리고 그리스 비극이 목양신극을 보존하고 발전시킨 것처럼 엘리자베스 시대의 비극도 어릿광대의 장면과 말로의 『파우스투스 박사』와 그 후의 많은 비극에서의 소극적인 곁줄거리 속에 목양신의 요소를 남기면서 이 요소를 대위법적으로 사용하고 있다. 『맥베스』의 문지기, 『햄릿』의 무덤 파는 인부, 『안토니우스와 클레오파트라』의 뱀 부리는 자 등이 나오는 그 뛰어난 삽화들도 똑같은 요소에서 나온 것인데, 목양신극에 대한 것을 잊어버리고 있었던 고전주의 비평가들은 이 요소에 크게 당황했던 것이다. 아마 『타이터스 앤드로니커스』도, 만일 우리가 이 극을 정복되지 않는 지옥, 외설스럽고 시끄러운 악마들의 목양신극이라고 생각할 수 있으면 극으로서 더욱 이치가 통할 수 있는 것이 될 수 있으리라.

성서극에는 성탄절과 부활절이라는 두 개의 결절점(結節點)이 있다. 후자는 승리한 신의 모습을 나타내고, 전자는 조용한 처녀＝어머니의 모습을 나타내는데, 그녀 주위로 왕들과 목인(牧人)들이 가면극처럼 행렬을 짓고 모여든다. 그녀는 이상적인 가면극에서의 관람하는 여왕 또는 귀부인의 모습과는 정반대의 극에 서 있는 인물이며, 이 두 인물의 중간에 『코머스』에 등장하는 덕망은 있지만 무력한 귀부인이 있다. 어떤 화해, 합일, 질서 등을 상징하는 여성상이 괴테의 『파우스트』와 입센의 『페르 귄트』 같은 대규모의 파노라마적인 가면극의 결말에 어슴푸레하게 모습을 나타내는데, 전자의 '영원히 여성적인 것'에는 그 전통적인 연관관계가 얼마간 남아 있다.

현대에서 똑같은 현현의 형식을 취한 예는 클로델의 성수태고지극(聖受胎告知劇)에서 예이츠의 『백작부인 캐슬린』[137]에 이르기까지 가지각색이지만, 예이츠의 여주인공은 실제로 아일랜드의 여성 그리스도이

---

137) 예이츠(W.B. Yeats)의 극(1889). 아일랜드가 기근으로 고생할 무렵 성인으로 변장한 악마가 인간의 영혼을 사들이면서 돌아다닐 때 캐슬린은 자신을 희생하여 사자(死者)들을 구속(救贖)하고 천국으로 인도된다.

며, 동포를 위해 자신을 희생하고 또 순백한 성격에 의해서 악마들을 물리치는 것이다. 이것은 안셀무스 이전의 속죄설[138]에 아주 가깝다. 예이츠가 자신이 단 주에서 말하고 있는 것처럼 이 이야기는 이 세계 최상의 비화(譬話) 가운데 하나이다.[139]

주제 문학의 형식(서정시와 에포스)

극은 음성과 이미지의 외적인 모방이고 서정시는 그 내적인 모방이며, 또 극 또는 서정시 어느 쪽의 장르도 얘기하는 사람이 듣는 사람

---

138) 11세기의 스콜라 철학자 안셀무스(Anselmus) 이전에는, 그리스도의 죽음은 인간을 속죄하기 위해서 타락 후 인간의 권리를 쥐고 있던 악마, 즉 사탄에게 지불된 몸값이라는 해석이 커다란 힘을 가졌다. 이 해석의 대표적인 주창자는 오리게네스로, 안셀무스는 그리스도의 죽음이 사탄에게 지불된 몸값이 아니라 아버지 하느님께 치러진 빚이라 했다.

139) 프라이가 논의한 극의 여러 형식은 다음과 같은 도식으로 요약할 수 있다.

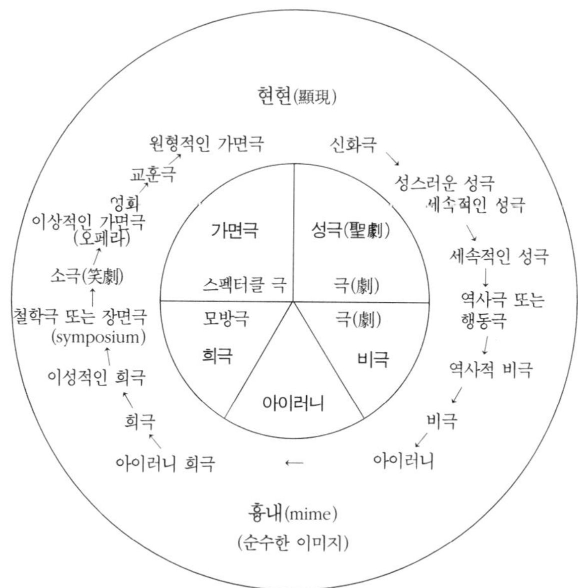

에게 직접 말을 거는, 말하자면 직접적인 전달의 모방이 아니라는 것을 우리는 말하였다. 또 첫번째 에세이의 관점에서 보면 극은 서사적(이야기 중심적)인 양식, 서정시는 주제적인 양식이 되는 경향이 있다. 극의 여러 특수형식을 개관하기 위해서 우리는 그 형식들을 이야기의 원환으로서 생각하는 것이 가장 편리하다는 사실을 알았으며, 더구나 이같은 생각에 의해서 극의 종류를 대충이나마 그런 대로 도움이 되는 방향으로 분류할 수가 있었다.

여기서 우리는 그것에 대응하는 주제의 원환을 개관하고, 그리고 서정시와 에포스*(변론적인 산문을 포함함) 중에서 여기에 포함되어도 괜찮을 정도로 주제 중심적인 것이나 서정시에 가까운 것에 이 개관을 적용시켜보려고 하는 것이다. 순수한 이야기 시는 이야기이기 때문에 이 시가 삽화적일 때는 극에, 백과전서적일 때는 뒤에서 고찰하게 될 산문 픽션에 속한다.

그러나 분명히 서정시는 어떠한 주제를 가져도 좋으며, 또 그 모양도 어떠한 것이라도 좋다. 관객에 의해서 극은 양식화되고, 또 무대극이면 기본적인 제시방법에 의해서 양식화되지만, 서정시에는 그와 같은 것은 없다. 그러므로 이 개관에 의해서 서정시의 여러 특수 형식을 분류하지는 않을 것이며, 또 그것을 분류하는 것이 우리의 목적은 아니다. 이 개관의 목적은 서정시와 에포스에서의 주된 관습적인 여러 주제를 기술하는 데 있는 것이다. 이 경우에도 그 목적은 시들을 여러 가지 범주에 '끼워넣는' 것이 아니라 관습적인 여러 원형이 어떻게 관습적인 여러 장르에서 구체화되고 있는가를 경험적으로 보여주는 데 있다.

먼저 탁선(託宣)에서 보이는 것과 같은 연상과정에서부터 출발하자. 우리는 이 과정을 서정시의 동인의 하나로서 인식하였는데, 이 과정은

---

* 서정시와 에포스 사이에 개재하는 장르의 여러 단계라는 문제는 극도로 복잡한 것이므로, 이 글에서는 생략할 수밖에 없었다.

극의 경우에 현현(顯現)이라고 일컬었던 것에 해당한다. 이 동인의 가장 직접적인 산물의 하나가 종교시의 한 형식이며, 이의 특징은 음성의 집중과 의미의 애매함이다. 홉킨스의 시는 가장 잘 알려진 현대에서의 그 한 예이다. 복잡미묘한 정형련의 패턴을 갖는 종교시, 가령 『진주』와 허버트의 대부분의 시에서 우리는 복잡한 패턴 속에 있는 운을 발견하고, 그 패턴 속에 언어를 배열하는 정성스러운 훈련이 이 형식 특유의 억제된 기지, 즉 **지성의 희생**[140]을 느끼게 하는 데 적합한 방법이라는 것을 깨닫게 된다. 이 복잡한 언어 패턴은 영국에서 문학의 발단 시기에 나타나는 앨드헬름[141]의 아크로스틱(acrostic)[142]을 거쳐 히브리 시편에까지 거슬러 올라간다.

대부분의 신성한 경전은 동음이의의 말장난과 언어의 반복이 풍부한 문체로 씌어 있음을 우리는 인식하고 있으며, 이와 같은 문체에서는 산문과 운문의 리듬의 구별이 일관성 있게 느껴지지 않는 경우가 자주 있다. 여러 가지 영어 번역의 성서, 특히 1611년판(히브리어의 동음이의 말장난은 별도로 하고)은 이 탁선적인 산문=시(prose-verse)의 리듬을 훌륭하게 보존하고 있다. 『코란』의 노래하는 것 같은 기묘한 억양은 아주 순수한 탁선적인 문체의 예이며, 또 고대의 신탁에서의 시적인 애매함도 똑같은 관습에 속한다. 이런 성질들의 자취는 종교시를 통해 남아 있다. 즉 영국 문학에서는 앵글로 색슨 시대로부터 T.S. 엘리엇의 『성회(聖灰) 수요일』의 다섯번째 섹션의 서두에 이르기까지 계속되고 있는 것이다.

지금까지 언급한 바에 의하면 탁선이 변론적인 산문의 리듬의 배아 또는 발생점이라는 것이 명백하다. 이것의 가장 뚜렷한 산물이 기도이다. 그리고 기도란 병렬구문을, 즉 짧은 구로 연결된 구문을 자유시에

---

140) 「고린도 후서」, 15장 5절.
141) Aldhelm : 7세기 영국의 사교(司敎).
142) 각 행의 처음(또는 처음과 끝)의 글자를 맞추면 한 어구가 되는 시.

가까운 리듬으로 결부시키는 수사법을 필요로 하는 것처럼 보인다.

아폴로 신에게 바치는 송가(頌歌), 히브리 시편, 기독교의 찬송 또는 힌두의 베다 등에 의해 대표되는, 보다 더 공적인 종교적 서정시에서는 리듬이 보다 당당하고 간단하며 엄숙하게 된다. 이런 종류의 시에 나타나는 '나'는 함께 예배하는 눈에 보이는 공동사회의 일원이며, 구문과 어법은 덜 애매한 것이 된다. 이와 같은 경우 역점은 보통 신의 위광과 객관성에 놓여지며, 그리하여 이와 같은 서정시는 외적·사회적인 규범에 대한 인식을 반영하고 있는 것이다.

시편이나 찬미가에 대응하는 서사적인 에포스 형식은 신에 대해서 보다 더 일관성 있는 설명을 해준다. 이 신화는 주로 두 부분으로 되어 있다. 하나는 전설이며, 신의 성장이나, 신 자신의 백성과의 교제관계를 얘기한다. 또 하나는 신이 요구하는 제의에 대한 서술이다. 그 첫번째 부분은 차츰 두번째 부분으로 유도되고, 그리하여 두번째 부분에 대한 설명을 제공해준다. 호메로스의 찬가[143]는 주로 전설에 관한 것이고, 베다 찬가는 과거에 관한 전설을 현재에 관련되는 제의에 종속시키는 경향이 있다. 여기에 비교될 수 있는 것은 성서의 첫머리에 나오는 'P' 자료[144]에 의한 창조 설화이며, 이 창조 설화는 칠 일간의 창조가 각각 시절(詩節)의 형식을 취하고, 대부분의 찬가와 비슷한 성질을 갖고 있다. 여기에는 창조 설화의 클라이맥스로서 안식일이 규정되고 있다. 우리가 뒤에 다루게 될 보다 열광적인 또는 보다 디티람보스(dithyrambos)[145]적인 형식과는 대조적으로, 송가나 시편에서 신자의 소원은 신과 일체가 되는 것보다는 오히려 신의 신자로서 여김을 받는

---

143) 호메로스 작이라고 생각되는 것으로, 신들을 찬미하는 시를 모아놓은 시집이다.

144) 모세 5경을 구성하고 있는 네 개의 주요 문헌 가운데서 제일 나중에 문서화된 것(바빌론 포로 후기). 제의의 강조, 형식적 문체, 하느님의 의인화와 원시적 관념의 배제, 족보를 사용한 역사체계 등의 특징을 지닌다.

145) 디오니소스 신을 기리는 합창가. 여기에서 그리스 비극이 유래되었다고 본다.

것이다.

찬미시에 밀접하게 연관되는 것으로서 영웅이든 왕이든 간에 인간으로서 신의 대표자인 존재를 찬양하는 송가가 있다. 히브리 시편의 일부, 특히 「시편」 45장에서는 왕은 신과 인간의 중개자로서 나타나고 있는데, 이와 같은 왕의 관념에서 자신의 백성 때문에 영광의 정상과 고통의 밑바닥을 다 같이 경험하는 다윗의 아들, 메시아의 모습이 나오게 되는 것이다. 그리스 문학에서 핀다로스풍(風)의 송시의 중심 인물은 경기에 우승하는 선수이며, 그는 인간이지만 제의를 통해서 신과 이어지는 존재로, 이 점을 송시에 포함되어 있는 신화와 전설이 보여주고 있다.

로마 시대의 황제와 국가에 바치는 경의도 또한 신화적 찬미시의 대상이었다. 이 계통으로는 베르길리우스의 『목가』(牧歌) 제4번, 칼푸르니우스의 『목가』 제1번, 그리고 호라티우스의 『불후의 노래』(Carmen Saeculare) 등이 있다. 찬미시의 주요 형식은 뒤에 가서는 궁정풍 연애의 귀부인을 찬미하는 시로 되었다. 찬미문은 또한 수사적 산문 형식의 하나이기도 하며, 주제가 인간일 경우에는 아주 인상적인 작품을 남기지는 않지만, 한층 비개성적인 방향으로 꽤 유연성을 발휘한다. 문화의 여러 가지 측면, 특히 시의 혜택을 찬양하는 찬미문이 흔히 변명 또는 변호라는, 반쯤은 법률적인 양상을 띤 채 때때로 나타난다. 시 그 자체에서도 음악을 찬미하는 성 세실리아 송시 등의 형식이 있다. 축혼가(epithalamium), 개선가 그리고 기타 이와 비슷한 축하의 시나 행렬의 시도 찬미시의 일종이다. 찬미시는 자연히 공적인 여러 관습에 따르는 것이기 때문에 그것은 이따금 서정시와 **에포스**, 양쪽의 특징을 결합하고 있는 장대한 형식을 취하고 있다.

찬미시에서 시인은 독자에게 함께 뭔가 어떤 것을 주시하도록 권유한다. 그 어떤 것이 눈에 보이는 존재가 아닐 경우, 그것은 모든 종류의 애국적인 시가 그렇듯이 공동사회의 시인 것이다. 공동사회의 시로 해서 우리는 서정시의 다음 방위점, 즉 앞서 주문(呪文)이라고 정의한 방위점(方位點)에 온 것이다. 이 주문은 어떤 종류의 육체적 또는 반육체적인 강박에 대한 반응이지만, 아마도 추진이라는 말을 사용하는 편이 좋을지 모르겠다.

사람들은 어렸을 때부터 이런 타입의 주문의 교육을 받는데, 그것은 먼저 동요에서부터 시작한다. 갓난아이는 그 리듬에 맞추어서 흔들기도 하고 또는 뛰기도 하며, 그 주제는 어린아이에 대한 애정어린 공격 같은 것을 포함하고 있다. 계속해서 대학의 옐, 성원의 노랫소리, 기타 비슷한 형식의 참가의례(participation mystique)가 있다. 국가(國歌)도 시와 공동사회의 밀접한 연관을 예시하는 또 하나의 형식이다. 예전의 사회에서는 평화시에는 노동가, 전시에는 군가를 볼 수 있는데, 양쪽이 다 똑같은 성질을 갖고 있다.

에포스로 발달한 여러 형식 가운데 가장 잘 알려져 있는 것은 발라드이며, 그 특징의 대부분—가령 후렴의 구가 계속 첨가된다든가, 자주 그 서두에 경청을 요구하는 문구가 있다든가 하는 등—은 공동사회의 시에 매우 가깝고, 그렇기 때문에 일부 학자들은 발라드는 본래 공동사회 전체가 만들어낸 것이라고 믿게 되었다. 주문(呪文)에 해당하는 변론적 산문의 방위점은 훈계 또는 종용이며, 이 훈계 또는 종용에 의거한 긴 산문형식 가운데 서구 문학에서 가장 고도의 발전을 가져온 것은 설교이다. 다른 형식들에 대해서는 뒤에 언급하기로 하겠다.

참가의례란 본질적으로 발작적인 것이다. 이 의례는 원시사회에서는 춤에 의해서, 퇴폐한 사회에서는 연설에 의해서 몇 시간에 걸쳐서라도 계속될 수 있겠지만 문명사회에서는 배경으로 후퇴한다. 문학에 찬미의 요소가 눈에 띄지 않을 때 그것은 보통 죽음이 눈에 보이지 않더라도 존재하고 있음을 의미하는 것이다. 죽은 자에게 찬미를 바치는 장송 송시(葬送頌詩)는 성극에 대응하는 관습적인 시형과 비극에 대응하는 관습적인 시형의 중간에 있다.

여기서 우선 눈에 띄는 것은 영웅, 친구, 지도자 또는 애인 등의 죽음을 애도하는 애가 또는 만가(挽歌)이다. 이 애가 또는 만가는 신화적으로 확산되는 경향이 강하다. 즉 대상이 이상화되는 것뿐만 아니라 고귀하게 되어서 자연 신령이나 빈사의 상태에 있는 신의 모습으로 바뀐다. 목가적 애가는 전통적으로 그 대상을 아도니스와 동일시하며, 만가에서의 여러 가지 관습의 중심을 이루고 있다. 워즈워스의 『루시 시편』의 몇 수를 보면, 우리는 매우 짧은 단순한 애가도 이와 같은 이미지를 흡수할 수 있음을 알 수 있다.

이것에 대응하는 변론적인 산문의 형식은 추도연설로서, 현대의 몇 가지 종류의 추도기사 속에 그대로 남아 있다. 산문을 매체로 하는 것은 당연한 일이지만, 이 경우에 신화적 확대는 그렇게 두드러지지 않고 그 대신 교리적 또는 관념적인 확장이 자주 일어난다. 비극적인 찬미시는 희귀하기도 하고 어렵기도 한 에포스 형식이며, 이 형식에서 주인공은 승리의 영웅으로서 뿐만 아니라 비극적인 인물로서도 나타난다. 그 대표적인 예는 마벌의 크롬웰에 대한 송시, 또 그 원형인 호라티우스의 레굴루스[146)를 노래한 송시이다.

보다 더 고립된 형식의 애가가 비명시(碑銘詩, epitaph)라는 관습적인 시형으로서 나타나는데, 이 비명시는 한 인생 전체의 모습을 보여준다. 그 어조는 찬미스러운 것에서부터 상스러운 것에 이르기까지 가지각색이지만, 『그리스 명시 선집』[147)에서조차 본래의 기능—즉 표식, 말하자면 통행자의 발을 멈추게 하여 억지로 읽게 하기 위하여 눈에 보이는 곳에 세워진 것—이 얼마간 남아 있다. 이것에 대응하는 에포스 형식은 역사적 비명시, 즉 사라져버린 과거에 대한 명상을 나타내는 시이며, 이 시가 폐허에 대해서 갖는 관계는 개인적인 비명시가 비석에 대해서 갖는 관계와 똑같은 것이다. 산문에서는

---

146) 기원전 3세기의 로마의 장군. 카르타고에 패하고서도 굴하지 않아 살해되었기 때문에 로마의 국가적인 영웅이 되었다.

147) 기원전 5, 6세기 시인들의 작품이나 에피그램을 모아놓은 것이다. 기원경에 이미 존재해 있었고, 후에 계속 증보되어갔다.

브라운의 『항아리의 매장』에 의해서 대표되는 우울한 수사적 명상록이 있다.

아이러니에 더욱 가까운 것은 영탄, 즉 추방, 버림받은 신세, 더 나아가서 잔혹한 처사에 대한 항변을 노래한 시이다. 이리하여 사람들의 주의를 구하고자 하는 인물은 비명시의 대상이 되고 있는 유해와는 달리 자기 자신을 위해서 노래할 수 있는데, 이 경우 보통 바로 시인 자신이 그런 인물로서 나타나고 있다. 궁정풍 연애의 관습 대부분이 이 주제에 포함되어 있으며, 그 중심을 이루는 원형은 남을 비웃기를 좋아하는 무자비한 귀부인의 모습이다. 이 인물상은 목가적인 애가의 본래의 모습이 아이러니에 의해서 역전된 인물인 것이다.

아도니스의 죽음을 애도하는 자로서는 비너스가 가장 이치에 맞는 인물이다. 그러나 특히 그 신화가 주제로 되어 있을 때를 제외하고 문학에서의 비너스는 거의 그와 같은 애도를 하지 않는다. 그런데 대부분의 궁정풍 연애시에서 사랑하는 자의 모든 고통과 죽음은 귀부인이 야기시킨 것이다. 이 양면적인 여성상을 우리는 이 장의 후반부에서 다시 만나게 될 것이다. 영탄이 확대되어 에포스 형식을 취하기가 쉬운데, 그 중에는 셰익스피어의 두 개의 이야기 시[148]에서처럼 감정의 초점이 파국에 있는 것이 아니라 파국 뒤에 오는 비탄에 있는 그런 비극 이야기들이 포함되어 있다.

비극적인 아이러니의 국면을 대표하고 있는 것은 극단적인 형식의 무감동 또는 권태를 취하고 있는 우울의 시이다. 이 시에서 개인은 지나친 고립 속에 있기 때문에 자신의 현존재를 죽은 것과 다름없는 삶이라고 느껴버린다. 보들레르의 『거녀』(巨女)에서 남을 업신여기는 귀부인의 모습은 보다 불길한 빛을 띠고 있으며, 또 죽음의 주제는 단지 육체의 분해라는 식으로 나타나 있다. 즉 중세의 어떤 시가 표현하고 있듯이, '진흙 위의 진흙'이라는 식으로 나타나고 있다.

---

148) 『비너스와 아도니스』(1593)와 『루크리스』(1594)를 가리킨다.

이 국면에 적합한 에포스 형식은 죽음의 춤, 사멸해가는 공동사회의 시이다.

다음 방위점은 이름 붙이기가 어렵다. 홉킨스의 조어를 빗대어 '외경'(外景, outscape)의 시라고 불러도 좋을지 모른다. 이것은 극에서 우리가 흥내라고 부르는 것―즉 비극과 희극에 공통되는 아이러니의 중심―에 대응하는 서정시적인 형식으로, 순수한 객관성을 투영하는 관습적인 시형인 것이다. 이런 시의 이미지, 상황 또는 정조를 바라보면 상상력의 에너지 전부가 시인으로부터 떠나서 그 이미지, 상황 또는 정조를 향해서 투사되고 있다. 경구(警句)라는 말을 가장 넓은 의미로 사용하면 이와 같은 성질의 일부를 규정하는 것이 된다. 그것도 보통의 용법에서 경구라는 말은 희극과 풍자의 방향으로 강하게 기울고 있다는 점을 제외하면 그렇다는 것이다.

중국이나 일본의 서정시는 주로 서구와는 아주 대조적으로 이 관습에 의거하고 있는 것처럼 생각되는데, 서구에서의 경구는 감정을 서로 교차하기도 하고, 또 수사적으로 어떤 주장을 하기도 하는 경향이 훨씬 강하다. 셰익스피어의 소네트의 일부, 가령 '부끄러움에 쓸데없이 영혼을 탕진하고'(The expense of a spirit in waste of shame)[149] 등은 그 예외이다.

이것에 대응하는 산문의 방위점은 속담 또는 격언이다. 속담 또는 격언이 성서의 지혜문학[150] 같은 형식의 배아를 이루는 것이다. 이것은 탁선과는 반대의 극에 있으며, 경거망동을 꾸짖는 타입의 풍자에 가까운 것이다. 속담은 현세적인 또는 순수하게 인간적인 탁선이다. 즉 그것은 똑같은 수사적 특징, 말하자면 두운, 모음 압운, 병렬구조 등을

---

149) 『소네트』, 129번 1행.

150) 구약성서 및 외경 가운데 신의 지혜와 인간의 지혜에 대해 씌어진 부분으로서, 실제적인 인생 교훈을 주고 있다. 「욥기」, 「잠언」, 「전도서」 등이 이에 속한다.

보통 갖고 있지만, 냉정한 의식과 비판적인 기지에 호소하는 것이다. 그것은 그 권위를 경험에서 *끄*집어낸다. 즉 속담에 담겨 있는 지혜는 앞서간 사람들이 시도하여, 시험을 겪은 것이다. 오직 어리석은 자들만이 새로운 것을 구하며, 중요한 미덕은 신중과 중용이다. 블레이크의 『천국과 지옥의 결혼』에 나오는 속담은 그 패러디이기에, 탁선 또는 현현의 관점에서 씌어진 것이다.

우리가 갖가지의 풍자의 관습적인 시형에 들어가보면 하디와 하우스먼 같은 서정적 형식이든, 드라이든과 포프 같은 **에포스** 형식이든 간에 경구와 속담이 갖는 여러 성질들이 여전히 그곳에 남아 있다. 이러한 시인들은 신비나 마력보다는 오히려 명석과 재기의 인상을 만들어내며, 그 기법은 의미의 압축에 중심을 두고 있다. 이 때문에 두 가지가 필요 불가결하다.

하나는 운율의 틀의 짜임이 긴밀하여 언어가 대충이나마 뚜렷한 순서를 이루고 나아가야 하는 것, 또 하나는 우리가 기대하고 있는 어떤 음의 패턴, 가령 압운 2행 연구의 풍부한 가락 등이 명료하게 나타나야 하는 것이다. 쓸데없는 음의 패턴이나 기대 밖의 음의 패턴——가령 동일한 행에서의 모음 압운이나 두운——은 최소한도까지 억제되어 있으며, 또 운율이라는 것을 제외하면 그 어법은 비수사적인 산문을 상당히 닮아 있으므로 그러한 시인의 시는 워즈워스의 주장을 따르고 있는 셈이다. 이 국면의 **에포스** 형식과 산문 형식, 가령 서간시와 공식적인 풍자시는 자연히 서로 밀접하게 관계를 맺고 있다.

풍자에서는 여전히 관찰이 중심을 이루고 있으나 관찰되는 현상이 불길한 것, 그로테스크한 것으로 옮겨감에 따라서 그 현상은 점점 더 환상적 그리고 비실체적인 것이 된다. **에포스** 형식들 가운데는 **죽음의 춤**에 대응하는 희극적인 형식, 즉 '유서'(遺書)의 시가 있다. 영문학에 가장 잘 알려져 있는 이것의 예는 자신의 죽음에 대한 스위프트의 시이다. 이 관습에 밀접하게 관련되고 있는 것이 존 던의 『일 주년 시』이며, 이 시에서 한 사람의 소녀의 죽음은 점점 확대되어서 보편적 풍자,

즉 '해부'가 되고 있다. 이 '해부'라는 용어를 우리는 뒤에 가서 다시 만나게 될 것이다.

우리는 희극에 대응하는 영역에 있으나 여전히 현실적인 경험의 비전 내에 머물고 있다. 역설의 시—즉 단순히 부수적인 기교의 하나로서가 아니라 어떤 형식의 역설이 주제가 되고 있는 시—는 풍자시에서 조금 떨어져 있는 관습적인 시이다. 이 타입을 가진 시의 대부분은 당연히 '형이상학' 시에서 발견되는데, 형이상학 시는 고의로 애써 짜낸, 그 결과 해학적인 것이 되고 만 기상(奇想)을 정규적으로 사용하고 있기 때문이다. 던과 허버트, 에밀리 디킨슨 등이 그 예이다.

역설에는 여러 가지 형이 있으나 종종 감정의 역설이기 때문에 그 결과 우리는 그 시를 진지하게 '받아들여야 할 것인가' 아닌가를 자주 의심스러워한다. 역설의 시는 경험의 희극에 속하고 풍자에 가까운 것이다. 그 이유는 시에서의 역설은 돈 키호테적인 열광적인 사랑이나 신앙을 대개 아이로니컬하게 취급하기 때문이다. 예를 들면 페트라르카[151]풍의 연애규정에 대해서 존 던은 '불임(不妊)의 천사들이 아주 좋아하는'[152] 연애방법이라고 말하기도 하고, 또 허버트의 일부 시에서는 오만한 덕성이 수치스럽게 허물어져서 인간성을 노출시키기도 하는 것이다. 파스투렐(pastourelle),[153] 즉 막다른 골목에서 끝나는 사랑의 대화라는 형식도 궁정풍 연애를 역설적으로 취급하는 방법

---

151) Francesco Petrarca(1304~74) : 이탈리아의 시인. 르네상스의 선구자.

152) 『엘레지』 18, 「사랑의 사닥다리」.

153) 양치는 시골 소녀가 자기보다 신분이 높은 청년의 구애를 받는 이야기가 대화체로 씌어진 중세의 시 형태. 라틴식에서는 구혼자가 주로 학자이며, 영국이나 프랑스식에서는 시인이 구혼자로 등장하는데, 때때로 성공적이기도 하지만 어떤 경우에는 아버지나 오빠가 나타나 사건을 끝내버리는 경우도 있다. 영국식에서는 시인이 소녀를 들판까지 따라가려 하나 소녀는 거절하다가 엄마를 부르겠다고 협박하기도 한다.

의 하나이다.

이것과 밀접하게 연관되고 있는 **에포스** 형식은 논판(論判)이며, 논쟁의 쌍방의 입장이 자세하게 이야기된 후에 심판자에게 위임되는데, 이 심판관은 자주 결정을 연기하고 있다. 희극과 법정의 상관관계를 연상케 하는 이 형식의 예로서는 『부엉이와 나이팅게일』, 초서의 『새의 의회』, 스펜서의 『무상(無常)의 시편』 등이 있다.

이것보다도 덜 애매한 형식으로서 서정희극이 있다. 이 서정희극을 대표하고 있는 것이 일상적인 경험에서의 순간의 쾌락에 근거를 두고 있는 향락의 시(carpe diem)[154]이다. 이같은 시의 분위기는 객관적으로뿐만 아니라 주관적으로도 초연한 분위기이다. 술에 취해 정신을 잃었을 때조차도 시인은 보통 의식의 고삐를 꼭 쥐고 있으며, 쾌락의 순간 그 자체도 전·후의 시간으로부터 분리되어 있다. 노골적인 환희를 노래하는 시의 대부분은 블레이크에서처럼 어떤 순진무구한 비전에 결부되어 있다. 가령 호라티우스에서부터 헤릭[155]에 이르는 위대한 에피큐리언 시인들은 경험의 세계에서는 기쁨이란 한계가 있으며, '무한한 어둠'의 심연 속에서의 한 순간에 불과하다는 것을 인식하고 있다. 헤릭에서조차 의복, 보석, 향료 등의 이미지, 민속을 즐겨 사용하는 것 등과 같은 많은 특징이 있는데, 이와 같은 특징은 희극보다도 오히려 가면극과의 유사성을 보여주고 있다.

서정희극의 영역에서 일상적인 경험의 극에 달하고 있는 것은 정온한 심경을 토로하는 시, 즉 에이론의 승리를, 또는 '대수롭지 않은 차분한 만족'을 노래하는 시이며, 돈 키호테적인 열정을 버리고 일상적인

---

154) 로마의 시인 호라티우스의 송시 Ⅰ, Ⅱ의 8행에서 나온 말로 carpe diem은 '현재 이 날을 놓치지 말라'는 의미이다. 내일 없는 현재만의 삶을 최대로 누리려는 삶의 자세를 나타내는 문학적 주제이다. 이러한 주제는 라틴 문학에서 시작되어 프랑스 르네상스 시와 16, 17세기의 영국의 연애시에 다시 유행하게 된다.

155) Robert Herrick(1591~1674) : 영국의 시인.

경험에 적응하는 조용한 마음을 나타내는 시이다. 워즈워스가 제창한 조용한 회상[156]이라는 원칙은 이 시인이 대부분의 낭만주의자들과는 대조적으로 일상적인 경험의 세계 속에 머무는 경향을 가지고 있음을 보여주고 있다.

정온을 나타내는 에포스 형식은 풍경시인 경우가 많은데, 이 시에서의 시인이 언덕에 올라 눈 아래의 광경을 내려다보고 있는 것은 이 시가 경험의 세계 속에서 현현의 지점을 모방하고 있다는 것을 뜻한다. 정온한 심정을 토로하는 시가 만일 심경 자체를 드러내주는 것 이외의 어떤 주제를 가질 것 같으면, 그것은 독자에게 개인적인 또한 은근한 소유 감정을 전하려고 하는 것이 된다. 여기에서 우리는 다음의 방위점, 즉 수수께끼와 만나게 된다.

기술적(記述的)인 묘사를 그 안에 숨기고 있는 것이 수수께끼의 개념이다. 주제는 기술되는 것이 아니라 그 주위에 말을 둘러쌈으로 해서 숨겨져 있는 것이다. 단순한 수수께끼의 경우 중심이 되는 주제는 하나의 이미지이며, 독자는 그것을 알아맞추도록, 말하자면 그 시와 그 시의 이미지의 명칭 또는 기호 상징을 결부시키도록 강요당하는 느낌을 갖게 된다. 수수께끼가 좀 복잡하게 된 형식이 우의상징(寓意象徵, emblematic vision)이며, 아마도 인간의 커뮤니케이션에서 가장 오래된 형식의 하나일 것이다. 이에 대해서는 설명하는 것보다 하나의 실례를 보여주는 편이 한층 손쉬울 것 같다.

주 여호와께서 내게 이르시되, 아모스야 네가 무엇을 보느냐? 내가 대답하되 다림줄이니이다. 주께서 가라사대, 보라 내가 다림줄을 내 백성 가운데 놓으리라.[157]

---

156) 워즈워스의 『서정 민요시집』의 2판(1800)에 부친 서문에는 "정적 속에 상기되는 정서"라는 말이 있다.

157) 「아모스」, 7장 8절.

다른 예언자들도 상징적인 짐을 진 모습으로 묘사되고 있다. 디오게네스[158]의 호롱불 등이 그러하며, 이와 같은 수사적 기법은 버크의 단검[159]의 시대까지 남아 있다. 똑같은 형식이 문학으로서 발달하였는데, 이 중에는 우의상징 그 자체도 포함되어 있다. 블레이크의 『호랑이』, 『해바라기』, 『병든 장미』 등, 또 허버트의 『도르래』 같은 회화적(繪畵的)인 기상(奇想)의 시가 이 전통에 속한다. 우의적인 비전과 현대소설에서의 문장(紋章) 이미지(heraldic image)[160]와의 관계는 쉽사리 간파될 수 있다. 수수께끼의 세번째 형식은 상징주의 속에 나타나고 있는데, 여기서 수수께끼는 대상으로서가 아니라 보통 어떤 분위기로서 그 속에 숨어 있는 것이다. 세련된 발달을 가져온 형식에 흔히 있는 일이지만, 그 똑같은 전통에 속하는 단순한 요소들이 여기에서도 흔적을 남기고 있다. 가령 말라르메의 '프틱스'[161]의 수수께끼가 그렇다.

수수께끼와 우의상징은 이에 대응하는 산문의 방위점, 즉 우화[162]나

---

158) 그리스의 견유철학자 디오게네스는 대낮에 호롱불을 켜들고 다니며 진실한 인간을 찾았다고 한다.

159) 영국의 정치가이자 철학자인 버크(Edmund Burke, 1729~97)는 프랑스 혁명 때 하원의 잠자리에 단검을 던지고는 "이게 프랑스의 우애다!"라고 외쳤다고 한다.

160) 등장인물 등에 늘 있는 이미지가 결부된 것을 말한다.

161) 말라르메의 『14행시』의 Ⅳ에 나오는 무의미한 말로서, 이 시에서는 '쓸모없는, 반향 좋은 공허의 장식물'이라고 일컬어지고 있다. '프틱스'(ptyx)라는 말은 많은 논쟁을 불러일으켜왔다. 이 신비스러운 말에는 어떤 의미가 주어져 있는가? 말라르메는 "나는 그것이 어떠한 언어에도 없는 말이라고 확신해왔다. 나는 각운의 마술을 통하여 그것을 창조하는 기쁨을 가지고 있는 한 그 말을 택하겠다"고 덧붙였다. 그가 이 '프틱스'를 구식 벽난로를 장식하는 데 쓰였던 조개껍질로 여겼고, 거기서 바다 소리를 들을 수 있는 것으로 생각했던 것은 의심의 여지가 없다. '프틱스'가 비어 있는 것은 동시에 잠잘 곳이 완전히 비어 있는 것과 영혼이 전적으로 순결한 것을 암시해주는 것과 같다.

비화(譬話)[163]—이 우화와 비화는 또한 에포스 형식이기도 하다—와 밀접한 연관이 있다. 이 두 형식 가운데 우화 쪽이 한층 단순하고, 단순한 수수께끼에 한층 가까운 것이다. 왜냐하면 우화에 교훈을 첨가하는 것은 수수께끼를 푸는 것에 해당하기 때문이다. 한층 고도의 발달을 가져온 형식이 비화이며, 교훈을 주입하려는 경향이 한층 강하다. 우화에서는 신화적 양식화—말을 하는 짐승 등—가 이야기의 정해진 특징이지만, 비화에서 양식화는 한층 덜 현저하다. 예수의 비화 가운데서 리얼리스틱한 의미에서 납득할 수 있는 영역을 넘어선 재료를 잘 이용하고 있는 경우는 단지 양과 산양의 비화[164]—이것은 하나의 묵시(默示)이지만—뿐이다.

헤릭의 앵초와 수선화에 관한 시들은 여전히 우화와 우의상징의 전통에 매우 가깝다. 그렇기 때문에 앵초에서 '교훈을 읽는다'고 말해도 조금도 어색한 점이 없는 것이다. 그럼에도 불구하고 헤릭의 수선화는 워즈워스의 수선화와는 달리 그 시인에게 직접적인 대상이 되고 있으며, 직접적인 대상이 된 이미지는 쉽사리 의인화되고 있다. 이 경우 우리는 극에서 가면극에 대응하는 영역에 있으며, 물활론적인 로맨스의 순진무구한 세계의 비전과 선경(仙境)이 다시 나타난다. 상상적인 대면의 시—여기에서는 시인의 기분과 시의 이미지가 밀접하게 연관되고 있으며, 이 연관은 이미지를 의인화하는 것으로 표현되고 있다—는 키츠의 송시(頌詩) 장르이며, 이 중에서 그의 『그리스 옛 항아리에 부치는 송시』는 우의상징의 시에 가장 가까운 것이다.

다음의 단계에 오는 것은 목가(牧歌)로서, 우리는 첫번째 에세이에서 언급한 로맨스 양식에 되돌아오게 된다. 연민과 공포는 여기에서는 쾌락의 양식이 되며, 보통 각각 미와 숭고라는 모습을 취하는 것이다.

---

162) 이솝의 우화 등을 가리킨다.

163) 신약성서에서 그리스도의 비유 이야기 등을 가리킨다.

164) 「마태복음」, 25장 31절 이하.

일반적으로 이 두 개는 대립하는 것으로 여겨지고 있다. 전원적인 분위기와 우수의 분위기를 주는 밀턴의 시[165]의 멋진 두 대조적인 부분이 그 좋은 예이지만, 때로는 무아의 경지가 너무 완벽하기 때문에 이 두 개의 분위기가 하나로 합해지는 것 같은 시가 존재한다. 마벌의 '녹색의 시'[166]의 일부가 그와 같다.

그러나 순진무구한 세계의 비전이 통일되면 이에 대립하는 경험세계의 비전이 재현하는 경우가 많다. 우리는 이 관습을 확대된 의식의 시라고 부를 수 있겠는데, 이와 같은 시에서 시인은 그의 경험의 비전이 초래하는 카타르시스를 그의 영적이고 불가시적이며 또는 상상적인 세계의 비전이 초래하는 망아와 평형시키는 것이다. 극에서 이것에 대응하는 여러 형식과 똑같이, 이것은 인생의 직접적인 모방이 아니라 스펙터클에 의한 인생의 모방이며, 별개의 비전이 그곳에 동시에 존재하기 때문에 일상적인 경험의 세계를 내려다볼 수 있는 것이다.

이와 같은 스펙터클에 의한 모방은 극에서는 스펙터클뿐만 아니라 음악의 도움으로 달성된다. 음악과 회화는 다만 언어적인 관념에 불과한 비극이나 희극을 표현할 수가 없다. 우리가 만일 그들에게 적당한 어떤 문학적인 표제를 가지고 있다면 음악과 회화는 비극이나 희극에 어울리게 할 수 있는 여러 분위기를 표현할 수 있다. 현대에서 확대된 의식의 시의 예로서 가장 인상적인 것은 엘리엇의 『4중주』와 릴케의 『두이노의 비가』이다. 한쪽에서는 음악에 대한 언급이 있고, 또 한쪽에서는 회화적인 이미지들이 있기 때문에 이 장르, 즉 확대된 의식의 시가 시보다는 분명히 훨씬 더 말을 하지 않는 음악이나 회화에 가까운 것임을 말해주고 있다.

다음에 오는 관습적인 시형을 우리는 인식의 시라고 부를 수 있다.

---

165) 『쾌활한 사람』과 『침울한 사람』을 가리킨다.
166) 『빌보로의 언덕과 작은 숲』, 『애플턴 집』, 『정원』 등.

이 시는 꿈과 깨어남의 보통의 관계를 역전시키는 시이며, 그 결과 경험 쪽이 오히려 악몽처럼 보이는 시이다. 이 관습에 속하는 **에포스** 형식에는 중세의 사랑의 비전이 포함되어 있는데, 여기에서 우리는 직접적인 인간관계의 **스펙터클**이 불가사의한 세계 속에 놓이게 됨으로써 실현되는 것을 또다시 보게 된다. 서정시의 여러 형식들 가운데 장르라는 관점에서 볼 때 이것의 아주 순수한 현대의 예는 엘리엇의 『마리나』인데, 이 시는 이 시에 대응하는 극의 여러 형식에 가깝다.

릴케의 오르페우스의 소네트도 대부분 이것에 속하며, 이것은 또 본[167] 과 트러헌[168]의 중심을 이루는 형이기도 하다. 산문의 리듬으로 이 주제를 다루기는 어렵고 또 드물기도 하지만, 『명상의 백년기(百年記)』,[169] 특히 "그 낟알은 동방의 불사(不死)의 밀이었다"(The corn was orient and immortal wheat)는 유명한 일절에서 이 주제를 볼 수 있다.

인식의 시들 가운데 대단히 중요한 것은 자기 인식의 시로, 여기서는 시인 자신이 일상적인 경험의 세계에서 깨어나서 환각적인 현실 속으로 들어가고 있다. 콜린스[170]의 『시적 성격에 대한 송시』, 콜리지의 『쿠빌라이 칸』, 그리고 예이츠의 『탑』과 『비잔티움으로의 항해』 등이 그 예이다. 이 장르는 다음의, 또한 마지막에 속하는 주제군의 경계선에 가까이 접해 있는데, 이 마지막 주제군은 우리로 하여금 다시 탁선(託宣)으로 되돌아오게 한다. 이들은 디티람보스적, 또는 열광적인 형식이며, 여기에서 시인은 어떤 심중의 내면적인 또한 의인적(擬人的)인 힘에 의해 홀린 상태에 있음을 느끼고 있다. 인식의 시에 가장 가까운 것은 크래쇼의 송시의 일부에서 볼 수 있는 것과 같은 성상(聖像)숭배의 시이다.

---

167) Henry Vaughan(1622~95) : 영국의 형이상학파 시인.

168) Thomas Traherne(1637?~74) : 영국의 형이상학파 시인.

169) 트러헌의 종교적 산문집(1908). 20세기에 들어와 출판되었다.

170) William Collins(1721~59) : 영국의 시인.

낭만주의 시대에는 보다 더 주관적·디티람보스적인 형식이 아주 널리 퍼졌다. 그 예로서는 셸리의 『서풍에 부치는 송시』, 스윈번, 빅토르 위고, 니체(그는 디티람보스를 발명한 것은 자기라는 기묘한 발언을 하고 있다) 등의 대부분의 작품, 블레이크의 예언시, 특히 그의 『네 개의 조아』의 제9야(夜), 스마트의 2개의 대시편 등이 있다. 이들의 대부분은 **에포스** 형식이다. 말하자면 디티람보스가 쉽사리 계기적인 운율을 받아들이고 있는 것이다.

서정시의 여러 형식 중에서는 광기의 노래라는 관습적인 시형이 눈에 띈다. 이것은 『리어 왕』의 에드거의 노래, 예이츠의 『미치광이 제인』 시편, 기타 월터 스콧을 포함하는 몇몇 시인의 작품에 산재해 있다. 광기의 노래를 부르는 사람은 보통 방랑자의 무리이므로, 정상적인 사람들보다도 자연의 정령과 같은 신비적인 존재나 힘과 친히 사귀고 있다는 느낌을 감돌게 한다. 보다 세련된 수준에서 시인은 자율적인 비전이 스스로의 마음에 뛰어들어오고 있음을 암시하는 것이다. 랭보의 『일루미네이션』을 그 한 예로서 언급할 수 있을 것이다.

우리의 출발점이었던 탁선의 리듬에 한결 가까이 오게 되면 산문의 리듬과 운문의 리듬이 또 한 번 융합하기 시작한다. 가령 휘트먼에서 각 행의 끝에 강한 휴지가 있는 것을 알 수 있는데, 리듬이 불규칙할 때는 행에서 행으로의 이동에는 의미가 없으므로 이것은 아주 당연한 것이다. 이와 같은 리듬이 목표로 하고 있는 형식에서는 서정시의 연상적인 리듬, **에포스**의 시행, 산문의 문장이 전부 아주 똑같은 단위로 되어 있다. 이 경향은 오시안[171]의 시와 같은 소박한 디티람보스 시에서도, 또 『지옥의 계절』[172]에 이어서 현대 프랑스에서 발전한 세련된 디

---

171) 스코틀랜드의 시인 맥퍼슨(James Macpherson, 1736~96)이 스코틀랜드의 음유시인 오시안(Ossian)의 고대 켈트족의 영웅시를 번역하여 출판하였는데, 이 일련의 시집을 오시안의 시라고 부르고 있다.

172) 랭보(Jean Arthur Rimbaud)의 시집(1873). 랭보 자신이 출판한 유일한 시집으로, 심리적 자서전의 성격을 띠고 있다.

티람보스 시에서도 똑같이 목격할 수 있다.[173]

───────────────

173) 프라이가 논의한 서정시와 **에포스** 형식의 여러 관습적인 주제는 다음의 도
   식으로 요약할 수 있다.

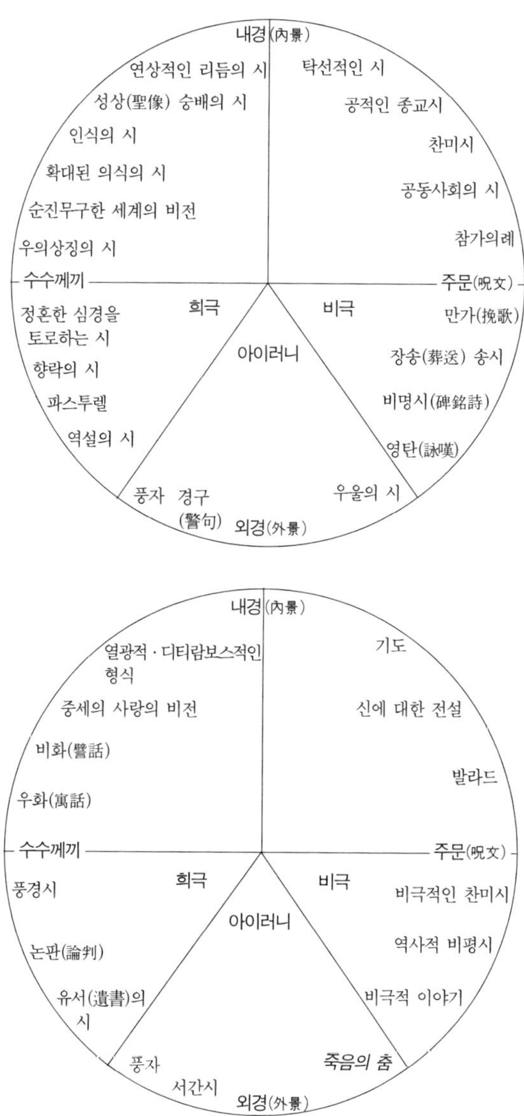

지속적 형식(산문 픽션)

글로 말하는 언어(written word)의 장르—여기에서는 산문이 지배적인 리듬이 되는 경향이 있다—를 가리키는 데 픽션이라는 말을 사용하고 있지만, 그것은 픽션의 진정한 의미는 허구(虛構) 또는 비현실이라는 생각과 충돌하는 것이 되어버린다. 이리하여 도서관에 자서전적 책이 들어갈 경우, 사서가 그 자서전을 쓴 저자가 진짜 자신의 이야기를 하고 있다고 믿으면 논픽션으로, 거짓말을 하고 있다고 생각하면 픽션으로 분류하리라고 본다.

문예비평가에게서는 이와 같은 구별이 쓸모가 없을지도 모른다. 확실히 픽션[174]이라는 말은 시의 경우와 같이 어원적으로 볼 때 그 자체를 위해 만들어지는 것이라는 것을 뜻한다. 문예비평에서 기본적으로 지속적인 형식을 취하는 어떤 문학작품—거의 산문으로 된 문학작품—에 이 픽션이라는 말을 적용하여도 지장은 없을 것이다. 가령 이것이 무리한 주문이라면 단 하나의 진정한 픽션의 형식은 이른바 소설뿐인데, 소설을 픽션과 동일시하는 임시변통적인 습관에 대해서 적어도 어떤 식으로든 간에 항의가 허용될 수는 있다.

'논픽션'과 '문학'의 경계에 놓여 있는, 몇 가지 아직 분류되어 있지 않은 책들을 살펴보자. 『트리스트럼 샌디』는 소설일까? '줄거리의 재미'를 이 책은 태연히 무시하고 있음에도 불구하고 거의 누구나 할 것 없이 모두가 소설이라고 말할 것이다. 『걸리버 여행기』는 소설일까? 여기에서는 대개의 사람은 주저한다. 존 듀이의 십진분류법도 이 책을 '풍자와 유머' 부류에 넣고 있다. 그러나 모든 사람이 이 책을 픽션이라고 부를 것임은 분명하다. 만일 픽션이라면 유(類)로서의 픽션과 그 유의 종(種)으로서의 소설 사이에 구별이 나오게 된다.

---

174) 픽션(fiction)은 라틴어의 fingo(만들다), poetry는 그리스어의 poieo(만들다)에서 나온 것이다.

화제를 픽션으로 옮겨보면 『의상철학』은 픽션일까? 아니라면, 왜 아닐까? 『의상철학』이 만일 픽션이라면, 『우울의 해부』는 픽션일까? 이 책은 하나의 문학적인 형식일까? 그렇지 않으면 '문체'(文體)가 있는 '논픽션'일까? 보로의 『라벤그로』[175]는 픽션일까? 에브리맨(Everyman) 문고는 픽션이라고 말하지만, 세계고전문고는 그것을 '여행기와 지리지' 아래 분류하고 있다.

픽션과 소설을 동일시하는 문학사가들은 이 세상이 소설 없이도 오랫동안 그럭저럭 지내왔다는 사실에 크게 당황하고 있다. 겨우 디포에 이르러 커다란 해방을 맞이할 때까지 그들의 시야는 참을 수 없을 정도로 비좁은 것이었다. 그들은 억지로 튜더 왕조의 픽션을 소설 형식에서의 일련의 실험으로 돌려버리는데, 덜로니[176]는 그런 대로 좋으나 시드니 쪽은 무의미한 것이 된다. 그들은 17세기를 픽션의 커다란 단절의 시대라고 가정하고 있지만, 바로 이 시대야말로 수사적 산문의 황금시대인 것이다.

그들은 마침내 장편소설이라는 어휘는 대개 1900년까지는 여전히 다소나마 이러이러한 것이라고 인정할 수 있는 하나의 형식을 가리키고 있었는데, 그 이래로 어휘가 확장되어서 여러 가지 잡동사니에 적용되는 용어가 된 채, 무언가에 '대해서' 씌어진 것이 아닌 어떠한 산문 작품에도 사실상 적용될 수 있음을 발견하고 있다. 산문 픽션에 대한 이와 같은 소설 중심적인 견해는 프톨레마이오스적 견해로서, 너무 지나치게 복잡해진 나머지 지금은 더 이상 유효하지 않게 되었음이 분명하다. 이것에 대신해서 좀더 상대적인 또한 코페르니쿠스적인 견해가 나타나지 않으면 안 된다.

---

175) 영국의 여행가이자 소설가인 보로(George Borrow, 1803~81)가 여러 나라를 여행한 자신의 경험을 토대로 쓴 반(半)자전적인 방랑기(1851)이다.

176) Thomas Deloney(1543?~1600?) : 영국의 발라드·이야기 작가. 민중의 생활을 사실적으로 묘사하고 있다.

　우리가 소설을 픽션으로서가 아니라 픽션의 한 형식으로서 진지하게 고찰해볼 것 같으면 소설의 특질이 무엇이든 그 전통의 중심이 되고 있는 것은 디포, 필딩, 오스틴, 그리고 제임스 등이며, 또 그 전통의 중심에서 조금 벗어나고 있는 것은 보로, 피콕, 멜빌, 에밀리 브론테 등임을 알 수 있다. 이것은 가치평가가 아니다. 우리는 『백경』이 『에고이스트』보다도 위대하다고 생각할 수도 있지만, 메러디스의 작품 쪽이 전형적인 소설에 한층 더 가까운 것이라고 느낀다. 소설은 산문으로 된 희극적 서사시라는 필딩의 소설관[177]은 그가 확립하기 위해 크게 애썼던 이같은 소설의 전통의 기본을 이루고 있는 것처럼 보인다.

　제인 오스틴의 소설처럼 우리가 전형적인 소설이라고 생각하고 있는 소설에서 플롯과 회화는 풍습 희극의 여러 관습에 밀접하게 연관되어 있다. 『폭풍의 언덕』은 오히려 옛날 이야기와 발라드에 연관되는 관습들을 따르고 있다. 이 관습들은 비극과 한층 유사성을 갖고 있는 것처럼 보인다. 격정, 광란 등의 비극적 감정은 제인 오스틴의 균형 있는 어조를 산산이 부수어버릴 수도 있겠지만, 에밀리 브론테의 『폭풍의 언덕』에서는 그런 감정이 받아들여질 수 있는 것이라고 말해도 좋을 것이다. 소설 속에 들어가기 어려운, 초자연적인 것이나 그것의 암시도 이 소설 속에서는 받아들여질 수 있는 요소라고 말할 수 있다.

　플롯의 형태도 다르다. 제인 오스틴이 중심적인 상황의 주위를 교묘하게 움직이면서 돌고 있는 데 반해, 에밀리 브론테는 직선적인 억양을 갖고 이야기하며, 또 화자의 도움을 필요로 하는 것처럼 보인다(제인 오스틴의 경우에는 화자가 터무니없이 어울리지 않는 존재일 수도 있겠지만). 이 정도로 다른 관습을 따르고 있으므로 『폭풍의 언덕』을 소설과는 별개의 형식의 산문 픽션이라고 간주하여도 정당하다. 여기서 우리는 그 별개의 형식을 로맨스라고 부르겠다. 이 경우에도 우리는 또

---

177) 앤드루스(Joseph Andrews)의 서문.

똑같은 말을 몇 가지 다른 문맥에서 사용하지 않으면 안 되지만, 전체적으로 이야기보다는 로맨스가 더 좋은 것처럼 보인다. 이야기라는 것은 로맨스보다 약간 더 짧은 형식을 가리키는 것에 들어맞는 것처럼 보이기 때문이다.

소설과 로맨스 사이의 본질적인 차이는 성격묘사의 구상에 있다. 로맨스 작가는 '실재의 인간'을 창조하려는 것보다는 오히려 양식화된 인물, 인간 심리의 원형을 나타내는 데까지 확대되는 인물을 창조하려고 한다. 로맨스에서 우리는 융이 말하는 리비도,[178] 아니마, 그림자 등이 각각 주인공, 여주인공, 악역 등에 반영되고 있음을 본다. 로맨스가 아주 자주 소설에서 볼 수 없는 주관의 강렬한 빛을 방출하고, 또 로맨스의 주변에는 우유(寓喩)의 암시가 계속 잠입하고 있는 것은 이 때문이다. 인간 성격 가운데 어떤 요소가 로맨스에 방출되므로, 로맨스는 본래 소설보다도 더 혁명적인 형식으로 되고 있다.

소설가는 인격을 취급한다. 이 경우의 등장인물들은 페르소나, 즉 사회적인 가면을 쓰고 있다. 소설가는 안정된 사회의 틀을 필요로 하며, 그러므로 훌륭한 소설가의 대부분은 지나치게 소심하다고 말해도 좋을 만큼 인습을 존중해왔다. 로맨스 작가는 개성을 취급한다. 이 경우의 등장인물들은 진공 속에 존재하며, 몽상에 의해서 이상화된다. 또 로맨스 작가는 아무리 보수적이라 할지라도 그의 글에서는 무언가 허무적인 것 또는 야성적인 것이 계속 나올 가능성이 있는 것이다.

따라서 산문 로맨스는 독립된 픽션의 한 형식으로서 소설과 구별되

---

178) 사고, 감정, 감각, 충동 등 가장 다양한 정신적 과정의 기본이 되는 하나의 변하지 않는 에너지로서, 이는 리비도를 인간의 성적 성향의 집합적인 개념으로서 정의하고 있는 프로이트의 견해와는 달리 에로스의 폭넓은 활동을 나타내고 있다.

지 않으면 안 되며, 또 현재 소설이라는 이름으로 나타내는 산더미 같은 잡다한 산문작품에서 독립되지 않으면 안 된다. 심지어 단편소설로 알려진 또 한편의 산더미 같은 작품으로부터 포가 사용한 이야기 형식을 독립시킬 수 있다. 이 이야기 형식과 장편 로맨스의 관계는 체호프나 캐서린 맨스필드[179]의 단편과 장편소설의 관계와 똑같은 것이다. 어느 쪽의 형식에서도 '순수한' 실례는 결코 발견되지 않는다. 현대의 로맨스에서 소설로서 해석될 수 없는 것은 거의 존재하지 않으며, 또 그 역도 성립한다. 산문 픽션의 여러 형식은 인간으로 말하면 인종적 특징처럼 혼합되어 있는 것이지 성별처럼 분리될 수 있는 것은 아니다.

사실 일반 사람들이 요구하는 픽션은 늘 혼합된 형식, 즉 로맨스적인 소설이다. 말하자면 독자가 자기의 리비도를 주인공에게, 아니마를 여주인공에게 투영할 수 있을 정도로 로맨스적이고, 이 투영을 일상의 낯익은 세계에 머무르게 할 수 있을 정도로 소설적인 작품인 것이다. 따라서 위와 같은 구별을 한다는 것이 과연 무슨 쓸모가 있는가라는 의문이 생길 수 있다. 문예비평에서는 비록 이 구별이 전개되고 있지 않지만, 특히 이것이 확실히 실감나게 느껴지고 있기 때문에 더한 것이다. 트롤럽[180]이 쓴 것은 소설이고, 윌리엄 모리스가 쓴 것은 로맨스라는 말을 듣게 되어도 별로 놀랍지는 않다.

그 이유는 위대한 로맨스 작가를 고찰할 때, 그것은 그 로맨스 작가 자신이 선택해서 취한 관습에 의거해서 고찰하지 않으면 안 되기 때문이다. 비평가가 단지 로맨스 형식을 진지하게 생각하지 못한다는 이유만으로 윌리엄 모리스가 산문 픽션의 한구석에 밀려나 있는 것은 부당하다. 또 로맨스의 혁명적인 성격에 대해서 앞서 말한 것을 생각하면, 그가 이 형식을 선택한 것은 자신의 사회적인 입장으

---

179) Katharine Mansfield(1888~1923) : 영국의 단편작가.
180) Anthony Trollope(1815~82) : 영국의 소설가.

로부터의 '도피'라고 여기는 것도 부당하다. 만일 스콧에게 그를 로 맨스 작가라고 주장할 수 있는 근거가 조금이라도 있으면 소설가로 서의 그의 결점만을 따지는 것은 좋은 비평이라 할 수 없다. 『천로 역정』에는 원형적인 성격묘사, 종교적인 경험에 대한 혁명적인 자세 등 많은 로맨스적인 특징이 있으며, 이 때문에 이 작품은 하나의 문 학적 형식의 완성된 일례이다. 말하자면 이 작품은 영문학의 정식 (定食)에 어떤 종교적인 영양을 가하기 위해서 채택된 책에 불과한 것은 아니다.

끝으로 호손이 『일곱 박공(𝑥–)의 집』의 서문[181]에서, 그의 작품을 소설로서가 아니라 로맨스로서 읽어주기를 주장할 때 본심을 말하였 다고 할 수 있다(심지어 그가 소설의 권위가 아주 높다고 지적하고, 또 로맨스 작가가 소설의 형식을 사용하지 않은 것에 대한 변명을 하 지 않으면 안 된다는 것도 동시에 지적하고는 있지만).

로맨스는 소설보다 더 오래된 형식이다. 이 사실이 로맨스는 유치한 형식, 말하자면 미숙하고 발전이 없는 형식이라는 역사적 착각을 가 져온 것이다. 영웅적인 기질과 순결을 엄숙하게 이상화하는 로맨스는 사회적으로 보면 귀족계급과 결부되어 있다(이것은 앞에서 말한 로맨 스의 혁명적인 성격과 모순되는 것처럼 보이지만, 이것에 대해서는 앞의 에세이 로맨스의 **뮈토스**에 관한 서론을 참고할 것). 이른바 낭만 주의 시대에 로맨스는 고풍의 봉건주의와 영웅숭배(즉 리비도의 이상 화)로 향하는 낭만주의 경향의 일부분으로서 부활하였다.

영국에서의 스콧의 로맨스, 또 그 정도는 좀 덜하지만 브론테 자매 의 로맨스는 신비적인 노섬브리아[182)]의 르네상스의 일부분을 이루고

---

181) 호손이 서문에서, 로맨스는 소설과 달리 인간 심리의 진실을 표현한 것이라 고 한 정의는 자신이 사용한 장르에 대한 깊은 통찰을 보여주는 명구이다.
182) 영국의 북부 요크셔에서 스코틀랜드에 이르는 지역. 고대에는 하나의 왕국 을 이루고 있었다.

있는데, 이 르네상스는 중부 지방의 신흥 공업사회에 대한 낭만적인 반동이었으며, 역시 워즈워스, 번스의 시와 칼라일의 철학을 낳은 운동인 것이다. 따라서 보다 부르주아적인 형식인 소설의 중요한 주제의 하나가 로맨스와 로맨스의 여러 이상의 패러디인 것은 놀랄 만한 일이 못 된다.

이 전통은 『돈 키호테』에 의해서 확립된 것으로, 이 계보를 잇는 작품은 로맨스적인 상황을 소설의 관점에서 바라보고 있다. 그 결과 두 가지 형식을 갖고 있는 관습적인 형(型)이 감상적인 혼합을 이루는 대신에 아이러니에 의한 복합체를 이루고 있다. 그 실례는 『노생거 승원(僧院)』[183]에서 『보바리 부인』, 『로드 짐』에까지 이르고 있다.

로맨스에서의 우유로 향하는 경향은 『천로역정』의 경우처럼 의식적일 때도 있고, 또 윌리엄 모리스가 만들어내는 아주 뚜렷한 성적 신화(sexual mythopoeia)의 경우처럼 무의식적일 때도 있다. 영웅을 주제로 하는 로맨스는 인간을 다루는 소설과 신들을 다루는 신화의 중간에 있다. 고전 그리스·로마 신화의 말기에 그 하나의 발전으로서 산문 로맨스가 처음으로 나타나고 있으며, 아이슬란드의 산문 사가(Saga)[184]는 두 개의 신화 에다(Edda)의 뒤를 곧바로 잇고 있는 것이다. 이에 비해 소설은 오히려 그 자체의 세계를 확대해서 픽션의 측면에서 역사에 가까이 하려고 하는 경향을 나타낸다. 『톰 존스』를 역사라고 부른 필딩의 본능이 온당함은, 소설의 구성이 크면 클수록 그만큼 역사로서의 소설의 성격이 명확하게 나타난다는 일반 원칙에 의해서 확인되고 있다.

그러나 소설은 창조적 역사이므로 소설가는 보통 자유롭게 손을 가

---

183) 오스틴(Jane Austen)의 소설(1818). 고딕 공포소설을 풍자하기 위해서 쓴 글이다.

184) 역사상의 인물이나 집안의 흥망을 얘기하는 중세 아일랜드의 산문 이야기. 12, 13세기경에 활자화되기 전까지는 다수가 구전으로 전해 내려왔다.

할 수 있는 동시대의 소재를 좋아하며, 고정된 역사적인 패턴을 거북하게 느끼는 것이다. 『웨이벌리』[185]는 집필 시기로부터 시간적으로 약 60년 전의 과거로 설정되어 있고, 『리틀 도릿』[186]은 약 40년 전의 과거로 설정되어 있다. 그러나 로맨스인 『웨이벌리』에서는 역사적인 패턴이 고정되어 있으며, 소설인 『리틀 도릿』에서는 자유롭다. 이 사실은 '역사소설'의 대부분이 로맨스라는 일반적인 원칙을 암시하고 있다.

이와 유사하게 소설에 반영되어 있는 생활이 지나간 옛일로 되면, 그 소설은 더욱 로맨스적인 호소력을 갖게 된다. 그리하여 제2차 세계대전 중에 트롤럽의 소설은 주로 로맨스로서 읽혔다. 아마도 역사와의 연결로, 또 시간적인 관계에 대한 인식으로 인해 소설은 세계에 널리 퍼져 있는 로맨스와는 뚜렷한 대조를 이루면서 이제까지 서구인과 시간[187]과의 결부 속에서 파악되어오고 있다.

자서전은 눈에 띄지 않을 정도로 일련의 이행을 거쳐서 어느 때고 소설과 한데 합쳐지는 별개의 형식이다. 대부분의 자서전은 창조적인, 따라서 픽션적인 충동에 의해서 고취되고 있으며, 이 충동은 작가의 생활에서의 사건과 경험 중에서 하나의 통합된 패턴을 만들어내는 쓸모 있는 것만을 선택하려고 한다. 이 패턴은 작자 자신을 초월하고 있는 더 큰 무엇——이것을 작가는 그의 자아와 동일시해오고 있다——일 수도 있으며, 또 단지 그의 인격과 태도의 일관성일 수도 있다.

---

185) 스콧(Walter Scott)의 역사소설(1814). 낭만적인 성격을 가진 청년 웨이벌리의 정치활동과 사랑을 그린 작품이다.

186) 디킨스(Charles Dickens)의 소설(1855~57). 리틀 도릿이라고 불리는 한 처녀의 헌신적이고 값진 사랑을 그린 작품이다.

187) 영국의 소설가이자 비평가인 루이스(Percy Wyndam Lewis)의 비평시 『시간과 서구인』(1927)의 제목에서. 현대인의 의식 최전면에 등장한 시간이 현대 문학에서 두드러진 주제가 되고 있음을 최초로 지적한 이가 루이스이다.

이 형식을 발명한 것처럼 보이는 성 아우구스티누스, 또 그 현대
형(型)을 확립한 루소를 좇아 우리는 이 매우 중요한 산문 픽션의
형식을 '고백' 형식이라고 부르겠다. 영문학에서 아우구스티누스의
전통이 낳은 작품에는 『의사의 종교』,[188] 『흘러넘치는 은총』,[189] 뉴
먼의 『변명』[190] 등이 있으며, 기타 신비주의자들이 애용한 형식(아
우구스티누스의 전통에 연결되는 것이지만 미묘한 차이가 있다)이
있다.

로맨스의 경우에서와 똑같이 고백을 독립된 산문형식으로 인정하는
것이 중요하다. 우리가 갖는 가장 훌륭한 산문작품의 일부는 '사상'이
라고 해서 전혀 문학으로 인정되지 않고, 또 '산문 문체의 모범'이라
고 해서 전혀 종교나 철학으로 인정되지 않아 막연한 책들의 한구석
에 팽개쳐져 있는데, 그 산문 작품들을 고백형식으로 인정하게 되면
그들은 픽션으로서 명확한 위치를 얻게 된다. 또 소설과 로맨스와 똑
같이 고백에도 단편형식이 있다. 수필이 그것이다. 몽테뉴의 『수상록』
은 여러 개의 수필로 구성되어 있는 고백인데, 여기에서는 다만 장편
형식의 지속적인 이야기만 빠져 있다. 몽테뉴의 구성법과 장편고백과
의 관계는 조이스의 『더블린 시민』이나 보카치오의 『데카메론』과 같은
짧은 이야기로 된 작품과 장편소설 또는 로맨스와의 관계와 똑같은
것이다.

루소 이후, 아니 실제로 루소에서도 고백은 소설 속으로 흘러들어

---

188) 브라운(Thomas Browne)의 에세이(1643). 기독교적인 신앙고백이라 할
　　수 있다.
189) 버니언(John Bunyan)의 신앙고백록(1666).
190) 뉴먼(John Henry Newman)의 글(1864). 가톨릭으로 개종한 것을 고백하
　　고, 세상의 비난, 특히 킹즐리(Charles Kingsley)의 '뉴먼은 진리를 필연
　　적인 미덕으로 여기지 않는다'는 잘못된 해석에 대항하여 쓴 글이다. 자신
　　의 정신적인 경력을 간결하고 신중하게, 명석한 문체로 서술함으로써 문학
　　적 걸작으로 칭송된 작품이다.

그 혼합에서 허구적 자서전, 예술가 소설(Künstler-roman), 기타 이와 유사한 형식이 나오게 된다. 문학적으로 보면 고백이 늘 작가 자신에 대한 것이 되어야 할 이유는 없으며, 적어도 『몰 플란더스』[191] 이래 극적 고백은 소설에서 사용되어왔다. '의식의 흐름'의 기법에 의해서 이 두 가지 형식은 한층 집중적으로 융합될 수 있는 것처럼 되고 있지만, 이와 같은 경우에서조차도 고백형식 특유의 성질이 분명하게 나타나고 있다. 고백에서는 종교, 정치, 예술 등에 대한 어떤 지적·이론적인 관심이 거의 늘 주도적인 역할을 한다. 고백의 작가가 자신의 삶을 기록하는 것이 값어치가 있다고 느끼는 것은 그가 이런 주제들에 대해서 통합적인 견해에 도달할 수 있기 때문이다.

그러나 관념과 이론적인 주장에 대한 이같은 흥미는 소설 본래의 정신과는 이질적인 것이다. 소설에서의 기법상의 과제는 모든 이론을 인간관계로 해소하는 것이다. 잘 알려져 있는 예를 들자면, 제인 오스틴은 교회, 국가, 문화 등을 단지 사회적인 데이터로서만 취급하고 있으며, 또 헨리 제임스의 정신은 어떠한 관념에 의해서도 침범당하지 않을 정도로 예민하다[192]는 평을 받았던 적이 있다. 관념 없이는 아무것도 해낼 수 없는 소설가, 또는 제임스처럼 관념을 소화해버릴 만큼의 인내력이 없는 소설가는 본능적으로 한 인물을 택해서 밀이 일컬었던 '정신의 전기'를 쓰는 것으로 해결을 본다. 조이스의 『젊은 예술가의 초상』의 클라이맥스는 전문적인 미학이론이지만, 이같은 일이 가능한 것도 이 소설에는 별개의 산문 픽션의 전통이 존재하고 있기 때문이다.

소설은 외향적·개인적인 경향을 갖고 있으며, 그 주된 관심을 사회

---

191) 디포(Daniel Defoe)의 소설(1722). 딸을 낳은 후 절도죄로 버지니아로 이송된 어느 부인의 딸이 자신의 불우한 경험을 자서전적인 형식으로 이야기하고 있다.

192) 엘리엇의 에세이 『헨리 제임스』에서.

속에서 자신을 드러내는 것으로서의 인간의 성격에 두고 있다. 로맨스는 내향적·개인적인 경향을 갖고 있다. 즉 로맨스는 소설과 똑같이 성격을 다루지만, 다루는 방법이 한층 주관적이다(여기서 주관적이라는 것은 소재를 가리키는 것이 아니라 취급방법을 가리킨다. 로맨스의 등장인물은 영웅적이며, 따라서 밖으로부터는 헤아릴 수 없는 존재이다. 소설가는 보다 객관적이기 때문에 한층 자유로이 등장인물의 심리에 관여할 수가 있다). 고백도 역시 내향적이지만 그 내용은 지적이다. 분명히 다음 단계로서 우리는 외향적·지적인 네번째의 픽션 형식을 찾아내지 않으면 안 된다.

우리는 앞서 대부분의 사람은 『걸리버 여행기』를 픽션이라고는 불러도 소설이라고는 부르지 않을 것이라고 말하였다. 이 작품이 어떤 형식을 갖고 있음이 확실하기 때문에 그것은 별개의 픽션 형식임에는 틀림없다. 루소의 『에밀』에서부터 볼테르의 『캉디드』에, 버틀러의 『만인의 길』에서부터 『에레혼』 연작에, 헉슬리의 『대위법』에서부터 『멋진 신세계』에 눈을 돌리게 되면 우리는 소설을 떠나서 이같은 형식—그 형식이 무엇이든 간에—으로 향하고 있음을 느끼는 것이다.

이처럼 이 형식에는 그 자체의 독자적인 전통이 있다. 그리고 버틀러와 헉슬리의 예에서도 알 수 있는 것처럼 소설이 번창했을 때조차도 이 형식은 어느 정도 본래의 모습을 지켜왔던 것이다. 이같은 형식의 존재는 아주 쉽게 증명할 수가 있다. 그리고 『걸리버 여행기』와 『캉디드』의 문학적인 조상은 라블레와 에라스무스를 거쳐 루키아노스에까지 소급한다는 설에 아무도 도전하지 않을 것이다.

그러나 한편 라블레, 스위프트, 볼테르 등의 문체와 사상에 대해서는 말이 많았으나, 이 작가들을 그들의 독자적인 분야에서의 기법가로 취급한 것은 아주 드물다. 소설가를 취급할 경우에는 이 점을 무시하는 사람은 없을 것이다. 이 전통에 속하는 또 한 사람의 대작가, 즉 헉슬리의 스승 피콕은 더욱 심한 대접을 받았다. 그의 형식이 이해되지 못하여 산문 픽션의 발달사에서 그가 갖고 있는 위치는 어쩐지 무모한 괴짜라는 일반적인 인상을 주고 말았기 때문이다. 실제로 그는 자기 분야에서는 제인 오스틴에게 뒤지지 않는 정묘하고 또한 정확한 예술가인 것이다.

이런 작가들이 사용하는 형식은 메니포스(Menippos)적인 풍자, 드물기는 하지만 또한 바로(Varro)적인 풍자라고 일컬어지는 것으로, 그리스의 견유철학자 메니포스가 만들어낸 형식이라고 주장되고 있다. 그의 작품은 현존하고 있지 않지만, 그는 두 사람의 훌륭한 제자를 가졌다. 그리스인 루키아노스와 로마인 바로이다. 이 가운데 바로의 작품도 단편으로밖에는 남아 있지 않으나, 페트로니우스와 아풀레이우스가 그의 전통을 계승했다. 메니포스적인 풍자는 운문으로 된 풍자시에 산문으로 된 삽화를 개입시키는 습관에서부터 발달한 것 같은데, 현재 우리가 알고 있는 것은 단지 그 산문형식뿐이다(경우에 따라서 운문을 사용하는 것이 피콕에서도 볼 수 있는 것처럼 이 형식에 늘 붙어다니는 특징의 하나이기는 하지만).

메니포스적인 풍자는 인간 그 자체보다도 인간의 여러 가지 정신적인 태도를 다룬다. 메니포스적 풍자는 현학자, 고집쟁이, 괴팍스런 사람, 벼락출세자, 사기꾼, 광신자, 온갖 종류의 탐욕스럽고 무능한 전문가들의 사회적 행동을 다루는 것이 아니라 이것과는 구별되는 각자의 아전인수적인 인생관을 다룬다. 따라서 메니포스적인 풍자는 추상적인 관념과 이론을 다룰 수 있다는 점에서 고백을 닮고 있으며, 그 성격묘사에서는 소설과 다르다. 즉 그것은 자연주의적이라기보다는 양식적인 성격묘사를 행하며, 또 인간을 관념의 대변자로서 보는 것이다. 이 경우도 또한 분명한 경계선을 그을 수 없으며, 또는 그렇게 그을 수 있게 되어서도 안 된다.

그러나 만일 우리가 제인 오스틴의 등장인물을 피콕의 비슷한 등장인물과 비교해보면 이 두 가지 형식의 차이를 곧 느낄 것이다. 지주

웨스턴[193]은 소설 형식에 속하는 인물이지만, 스워컴과 스퀘어[194]는 메니포스적인 풍자의 혈통을 갖고 있다. 이 전통의 일정한 주제는 이미 논한 허풍선이 학자를 조소하는 것이다. 소설가는 악과 어리석은 행위를 사회의 병이라고 생각하나, 메니포스적 풍자가는 그것을 지성의 병, 한계를 모르는 일종의 현학적인 버릇이라고 생각한다. 이 버릇은 허풍선이 학자의 모습 속에 상징적으로 나타나며, 동시에 규정되고 있다.

페트로니우스, 아풀레이우스, 라블레, 스위프트, 볼테르 등은 모두가 로맨스와 종종 혼동되는 산만한 이야기 형식을 사용하고 있다. 그러나 메니포스적인 풍자는 로맨스와는 다르다(라블레에는 로맨스의 요소가 꽤 섞여 있지만). 왜냐하면 그것은 일차적으로 영웅의 위업에 관심을 갖는 것이 아니라 지적 공상의 자유로운 활동과 캐리커처를 낳는 익살스러운 관찰에 의존하고 있기 때문이다. 메니포스적인 풍자는 피카레스크 형식과도 다르다. 왜냐하면 피카레스크는 사회의 현실적인 구조에 대해서 소설적인 관심을 품고 있기 때문이다.

그 가장 집중적인 모습을 취할 경우 메니포스적인 풍자는 단일한 지적 패턴에 의한 세계상을 그려낸다. 줄거리에서부터 지적인 구성이 조립되므로, 이때 이야기의 습관적인 대강의 줄거리는 심하게 뒤죽박죽이 되어버리지만, 이 결과 일견 조잡하게 보인다 하더라도 그것은 오직 독자의 부주의라든가 소설 중심의 픽션관에 의해서 판단하고자 하는 독자의 경향을 반영하고 있는 것에 불과하다.

로마 시대와 르네상스 시대에 '풍자'라는 말은 두 개의 특징적인 문학형식 중 어느 한쪽을 가리키고 있었다. 하나는 산문(지금 논하고 있는 형식), 또 하나는 운문이다. 오늘날에는 이 말이 문학의 구성 원리

---

193) 필딩(Henry Fielding)의 『톰 존스』(1749)의 등장인물로 완고한 시골 지주이다.

194) 『톰 존스』의 등장인물들. 두 사람 다 가정교사로 독선적인 철학을 휘두른다.

또는 태도——우리가 **뮈토스**라고 일컬었던 것——를 가리키는 것처럼 되어 있다. 지금 우리가 논하고 있는 메니포스적인 풍자의 경우에는 형식의 명칭이 역시 태도에도 해당된다. 지금까지 보아온 것처럼, 태도의 명칭으로서의 풍자는 공상과 도덕의 결합이다.

그러나 형식의 명칭으로서의 풍자는 문학에만 국한되는 것이겠지만(왜냐하면 **뮈토스**로서의 풍자는 모든 예술, 가령 만화에도 나타날 수 있기 때문이다), 그럼에도 불구하고 그것은 한층 유연하고, 전적으로 공상적이거나 전적으로 도덕적, 그 어느 쪽도 될 수 있다. 따라서 메니포스적인 모험담은 예컨대 문학적인 옛날이야기에서처럼 순수한 공상이 되는 경우도 있다. 앨리스(Alice)의 연작은 완전한 메니포스적인 풍자이며, 또 라블레의 영향을 받았던 『물 아기』[195]도 그러한 것이다. 순수하게 도덕적인 타입은 단일한 지적 패턴에 의한 사회의 비전, 즉 유토피아 이야기이다.

메니포스적인 풍자의 단편 형식은 보통 대화 또는 회담인데, 여기에서는 성격의 갈등보다도 오히려 관념의 갈등에 극적인 흥미가 주어진다. 이것이 에라스무스가 좋아했던 형식이며 볼테르에서도 흔하다. 이 경우에도 이 형식은 반드시 늘 풍자적인 태도를 취하는 것이 아니라 보다 순수하게 공상적 또는 도덕적인 논의로 차츰 변한다. 그 예로서 랜더[196]의 『상상의 회화(會話)』, 즉 '사자(死者)들의 대화'[197] 등이 있다. 때때로 이 형식이 크게 확장되어서 두 사람 이상의 대화자가 등장하는 일이 있다. 이런 경우 장면의 설정은 보통 연회, 즉 심포지움이 되는데, 그것은 페트로니우스에서 크게 돋보이고 있다.

---

195) 킹즐리의 동화(1863). 악당에게 고용된 굴뚝 청소부 톰이 도망쳐나와 강에 빠지고 물 아기가 되는 과정을 그린 작품으로 소년은 강과 바다로 다니면서 물에 사는 모든 동물들과 친해진다는 이야기이다.

196) Walter Savage Landor(1775〜1864) : 영국의 시인.

197) 영국의 시인 프라이어(Matthew Prior, 1664〜1721)의 산문작품(1721)의 제목에서.

588

플라톤의 활동은 메니포스보다 훨씬 이전의 일이지만 그는 이 타입에 큰 영향을 미쳤다. 후대에도 단절되지 않고 있는 이 전통은 카스틸리오네에서는 이상적인 궁정인 상을, 월턴[198]에서는 낚시의 이론과 규율을 규정짓게 하기도 한다(고상하고 느긋한 회화형식도 이 전통에 속한다). 현대에 발달한 그 변형이 피콕, 헉슬리, 그리고 그 모방자들이 사용하고 있는 별장의 주말이라는 장면 설정이며, 여기에서는 의견, 관념, 기타의 문화적 흥미가 연애에 뒤떨어지지 않는 중요성을 지니고 있다.

소설가는 헨리 제임스에서처럼 인간관계의 철저한 분석에 의해서, 그렇지 않으면 톨스토이에서처럼 사회현상의 철저한 분석에 의해서, 자신의 충일감을 나타낸다. 지적인 주제와 태도를 취급하는 메니포스적 풍자가는 지적인 방법으로, 말하자면 그의 당면 주제에 관계되는 방대한 박식을 차례로 동원해서 펼쳐 보이기도 하고, 또 현학적인 적들에 대해서는 그들 자신의 전문어를 눈사태처럼 퍼부어서 꼼짝 못하게 함으로써 자신의 충일감을 보이는 것이다. 이 형식에 속하는 종류 또는 아종(亞種)으로서 아테나이오스[199]의 『데이프노소피스트』[200]와 마크로비우스[201]의 『사투르날리아』로 대표되는 백과전서적인 잡록이 있는데, 이 작품들에서는 사람들이 연회석에 앉아서 화제가 될 수 있는 모든 주제에 대해서 서로의 박식을 토로하고 있다.

메니포스적인 풍자와 박학의 과시를 결합시킨 것은 아마도 바로인 것 같다. 그는 백과사전적인 학식을 전부 갖고 있었기에 퀸틸리아누스[202]는——그의 박식에 놀라 눈을 휘둥그렇게 뜨고 말문이 막힌 채

---

198) Izaak Walton(1593~1683) : 영국의 문인. 『낚시 전서(全書)』(1653)로 유명하다.

199) Athenaios : 2세기경의 그리스 저술가.

200) Deipnosophist는 '소피스트의 향연'이라는 뜻.

201) Macrobius : 400년경의 로마 철학자.

202) Quintillianus(35~95년경) : 로마의 수사학자.

물끄러미 쳐다보는 지경까지 가지는 않지만——어쨌든 그를 **로마 사람**들 가운데 가장 박식한 인물이라고 불렀던 것이다. 백과전서적인 잡록으로 확대하려고 하는 경향은 라블레에게도 뚜렷이 나타나고 있다. 이것은 특히 그의 화장지에 대한, 남자 바지 앞의 볼록한 부분들의 통칭에 대한, 또 점치는 방법 등에 대한 커다란 일람표에 뚜렷이 나타나 있다.

에라스무스와 볼테르에서도 백과전서적인 편찬에 심혈을 기울인 것은 당연한 의무였겠지만, 그 편찬을 보면 까치처럼 사실을 수집하려는 본능과 그들을 예술가로서 유명하게 한 재능이 서로 무관하지 않음이 은연중에 느껴진다. 『부바르와 페퀴셰』에서의 플로베르의 백과전서적인 구성법은 메니포스의 전통과 관련시켜서 설명하면 곧잘 이해될 수 있을 것이다.

스위프트 이전에 영어로 씌어진 최대의 메니포스적인 풍자는 버턴의 『우울의 해부』인데, 여기에서도 극도로 해박한 지식을 창조적으로 다루는 것이 구성원리가 되고 있다. 여기서는 우울이라는 개념이 제공하는 지적 패턴에 의해서 인간사회가 고찰되고, 대화 대신에 책의 심포지움이 전개된다. 이 결과 초서(그는 버턴이 애독한 작가의 한 사람이다) 이래 영문학에서 버턴의 책만큼 단 한 권의 책에 포괄적인 인간생활의 고찰을 담은 작품은 없는 것이다.

그에 대한 이야기가 나와서 하는 말이지만 그의 서론과 '여담(餘談) 의 장'은 유토피아를 취급하고 있는데, 그 '여담의 장'은 잘 조사해보면 메니포스적인 풍자의 여러 형식을 학자풍으로 산뜻하게 요약한 것임을 알 수 있다. 공기에 대한 여담은 불가사의한 여행의 주제를, 영혼에 대한 여담은 박식의 아이러니적인 이용을, 학자의 비참함에 대한 여담은 허풍선이 학자에 대한 풍자를 각각 요약한 것이다. 버턴의 표제의 '아나토미'(anatomy), 즉 '해부'라는 말은 해체 또는 분석이라는 뜻으로, 그의 형식의 지적인 방향을 아주 정확하게 나타내고 있다. 우리는 번거롭고 그리고 현대에서 오히려 오해를 낳고 있는 '메니포스적인 풍

590

자' 라는 이름 대신 부르기 편리한 아나토미라는 말을 채용하는 편이 좋겠다.

아나토미도 물론 결국에는 소설과 합치하기 시작한다. 아나토미에서 생성되는 여러 가지 잡종 속에는 이른바 사상소설(思想小說, roman these)과 1930년대의 프롤레타리아 소설처럼 등장인물이 사회적 또는 기타의 관념의 상징으로 되고 있는 소설이 포함된다. 그러나 이 두 개를 결합해서 최대의 성공을 거둔 것은 라블레와 버턴의 제자인 스턴이었다. 『트리스트럼 샌디』는 그 서두에서 말한 대로 소설일지 모른다. 그렇지만 여담으로 흐르는 이야기 형식, 여러 가지 일람표, 전통적인 그 '편벽한 인물들' 의 계열을 좇아 등장인물을 양식화하는 것, 큰 코의 불가사의한 여행 이야기, 심포지움 같은 논의, 철학가와 학자투의 비평가들에 대한 끊임없는 조롱 등, 이 전부가 아나토미에 속하는 특징인 것이다.

아나토미의 형식과 전통을 올바르게 이해할 것 같으면 문학사의 대부분의 요소가 정연하게 정리될 것이다. 보에티우스[203]의 『철학의 위안』은 대화 형식, 운문의 삽입, 널리 퍼져 있는 관조적인 아이러니의 기조 등을 가지고 있는 순수한 아나토미이며, 이 사실은 그것이 준 커다란 영향을 이해하는 데에서 꽤 중요하다. 월턴의 『낚시 전서』도 아나토미이다. 왜냐하면 그것은 운문과 산문의 혼합, 전원의 연회라는 장면 설정, 대화 형식, 음식물에 대한 백과전서적인 흥미, 그리고 고기 낚시를 경멸은 하지만 이것보다 더 좋은 일을 거의 찾지 못하고 있는 사회를 향해 던지는 온건한 메니포스적인 조롱 등을 내포하고 있기 때문이다.

문학사상 거의 모든 시대에서 소속의 부류가 다만 인정되지 않기 때문에 무시되고 있는 로맨스, 고백, 아나토미가 많이 있다. 예를 들면 스턴과 피콕 사이의 시대에는 로맨스로서 『방랑자 멜모스』[204]가 있고,

---

203) Boethius(480?~524) : 로마 말엽의 정치가 · 철학자.

고백에는 호그[205]의 『한 정당한 죄인의 고백』이 있으며, 아나토미에는 사우디의 『의사』, 애모리[206]의 『존 번클』 그리고 『앰브로스관( )의 야화(夜話)』[207]가 있다.

지금까지의 논의를 요약해보자. 형식이라는 관점에서 픽션을 바라보면 네 개의 주요한 흐름, 즉 소설·고백·아나토미, 그리고 로맨스가 서로 얽혀 있음을 알 수 있다. 이들에 의해 만들어지는 여섯 개의 가능한 복합형식 그 모두가 실제로 존재하며, 그 중 소설이 다른 세 개의 형식을 어떻게 서로 결합하고 있는가는 이미 제시한 바 있다. 하나의 형식에만 배타적으로 집중하는 경우는 드물다. 가령 조지 엘리엇의 초기 소설에는 로맨스, 후기 소설에는 아나토미의 영향이 있다. 로맨스와 고백이 뒤섞여 있는 잡종형식이 로맨틱한 기질을 갖고 있는 사람의 자서전에서 발견되는 것은 당연한 일이다.

영어에서 대표적인 예는 외향적인 조지 보로와 내향적인 드 퀸시이다. 로맨스와 고백이 뒤섞여 있는 잡종 형식이 라블레에 있음을 이미 우리는 주목했다. 그 후의 한 예가 『백경』(白鯨)이다. 『백경』에서는 야성적인 사냥이라는 로맨스의 주제가 확대되어서 고래에 대한 백과전서적인 아나토미로 바뀐다. 고백과 아나토미의 통일은 『의상철학』에서 나타나고 있고, 『이것인가 저것인가』를 포함하는 키에르케고르의 일부 놀랄 만한 독창적, 실험적인 산문 픽션에서도 나타나고 있다.

한층 포괄적인 구성을 취하는 픽션에는 적어도 세 개의 형식이 사용되는 것이 보통이다. 『파멜라』에서의 소설, 로맨스, 그리고 고백, 『돈

---

204) 영국의 매튜린(Charles Robert Maturin)의 소설(1820). 생명 연장에 대한 대가로 영혼을 악마에게 파는 신비와 공포의 이야기이다.

205) James Hogg(1770~1835) : 영국의 시인·소설가.

206) Thomas Amory(1691?~1788) : 영국의 저술가.

207) 1822년에서 1835년까지 『블랙우드 잡지』(Black-Wood Magazine)에 연재된 잡종 형식의 글이다.

키호테』에서의 소설, 로맨스, 그리고 아나토미, 프루스트에서의 소설, 고백, 그리고 아나토미, 아풀레이우스에서의 로맨스, 고백, 그리고 아나토미 등등의 요소를 볼 수 있다.

필자가 고의적으로 도식적인 말투를 하고 있는 것도 『백경』이나 『트리스트럼 샌디』의 형식을 이해할 수 있는 단순하고 논리적인 설명방법이 있으면 쓸모가 있으리라는 것을 나타내기 위해서이다. 문예비평이 보통 이런 작품들의 형식을 다루는 방법은 브라브딩내그[208]의 박사들이 하는 방법과 비슷하다. 이들은 걸리버에 대해서 심각한 논쟁을 거친 후 결국 그를 자연의 장난이라고 선언하였다. 특히 비평가에게 좌절감을 안겨준 것은 아나토미이며, 이 형식에 깊은 영향을 받은 픽션 작가로서 질서문란한 행위를 한다고 비난을 받아보지 않은 작가는 거의 없을 정도이다.

여기서 독자들은 조이스의 경우가 머리에 떠오를지 모른다. 왜냐하면 조이스의 작품을 '기괴'하다고 부르는 것이 지금까지 일종의 반사적인 신경발작이 되어오고 있기 때문이다. 훌륭한 비평가들조차 '괴마', '하마', '흰 코끼리'라는 말을 사용하고 있기 때문이다. 아마도 돌팔이 비평가들은 이것을 훨씬 능가할 수 있을 것이다. 『율리시스』와 『피네건의 경야』의 구성에 조이스는 거의 강박관념적인 관심을 기울였지만, 이 작품들은 산문 픽션의 잘 알려진 원칙에 따라서 구성되어 있지 않기 때문에 일정한 형식이 없다는 인상이 지워지지 않는다. 따라서 우리의 공식을 그에게 적용시켜보자.

만일 어떤 독자에게 『율리시스』에서 가장 인상 깊은 사항을 일람표로 만들라고 요구하면 아마 다음과 같을 것이라고 생각해도 무방하리라 본다. 첫째로 더블린의 광경·소리·냄새 등이 선명하게 살아 있다는 점, 성격 묘사의 화려함, 회화(會話)의 자연스러움 등. 둘째로 영웅적인 원형의 패턴, 특히 『오디세이아』가 제공해주는 패턴과 대치됨으로써

---

208) 브라브딩내그(Brobdingnag)는 『걸리버 여행기』에 나오는 대인국이다.

생기는 줄거리나 인물의 교묘한 패러디. 셋째로 의식의 흐름의 기법의 예리한 사용방법을 통해서, 성격과 사건이 드러나는 것. 넷째로 기법에서도, 또 주제에서도 항상 백과전서적·포괄적이 되고자 하는 경향, 그리고 기법과 주제를 지적인 관점에서 취급하는 경향.

이 네 가지 점이 각각 작품에서의 소설, 로맨스, 고백, 아나토미에 연관되는 요소를 나타내고 있다는 것이 이제는 꽤 분명해졌다고 생각한다. 이처럼 『율리시스』는 이 네 가지 형식 전부를 사용하고 있는 완전한 산문 서사시이며, 그 형식은 전부가 실제로 똑같이 중요성을 갖고, 또 서로서로에 필요 불가결한 것이다. 그러므로 이 작품은 여기저기서 주워모은 집합적인 그 무엇이 아니라 하나의 통일체인 것이다.

이 통일은 평행시키면서 대조하는 복잡한 구성에서 성립된 것이다. 햄릿과 율리시스라는 로맨스적인 원형은 문학의 창공에 떠 있는 먼 곳의 별과 같아서 더블린의 보잘것없는 인간들에게 의혹 어린 눈길을 던지고 있다. 그들은 이들 별의 힘에 영향을 받아서 정해진 패턴에 따라서 순종하는 듯이 서로 얽히고 있는 것이다. 특히 '키클롭스' 삽화와 '키르케' 삽화에서는 리얼리즘의 패턴이 끊임없이 로맨스의 패턴에 의해서 패러디되고 있어 우리에게 『보바리 부인』을 연상시킨다(비록 아이러니의 방향은 그 반대이지만).

소설의 기법과 고백의 기법과의 관계도 똑같다. 즉 저자는 등장인물의 마음 속에 뛰어들어 그들 의식의 흐름을 쫓아가고, 그리고 다시 나와서 그 등장인물을 외부로부터 묘사한다. '이타카' 장에는 소설과 아나토미의 결합이 보이는데, 이 경우에도 상황의 개인적인 측면과 지적인 측면 사이에 잠복해 있는 대립이 그 상황의 애감(哀感)의 커다란 근원이 되고 있다. 다른 세 가지 종류의 결합, 즉 '나우시카' 삽화와 '페넬로페' 삽화에서의 로맨스와 고백의 결합, '프로테우스' 삽화와 '로토스 열매를 먹는 사람들' 삽화에서의 고백과 아나토미의 결합, '사이렌' 삽화와 '키르케' 삽화의 일부에서의 로맨스와 아나토미의 결합(드물고 불안정한 결합) 등에도 평행시키면서 대조하는 똑같은 원칙이 해당된다.

『피네건의 경야(經夜)』에서의 구성의 통일은 이것을 한층 넘어서고 있다. 줄곧 술만 마시고 있는 HCE와 못살게 구는 그의 아내의 볼품없는 이야기는 트리스트럼과 신성한 왕의 원형과 대립되고 있는 것은 아니다. HCE 자신이 트리스트럼이며 신성한 왕인 것이다. 장면 설정이 꿈 속이므로 고백과 소설의 대비, 즉 마음 속의 의식의 흐름과 의식 밖에 있는 타인들의 외관과의 대비는 있을 수 없다. 또 소설이 나타내는 경험세계와 아나토미가 나타내는 지적 세계와의 분리도 없다.

픽션 문학에서 우리가 구별해온 네 가지 형식은 각성한 의식의 상식적인 이분법에 의해서 성립되는 것으로서, 『피네건의 경야』에서는 다섯 번째의 시원적(quintessential)인 형식 속으로 사라진다. 이 형식은 전통적으로 여러 가지의 성전(聖典)과 연관되는 형식이며, 인생을 인간 영혼의 타락과 각성, 자연의 창조와 묵시라는 관점에서 다룬다. 성서는 이 형식의 결정적인 예이다.

『피네건의 경야』에 깊은 자국을 남긴 이집트의 『사자(死者)의 서』[209]와 아이슬란드의 산문 에다도 이 형식에 속한다.[210]

백과전서적 형식

첫번째 에세이에서 우리는 어떠한 시대의 문학에서도 각기 그 중심

---

209) 이집트의 종교서(기원전 4250~2000년경). 죽은 자의 영혼들을 사자(死者)의 땅까지 인도하기 위하여 씌어졌다. 완전한 사본은 묘 속에 있고, 발췌문은 미라 관에 새겨져 있으며, 이 종교서에 나오는 마술적 주문, 기도문, 시들은 올바른 삶에 관한 도덕적인 교훈을 보여주고 있다.

210) 프라이의 산문 픽션의 취급은 그의 이론에서 가장 영향력 있는 것 중의 하나는 아니라 할지라도 적어도 『비평의 해부』에서 가장 잘 알려진 부분 가운데 하나이다. '지속적인 형식'이라는 프라이의 표현은 지배적인 리듬이

적인 백과전서적인 형식이 존재하는 경향이 있으며, 신화양식에서의
그 형식은 보통 성전, 즉 신성한 서적이 되고 있으며, 다른 양식들에서

문법적인 지속의 리듬을 갖고 있는 문학을 의미하고 있다. 그가 이 네번째
에세이에서 '산문 픽션'이라고 제목을 붙인 것은 산문도 픽션도 아닌 지속
적 형식들이 있기 때문이다. 말하자면 주제 중심적인 서사시, 교훈적인 시
및 산문, 신화의 편찬 등, 요컨대 시인이 '사회적인 역할을 담당하고 있는
직업인으로서 전달하고 있는' 어떤 문학 형식이 있기 때문이다. 이 인용문
은 프라이가 삽화적인 작품과 백과전서적인 작품을 구별하면서, 후자는 한
층 확장된 패턴을 이루고 있다고 논의하였던 첫번째 에세이에서 나온 말이
다. 따라서 '지속적'이라는 말이 네번째 에세이의 산문 픽션에 적용될 때,
그것은 문법적인 리듬의 지속에 관계되는 말일 뿐만 아니라 픽션 작품의
상대적인 길이에도 관계되는 말이다. 산문 픽션은 도식에서 요약되듯이 네
가지 주요 타입으로 구분된다.

	외향적	내향적
에토스 : 개인적	소설	로맨스
디아노이아 : 지적	아나토미(해부)	고백

여기서 두 쌍의 카테고리는 서로 상이한 원칙에 기초를 두고 있다. '개인
적'이라는 말은 에토스 즉 성격, '지적'이라는 말은 디아노이아 즉 내용을
가리킨다. 한편 외향적·내향적이라는 이분법은 본질적으로 수사적 기법의
문제로서, 이 두 용어는 작자의 제시 방법이 객관성으로 혹은 주관성으로
향하는 경향이 있는가를 가리키는 말이다. 네 개의 타입을 구별한 후 프라
이는 곧 네 개의 카테고리가 전체적으로 '순수한' 형식으로 존재할 수 없
다는 것을 인정하고 있다. 그럼에도 불구하고 프라이는 각 카테고리에 해
당하는—전형적인 '짧은' 형식을 포함해서—작가와 작품의 실례를 보여주
고 있다. 네 개의 카테고리와 또 네 개의 카테고리 내에서 열한 개의 조합
이 가능한 카테고리에 해당하는 작가와 작품들의 예를 보면 다음과 같다.

1. 소설
 · 필딩, 『톰 존스』 　　　　　　　　· 제인 오스틴의 작품
 · 디킨스, 『리틀 도릿』 　　　　　　· 디포
 · 버틀러, 『만인의 길』 　　　　　　· 헨리 제임스
 · 헉슬리, 『대위법』
 · **짧은 형식** : 단편(예 : 체호프, 맨스필드)

의 그 형식은 우리가 일컬었던 어떤 '계시의 아날로지'가 되고 있는 그런 원칙을 보았다. 우리의 문학에서 중심적인 성전은 기독교의 성서이며, 성서는 또한 아마도 세계에서 가장 체계적으로 된 성전일 것이다.

---

2. 로맨스
   - 에밀리 브론테, 『폭풍의 언덕』
   - 버니언, 『천로역정』
   - 매튜린, 『방랑자 멜모스』
   - 짧은 형식 : 포의 이야기(tale)
   - 윌리엄 모리스
   - 호손
   - 스콧
   - 보카치오, 『데카메론』

3. 고백
   - 아우구스티누스, 『고백』
   - 루소, 『고백』
   - 브라운, 『의사(醫師)의 종교』
   - 짧은 형식 : 수필, 몽테뉴의 『수상록』
   - 버니언, 『흘러넘치는 은총』
   - 뉴먼, 『변명』
   - 호그, 『정당한 죄인의 고백』

4. 아나토미
   - 아테나이오스, 『데이프노소피스트』
   - 마크로비우스, 『사투르날리아』
   - 사우디, 『의사』(醫師)
   - 버턴, 『우울의 해부』
   - 랜더, 『상상의 회화(會話)』
   - 버틀러, 『에레혼』, 『에레혼 재방문』
   - 헉슬리, 『멋진 신세계』
   - 스위프트, 『걸리버 여행기』
   - 짧은 형식 : 에라스무스, 볼테르 경우의 대화 또는 회담, 연희(cena) 즉 심포지움.
   - 킹즐리, 『물 아기』
   - 보에티우스, 『철학의 위안』
   - 애모리, 『존 번클』
   - 볼테르, 『캉디드』
   - 월턴, 『낚시 전서(全書)』
   - 페트로니우스, 루키아노스, 바로, 라블레
   - 에라스무스, 피콕

5. 소설＋로맨스
   - 조지 엘리엇의 초기 소설
   - 호손, 『주홍글씨』
   - 콘래드, 『로드 짐』
   - 오스틴, 『노생거 승원』
   - 플로베르, 『보바리 부인』

6. 소설＋고백
   - 디포, 『몰 플란더스』
   - 조이스, 『젊은 예술가의 초상』

성서는 단순한 문학 '이상'이라고 말하는 것은 문학 이외의 것으로서의
취급방법도 가능하다는 의미일 뿐이다. 만일 그 자체에 문학적인 성격
이 없었다면 어떠한 책도 문학에 커다란 영향을 끼치지 못하였을 것이
다. 문예비평가가 고찰하는 한 성서는 하나의 문학작품이다.

　현대(극히 최근까지)에서 순수한 문학적인 성서비평의 부재는 하나
의 전체로서의 문학적인 상징에 대한 우리의 인식에 커다란 갭——현
재 성서에 적용되고 있는 대부분의 새로운 지식을 갖고 있어도 전혀
메울 수 없는 갭——을 남겼다. 성서의 역사적인 연구는 예외없이 '하
등' 분석, 즉 분석적인 비평에 머물러 있어 '고등' 비평이라는 것은 아
주 별개의 활동이 아닌가 하고 필자는 느끼고 있다. 필자에게는 '고

---

7. 소설＋아나토미
　　·스턴, 『트리스트럼 샌디』　　　　·조지 엘리엇의 후기 소설
　　·1930년대의 프롤레타리아 소설
8. 로맨스＋고백
　　·드 퀸시, 『어느 영국 아편중독자의 고백』·보로, 『라벤그로』
9. 로맨스＋아나토미
　　·멜빌, 『백경』　　　　　　　　　　·라블레
10. 고백＋아나토미
　　·칼라일, 『의상철학』　　　　　　　·키에르케고르, 『이것인가
　　　　　　　　　　　　　　　　　　　저것인가』
11. 소설＋로맨스＋고백
　　·리처드슨, 『파멜라』
12. 소설＋로맨스＋아나토미
　　·세르반테스, 『돈 키호테』
13. 소설＋고백＋아나토미
　　·프루스트
14. 로맨스＋고백＋아나토미
　　·아풀레이우스
15. 소설＋로맨스＋고백＋아나토미
　　·조이스, 『율리시스』

등' 비평이란 순수한 문예비평이며, 이 순수한 문예비평의 관점에서 바라보면 성서는 오전(誤傳), 주석(註釋), 교정(校訂), 삽입, 합성, 혼동, 오해 등(이 요소들을 명백하게 하는 것이 분석적 비평가이다)의 스크랩북이 아니라 예형론적인 통일체인 것이다. 이 통일체를 쌓아올리는 것을 도와주기 위해서 원래 이 모든 요소가 의도되었던 것이다.

성서의 문학적인 형식을 전문가의 우표수집책과 같은 것으로 바라보기 시작하는 관점 이상으로 나아가지 못하는 비평에 의해서는 성서의 놀랄 만한 문화적인 영향력이 설명될 수 없다. 따라서 성서에 대한 진정한 고등비평이란 하나의 종합과정인 것이다. 그 과정의 출발점이 되는 전제는 성서가 기초적인 창조신화에서 묵시에 이르는 단일한 원형적인 구조라는 것이다. 이와 같은 비평은 구약은 신약 속에 계시되고, 신약은 구약 속에 감추어져 있다라는 아우구스티누스의 공리를 해석의 원리로 삼는 것이다. 바꾸어 말하면 구약과 신약은 서로에 대해서 우유(寓喩)의 관계에 입각하고 있다기보다는 오히려 비유적으로 동일시되고 있다.

성서의 역사를 거슬러 올라간다 해도 소재에 예형론적인 통일을 주려고 하는 활동이 행하여지지 않았던 시대를 찾아낼 수는 없다. 그리고 만일 성서를 어떠한 의미에서든 간에 영감—신성한 또는 세속적인 영감—에 의한 것이라고 간주한다면 그 편집과 교정의 과정도 또한 영감에 의한 것이라고 생각하지 않으면 안 된다.

이와 같은 성서관에 의해서만 우리는 문학적인 상징에 대해서 성서가 실제로 끼친 주요한 활력과 영향력을 취급할 수가 있다. 이와 같은 방법은 성서의 비유적 통일이라는 전제에 기초를 둔 전통적인 예형론을 부활하여 다시 확립하려고 하는 하나의 보수적인 비평방법일 수도 있다. 가령 「아가」(雅歌)에 대한 역사적인 비평가들의 관심은 주로 풍요제(豊饒祭)와 촌락의 제사에 있겠지만, 문화적인 비평에서는 단테, 클레르보의 베르나르,[211] 기타 신비주의자들과 시인들이 「아가」에서의 상징을 어떻게 발전시켰는가에 대해서 관심을 가지고자 했다. 이들에게 「아가」에서의 상징은 교회에 대한 그리스도의 사랑을 나타내는 것이었다. 문화적인 비평은 부적절하게 시에 고착되어 있는 우유가 아니라 「아가」에 대한 보다 큰 원형적 또는 문화적인 맥락(이런 맥락 속에 시의 해석이 잘 들어맞아왔다)에 따른 해석인 것이다. 이 두 가지 타입의 비평 중 어느 한쪽을 선택할 필요는 없다. 「아가」 해석의 변천을 보고 이것을 점잖은 투로 왜곡한 해석의 결과나, 지나치게 공상적인 오해의 결과로서 생각할 필요도 없다. 또 「아가」에서 동방의 관능을 발견하는 것을 현대적인 아이러니의 발견이라고 여길 필요도 없는 것이다.

우리의 성서관이 본연의 초점 속에 오게 되면 곧장 『십자가의 꿈』에서부터 『리틀 기딩』에 이르는 수많은 문학 상징이 의미를 갖기 시작한다. 여기서 우리가 관심을 갖게 되는 것은 메시아라고 불리는 중심인물의 영웅적인 편력이다. 이 인물은 구약에서 여러 다양한 왕자와 동일시되고, 신약에서는 그리스도와 동일시되고 있다. 우리는 이미 이 편력의 각 단계, 각 상징을 로맨스의 **뮈토스**에서 취급하였다.

신비적인 탄생에 이어서 현현, 즉 신의 아들로서의 인지(認知)가 있고, 다음에 굴욕, 배신, 순교——이른바 고통당하는 종의 복합 심리——의 상징,[212] 그 다음에 있는 것이 새 신랑, 괴물의 정복자, 그의 백성을 인도해서 그들이 계승해야 할 고향으로 들어가게 하는 지도자 등으로서의 구세주의 상징이다. 초기의 예언자들의 탁선은 전부는 아니라 하더라도 대부분이 고발로서 나타났었다. 그러나 이 탁선들에는 '포로 이후'의 계속되는 사건들이 담겨 있는데, 이 때문에 성서 전체는 전체로서의 순환적인 **뮈토스**의 리듬, 즉 불행 다음에 회

---

211) Clarivaux de Bernard(1090~1153) : 프랑스의 수도원장·신비주의자.

212) 「이사야서」, 53절을 중심으로 나타나 있는, 고통받는 '주의 종'의 개념을 가리킨다.

복이, 굴욕 다음에는 번영이 계속되는 **뮈토스**의 리듬이 구석구석까지 미치고 있다. 이 **뮈토스**의 축도를 우리는 욥이나 탕아의 이야기에서 볼 수 있다.

그러므로 전체로서의 성서는 창조에서 묵시로의 거대한 순환을 나타내고 있으며, 그 순환의 내부에는 성육화(成肉化)에서 승천에 이르는 메시아의 영웅적인 편력이 놓여 있다. 더욱이 내부에는 다른 세 개의 순환운동이 표현 또는 암시되어 있다. 즉 탄생에서부터 구원에 이르는 개인의 운동, 아담과 이브에서 「계시록」의 혼인[213]에 이르는 성(性)의 운동, 율법의 수여로부터 율법의 나라의 확립(즉 구약의 재건된 시온과 신약의 천년왕국에 이르는 사회의 운동) 등, 세 개의 순환운동이 표현 또는 암시되어 있다. 이들은 전부 완전한 순환, 변증법적인 순환이며, 여기에서 그 운동은 먼저 하강한 후, 그리고 나서 영원히 속죄된 세계로 상승하는 것이다.

그밖에 아이러니의 순환, 속죄에 의한 구원이 없는 인생의 '너무나 인간적인' 단순한 순환이 존재하는데, 이 순환은 탄생에서 죽음으로, 블레이크의 말을 사용하면 '똑같은 단조로운 반복'[214]을 계속해간다. 이 순환의 결말은 속박, 추방, 계속되는 전쟁, 불에 의한 멸망(소돔이나 바빌론), 물에 의한 멸망(대홍수) 등이다. 이와 같은 두 종류의 순환운동에서 서사시의 두 개의 틀* 즉 회귀의 서사시와 분노의 서사시가 얻어진다. 또 삶 · 죽음 · 재생의 순환은 메시아가 겪고 있는 선재

---

213) 재림한 그리스도와 교회의 신비적인 혼인을 가리킨다. 「요한계시록」, 19장 7~9절.

214) 블레이크(William Blake)의 『천국과 지옥의 결혼』(1790)에서.

  * G.R. Levy, 『바위로부터의 칼』(1954)에서는 세 가지 타입의 서사시적 구조가 인정되고 있다. 즉 신화적 서사시, 편력 서사시, 투쟁 서사시가 그렇다. 여기에 사용된 서사시적인 소재가 관계되는 한, 이 세 가지 타입은 대체로 우리의 신화적 · 로맨스적 · 상위모방적 · 백과전서적 형식에 대응하는 것이다.

(先在)·죽음 속에서의 삶·부활이라는 순환과 상징적인 아날로지를 이루고 있으며, 이 사실에서 세번째 타입, 즉 유비(類比)의 서사시가 생긴다. 네번째 타입은 대조의 서사시(contrast-epic)인데, 여기에서 한쪽 극에는 인간 조건의 아이러니가, 다른 한쪽 극에는 신성한 사회의 기원 또는 계승이 놓여 있다.

신화에서조차 완전한 묵시에 의한 결말은 드물지만 북유럽 신화, 『에다』, 『무스필리』[215]에서는 그것이 일어나고, 『마하바라타』의 마지막권은 승천으로 끝나고 있다. 헤라클레스 전설 같은 승천의 이야기와 『사자(死者)의 서』의 오시리스 상징의 경우와 같은 구원의 이야기가 있기는 하지만, 대부분의 성전에서 주된 관심은 법규, 물론 주로 제의의 법규를 정하는 것이다. 그 결과 생겨나는 것은 대조의 서사시의 배아적인 형태이다. 즉 한쪽 극에는 창조 신화를 포함해서 법규의 기원을 설명하는 신화가, 또 한쪽 극에는 법규 하에 있는 인간 사회가 놓여 있다.

대조의 서사시가 오래 된 형(型)이라는 것은 『길가메시』[216]의 서사시에 의해서 알게 되지만, 불사(不死)를 구하는 이 주인공은 단지 자연적인 순환의 결말(성서에서도 그러하지만, 이 서사시에서도 그 결말은 홍수에 의해 상징된다)을 듣게 될 뿐이다. 헤시오도스와 오비디우스의 신화집도 똑같은 형식에 의거해 있다. 이 경우에서는 부정과 추방의 희생물인 시인 자신이 인간적인 것의 극(極)에서 중요한 위치를 차지하고 있다. 똑같은 구조가 보에티우스를 거쳐서 중세에까지 전해지고 있는데, 보에티우스에서는 잃어버린 황금시대와 거짓 고발로 투옥된 시인이라는 두 개의 극을 이

---

215) Muspilli : 9세기 바바리아의 종교시.

216) Gilgamesh : 가장 오래 된 바빌로니아 서사시(기원전 200년경). 가장 흥미로운 부분 중 하나는 홍수 이야기로, 창세기의 노아의 홍수 이야기와 놀랄 만한 유사성을 갖고 있다. 일부 학자들은 노아의 홍수 이야기를 여기에서 빌려왔음을 논증하고 있다.

루고 있다.

　로맨스 양식에서의 백과전서적인 형식은 메시아 신화를 모방하지만, 그 신화를 인간의 레벨 또는 전례(典禮)의 레벨로 모방하는 것이다. 『신곡』에서 단테의 편력, 스펜서에서 성 조지의 편력,[217) 성배의 기사들의 편력 등이 그것이다. 『신곡』은 대조의 서사시의 일반적인 구조를 거꾸로 하고 있다. 왜냐하면 이 작품은 인간 조건의 아이러니에서 출발하여 성스러운 비전을 갖고 끝나기 때문이다. 맨 처음 단테는 자기 앞에 나타나는 괴물들을 정복하기는커녕 마주 대할 수조차 없었는데, 이 사실에 의해서 그의 편력이 인간적인 성질의 것이라는 사실이 확정된다. 이리하여 그의 편력은 전통적인 편력 기사의 역할에서 물러나는 것으로부터 시작된다.

　대조의 서사시가 영어에서 처음으로 중요하게 취급된 것은 랭런드[218) 의 위대한 비전에서이다. 한쪽 극에는 부활의 그리스도와 피어스의 구원, 다른 한쪽 극에는 인간생활의 음울한 비전이 있다(이 비전은 시의 결말에서 그리스도의 적의 승리와 거의 비슷한 것으로 나타난다). 『요정의 여왕』이 축혼가로 마무리되었다면 그 축혼가에는 성서적인 새신랑의 이미지가 가득 차 있었을 듯하지만, 우리가 현재 가지고 있는 시에서는 말 많은 짐승인 ‘중상’(中傷)이 여전히 미쳐 날뛰며, 시인을 그 희생물로 삼는 것으로 끝난다.

　상위모방 양식에서 우리는 전형적인 서사시라고 생각하고 있는 구조, 호메로스, 베르길리우스, 밀턴 등에 의해서 대표되는 형식에 이르게 된다. 서사시가 단순한 이야기와 다른 점은 천계에서 하계에까지 이르고, 그리하여 방대한 전통적인 지식을 두루 섭렵하는 그 주제의 백과전서적인 폭 때문이다. 사우디나 리드게이트 같은

---

217) 스펜서(Edmund Spenser)의 『요정의 여왕』.
218) 랭런드(William Langland, 1330?~1400?) : 영국의 종교시인. 『농부 피어스의 꿈』의 작자이다.

이야기 시인은 어떠한 이야기도 여러 가지로 쓸 수 있지만 서사 시인은 보통 단지 하나의 서사적인 구조밖에 만들지 못한다. 그리고 그가 자기의 주제를 결정하는 순간이 그의 인생의 전기(轉機)가 되는 것이다.

고전 서사시가 갖는 순환적인 형식은 자연의 순환에 근거하고 있다. 즉 무한의 중심에 위치하는, 그리하여 천계의 신들과 하계(下界)의 신들 사이에 끼여 있는, 지중해 세계에 근거하고 있다. 이 순환은 두 개의 주된 리듬을 갖는다. 하나는 개인의 삶과 죽음, 또 하나는 보다 더 완만한 사회적인 리듬이다. 이 사회적인 리듬이 ‘세월이 돌고 도는 데 따라서’ (호메로스의 ‘periplomenon eniauton’, 베르길리우스의 ‘volvibus annis’ 또는 ‘labentibus annis’) 흥하고 망하는 여러 도시와 국가의 운명을 지배하는 것이다. 이 후자의 움직임을 침착하게 관망하는 것은 신들에게만 가능한 것이다.

사건이 한창 진행 중일 때(in medias res) 줄거리를 시작한다는 관습은, 말하자면 시간 속에 결절점을 만든다. 『일리아드』의 배경에 있는 행동 전체는 그리스의 여러 도시에서 시작하여 십 년간의 트로이의 포위를 거쳐서 다시 그리스로 돌아온다. 『오디세이아』의 행동 전체도 똑같은 사실의 특수한 예이기에, 이타카에서 나와서 다시 이타카로 돌아온다. 『아이네이스』는 프리아모스[219] 왕가의 수호신들과 함께 트로이에서 새로운 트로이[220]로 옮겨간다.

전경을 이루는 행동은 『오디세이아』에서는 ‘어디메’라고 불리는 지점에서 시작하지만 실제로는 이보다 훨씬 주의 깊게 선택되고 있다. 이 세 가지 서사시 전부는 전체로서의 순환적인 행동의 일종의 최악의 상태에서 출발한다. 『일리아드』에서는 그리스 진영에서의 절망의 순간,

---

219) 트로이 전쟁 당시 트로이의 왕. 트로이 함락시 아킬레우스의 아들에 의해 살해당한다.
220) 로마를 가리킨다.

『오디세이아』에서는 오디세우스와 페넬로페가 서로 멀리 헤어진 채 다 같이 추근대는 구혼자로부터 사랑을 강요당하는 순간, 『아이네이스』에서는 주인공이 주노 여신의 최후의 거점이자, 로마의 적인 카르타고의 바닷가에서 난파당하는 순간 등등, 그처럼 최악의 상태에서 출발한다. 행동은 거기에서 앞뒤로 이리저리 옮아가 역사적 순환의 일반적인 모양을 나타내는 데 충분할 만큼 확대된다.

서사적인 행동에서의 발견이란 행동 전체의 결말이 그 발단과 같다는 인식, 따라서 전체를 통해서 일관성 있는 질서와 균형이 흐르고 있다는 인식이다. 이 일관된 질서는 신의 명령에 의한 것도 아니고 숙명적인 인과에 의한 것도 아닌, 자연의 안정된 질서를 가리키는 것이다. 이 자연의 안정된 질서는 신들에 의해서 통제되며, 또 만일 인간이 이 질서를 받아들인다면 그것은 인간에게도 미친다. 이 안정된 질서에 대한 인식은 반드시 비극적인 것은 아니지만, 이런 종류의 인식이 있으므로 해서 비극이 가능해지는 것이다.

예를 들면 『일리아드』가 그러하다. 『일리아드』를 찬미해야 할 정당한 이유들을 다 채우려면 필자의 이 책보다 더 큰 책이 필요할 것이다. 그러나 여기에 관련되는 이유란 그 주제가 분노의 노래라는 것이다. 『일리아드』는 친구나 지도자의 죽음에 못지않게 적의 죽음도 비극적이기 때문에 희극적이 아니라고 증명되고 있는데, 서구 문학에서의 이 사실의 중요성은 아무리 높이 평가하여도 과하다고 할 수 없다. 단 한 번 『일리아드』로 해서 시인의 인생관에는 어떤 객관적인 그리고 사심 없는 요소가 들어오게 된다. 이 요소가 없으면 시는 단순히 여러 가지 사회적인 목적, 즉 선전, 오락, 신앙, 교육 등의 수단이 되어버린다. 이 요소 때문에 처음으로 시는 권위——과학의 권위와 똑같이 개인을 초월하고 있는 질서로서의 자연관에 기초를 둔 권위——를 얻는 것이며, 『일리아드』 이후 시는 그 권위를 상실한 적이 없었다.

『오디세이아』로부터 귀환의 서사시라는 또 하나의 전통이 시작된다. 그 줄거리는 하나의 로맨스로서 주인공은 터무니없는 위험들을 무사히 피하고, 그후 자신이 정당한 남편임을 주장하기 위하여, 또 악당들의 획책을 좌절시키기 위하여 위기일발의 순간에 도착한다는 것이다. 그러나 여기에서 우리의 중심적인 감정이 되고 있는 것은 충분히 발휘된 분별력으로서, 이는 한 집안의 진짜 주인이 귀환해서 다시 자신의 권리를 주장할 때 우리가 그 주장을 당연한 것으로 받아들이는 것은 자연, 사회 그리고 법의 주장을 당연한 것으로 받아들이는 것과 같다는 인식에 뿌리박고 있다. 『아이네이스』는 귀환의 주제를 재생의 주제로 발전시킨다. 왜냐하면 새로운 트로이에서의 결말은 주인공의 편력에 의해서 새로워지고 변모된 출발점이기 때문이다.

기독교 서사시는 똑같은 여러 주제를 보다 더 넓은 원형의 맥락 속에 놓고 있다. 시의 관점에서 보면 성서에서의 행동은 세 개의 대 서사시의 여러 주제──『일리아드』의 도시 파멸과 점령의 주제, 『오디세이아』의 귀향의 주제, 『아이네이스』의 새로운 도시의 건설이라는 주제──를 포함하고 있다. 아담도 오디세우스와 똑같이 분노의 사람이며, 인간으로서의 한계를 초월하였기 때문에 신의 노여움을 사서 고향에서 쫓겨난 자이다. 신의 노여움을 초래하는 행위는 이 양쪽의 이야기에서 신을 위해 마련해둔 음식물을 먹는 것에 의해서 상징되고 있다.

오디세우스의 경우와 똑같이 아담의 귀향에는, 신의 지혜에 의해서 신의 노여움이 가라앉게 되는 것이 조건으로 되어 있다(호메로스에서는 제우스의 뜻에 의한 포세이돈과 아테나의 화해, 기독교의 속죄에서는 아버지인 신과 인간의 화해). 이스라엘이 계약의 방주를 이집트로부터 약속된 땅으로 운반해가는 것은 꼭 아이네이스가 한 집안의 수호신들을 함락당한 트로이로부터 영원토록 건립된 새로운 트로이로 옮겨가는 것과 똑같은 것이다.

따라서 우리가 고전 서사시로부터 기독교 서사시로 옮겨가 보면 밀턴이 "아오니아 산보다 더 높이"[221]와 같은 시구들에서 나타내고 있듯이 거기에는 주제가 보다 더 완전하다는 점에서 하나의 진보가 드러난다(이것은 결코 가치에서의 진보라는 뜻은 아니다). 밀턴의 경우에도 서사시의 전경을 이루는 행동은 전체로서의 순환적인 행동의 최악의 상태, 즉 사탄과 아담의 타락이다. 행동은 여기를 출발점으로 해서 라파엘의 이야기를 거쳐서 뒤로 소급해가고, 또 미카엘의 이야기를 거쳐서 앞으로 나아가고, 그리하여 전체로서의 행동의 발단과 결말에 이르는 것이다. 발단이라는 것은 신의 아들이 천사들에게 나타나기 전에 신이 천사들 사이에 있을 때이며, 결말이란 것은 묵시 후에 신이 다시 '만유 속에 충만해질' 때이다. 그러나 발단은 결말과 똑같은 것이다. 왜냐하면 그리스도의 영웅적인 편력에 의해서 신은 새롭고 변형된 모습이 되어 나타나기 때문이다.

　기독교인으로서 밀턴은 서사시의 주제인 영웅적인 행동이라는 것을 재삼 고려하지 않으면 안 되었다. 말하자면 기독교적 관점에서 본 영웅이란 무엇이며, 행동이란 무엇인가를 해결하지 않으면 안 되었다. 그에게 헤로이즘이란 순종, 충실, 조소나 박해를 참는 불굴의 인내 등이며, 성실한 천사 애브디엘이 그 범례이다. 밀턴에게 행동이란 적극적 또는 창조적인 행위이며, 그리스도에 의한 세계의 창조와 인간의 재생이 그 범례이다. 이리하여 전통적인 군사적 헤로이즘은 사탄이 이어받는다. 사탄은 분노에 찬 아킬레우스, 지략이 풍부한 율리시스, 카오스의 위험한 편력을 끝마치는 편력 기사이다.

---

221) 밀턴의 『실낙원』, 1권 14행에 나오는 문구. 관계되는 구절을 인용하면 "……그대 천상의 뮤즈여! 혹시 시온 산과 성전 바로 곁을 흐르는 실로암의 냇물이 더욱 그대 마음에 든다면, 청컨대 그대 거기서 나의 모험적인 노래를 도우시라. 이는 다만 중층천에 머무르지 않고 아오니아 산보다 더 높이 날아올라, 일찍이 산문에서도 시에서도 시도된 바 없는 그런 주제를 추구하라는 것이기에"(1권 10~16행). 아오니아 산은 고대 그리스에서 뮤즈의 처소로 믿어져왔다.

그러나 신의 관점에서 보면 그는 거짓 영웅이며, 타락한 상태에 있는 인간이 왕국과 권력과 영광의 우상으로서 자연히 우러러보게 되는 인물인 것이다.

하위모방 시대의 백과전서적인 구조는 주관적·신화적이든가 객관적·역사적이든가, 그 어느 한쪽이 되는 경향이 있다. 보통 전자는 에포스, 후자는 산문 픽션으로 표현되고 있다. 이 두 개를 결합시키려고 하는 시도는 약간 기대 밖이긴 하지만 주로 프랑스에서* 행하여졌으며, 따라서 그 시도는 단편적으로 남아 있는 셰니에[222]의 작품에서 빅토르 위고의 『세기전설』(世紀傳說)에까지 미치고 있다. 이들 작품에서는 하위모방의 관습대로 영웅적인 행동의 주제가 한 사람의 지도자에서 인간 전체로 옮겨진다. 그렇기 때문에 영웅적인 행동이 성취하는 것은 미래에서의 사회적인 진보라고 주로 생각되고 있다.

전통적인 서사시에서 신들은 지속적인 현재라는 시간상에서 행동에 영향을 준다. 아테나와 비너스는 뚜렷하게 정해진 시점에 현현하여 바로 그 순간 주인공에게 충고하기도 하고 격려하기도 한다. 미래——즉 지상의 삶의 순환에 의하여 '앞에' 와 있어야 하는 것——에 대해서 알고자 하면 보통 사자(死者)들이 있는 하계로 내려가는 것이 필요하다. 『오디세이아』의 제11권, 그리고 『아이네이스』의 제6권에 있는 하계하강(下界下降)의 경우가 그러하다. 이와 유사하게 단테에서도 지옥에 떨어진 사람들은 미래를 알지만 현재는 알지 못한다. 또 밀턴에서, '세상에 죽음을 가져왔다'[223]는 금지된 지혜가 미카엘의 미래에 대한 예언의 형식으로 현실화되고 있다.

따라서 우리는 미래에 희망을 맡기는 하위모방의 시대에 메시아적인 힘이 '아래에서부터', 즉 밀교적·마술적인 전승에서부터 솟아나온다

---

* H.J. Hunt, 『19세기 프랑스의 서사시』(1941)를 볼 것.

222) André Chénier(1762~94) : 프랑스의 시인.

223) 밀턴의 『실낙원』, 1권 3행.

는 그런 인식이 크게 강화되고 있는 것을 보고 놀라지 않는다. 셸리의 『결박에서 벗어난 프로메테우스』는 영문학에서 가장 잘 알려진 예이다. 『파우스트』의 제2부에 하계하강—먼저 '어머니들의 나라'로의 하강으로서, 다음에는 고전적인 발푸르기스의 밤으로서—을 끼워넣으려고 하는 시도는 확실히 이 작품 속에서 가장 곤란한 구성상의 문제의 하나였다.

그러나 하계하강은 때때로 한층 전통적인 현현의 지점과 결부되고, 또 그것에 의해 보충되어 완전해진다. 키츠의 엔디미온은 진리를 구하기 위해서 '하강'하고, 미를 구하기 위해서 '상승'하지만, 결국 진리와 미는 똑같은 것이라는 사실을 깨닫는다. 키츠에서는 이것은 놀랄 만한 사실이 못 된다. 『하이페리온』에서도 디오니소스적인 '아래'〔下〕와 아폴로적인 '위'〔上〕 사이에 뭔가의 조정이 예정되어 있었던 게 분명하다. 엘리엇의 『번트 노턴』은 "올라가는 길과 내려가는 길은 똑같다"[224] 라는 원리에 입각해 있으며, 이 원리에 의해서 이 대립은 기독교적으로 해결되고 있다.

현세의 시간은 수평선이며, 신의 무시간적인 현존은 그 수평선과 직각으로 만나는 수직선이다. 그 만나는 점이 성육화인 것이다. 장미원의 삽화와 지하철의 삽화는 각각 자연의 순환의 두 개의 반원(半圓)을 대충 그려주고 있는데, 위의 반원을 이루는 것은 로맨스적·신화형성적 환상이 갖는 순진무구의 세계이며, 아래의 반원을 이루는 것은 경험의 세계이다. 그렇지만 우리가 장미원보다 위로 한 층 더 올라가면, 또 지하철보다 아래로 한 층 더 내려가면 우리는 똑같은 지점에 이르게 된다.

희극과 아이러니는 서사시의 상징을 패러디로 바꾼다. 릴리퍼트 왕국에서 결박당한 걸리버는 프로메테우스에, 『피네건의 경야』의 무거운 짐에 비틀거리는 벽돌 운반인은 아담에, 프루스트의 마들렌 과자

---

224) 엘리엇의 『4중주』(1943)의 '번트 노턴'의 첫머리에 인용된 그리스의 철학자 헤라클레이토스의 말이다.

는 성체(聖體)의 빵에 연관되고 있지만, 이 예들에서 볼 수 있듯이 패러디의 정도는 진지성에서 각각 다르다. 드라이든의 『압살롬과 아히토펠』에서 행해진 원형적인 구조의 사용방법도 여기에 속한다. 그 사용방법에서는 이야기와 이 이야기가 따르고 있는 구약성서의 모델 사이의 유사점이 일련의 우연의 일치로서 재치있게 취급되고 있다. 풍자에는 백과전서적인 패러디라는 주제가 늘 붙어다니며, 산문 픽션 중에서는 아풀레이우스, 라블레, 스위프트의 전통, 즉 아나토미의 형식에서 이 주제를 주로 볼 수 있다.

풍자와 소설의 관계는 서사시와 이야기의 관계에 해당된다. 따라서 소설가가 소설을 많이 쓰면 쓸수록 그만큼 그는 성공하지만, 라블레, 버턴, 그리고 스턴의 경우에 그들의 작가적 생애는 단지 한 작품에 집중적인 전력을 기울인 생애이다. 그러므로 우리는 풍자와 아이러니에서 백과전서적인 작품의 지속적인 전통을 찾아내지 않으면 안 되며, 또한 아이러니 서사시 또는 풍자 서사시의 포괄적인 형식은 순수한 순환이라는 것도 예상하지 않으면 안 된다. 이 순수한 순환에서는 모든 편력——그것이 아무리 성공적인 또는 영웅적인 것이라 하더라도——은 조만간 다시 반복되지 않으면 안 된다.

블레이크의 시 『마음의 나그네』에는 탄생·죽음·재생의 순환을 이루는 인간의 삶의 비전이 있다. 한 남자와 한 여자가 이 시에 등장하지만, 두 사람은 서로 정반대의 방향으로 움직이므로 한쪽이 늙어가면 그에 따라 다른 한쪽은 젊어지며, 또 그 반대로도 되고 있다. 이 두 사람 사이에 있는 순환적인 관계는 네 개의 방위점을 통하고 있다. 그 방위점이란, 아들—어머니의 국면, 남편—아내의 국면, 아버지—딸의 국면이며, 네번째 국면은 블레이크가 영(靈, spectre)과 유출(流出, emanation)[225]이라고 부르고 있는 것으로서, 대체로 셸리의 앨러스터

---

225) 블레이크에서 '영'은 분리된 인간의 이성적인 힘을 가리킨다. 그에게서 이성은 상상력을 파괴하는 도덕, 법률 등의 기계적인 규제력으로서 바람직하

(alastor)와 에피사이케(epipsyche)[226]에 해당된다.

이 국면들 가운데 어느 것도 완전히 진실한 것은 아니다. 어머니는 유모에 불과하며, 아내는 다만 남자를 즐겁게 하기 위해서 '속박되어' 있을 뿐이고, 딸은 바꿔친 아이이며, 유출은 '유출하지' 않고 잡히지 않는 존재에 불과하다. 남자는 인류 전체를 나타내고 있고 그러기에 여성도 포함하고 있는 것이다. 블레이크에서의 '여성적 의지'[227]가 현실의 여성과 결부되는 경우는 여성이 인생에서 위와 같은 관계를 극적으로 행하고 또는 모방하는 경우(가령 궁정풍의 연애의 관습) 뿐이다. 이 시에서 여성의 모습은 자연환경을 나타내주고 있다. 인간은 그 자연환경의 일부를 정복하지만 전부는 결코 정복하지 못한다. 네 개의 국면이 시사해주듯이 이 시를 지배하고 있는 것은 달의 상징이다.

백과전서적인 형식이 인간 삶의 순환에 관련됨에 따라서 거기에는 양면적인 여성의 원형이 나타난다. 이 여성상은 때로는 자애롭고 때로는 사악한 존재이지만, 보통 순환운동을 지배하고, 또 그 운동을 성립시킨다. 이 여인상의 한쪽 극을 대표하는 것이 이시스, 페넬로페,[228] 또는 솔베이지[229] 같은 인물인데, 이들은 행동의 결말을 가져오는 부동의 정점인 것이다. 종종 순환운동을 시작하게 하고 그것을 끝나게 하는

지 않은 것이다. '유출'은 인간이 사랑하고 창조하는 모든 사물의 총체적인 형식을 가리킨다.

226) 셸리의 시 『엘러스터』(1815)의 주인공인 이상미를 쫓는 청년과 『에피사이키디온』(1821)의 이상미의 화신인 여인상. '에피사이케'는 '혼(魂)의 혼'을 나타내는 셸리의 조어이다.

227) 블레이크에서 의지는 개인의 본질적인 속성으로, 신성한 것이다. 그러나 여성적 의지는 악한 것으로, 블레이크는 여성의 지배가 사회를 타락시키는 가장 커다란 힘 중의 하나라고 믿었다.

228) 조이스(James Joyce)의 『율리시스』에 나오는 블룸의 아내 몰리(Molly)를 가리킨다.

229) 입센의 『페르 귄트』의 등장인물.

여신도 그같은 인물이다. 이 인물이 『오디세이아』의 아테나, 『아이네이스』의 비너스이며, 또 엘리자베스 시대의 문학에서는 정치적인 이유 때문에[230] 보통 디아나의 어떤 화신——스펜서의 『요정의 여왕』처럼——으로 되고 있다. 또 하나의 별개의 모습을 취하고 있는 것이 루크레티우스[231]의 자비로운 비너스로, 자연의 질서 속에서 균형을 갖추고 있는 삶에 대한 그의 위대한 비전이 이 신을 통해서 충만해지고 있다.

단테의 베아트리체는 순환운동을 지배하는 것이 아니라 신을 향해서 차츰 올라가는 신성한 나선운동을 지배하고 있는 것이다. 이보다는 훨씬 추상적인 방법으로 『파우스트』의 영원히 여성적인 것(Ewig-Weibliche)도 그렇게 하고 있다. 그들과 반대의 극에 있는 여성상은 영웅적인 편력과는 정반대의 방향을 나타내주는 인물, 즉 호메로스의 칼립소 또는 키르케, 베르길리우스의 디도, 셰익스피어의 클레오파트라, 스펜서의 듀에사[232] 등으로, 때로는 '가공할 어머니'[233]이기는 하지만 자주 동정적으로 취급되는 인물이다. 인간을 타락으로 향하는 나선적인 하강운동에 밀어 떨어뜨리는 밀턴의 이브는 베아트리체와 대조적인 여성상이다.

아이러니의 시대에는 당연히 경험의 순환의 비전이 많으며, 그 비전

---

230) 처녀왕 엘리자베스를 찬양하기 위해서.

231) 기원전 1세기에 활동한 로마의 철학시인.

232) 스펜서의 『요정의 여왕』에 등장하는 기만, 수치, 거짓의 딸.

233) 융의 용어. 원형적인 모성상의 차갑고 비인격적인 일면을 말한다. 제어할 수 없는 모든 원시적인 충동들, 잠재의식 속에 그 기원을 지니고 있는 모든 악들은 이 '가공할 어머니'의 후예로 간주된다. '가공할 어머니'는 상징적인 언어에서는 굶주린 지옥의 위를 표상하기도 하는데, 이러한 무서운 여성적 존재에 의해서 사로잡히거나 그러한 세계에 먹히는 것은 심리학적인 관점에서는 무의식으로 내려 잠기는 리비도의 퇴행으로 해석하기도 한다. 한 영웅적인 주인공이 암흑과 공포가 되는 이 '가공할 어머니'를 정복하여 질서와 빛을 가져옴으로써 승리를 나타내는 모습은 신화적인 용어로 풀이되는 많은 우주진화론에서 자주 발견된다.

은 자주 달과 숙명의 요부의 연상을 갖는 여성상에 의해서 지배되고 있다. 예이츠의 『비전』——이것을 그가 『마음의 나그네』와 연관시킨 것은 전적으로 옳았다——은 이런 상징에 의한 것이며, 더욱 최근에는 로버트 그레이브스[234]가 『하얀 여신』에서 한층 훌륭한 학식과 재간을 갖고서 이 상징을 전개하고 있다. 엘리엇의 『황무지』의 배후에는 '변화무쌍한 여자'[235]보다 자웅동체의 테이레시아스가 자리하고 있으며, 또 불 및 천둥의 설교는 다 같이 묵시를 암시하고 있지만, 이 시의 포괄적인 형식은 템스 강이 바다로 흘러들어가서 물에 의한 죽음을 거친 후 봄비가 되어서 다시 되돌아오는, 물의 자연적인 순환인 것이다.

조이스의 『율리시스』에서는 어머니, 아내, 창부를 겸하는 여성상, 즉 구혼자들 전부와 동침하는 페넬로페가 등장하는데, 이 여성상은 잠자는 가운데 졸리는 듯 나른한 회전을 계속하는 대지와 합체하고 있다. 그녀는 항상 긍정은 하면서도 결코 어떤 것도 성사시키지 않으며, 그리하여 『율리시스』 전권을 지루하게 끌어간다.

그러나 『피네건의 경야』야말로 우리 시대의 주요한 아이러니 서사시이다. 이 경우에도 소설의 결말은 독자를 다시 그 시작으로 데리고 가기 때문에 포괄적인 구조는 순환적인 것이다. 피네건은 결코 실제로 잠을 깨지 않는다. 왜냐하면 HCE는 꿈의 세계와 깨어 있는 세계 사이에 어떠한 지속성도 세울 수 없기 때문이다. 중심인물은 HCE의 아내인 ALP이지만, 그녀에게는 동정녀 마리아나 베아트리체를 생각나게 하는 점은 전혀 없으며, 더더구나 요부적인 점도 전혀 없다. 그녀는 괴로움을 당하지만 무한히 참을성이 있고 상대방을 염려해주는 아내이자 어머니이다. 그녀는 스스로 자연의 순환을 돌며, 스스로는 어떠한 편력도 성취하지 않지만 편력을 가능하게 해주는 그런 종류의 존재인 것만은 확실하다.

---

234) Robert Graves(1895~1985) : 영국의 시인.
235) 『황무지』의 「사자(死者)의 매장」에서 점치는 카드에 그려진 부인.

그렇다면 『피네건의 경야』에서 항구적인 편력을 성취하는 주인공은 누구일까? 소설 그 자체에서 어떠한 인물도 유망한 후보자로는 보이지 않는다. 그러나 우리는 이 작품이 표현하고 있는 것은 단순히 반복되는 순환의 무책임한 아이러니 그 이상의 것이라고 느낀다. 결국 우리에게 와닿는 결론이란, 편력을 성취하는 것은 독자(讀者)라는 것이다. 독자가 이 책에서의 그 '상반되는 두 극에서 받는 종합적인 인상'에 친숙해지면 그에 따라서 그는 반복을 대강 훑어볼 수 있게 되고, 그리하여 그 형식을 단순한 반복 이상의 것으로 볼 수 있게 되는 것이다.

서사시나 이와 비슷한 종류의 양식과 같은 백과전서적인 형식에서는 관습적인 여러 주제(이 주제를 중심으로 해서 서정시가 형성된다)가 긴 이야기의 삽화로서 다시 나타난다. 이리하여 찬미시는 영웅의 투쟁으로서, 공동체 생활을 노래하는 시는 경기라는 관습적인 주제로서, 애가는 영웅의 죽음으로서 각각 그 모습을 다시 나타낸다. 이에 상반되는 발전으로, 관습적인 주제에 근거하고 있는 서정시가 그 관심의 밀도가 높아져 소형의 서사시로 확대되는 경우가 있다. 즉 역사적인 '소서사시'(epyllion)는 아니라 하더라도 그것에 매우 가까운 장르로 확대되는 경우가 있는 것이다. 이리하여 『리시다스』는 성서 서사시의 축소판으로 인간의 죽음과 그리스도에 의한 인간의 속죄, 즉 『실낙원』의 전 영역을 그 속에 수록하고 있다.

스펜서는 그의 서사시의 결론을 완성하지는 못했으나 그의 『축혼가』 역시 작은 규모 속에 필시 서사시 『요정의 여왕』의 결론(그 서사시에 결론이 있었더라면)에 뒤떨어지지 않는 넓은 상징적 범위를 포함하고 있다. 소형의 서사시는 현대에는 매우 평범한 형식이 되고 있다. 즉 엘리엇과 이디스 시트웰[236]의 후기 작품, 파운드의 대부분의 『칸토스』가 이것에 속한다.

---

236) Edith Sitwell(1887~1964) : 영국의 여류 시인.

우리의 일반적인 원칙의 한 실례로서, 소형 서사시가 대규모적인 서사시의 일부를 이루는 일이 때때로 있다. 『실낙원』에서 미카엘의 예언은 대홍수와 묵시의 양극에 걸쳐 있으며, 성서 전체를 소형의 대조의 서사시로서 제시해주고 있다. 성서 자체에도 「욥기」가 포함되어 있는데, 「욥기」는 성서 전체의 주제를 압축한 일종의 소우주로, 밀턴도 '짧은' 서사시의 모델로서 인용하고 있다.

이와 흡사하게 변론적인 산문은 한층 지속적인 형식, 즉 산문 픽션으로 발전하며, 또 이와 흡사하게 훈계, 비화, 격언, 탁선이라고 우리가 불렀던, 말하자면 산문의 네 개의 발생점도 성전적인 여러 형식의 핵으로서 다시 나타난다. 많은 타입의 산문 로맨스에서는 운문 또는 운문적인 성질이 돋보이고 있다. 생각나는 대로 예를 들면, 고대 아일랜드 서사시, 엘리자베스 시대의 로맨스에서의 화려체, 『아라비안 나이트』의 압운 산문(押韻散文), 일본의 『겐지 이야기』에 나오는 교양인의 회화에 사용되고 있는 시 등이 그러한 것인데, 이 예를 통해서 이런 경향이 얼마나 보편적인 것인가를 알게 된다.

그러나 에포스가 서사시로 성장할 때 그 운율은 관습화되고 통일화되지만 산문은 별개의 형식들로 독립되어 나간다. 하위모방 시대에는 주관적·신화적 서사시와 객관적·역사적 서사시의 갭이 넓어지는데, 그것은 데코럼의 원리에 의해서 전자는 운문, 후자는 산문에 속하는 것처럼 보인다는 사실에 근거하는 것이다. 그러나 산문 풍자에서는 우리는 산문이 다시 운문을 흡수하려고 하는 강한 경향에 주목하게 된다. 아나토미의 전통에는 운문의 삽입부를 갖는 경우가 빈번하다는 것을 미리 말했으나 라블레, 스턴, 그리고 조이스의 멜로스에서는 이 경향이 한층 지나치다. 우리가 보아온 대로 여러 형식의 성전에서는 산문과 운문의 갭이 극히 좁고, 때로는 거의 존재하지 않는다.

이리하여 우리는 본장의 서두에서 끄집어낸 성서——단테의 체계적인 구성과 라블레의 비체계적인 구성을 통일하고 있는 유일한 형식——에 대한 고찰로 되돌아가게 된다. 하나의 관점에서 보면 성서는 비길 바 없을 정도로 잘 정리된, 일관성 있는 그리고 완전한 서사시 구조를 나타내주지만, 또 다른 관점에서 보면 그 자체의 지리멸렬한 면들을 속속들이 드러내주고 있다. 후자의 경우와 비교하면 『통이야기』,[237] 『트리스트럼 샌디』 그리고 『의상철학』은 구름 한 점 없는 푸른 하늘처럼 균질적인 것으로 보인다. 여기에는 어떤 신비스러움이 있으며, 이것을 조사한다면 문예비평에서도 얻는 바가 많을지도 모른다.[238]

실제로 조사해보면 우리가 느끼는 이 연속과 통일이 하나의 서사문학으로서 성서가 갖는 성질임을 알 수 있다. 즉 성서는 시간과 공간, 현실의 눈에 보이지 않는 질서와 눈에 보이는 질서 전부를 포괄하는 기본적인 신화이며, 그 포물선상의 극의 구조는 창조, 타락, 추방, 속죄, 구원이라는 5막으로 구성되어 있다. 우리가 이 신화를 연구하면 할수록 그만큼 이 신화의 기술적(記述的)인 또는 지시적인 면은 배경으로 물러가는 것처럼 보인다. 대다수의 독자들은 성서에 나오는 신화, 전설, 역사적 회상, 실제의 역사 등의 차이를 구별할 수 없다. 또 심지어 역사적으로 사실인 것까지도 '진실'하기 때문에 거기에 기록되어 있는 것이 아니라, 신화적으로 의의가 있기 때문에 기록되어 있는 것이다.

---

237) 스위프트(Jonathan Swift)의 풍자 이야기(1704). 종교와 정부를 비난하고 있다.

238) 따라서 전체로서의 여섯 가지 순환적인 뮈토스를 요약하면 다음과 같다.

Ⅰ. 신화적(신적 혹은 묵시적)		• 창조에서 묵시로 이름.
Ⅱ. 로맨스적(영웅적 혹은 메시아적)		• 성육화에서 승천으로 이름.
Ⅲ. 개인적		• 탄생에서 구원으로 이름.
Ⅳ. 성적(性的)	인간적	• 아담과 이브에서 「계시록」의 혼인으로 이름.
Ⅴ. 사회적		• 율법에서 율법의 나라로(모든 구약의 재건된 시온에서 신약의 천년 왕국으로) 이름.
Ⅵ. 아이러니('너무나 인간적인')		• 탄생에서 죽음으로 이름.

「역대기」(歷代記)에 나오는 계도(系圖)는 진정한 역사일는지 모르지만 「욥기」는 분명히 상상의 드라마이다. 그럼에도 「욥기」가 더 중요하며, 비화를 통해서 그리스도가 행하는 계시의 방법에 더 가깝다. 종교적인 것뿐만 아니라 문학적인 것에서도 신화는 사실에 선행하고 있다. 그 어느 쪽과의 관련에서도 대홍수의 전설은 하나의 원형으로서의 그 상상력의 소산이라는 데 의의가 있기 때문에 수메르의 퇴적토층(堆積土層)에 의해서도 그 의의를 설명할 수 없는 것이다. 네 복음서와 그 복음서의 서술에 나타나 있는 여러 가지 차이에 대해서 이 원칙을 적용하면, 복음서들의 기술적인 측면은 여기서도 역시 배경으로 물러나버린다. 그 복음서들의 형식의 기초가 되고 있는 것이 전기 외의 딴 것에 있음은, 「출애굽기」의 기초가 되고 있는 것이 역사 외의 딴 것에 있음과 같다.

이와 같은 점으로 보면 분석적인 성서관은 성서의 주제면에 관계되고 있는 것으로서 명백한 모습을 나타낸다. 지속적인 서사로서의 신화가 환상처럼 보이기 시작하고, 성서 본문이 차츰차츰 작은 단편들로 분해되어가는 것에 비례해서 성서는 일련의 현현, 즉 단속적이지만 순서가 올바르게 드러나 있는 일련의 의미 깊은 지각 또는 비전의 순간을 나타내기 시작한다. 이처럼 심미적 또는 아리스토텔레스적인 관점에서 바라보면 성서는 하나의 단일한 형식으로서 고찰될 수 있다. 즉 성서는 연민과 공포의 감정——이 문맥에서는 선과 악의 지식——이 환기된 후 다시 내버려지는 하나의 서사문학으로서 고찰될 수 있다.

또 성서를 롱기노스적 관점*에서 바라보면 이 경우 성서는 일련의

---

* 아리스토텔레스적인 심리적 카타르시스와 롱기노스적인 심리적 엑스터시스를 이처럼 상호 보조적인 것으로 보는 견해(이 책의 158~159쪽을 참조할 것)는 18세기의 영문학과 관련해서 논하고 있는 필자의 『감수성의 시대를 정의하기 위해서』(*ELH*, 1956, p.144 이하)에서 아주 일관성 있게 설명되고 있지 않은가 생각한다〔이 논문은 프라이의 *Fables of Identity : Studies in Poetic Mythology*(New York, 1963)에 수록되어 있다—옮긴이〕.

망아, 또는 연속적인 지각의 확대로서 고찰될 수 있다. 사실 설교를 위한 어떤 성구를 고를 때 늘 이와 같은 견해가 전제되고 있다. 여기서 우리가 가지고 있는 비평의 원칙은 콜리지의 이른바 '전체주의'(holism)와 포, 흄, 파운드 등의 비연속적인 시론과 조화되고 있으며, 이 원칙을 우리는 문학의 세계에 다시 가지고 와서 어떠한 작품에도 적용할 수가 있는 것이다. 그러나 성서는 문학 이상의 것이므로, 그래서 아마도 이 원칙에는 심지어 문학보다 한층 더 넓은 적용범위가 있는 것이다.

여하튼 문학의 내부에 머무를 수 있는 한 우리는 더 이상 앞으로 나아가지 않는 지점에 와 있는 것이다. 끝으로 이 책은 일반적으로 비(非)문학이라고 불리는 언어구조에 대해서 관심을 갖겠지만, 그 언어구조가 가지고 있는 문학적인 측면만을 취급했으면 한다.

비문학적 산문의 수사학

운문과는 달리 산문 역시 문학 외의 목적을 위해서도 사용된다. 즉 멜로스와 옵시스라는 문학의 한계뿐만 아니라 실천(사회적인 행동)과 관점(개인적인 사고)이라는 문학 밖의 세계까지도 확장되는 것이다. 르네상스 시대의 비평가들은 시의 최고 형식은 무엇이며, 또 그것은 서사시인가 혹은 비극인가라는 문제를 논의하곤 했다. 아마도 이 물음에 대한 대답은 존재하지 않겠지만, 이러한 것을 논의함으로써 우리는 문학의 형식에 관해서 많은 점을 배울 수 있을 것이다.

그리하여 우리가 최고의 산문 형식은 무엇인가라고 물어본다면 이에 대한 대답도 아마 존재하지 않겠지만, 이렇게 물어보는 순간 곧 많은 서적, 이를테면 성서, 플라톤의 대화편, 파스칼의 『팡세』 등 사실상 보통 문학 밖에 놓여 있는 모든 '명저'들이 새로운 문학적인 의미를 띠게 된다. 그러므로 우리가 여기서 고찰하지 않을 수 없는 것은 문학적인 의도 또는 가설적인 의도가 주요한 것이 되고 있지 않은 언어구조 속에 어떤 문학적인 요소가 포함되어 있는가 하는 점이다.

아직까지 우리는 문학이 한편에서 사회적인 행동의 세계로 향하고, 또 다른 한편에서는 개인적인 사고의 세계로 향하고 있다고 생각한다. 따라서 비문학적인 산문의 수사법은 전자의 영역에서는 청각을 통하여 감정과 행동으로의 호소를 강조하며, 후자의 영역에서는 주로 시각적인 비유에 의해서 지성과 정관으로의 호소를 강조하는 경향이 있다. 따라서 우선 사회적인 설득, 즉 변론적인 설득의 수법과 관계를 가지고 있는 광범위한 산문의 주변 영역에서부터 시작해보자.

이 예로서 가장 밀도가 높은 것은 역사의 리듬을 포착하는, 즉 결정적인 사건이나 행동의 양상을 붙잡아서 그것을 해석하고, 그것에 얽혀 있는 감정을 뚜렷하게 표현하는, 또는 어떤 수단에 의해서 역사의 흐름을 두드러지게 하고, 그 흐름을 인도하는 언어구조를 사용하고 있는 팜플렛이나 연설에서 찾아볼 수가 있다. 『아레오파지티카』, 존슨의 체스터필드에게 보내는 서간, 래티머[239]와 공화국 시대 사이 시기의 몇 가지 설교, 버크의 연설, 링컨의 게티즈버그 연설, 사형을 앞에 둔 반제티[240]의 말, 1940년에 행하였던 처칠의 연설 등이 소수의 실례로서 쉽사리 머리에 떠오른다.

이들 중 어느 것도 문학적인 의도를 일차적인 것으로 하고서 만들어진 것은 아니다. 만일 문학적인 의도를 일차적인 것으로 했다고 하면 그것들은 본래의 목적을 달성하지 못하였을 것이다. 그러나 현재(anaphora) 그것들은 문학이며, 또 비평가들의 자료가 되고 있다. 그것들 거의 전부에 나타나는 뚜렷한 특징은 반복에 의한, 그리고 첫 어구의 뒤풀이에 의한 강조적인 패턴이다. 이것이 수사적 산문의 특징인

---

239) Hugh Latimer(1472~1555) : 영국의 성직자. 퓨리턴을 변호한 결과 화형에 처해졌다.

240) Bartolomeo Vanzètti : 미국의 무정부주의자. 강도 · 살인사건의 혐의로 1927년 처형되었다.

것이다.

이와 같은 역사적인 탁선(託宣)들이 갖는 정돈된 억양은 행동으로부터 어떤 종류의 전략적인 후퇴를 감행하고 있음을 보여준다. 즉 그 억양은 낯익은 것이지만 깊은 믿음 아래 있는 여러 관념을 정렬시켜 열병하고 있는 것이다. 문학에서 사회생활로 향하는 다음 단계의 산문은 행동으로 향하게 하는 수사적인 설득 그 자체이기 때문에 이 경우 리듬이 상당히 빨라진다. 여기에서는 최면적·주송적인 반복이 나타나고 있는데, 이는 관념의 습관적인 연상과 습관적인 반응을 깨뜨리고 별도의 방향으로 행하는 행동을 배제하기 위함이다.

개[犬]에게 이야기하는 소년의 설득적인 말의 리듬에서 우리는 이런 수사의 가장 순수한 형식을 들을 수 있다. 똑바로 앉게 한다든가, 또 악수를 하게 한다든가, 기타 개로서는 정상적이 아닌 노력을 하게끔 설득할 때이다. 인간 청중에게 향해졌을 경우 이 수사법은 수사학의 변증법에 따르지 않으면 안 된다. 즉 공격점 또는 규합점, 또는 이 양쪽을 모두 가지지 않으면 안 된다. 공격의 수사법, 즉 논란의 예로는 죄에 반대하는 설교단상의 사자후나 법정에서의 검사의 논고 등이 있다. 이 후자의 부차적인 형식으로서 사회의 적을 고발하는 탄핵(彈劾)이 생겨난다.

찬미의 수사법, 그리스·로마 시대의 이른바 미사여구는 현대에서는 무엇보다 광고와 선전 속에 가장 뚜렷이 나타난다. 그러나 찬미의 수사법에는 순수문학에 가까운 형식으로서, 이른바 '화려한 문장'(purple passage)의 산문이 있는데, 이것은 보통 어떤 기술적(記述的)인 내용을 가지고 있으며, 말로 이루 표현할 수 없는 감정을 전달해주고자 애쓴다.

이런 실례들이 보여주고 있는 바와 같이 우리는 문학으로부터 급히 벗어나서 동적인 감정의 직접적인 언어 표현으로 향하고 있다. 이 방향으로 나아가면 갈수록 그만큼 저자는 자신의 주제와 감정적으로 결부하기 쉽고, 또는 그렇게 위장하기가 쉬운 것이다. 그 결과 그가 우리에게 무엇을 취하고 무엇을 내버리도록 권고하더라도, 그가 권고하는 것의 일부는 그 자신의 감정 생활의 하나의 투영이다. 이것이 강화되면 어떤 자동성이 글 속에 나타난다. 즉 유아적인 자아의 증오, 공포, 사랑, 숭배 등의 언어적인 표현이 글 속에 나타난다.

스윈번이 "놈들은 울부짖는 야후들이다. 놈들에게 굴레도 씌우지 않은 채, 매도 때리지 않은 채, 나라의 곳곳에서 날뛰게 하고 으르렁거리게 하고 있다. 이것이야말로 우리 시대의 수치스럽고 무지한 방종의 증거인 것이다"라고 말할 때,* 우리는 그가 무엇을 말하고 있는지는 몰라도, 자동적인 두운과 형용사의 겹치기 구를 가진 이 산문체를 일견해보면 그것이 무엇이든 우리가 진지하게 취급할 필요가 없음이 분명해진다.

이와 같은 문체는 흔히 볼 수 있으며 쉽사리 인식될 수 있는 현상이다. 그것은 울화를 치밀게 하는 문체인 것이다. 빅토리아조의 비평문은 이런 문체를 지나치게 사용하고 있는데, 칼라일과 러스킨의 산문에는 이런 문체가 몇 에이커나 계속되고 있다. 이단자나 현세의 쾌락 등을 비난하는 승려들의 말투, 전체주의의 프로퍼간다도 그러하며, 그리고 사실상 저자의 붓이 독주를 감행하여 상상력에 의해서가 아니라 기계적인 충동에 의해서 움직이고 있다고 우리가 느낄 때 그 수사에는 거의 언제나 이런 문체가 사용되고 있다. 이와 같은 수사적인 폭주에 대해서 '취한 상태'라는 비유가 자주 사용된다.

이런 종류의 수사법이 점점 일관성이 없게 되면 될수록 그만큼 그 자체가 이성을 떠난 또는 이성을 마다하는 감정을 표현하려는 시도임을 나타내주는 것이다. 여기서 우리는 판에 박은 듯한 감정적인 문구의 영역으로 들어가게 되는데, 이 문구에서 주로 여러 가지 언어 공

---

* 이 일절이 문제가 된다면, 이 일절은 엘리스(Havelock Ellis)가 엮은 머메이드(Mermaid) 시리즈의 미들턴(Middleton)집(集)을 위한 서문(1887)에서 뽑은 것이다.

식이 강박관념적으로 반복되고 있다. 여기에서 멀지 않은 곳에 비속한 언어상실증(vulgar inarticulateness) 같은 것이 있는데, 그것은 형용사, 부사, 수식어, 구두점 등을 포함해서 문장의 수사적인 장식 전부를 단 한 가지 말로서 대용해버리는 것이다. 결국에는 단어가 아주 사라져서 울부짖음, 몸짓, 한숨 등의 원시적인 언어로 환원되어버린다.

물론 여기에 이르는 계열의 전부는 문학의 틀 속에서 모방될 수 있는 것으로, 셰익스피어에서는 하프레르 성 밖에서 행한 헨리 5세의 연설에서부터 오셀로의 '염소들과 원숭이들'의 대사에 이르기까지 모든 예들을 발견할 수 있다. 문학적인 산문에서 감정적인 수사법을 모방하면 멜로스 면을 강화하는 것으로 되어버린다. 이와 흡사하게 이런 수사법을 재료로서 사용하지만, 그것을 흡수 또는 동화할 수 없는 작가를 우리는 문학 속에서 때때로 만나는 경우가 있다. 그 결과는 병적인 것이며, 일종의 문학적인 당뇨병이라고 할 만하다. 아만다 로스(Amanda Ros)의 소설에서 그런 결과를 연구할 수도 있다.

산문으로 개념적인 사고를 표현하는 경우에도 방향은 반대로 향하지만, 이것과 평행하는 계열이 나타난다. 철학은 논설적 또는 명제적인 문장이다. 철학의 역사에서 명제의 리듬을 따로 뽑아내려고 하는 시도는 끊임없이 행하여져왔다. 철학은 속담과 격언에서 시작하여 그후 각양각색의 시대에 플라톤과 우파니샤드의 변증법적인 대화, 이 변증법적인 대화와 밀접하게 관련되어 있는 성 토마스의 질문—반론—해답이라는 도식적인 구성, 스피노자에서의 거의 수학처럼 배열되어 있는 관념, 베이컨의 격언——그는 격언을 철학에서의 생명력의 표시라고 말한다——그리고 현대에서는 비트겐슈타인의 『논리철학논고』에서의 번호 달린 명제 등을 만들었다. 적어도 부분적으로 이 모두가 언어 전달을 순수하게 하고, 수사에서 유래하는 감정적인 내용을 제거하려는 시도임이 분명하다. 그러나 문예비평가에게 이 모두는 그 자체가 수사적인 꿍꿍이속이라는 인상을 주는 것이다.

결국 필자가 암시하고자 하는 것은 개념의 수사법이 존재하며, 그것은 설득의 수사법과 똑같이 감정과 이성을 분리시키는 데 목적을 두지만, 단지 이 경우에서는 감정의 측면은 내버리려고 한다는 것이다. 설득의 수사법은 청중을 상대로 하지만, 이 수사법은 책과 독자 개인을 상대로 한다. 설득의 수사법의 목표는 행동 또는 감정적인 반응이지만, 이 수사법의 목표는 이해인 것이다. 교육이 많이 이용하는 것은 수사적인 전략으로, 언어와 이미지를 아주 조심스럽게 골라서 '나는 전에는 결코 그런 투로 생각해본 적이 없다' 또는 '그런 투로 말하면 잘 알겠다' 는 식의 반응을 불러일으키려고 하는 것이다. 수사적인 기지는 경구의 특징을 갖고 있을 뿐만 아니라, 또 자주 진부한 것과 구별되는 심원한 요소를 갖고 있다.

우리가 어떤 관념과 마주칠 때 그 표현의 기지가 마음에 들지 않을 경우 과연 우리는 그 관념을 진짜 심원한 것으로 불러야 할지 의심해볼 수 있다. 설득과 똑같이 교육도 분리적인 수법을 사용하여 습관적인 반응을 타파하려고 한다. 동양의 경전의 지리한 요설도 이것의 결과이며, 또 신약성서에도 거트루드 스타인에 거의 뒤떨어지지 않는 분리적인 긴 성구(聖句)가 있다.

태초부터 있었던 것, 우리가 들었던 것, 눈으로 보았던 것, 손으로 만져보았던 것, 즉 생명의 말씀에 대해서——이 생명이 나타나 우리가 이것을 보고, 증거를 삼고, 일찍이 아버지와 함께 계시다가 우리에게 나타나신 이 영원한 생명을 너희에게 전하나니——들은 바를 너희에게 전함은······.[241]

훌륭한 문장가들만이 훌륭한 철학자가 될 수 있다고 말하려는 것은 아니나, 역시 철학적인 문체가 어려운 것은 주로 그 원인이 수사적인

---

241) 「요한 1서」, 1장 1~3절.

것에 있다고 말할 수 있다. 이것은 이성과 감정을 분리해서 한쪽만을 끄집어내지 않으면 안 된다는 감정에서 기인하는 것이다. 제임스 밀[242] 의『정부론』에서 한 문장을 인용하면 필자가 뜻하는 바가 무엇인지 밝혀질 것이다.

우리는 무엇보다도 먼저 하나의 주의사항에서 눈을 떼서는 아니 된다. 그 주의사항은 다음과 같다. 공동사회와 이해(利害)를 같이 하지 않은 채 정치권력을 잡고 있는 모든 사람들, 정치권력의 남용에 의해서 얻어지는 이득에 한몫 끼는 모든 사람들, 그리고 이 두 종류의 사람들의 표본과 주장에 영향을 받는 모든 사람들은 바로 그 공동사회 또는 그 공동사회와 이해를 같이 하는 일부에 대해서, 자신의 이해에 따라 행동하는 데서 극도로 무능력하다고 간주할 것임에 틀림없다. 이것은 공동사회와 이해를 같이 하는 자들이 상당한 정도로 자신의 이해에 따라 행동하는 것이 기대될 수 있다면 그 공동사회와 이해를 같이 하지 않는 자들이 정치권력을 잡는다는 것은 더 이상 정당하지 못함이 분명하기 때문이다.

글자 맞추기 퀴즈 같은 이 문장을 잘 해독해보면 그 의미는 결국 어떤 정치형태에서 이익을 찾고 있는 자는 다른 정치형태를 취하는 것에 대해서는 저항하는 경향이 있다는 것임을 알 수 있다. 만일 제임스 밀이 이처럼 말하고 싶어했다면, 왜 그가 그대로 말하지 않았는가에 대해서 이유를 찾는 비평가는 결국 '일종의 괴팍하고 완고한 지적인 성실성이 이 문체의 동기가 되었다'는 것을 깨닫게 된다. 그는 아주 그럴 듯한 설득술, 입에 맞는 예증, 또는 선입감을 심어주는 감정적인 어법 등을 사용하는 일을 떳떳하게 여기지 않고 냉정한 이성의 논리에만 호소하려고 한다. 문체가 어려우면 어려울수록 그 문체와 씨름함으

---

242) James Mill(1773~1836) : 영국의 철학자 · 경제학자.

로써 윤리적·지적인 뼈대는 그만큼 견고하게 되어간다는 빅토리아조 특유의 생각에 그 또한 힘을 입었던 것이 분명하다.

제임스 밀의 수사법의 기초는, 조심스럽게 조건이 붙어 있기는 하지만, 모든 경우를 포괄하려는 법률 문체의 모방이라는 것을 우리는 깨닫는다. 이 비슷한 방법을 문학에서 사용한 예는 이미 언급한 헨리 제임스의 후기 작품에 나오는 포괄적인 긴 문장이다. 비감정적인 수사법을 이렇게 추궁해가면 몇 가지 중간적 단계를 거친 후 마침내 우리는 판에 박은 듯한 개념적인 문구, 즉 관공서식의 딱딱한 말투나 까다롭고 애매모호한 관청의 용어로 알려진 그런 문구에 이르게 된다. 밀은 개성의 소리로서가 아니라 이성 그 자체의 소리로서 말하려고 하였지만, 밀의 이같은 식의 소망을 소박하게 강화하면 결과적으로 판에 박은 듯한 그런 문구가 생기는 법이다. 정부의 보고서, 관청간의 각서, 군대의 명령서 등에 나타나는 판에 박은 듯한 문구는 가능한 한 비개성적인 것이 되고자 하는 소망의 결과이다. 즉 '정상적'인 상태에서 움직이고 있는 조직이라든가 또는 전산기의 익명의 신을 언어적으로 표상하려는 소망의 결과인 것이다.

물론 실제로 들리는 것은 고독한 군중의 목소리이며, 외부지향적인 순응주의자의 불안의 목소리인 것이다. 의학용어를 빌려서 이런 종류의 판에 박은 듯한 문구를 '양성적(良性的)인 것'이라고 일컬을 수도 있다. 틀림없이 언어의 병이기는 하지만 아직은 선동 정치가의 웅변처럼 암 같은 치명적인 병은 아니다. 이런 문구는 저널리즘 전체 속에서 발견되며, 또 인문과학자를 포함하여 대부분의 전문가들의 문장의 정식 복장이 되고 있다. 이런 문구가 악성적인 것으로 바뀔 수 있었던 것은 오웰의 『1984년』에 나타나 있는 그대로이며, 여기에서는 이런 문구가 더 악성적인 것으로 진전되어 '신언어'(New speak)라고 불리면서 희화화(戱畵化)되고 있다. 희화화되고 있는 그 '신언어'는 의사논리적(擬似論理的)으로 단순화된 언어로서, 판에 박은 듯한 감정적인 문구와 똑같이 완전한 자동상태를 목표로 하고 있는 것이다.

문학이란 상상력이라고 일컬어지고 있는 완전히 통합된 감정적인 의식을 언어에 의해서 표현한 것인데, 우리가 이런 문학에서 멀어지면 멀어질수록 그만큼 반사작용을 표현하기 위해서 언어를 사용하는 것에 점점 우리 자신이 가까워져 가는 것을 알고도 놀라지 않는다. 우리가 감정의 방향으로 나아가든 이성의 방향으로 나아가든 도달하는 점은 똑같은 것이다. 그 도달점이란 문학과는 정반대의 극에 있는 것으로 여기에서는 언어는 다람쥐의 재잘거림처럼 끝없는 무의식의 심리를 계속 반영하고 있다.

이 에세이를 시작했을 때 우리는 비문학적인 언어구조의 특징은 문법과 논리의 직접적인 결합에 있다고 시사한 바 있는데, 논술적인 작가가 회피하려고 함에 따라서 오히려 증대하기 쉬운 그런 개념의 수사법이라는 것이 존재한다면 문법과 논리의 결합은 결국 존재하지 않는 것처럼 보인다. 언어를 기능적으로 사용하는 수사적인 문제를 포함해서 언어의 기술적(技術的)인 모든 문제가 늘 따라다닐 것이다. 따라서 문법에서 논리에 이르는 길은 단 하나밖에 없고, 그 길은 수사라는 중간 영역을 통하는 길인 것이다.

우선 우리가 알고 있는 사실은 문법을 논리에, 또는 논리를 문법에 귀착시키려고 하는 시도는 성공을 거두지 못하고 있다는 점이다. 만일 이 둘 사이에 중요하게 보이는 비수사적인 공통의 요소가 많다면 사정은 달라질 것이고, 비문학적인 문체가 이 공통의 요소 위에서 구축될 수 있을 것이다. 논설적인 성격을 띠고 있는 이성이 오랫동안 특별한 권위를 가지고 있었기 때문에 논리가 언어의 형상인(形相因)이라든가, 논리적인 원칙에 의한 보편적인 문법이 가능하다든가, 언어 표현의 수단은 전부 체계화될 수 있다는 등의 생각이 조장되어왔다. 인간의 언어를 사용하는 데에는 추론 외에도 많은 방법이 있기에 우리는 오늘날 추론은 언어의 특수기능의 하나라는 생각에 익숙해 있다. 인간이 언어 사용의 필요성을 느꼈던 것은 먼저 논리적으로 말하기 위함이었다는 증거는 아무것도 없는 것 같다.

논리를 문법에 귀착시키려고 하는 시도는 이보다 새로운 것이지만, 이것 또한 크게 성공을 거두지 못하고 있다. 논리는 문법에서 생성한다. 문법은 언어에 내재하고 있는 무의식적인 또는 잠재적인 논리이다. 우리는 이따금 개념적인 사고의 포괄적인 형식은 그 기원이 문법적이라는 것을 발견하게 된다. 아리스토텔레스의 논리학에서 주어·술어 관계가 흔히 있는 예이다. 폴리네시아어의 마나(mana)[243]나 이러쿼이어의 오렌다(orenda)[244] 등과 같은 원시적인 언어에서의 유동적인 개념들은 인류학자에 의해서 자주 언급되고 있는데, 이 개념들은 분사적인 또는 동명사적인 개념이다. 따라서 이들은 물질과 에너지가 아직 분명하게 분리되어 있지 않은 사고의 세계에 속하며, 그리하여 이런 세계에서는 보다 고정된 우리의 언어구조와는 달리 명사와 동사가 분리되어 있지 않다.

그러나 핵물리학에서도 물질과 에너지 역시 분명히 나누어져 있지 않으므로 우리는 스스로 이러한 '원시적'인 어법으로 되돌아가는 편이 좋을지도 모르겠다. 가령 원자라든가 빛이라든가 하는 말은 명사이므로, 이 말들이 현재 담당하고 있는 의미를 나타내기에는 지나치게 물질적·정적이라서 기호로서는 불충분한 것일지도 모른다. 그리고 이 말들의 개념이 물리학자의 방정식에서 빠져나와서 현대사회의 상식적인 언어장치에 들어올 경우 그와 같은 번역작업에 수반되는 문법상의 난점은 분명히 드러나게 마련이다.

그럼에도 불구하고 논리를 문법에 귀착시키려고 하는 학설에는 학자에게 낯익은 오류가 있다. 그 오류란 우리가 어떤 사물의 본질을 설명하려면 그 사물이 그밖의 다른 무엇에 기원되고 있는 것을 분명하게 함으로써 설명이 가능하다고 생각하는 점이다. 논리는 문법에서 생성되어

---

243) 인간이나 물건에 머물러 있는 영적인 힘을 가리킨다.
244) 인디언의 말로서, 주문 등에 의해서 만들어진 마술적인 힘을 가리킨다.

왔을지 모르겠지만, '무엇에서 생성된다'(grow out of something)라는 말은 부분적으로는 '그 무엇보다 더 커진다'(outgrow)라는 말이기도 하다. 왜냐하면 문법 역시 논리의 발전을 방해하는 힘일 수도 있으며, 논리상의 혼란을 가져오고, 또 의사문제를 만들어낼 수 있는 커다란 원인일 수도 있기 때문이다. 이런 혼란들은 심지어 동음이의가 만들어내는 엄청난 오류보다 더욱 광범위하게 걸쳐 있다(우리가 취급하는 많은 현상과 똑같이 동음이의의 말놀이도 문학에서는 구성원리의 하나이고, 논술적인 글에서는 장애의 하나이기도 하다). 가령, 정관사를 부정관사로 바꾼다든가, 동일성을 나타내는 진술 대신 능동형의 동사를 사용한다든가 하는 문법적인 변형에 의해서 장문의 논의들이 절멸될 수가 있는 것이다.

그러나 "이성은 정신의 한 가지 기능이다"(reason is the function of the mind)라고 말하면 논쟁에 이를 가능성은 없다. 그런데 "정신의 기능은 바로 이성이다"(reason is a function of the mind)라고 말하면 우리는 정신의 유일한 본질은 무엇인가에 대한 쓸데없는 논쟁에 휘말려들어가는 꼴이 된다. 이와 흡사하게 "예술은 전달한다"(art communicates)라고 말하면 누구에게도 분명한 예술의 복수(復數) 기능을 인정하는 것이 되어 만족스럽겠지만, "예술은 전달이다"(art is communication)라고 말하면 이 비유가 하나의 단정으로 해석되기 때문에 우리는 끝없이 맴도는 논쟁 속에 어쩔 수 없이 휘말리게 된다.

그러므로 대부분의 논리학자가 문법이란 논리의 병과 같은 것이라고 생각하고, 그들 중의 일부가 수학이야말로 논리에서의 일관성의 진정한 근원이라고 주장하는 것도 놀랄 일은 못 된다. 이 점에 대해서 필자에게는 별도의 의견이 있는 것은 아니지만, 다만 언어를 기능적으로 사용할 경우 이런 경우마다 언어에 관계되는 모든 문제가 늘 따라다닌다는 것만을 반복해서 말하고 싶을 뿐이다.

문법과 논리 둘 다 내면적인 대립을 통해서 발전하는 것 같다. 인문주의의 전통은 언어상의 갈등이 정신의 훈련에 중요하다고 늘 강조해왔으나, 이는 당연한 것이었다. 만일 우리가 다른 나라의 말을 알지 못하면 우리의 사고를 감싸고 있는 모국어의 구문론에서부터 우리의 관념을 해방시키기 위한 가장 좋은 그리고 가장 간단한 기회를 놓쳐버리는 것이 된다. 이와 흡사하게 논리도 사고에서의 대립의 원리인 변증법이라는 것 없이는 발전할 수가 없다. 그런데 서로 다른 나라의 말을 하는 사람들이 만나서 이야기할 때 그들이 서로 이야기를 전달하려는 노력에서 어떤 표의적(表意的)인 구조가 만들어진다.

숫자 5를 읽는 법은 five, cinq, cinque, fünf 등 여러 가지이나, 표의문자로서의 그것은 모든 사람에게서 동일한 숫자를 나타내고 있다. 이와 비슷하게 영어의 time과 불어의 temps은 순수한 언어학적인 관련에서 볼 때 서로 다르다. 그러나 프루스트나 베르그송의 시간론을 영어로 옮길 때에 실제로 불편은 없으며, 또 의미를 잘못 이해할 중대한 위험도 없다. 영어와 줄루어 등처럼 다른 문화권에 속해 있는 언어의 경우에는 이 표의적인 구조를 만드는 것이 한층 어렵기는 하나, 어떠한 경우에도 그것은 다소 가능한 것처럼 생각된다. 프랑스어에는 영어의 모든 단어와 관념에 대응하는 단어와 관념이 있다.

그러나 폴리네시아나 이러쿼이 사회에 들어가 "당신들의 언어로는 신, 영혼, 현실, 지식 등에 해당하는 단어는 각각 무엇인가"라고 물어본다면 분명히 헛수고가 될 것이다. 이런 단어들과 관념들은 존재하지 않을 수도 있으며, 우리 쪽에서도 마나나 오렌다에 해당하는 단어가 무엇인가를 그들에게 말할 수 없는 것이다. 그럼에도 불구하고 만일 끈기있게 또 상대방의 입장이 되어서 연구를 계속하면 결국 폴리네시아인이나 이러쿼이인의 마음 속에 일어나고 있는 것을 분명히 발견할 수 있으리라 본다.

어떤 점에서는 똑같은 언어를 말하는 인간끼리의 전달의 문제는 이보다 더 커다란 문제를 내포할 수도 있지만(전달의 문제가 있다는 것을 알아차리기가 어렵기 때문에), 그 문제도 결국은 극복될 수 있는 것이다. 표의적인 내부구조는 다른 두 언어 사이에서는 언어학적으로 만들어지고, 또 똑같은 언어를 말하는 두 사람 사이에서는 심리학적으로 만들어지나, 그 어느 쪽에서도 언어를 합리적인 사고에 동화하는 능력은 이런 표의적인 구조에서 발달해나간다.

다른 두 언어 사이에, 또 똑같은 언어에서의 두 개인적 의미구조 사이에 있는 이 표의적인 중간영역은 그 자체 상징적인 구조이기에 단순한 두 언어의 대조사전(bilingual dictionary)이 마땅히 될 수 없을 것이다. 따라서 표의기호는 순전히 문법적인 것도 아니고, 또 순전히 논리적인 것도 아니다. 그것은 동시에 이 양자이며, 게다가 수사적인 것이기도 하다. 왜냐하면 표의기호는 수사법과 똑같이 **청중을** 존재케 하고, 또 의식의 언어를 연상의 언어로써 보강하기 때문이다. 요컨대 표의기호는 하나의 은유이기에 두 가지 사물—이 두 가지 사물의 각자는 그 자체의 형식을 그대로 유지한다—을 동일화하는 작용이다. 이런 맥락에서 바라보면 표의기호는 한 사람이 X라고 뜻하는 것을 또 한 사람은 Y라고 뜻한다는 것을 인식시키는 일이다. 시의 은유는 순전히 가설이므로 여기에서 말하는 표의기호와는 다를지도 모른다. 그러나 은유란 단순히 '이것은 저것을 뜻한다' 식의 기호로부터의 정신의 비약이며, 이와 같은 비약은 표의기호에도 존재한다.

이 모든 점을 독자가 인정해줄지 어떨지는 모르지만 문법과 수사법, 수사법과 논리 사이의 연결이 가능하다*는 것을 기꺼이 인정할 수도 있을 것이다. 이 연결은 이제까지 무시되어왔으나 사실 결정적으로 중요한 것이다. 먼저 문법과 수사의 연결을 문제삼아보자.

대부분의 경우 언어적 창조는 연상에 의한 허튼 소리에서 시작하며, 이 허튼 소리에는 음과 의미가 함께 관계되어 있다고 말한 것을 우리는 기억하고 있다. 이 결과로서 나오는 것이 시적 애매성이다. 앞서 말한 것처럼 시인은 자신이 사용하는 언어에 대한 정의를 내리지 않

---

* 여기서 필자가 제출한 견해 몇 가지를 비판하려면, 데이비(Donald Davie), 『명석한 활력』(1955), p.130 이하를 볼 것.

고, 그 언어를 갖가지 다양한 문맥 속에 놓음으로써 그 언어의 효력을 확립한다. 시적 어원학, 즉 음이나 의미에서 비슷한 단어를 결부시키려는 경향이 중요한 것은 이 때문이다. 이 경향 자체가 몇 세기 동안 진정한 어원으로서 얼렁뚱땅 통용되었으며, 학생들은 시적 연상에 의해서 사물을 생각하도록 배워왔다. 이리하여 그들은 눈은 물리적으로도, 또 어원적으로도, 구름으로부터 생기는 것이고(nix a nubes, '눈은 구름으로부터'), 또 어두운 숲은 햇빛에서 유래한다(대립에 의한 파생으로 유명한 lucus a non lucendo, '숲의 그림자는 햇빛이 비치지 않는 것에서')는 것을 배웠다.

진정한 어원학이 발달했을 때 이 연상과정은 허황한 것으로 팽개쳐졌다. 어느 관점에서 보면 이 과정은 허황한 것이겠지만, 문예비평에서는 이 과정은 중요한 요소로서 남아 있다. A와 B(이 경우에는 두 개의 단어이지만) 사이의 아날로지는 A가 B로부터 연유한다는 생각은 버려졌지만 여전히 중요한 것일 수가 있다는 원칙을 우리는 여기서 다시 만나는 것이다. 프로메테우스를 선견(先見)과, 또는 오디세우스를 분노와 결부시키는 것이 어원적으로 보아서 정당한가 어떤가에 관계없이 시인들은 이런 연상을 인정해왔으며, 이런 연상은 비평가에게는 자료가 된다. '신'비평가들이 사용하는 원칙은 역사적으로도 또 심리적으로도 변호될 수 있는 것이므로 이 원칙은 옛날 시의 언어의 결을 그들이 해석할 때 오해나 시대착오를 범하고 있는가 그렇지 않는가 하는 것과는 관계가 없다.

더욱이 우리는 언어연상이 합리적인 사고에서조차도 여전히 중요한 요소를 이루고 있음을 곧 알게 된다. 가령 번역에서 의미를 전하는 가장 효과적인 방법 중의 하나는 키가 되는 단어를 번역하지 않은 채 원어 그대로 두고, 그리하여 그 단어의 문맥에서 생기는 연상을 독자에게 자국어에 의해서 포착하도록 하는 것이다. 또 어느 철학자의 사상을 이해하려고 할 때 어느 한 가지의 말, 가령 아리스토텔레스의 경우라면 '자연', 스피노자의 경우라면 '실체', 베르그송의 경우라면 '시간'이라는 단어에서부터 시작해서 그 내포적인 의미의 전 영역을 고찰하는 일이 종종 있다. 이와 같은 단어를 충분히 이해하는 것이 체계 전체의 이해의 열쇠가 될 수 있음을 종종 느낀다. 만일 그렇다면 그와 같은 이해는 은유를 이해할 수 있는 열쇠가 될 수 있을 것이다. 왜냐하면 그것은 사상가가 그 단어에 대해서 행한 동일화의 집합이 될 수 있기 때문이다.

이런 내포적인 용어들은 늘 거짓된 것이라고 생각하려고 한다면 우리의 논의는 앞으로 더 이상 진전되지 못한다. 학생들은 때때로 일반 사람들이 용어의 정의를 명확하게 하지 않는다든가, 명쾌한 추론을 하지 않는다든가, 또 자유나 질서에 대해서 논할 때 이 단어들에 감정적으로 집착한다든가 불평만 하는 재주를 몸에 익히고 학교를 졸업한다. 언어에 의한 전달이 무엇이 아닌가를 생각하는 것에서부터 언어에 의한 전달이 무엇인가라는 쪽으로 주의를 옮기면 아마 얻는 바가 한층 많으리라. 전달되는 것은 보통 애매하고 감정에 차 있는 복합체인 것이다.

여하튼 언어를 기호체계로 환원시킬 수 있다는, 말하자면 하나의 말은 언제나 하나의 사물을 가리키도록 할 수 있다는 생각은 환상에 지나지 않는다. 연상에 의한 애매성을 동사와 명사에서부터 제거한다 하더라도 형용사와 부사——이 형용사와 부사는 본질적으로 보편사이다——의 문제가 남을 것이며, 또 최종적으로 전치사와 접속사——이들은 순수한 결합사이다——는 늘 아슬아슬한 의미의 곡예를 행할 것이다. 옥스퍼드 영어사전을 펼쳐서 to, for, in 등의 항목을 얼핏 볼 것 같으면 아무리 콧대가 높은 언어원자론자라 하더라도 낙담하게 될 것이다.

수사와 논리를 연결하는 것은 '낙서', 즉 연상에 의한 도형(圖形)이며, 이는 개념을 공간적으로 표현한 것이다. 상당히 많은 수의 전치사는 공간적인 은유이며, 그 대부분은 인간의 신체의 위치 관계에서 유래된 것이다. up, down, besides, on the other hand, under

등의 단어를 사용할 때마다 우리는 무의식적으로 어떤 도식(그것이 무엇이든 간에)을 그 논의 속에 잠입시킨다. 만일 어떤 작자가 "그러나 다른 한편 반대론의 변호로서 그 이상의 관점을 또 하나 꺼낼 수가 있다"(But on the other hand there is a further consideration to be brought forward in support of the opposing argument)라고 말한다면 고지식하기는 하지만 그는 정규 영어를 쓰고 있는 셈이다. 그러나 그 역시 서재의 전략가가 테이블클로스 위에서 전쟁터의 도면을 휘갈겨쓰는 것과 아주 똑같은 일을 하고 있는 것이다.

아주 흔히 사상의 어떤 '구조'나 '체계'가 도식적인 패턴으로 환원될 수 있다. 사실 '구조'와 '체계' 이 두 단어는 어느 정도까지 도식의 동의어이다. 플라톤이 선분(線分)[245]의 논의에서 한 것처럼 철학자가 이같은 도식의 존재를 인정하고, 그러고 나서 그것을 유도해내면 그 철학자는 독자에게 매우 도움이 되는 존재가 된다. 어떠한 논의에서도 거기에 어떤 종류의 도형적인 공식이 포함되어 있는 것을 깨닫지 못한다면 우리는 더 이상 앞으로 나아갈 수가 없다. 구분, 분류, 장을 분별하는 법, '눈을 딴 데로 돌리자' 라든가 '앞의 논점으로 되돌아가면' 이라든가의 문구로 나타내는 위치전환법(topotropism, 필자의 이 조어법이 정당하다면), 논지에 '딱 들어맞는다' 라든가, 어떤 논점은 '과녁을 찌른다' 든가, 다른 논점은 '과녁을 벗어나 있다' 든가 하는 느낌 등 이 모두가 어떤 종류의 기하학적인 기초를 가지고 있다.

모든 추상적인 언어는 원래 구체적인 것으로부터의 은유이기 때문에 이 추상적인 언어에는 그 의미 변천이 어떻든 간에 원래의 구체적인 의미가 늘 붙어다니게 될 것이라는 생각이 이전에는 흔히 입에 오르내렸다. 이 견해는 오늘날에 와서는 믿어지지 않고 있지만, 이 견해에는 여전히 많은 진리가 포함되어 있다. B는 A에 좌우된다라든가, B를 A

---

245) 『국가』, 6권.

에 포함시킨다라든가 하는 표현을 사용할 때, B는 A에 걸려 있다든가, B를 A에 감싼다든가 하는 뜻을 어느 정도 내포함이 없이 이런 표현이 가능할 수가 있을지 의심스럽다. 생각컨대 그 견해에서 유일한 오류는 덧붙여진 비유가 반드시 그 말의 본래 어원 속에 함축되어 있다는 가정이다. 물론 작가는 하나의 단어에 그 유래와는 전혀 연관을 인정할 수 없는 하나의 의미를 부여할 수도 있다. 그러나 추상적인 언어와 추상적인 개념은 표면에는 나타나지 않고 잠재해 있는 구체적인 공식에서, 말하자면 차출된 것처럼 보인다. 이 경우 이 공식은 단지 그 단어의 유래 속에서가 아니라 그 단어가 삽입되어 있는 논의구조 속에서 발견된다.

논의에서 연상과 도식이 행하는 역할에 대해서 생각하기 시작하면 우리는 곧 그 연상과 공식이 얼마나 유별나게 퍼져 있는가를 깨닫게 된다. 필자는 한때 어느 목사의 설교를 들은 적이 있는데, 그는 과학은 너무나 차갑고 무미건조한 것이어서 인생의 지침으로서는 도움이 되지 못하며, 또 한편 혁명의 뜨거운 열정도 보다 더 좋은 것을 구하는 사람들의 갈증을 여전히 멈추지 못하기 때문에 종교를 주창했다고 말했다. 이 은유는 흔한 것으로 생각되었다. 그러나 확실히 그의 논의의 시각적인 공식은 냉·온·건·습이라는 실체의 4대 원리를 나타내는 고대의 도식이며, 또 그에게 종교는 뭔가 축축한 것으로, 과학자를 따뜻하게 해주고 혁명가를 식혀주는 생명의 물(fertilizing moisture)을 의미하고 있었던 것이다.

똑같은 원리에 의한 도형적인 공식이 다음과 같은 여러 가지 생각 속에 나타나 있다. 즉 이성은 냉정하며 깨어 있으나 감정은 뜨거우며 취해 있다든가, 현실적인 감각은 신중하게 발을 밟지만 상상적인 감각은 껑충 뛴다든가, 사실은 고체('엄연한'), 가설은 액체(사실을 '은폐'하는), 이론은 기체라든가, 마음의 '내부'에 있는 것은 어둡고 '외부'에 있는 것은 명백하다든가 같은 여러 가지 생각 속에 나타나 있다. 가치평가의 경우도 마찬가지이다. 즉 구체적인 것은 추상적인 것보다 낮다든가, 능동적인 것은 수동적인 것보다 낮다든가, 동적인 것은 정적인 것보다 낮다든가, 혹은 통일된 것은 다양한 것보다 낮다든가, 그리고 단순한 것은 복잡한 것보다 낮다든가 등, 여러 가지 가치평가에도 나타나 있다. 신자들은 천국을 '위'라고 생각하고, 심리학자는 잠재의식을 의식 '아래'에 있다고 생각한다. '위'도 '아래'도 공간적인 은유임은 말할 필요도 없다.

아직 이야기를 한참 계속할 수도 있겠지만, 지금까지 이야기한 바로는 은유를 제거하려고 하는 것보다 단순히 그것을 의식하는 편이 더 현명한 것임이 확실히 명백하다. 다만 상대편의 논의를 멸시할 목적으로 은유를 분석하고자 한다든가, 또는 그건 은유에 '불과한 것이다'라고 말하고자 한다든가 하는 것은 장려할 일이 못 된다. 장려해야 할 일은 분석 그 자체이다. 이 분석 자체가 문예비평가의 활동 분야이며, 이 책의 결론이 곧 시사해주는 것처럼 그 중요성이 점점 더 높아져가고 있다.

서구 문화에서는 전통적으로 논술적인 이성이 왕자의 자리를 차지해 왔다. 종교에서는 성서 이외의 시가 신학자의 명제와 같은 권위로서 인정된 적은 없었다. 철학에서도 이성이 진리의 고위 성직자와 같은 자리를 차지해왔다(셸링의 철학에서처럼 철학 내에서 예술에 특별한 중요성을 주는 특징이 있는 철학을 제외하고는). 과학에서는 똑같은 위계적인 공식이 한층 더 뚜렷하다. 따라서 전통적으로 예술은 '응용'의 형식으로 간주되어왔다. 이성을 정점으로 하는 도식이 전제되어 이성과 그 '하위'의 것, 가령 감정이나 감각을 연결하는 일이 예술의 기능으로 되어왔던 것이다.

이러한 까닭에 언어구조에서의 '응용'이 감정을 돋운다든가, 어떤 형식의 동적 설득을 한다든가 하는 것에 목적을 두고 있음은 놀랄 만한 일이 못 된다. 이런 종류의 응용은 전통적으로 수사학이 변증법에 종속되었던 것과 궤도를 같이 하는 것이며, 그렇기 때문에 수세기에 걸쳐서 널리 인정되어왔던 것이다. 개념의 수사법이라는 개념은 새로운 문제들

을 제기한다. 왜냐하면 이 개념은, 언어에서 만들어지는 것은 그 어떤
것도 언어의 본성과 언어의 조건들을 초월할 수가 없으며, 또 이성이
언어적인 것인 한 그 이성의 본성과 조건들은 변설(辯說) 속에 포함된
다는 것을 암시하기 때문이다.

잠정적 결론

이 책은 비평에서의 다양한 기법과 연구방법을 취급해왔지만 그 대부분은 오늘날의 문학연구에 이미 사용되고 있다. 우리는 원형비평가 내지 신화비평가, 미적 형식주의의 비평가, 역사주의 비평가, 중세의 4단계설[1]을 취하는 비평가, 본문의 정독을 취지로 하는 비평가 등이 총합적인 비평이론에서 어떠한 위치를 차지하는가를 나타내려고 노력해왔다.

이 책의 총합적인 이론이 옳든 그르든 이 그룹들의 어느 쪽도 비평의 영역에서 배제하려고 하는 것은 얼마나 어리석은 일인가 하는 것이 다소나마 이 책을 통해서 전달되었으리라 생각한다.

책의 첫머리에서 말한 것처럼 이 책의 목적은 비평가들에게 새로운 강령을 시사해주려는 것이 아니라, 기존의 갖가지 강령(이 강령들은 그 자체로서 충분한 유효성을 가지고 있다)에 대해서 새로운 전망을 시사해주려는 것이었다. 이 책은 여러 가지 비평방법의 정의(定義)를 구하는 것이며, 일단 그것이 구해지면 어떠한 비평방법도 공격하지 않는다. 이 책의 공격의 표적이 되고 있는 것은 여러 가지 비평방법 사이에 놓여 있는 장벽들이다. 이 장벽들로 인해 비평가는 단 하나의 비평방법에만 틀어박히는 경향이 있는데, 이러한 짓은 할 필요가 없

---

1) 중세의 성서 해석학에서는 하나의 문장이 축자적·도덕적·우유적·신비적인 네 의미의 레벨에서 해석되었다.

다. 또 이 장벽들로 인해 비평가는 다른 비평가들과 접촉하는 것이 아니라 주로 비평 외의 주제와 접촉하는 경향이 있다.

이리하여 서투른 비교종교학 같은 신화비평, 서투른 의미론 같은 수사비평, 서투른 형이상학 같은 미학적 비평 등의 논문들이 산출되는 것이다. 이러한 논문들의 수는 많다는 정도를 지나서 지나치게 많다.

원형비평은 이 장벽들을 타파하는 과정에서 중심적인 역할을 한다고 생각하므로 필자는 그것을 가장 두드러지는 위치에 놓았다. 신화의 우유적인 해석*은 보통 공상적인 난센스라고 생각되고 있지만, 사실 신화의 우유적인 이러한 해석은 우리 문화전통의 한 요소로서 중세와 르네상스의 문예비평에서는 대단히 높은 지위를 차지하고 있었으며, 산발적으로(가령 러스킨의 『하늘의 여왕』) 우리 시대까지 계속 이어져 내려오고 있다. 신화의 우유화(寓喩化)적인 해석은 이러이러한 설명이 이러이러한 '신화의 의미인 것이다'라고 간주하는 가정에 의해서 방해받고 있다. 신화는 의미의 구심적인 구조이기 때문에 무한한 수의 내용을 뜻하는 것이 될 수 있다. 따라서 신화가 실제로 어떠한 뜻을 가져왔는가를 연구하는 편이 보다 수확이 많을 것이다.

신화라는 용어는 갖가지 주제에서 각각 다른 의미를 가질 수 있는 것이며, 또 분명히 그렇게 되고 있다. 이 갖가지 의미들은 결국에 가서 조정될 수 있음이 확실하지만 그 조정이 앞으로의 과제이다. 문예비평에서 신화는 궁극적으로 **뮈토스**, 즉 문학형식을 성립시키고 있는 구성원리의 하나를 의미하고 있다. 우리는 주석이란 우유화라고 일찍이 언급했음을 기억하고 있다. 문학의 걸작은 그 어느 것이든 무한한 양의 주석을 담당할 수 있는 것이다. 이 사실은 이따금 비평가를 우울증에 빠지게 한다.

---

* Jean Seznec, 『살아남은 이교신(異教神)』(Barbara Sessions 옮김, 1953), 2부를 볼 것.

비평가는 가령 『햄릿』에 대해서 말하여질 수 있는 것은 모두 다 이미 여러 번 다른 사람들에 의해서 말해졌음이 틀림없다는 식으로 느낀다. 학식이 풍부하고 깊은 뜻까지 파고들어가는 빈틈없는 비평가 A나 B가 『햄릿』을 읽고 느낀 것에, 이들 못지않게 학식이 풍부하고 깊은 뜻까지 파고들어가는 빈틈없는 비평가 C, D, E 등등이 느낀 것이 겹쳐 쌓여서 마침내 순전히 자기의 느낌을 보존하고자 하는 필요에서부터, 그 대부분은 읽혀지지 않은 채 방치되든가, 그렇지 않으면 (문화적으로는 대체로 똑같은 것이지만) 전문가의 손에 맡겨진다. 따라서 문학 전체의 원형적인 형태를 생각에 넣지 않은 주석은 신화의 우유적인 해석의 전통을 잇는 것이며, 동시에 그 특징인 재기발랄함, 정묘함, 그리고 불모성 등의 성질도 이어받는 것이다.

이런 사태에 대한 유일한 처방은 우유비평을 원형비평에 의해서 보충하는 것이다. 비평의 출발점은 본문의 검토에 있지만, 그 최종적인 목표는 전체적인 형식으로서의 구조의 검토에 있는 것이라고 느낄 때 이런 느낌이 막연한 것이라 하더라도 그렇게 느끼자마자 사태는 보다 희망적인 것으로 된다. 연(鳶)에 매여 있는 연줄처럼 주석을 붙잡아놓는 끈으로서 본문을 사용하는 것만으로는 충분하지 못하다. 왜냐하면 표면적인 의미에 대해서 일차적인 주석을 전개하고, 다음에 무의식적인 의미에 대해서 이차적인 주석을 전개하고, 그러고 나서 그 작품의 문학적인 관습과 외적인 관련에 대해서 삼차적인 주석을 전개하는 등 무한히 계속해나갈 수 있기 때문이다.

이런 실행은 현대의 비평가에게만 국한되는 것은 아니기에 베르길리우스의 『목가』 제4번을 메시아적인 것으로 해석하였다 하더라도 그것은 역시 베르길리우스가 '무의식적으로' 구세주의 도래를 예언하고 있었다라는 가정에 의한 것이다. 그러나 베르길리우스는 주석이 될 수 있는 모든 것을 무의식적으로 의미하고 있었던 것이다. 그리고 베르길리우스와 이사야는 영웅탄생신화에 관계되는 똑같은 타입의 이미지군을 사용하고 있다든가, 또 이런 유사성 때문에 가령 『그리스도의 탄생에 부치는 송시』는 이 두 시인을 다 같이 이용할 수 있는 것이라고 말하는 편이 한층 더 단순하다. 이런 절차에 의해서 주석은 분산될 수가 있고, 그리하여 개개의 작품이 각각 고립된 연구의 중심이 되는 것을 막을 수가 있다.

　직접 가르치고 배우게 되는 것은 비평이지 문학이 아니라는 것이 우리의 원칙이었다. 이에 따르면 비평이론은 '인문과학'의 교육면을 포괄하는 것이다. 이리하여 비평이론이 혼미해 있다는 느낌은 인문과학의 '운명' 또는 '위기'에 대한 관심으로 쉽사리 투영되고 있다. 따라서 비평 내의 장벽들을 무너뜨리면 비평가는 그가 하나의 전체로서의 문예비평이 다른 여러 학문과 가지는 외적인 관계를 보다 강하게 자각한다는 장기적인 효과를 얻을 수 있을 것이다. 이 마지막 문제에 대해서는 몇 가지 최종적인 의견을 피력하겠는데, 그 까닭은 필자에게는 이 책에서 논했던 여러 문제가 안고 있는 보다 큼직한 논점들을 전적으로 회피한다면, 이것은 다만 지나친 신중함에 지나지 않으며, 실은 불성실에 가까운 것이라고 느껴지기 때문이다.

　예술의 생산은 보통 생물에서 취한 '창조적' 비유를 사용해서 설명된다. 인간의 생활에는 보다 '저급한' 존재의 어떤 면을 모방하려고 하는 기묘한 경향이 있기에, 가령 제의는 일 년을 단위로 하여 순환하는 돌(turning year)의 리듬에 대한 식물의 미묘한 공시적인 동조(synchronization)를 모방한다. 인간의 문화도 무의식 가운데 생명의 리듬을 모방하는 것이라는 생각도 그것 자체로서는 불합리한 것이 아니다. 이보다는 다소 세련된 방식으로 예술가들은 과거의 선배 예술가들을 모방하는 경향이 있다. 이렇게 해서 생기는 문화적인 전통은 차제에 나이를 먹어가고, 어떤 커다란 변동이 그 과정을 단절하고 새로운 재출발을 촉진할 때까지 계속해간다. 그러므로 역사비평의 포괄적 형식은 우리 시대의 대부분의 철학적 역사가들이 이런저런 식으로, 특히 이들 가운데 슈펭글러가 가장 명료하게 전제하고 있듯이 다분히 생물의 그것에 준

하는 문학적인 연령의 리듬인 것이다.

우리가 살고 있는 이 시대는 '서구' 문화의 '말기'이며, 그 청춘기는 중세였다는 것, 또 우리가 살고 있는 이 시대는 고전 고대문화의 로마기(期)와 유사하다는 생각 등이 사실상 누구에 의해서도 당연한 것으로 받아들여지고 있으며, 이런 생각은 우리가 살고 있는 이 시대의 세계관의 피할 수 없는 필연적인 범주의 하나인 것처럼 보인다. 첫번째 에세이에서 필자가 더듬어서 조사했던 여러 양식의 진전도 이와 같은 문화사관에 얼마간의 유연성을 갖고 있는 것 같다.

이런 종류의 관점은 그것이 어떠한 것이든 간에 채용된다면 주인의 취향에 맞게 형이상학적으로 장식될 수가 있다. 그러나 이런 관점이 '숙명론적'으로 되어야 할 하등의 이유는 없다(사람은 해마다 늙어간다고 말하는 것이 숙명론이 아니라고 하면). 또 이런 관점이 불가피한 역사의 순환론이라든가 미래예정설 등 그 어떠한 이론도 포함할 하등의 이유가 없다. 물론 이런 관점이 왜곡되어서 수사적인 가치판단의 기초가 되어서는 안 된다. 가령 중세문화에 대한 감상적인 관점에는 수사적인 가치판단이 자리하고 있는데, 이 관점에 의하면 중세문화는 거대한 종합을 맞이한 후 잇달아 점차 해체의 과정을 겪었다는 것이다. 말하자면 세분화·전문화가 되어서 마침내 우리 모두가 오늘날 우리가 처해 있는 '궁지'로 이르게끔 점차 해체의 과정을 겪었다는 것이다.

18세기 중기 이래 거의 모든 세대에서 중세문화의 통일성이나 기타의 특질을 어느 정도 당대의 세계에 부활시키려고 하는 운동이 이런저런 식으로 환영을 받아왔다. 모차르트 이후의 음악을 즐길 수 없는(기점은 어디에 두어도 좋지만) 사람들에게서 똑같은 관점의 변형을 볼 수 있으며, 기타 자본주의 문화의 퇴폐를 운운하는 마르크스주의자나 새로운 암흑시대로의 역행을 이야기하는 경세가(警世家) 등에게서도 볼 수 있다. 이 모든 사람들은 준(準) 생물학적인 역사관의 다소 혼란된 형태를 기초로 하고 있다.

예술은 발전하지도 진보하지도 않는다는 것이 문예비평의 정석적인 견해이다. 즉 예술은 고전(古典) 또는 모범을 낳는 것이다. 석기 시대에서부터 피카소에 이르는 회화의 '발전'을 말해주는 책들을 언제나 살 수는 있지만, 회화에는 발전이라는 것을 볼 수 없고 단지 기법상의 변이의 연속만이 있을 뿐이다. 피카소도 마들렌 문화[2]의 선배 화가들과 너무나 똑같은 수준에 있기 때문이다. 각양각색의 예술에서 우리는 그때그때 알맞게 결정적인 계시의 느낌을 경험한다. 팔레스트리나[3]의 모테트나 모차르트의 희유곡을 들으면 우리는 이것이야말로 음악 바로 그 자체의 목소리라고 느낀다. 즉 이와 같은 소리를 표현하기 위해서 음악이라는 것이 발명된 것이라고 느낀다.

이런 단순성을 경험함으로써 우리는 단순한 것은 진부한 것의 정반대라는 사실을 깨닫게 되는데, 이는 그 예술에서 가능한 표현의 극한이 영구히 구명되었다는 느낌인 것이다. 이런 느낌은 비평에 속하는 것이 아니라 직접 경험에 속하는 것이지만, 예술에서 얻을 수 있는 가장 깊은 체험은 기존의 예술에서 얻어지는 것이라는 비평원리를 암시하고 있다.

예술에서 진보하고 있는 것은 예술에 대한 이해이며, 또 이 이해에서 결과적으로 생기는 것이 사회적인 세련됨이다. 문화에 의해서 이익을 얻을 수 있는 것은 그 생산자가 아니라 소비자이며, 소비자는 보다 인간적이 되고 보다 자유로운 교육을 받게 된다. 대시인이 현명하고 선량한 인간이 되어야만 할 까닭은 없으며, 또는 심지어 어느 정도 참을성 있는 인간이 되어야만 할 까닭도 없다. 그러나 독자 쪽은 그 시인의 작품을 읽음으로 해서 인간적으로 성장해야 할 까닭이 많은 것이다. 따라서 문화의 생산은 제의와 똑같이 생물의 리듬과 변화를 반쯤은 무의식적으로 모방하는 것일지도 모르겠지만, 문화에 대한 반응은 신화의 발생과 똑같이 혁명적인 의식행위인 것이다.

---

2) 후기 구석기시대 최후의 문화. 동굴벽화로 알려져 있다.
3) 16세기 최고의 이탈리아 교회음악 작곡가.

현대에서는 복제회화(復製繪畵), 음악 레코드, 현대적 도서관 등으로 대표되고 있듯이 예술연구의 기술적 능력이 발달하고 있는데, 이는 문학혁명의 일부를 이루는 것으로 인문과학을 자연과학처럼 새로운 전개의 가능성에 찬 분야로 만들고 있다. 왜냐하면 이 혁명은 단지 기술상의 혁명만이 아니라 정신적 생산력의 혁명이기도 하기 때문이다. 현대적인 인문과학의 전통 그 자체는 인쇄술의 발명으로 시작되는 것이지만, 인쇄술이 끼친 직접적인 영향은 새로운 문화를 자극하는 데 있었다기보다 오히려 과거의 유산을 집성하는 일에 있었던 것이다.

과거의 예술작품 대부분은 그 당시에 어떤 사회적인 기능을 가지고 있었는데, 그 기능은 기본적으로 전혀 미적인 것이 아닌 경우가 많았다. '예술작품'이라고 두루 규정되는 개념에 의해서 회화, 조각, 시, 악곡 전체를 종합한 것은 비교적 현대의 생각이다. 우리는 페루의 직물, 구석기시대의 그림, 스키타이[4]의 말[馬] 장신구, 콰키우틀[5]의 가면 등에 미적인 충동이 작용하고 있음을 인식할 수 있으나, 이때 우리는 어떤 고도로 세련된 추상을 행하고 있는 것이며, 이 추상은 이런 물건들을 만든 사람들의 정신적인 습관의 테두리 밖으로 벗어나서 행해지는 것이라고 할 수 있다.

그러므로 어떤 물건이 예술작품 '이다', 아니다의 문제는 그 물건 자체의 성질에 호소해서 해결될 수 있는 것은 아니다. 예술이다, 아니다를 결정하는 것은 관습, 사회적인 인지(認知), 그리고 보다 넓은 의미에서의 비평의 활동인 것이다. 그 물건이 본래 즐거움을 위해서가 아니라 오히려 사용을 위해서 만들어진 것이라면 아리스토텔레스적인 예술의 개념에서 벗어나는 것이 되겠지만, 현재에서는 그 물건이 우리의 즐거움을 위해서 존재할 것 같으면 우리는 그것을 예술이라고 부르는 것이다.

---

4) 옛날 흑해·카스피해 북방에 있던 나라이다.
5) 캐나다 태평양 연안의 인디언 부족이다.

644

　어떤 것이 이런 방식으로 다시 분류되면, 그것은 본래 기능의 많은 것을 잃게 된다. 가장 광신적인 역사비평가조차도 여러 이유 때문에 우리가 셰익스피어와 호메로스를 위대한 작가로서 찬양한다는 것을 인정하지 않을 수 없겠지만, 이 작가들 자신은 (그들이 살았던 사회는 말할 필요도 없이) 대부분 그 이유들을 잘 모르고 있었을 것이다. 그러나 우리는 예술작품으로부터 단순히 그 예술작품의 본래의 기능을 빼앗아버리는 예술관에 전혀 만족할 수 없다. 비평의 과제 중 하나는 기능을 회복하는 일이다. 물론 본래의 기능을 회복하는 것(이것은 문제가 되지 않는다)이 아니라 새로운 문맥에서 기능을 재창조하는 일인 것이다.

　키에르케고르는 그의 흥미 깊은 조그마한 책 『반복』에서 보다 전통적인 플라톤의 용어, 상기(anamnesis) 대신 이 '반복'이라는 용어를 사용할 것을 제안하고 있다. 키에르케고르가 사용하고 있는 반복이라는 용어는 경험을 단순히 반복하는 것이 아니라 경험을 재창조하고, 그 경험에 생명을 불어넣어서 눈뜨게 하는 것을 의미하는 것 같다. 그리고 이 과정의 종국적인 목표는 「계시록」에 기록된 신의 약속—"보라, 내가 만물을 새롭게 하노라"[6]—에 있는 것이라고 그는 말하고 있다.

　인문과학의 과거로 향하는 관심이 자주 비난의 표적이 되어왔지만, 비난하는 자들은 우리 인간이 과거를 대면하고 있다는 사실을 잊고 있는 것이다. 과거는 그림자에 불과할지 모르지만 존재하는 것은 과거뿐이다. 플라톤이 인간을 두고 그린 우울한 이미지에 의하면 인간은 객관세계라는 벽과 대면한 채 그의 배후에서부터 태양과 같은 불꽃에 의해서 투영되는 여러 가지 어른거리는 모양을 주목하고 있다. 그러나 이 어른거리는 그림자들이 과거의 그림자일 때 이 아날로지는 힘을 상실한다. 왜냐하면 우리에게 그 그림자들을 볼 수 있는 유일한 빛이 있다면 그것은 오직 우리 내부에 있는 프로메테우스의 불이기

---

6) 「요한계시록」, 21장 5절.

때문이다. 이 그림자들의 근원이 되는 실체는 우리 자신의 내부에만 있을 수 있는 것이다. 그리고 우리가 사용한 비유들이 이따금 보여주었듯이 역사비평의 목표는 일종의 자기 부활, 우리 자신의 안력(眼力)에 의해서 혈육의 옷을 입고 있는 백골의 골짜기를 현혹케 하는 환술(vision)이다.

과거의 문화는 인류의 기억일 뿐만 아니라 우리 자신의 매몰된 생활이기도 하다. 그리고 과거의 문화를 연구함으로써 우리는 하나의 인식의 장면에 이르게 된다. 말하자면 우리는 지난 과거의 생활이 아니라 현재의 생활을 둘러싸고 있는 문화의 전체 모습을 인식하게 되는 것이다. '새롭게 한다'[7]라는 의무를 부담하고 있는 것은 시인만이 아니다. 독자도 그 의무를 부담하고 있는 것이다.

이 '반복'의 감각이 없으면 역사비평은 문화의 소산을 우리 자신이 가지고 있는 관심의 영역으로부터 멀어져가게 하는 경향이 있다. 과거의 예술의 현대적인 의의를 인식함으로 해서 역사주의 비평은 평행을 유지하지 않으면 안 되며, 사실 진정한 역사주의 비평가는 모두 그렇게 하고 있다. 그러나 이런 현대적인 의의의 인식이 이따금 현재의 특정한 문제에 한정되어 있다는 것도, 또 이 인식이 현재의 생활의 전망을 확대하는 것으로서가 아니라 현재의 특정한 주의 또는 주장을 지지하는 것으로서 생각되고 있다는 사실도 당연하다.

만일 우리가 살고 있는 현재까지 포함해서 어떤 임의의 시점에서 역사를 횡단하고 나서 그 횡단면을 조사하면 우리는 하나의 계급구조를 얻게 된다. 어떤 사회적 또는 지적인 계급은 그 위신을 높이기 위해서 문화를 이용할 수가 있다. 그리고 일반적으로 도덕적인 비판가들, 위대한 전통의 선정자들,[8] 종교적·정치적인 신조를 변호하는 자들, 탐미주의자들, 급진주의자들, 고전적인 책의 편자 등등은 이런 계급간의 긴

---

7) 에즈라 파운드(Ezra Pound)의 모토.
8) 엘리엇(T.S. Eliot), 리비스(F.R. Leavis) 등을 가리킨다.

장을 대변해주는 자들이다. 그들의 발언을 연구하면 우리는 곧 이런 타입의 윤리비평 가운데 오직 단 하나 진실로 일관성 있는 비평이 철저하고 혁명적인 사회철학에 연결되고 있음을 깨닫게 된다. 이런 철학은 마르크스주의뿐만이 아니라 니체, 19세기의 영국과 20세기의 미국에서의 귀족적인 가치들을 변호한 이론가들에게도 볼 수 있다.

이 모든 경우에서 문화는 인간의 생산력의 하나로서 취급되고 있는데, 이 생산력도 과거에는 여러 다른 생산력과 마찬가지로 다른 지배계급에 의해서 착취당했으나 지금은 보다 나은 사회라는 관점에서 다시 평가되지 않으면 안 되는 것으로 되고 있다. 그러나 이런 이상적인 사회는 오직 미래에서만 존재하는 것이므로 현재 상황에 입각해서 문화를 평가할 때 그것은 그 혁명적 유효성이 어떠한가라는 잠정적인 관점에 의해서 평가되는 것이다.

이 혁명적인 문화관 역시 플라톤으로 거슬러 올라가는 것이며, 선택되는 전통도 늘 『국가』에서의 시인론의 변형인 것이다. 우리가 문화를 어쩌면 실현 가능한 미래사회의 명확한 이미지로 생각하면 우리는 곧바로 어떤 전통을 선택해서 그 순수함을 구하기 시작한다. 전통에 걸맞지 않는 모든 예술가(이 과정을 진행함에 따라서 그 수는 점점 많아진다)는 배척당하지 않으면 안 된다.

이리하여 역사비평이 무작정 문화를 과거에만 관련시키는 것처럼 윤리비평은 무작정 문화를 미래에만 관련시켜 만일 우리가 젊은이들을 교육시키는 일을 지키기 위해서 노고를 아끼지 않으면 마침내 이상적인 사회가 도래할 수 있으리라고 생각하는 것이다. 이와 같은 경향의 사상 전부는 다음 세대에 교의를 주입하는 것으로 끝나는데, 이것은 마치 빅토리아조의 진보주의의 도덕적인 측면이 결국 포드스냅[9]과 '아가

---

9) 디킨스(Charles Dickens)의 소설 『우리들의 공통의 친구』(1864~65)에 등장하는 자존과 자기 만족에 젖어 있는 속된 도덕가. '아가씨의 얼굴을 빨갛게' 하지 않는 것이 윤리의 기준이라고 생각한다.

씨의 빨개진 얼굴'에 이르는 것과 마찬가지이다.

한 사회 또는 한 문명에서 행해지는 활동의 총체는 그 사회의 계급구조를 유지할 뿐만 아니라 또한 그 토대를 좀먹는다. 계급구조를 유지하는 사회적 에너지는 세 가지 주요한 형태로 도착된 문화를 만들어낸다. 그 형태란 단순한 상류계급 문화 즉 허식, 단순한 중류계급 문화 즉 속악, 단순한 하층계급 문화 즉 외잡(猥雜)이다. 매튜 아널드는 이 세 개의 계급을—이들이 계급인 한에서—각각 야만인, 속물, 어리석은 민중이라고 불렀다.[10]

어떠한 종류이든 간에 혁명적인 행동은 한 계급의 독재의 원인이 되며, 문화의 혜택을 파괴하는 것에 이보다 더 재빠른 방법이 없다는 것을 역사의 기록이 명확하게 나타내준다고 생각한다. 만일 우리가 우리의 문화관을 지배자 도덕의 관념에 결부시키면 우리는 야만인의 문화를 얻는다. 프롤레타리아의 관념에 결부시키면 우리는 어리석은 민중의 문화를 얻는다. 또 어떠한 종류의 부르주아적인 유토피아에 결부시키면 우리는 속물의 문화를 얻는 것이다.

철학으로서의 유물변증법을 어떻게 생각하든 간에 인간이 마치 물체처럼 행동하고 또 그렇게 행동하는 것이라고 일컬어질 때, 인간의 행동이 변증법적으로 된다는 것은 확실한 진리이다. 영국이 프랑스와 전쟁에 들어가면 영국의 입장에서의 모든 약점, 그리고 프랑스의 입장에서의 모든 이점은 영국에서는 무시된다. 적과 내통하는 자는 가장 비열한 범죄자가 될 뿐만 아니라, 그가 성실한 동기에서 그렇게 했으리라는 가능성마저 분연히 부정된다. 정신의 진정한 변증법에 대한 물질적·우상숭배적인 대용물이 되고 있는 전쟁에서 사람은 진리의 절반에 의해서 산다. 다른 '관점들'(보통 이들은 뭔가의 사회적인 대립의 막후 인물이다)을 둘러싸고 발생하는 언어상의 모의전(模擬戰)에 대해서도 이와 똑같은 원리가 적용되는 것이다.

---

10) 『교양과 무질서』(1869)에서.

이런 모든 대립에서 해방되도록 노력하면서 아널드의 또 하나의 공리—'교양은 계급의 철폐를 목표로 한다'—를 충실히 따르는 편이 좋을 것 같다. 교양교육의 윤리적인 목적은 해방하는 것에 있다. 그리고 이 의미는 자유로우며 계급이 없고, 세련된 사회를 구상하는 능력을 갖추게 한다는 뜻 외에 다른 것이 아니다. 이런 사회는 존재하지 않지만, 존재하지 않는다는 사실이야말로 교양교육이 상상력의 작품에 깊이 관계하지 않으면 안 되는 하나의 이유인 것이다. 예술작품 속에 있는 상상적인 요소는 예술을 역사의 굴레로부터 다시 해방시킨다. 비평의 총체적인 경험에서부터 나와서 교양교육의 일부를 이루고 있는 그 어떠한 것도, 일부를 이루고 있다는 바로 그 사실에 의해 그것이 본래 무엇에 관련되어 있든 구속에서 벗어난 인간다운 문화공동체의 일부가 되는 것이다.

이리하여 교양교육은 문화적인 작품들을 통해서 교육을 받는 정신뿐만 아니라 문화적인 작품들 자체까지도 해방시킨다. 인간의 예술은 부패에서부터 만들어져 나왔으며, 그 부패의 요소는 예술 속에 영원히 남겠지만 예술의 상상적인 요소는 마치 성인의 유체처럼 그 부패 속에 예술을 보존하는 것이다. 미를 논할 때에는 고립된 예술작품의 여러 형식적인 관계에만 국한할 수는 없다. 예술작품은 사회적인 노력의 도달점, 즉 완전한 문명과 계급 없는 문명의 이념에 참여하는 것을 역시 고려하지 않으면 안 된다. 윤리비평은 이 완전한 문명의 이념을 은연중에 윤리적인 기준(기준은 어떠한 도덕체계와도 전혀 다른 것이다)으로서 호소하는 것이다.

문화는 자유로운 사회의 이념을 은연중에 포함하지만 이 이념은 결코 공식화될 수 없으며, 이에 못지않게 이런 사회를 건설하는 것도 불가능하다. 문화란 현재에서의 사회적인 이상이기에 우리는 그것을 달성하려고 하는 노력에 의해서 우리 자신을 교육하고 우리 자신을 해방시키는 것이지만, 그것을 결코 달성할 수는 없는 것이다. 펴서 읽을 때마다 똑같은 언어들을 나타내는 책과 같이 그것은 무한한 인내를 가지고 우리를 가르치지만 우리는 그것을 소유할 수는 없다. 왜냐하면 그 언어들에 결부되는 의미와 경험은 늘 새로운 것이기 때문이다.

어떠한 사회이든 그 사회가 사회적으로 예측할 수 있는 기준에 의해서 문화의 소산을 제한하지 않는 한 그 자체의 문화를 계획할 수 없다. 윤리비평이 목표로 하는 것은 가치 전환, 즉 그 시대의 여러 사회적인 가치를 냉정하게 바라보고, 그 가치들을 문화가 나타내주는 무한한 가능성의 비전과 어느 정도 비교할 수 있는 능력이다. 이런 가치 전환의 기준을 가진 사람은 지적으로 자유로운 입장에 서 있는 것이다. 이것을 가지지 않은 사람은 그가 최초로 만나는 사회적 가치의 포로가 된다. 즉 습관, 사상교육, 편견 등에 따라 움직이게 되는 것이다.

인간은 자신의 인생의 관객이 될 수 없다는 주장이 현재 유행하고 있는데, 이 주장은 필자에게는 어떤 사회적인 병에 반응해서 발생하는 치명적인 독을 함유한 반 진리의 하나인 것처럼 보인다. 윤리적인 행동의 대부분은 습관에 의한 기계적인 반사행동이다. 그러므로 그 속에 어떠한 자유의 원리라도 수용하기 위해서는 우리는 어떤 행동이론—관점(theoria)의 의미에서의 이론(theory)—을 필요로 하는 것이다. 이 이론은 행동의 목적과 수단에 대해서 한 걸음 뒤로 물러선 채 또는 한 걸음 떨어진 채 바라보는 것인데, 이것은 행동을 마비시키는 것이 아니라 오히려 행동의 목적을 해명함으로써 행동에 대한 의욕을 높이는 것이다.

현대 세계에서 자유론에 대한 위대한 두 고전은 밀턴의 『아레오파지티카』와 밀의 『자유론』인데, 이 둘은 물론 각각 다른 맥락에서 자유의 문제를 다루고 있다. 밀턴에게서 문화란 잠재적인 예언으로, 검열관에 의해서 대표되는 관허의 오류를 사회가 받아들이는 것에 반대하고 이 오류를 심판하는 것이다. 한편 밀에게서 문화란 사회비판이다. 그러나 이런 점을 고려하면 이 두 논문은 다 같이 문화의 자율성에 대한 직접적이고도 현재적인 보증이 있어야만 자유가 비로소 가능할 수 있다고 주장한다. 밀에게서 사상과 언론의 무제한한 자유는 행동의 자유를 기르는 최상의 방법일 뿐만 아니라 행동의 자유를 통제하는 최상의 방법이기도 하다. 왜냐하면 오직 이 수단에 의해서 충동적인 행동이나 맹목적인 행동을 방어할 수 있기 때문이다.

밀턴에게서 양심의 자유는 유년 시절에 얻은 강박관념(보통 양심이라고 우리가 일컫고 있는 것의 대부분이 이 강박관념으로부터 이루어진다)에 귀를 기울이는 자유가 아니라 신의 말씀에 귀를 기울이는 자유이다. 이때 신의 말씀이란 무한한 정신이 유한한 정신에 전하는 말이기 때문에 유한한 정신은 결코 신의 말씀을 결정적으로 이해할 수가 없는 것이다.

이 지점에서 비평의 이론은 보다 광범위한 인문과학의 원리 속으로 조용히 포섭되어가는 것 같다. 이 원리란 인간의 자유는 그의 문화적 유산의 수용과는 끊을 수 없을 만큼 연관되어 있다는 것이다. 필자 자신은 물론 그렇게 믿고 있으며, 이 책을 읽을 대다수의 독자들도 아마도 그렇게 믿고 있으리라 본다. 그러나 우리가 이 정도로 논의를 충분히 다했지만, 비평 기생충설이라는 그 오류의 잔재는 아직 남아 있을지도 모른다. 말하자면 비평은 문화의 소산에 기초를 두고 있으므로 비평가가 자신의 일이 중요하다고 주장하면 주장할수록 그만큼 그는 교양 있는 인간이 예술에서 얻는 당연한 즐거움을 과장시켜, 뭔가 어마어마하고 가까이 하기 어려운 것으로 만드는 경향이 있는 것이 아닐까, 그리하여 문예비평은 문화 대신 탐미적인 미신을, 문학 대신 문호 숭배—아무리 세련된 종류의 것이든 간에—를 초래하는 경향이 있는 것이 아닐까 하는 느낌을 줄지도 모른다.

만일 예술의 심미적·관조적인 측면이 사실상 예술과 비평 가운데 어느 한쪽에서 최종적으로 기댈 곳이 될 것 같으면 위와 같은 비난도 이치에 맞는 것이리라. 여기서 다시 우리를 돕기 위해서 나타나는 것이 원형비평이다. 두번째 에세이에서 우리가 보여주려고 했던 것처럼 우리가 개개의 예술작품을 떠나서 그 예술의 총체적인 형태에 대한 인식으로 향할 때 예술은 이미 심미적인 관조의 대상이 되지 못하며, 하나의 윤리적인 작용인이 되어 문명의 과제에 참여하는 것이다.

이 윤리적인 것으로의 이행에는 시뿐만 아니라 비평도 관련되고 있으나, 그 관련되는 방법 중 일부는 보통 비평의 영역에 속하는 것으로서 인식되고 있지 않다. 가령 확립된 언어적인 패턴이 사회질서의 주된 원천의 하나가 되고 있는 것은 명백하다. 종교에서는 그것은 성전(聖典), 제식문(祭式文), 또는 신앙고백일 것이고, 정치에서는 성문헌법이나, 가령 현대 러시아에서의 레닌의 팜플렛 같은 일련의 이데올로기적인 지시일 것이다. 이런 종류의 언어 패턴은 몇 세기에 걸쳐서 고정된 채로 있을 수 있다. 그 사이 그 패턴에 부여된 의미는 변하여 결국에는 원래의 그림자조차도 머무르지 않을 정도로 될 것이다. 그러나 언어구조는 변치 않은 채 있어야 한다는 생각도 있고, 이 결과 역사적인 변화에 적응해서 그것을 재해석할 필요성도 생기고 해서 이런 생각과 필요성 때문에 비평활동은 사회의 중추*가 되는 것이다.

그러나 우리는 우리의 논의를 마무리짓기 위해서 문학에서 모든 외적인 목표를 제거하여 자기 충족적인 문학 우주를 상정하지 않으면 안 되었던 것이다. 이렇게 함으로써 우리는 다만 심미주의의 관점을 대규모로 부활시켰을지도 모른다. 또 하나하나의 시의 집합 대신에 전체로서의 시를, 경험적인 심미주의 대신에 신비적인 심미주의를 끌어넣었을지도 모른다. 그렇지만 마지막 에세이에서의 논의에서 우리가 도달한 원칙적인 결론은 언어에 의해서 만들어지는 구조는 전부가 부분적으로 수사적이며, 수사적이기에 그것은 문학적이라는 것, 또 수사적인 요소가 전혀 없는 과학적·철학적인 언어구조란 환상에 불과하다는 것이었다. 만일 그렇다면 문학적 우주는 언어적 우주로 확대되고, 심미주의적인 자기 충족의 원리는 성립되지 못할 것이다.

---

* 에즈라 파운드의 '휘청거리지 않는 지렛목'의 개념을 참조할 것.

652

이 논의의 매 단계마다 대단히 복잡한 철학적인 문제가 개재하고 있어 필자에게는 철학적으로 그 문제를 해결할 능력이 없음을 전적으로 깨닫지 못하고 있는 것은 아니다. 그러나 필자는 이외의 것도 깨닫고 있다. 이외의 것이란 오늘날 혼돈의 소용돌이 속에 있는 새로운 지적인 운동이다. 이것은 전달, 상징, 의미론, 언어학, 메타언어학, 프래그머틱스, 사이버네틱스 등과 같은 어휘에 의해서 연상되는 운동으로서, 이 운동은 카시러, 코르지프스키,[11] 그리고 기타 고고학, 수학, 논리학, 공학, 사회학, 물리학 등 최근까지 서로 동떨어져 있는 것처럼 보였던 여러 분야에 종사하는 사람들이 만들어내고, 또 이 사람들을 둘러싸고 만들어진 여러 가지 사상과도 연관되는 것이다.

이러한 운동의 다수는 현대인의 정신을 정서적인 수사의 압제로부터 해방시키고자 하는 욕망, 즉 아이러니의 악용을 통해서 사고를 왜곡시켜 단순한 조건반사의 노예로 만드는 광고나 프로파간다의 압력으로부터 현대인의 정신을 해방시키고자 하는 욕망에서 생겨났던 것이다. 이 운동의 대부분은 또한 많은 논의의 내용을 그 다의적인 구조나 도식적인 구조에 환원시키면서 개념의 수사학의 방향으로 향하여 왔던 것이다.

이런 새로운 소재를 취급한 책에 대한 필자의 지식은, 모세가 산상에서 신을 알았을 때와 똑같이 주로 그 책의 등을 보았다는 정도의 지식이다. 그러나 이 모든 활동에서 중심적인 위치를 차지하는 것은 문예비평이라는 사실이 필자에게는 명백하다. 여기서 필자는 문예비평의 입장에서—물론 매우 추측적인 것이기는 하지만—개인적인 생각을 피력하겠다.

우리는 여러 번 문학과 수학의 아날로지를 암시해왔다. 수학은 물건을 셈하고 재는 것에서 시작하기 때문에 외계에 대한 수량적인 주석(註

---

11) Alfred Korzypsky(1874~1950) : 폴란드 태생의 미국 철학자·수학자. '일반 의미론'의 창시자이다.

釋)인 것처럼 보이나, 수학자는 자기의 학문을 그와 같은 것이라고 생각하지 않는다. 그에게 수학이란 하나의 자율적인 언어이다. 그리고 어떤 점에 이르게 되면 수학은 우리가 기분에 따라 객관 세계, 자연, 존재, 현실 등이라고 일컫고 있는 공통적인 경험의 장(場)으로부터 어느 정도 독립되어 있다. 수학의 술어의 대부분, 가령 무리수(無理數) 등은 공통적인 경험의 장과 어떤 직접적인 관계를 가지지 않으며, 그 술어의 의미는 오직 그 학문 자체 내의 상호관계에 의해서 좌우된다. 수학에서의 무리수는 일반 언어에서의 전치사에 비교될 수가 있다(우리는 전치사의 구심적인 성격에 대해서 주목한 바 있다). 순수 수학과 응용 수학을 구별해본다면 전자는 여러 수적(數的) 관계가 그 이해(利害)를 떠나서 사심 없이 구상된 것으로, 우리는 이 순수 수학이 점점 자체의 내부적인 완성에 더 관심을 가지게 되고, 외적인 기준과의 관계에는 점점 관심을 덜 가지게 되어간다고 생각한다.

우리는 문학 또한 처음에는 외적인 '삶' 또는 '현실'에 대한 주석이라고 생각한다. 그러나 수학에서 우리는 세 개의 사과에서부터 '3'으로, 또 직사각인 밭에서부터 '직사각형'으로 나아가지 않으면 안 되는 것처럼, 소설을 읽을 때에도 인생의 반영으로서의 문학에서부터 자율적인 언어로서의 문학으로 나아가지 않으면 안 된다. 문학 또한 가설적인 가능성에 의해서 진전된다. 그리고 문학은 수학과 같이 늘 유용한 것이지만—유용하다는 것은 공통적인 경험의 장과 지속적인 관계를 가진다는 뜻이다—순수 문학은 순수 수학과 똑같이 그 자체 속에 의미를 안고 있다.

문학도 수학도 사실에서부터가 아니라 가정에서부터 출발한다. 어느 쪽도 외적 현실에 적응될 수 있지만 '순수한', 즉 자기 충족적인 형태로서도 또한 존재할 수 있다. 더욱이 수학도 문학도 논술적인 사고에서 아주 중요한 존재와 비존재 사이의 대립에 쐐기를 박는 것이다. 상징은 바로 상징 그것이 나타내주는 현실이라고 말할 수 없으며, 또 그렇지 않다고 말할 수도 없다. 기하를 처음 배우는 어린아이가 작은 얼룩을 보게 될 때, 처음에 그것은 점이라는 말을 듣고 다음에는 점이 아니라는 말을 듣는다. 이 두 개의 명제를 동시에 받아들이게 될 때까지는 그는 앞으로 나아갈 수가 없는 것이다. 수가 아닌 것이 역시 하나의 수일 수도 있다는 것은 우스운 일이지만, 이 비합리성을 받아들인 결과 영(零)이 발견된 것이다. 문학에도 이와 똑같은 가설이 존재한다. 문학에서는 햄릿과 폴스태프는 존재하는 것도 또 존재하지 않는 것도 아니며, 그리고 허공 중의 형체 없는 것도 문학에서는 땅에 발을 붙이고 이름을 가진다.[12]

우리는 수사학이 논리학과 분명히 다른 점은 수사학이 늘 부정문에 어떤 긍정적인 성질을 주고 있는 점임을 깨닫는다. 논리학은 명제 속에 포함되어 있는 부정사를 세어서 만일 그것이 짝수이면 긍정으로 간주한다. 커뮤니케이션의 역사에서 '돈 같은 것 따위는 없어'라는 말을, 어느 사람이 돈을 가지고 있다라는 뜻으로 해석한 사람은 한 사람도 없을 것이다. 문학의 경우도 이와 똑같은 것이다. 이아고가 오셀로를 향해서 질투심을 조심하시오라고 호소할 때, 그 목적은 오셀로의 마음에 질투심을 심어주는 것이다.

또 『게런션』[13]의 첫머리에 나타나는 부정사들은 논리적으로는 게런션이 영웅이 아니라는 것을 뜻하지만, 수사적으로는 이와 반대로 희생과 인내의 대조적인 이미지를 쌓아올린다. 시인은 결코 단언하지 않는다. 하지만 시인은 또 결코 부정도 하지 않는다. 그리고 이 점에서는 아리스토텔레스의 수사학의 최초의 명제는 성립되지 않는다. 그는 수사란 변증법에서의 **안티스트로포스**(antistrophos), 즉 응답의 합창이라고 말하였던 것이다.

제임스 진스경[14]은 『신비스러운 우주』의 마지막 장에서, 우주를 궁극

---

12) 셰익스피어, 『한여름밤의 꿈』, 5막 1장 16~17행.
13) Gerontion : 엘리엇(T.S. Eliot)의 시(1920).
14) Sir James Jeans(1877~1946) : 영국의 물리학자·철학자.

적으로 기계적인 것으로 생각하는 19세기의 물리학적 우주론의 실패를 논하고, 우주에 대해서는 수학적인 접근법을 취하는 편이 좋을지 모르겠다고 말하고 있다. 우주는 기계일 수는 없겠지만, 그것은 서로 뒤얽혀 있는 수식군(數式群)일는지도 모른다고 말하는 것이다. 이 말의 의미는 순수 수학은 수학적 우주 속에 존재하며, 수학적 우주는 이미 외부의 세계에 대한 하나의 주석이 아니라 그 자체 속에 그 자체의 세계를 안고 있다는 뜻임이 틀림없다. 수학은 처음에는 객관적인 세계를 이해하는 형식의 하나로서, 그리고 객관적인 세계는 수학의 내용을 이루는 것으로 생각되었다.

그러나 수학은 마침내 그 내용 자체가 수학적인 형식을 가진다는 것을 구상하기 시작했다. 수학적 우주의 구상이 이루어졌을 때 형식과 내용은 똑같은 것이 되었다. 따라서 수학이 우리의 공통적인 경험의 장에 대해서 간접적인 관계밖에 맺지 않는 것은 그 경험의 장을 피하는 것이 아니라 오히려 궁극적으로는 그것을 자기 것으로 흡수해버리려는 목적 때문이다. 자연과학에서 수학은 일종의 주도 원리 또는 구성 원리인 것 같다. 수학은 늘 자연과학에 대해서 꼴과 일관성을 주면서도 그것 자체는 외적인 증명 또는 증거에 의존하지 않는다. 게다가 최종적으로는 수학은 물리학적·양적인 우주를 그 속에 담고 있는 것처럼 보인다.

진스의 마지막 장은 신비적·밀교적으로 들리지만, 그럼에도 그것은 적어도 피타고라스 이래 수학자의 마음을 떠나지 않았던 하나의 꿈을 표현하고 있는 것이다. 진스의 경우를, 수학적인 우주에 대응하는 언어적인 우주라는 이념에 우리가 이르렀을 때 곧바로 종교용어를 사용하지 않을 수 없었던 경우와 비교해도 좋다.

이 아날로지에 대해서는 여러 가지 다른 점이 마음에 떠오른다. 예를 들면 문학의 단위인 은유와 수학의 단위인 등식 사이에 있는 불가사의한 형식상의 유사성이다. 다수의 논리학자들이 사용하고 있는 확대된 의미에서 이 두 개는 다 같이 동어반복인 것이다. 그러나 이 아날로지가 성립되려면 당연히 다음과 같은 의문이 생긴다. 문학은 단순히 우발적으로 유용한 것이 아니라, 수학과 똑같이 본래적으로 유용한 것인가? 바꾸어 말하면 심리학, 인류학, 신학, 역사, 법률 기타 말에서 만들어진 모든 것은 신화와 은유—문학에서 본래의 가설적인 형태를 나타내는 신화와 은유—에 의해서 주도되고 구성되어왔다고 말하는 것은 정당한가?

필자에게는 이 책의 논의가 다음과 같은 가능성을 암시하는 것처럼 여겨진다. 논술적인 언어구조에는 두 가지 면이 있다. 그 하나는 기술적(記述的)인 면, 다른 하나는 구성적인 면으로, 이들은 각각 형식과 내용에 해당한다. 기술적인 면은 지시적이다. 즉 언어에 의한 외적인 현상의 복사이며, 그 언어상징은 일군의 지시기호로서 생각될 수 있다. 그러나 필자에게는 어떠한 언어구조에서도 그 구성요인은 반드시 어떤 종류의 은유,* 말하자면 가설적인 동일화인 것처럼 생각된다. 이 동일화가 동일한 말의 다른 의미 사이에서 확립된 것이든 또는 도식을 사용해서 확립된 것이든 상관없다. 이렇게 해서 확립된 은유도 역시 신화—즉 논의의 구성 원리—의 한 요소가 된다. 읽어가는 동안 우리는 일련의 은유적 동화작용을 의식하고, 읽기를 마치는 것과 함께 전체를 조직하고 있는 구조적인 패턴, 즉 개념화된 신화를 의식하는 것이다.

그렇다면 오이디푸스 콤플렉스에 관한 프로이트의 견해는 문예비평에도 얼마간의 빛을 던지는 심리학적 개념인 것처럼 보인다. 아마도 우리는 결국 이런 사실을 얻기까지 길을 잘못 돌아왔다는 결정을 내려야 할 것이다. 즉 이 시점에서 오이디푸스 신화가 심리학의 연구를 주

---

* 물론 비평가는 명시된 비유와 비유적 언어구조를 구별하지 않으면 안 되리라. 'X has a bee in his bonnet about Y.' ('X는 Y로 인해서 꿀벌이 모자에 들어가 있다', 또는 'X는 Y의 일을 골똘히 생각하여 괴로워한다' 라는 뜻)은 명시적인 비유이다. 'X has got the notion Y into his head' ('X는 Y라는 생각을 굳게 믿고 있다')는 똑같은 비유의 언어적 틀이지만, 보통 단순한 기술적인 발언으로 통할 것이다.

도하여 그것에 구조를 주었다는 것은 사실이었다. 그렇게 되었을 경우 프로이트가 특별히 뛰어났던 점은 그가 단지 신화의 원천을 찾아낼 만큼 아주 박식한 사람이었다는 사실에 있는 것이라고 본다.

의식적인 정신 '아래'〔下〕에 주술적인 마음이 존재한다는 심리학상의 발견은 마치 어떤 시적인 원형을 교묘하게 우유적으로 해석한 것처럼 생각된다. 이 원형은 트로포니오스[15]의 동굴로부터 우리 시대에 이르기까지 문학을 통해 골고루 퍼져 있다. 아마도 그 원형이 그와 같은 발견을 유도했던 것 같다. 뭐라고 하여도 원형 쪽이 연대는 꽤 오래 되며, 이런 식으로 설명함으로써 우리는 아나크로니즘에 덜 빠지게 되는 셈이다. 또 형이상학적·신학적 체계가 시적 신화나 시적 신화와 유사한 연상과 도식에 의해 주도되고 있음이 한층 더 뚜렷하다.

이 방법을 왜곡해서 어떤 종류의 시적 결정론을 만들어낼 필요는 없다. 왜냐하면 앞에서도 말했던 것처럼 신학, 철학, 형이상학, 법률, 사회과학 가운데, 간혹 우리가 좋아하지 않는 학문에 환원적인 수사법을 사용해서, 이 학문의 기초는 은유 또는 신화에 '지나지 않는다'고 증명하려는 것은 어리석기 때문이다. 만일 우리의 논의가 옳다면 그와 같은 증명 자체도 똑같은 기초에 서 있는 것이리라. 따라서 진실성이나 타당성에 대한 비판은 주로 내용에 관련되는 것이지 형식에 관련되는 것은 아니다. 루소에 의하면 원시사회는 자연과 이성에 맞는 사회였지만 타락한 문명에 뒤덮여 가려지게 되었으며, 그렇기 때문에 충분히 용기 있는 혁명적인 행동에 의해 다시 수립될 수 있다는 것이다. 이 논의가 잠자는 미녀의 신화에 의해 주도되고 있다고 말한다고 해서 이 논의 자체를 찬성하는 것도 반대하는 것도 아니다.

그러나 우리는 루소가 하는 말을 충분히 이해하기까지는 그에게 찬

---

15) 보이오티아의 오르코메노스의 왕의 아들. 죽은 후 보이오티아의 동굴 바닥에서 탁선을 발한다고 믿어졌던 신이다.

성할 수도 또 반대할 수도 없다. 또 이러한 신화를 추출(抽出)하지 않아도 우리는 물론 충분히 그를 잘 이해할 수 있겠지만, 다른 한편 우리가 지금 여기서 시사하고 있는 것처럼 만일 이 신화가 실제로 그의 논의의 일관성을 이루게 하는 원천이라면 이 신화를 추출하는 것에 의해서 우리가 얻는 바는 클 것이다. 신화와 논의와의 관계에 대해서 위와 같은 견해를 취하는 경우 우리는 플라톤의 입장에 매우 가까워지는 것이 된다. 플라톤에게 파악의 궁극적인 행위는 수학이나 신화, 이 중 어느 한쪽*에 의해서만 이루어지는 것이었다.

수학과 똑같이 문학도 하나의 언어이다. 언어는 무수한 진리를 나타내는 수단일 수 있으나 그것 자체로서는 아무런 진리도 나타내지 않는다. 그러나 시인도 비평가도 늘 뭔가의 상상적인 진리가 존재하고 있음을 믿어왔다. 이런 신념의 근거는 아마도 언어는 언어 자체가 표현할 수 있는 것을 그 자체 속에 내포하고 있다는 데 있을 것이다. 수학적인 우주와 언어적인 우주는 동일한 우주를 각각 다른 방법으로 구상하는 방법임은 의심할 여지가 없다.

객관적인 세계는 경험을 통일하기 위한 잠정적인 수단을 준다. 그리하여 보다 높은 통일을 구상해서 일종의 영화(靈化)된 상식(beatification of common sense) 같은 것을 추측하는 것은 당연하다. 그러나 이와 같이 보다 높은 지적 우주의 통일성을 표현할 수 있는 언어는 쉽

---

* 수학에서의 창조적인 요소를 인정하지 않고서 미학이론에 커다란 발전이 있을 수 있는가 어떤가를 살피는 것은 매우 어렵다. 만일 예술이 하나의 원을 이루는 것으로서, 즉 음악에서 시작되어 문학, 회화, 조각을 거쳐서 건축에 이르는 것으로서, 또 수학은 잃어버린 예술로서 건축과 음악 사이의 공백을 메우는 것으로 생각하면, 예술의 이해는 한층 명백한 것으로 될지 모른다. 수학은 예술보다도 오히려 과학에 속한다는 느낌은, 주로 수학이란 우리가 사용 방법을 이해하고 있는 기예(技藝)라는 사실에 근거해 있다. 비평이 언어의 용법에 대한 적절한 형식의 이론을 이룰 때 이 점에서 수학과의 차이는 크게 줄어들 것이다.

사리 발견되지 않는다. 형이상학, 신학, 역사, 법률 등이 전부 사용되어왔으나 이 전부가 언어적인 체계이기에 우리가 그것을 추구해가면 갈수록 그 은유적·신화적인 윤곽이 점점 뚜렷하게 떠오른다. 우리가 하늘과 땅을 통일하는 사상체계를 구축하려고 하면 언제나 바벨탑의 이야기가 재현된다. 결국 우리는 바벨탑을 세울 수 없으며, 반면에 복수(復數)의 언어를 내버릴 수 없다는 것을 알게 된다.

『피네건의 경야』의 마지막 장에 관한 필자의 해석이 옳다면 거기에 묘사되어 있는 것은 꿈 속에서 은유적인 동일관계의 거대한 무리와 사귀면서 밤을 지내고, 눈을 뜨면 꿈 속에 있었던 일은 말끔히 잊어버리고 일하러 나가는 사나이의 이야기이다. 네부카드네자르[16]와 똑같이 그는 '꿈나라로 들어가는 열쇠'를 사용할 수 없고, 자신에게는 사용할 능력이 있는 것조차도 깨닫지 못한다. 따라서 그로서는 하지 못하는 일이 독자의 과제가 된다. 조이스가 말했던, "이상적(理想的)인 불면에 시달림을 당하는 이상적인 독자",[17] 즉 비평가의 과제가 된다.

창조와 지식, 예술과 과학, 신화와 개념, 이들 사이의 끊어진 고리를 다시 잇는 것이야말로 필자가 마음에 그리는 비평의 모습이다. 다시 말하지만 필자는 비평의 방향 또는 활동을 바꾸라고 말하는 것은 아니다. 필자가 단지 하고 싶은 말은 만일 비평가들이 자신의 본분에 힘쓸 것 같으면 그들의 노력의 사회적·실제적 결실로서 위에서 말한 비평의 방향 또는 활동이 점차 분명한 모습으로 나타나게 될 것이라는 점이다.

---

16) 기원전 605~562년의 바빌로니아의 왕. 예언자 다니엘은 두 번에 걸쳐 그의 꿈을 해몽한다.
17) 『피네건의 경야』에서 인용했다.

용어해설

이 책에서는 통례적으로 쓰이는 아리스토텔레스의 용어, 수사용어,
비평용어도 사용되고 있으나, 다음 용어해설에서는 생략한다.

가면극(Masque) 극의 일종으로, 여기에서는 음악과 스펙터클이 중요
    한 역할을 하며, 등장인물은 독립된 개인이라기보다 오히려 인
    격의 여러 면을 의인화한 인물이라든가, 또는 그렇게 될 경향
    이 있는 인물이다.
고백(Confession) 산문 픽션의 한 형식으로 여겨지는 자서전, 또는 자
    서전의 형태를 취한 산문 픽션이다.
기호(Sign) 자연물이나 개념의 언어적 표시물로 파악했을 때의 상징을
    말한다.
단자(單子, Monade) 총체적인 문학 경험의 중심으로 파악했을 때의
    상징을 말한다. 홉킨스의 ‘내경’(內景)이나 조이스의 ‘현현’(顯
    現)에 연결된다.
동인(動因, Initiative) 창작과정을 지배하는 기본적인 고려사항이다.
    가령 시에서의 운율의 선택 등이다. 콜리지에서 취한 용어이다.
디아노이아(Dianoia) 하나의 문학작품이 갖는 의미이다. 그 작품에서
    의 여러 상징의 전체적인 패턴(축자적인 의미), 그 문학작품이
    외계에 있는 명제나 사실의 무리와 갖는 상관관계(기술적인 의
    미), 그 작품의 주제, 즉 이미지군이 잠재적인 주석에 대해서
    갖는 관계(형식적인 의미), 문학상의 관습 또는 장르로서의 그

작품의 의의(원형적인 의미), 총체적인 문학 경험에 대한 관계 (신비적인 의미) 등이다.

렉시스(Lexis) 문학작품에서의 언어의 결 또는 수사적인 측면을 말한다. '어법'과 '이미지' 같은 용어의 보통의 의미를 포함한다.

로맨스(Romance) (1) 주로 이상화된 세계를 취급하는 문학의 뮈토스이다. (2) 스콧, 호손, 윌리엄 모리스 등이 실행한 산문 픽션의 한 형식으로 소설과는 구별된다.

로맨스적(Romantic) (1) 서사문학의 한 양식으로, 여기에서는 주요 작중인물들이 불가사의한 세계에 산다든가(소박한 로맨스), 그렇지 않으면 분위기가 애가적·전원시적이어서 모방양식에서보다는 사회적인 비판을 당하는 경우가 적다. (2) 신화와 비유를 이상화된 인간적인 형태로, 즉 전위되지 않은 신화와 '리얼리즘'의 중간으로 표현하려고 하는 일반적인 경향이다.

멜로스(Melos) 언어의 리듬·운동·소리를 가리킨다. 문학에서 음악과 닮은 면이며, 실제로 자주 음악과 결부된다. 아리스토텔레스의 멜로포이아(melopoiia, 선율 표현)에서 나온 말이다.

모티프(Motif) 문학작품에서의 언어적 단위로 파악했을 때의 상징을 말한다.

묵시적(默示的, Apocalyptic) 서사문학에서의 '신화'에 대응하는 주제 쪽의 용어이다. 비유가 현실적으로 그럴 듯한 것이나 일상 경험과는 상관없이 순수한 동일화, 또 잠재적으로 총체적인 동일화가 되는 것을 말한다.

뮈토스(Mythos) (1) 문학작품의 서술적인 면이다. 단어의 순서 또는 문법(축자적인 서술), 행동의 이차적인 모방(형식적인 서술), 유적(類的)·회귀적인 행동의 모방 즉 제의(원형적인 서술), 만능의 신이나 인류사회의 상상할 수 있는 모든 행동의 모방(신비적 서술)이다. (2) 희극, 로맨스, 비극, 아이러니의 네 개로 분류되는 원형적인 이야기의 각각 하나를 가리킨다.

백과전서적 형식(Encyclopaedic Form) 신비적인 형체의 상징체계를 보여주는 장르이다. 가령 성전(聖典)이나 다른 여러 양식에서의 성전과 유사한 것들이 그러하다. 성서, 단테의 『신곡』, 위대한 서사시들, 조이스와 프루스트의 작품이 이 형식에 포함된다.

비유·은유(Metaphor) 두 상징 사이의 관계를 말한다. 단순한 병렬(축자적인 비유), 비슷한 것의 수사적인 표현(기술적인 비유), 네 개의 항목 사이에 성립하는 비례적 조화의 유비(형식적인 비유), 개(個, individual)와 유(類, class)의 동일성(구체적 보편 또는 원형적인 비유)이 있다.

산 제물-파르마코스(Pharmakos) 아이러니의 서사문학에 등장하는 인물로서, 속죄양, 즉 자신의 의사와는 관계없이 임의적으로 택하여진 희생자의 역할을 한다.

상위모방(High Mimetic) 문학의 한 양식으로, 대부분의 서사시와 비극이 여기에 속한다. 여기에서는 중심인물들이 우리를 초월하는 권력과 권위를 가지지만, 자연의 질서 내에 존재하며 사회적인 비판의 대상이 되기도 한다.

상징(Symbol) 모든 문학작품에서 독립적으로 비평적 고찰의 대상이 될 수 있는 모든 단위이다. 보통의 용법에서는 단어, 구, 이미지 등과 같은 비교적 작은 단위에 한정된다.

서사적·이야기 중심적(Fictional) 작자와 그 독자(청중·관중) 외에 작품 내의 등장인물을 갖는 문학이다. 주제 중심적의 반대(주의 : 이 책의 472～473쪽에서도 말했듯이 이 용어는 뒤에 나오는 '픽션'과 그 사용법에서 유감스럽게도 일치하지 않는다)이다.

서정시(Lyric) 문학의 한 장르로, 시인으로부터 그 청중이 숨겨져 있는 것으로 가정되고 있는 것이 특징이다. 또 계기적인 운율과 의미 중심적인 산문의 리듬과도 구별되는, 연상의 리듬이 지배적이라는 것이 특징이다.

성극(聖劇, Auto) 극의 한 형식으로, 여기에서는 신성한 전설, 극히

성스러운 전설이 주요 주제가 된다. 기적극 같은 것이 이 형식
에 속하며, 장엄한 행진 같은 형체를 취하나 엄밀히 말해서 비
극은 아니다. 칼데론의 성체극(聖體劇, autos sacramentals)에
서 취한 명칭이다.

소박(Naive) 원시적 또는 민중적(대중적·통속적)이다. 다른 타입의
문학보다도 한층 쉽게 시공을 초월해서 전달될 수 있다는 의미
로 보면 된다.

신비적(Anagogic) 문학을 언어의 총체적인 질서로서 여기는 것이다.

신화(Myth) 하나의 이야기로서, 여기에서 등장인물들은 초인간적인
존재이며, 그들은 '이야기 속에서만 일어나는 것'을 행한다. 이
리하여 현실적으로 있을 법한 것, 즉 '리얼리즘'에 충분히 적응
되지 않는 형식적·전형적인 이야기이다.

아이러니적·아이러닉한(Ironic) (1) 문학의 한 양식으로, 여기에서는 등
장인물의 행동력이 독자나 관중이 보통이라고 생각하는 수준 이
하의 것이다. (2) 또 작가의 태도는 냉정하고 객관적인 태도를
취하는 것을 말한다.

아이러니(Irony) 주로 '리얼리스틱한' 수준의 경험과 관련되는 문학의
뮈토스(위의 아이러니적인 것의 두번째 의미)이다. 보통 로맨스
의 패러디라든가 로맨스와 대조적인 유사한 것의 형체를 취한
다. 이런 아이러니의 주조는 비극적인 것도, 희극적인 것도 있
다. 희극적인 경우 그것은 보통 의미에서의 풍자와 같은 것이
일반적이다.

알라존(Alazon) 서사문학에 등장하는 기만적 혹은 자기 기만적인 인물
이다. 보통 희극이나 풍자에서 조소의 표적이 되지만, 비극의
주인공이 되는 것도 드물지는 않다. 희극에서는 허풍선이 병사나
현학자의 모습을 취하는 경우가 가장 많다.

양상(Phase) (1) 어떤 문학작품의 서술 쪽과 의미 쪽을 고찰하는 경우
의 맥락을 말한다. 축자적인 양상, 기술적인 양상, 형식적인 양

상, 원형적인 양상, 신비적인 양상의 다섯 가지로 분류된다. (2) 하나의 뮈토스 내에서의 여섯 개의 단계 가운데 각 단계를 가리킨다.

양식(Mode) 서사문학에서는 주된 작중인물의 행동력에 대해서 취하는 관례적인 전제이다. 또 주제문학에서는 이에 대응해서 시인이 독자(청중)에 대해서 취하는 태도이다. 이런 양식들은 일정한 순서로 교체하는 경향이 있다.

에이론(Eiron) 서사문학에 등장하는 자기를 비하하는 자로서, 두드러지지 않게 취급되는 인물이다. 보통 희극에서의 행복한 결말을 실현하기도 하고, 비극에서의 파국을 초래하기도 한다.

에토스(Ethos) 문학작품 내에서의 사회적인 맥락을 가리킨다. 서사문학에서의 성격 묘사와 배경 묘사, 주제문학에서의 작자의 독자나 청중에 대한 관계를 포함한다.

에포스(Epos) 작자나 음유시인이 청중을 앞에 두고 구두(口頭)로 낭송하는 것을 기본적인 제시형식으로 하고 있는 문학 장르이다.

옵시스(Opsis) 극의 시각적 또는 스펙터클적인 면이다. 다른 문학 형식에서는 이상적인 것으로 생각되는 시각적 또는 회화적인 면이다.

원형(原型, Archetype) 문학을 통해서 자주 반복해서 나타나 그 결과 전체로서의 문학 경험의 한 요소로서 인정될 수 있는 상징을 말한다. 보통은 어떤 이미지를 말한다.

이미지(Image) 자연을 그 내용으로 삼는 예술의 형식적인 단위로서 파악했을 때의 상징을 말한다.

전위(轉位, Displacement) 신화와 비유를 도덕이나 현실성의 기준에 적응시키는 것이다.

주제적(Thematic) 대부분의 서정시와 에세이에서처럼 작자와 그 독자(청중) 이외의 인물은 포함되어 있지 않은 문학작품이다. 또 우유(寓喩)와 비화(譬話)에서처럼 작중인물들이 작가가 전개하는 논의에 종속되어 있는 문학작품을 말한다. 서사적의 반대이다.

픽션(Fiction) 기본적인 제시형식이 인쇄나 손으로 씌어진 언어로 되어 있는 것이다. 예를 들면 소설과 에세이이다.

하위모방(Low Mimetic) 문학의 한 양식으로, 여기에서는 대부분의 희극과 사실주의적 소설에서처럼 등장인물이 나타내는 행동의 힘이 대충 우리와 같은 수준에 있다.

해부(Anatomy) 산문 픽션의 한 형식이다. 전통적으로 메니포스(Menippos)적인 풍자 또는 바로(Varro)적인 풍자로서 알려지며, 버턴의 『우울의 해부』 등이 대표적인 작품이다. 소재의 다양함과 이념에 대한 관심이 강한 것이 특징이며, 비교적 짧은 형식에서는 자주 연회(宴會) 또는 심포지움의 배경과 운문의 삽입부를 갖는다.

현현의 지점(Point of Epiphany) 묵시적인 세계와 자연의 순환을 동시에, 때로는 후자만을 나타내주는 원형(原型)이다. 그 보통의 상징은 사닥다리, 산(山), 등대, 섬, 탑 등이다.

노스럽 프라이 연보

1912년　7월 14일 캐나다의 퀘벡 주 셔브룩에서 아버지 허먼 에드워드 프라이
　　　　와 어머니 캐서린 프라이 사이에서 태어남.

1919년　뉴 브런즈윅으로 이사.

1928년　뉴 브런즈윅의 애버딘 고등학교 졸업. 잠시 상업교육과정에 등록.

1929년　토론토 대학교의 빅토리아 대학 입학.

1933년　빅토리아 대학 졸업. 토론토 대학교의 엠마누엘 대학 입학.

1934년　여름방학 동안 캐나다 연합교회 정기순회 프로그램에 학생목사로 참가.

1936년　엠마누엘 대학 졸업. 캐나다 연합교회의 목사로 임명. 캐나다 왕립협
　　　　회 장학금으로 윌리엄 블레이크의 예언시를 연구. 옥스퍼드 대학교의
　　　　머턴　대학 입학.

1937년　8월 24일 헬렌 켐프와 결혼. 빅토리아 대학 영문과 명예과정 강사로
　　　　임명.

1938년　옥스퍼드의 머턴 대학으로 돌아와 학사과정을 마침.

1939년　빅토리아 대학 종신직 교수로 임명.

1940년　머턴 대학에서 석사학위를 받음.

1943년　빅토리아 대학 조교수로 승진됨. 논문지도를 시작함. 이후 총 31편의
　　　　논문지도를 하게 됨.

1947년　『무서운 균형』(*Fearful Symmetry*) 출간. 빅토리아 대학 부교수로 승
　　　　진하고 『캐나다 포럼』(*Canadian Forum*)의 문학편집을 맡음.

1948년　빅토리아 대학 교수로 승진됨. 이때부터 1954년까지 『캐나다 포럼』의
　　　　전체 편집을 맡음.

1950년 구겐하임 장학금을 받음. 『계간 토론토 대학』에 매년 캐나다의 시들
을 정리하는 글을 실음.

1951년 캐나다 왕립협회 회원으로 선출됨.

1952년 빅토리아 대학 영문과 학과장이 됨.

1953년 영문학 연구소 소장으로 재직.

1954년 프린스턴 대학교 객원교수로 임명됨.

1957년 『비평의 해부』를 출간함. 하버드 대학교 객원교수가 됨. 칼턴 대학에
서 명예박사학위를 받음. 이후로 총 37개의 명예박사학위를 받게 됨.

1958년 캐나다 왕립협회로부터 론 피어스 메달을 받음.

1959년 빅토리아 대학 학장이 됨.

1963년 『교육된 상상력』(*The Educated Imagination*), 『동일성의 우화들』(*Fables
of Identity*), 『단련된 비평가』(*The Well-Tempered Critic*), 『T. S.
엘리엇』(*T. S. Eliot*) 출간.

1965년 『자연스러운 관점』(*A Natural Perspective*), 『에덴의 귀환』(*The Return
of Eden*) 출간.

1967년 토론토 대학교 교수로 임명됨. 캐나다 의회 메달을 받음. 『시간의 바
보들』(*Fools of Time*), 『근대의 세기』(*The Modern Century*) 출간.

1968년 『영국 낭만주의 연구』(*A Study of English Romanticism*) 출간.

1969년 미국 인문 및 과학 아카데미의 외국인 명예회원으로 선출됨.

1970년 캐나다 왕립협회로부터 피에르 쇼보 메달을 받음. 『완고한 구조』(*The
Stubborn Structure*) 출간.

1971년 『관목정원』(*The Bush Garden*), 『비평의 길』(*The Critical Path*) 출
간. 캐나다 의회의 몰슨 메달을 받음.

1972년 캐나다 교회의 목사로 임명됨.

1974년 옥스퍼드의 머턴 대학에서 명예연구원으로 임명됨.

1975년 영국 아카데미의 명예연구원으로 임명됨. 하버드 대학교에서 '시에서
의 찰스 엘리엇 노턴 교수'로 명명됨.

1976년 『세속의 성경』(*The Secular Scripture*), 『세계의 정령』(*Spiritus

Mundi) 출간. 미국철학회의 회원이 됨. 현대언어학회 회장으로 재직함.

1978년 『노스럽 프라이가 말하는 문화와 문학』(*Northrop Frye on Culture and Literature*) 출간. 빅토리아 대학 총장이 됨. 왕립은행상을 받음.

1979년 이탈리아 순회 강연. 이때 로마, 피렌체, 베네치아, 밀라노 등지에서 대규모 청중이 운집함.

1980년 『창조와 재창조』(*Creation and Recreation*) 출간.

1981년 미국 문예 아카데미의 명예회원으로 선출됨.

1982년 『위대한 암호』(*The Great Code*), 『한 지반의 여러 구획』(*Divisions on a Ground*) 출간.

1983년 『구원의 신화』(*The Myth of Deliverance*) 출간.

1986년 『노스럽 프라이의 셰익스피어 연구』(*Northrop Frye on Shakespeare*) 출간.

1987년 5월 25~27일에 이탈리아의 로마에서 열린 국제 프라이 평가회에 참석. 빅토리아 대학 재직 50주년을 맞음.

1988년 『노스럽 프라이 교육론』(*Northrop Frye on Education*) 출간.

1989년 『미토 메타포라 심볼로』(*Mito Metaphora Simbolo*) 출간. 토론토 대학교 빅토리아 대학에 노스럽 프라이 센터가 만들어짐.

1990년 『신화와 은유』(*Myth and Metaphor*), 『권능의 말씀』(*Words with Power*), 『세계 읽기』(*Reading the World*) 출간. 팔레르모 대학교의 몬델로상 수상. 엠마누엘 대학에서 강의. 유고집 『이중적 비전』(*Double Vision*) 출간.

1991년 1월 23일 토론토에서 심장마비로 사망.

HANGIL GREAT BOOKS 045

비평의 해부

지은이 노스럽 프라이
옮긴이 임철규
펴낸이 김언호

펴낸곳 (주)도서출판 한길사
등록 1976년 12월 24일
주소 10881 경기도 파주시 광인사길 37
홈페이지 www.hangilsa.co.kr
전자우편 hangilsa@hangilsa.co.kr
전화 031-955-2000~3 **팩스** 031-955-2005

인쇄 오색프린팅 **제책** 경일제책사

제1판 제 1쇄 2000년 9월 10일
제1판 제11쇄 2023년 5월 30일

값 35,000원

ISBN 978-89-356-5252-5 94800

● 잘못 만들어진 책은 구입하신 서점에서 바꿔드립니다.

한길그레이트북스 인류의 위대한 지적 유산을 집대성한다

1 관념의 모험
앨프레드 노스 화이트헤드 | 오영환

2 종교형태론
미르치아 엘리아데 | 이은봉

3·4·5·6 인도철학사
라다크리슈난 | 이거룡
2005 『타임스』 선정 세상을 움직인 100권의 책
『출판저널』 선정 21세기에도 남을 20세기의 빛나는 책들

7 야생의 사고
클로드 레비-스트로스 | 안정남
2005 『타임스』 선정 세상을 움직인 100권의 책
2008 『중앙일보』 선정 신고전 50선

8 성서의 구조인류학
에드먼드 리치 | 신인철

9 문명화과정 1
노르베르트 엘리아스 | 박미애
2005 연세대학교 권장도서 200선
2012 인터넷 교보문고 명사 추천도서
2012 알라딘 명사 추천도서

10 역사를 위한 변명
마르크 블로크 | 고봉만
2008 『한국일보』 오늘의 책
2009 『동아일보』 대학신입생 추천도서
2013 yes24 역사서 고전

11 인간의 조건
한나 아렌트 | 이진우
2012 인터넷 교보문고 MD의 선택
2012 네이버 지식인의 서재

12 혁명의 시대
에릭 홉스봄 | 정도영·차명수
2005 서울대학교 권장도서 100선
2005 『타임스』 선정 세상을 움직인 100권의 책
2005 연세대학교 권장도서 200선
1999 『출판저널』 선정 21세기에도 남을 20세기의 빛나는 책들
2012 알라딘 블로거 베스트셀러
2013 『조선일보』 불멸의 저자들

13 자본의 시대
에릭 홉스봄 | 정도영
2005 서울대학교 권장도서 100선
1999 『출판저널』 선정 21세기에도 남을 20세기의 빛나는 책들
2012 알라딘 블로거 베스트셀러
2013 『조선일보』 불멸의 저자들

14 제국의 시대
에릭 홉스봄 | 김동택
2005 서울대학교 권장도서 100선
1999 『출판저널』 선정 21세기에도 남을 20세기의 빛나는 책들
2012 알라딘 블로거 베스트셀러
2013 『조선일보』 불멸의 저자들

15·16·17 경세유표
정약용 | 이익성
2012 인터넷 교보문고 필독고전 100선

18 바가바드 기타
함석헌 주석 | 이거룡 해제
2007 서울대학교 추천도서

19 시간의식
에드문트 후설 | 이종훈

20·21 우파니샤드
이재숙
2005 서울대학교 권장도서 100선

22 현대정치의 사상과 행동
마루야마 마사오 | 김석근
2005 『타임스』 선정 세상을 움직인 100권의 책
2007 도쿄대학교 권장도서

23 인간현상
테야르 드 샤르댕 | 양명수
2007 서울대학교 추천도서

24·25 미국의 민주주의
알렉시스 드 토크빌 | 임효선·박지동
2005 서울대학교 권장도서 100선
2012 인터넷 교보문고 MD의 선택
2012 인터넷 교보문고 MD의 선택
2013 문명비평가 기 소르망 추천도서

26 유럽학문의 위기와 선험적 현상학
에드문트 후설 | 이종훈
2005 서울대학교 논술출제

27·28 삼국사기
김부식 | 이강래
2005 연세대학교 권장도서 200선
2012 인터넷 교보문고 필독고전 100선
2013 yes24 다시 읽는 고전

29 원본 삼국사기
김부식 | 이강래 교감

30 성과 속
미르치아 엘리아데 | 이은봉
2005 『타임스』 선정 세상을 움직인 100권의 책
2012 인터넷 교보문고 명사 추천도서
『출판저널』 선정 21세기에도 남을 20세기의 빛나는 책들

31 슬픈 열대
클로드 레비-스트로스 | 박옥줄
2005 서울대학교 권장도서 100선
2005 연세대학교 권장도서 200선
2008 홍익대학교 논술출제
2012 인터넷 교보문고 명사 추천도서
2013 yes24 역사서 고전
『출판저널』 선정 21세기에도 남을 20세기의 빛나는 책들

32 증여론
마르셀 모스 | 이상률
2003 문화관광부 우수학술도서
2012 네이버 지식인의 서재

33 부정변증법
테오도르 아도르노 | 홍승용

34 문명화과정 2
노르베르트 엘리아스 | 박미애
2005 연세대학교 권장도서 200선
2012 인터넷 교보문고 명사 추천도서
2012 알라딘 명사 추천도서

35 불안의 개념
쇠렌 키르케고르 | 임규정
2012 인터넷 교보문고 필독고전 100선

● 한길그레이트북스는 계속 간행됩니다.